Tage des Wolfs

Kathleen O'Neal Gear
W. Michael Gear

Tage des Wolfs

Der erste Roman des Anasazi-Zyklus

Aus dem Amerikanischen von
Christine Roth-Drabussenig

RONDO

Die Originalausgabe erschien unter dem Titel
The Visitant – Book One of the Anasazi Mysteries
bei Forge/Tom Doherty Associates, New York

Umwelthinweis:
Dieses Buch wurde auf chlor- und säurefreiem Papier gedruckt.

Rondo ist ein Unternehmen der Heyne Verlagsgruppe, München
Kartenzeichnung: Miguel Roces
Gesetzt aus der Sabon und Clearface Gothic
bei Franzis print & media, München
Druck und Bindung: Bercker, Kevelaer
Printed in Germany

ISBN 3-453-19951-0

Für Katherine Cook, in Dankbarkeit für
eine Freundschaft,
die weit über familiäre Bande hinausreicht.

Sternhagel-
Dorf
Talon
Hügel-
dorf
Kessel
stadt
Große
Südliche
Straße

Große
Nördliche
Straße
Die
Canyon-
Städte
Gerader-Pfad-Canyon
Spinnenfrau-
Kegel

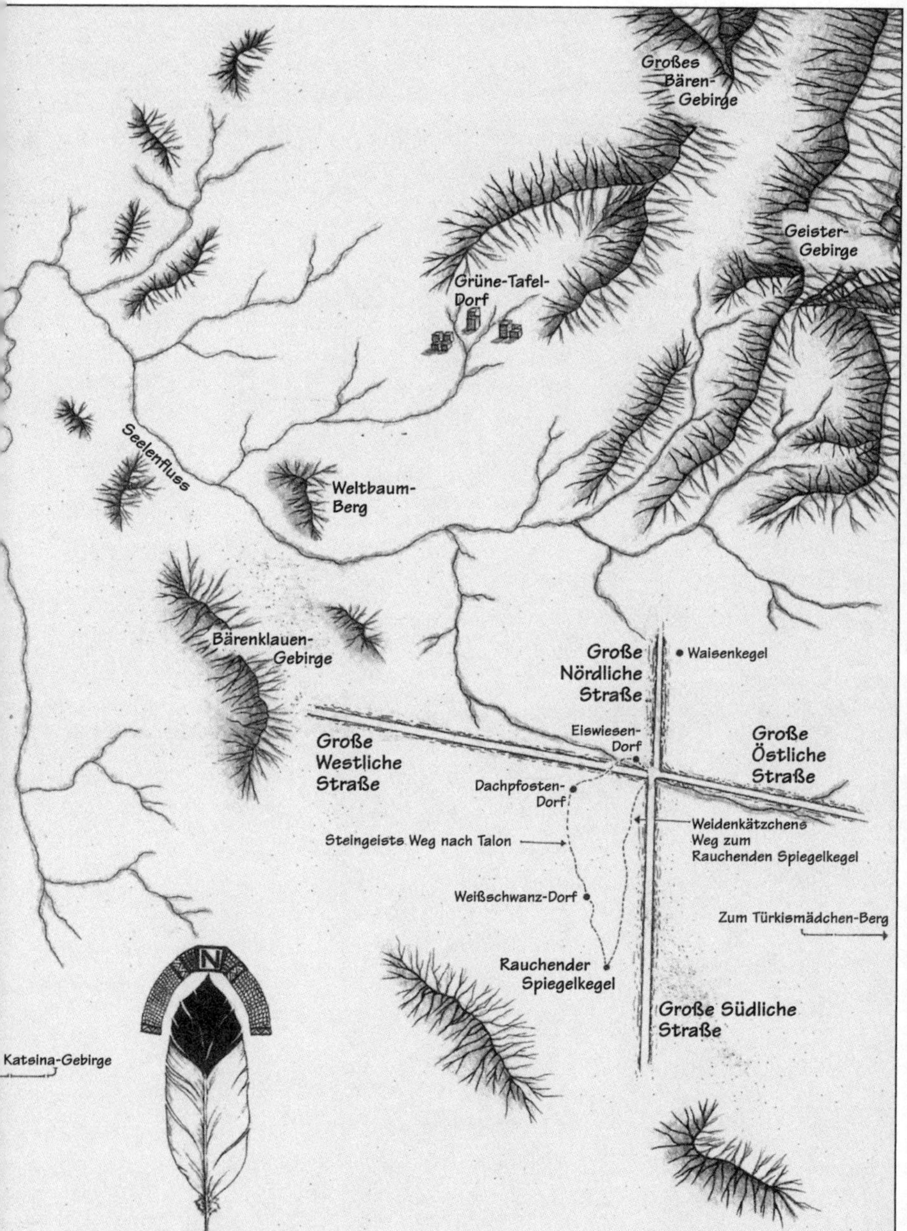
Großes Bären-Gebirge
Geister-Gebirge
Grüne-Tafel-Dorf
Seelenfluss
Weltbaum-Berg
Bärenklauen-Gebirge
Große Nördliche Straße
Waisenkegel
Eiswiesen-Dorf
Große Östliche Straße
Große Westliche Straße
Dachpfosten-Dorf
Weidenkätzchens Weg zum Rauchenden Spiegelkegel
Steingeists Weg nach Talon
Weißschwanz-Dorf
Zum Türkismädchen-Berg
Rauchender Spiegelkegel
Große Südliche Straße
N
Katsina-Gebirge

Prolog

Sonnenzyklus der Großen Horneule
Der Mond der Scharrenden Büffel

Eine seltsame Stille beherrscht die Wüste, während das Zwielicht der Dämmerung sein mattes Tuch über das Land breitet.

Nur das Geräusch meiner Sandalen auf der längst verlassenen Straße ist zu hören. Kratzend. Gehetzt. Wie das Röcheln eines sterbenden Tiers.

Groß und kräftig von Gestalt, bereitet es mir kaum Schwierigkeiten, von Sonnenaufgang bis Sonnenuntergang zu laufen. Aber ich laufe jetzt schon seit zwei Tagen, sehr schnell und beinahe ohne Schlaf. Meine Beine werden mit jedem Schritt schwerer.

Am Rand der Sandsteinklippe werde ich langsamer und lasse den Blick durch den Canyon unter mir schweifen. Die Felsen, die eben noch in der Farbe geschmolzenen Goldes geschimmert haben, verfärben sich zusehends dunkelrot. Auf den Felsvorsprüngen und den zerfallenen Steinpalästen unten im Tal ruht eine hauchdünne Schneedecke.

Der Anblick schmerzt meine Seelen.

»Diese Narren.«

Einst mit weißem Lehm verputzt und mit eindrucksvollen Abbildern der Götter bemalt, sind diese legendären Städte jetzt nur noch Ruinen, die Dächer eingestürzt und ihr

Ruhm ebenso verblasst wie die Erinnerung an ihre Erbauer.

Ich stütze die Hände in die Hüften und gönne mir ein paar Augenblicke der Ruhe.

Um mich herum zerklüftete Landschaft. Ausgewaschene Wasserrinnen graben sich durchs Hochland, schlängeln sich zu den Ebenen herab und schneiden tiefe, sich windende Schluchten in die Täler. Hier und dort ragen von Wind und Wetter bizarr zugeschliffene Felskegel wie geballte Fäuste in den Himmel.

»Wir haben ein gemeinsames Ziel«, flüstere ich. »Beide wollen wir Löcher in die Leiber der Götter schlagen.«

Das Kind der bösen Macht, Windjunge, spielt mit meinem langen, schwarzen Haar, weht es mir in die Augen, versucht, mich von meinem Vorhaben abzulenken.

Ich laufe weiter nach Osten, den Klippenrand entlang.

In den Büschen sitzen Vögel. Sie blinzeln nicht einmal, während ich an ihnen vorbeilaufe, doch die Blicke ihrer hellwachen Augen verfolgen meine Gestalt, und instinktiv wissen sie, dass sie sich besser erst rühren, wenn ich außer Sichtweite bin.

Ich erreiche den Platz, von wo aus ich die Ruinen der alten Stadt Talon überblicken kann, und knie nieder.

In der Ferne hastet eine Frau in einem wehenden roten Umhang den Weg entlang. Sie ist allein. Das lange, schwarze Haar schwingt beim Laufen um ihren schlanken Körper.

Ein Windhauch klettert die Schlucht empor und trägt ihre Stimme heran – sie singt ein wunderschönes, anrührendes Lied.

Ich hebe mein Gesicht gen Himmel und singe mein eigenes Machtlied, schicke ihr meine Kraft. Die Melodie ist das Heulen eines Wolfs, der eine Blutspur verfolgt; sie hallt durch die Schlucht, ruft die Mächte an, die in den dahinziehenden Wolken und den erhabenen Klippen schlafen.

Sobald das Echo verhallt ist, lausche ich.

Ich frage mich, ob Schatten in der Nähe weilt. Ob sie sich in diesem Augenblick zwischen den Felsen verbirgt und auf mich wartet.

Mich fröstelt.

Schatten leben vom Licht.

Ich bin das Licht. Die Quelle ihres Lebens.

Sie ist diejenige, die mit Furcht in der Stimme spricht.

Die Frau auf der Straße blickt auf, späht die Schlucht entlang.

Sie ruft meinen Namen.

Mir ist, als flösse ein glühender Lavastrom durch meine Knochen.

»Geliebte Tochter, meine Tochter«, flüstere ich.

Dann. Direkt hinter mir.

Schritte.

Sie ist ohne Gestalt, ein leerer Raum, den die Götter füllen mögen. Leidenschaftlich. Ungestüm.

Ich atme den Duft der Felsen ein, den Duft der Nacht.

»Folge mir nicht«, befehle ich ihr. »Ich will dich dort nicht haben.«

Ihr Lachen ist wie ein Windhauch, der leise in den Büschen raschelt.

Ich setze meinen Weg fort.

Ich höre sie nicht.

Aber ich habe Angst.

»Zwei Herzen?«, rief Aschenmädchen.

Aschenmädchen war eine große, schlanke Frau von zweiundzwanzig Sommern. Während sie den schmalen Pfad entlanghastete, flatterte ihr roter Umhang wie Flügel, und das lange, schwarze Haar wehte ihr um das ovale Gesicht.

Vor ihr erhob sich die steile Felswand zu einer Höhe von zweihundert Handbreit. Schatten füllten die Felsspalten, und auf den Vorsprüngen glitzerten Schneehauben. Aschenmädchen begann zu rennen, trieb ihre Schritte noch schneller voran. Schwester Mond schwebte über der zerklüfteten Felskante wie ein riesiges leuchtendes Auge. Inzwischen hatte ihr Licht auch die mächtigsten Abendmenschen verscheucht.

Als Aschenmädchen den Fuß der Klippe erreichte, blieb sie stehen. Der strenge Geruch des trockenen Wintergrases füllte ihre sich heftig blähenden Lungen. Hoch über ihr beugte sich eine abgestorbene Kiefer über die Felskante. Ein Blitz hatte die Äste abgerissen und nur den Stamm übrig gelassen und die gewundenen Wurzeln, die wie Spinnenbeine über die Klippe ragten. Aschenmädchen schauderte und zog den Kragen ihres Umhangs enger unter dem Kinn zusammen.

Der Pfad bog nach rechts ab, schlängelte sich an aufeinander getürmten Felsbrocken und verkrüppelten Wacholderbäumen vorbei. Viele der Findlinge maßen das Dreifache ihrer eigenen Körpergröße.

»Hallo. Bist du hier irgendwo?«

Ihre Worte hallten von den steilen Wänden der Schlucht wider.

»Bitte! Ich muss mit dir reden!«

Ein Wispern zwischen den Felsbrocken, leise und verhalten wie das kehlige Stöhnen eines erwachenden Erdgeistes, ließ sie herumfahren.

»Zwei Herzen?«

Aschenmädchen raffte ihren knöchellangen Umhang und rannte den Weg hinauf zu den Felsbrocken. Die Äste des Wacholders schlugen wie Peitschen gegen ihre Schultern, ihre Mokassins durchbrachen knirschend die gefrorene Schneedecke, die den Pfad bedeckte. Fahles Mondlicht umhüllte die Kuppen der Gesteinsbrocken, färbte sie bläulich, doch mit jedem Schritt wurde der Pfad unter ihren Füßen dunkler, bis die Schatten auch den letzten Lichtschein verschlungen hatten.

Sie blinzelte, ließ ihren Augen Zeit, sich an die Dunkelheit zu gewöhnen. Der Eingang zur Höhle mochte nicht mehr als zwanzig Schritte vor ihr liegen, doch noch konnte sie ihn nicht ausmachen. Nervös wischte sie sich die feuchten Handflächen an ihrem mit Truthahnfedern besetzten Umhang ab.

»Hallo?«

Zu ihrer Rechten und Linken neigten sich die gewaltigen Felsen bedrohlich über den Pfad. Viele von ihnen trugen uralte Malereien und Zeichen, doch in dem diffusen Licht konnte Aschenmädchen nur die größten von ihnen erkennen. An einem der zerklüfteten Felsen leuchteten drei weiße Spiralen. Zickzacklinien, deren Form an Blitze erinnerte, führten von der Mitte der Spiralen nach außen – eine Warnung an alle, die sich diesem Ort näherten, dass hier die Macht lebte und atmete.

Aschenmädchen spürte die Präsenz der Macht ganz deutlich. Ihre Haut kribbelte, als liefen tausende von Ameisen über sie hinweg. Unwillkürlich fuhr ihre Hand unter den Umhang und berührte das scharfe Obsidianmesser an ihrem Gürtel.

Vor sechs Monden hatte sie diese Höhle durch Zufall entdeckt. Durstig und erschöpft nach einem harten Arbeitstag auf den Maisfeldern, hatte sie sich damals im Schatten eben dieser Felsen niedergelassen, um etwas zu rasten. Dabei hatte sie den sanften, lieblichen Geruch frischen Wassers wahrgenommen und war diesem Duft bis zu einem Haufen Reisig gefolgt. Nachdem sie die Äste und das Gestrüpp beiseite geschoben hatte, fiel das Sonnenlicht in die dahinter liegende Höhle. Seither war sie häufig an diesen versteckten Ort zurückgekehrt, hatte sich im hinteren Teil der Höhle an den kleinen Wassertümpel gesetzt und über die mannigfachen Schwierigkeiten nachgedacht, die ihr Volk zu meistern hatte.

Ihre Finger schlossen sich um den glatten Holzgriff des Messers, während sie in die Stille lauschte. Die Stimme von Windjunge strich an den Felsen vorbei, schrill und verzweifelt.

Aschenmädchens Blick schweifte suchend durch die Dunkelheit. Sie ging zwei Schritte weiter.

Vor über einhundert Sonnenjahren war das Volk des Geraden Pfades auseinander gebrochen, und die einzelnen Gruppen waren übereinander hergefallen wie ausgehungerte Wölfe. Vor drei Sommern dann hatte sich eine neue Gruppe gebildet. Die Mitglieder nannten sich »Volk der Katsinas« und verkündeten, dass sie sich auf die Suche nach den legendären weißen Palästen des Ersten Volkes machen wollten. Hingerissen hatte Aschenmädchen ihren Geschichten gelauscht. Der heilige Prophet, Armer Sänger, hatte vorausgesagt, dass ihr Volk eines Tages an den geheiligtsten Ort auf Erden zurückkehren werde, zur Kiva des Ersten Volkes – ein prächtiges unterirdisches Zeremonien-Gewölbe –, und diesem Raum wieder zu seinem ursprünglichen Glanz verhelfen werde. Seinen Prophezeiungen zufolge würde sich, sobald sie ihr Vorhaben beendet hätten, ein heiliger Gang in die Unterwelt öffnen und ihr Volk die Gelegenheit bekommen, seine ehrwürdigen Ahnen zu besuchen und ihren Rat zu erbitten, wie man die Welt wieder in Harmonie bringen könnte. Die Anführerin des Katsina-Volks, eine alte Frau, die den Namen Flammenbotin trug, behauptete, dass ihre Mutter Armen Sänger persönlich gekannt habe. Und sie war davon überzeugt, dass mit der Wiederherstellung der Kiva die Kriege ein Ende finden und alle bösen Mächte, die über das Land strichen, verschwinden würden.

Aschenmädchen hatte ihre Mutter vor vier Sommern bei einem kriegerischen Überfall verloren. Und seither hoffte sie sehnsüchtig, dass sich die Prophezeiung bewahrheiten möge. Sie hatte getobt und ihrem Ehemann, Tändler, so lange zugesetzt, bis dieser schließlich einwilligte, sich dem Volk der Katsinas anzuschließen. Ihr zuliebe. Tändler selbst wäre zufrieden gewesen, sein Leben im Grüne-Tafel-Dorf zu verbringen. Nichtsdestotrotz hatte er ihre wenigen Habseligkeiten zusammengepackt, seinen neugeborenen Sohn auf die kleine Thujenholztrage gelegt und sich mit seiner Frau dem Zug des Katsina-Volks angeschlossen.

Von da ab hatte sich ihre Beziehung verändert. Während die Monde sich zu Sonnenjahren dehnten und die Weissagung sich noch immer nicht erfüllte, wurde Tändler immer verschlossener und verbitterter. Er nahm an Kriegszügen teil, die nicht selten drei Monde dauerten, und kehrte verdrossen und schweigsam zurück. Nachts wanderte er die Klippen entlang, nur um Aschenmädchen auszuweichen. Das Einzige, was ihm noch Freude zu bereiten schien, war ihr gemeinsamer Sohn, Grasmond.

Aschenmädchen glaubte mit ganzem Herzen an die Worte von Flammenbotin, doch selbst sie wurde der Versprechungen der alten Frau allmählich müde. So lange schon zogen sie durchs Land. Und niemand vermochte zu sagen, welche der großen Kivas wirklich die ursprüngliche Kiva des Ersten Volkes gewesen war. Vor zwei Sommern hatten sie die prachtvolle Kiva in der Nähe der Fließenden Wasser im Norden wieder aufgebaut, und im vergangenen Sommer eine der Kivas im Gerader-Pfad-Canyon. Und im vergangenen Mond hatten sie mit den Arbeiten an einer anderen großen Kiva begonnen, herabgefallene Deckenbalken aus dem unterirdischen Gewölbe geschleppt und die Überreste eingestürzter Mauern beseitigt. Einer der Dorfältesten hatte geträumt, dass dieser Ort tatsächlich einmal die sagenhafte Stadt Talon gewesen war. Aschenmädchen hatte hunderte Körbe mit Schutt, Mörtel, Brocken von exakt zugehauenen Sandsteinquadern und vermodertem Holz weggetragen. Und dabei inständig gebetet, dass der Traum des alten Watender Vogel sich bewahrheiten möge, dass sie tatsächlich an der Wiedererrichtung von Talon und der geheiligten Kiva des Ersten Volkes arbeiteten, und dass ihre Mühen den Menschen endlich Frieden brächten.

Stattdessen nahmen die kriegerischen Auseinandersetzungen immer mehr zu. In regelmäßigen Abständen suchten feindliche Horden den Canyon heim, raubten Frauen und Kinder, brandschatzten und mordeten. Und brachten das Böse mit sich. Viele Mitglieder des Katsina-Volks waren von Schattengeistern befallen, die sich in ihre Lungen fraßen.

»Einschließlich meines Sohnes.«

In eben diesem Augenblick würde Tändler wahrscheinlich Grasmonds heißes Gesicht abwaschen und sich fragen, wo sie bliebe, warum sie ihn verlassen hatte. Sie hatte geschworen, erst dann wieder ins Hügeldorf zurückzukehren, wenn sie ihren Geisthelfer gefunden hätte, und das konnte Tage dauern. Bis dahin würde Tändler vor Angst halb von Sinnen sein und wütend genug, um sie zu verprügeln.

Aschenmädchen stützte sich mit einer Hand auf dem nächstgelegenen Felsen ab und tastete sich weiter durch die Dunkelheit voran, bis sie endlich den Geruch von Wasser und Moos gewahrte und den ovalen Umriss des Höhleneingangs erkannte.

»Hallo?«, rief sie wieder. »Bist du hier? Bitte, antworte mir!«

Der Pfad wand sich steil nach unten. Sie konnte sich nur auf ihre Erinnerung verlassen, während sie vorsichtig, einen Fuß vor den anderen setzend, ins Innere der Höhle hinabstieg.

Als der felsige Boden ebener wurde, drehte sie sich einmal langsam um die eigene Achse. Wie schrecklich schwarz alles um sie herum war! In diese endlose Finsternis war wohl noch nie ein Lichtstrahl gedrungen. Sie konnte die felsigen Wände oder die Decke nicht erkennen, wusste aber, dass sich die Höhle um sie herum ausbreitete wie ein dunkler Bauch, hundertfünfzig Hand im Durchmesser und ungefähr fünfzig Hand in der Höhe. Im hinteren Teil der Höhle tropfte beständig Wasser aus einer Felsspalte und speiste den kleinen Tümpel.

»Bitte?«, rief sie abermals. »Mein Sohn ist krank. Mein ganzes Volk ist krank. Du hast *versprochen*, mir zu helfen. Ich brauche deine Hilfe!«

Als sie immer noch keine Antwort bekam, schrie sie zornig in die Dunkelheit: »Du bist mein Geisthelfer! Wo bist du! Ich habe alles getan, was du von mir verlangt hast. Ich habe vier Tage und vier Nächte gefastet. Ich bin den ganzen Weg hierher gerannt. Ich brauche dich dringender als jemals zuvor!«

Die Finsternis umfasste sie wie eine riesige Faust, drückte gegen ihre Augen und die Trommelfelle. Das leise Plätschern des Wassers war der einzige Laut in der Stille.

»Zwei Herzen?«, schrie Aschenmädchen. »Was habe ich denn getan? Warum sprichst du nicht mit mir?«

Gleich in der ersten Nacht, die sie in dieser Höhle verbrachte, war er zu ihr gekommen. Zunächst hatte sie geglaubt zu träumen, als sie die vertrauten Schritte vernahm, die wie längst totgeglaubte Echos aus ihrer Erinnerung aufstiegen, und ihn dann vor sich sah. Groß und mager stand er im purpurnen Schein des verlöschenden Feuers, der seine heilige Maske erleuchtete und sie vor Angst erschaudern ließ. Ein Katsina! Die ehrwürdigen Katsinas erschienen gewöhnlichen Menschen wie ihr normalerweise nicht. Sie besaß nichts, keine Macht, keine wertvollen Güter. Und dennoch stand er hier vor ihr: halb Mensch, halb Wolf. Einer der auf die Erde gefallenen Himmelsgötter.

Von diesem Tag an war er ihr beinahe jede Nacht im Traum erschienen, und zweimal sah sie ihn im Morgengrauen oben am Klippenrand über ihrem Dorf entlangwandern. Häufig stellte er ihr seltsame Fragen. Fragen über kleine Mädchen und finstere Waldpfade und über Schlangen mit Menschenaugen. Fragen, die für sie keinen Sinn ergaben. Als sie ihm das einmal sagte, leuchteten seine tiefschwarzen Augen auf, als hätte jemand ein Feuer darin entzündet. Doch statt einer Antwort hatte er nur gelacht.

»Zwei Herzen?«, rief sie in die undurchdringliche Dunkelheit. »Ich fürchte, dass mein Sohn stirbt. Bitte. Ich flehe dich an! Hörst du mich?«

Ein Windstoß fegte in die Höhle, zauste Aschenmädchens langes Haar. Als er verebbte, wurde das Schweigen noch tiefer.

Sie sank zu Boden.

»Warum kommst du nicht? Hast du mich nicht gehört? Mein Sohn stirbt! Du sagtest, dass du mir helfen würdest! Du bist doch mein Geisthelfer. Wo bleibst du denn?«

Die Höhlenwände warfen ihre verzweifelten Worte zurück.

Aschenmädchen streckte sich auf dem kalten Felsboden aus und befühlte den Armschmuck, der ihr rechtes Handgelenk umschloss. Es war ein Reif aus tiefschwarzer Pechkohle in der Form einer sich windenden Schlange. Den hatte Tändler ihr am Tag ihrer Vereinigung geschenkt. Damals war er glücklich gewesen, hatte gelächelt.

Aschenmädchen spürte, wie sich ihr die Kehle zuschnürte. Sie hatte ihn schon so lange nicht mehr lächeln sehen. Seine Liebe hatte sich verflüchtigt, und jetzt würde sie ihr einziges Kind verlieren. Ein erstickter Schrei drang über ihre Lippen. Zu Hause hätte Tändler sich neben sie gekniet und ihr mit strenger Stimme befohlen: »Hör auf damit! Wenn die Leute dich so sehen, werden sich ihre Kräfte in Wasser verwandeln. Du musst stark sein für sie.«

Sie hatte es versucht.

Doch als ihr Sohn vor ihren Augen dahinzusiechen begann, sein Wangen hohl wurden und seine Augen immer tiefer in den Höhlen versanken, hatte Aschenmädchen die Verzweiflung gepackt.

»Ich glaubte, du würdest mir helfen«, presste sie mühsam hervor. »Das hast du doch gesagt! Du hast es mir versprochen!«

Sie vergrub das Gesicht in den weichen Federn ihres Umhangs.

Bilder zogen an ihren Seelen vorüber. Unzusammenhängend. Furcht einflößend. Tändlers verwirrte Augen starrten sie an, und sie glaubte, ihn ihren Namen rufen zu hören, die Stimme von Angst verzerrt, laut …

Sie fuhr hoch, setzte sich auf, blies ihren keuchenden Atem in die Dunkelheit.

Die Stimme schien von überall her gleichzeitig zu kommen.

»Warum, meine Tochter?«

Aschenmädchen hielt den Atem an. »Zwei Herzen?« Sie drehte sich um. »Wo bist du?«

Der Eingang der Höhle war schemenhaft als ovaler, grauer Fleck in der Finsternis zu erkennen. Ein Schatten verdunkelte die rechte Seite. Furcht und Erleichterung kämpften um die Vorherrschaft über ihre Sinne.

»Oh, Zwei Herzen, den Göttern sei Dank! Ich hatte ja solche Angst …«

»Ich fragte dich, warum?«

Sie stotterte, fühlte sich wieder so klein und lächerlich wie stets in seiner Gegenwart. »Ich … ich verstehe deine Frage nicht.«

»Warum glaubst du, dass dein Sohn sterben wird?«

Sie breitete in einer verzweifelten Geste die Arme aus. »Er kann nicht mehr richtig atmen. Und in seinem Körper wütet ein Fieber. Ich habe es mit jedem Heilkraut versucht, das mir bekannt ist, aber keines vermochte seine Leiden zu lindern.«

Der Schatten bewegte sich wie ein Mann, der sich zu seiner voller Größe aufrichtet. *»Aus seinen Lungen kommt Blut.«*

Das war eine Feststellung, keine Frage, aber Aschenmädchen antwortete: »Ja. Jedesmal wenn er hustet. Dann spuckt er Blut aus und ringt keuchend nach Luft.«

»Aber du bist nicht krank?«

»Nein.«

»Und was ist mit den Stimmen? Hörst du sie noch?«

Aschenmädchens muskulöse Beine zitterten, doch sie schaffte es, aufzustehen. »Nein. Und die kümmern mich jetzt auch nicht! Es ist mein Sohn, der mir das Herz schwer macht. Bitte, hilf ihm. Er hat doch erst vier Sommer gesehen. Und er ist ein guter Junge. Lass ihn noch länger in dieser Welt bleiben.« Sie streckte dem Gott beide Hände entgegen. »Er braucht dich. Wenn du doch nur …«

Ein Schwindel erfasste sie. Sie taumelte und presste die Hände gegen die Schläfen.

Die Stimme von Zwei Herzen wurde sanfter. *»Hast du die Kräuter eingenommen, die ich dir empfohlen habe?«*

»Ja, aber … es geht mir trotzdem nicht besser. Noch immer überfallen mich diese Schmerzen zu ganz unterschiedlichen Zeiten, und dann wird mir ganz übel im Magen.«

»Beim letzten Mal hattest du die Kraft zum Sprechen verloren. Und diesmal?«

Aschenmädchen erschrak. Manchmal klang seine Stimme genau wie die ihres Ehemannes. Ob er das mit Absicht tat? Kannte er Tändler und ahmte seine Stimme nach, um ihr Angst einzujagen? Gewöhnlich sprach Zwei Herzen mit dieser Stimme, wenn er sie liebte, und das versetzte ihrem Herzen jedesmal einen Lanzenstich.

»Nur Schmerzen«, beantwortete sie seine Frage. »Und eine Schwäche in meiner rechten Hand. Ich ...«

Plötzlich war der Schatten verschwunden.

Aschenmädchen konzentrierte ihren Blick auf den leeren Höhleneingang. »Zwei Herzen?«

Mit einem Satz war sie am Ausgang und rannte hinaus in die eiskalte Nacht. Nach der betäubenden Schwärze in der Höhle erschienen ihr die Felsen wie bucklige Riesen. Verzweifelt spähte sie in die Finsternis.

»Zwei Herzen, wo bist du?«

Harzige Wacholderzweige streiften ihren Umhang, als sie den Pfad hinaufrannte, zupften rote Federn heraus und wirbelten sie beim Zurückschnellen hinter ihr durch die Luft.

Ein leiser Schrei, wie von einem sterbenden Kaninchen, durchbrach die nächtliche Stille.

»Zwei Herzen?«

Irgendwo in der Ferne begann ein Kojote zu jaulen, und gleich darauf stimmte die ganze Meute in seinen Gesang ein. Das durchdringende Heulen schwoll mit dem Wind an und ab.

Aschenmädchen warf einen Blick hinauf zu Schwester Mond, die lautlos den Nachthimmel erklomm und durch ihren Schein die eiskalte Luft zum Glitzern brachte.

Ein kaum wahrnehmbares Wispern drang an Aschenmädchens Ohr. *»Komm hier entlang. Hier entlang.«*

»Wo bist du?«, rief Aschenmädchen und stolperte den Pfad hinauf.

Dann sah sie ihn. Im schimmernden Mondlicht stand er da, etwa zwanzig Körperlängen von der Klippe entfernt. Seine spitzen Ohren und das graue Fell glitzerten wie aus Eis gemeißelt.

Er hob einen Fuß an und stampfte kraftvoll auf. Dann hob er den anderen Fuß hoch, ließ ihn jedoch in der Luft verweilen.

»Kennst du den Namen von Tod, Aschenmädchen?«

Zögernd ging sie auf ihn zu. »Der Tod hat einen Namen?«

»Du kanntest ihn einmal. Erinnerst du dich nicht?«

»Nein.« Sie schüttelte verwundert den Kopf.

Mit einem dumpfen Poltern schlug sein Fuß auf dem Boden auf. Dann begann Zwei Herzen zu tanzen, bewegte dabei die Arme auf und ab wie ein fliegender Vogel. Die Fransen an seinem Hemd und den Hosen aus hellem Hirschleder züngelten wie silberne Flammen.

»Beeil dich«, drängte er. *»Lauf weg! Ehe sie dich sieht.«*

Aschenmädchen sah sich um. »Wer denn? Ehe wer mich sieht?«

»Schnell! Siehst du sie denn nicht? Dort steht sie doch!« Er zog seine Kriegskeule aus dem Gürtel und deutete damit in die Richtung hinter Aschenmädchen.

Von Panik ergriffen wirbelte sie herum. »Was?« Sie konnte nur schwarze Schatten ausmachen, doch an manchen Stellen schien die Dunkelheit sich zu kräuseln wie Wellen im Wind. »Ich sehe nichts! Wovon redest du denn?«

Sie drehte sich wieder um und gewahrte die Kriegskeule einen Lidschlag, bevor sie ihren Kopf getroffen hätte. »Bitte nicht! Nicht jetzt!«

Taub gegen ihr Flehen schwang Zwei Herzen die Keule über seinem Kopf. Dabei klappte das hölzerne Maul seiner Maske auf und entließ einen widerlichen Gestank, als hätte er auf einem verwesten Kadaver herumgekaut.

»Es ist mir gleichgültig, wo die Stimmen leben!«, schrie Aschenmädchen panisch vor Angst. »Lass mich in Ruhe!«

Die Maske senkte sich. Im nächsten Augenblick zerriss ein schauriges, nicht menschliches Gelächter die Nacht.

Aschenmädchen ergriff die Flucht.

Zwei Herzen kam ihr mit polternden Schritten hinterher.

»Warum tust du das?«, rief sie und warf einen schnellen Blick über die Schulter.

Er tanzte keine drei Schritte hinter ihr, hüpfend, sich um die eigene Achse drehend und wild die Keule schwingend.

»*Kennst du Tods Namen?*«

»Nein! Ich sagte doch gerade, dass ich ihn nicht …«

Sie stolperte über ein dickes, trockenes Grasbüschel und fiel mit dem Gesicht voraus auf den Weg. Noch ehe sie sich hochrappeln konnte, stand er über ihr. Seine Wolfsmaske schimmerte unheimlich im fahlen Mondlicht. Die Fransen an seinem Hemd zitterten.

Flüsternd ertönte seine Stimme: »*Tod schleicht durch die Wüste, Aschenmädchen. Sie war im Süden gewesen, hatte die Bäche nach Moos abgesucht und an verfaulten Knochen genagt, um zu überleben. In diesem Augenblick beobachtet sie dich, fleht dich an, ihren Namen auszusprechen, damit sie dich verschonen kann. Sie ist hungrig. So hungrig, dass sie sich nicht länger beherrschen kann, wenn sie einen nicht kennt. Ruf ihr zu, Aschenmädchen! Ruf sie bei ihrem Namen. Sag ihr, dass sie dich kennt.*«

Aschenmädchen schüttelte den Kopf. »Aber ich kenne doch ihren Namen nicht!«

Zwei Herzen packte seine Kriegskeule mit beiden Händen. »*Komm her zu mir, Aschenmädchen. Sieh dir ihr Spiegelbild in meinen Augen an, dann wirst du dich erinnern.*«

Aschenmädchen nahm allen Mut zusammen, zwang sich zu einem Blick in seine Augen, sah darin aber nur Leere und Dunkelheit.

»Zwei Herzen, bitte. Ich sehe nichts.«

»*Ach, ihr Götter.*« Schluchzer erschütterten seine Stimme. »*Angst ergötzt sie noch mehr als lebendes Fleisch!*«

Abermals klappte das Wolfsmaul auf, und er ließ schnaufend die Luft entweichen. Warm strich sein Atem um ihre Beine und die Knöchel, streifte ihre Hand und wanderte an ihrem Arm empor zu ihrem Gesicht.

»Was tust du da?«, rief sie entsetzt. Die Götter bliesen ihren Atem über die Toten, um sie wieder zum Leben zu erwecken. »Warum hauchst du mir Leben ein? Ich bin doch nicht tot!«

Ein Schauder schüttelte seinen Körper.

Langsam hob er den Kopf, als erwachte er soeben aus einem grauenvollen Albtraum. Er kniete so bewegungslos da, dass sich das Mondlicht in seinen spitzen Zähnen fing und sie funkeln ließ wie polierte Pyritspiegel.

Dann drehte er sich unvermittelt zu den Ruinen um, deren Umrisse in der Ferne schwach sichtbar wurden.

Aschenmädchen fuhr ebenfalls herum.

Sie hatten ihr Dorf, Hügeldorf, entlang der massiven, halbmondförmigen Anlage errichtet, die sie für die ehemalige Stadt Talon hielten. Im Vergleich zu dem einst so großartigen Bauwerk wirkten die rechteckigen Gebäude von Hügeldorf erbärmlich klein und plump.

»Am Ende«, flüsterte er, *»bevölkerten Hexen und Zauberer die Stadt. Hast du das gewusst? Talon wurde zu einer Stätte des Bösen. Sie schändeten die Gräber, raubten die Leichname und alle Grabbeigaben, denen ihrer Meinung nach die Macht des Ersten Volkes innewohnte. Sie hüllten sich ein in diese Macht wie in steinerne Umhänge und benutzten sie, um das Erste Volk zu vernichten. Deshalb ist es verschwunden. Sein Feuer brennt nicht mehr in unserem Blut, weil die Menschen nicht klug genug waren, um zu erkennen …«*

»*Unser* Blut?«, wiederholte Aschenmädchen verwirrt. »Aber du bist doch ein Gott, kein Mensch.«

Er wandte sich zu ihr um.

Das Mondlicht fiel durch die Augenhöhlen seiner Maske und erleuchtete sie. Er starrte sie aus tiefschwarzen Augen an, und plötzlich glaubte sie etwas Vertrautes in ihnen wieder zu erkennen.

Aschenmädchen betrachtete die langen Wimpern, die fein geschwungene Braue, die hinter dem rechten Augenloch der Maske sichtbar wurden.

Er musste gespürt haben, dass sie es wusste.

»Ja, schrei nur, Aschenmädchen! Schrei ihren Namen heraus, ehe es zu spät ist.«

Sie griff nach ihrem Messer.

Er packte ihre Hand und flüsterte heiser, während sie miteinander rangen: *»Ich habe nie vergessen, wie du dich anfühlst, meine Tochter.«*

1

William »Dusty« Stewart spähte über die verbeulte Motorhaube seines betagten Bronco hinweg. Ein dünner Staubfilm hatte sich über die alte, von Sonne und Regen festgebackene Dreckschicht gelegt, die teilweise wie Zement auf dem einstmals blauen Lack klebte.

Erstaunlich, mit welcher Selbstverständlichkeit dieses urgewaltige Land alles für sich beansprucht – um es zu kennzeichnen, zu durchdringen und schließlich eins mit sich werden zu lassen.

Hinter seinem Bronco kämpfte sich ein Wagenkonvoi durch die malerische Wüste von New Mexico mit ihren unterschiedlich getönten Sand- und Steinformationen, den türkisfarbenen Beifußstauden, dem leuchtend grünen Buschwerk und den silbrig schimmernden Disteln.

Stewart rieb sich mit der rechten Hand übers Kinn und spürte selbst unter der schwieligen Hornhaut die kratzigen Bartstoppeln. Seit seinen Jugendtagen schon vernachlässigte er die tägliche Rasur. Er dachte einfach nie daran. Und an diesem Morgen erst recht nicht. Heute würde sein lang gehegter Traum Wirklichkeit werden. Heute würde er zum ersten Mal seine Schaufel in den Sand von Chaco stoßen.

Stewart, beinahe einen Meter neunzig groß, blond und muskulös, trug ein Paar verwaschene Jeans, ausgetretene Schnürstiefel und ein ausgeleiertes T-Shirt mit einer Mimbres-Echse auf der Brust und dem Logo der Casa-Malpais-Ausgrabungsstätte drüben in Springerville, Arizona. Die Arbeit in der Wüste hatte seinem hellen Teint einen unübersehbaren Tribut abverlangt. Sein oval geschnittenes Gesicht mit der geraden Nase und dem markanten Kinn sah regelrecht verwittert aus. Irgendwann würde er vermutlich für die in Sonne, Wind, Kälte und Staub verbrachten Jahre bezahlen müssen; bereits jetzt hatten sich tiefe Krähenfüße an den Winkeln seiner blauen Augen in die Haut gegraben. Nicht gerade vorteilhaft für einen Mann Mitte dreißig. Die Frauen tuschelten sich zu, dass er zu gut aussähe. Ein blonder Adonis. Dabei hatte ihm sein gutes Aussehen bei Frauen bisher kaum Glück gebracht, überlegte er.

Und schon schlich sich wieder dieses vertraute unbehagliche Gefühl in sein Bewusstsein. *Wage es bloß nicht. Halte die Tür zur Vergangenheit hübsch geschlossen, sonst wirst du die Erinnerung den ganzen Tag lang nicht mehr los.*

Merkwürdig, dass etwas, das schon so lange zurücklag, einen Menschen auf Schritt und Tritt verfolgen, sein ganzes Leben durcheinander werfen konnte.

Auf der Kuppe einer niedrigen Erhebung warf Stewart einen Blick zurück durch die hellbraune Staubwolke, die sich hinter seinem Wagen auftürmte. Der Wüste konnte man nicht entrinnen. Nicht hier. Die feinen Sandkörner setzten sich überall fest, in den Kleidern, den Behausungen, den Maschinen. Alles, was man hier anfasste, fühlte sich rau und staubig an.

Die Wagenkolonne hinter ihm schlängelte sich wie eine locker gefädelte Kette blinkender Perlen durch die mit Beifußstauden getupfte Wüste, zwischen den einzelnen Fahrzeugen ein Abstand von einer Viertelmeile, den verwehende Staubwolken füllten. In kürzerem Abstand zu fahren würde verstopfte Luftfilter bedeuten und funktionsuntüchtige Stereoanlagen – ein wichtiger Ausrüstungsgegenstand in einem Land, in dem es nur zwei weit voneinander entfernte Radiostationen gab –, zudem verklemmte Türschlösser und Fensterheber. Nahezu jedes mechanische Gerät, das eine saubere, gleitfähige Umgebung erforderte, arbeitete hier auf eigenes Risiko.

Automobil-Ingenieure in Flint, Dearborn oder wo immer diese Trucks entwickelt und gebaut wurden, schienen immer noch nicht begriffen zu haben, was »Off-Road« hier im Westen wirklich bedeutete. Im Lauf der Jahre und im Zuge der Entwicklung der »Sport-Utility«-Klasse musste in ihrem Sprachverständnis etwas verloren gegangen sein. Die Herausforderung, die an Vorstadtmütter in Peoria gestellt wurde, die sich durch drei Zentimeter Schlamm kämpfen müssen, um ihre Sprösslinge zum Basketball-Training zu chauffieren, war eine andere, als bis zu den Federbeinen in dem braunen Kayenta-Schlamm festzusitzen, fünfzig Meilen von der nächsten befestigten Straße entfernt.

Während der klapprige Bronco über die holprige Sandpiste rumpelte, warf Dusty einen Blick durchs Seitenfenster auf die knorrigen Kakteen und die gelb blühenden Büsche der Hasenbürste. Hier und dort hatte sich der lederfarbene Sand zu kleinen Dünen aufgetürmt – Sandschatten, wie die Geomorphologen diese Formationen bezeichneten. An anderen Stellen flimmerte die Hitze über den kahlen Sandsteinplatten, paradoxe Mahnmale an den Ozean, der vor zehn Millionen Jahren das Gebiet von New Mexico und Arizona bedeckt hatte.

Und noch vor weniger als tausend Jahren wuchsen auf demselben Wüstenstreifen Goldkiefern, Wacholder und dichtes Gras. Aber das war, bevor die Anasazi mit ihren Steinäxten kamen, noch vor der Zeit der »Großen Häuser«, als mehr als zweihundertfünfzigtausend Bäume allein für deren Errichtung gefällt worden waren, ganz zu schweigen von dem Holz, das geschlagen wurde, um die riesigen Pueblos zu erleuchten, die erlesenen Tonwaren zu brennen, Mahlzeiten zu kochen und die Wohnräume zu heizen. Das war vor der Zeit gewesen, als die Anasazi-Bevölkerung schier explodierte und die Menschen jeden Quadratmeter bestellbares Land mit Mais, Bohnen und Kürbissen bepflanzten.

Am Ende des elften Jahrhunderts lagen diese ausgelaugten Hügelketten brach da. Heftige Monsunregen hatten die Humusschicht weggespült, den darunter liegenden Felsen freigelegt und tiefe Erosionsrinnen in die überfluteten Täler geschnitten. Jeder Zentimeter weggespülter Erde hatte den kritischen Grundwasserspiegel gesenkt. Und als das ausgelaugte Land schließlich völlig austrocknete, hatten die meisten Menschen diesen Landstrich bereits verlassen.

Dusty passierte das Viehgatter, das das Chaco Culture National Monument von dem umliegenden Navajo-Gebiet trennte, und seufzte leise, als seine breiten Geländereifen auf dem ungewohnten Asphalt zu summen begannen. Vor ihm erhob sich die riesige Holz-und-Stein-Konstruktion der Parkverwaltung, deren schneeweiße Lettern auf braunem Untergrund auf den Eingang verwiesen.

Zu seiner Rechten lag Pueblo Alto, der Knotenpunkt des legendären Anasazi-Wegesystems, von dem aus befestigte Straßen in alle vier Himmelsrichtungen führten. Die Ruinen des einstigen Pueblo standen wie bucklige Riesen vor dem westlichen Horizont. Als sein Handy klingelte, steuerte Dusty den Wagen noch durch die lang gezogene, abschüssige Kurve, die herab in den Mockingbird Canyon führte, ehe er den Staub von dem grauen Plastikgehäuse blies und die Empfangstaste drückte. »Hier Stewart. Der Nickel für das Gespräch geht auf Ihre Kosten.«

»Du machst dir wohl gern was vor, wie, Stewart?«, knisterte Maggie Walking Hawk Taylors vertraute Stimme aus dem Hörer. »Hier kostet die Minute einen Dollar, falls du überhaupt einen Empfang kriegst.«

»Ja, ich mach mir gern was vor«, gab Stewart grinsend zurück, die linke Hand auf dem abgegriffenen Lenkrad. »Besser, als ständig daran zu denken, wie teuer die Damen hier sind.«

»Kein Wunder, dass es keine Frau länger als zwei Monate mit dir aushält. Außerdem hast du reichlich Verspätung. Wo steckst du gerade?«

Dusty ignorierte ihre Bemerkung bezüglich Frauen. Er hatte gerade wieder eine dieser Fallen umschifft und würde den Teufel tun, sich von Maggie aufs dünne Eis locken zu lassen. »Ich fahre gerade in den Canyon hinunter. Wir sind in Albuquerque aufgehalten worden, und zwar von einer mittleren Katastrophe. Unsere Stammkneipe, wo sie Guinness verkaufen, saß auf dem Trockenen. Deshalb waren wir genötigt, durch die halbe Stadt zu kurven, und dabei haben wir auch gleich noch einen Stopp im Page One Bookstore eingelegt ...«

»Ihr musstet bei einem Buchladen anhalten, um Guinness zu finden?«

»Nicht direkt. Na, wie auch immer, in fünf Minuten stehe ich vor dem Verwaltungsgebäude, Gewehr bei Fuß.«

»Großartig, aber momentan bin ich draußen auf dem Gelände. Wie ich bereits sagte, du bist ziemlich spät dran. Und da ich weiß, wie locker du mit den Vorschriften umgehst, kam mir der Gedanke, dass du vielleicht beschlossen haben könntest, den Papierkram Papierkram sein zu lassen und schnurstracks zum Ausgrabungsplatz gefahren bist.«

»Ich halte mich stets eisern an die Vorschriften. Und vor dem ersten Spatenstich kann von Ausgrabungsort keine Rede sein. Technische Feinheiten, du weißt schon, Maggie.«

»Wenn du nicht so ein verdammt brillanter Archäologe wärst, Stewart, hätte ich dich schon längst drangekriegt.« Das Lächeln in ihrer Stimme war unüberhörbar. »Ehrlich gesagt wollte ich nur meinem Büro entfliehen. Insbesondere dem Telefon. Die Papiere liegen parat: die offizielle Grabungsgenehmigung, eine Liste mit den zehntausend Vorschriften der Parkverordnung, eine spezielle Campingerlaubnis, kiloweise Sicherheitsbestimmungen und der andere bürokratische Firlefanz, für dessen Bearbeitung sie mich hier bezahlen.« Pause. »Ach, übrigens, du schleppst doch nicht deine schwere Kanone mit dir rum, oder? Feuerwaffen sind nämlich …«

»Keine Sorge, die habe ich zu Hause gelassen, Maggie«, fiel ihr Stewart ins Wort und beförderte seine 57er Smith & Wesson mit einem Kick seines Stiefelabsatzes unter den Fahrersitz. »Spätestens in einer Viertelstunde bin ich bei dir.«

»Ich kann es kaum erwarten.«

Er drückte die »End«-Taste und warf das Telefon auf den Beifahrersitz. Während des Gesprächs mit Maggie hatte er den Wagen mit der linken Hand routiniert über die kurvenreiche Straße durch den Mockingbird Canyon mit seinen senkrecht aufragenden Felswänden manövriert und erreichte gerade den ebenen Grund des Chaco Canyon. An einem Stoppschild wies ein Schild der Parkverwaltung den Weg zu den zahlreichen Ruinen, dem Campingplatz und dem Besucherzentrum. Zu seiner Linken, in Richtung Chaco Wash, konnte er Fejada Butte sehen, das ehemalige astronomische Zentrum des Sonnendolch-Volkes, der legendäre Ort, wo Spinnenfrau einst zur Erde herabgestiegen war. Überall hier in diesem von der Sonne versengten Landstrich spürte er noch die Präsenz dieser magischen Kraft.

Er hörte Chaco seinen Namen rufen, der klar und deutlich durch die Jahrhunderte erklang und mühelos die Brücke überwand, die Kulturen, Völker und Welten überspannte. Nur die Seelenlosen ließ der Chaco Canyon unberührt.

Dusty nahm die Abzweigung nach rechts und warf einen Blick in den Rückspiegel. Sylvias, Michalls und Steve Sanders' Jeeps sowie der universitätseigene Suburban folgten ihm in gebührendem Abstand.

Zum Ende des Sommers hin kehrten die meisten Grabungsteams nach Hause zurück, um sich auf das nächste Semester vorzubereiten. Die Studenten, die ihm noch geblieben waren, sah er als zähe, ehrgeizige Kämpfer, genau die Art von Leuten, die die Archäologie brauchte. Doch auch von ihnen würden zwei in wenigen Tagen nicht mehr zu seiner Verfügung stehen. Michall Jefferson, ein kleiner, zierlicher Mann mit knallroten Haaren, würde an die University of Colorado gehen und Steve Sanders, ein großer Schwarzer, nach Arizona.

Stewart fuhr am Besucherzentrum vorbei, hinter dem verwitterte Sandsteinklippen in den Himmel ragten, die der Schutt tausend Jahre alter Pueblos säumte.

Chetro Ketl mit seinen massiven Säulen, die an gebleckte Zähne erinnerten, erhob sich vor der senkrecht aufragenden Felsenklippe. Der zweistöckige, überhängende Balkon hatte es den Anasazi erlaubt, die glühend heißen Nachmittage im Schatten zu verbringen.

Dahinter lag Pueblo Bonito, die größte Anasazi-Ruine der Welt. In seiner Blütezeit erhob sich dieses Pueblo fünf Stockwerke hoch und beherbergte über achthundert Räume, deren Wände mit weißem Lehm verputzt waren. Dieser einstige Prachtbau beherrschte auch heute noch den Canyon und zog Stewarts Blicke magisch an. Die meterhohen lotrecht aufragenden Mauern warfen scharf umrissene Schatten über die verlassenen, eingestürzten Räume. Wo einst tausende von Menschen im Schein von mehr als hundert Fackeln des Nachts umherflaniert waren, huschten heute nur noch verirrte Geister durch die leeren Höfe.

Die Ringstraße führte am Pueblo del Arroyo vorbei, passierte Kin Kletso und wandte sich dann nach Süden; kurz bevor die Straße Chaco Wash kreuzte, lenkte Stewart den Bronco durch eine geöffnete Eisenschranke und vorbei an einem kleinen Holzschild mit der Aufschrift: ZUTRITT NUR FÜR BERECHTIGTE.

Er drosselte die Geschwindigkeit und bog von der asphaltierten Straße ab. Hinter Casa Chiquita verengte sich die Schotterpiste zu einem überwucherten Feldweg, der nur noch aus zwei tiefen Spurrinnen bestand. Die anderen Wagen, die ihm folgten, schlängelten sich einer riesigen Mamba gleich durch das unwegsame Gelände. Chrom und Glas reflektierten das gleißende Sonnenlicht. Mit einem durchdringenden Quietschen kratzten die Zweige der dornigen Büsche an den Seiten des Bronco entlang.

Dann tauchte vor ihm der kleine olivgrüne Pick-up der Parkverwaltung auf, achtlos neben der rechten Spurrinne abgestellt. Keine dreißig Meter davon entfernt sah er eine Frau auf einem zerbröckelten, mit Buschwerk überwachsenen Felssockel stehen. Weitere zweihundert Meter hinter ihr reckte sich die ockerfarbene Sandsteinwand des Canyons senkrecht in den blassblauen Himmel New Mexicos.

Maggie Walking Hawk Taylor drehte sich, die Hände in die Hüften gestemmt, zu Stewart um. Sie war einen Meter fünfundsechzig groß, und ihr rundes Gesicht konnte ihre indianische Abstammung nicht verleugnen. Eine schwache Brise wehte ihr das kurze schwarze Haar um die dunklen Augen und die ausgeprägten Wangenknochen. Sie steckte in der Uniform der Parkverwaltung und derben Lederstiefeln. Der breite Gürtel der braunen Hose betonte vorteilhaft ihre schmale Taille. Sie neigte den Kopf zur Seite und lächelte.

Dusty steuerte seinen Wagen an ihrem Pick-up vorbei auf ein mit Fähnchen markiertes Feld, das den Grabungsteams als Parkplatz dienen sollte. Er zog die Handbremse an und stellte den Motor ab. Dann kramte er unter dem Stapel von Landkarten und Papieren auf dem Beifahrersitz ein Clipboard aus Aluminium hervor, an dem die Grabungsgenehmigung klemmte, sowie eine topographische Karte des Geländes.

Er schob sich das Board unter den Arm, sprang aus dem Wagen und marschierte auf den Steinhaufen zu. Maggies große, braune Augen verhießen Belustigung und gleichzeitig Aufgeregtheit. Während der Ausgrabungsarbeiten würde sie als verantwortliche Leiterin der Parkverwaltung fungieren.

»Schön, dich wieder zu sehen, Maggie«, sagte Dusty und streckte ihr die Hand entgegen, die sie herzlich schüttelte.

Dann legte er die Hand über die Augen, um sie gegen die Sonne abzuschirmen, und ließ den Blick über das Geröllfeld wandern. Im Hintergrund hörte er Autotüren zuschlagen und das Geplapper seiner Teamkollegen, die damit begannen, die Fahrzeuge auszuladen.

»Na, bist du bereit?«, erkundigte sich Maggie, die ebenfalls den Blick über die Wüste schweifen ließ. Sechs frisch zugeschnittene und mit knallorangefarbenem Klebeband umwickelte Holzpfähle markierten die rechteckige Fläche, wo zukünftig eine neue Wetterbeobachtungsstation für die NOAA, die National Oceanic & Atmosphere Administration, entstehen sollte. Ein Turm auf einem riesigen Betonfundament mit solarbetriebenen Antennen, die die Informationen an die Satelliten weitergeben würden. Alles in allem würde man dreitausend Quadratmeter Wüstenboden für den Bau bewegen müssen.

»Darauf kannst du wetten. Ich warte schon mein ganzes Leben auf die Chance, hier graben zu dürfen.« Dusty zupfte die Genehmigung aus dem Clipboard und reichte sie Maggie mit einer schwungvollen Verbeugung. »Bitte sehr. Alles unterschrieben, abgestempelt und absolut offiziell.« Grinsend setzte er hinzu: »Genau wie man es von einem guten, die Regeln befolgenden Jungen wie mir erwarten darf.«

Maggie nahm ihm das Papier ab, überflog es kurz und sagte: »Du und Dr. Robertson, ihr seid als Grabungsleiter eingetragen. Sylvia Rhone als erste Assistentin. Ist Sylvia schon da?«

Wie auf Kommando kam Sylvia durch die Beifußbüsche gestapft, das Vermessungsgerät nebst zugehörigem Stativ über der Schulter. Unter ihrer Baseballkappe wippte ein schulterlanger brauner Pferdeschwanz. Das ärmellose rote T-Shirt entblößte durchtrainierte, sonnengebräunte Arme, die ausgewaschenen Jeans steckten in klobigen Trekkingstiefeln.

»Hallo, Magpie.« Sylvia nannte »Maggie« bei ihrem richtigen Namen: Magpie Walking Hawk Taylor. »Lange nicht gesehen. Wie lebt sich's als Touristen-Hirtin?«

»Hi, Sylvia. Immer die gleiche Leier. Die Touristen beschweren sich, dass die dreißig Meilen vom Highway bis hierher nicht asphaltiert sind. Und sie klauben nach wie vor emsig jede Tonscherbe auf und lassen sie flugs in den Taschen verschwinden. Letzte Woche sind irgendwelche Vandalen über die Felsenreliefs im Canyon hergefallen. Wir mussten noch weitere Teile des Parks absperren, um zu retten, was noch übrig ist.«

»Verdammtes Pack!«, meinte Sylvia und stellte das Stativ auf dem steinigen Untergrund ab. »Stell dir vor, wie die hier rumsauen würden, wenn die Straße tatsächlich geteert wäre.« Sie sah sich um, und dabei wurden ihre grünen Augen so schmal, als hätte jemand eine Kanone auf sie gerichtet. »Nein, so ist es besser. Ein beschauliches und friedliches Schmuckstück.« Sie machte eine Pause. »Eh, haben wir hier irgendwo einen Nullpunkt?«

»Nullpunkt?«, Maggie verstand nicht recht.

»Der Bezugspunkt, von dem wir ausgehen, wenn wir das Ausgrabungsfeld abstecken«, erklärte Dusty. »Komm, lass uns mal nachsehen.«

Beim Gehen zog er die Übersichtskarte aus seinem Clipboard, die Dale vor Monaten gezeichnet hatte, als er den Bauplatz für die Wetterstation auf archäologische Interessen hin inspizierte. Der Ort bekam die Nummer 29SJ10003 Smithsonian Institution. 29 stand für New Mexico, SJ für San Juan und 10003 war die laufende Nummer der Ausgrabungsstätten in diesem Bundesstaat.

Der Steinhaufen, auf dem sie standen – in Wirklichkeit ein eingestürztes Anasazi-Pueblo –, war darauf deutlich markiert. Dusty sah sich um, orientierte sich nach den Himmelsrichtungen und machte von der Kante des Steinhaufens aus sechs große Schritte nach Westen. »Laut meiner Karte kennzeichnet ein X den Punkt hier. Seht euch mal um.«

»Ich hab's«, rief Maggie und deutete auf den Boden. »29SJ10003.«

Sylvia stellte das schwere Stativ exakt über der Aluminiumkappe auf. »So, da wären wir«, rief sie begeistert und machte sich sogleich daran, die Beine des Stativs zu platzieren und das Vermessungsinstrument einzurichten.

Dusty überließ Sylvia ihren technischen Pflichten und schlenderte zur Mitte des durch die Stangen markierten Rechtecks. Maggie ging schweigend neben ihm her.

Der heiße Wüstenwind zupfte an seinen blonden Haarsträhnen und raschelte leise durch das Buschwerk. Irgendwo in der Ferne schrie ein Rotschwanzbussard. Die Schatten waren länger geworden. Wenn er sich kurz aus der Realität ausklinkte, dachte Dusty, könnte er mühelos im Geiste die achthundert Jahre zurückwandern, den Falken rufen hören und dieselbe heiße Brise spüren.

Ein hölzernes Scheppern zerriss die Stille, als Michall Jefferson ein Bündel mit Holzstangen neben dem Stativ auf den steinigen Boden fallen ließ und Sylvia fragte, ob sie Hilfe benötigte.

»He, weilst du noch unter uns?«, ließ sich Maggies Stimme neben Dustys linkem Ellbogen vernehmen.

Er zuckte zusammen und starrte Maggie mit großen Augen an, während die Welt um ihn herum langsam wieder in sein Blickfeld rückte.

Maggie musterte ihn aus ernsten braunen Augen. »Ich kenne diesen Blick. Du warst in der Vergangenheit, stimmt's?«

»Treffer.«

»Grandma Slumber hatte diesen Blick oft gehabt. Und von meinen Tanten kenne ich ihn auch. Aber sie gehören zum Volk der Weißen Augen.«

»Zum Volk der Weißen Augen«, sinnierte Dusty. Er bückte sich und hob eine Hand voll Sand auf. »Ich bin dabei, Artefakte zu Tage zu fördern, die seit achthundert Jahren kein Mensch berührt hat, Maggie. Glaub mir, wenn du das tust, baust du sozusagen eine Brücke. Ich kann die Menschen von damals spüren. Wir berühren denselben Stein, sehen die gleichen Farben, fühlen dieselben scharfen Kanten.«

»Du bist anders.«

»Anders?«

»Ja, für die meisten Archäologen, die ich kenne, zählt nur die Wissenschaft. Die und ihre verdammten statistischen Beweise.«

»Tja, nun«, murmelte Stewart und ließ den Sand durch die Finger rieseln. »Es gibt zwei Arten von Archäologen: Die einen, die um der Theorien willen buddeln, und die anderen, die es der Menschen wegen tun. Jeder Fundort ist ein ganz besonderes Wunder, das mich mit den Menschen von damals in Berührung kommen lässt. Wenn auch nur für kurze Zeit. Und mit den Chaco Anasazi in Verbindung zu treten war schon immer mein größter Wunsch, Maggie.«

Maggies Augen weiteten sich, sie wirkten in dem runden, sonnengebräunten Gesicht noch größer als sonst. »Sei vorsichtig, Dusty. Die Alten werden dich beobachten.« Sie machte eine kurze Pause, ehe sie fortfuhr. »Meinst du, sie werden dich als würdig ansehen?«

Dusty legte den Kopf schräg. »Das bezweifle ich. Ich wüsste nicht, warum sie anders sein sollten als meine Zeitgenossen heute.«

Maggie lächelte. »Ich muss zurück. Bis später.«

Sie drehte sich um und ging davon. Der heiße Wüstenwind zauste ihr kräftiges schwarzes Haar, und das trockene Buschwerk kratzte leise an ihren Drillichhosen.

Dusty schloss die Augen, konzentrierte sich, lauschte dem zarten Flüstern des Windes in den fleischigen Blättern der Greasewood-Sträucher. Jedesmal wenn er zum erstenmal seinen Fuß auf ein Ausgrabungsfeld setzte, beschleunigte sich sein Puls. Jedes Feld besaß seine eigene, einzigartige Persönlichkeit und hütete seine Geheimnisse aufs Sorgsamste. Es wurde für ihn zur Obsession – eine herausfordernde Verführerin, die ihn lockte, die versuchte, ihn zu täuschen und abzulenken, und die doch gleichzeitig von dem Drang beseelt war, ihm ihre intimsten Geheimnisse zu enthüllen. Und wie eine Frau wollte auch so ein Feld verwöhnt und liebkost werden, ehe es ihn schließlich für seine Mühen belohnte.

Bin ich seiner würdig? Die Frage trudelte durch sein Bewusstsein wie ein Kreisel, der seinen Schwung verloren hatte.

Um dem Trümmerhaufen seiner Jugend zu entfliehen, hatte er sich dazu angetrieben, der Beste seines Fachs zu werden. Und dennoch empfand er sich nie als gut genug. Manchmal saß er in einer Parzelle und hatte das Gefühl, lange

Gespräche mit Menschen zu führen, die vor zehntausend Jahren gestorben waren, aber es gab auch Zeiten, da gelang es ihm nicht, auch nur eine schlüssellochgroße Sicht auf die Vergangenheit zu erhaschen.

»He, Boss?«, rief Sylvia. »Wir wären hier so weit.«

Dusty richtete sich auf. »Ich komme.«

2

Stimmengeflüster.

Tändler lehnte sich erschöpft mit der Schulter gegen den Kiefernpfosten des Türrahmens und zog den Hirschledervorhang beiseite. Dabei fiel ihm das lange schwarze Haar ins Gesicht, das die tiefen Falten um seine dunkelbraunen Augen noch hervorhob. Achtundzwanzig Sommer waren seit seiner Geburt vergangen, doch an diesem Morgen fühlte er sich so alt wie die verwitterten Felsenriesen, die hinter Hügeldorf in den Himmel ragten. Es hatte all seiner Willenskraft bedurft, seine verdreckten Kleider auszuziehen und sich das knielange Raulederhemd über den Kopf zu ziehen. Am Kragen und am Saum war das Hemd mit kunstvollen schwarzen Gagatperlen bestickt; um die Hüfte hielt er es mit einer roten Schärpe zusammen, an der er seine Kriegskeule und eine kleine Ledertasche befestigt hatte.

Das Flüstern erstarb.

Leute kamen näher.

Ich bin hier, um meinen Sohn zu begraben. Tändler musste sich zwingen, aufrecht zu stehen. Der Tag war klar und kalt angebrochen, die Sonne stand tief am südlichen Horizont. Tändler beobachtete die weiße Wolke seines Atems, die sich auflöste wie ein Traum, der zu nahe am Herzen lebte.

Einer nach dem anderen duckten sich die sechs Alten Hüter der Heiligen Himmelsrichtungen hinter ihm durch die niedrige Tür. Er hörte, wie sie um den Leichnam seines Sohnes Aufstellung nahmen und der alte Flammenbote den Totengesang anstimmte. Die anderen Stammesmitglieder, die an der Beisetzung teilnehmen würden, waren draußen geblieben und beobachteten ihn mit ernsten Gesichtern.

Einige der Frauen trugen Säuglinge auf hölzernen Tragen im Arm. Die Köpfe der Kleinen wurden mit Binden fest an Holzbretter gebunden, um den Hinterkopf abzuflachen und die Wangenknochen zu verbreitern, wie es dem Schönheitsideal entsprach. Die Babys gurrten und schwenkten ihre kleinen Fäuste.

Seine beiden besten Krieger, Weidenkätzchen und Wurzelstock, standen zu seiner Rechten nahe am Fuß der steil aufragenden Felswand. Sie waren gerade von einem viertägigen Beobachtungsmarsch oben am Kamm des Canyons zurückgekehrt, wo sie nach feindlichen Kriegern Ausschau gehalten hatten. Die körperliche Erschöpfung stand in ihren Gesichtern zu lesen. Beide trugen sie die rituellen weißen Umhänge, die mit Federn und polierten Steinperlen bestickt waren.

Weidenkätzchen, groß und schlank, war eine wunderschöne Frau. Und eine tapfere Kämpferin. Vor acht Monden war sie auf einem Kriegszug von den Feuerhunden verwundet und gefangen genommen worden. Da diese ihnen zahlenmäßig weit überlegen waren und Tändler durch einen direkten Angriff das Leben seiner Krieger nicht aufs Spiel setzen wollte, hatte er sich nach Einbruch der Dunkelheit allein in ihr Lager geschlichen, die zwei Feuerhunde, die sie vergewaltigt hatten, getötet und Weidenkätzchen auf dem Buckel zurück in ihr Dorf getragen. Seither hatte sich ihr Blick verändert, wenn sie ihn ansah; in ihren Augen brannte ein Verlangen, das zu erfüllen er sich nicht erlauben durfte.

Zu ihrer beiden Besten.

Wurzelknolle hielt ein Keramikgefäß in seinen starken, braunen Händen. Dünne Rauchfahnen kräuselten sich über der Hitze der Kohlen, die aus dem Ewigen Feuer stammten. Seit einigen Jahren hatte sich Tändler daran gewöhnt, sich auf Wurzelknolle zu verlassen wie ein Dach auf die stützenden Pfosten. Wurzelknolle, einen Kopf kleiner als Weidenkätzchen, war ein untersetzter, aber außerordentlich kräftiger Mann. Tiefe Narben, die er sich im Kampf zugezogen hatte, verunstalteten seine Nase und die Wangen. Doch er trug sie mit dem Stolz eines Kriegers. Als sichtbare Zeichen seines Mutes und seiner Tapferkeit.

Weidenkätzchen trug eine kleine Leiter bei sich, ein kunstvolles Gebilde aus zwei Ästen und gekreuzten Sprossen, die mit Schnüren aus Wurzelfasern ordentlich daran befestigt waren. Am Ende der Beisetzungszeremonie würden sie seinem Sohn die Leiter mit ins Grab legen, damit seine Seele aus dem Grab klettern und sich auf den Weg ins Land der Toten machen konnte.

Tändler richtete seinen Blick wieder auf Weidenkätzchen, die ihm zunickte, als wollte sie ihm dadurch über die kurze Distanz hinweg, die sie trennte, Kraft schicken. Er schloss die Augen. Nach jedem Streit mit Aschenmädchen endete er in Weidenkätzchens Zimmer. Es war, als wäre sie der Strudel und er das Wasser. Er konnte ihr jeden Kummer erzählen, und sie hatte jedesmal einen handfesten Rat für ihn parat. Ja, sie war wirklich seine beste Freundin.

Der unangenehm süße Geruch des Todes wehte durch die Tür und traf ihn wie ein Schlag in die Magengrube. Tändler zog die frische, kalte Luft tief in seine Lungen, während sein Blick über die Wüste wanderte.

Vater Sonne hatte die Klippe hinter Hügeldorf noch nicht erklommen, doch sein Licht durchflutete bereits den Canyon, streifte die ockerfarbenen Sandsteinwände und brachte die Bäuche der träge dahinziehenden Wolkenmenschen zum Erglühen. Vor einem halben Mond hatte es zuletzt geschneit, und auf den Felsnasen der nach Norden weisenden Klippe saßen noch dicke weiße Hauben. Die Ebene glich eher einer Flickendecke. Der Schnee war größtenteils geschmolzen, das Wasser im Sand versickert und wieder gefroren, so dass der Boden stellenweise so hart war wie Stein.

Widerstrebend griff Tändler nach dem Vorhang und ließ ihn, nachdem er eingetreten war, hinter sich zufallen. Der purpurfarbene Schein der glühenden Kohlen tanzte über die Gesichter der sechs Dorfältesten. Der Leichnam seines Sohnes lag auf einer zerschlissenen Matte auf dem Boden.

Die alten Männer hatten an der östlichen und der westlichen Seite des Raumes Aufstellung genommen. Die alten Frauen an der Nordseite, links von ihm, und der Südseite, rechts von ihm. Alter Mann Unter den Himmeln und Alte Frau Über den Himmeln saßen sich im hinteren Teil des Hauses gegenüber und sangen leise das Totenlied: »*Eine Feder bringen wir, eine Feder reichen wir dir …*«

Jeder der Ältesten hatte eine zusammengefaltete Decke bei sich und trug einen sorgfältig gegerbten Büffellederumhang mit den in Rot gehaltenen Abbildungen von Wolf, Kojote, Adler und Rabe, den speziellen Geisthelfern des Katsinas-Volks. Federn und Samenkörner zierten die langen Fransen an ihren Umhängen.

»Bitte fangt an«, sagte Tändler.

Alter Mann des Ostens nickte und starrte auf den nackten Körper auf der Weidenmatte. Tränen verschleierten die Augen von Alte Frau des Nordens. Sie ließ einen leisen Klagelaut hören, und Alter Mann des Westens biss sich auf die Unterlippe.

Tändler brachte es nicht über sich, auf den Boden zu sehen. Sein Blick wanderte ziellos in dem kleinen Raum umher, der nur drei Körperlängen im Quadrat maß. Von den Deckenbalken hingen Büschel mit getrockneten Sonnenblumen, Mais und Bohnen herab. Entlang der Wände reihten sich große orangefarbene Kürbisse. Rechts in der Ecke neben Alte Frau Über den Himmeln stapelten sich Körbe und Vorratstöpfe. In der gegenüberliegenden Ecke, neben Alter Mann Unter den Himmeln, lagen Tändlers Bogen, der Köcher mit Pfeilen und das Kriegsbeil neben einem Stapel zusammengerollter Felldecken. Der große geriffelte Tontopf neben den Schlaffellen enthielt enthülste Bohnen, und der kleine schwarzweiße Topf daneben Perlen, Garn, Ahlen aus Truthahnknochen, eingefärbte Stachelschweinborsten, Steinstifte, um Löcher ins Leder zu stanzen, und andere Nähutensilien – alles, was Aschenmädchen zur Herstellung von Kleidung benötigte.

Ohne dass es ihm bewusst wurde, verweilte sein Blick auf den vier Gottheiten, die Aschenmädchen an die Wände gemalt hatte. In dem flackernden Schein der Kohlen schienen sie zu tanzen und ihre Masken sich im Rhythmus einer Trommel zu bewegen, die er nicht hören konnte. Die Katsina-Ameise nahm die Südwand ein, Bär die Nordwand, und Büffel tanzte an der östlichen Wand. Tändler brauchte sich nicht umzudrehen, um zu wissen, dass der Katsina-Dachs von der Westwand hinter seinem Rücken auf ihn herabstarrte.

Aschenmädchen hatte die Abbildungen der Götter mit peinlichster Sorgfalt gemalt, aber sie waren ihr nicht gelungen. Wie das meiste, das sie in Angriff nahm.

Ärger und Schuldgefühl wallten in seinem Herzen auf, und Tändler griff unwillkürlich nach dem einzigen verlässlichen Schutz auf der Welt, der schweren Kriegskeule, die an seinem Gürtel hing.

»Tod ist kein Feind, Kriegshäuptling«, murmelte Alter Mann des Ostens. Sein ursprünglicher Name war Springbock. Er hatte eine lange, gebogene Nase und über seinem zahnlosen Gaumen fältelten sich runzlige Lippen. Nur noch vereinzelte weiße Haarsträhnen bedeckten seinen mit Altersflecken übersäten Schädel.

»Deiner vielleicht nicht. Aber ich habe mein ganzes Leben gegen sie gekämpft, Ältester.«

»Gekämpft … ja. Aber gewonnen? Das Leben ist ein Tanz, Kriegshäuptling. Es jagt und schläft. Sommer und Winter, Regen und Dürre, Säen und Ernten, Krieg und Frieden, alles läuft in unvorstellbar großen Kreisen ab, eingebunden in den ewigen Prozess der Veränderung. Wir alle sind roher Teig in den Händen der Götter.«

»Mir brauchst du das nicht zu erklären, Ältester. Ich weiß das.« Tändlers Hand schloss sich fester um die Kriegskeule. Er hatte noch keine vierzehn Sommer gesehen, als er zu seinem ersten Kriegszug aufgebrochen war. Er kannte die Götter so, wie sie in Wirklichkeit waren, launisch und rachsüchtig.

Im Gegensatz zu seiner Frau hatte Tändler ihnen nie vertraut.

Springbock drückte tröstend Tändlers Schulter. »Dein Sohn ist jetzt von dieser Krankheit befreit. Lasst uns ihm nun helfen, seinen Weg ins Land der Toten zu beschreiten.«

Jetzt zwang Tändler sich zum ersten Mal, den Blick auf den Boden zu senken.

Er hatte seinen Sohn gewaschen und ihn so vorbereitet, wie die Ältesten ihn angewiesen hatten. Der nackte Körper des Jungen war dürr wie Schilfrohr. Die Rippen standen heraus, die Knie sahen aus wie dicke Knollen. Die Wangen und die Augen versanken im Schädel. Die Lippen waren hochgezogen und jeder einzelne Zahn war mit getrocknetem Blut verkrustet, mit dem die Krankheit auch seine Lungen verstopft hatte.

Der Schmerz, der in Tändlers Brust wütete, drohte ihn umzuwerfen. Er stellte sich breitbeinig hin, um das Gleichgewicht nicht zu verlieren.

Jeder hier hatte irgendeinen geliebten Menschen in den Kriegen verloren, doch jetzt hatten sie auch noch mit dieser schrecklichen Krankheit zu kämpfen. Gerüchte besagten, dass die Schattengeister, die diese Krankheit verursachten, ursprünglich von den Feuerhunden stammten, die im Süden lebten. Und Tändler glaubte diesen Gerüchten. Von den Feuerhunden war bisher noch nie etwas Gutes gekommen.

Das Volk der Katsinas nannte sie Feuerhunde, weil diese mordenden Horden glaubten, ursprünglich in Gestalt von Wölfen auf die Erde gekommen zu sein, geschaffen aus den Flammen von Vater Sonnes Feuer. Tändler bezweifelte das nicht. So wild und brutal, wie sie sich gebärdeten, hatten sie wenig mit Menschen gemein.

Alte Frau des Nordens, Matrone Flammenbotin, legte ihre gefaltete Decke ab und kramte einen kleinen Beutel unter ihrem Umhang hervor. Vierundsiebzig Sommer hatte sie schon erlebt, das graue Haar fiel ihr in schütteren Strähnen um das faltige Gesicht, doch die kleinen, eng zusammenstehenden Augen blitzten nach wie vor. Im Lauf der langen Sommer waren ihr die Augenbrauen bis auf ein paar graue Borsten ausgefallen. Sie war eine sehr einfühlsame und freundliche Frau, trotz ihrer strengen Stimme. Als sie sich neben Grasmond kniete, vertieften sich die Falten auf ihrer Stirn. »Helft mir ihn aufzuheben«, sagte sie.

Springbock reichte Alter Frau des Südens seine Decke und schob seine Arme unter Grasmonds rechtes Knie und rechte Schulter. Flammenbotin tat es ihm von der linken Seite her gleich.

Nachdem sie den Jungen hochgehoben hatten, breitete Alte Frau des Südens sorgfältig die mitgebrachten Decken auf der Weidenmatte aus und strich sie mit ihren schwieligen Händen glatt.

Anschließend betteten Springbock und Flammenbotin den Jungen liebevoll auf die weißen Decken.

Der Mund des Jungen öffnete sich dabei zu einem stummen Schrei, der Tändler vor Schmerz schier die Sinne raubte.

Er presste so hart die Kiefer aufeinander, dass sein Kopf zitterte.

Zärtlich streichelte Flammenbotin Grasmonds eingefallene Wangen und sagte: »Reicht mir die heiligen Atem-Herz-Utensilien.«

»Ja, Matrone«, antwortete Alte Frau des Südens.

Jeder Mensch besaß zwei Seelen; eine, die auf ewig mit

dem Körper verbunden blieb, und eine, die Atem-Herz-Seele, die die Lungen in Bewegung und das Herz am Schlagen hielt. Nach dem Tod eines Menschen entwich diese Seele dem Körper, schwebte aber noch so lange um ihn herum, bis die Hüter den Weg ins Land der Toten vorbereitet hatten.

Alte Frau des Südens, eine der Kokwimu, eine heilige Mann-Frau mit großer Macht, kniete sich vor dem Leichnam nieder und griff in ihren bemalten Büffellederumhang, um ihr eigenes Bündel hervorzuholen. Kokwimu besaßen den Körper eines Mannes, aber die Seelen einer Frau. Dies erlaubte ihnen, Dinge zu tun und zu sehen, die gewöhnlichen Frauen und Männern nicht möglich waren. Jünger als die anderen Hüter, hatte sie ihren langen, grau gesträhnten Zöpfe über den Ohren zu Schnecken gerollt und diese mit Kaninchenbeinnadeln festgesteckt. Über ihren schräg stehenden Augen wölbten sich elegant geschwungene Brauen. Auf ihrem dreieckigen Gesicht mit der spitzen Nase schimmerten feuchte Tränen. Ihr eigentlicher Name war Graue Wolke. Sie war berühmt für ihre langen Geschichten, die alle eine Moral enthielten und die die Zuhörer nur selten verstanden.

Graue Wolke entnahm ihrem Bündel zwei kleine gelbe Beutel, ein prachtvolles, mit roten Perlen besticktes weißes Hemd und ein Paar neue Mokassins, die in dem diffusen Licht rötlich schimmerten.

Tändler hatte Grasmonds alte Kleider zu einem Bündel verschnürt, das nun zur Rechten des kleinen Leichnams lag. Am Ende der Totenzeremonie würde Alter Mann des Ostens die Glut aus dem Ewigen Feuer anfachen und die Kleider verbrennen, um die Schattengeister zu vernichten, die Grasmond krank gemacht hatten.

Tändler ließ den Kopf auf die Brust sinken.

Sein Sohn war in seinem eigenen Blut ertrunken, und seine Mutter war nicht einmal an seiner Seite gewesen, um ihn zu trösten. Acht Handbreit war die Sonne gewandert, während Grasmond immer wieder mit erstickter Stimme »Mutter … Mutter … Mutter« rief, ehe der Tod ihn von seinen Qualen erlöst hatte.

Tändler hatte ihn in seinen Armen gewiegt und dabei unentwegt geflüstert: *Sie kommt. Sie wird bald bei dir sein.*

Ein Anflug von Wut mischte sich in seinen Kummer. Seit zwei Tagen war sie nun schon verschwunden, ohne ein Wort. Er ballte die Hände zu Fäusten. Er wollte nicht an sie denken. Nicht jetzt.

Graue Wolke öffnete einen der gelben Beutel und schüttete weißes Maismehl in Flammenbotins gewölbte Hände und anschließend in ihre eigene Hand. Mit dem Mehl rieben sie Grasmonds Leichnam ein, um ihn für seine lange Reise ins Land der Toten zu reinigen.

Als sie damit fertig waren, zog Flammenbotin ihm das reich verzierte weiße Totenhemd über. Graue Wolke öffnete indes den anderen gelben Beutel und schüttete die darin aufbewahrten Schmuckstücke auf die Decke neben Grasmonds Leichnam – Ohrspulen aus schwarzem Gagat, fein ziselierte Muschelhalsketten und zwei gegossene Kupferglocken. Ganz behutsam zog sie ihm erst die neuen Mokassins an, steckte anschließend die Ohrspulen in seine Ohrläppchen und befestigte die Glöckchen an den Fransen seiner Mokassins. Zum Schluss legte sie ihm die Halsketten um und achtete darauf, dass die Mittelstücke genau auf seinem Brustbein lagen.

Dann ließ sie sich auf die Fersen zurücksinken und schloss die Augen. Zwischen ihren dunklen Wimpern perlten Tränen hervor.

Flammenbotin hob eine Hand. »Die Seele des Jungen wird vier Tage brauchen, um ins Land der Toten zu gelangen. Und während dieser Zeit wird er verwirrt und beunruhigt sein. Keiner darf daher seinen Namen aussprechen oder von ihm träumen, sonst wird sein Geist von seiner Reise in die Unterwelt zurückgerufen.«

Sie löste einen blauen Beutel von ihrem Gürtel. Blau war die Farbe des Nordens und symbolisierte das Land der Toten. Sie beugte sich über Grasmond, ließ aus dem Beutel blau gefärbtes Maismehl über ihn rieseln und zog dann eine

Spur auf dem Fußboden, während sie langsam rückwärts zum Ausgang ging. Die übrigen Hüter der Heiligen Himmelsrichtungen begannen mit ihren brüchigen Stimmen, die klangen wie Sand, der an Holz reibt, zu singen:

In heiliger Ehrfurcht senden wir eine Stimme aus.
Senden wir eine Stimme aus.
Vater Sonnes Pfad ist unsere Stärke.
Schwester Monds Pfad unser Gewand.
Wir beten.
Wir senden aus ein Gebet.
In heiliger Ehrfurcht senden wir eine Stimme aus.

Tändler hob den Türvorhang hoch. Flammenbotin duckte sich hindurch, zog ihre Maismehlspur an den Trauernden vorbei und quer über den eiskalten Dorfplatz. Ein Schneewirbel tänzelte an der südlichen Mauer von Hügeldorf entlang.

»Der heilige Pfad wird deinen Sohn zu der Großen Nördlichen Straße geleiten. Von dort aus wird er seinen Weg ins Land der Toten allein finden«, bemerkte Springbock.

Der Pfad würde außerdem seinen hungrigen Geist vom Dorf weglocken, ehe dieser sich ein lebendes Wesen schnappte und mit auf seinen Weg nähme.

Watender Vogel schlurfte zur Tür, und die anderen Ältesten folgten ihm, duckten sich hinaus in den schneidenden Morgenwind.

Weidenkätzchen trat mit der Leiter vor. Sie war aus Wacholderzweigen gefertigt und sah sehr fragil aus. Doch sie würde seinen kleinen Sohn tragen.

»Komm«, sagte Tändler. »Er ist bereit.«

Für ihre Größe bewegte sich Weidenkätzchen mit erstaunlicher Grazie. Ihr weißer Umhang schwang beim Gehen um ihren muskulösen Körper. Unter dem Umhang trug sie ein blaues Kriegshemd, dessen Brust ein schwarzer Kojote zierte. Wurzelknolle folgte ihr. Die gezackten Narben verliehen seinem Gesicht einen noch ernsteren Ausdruck.

Weidenkätzchen legte die Leiter neben Grasmond auf die weißen Decken und flüsterte: »Wurzelknolle, hilf mir, ihn auf die Leiter zu heben.«

Wurzelknolle stellte die Schale mit den Kohlen ab und ergriff die Ecken der Bestattungsdecken. Behutsam, als transportierten sie einen Schwerverletzten, hoben sie Grasmonds Leichnam auf und betteten ihn auf die Leiter. Dann stellte Wurzelknolle das Gefäß mit den Kohlen neben Grasmond und ergriff das eine Ende der Leiter, während Weidenkätzchen das andere nahm.

Tändler wechselte einen sanften Blick mit Weidenkätzchen, als sie die Leiter an ihm vorbeitrugen, dann bückte er sich und hob das Bündel mit Grasmonds alten Kleidern auf. Er hielt es an seine Brust gepresst, als er hinaus in die Kälte trat.

Der Maismehlpfad wurde inzwischen von Trauernden gesäumt, die schluchzten und an ihren Gewändern zerrten. Viele hatten sich zum Zeichen der Trauer die Haare abgeschnitten – wie es auch Tändler tun würde, sobald die Zeremonie beendet war. Etliche der Trauernden husteten, gepeinigt von derselben Krankheit, die Grasmond dahingerafft hatte. Angst beherrschte ihre Blicke, und über ihre Haut hatte sich ein grauer Schleier gelegt. Ihre Augen lagen tief in den Höhlen.

Weidenkätzchen und Wurzelknolle passierten mit gemessenen Schritten die Reihen der Trauernden, um jedem einzelnen Gelegenheit zu geben, den Jungen noch einmal zu berühren oder ihm Geschenke auf die Brust zu legen.

Die lavendelfarbenen Schatten umhüllten Grasmonds Gesicht wie flüssiger Amethyst.

Tändler fühlte sich wie gelähmt.

Grasmonds sprudelndes Lachen stieg in seiner Erinnerung auf, er sah das strahlende Gesicht des Jungen, der ihm lächelnd die Arme entgegenstreckte und hochgehoben werden wollte …

Tändlers Brustkorb weitete sich, angefüllt mit einer beißenden, schwarzen Leere.

Du kannst es. Du wirst es durchstehen.

Er nahm seine ganze Willenskraft zusammen und zwang sich, einen Fuß vor den anderen zu setzen.

Steinerne Säule, ein massiver Sandsteinbrocken, der irgendwann einmal aus der Canyonwand gebrochen war, erhob sich zu Tändlers Rechten, bedrohlich über die Ruinen geneigt, von denen alle hofften, dass sie das einstige Talon bezeugten. Der obere Teil dieses mächtigen Sockels schimmerte golden.

Tändler folgte der Leiter mit dem Leichnam seines kleinen Sohnes hinaus auf den Pfad, der an der östlichen Stadtmauer entlangführte. Auf dem bröckelnden weißen Lehmputz prangten Abbildungen tanzender Katsinas. Die Gesichter der Götter, die einen Mann um das Dreifache überragten, trugen Furcht einflößende Masken. Einst, vor langer Zeit, mussten sie die Menschen in Angst und Schrecken versetzt haben. Heute wirkten sie eher Mitleid erregend. Stellenweise war der Putz in großen Platten abgebröckelt und mischte sich nun unter den übrigen Schutt, der sich vor der Mauer häufte. Einigen der Göttern fehlte ein Arm oder ein Bein oder ein Auge. Nur das letzte Abbild war noch völlig intakt. Es zeigte den Dachs-Katsina, groß und schwarz, mit Augen, die funkelten, als wären sie lebendig. Stufenförmig angeordnete, blaugrau gefärbte Gewitterwolken bauschten sich um seine Brust, und durch weiße Striche symbolisierter Regen fiel über seinen Bauch. In der rechten Hand trug er einen Feuerball.

Der Dachs-Katsina war erst kürzlich neu angemalt worden. Nicht von Leuten aus seinem Dorf oder einem der anderen kleinen Dörfer im Gerader-Pfad-Canyon, sondern von unbekannter Hand. Der rote Feuerball wirkte so echt, als würde er tatsächlich glühen.

Als Tändler auf der letzten dieser eindrucksvollen Abbildungen vorbeikam, drang ein Wispern, so leise wie das Rascheln des Windes in den Beifußbüschen, an sein Ohr. Der Katsina schien sich zu Tändler herabzuneigen, um seine Aufmerksamkeit zu erregen.

Tändler wies ihn mit einem strengen Blick zurück. Im Gegensatz zu seiner Frau hatte er nie das Bedürfnis verspürt, mit den Göttern zu sprechen. Er verstand sie nicht und wollte sie auch gar nicht verstehen.

Weidenkätzchen und Wurzelknolle umrundeten die südöstliche Grenze von Talon und folgten der Straße nach Westen. Fünfzehn Schritte war die Straße breit und mit glasierten Tonscherben gepflastert.

Die schnurgerade Ost-West-Mauer von Talon zeigte nach Süden. Große Stücke des Lehmverputzes waren abgebröckelt und ließen die großartige Geschicklichkeit der damaligen Steinmetze erkennen. Sie hatten Sandsteinbrocken von der Größe seiner Hand so lange zugeschliffen, bis sie sich so nahtlos aneinander fügten, dass man nicht einmal die dünne Klinge eines Obsidianmessers dazwischenschieben konnte. Links von ihm erhoben sich zwei längliche Erdwälle, die man über Abfallhaufen errichtet hatte. Asche, Tierknochen und zerbrochene Tongefäße traten immer wieder zutage. Nach heftigen Regenfällen wurde der Müll sogar bis auf die Straße gespült und musste anschließend zusammengerecht werden.

Eine Reihe Trauernder folgte Tändler an der Westmauer von Talon entlang und über die längst nicht mehr bewirtschafteten Felder, auf denen jetzt Beifußbüsche und Greasewood-Sträucher wucherten. Vor ihnen schritten die sechs Hüter hintereinander auf den Bestattungsplatz zu. Man hatte bereits ein Loch in den gefrorenen Boden am Fuß der Klippe gehackt und ein Grab ausgehoben.

Es wird nicht mehr lange dauern, redete Tändler sich gut zu. *Du kannst die Zeremonie zu Ende bringen, ohne dass dich der Kummer überwältigt. Dein Sohn würde bestimmt wünschen, dass du stark bist, den anderen ein Vorbild.* Instinktiv ballten sich seine Hände zu Fäusten.

Zwanzig Schritte von dem Grab entfernt loderte ein großes Feuer, das blaugraue Rauchschwaden in den morgendlichen Himmel entließ. Neben dem Grab, den Rücken an die Felswand gelehnt, hockte Hainbuche, die Sonnenwächterin. Unbeweglich saß sie da, den Kopf auf die Brust gesenkt. Wie still sie war. Ganz versunken in ihrer Andacht. Ein roter Federumhang hing um ihre Schultern.

Sie hob nicht einmal den Kopf, als die Prozession sich näherte, und als Tändler das bemerkte, verkrampfte sich sein Herz. Sie hatte Grasmond genauso innig geliebt wie er. Während Grasmond krank darniederlag, hatte Hainbuche, so oft es ihr neben ihren anderen Verpflichtungen möglich war, die darin bestanden, Aschenmädchen bei der Wäsche zu helfen und Besorgungen zu erledigen, nach dem Jungen gesehen. Doch als sein Sohn starb, weilte sie im Sternhageldorf am westlichen Ende der Schlucht, um einen Kranken zu heilen. Die Nachricht vom Tod des Jungen musste ihre Seelen zerrissen haben.

Tändler schlug das Herz bis zum Hals, als er entschlossen seinen Weg fortsetzte. Die langen Fransen an den Ärmeln und dem Saum seines Lederhemds flatterten in der kalten Brise.

In einem anderen Leben, wie es ihm jetzt vorkam, hatte er Hainbuche geliebt. Damals war er gerade fünfzehn Sommer alt gewesen und sie noch nicht zur Frau herangereift. Tändlers Familie hatte das Mädchen eines Tages im Wald aufgefunden, wo es ziellos umherirrte, mit Wunden und blauen Flecken übersät. Sie war den Feuerhunden entkommen, daran erinnerte sie sich noch, nicht aber, zu welcher Familie oder welchem Clan sie gehörte. Innerhalb von sechs Monden waren sie die besten Freunde geworden. Ihre Zartheit und Unschuld hatten ihn angezogen wie ein gebratenes Huhn einen ausgehungerten Mann. Das war in dem Sommer gewesen, bevor seine Großmutter ihn gezwungen hatte, Aschenmädchen zu heiraten. Ehrwürdige Götter, wie sehr hatte er damals gehofft, dass Hainbuche zugestimmt hätte, ihn zu heiraten. Er hatte sie gefragt, doch damals war sie noch keine Frau gewesen. Sie konnte ihm keine Antwort geben, und er hätte auch nicht zu ihrer Ziehmutter gehen und um sie werben können. Stattdessen hatte seine Großmutter die Heirat mit Aschenmädchen arrangiert. Sie erklärte ihm, dass Aschenmädchen einen starken Mann bräuchte, der sich um sie kümmerte, denn ihr Vater hatte die Familie verlassen, als Aschenmädchen noch klein war, und darüber sei sie nie hinweggekommen. Aschenmädchen hatte ihre Großmutter angefleht, sie mit Tändler zu verheiraten.

Tief religiös, wie sie war, hatte Hainbuche sich der Priesterschaft verschrieben und geschworen, erst dann zu heiraten, wenn einer der Katsinas aus den Himmelswelten herabstieg und ihr die Erlaubnis dazu erteilte.

Während Tändler sie ansah, grub sich sein Schmerz wie glühende Nadeln in sein Herz. Im Lauf der einsamen Sonnenjahre hatte sie gelegentlich das Lager mit ihm geteilt. Sie in seinen Armen zu halten war so wohltuend gewesen wie eine kühlende Salbe auf einer frischen Wunde.

Hainbuche hatte am gleichen Tag wie Tändler das Grüne-Tafel-Dorf verlassen, um dem Volk der Katsinas zu folgen. Auf dem langen, beschwerlichen Weg hatte sie sich stets dicht hinter ihm gehalten, hatte ihn zärtlich angelächelt, seine Zweifel mit ihrer süßen, melodischen Stimme zerstreut und ihm versichert, dass alles gut werden würde.

Doch nichts war gut geworden, seit er das Grüne-Tafel-Dorf verlassen hatte. Damals hatten er und Aschenmädchen miteinander zu streiten begonnen und seither nicht mehr damit aufgehört. Aschenmädchens fanatischer Eifer, einen Geisthelfer zu finden und die Kiva des Ersten Volkes neu zu errichten, hatte sich mit seinen Interessen einfach nicht vertragen ...

Eine Frau schrie.

Tändler fuhr herum.

Flammenbotin, die neben dem ausgehobenen Grab stand, griff taumelnd nach Graue Wolkes Arm. Die anderen Hüter stürzten ans Grab und starrten hinein. Alte Frau Über den Himmeln sank schluchzend auf die Knie.

Tändler rannte los.

Als er an Weidenkätzchen und Wurzelknolle vorbeilief, befahl er ihnen: »Legt meinen Sohn nieder! Folgt mir!«

Unter den Trauernden brach Chaos aus. Die Frauen schnappten sich ihre Kinder, Fragen wurden gebrüllt. Viele bekamen vor Aufregung Hustenanfälle. Säuglinge schrien auf, als die Menge hinter Tändler herstürmte. Die älteren unter ihnen humpelten hinter ihm her, so schnell ihre alten Beine sie trugen.

Tändler rief: »Flammenbotin? Was ist denn passiert? Was hast du gesehen?«

Springbock drehte sich um, sein Mund ein kreisrundes Loch in seinem Gesicht. »Sch-schnell«, stammelte er und winkte ihn heran.

Graue Wolke half Flammenbotin, sich hinzusetzen, dann warf sie selbst einen Blick in die Grube. Im nächsten Moment schlug sie die Hand vor den Mund, als wollte sie einen Schrei zurückhalten.

Tändler blieb keuchend neben Graue Wolke stehen.

Der Mann schien auf dem Bauch zu liegen, mit ausgebreiteten Armen und Beinen, so als ob man ihn mit dem Gesicht voraus in die ausgehobene Grube gestoßen hätte. Er trug ein Hemd und Hosen aus feinstem weißem Hirschleder. Der Länge der Hosen nach zu schließen musste es sich um einen sehr großen Mann handeln. An seinen Füßen lag die heilige Maske des Wolf-Katsina. Das graue Fell schimmerte silbern.

Auf dem Kopf des Mannes lag eine schwere Sandsteinplatte. Tändler erstarrte. Es war der Brauch, schwere Steinplatten auf die Köpfe von toten Hexen und Zauberern zu legen, um ihre Atem-Herz-Seelen für immer in der Erde zu verbannen. War dieser Mann ein Zauberer? Hatte man ihn deshalb getötet?

Die Trauernden scharten sich um das ausgehobene Grab, drängelten und schubsten, um besser sehen zu können. Und kaum hatten sie gesehen, was es zu sehen gab, zerrissen Schreie die morgendliche Stille, und das Gedränge und Geschiebe geriet außer Rand und Band. Gleich einer Herde wild gewordener Büffel stoben sie davon, mit den Armen rudernd und sich gegenseitig niedertrampelnd, um sich zurück in ihr Dorf zu flüchten, ehe einer der Geisthelfer des Zauberers sich ihrer bemächtigen könnte.

Tändler betrachtete die Hand voll Leute, die geblieben waren: die Ältesten und noch einige andere.

Weidenkätzchen kniete sich neben ihn. Die blauen und roten Steinperlen auf ihrem weißen Federumhang schimmerten wie kleine Wolken am Morgenhimmel. »Wer ist das? Weißt du es?«

»Nein.«

Weidenkätzchen drehte sich um und zuckte unmerklich zusammen, als ihr Blick auf die Gestalt in dem Grab fiel. »Da stimmt was nicht«, murmelte sie und zeigte auf die Stellen, wo die Hände und Füße liegen sollten.

Da begriff Tändler. Der Tote schien keine Hände und keine Füße mehr zu haben. Die Enden der Ärmel und Hosenbeine wirkten leer.

»Er wurde verstümmelt, nicht wahr?« Weidenkätzchen musterte Tändler mit einem steinernen Blick. »Jemand sollte die Steinplatte wegziehen. Vielleicht kennen wir den Toten.«

»Von einem Zauberer?«, rief Erbsenschote erschrocken. Sie war eine Frau von dreißig Sommern, mit einem eckigen, pockennarbigen Gesicht und einer dicken Knollennase. Das Haar hatte sie oben auf dem Kopf zu einer Schnecke eingerollt und mit einem Holzkamm festgesteckt. »Bist du verrückt geworden? Wenn du das tust, befreist du seine Seele, und die wird dann versuchen, uns zu zerstören!«

Weidenkätzchen fuhr sich mit der Zungenspitze nervös über die trockenen Lippen. »Aber wir müssen wissen, wer das ist«, erklärte sie und machte sich daran, in das Grab hinabzusteigen.

Graue Wolke hielt sie am Arm fest. »Nein, ich werde das tun. Du bist erst gestern Abend von einem Kriegszug zurückgekehrt und hast das Reinigungsritual noch nicht absolviert. Ich habe mich heute Morgen im Rauch von Wacholderzweigen gereinigt. Falls dort unten etwas Böses lauert, wird es nicht in meinen Körper eindringen können.«

Tändler seufzte leise und sagte: »Gut, aber sieh dich vor.«

Graue Wolke setzte sich an den Rand der Grube und ließ sich dann vorsichtig hinuntergleiten. Das Grab maß nur sechs Hand in der Tiefe. Sie stellte sich über den Leichnam und verharrte so einige Augenblicke. Dann beugte sie sich vornüber, schob die Finger unter die Steinplatte und wuchtete sie hoch.

Das Gesicht des Opfers war völlig zerschmettert. Eine dicke Blutkruste bedeckte den eingedrückten Schädel. Es sah so aus, als hätte seine Mörder der Blutrausch gepackt, sodass sie nach dem Tod ihres Opfers noch weiter auf es einprügelten. Das Haar des Mannes war abgeschnitten, als befände er sich in Trauer. Irritiert runzelte Tändler die Stirn.

»Wir werden nie erfahren, wer der Mann war«, sagte Weidenkätzchen leise. »Er hat keine Augen mehr, keine Nase ...«

»Kannst du ihn umdrehen, Graue Wolke?«, warf Tändler ein. »Vielleicht trägt er die Symbole seines Clans auf der Vorderseite seines Hemds.«

Graue Wolke packte den Toten am rechten Arm und zog ihn herum. Der steife Körper fiel auf den Rücken. Als sie den Arm sinken ließ, rutschte der lange Ärmel zurück, und zum Vorschein kam eine kleine, schmale Hand, deren Gelenk ein Schlangenarmreif zierte.

Atemloses Schweigen senkte sich über die Anwesenden.

Durch Tändlers Adern jagte der stechende Schmerz des Begreifens. »Nein. Nein, das kann ...«

Ihm versagte die Stimme. Mit einem Satz stand er in der Grube, ergriff die steifen Finger, untersuchte den Armreif.

»Oh«, wisperte Graue Wolke und taumelte rückwärts gegen die Grubenwand. »Heilige Götter.«

Flüsternd schoben sich die anderen Anwesenden an den Rand des Grabs heran.

Ein leiser Schrei entrang sich Flammenbotins Kehle: »Ist es ...?«

Graue Wolke antwortete: »Ja. Ich glaube, sie ist es.«

Flammenbotin schüttelte ihr ergrautes Haupt. »Warum

sollte jemand sie erschlagen und in das offene Grab ihres eigenen Sohnes werfen? Das ergibt doch keinen Sinn!«

»Für die Mörder vielleicht doch«, entgegnete Weidenkätzchen, die sich aus der Hocke erhoben hatte.

Tändler rieb mit dem Daumen über Aschenmädchens eiskalten Handrücken und empfand nichts. Keinen Schmerz, keine Furcht, nur eine dumpfe Taubheit, die ihn umschloss. Sein Puls verlangsamte sich, doch jeder Schlag seines Herzens hämmerte in seiner Brust.

Fragen wurden unter den erschütterten Anwesenden laut und das kehlige Rasseln von Hustenanfällen.

Tändler blickte auf und gewahrte zum ersten Mal deren farbenprächtige Kleider und den blitzenden Schmuck. Sie hatten die besten Gewänder angelegt, um seinen Sohn zu ehren. Ihre Augen waren erfüllt von Kummer und Mitleid. Tändler betrachtete jeden Einzelnen von ihnen, seine Seele bewegte sich langsam, methodisch, während er versuchte, sich die jeweiligen Namen ins Gedächtnis zu rufen. Als sein Blick das Ende der Reihe erreichte, durchfuhr ihn der eiskalte Stachel der Angst.

»Ehrwürdige Götter, wo ist Hainbuche?«

3

Weidenkätzchen folgte der Spur der roten Arafedern, die sie auf dem Beisetzungsplatz entdeckt hatte. Windjunge hatte die Federn umhergeweht, doch die Spur schien zu dem Platz zu führen, wo die Sonnenwächterin saß, den Kopf auf die Brust gesenkt.

Vater Sonne stieg am Himmel empor und verwandelte den Sand in ein glitzerndes Bernsteinmeer. Die kühle Morgenbrise trug den Duft von tauender Erde und nassem Gras heran.

Weidenkätzchen marschierte, die Kriegskeule in der Hand, weiter, während ihr Blick aufmerksam zwischen den Felsbrocken und dem Gebüsch umherwanderte.

Die Schatten warfen ein graugoldenes Muster auf die zerklüftete Sandsteinwand zu ihrer Rechten. Viele der Nischen und Spalten waren so groß, dass sich darin ein Mensch mühelos verstecken konnte.

Angesichts dieser bösen Macht, die in der Luft lag, wollte Weidenkätzchen kein Risiko eingehen.

Die glühenden Funken, die mit den Rauchschwaden von Sonnenwächterins Feuer aufstiegen, sagten Weidenkätzchen, dass dort jemand vor kurzem Holz nachgelegt hatte. Weniger als vor einer Viertel Handbreit Zeit.

Fünf Schritte vor der Feuerstelle blieb sie stehen. Die Sonnenwächterin rührte sich nicht. Der lange, schwarze Zopf, der über ihre linke Schulter fiel, hob sich wie eine schwarze Schlange von ihrem knallroten Umhang ab.

Weidenkätzchen schloss die Finger fester um den Griff der Kriegskeule und rief: »Hainbuche?«

Eine Schar Eichelhäher flog über der Klippe auf; ihre graublauen Flügel schimmerten im Sonnenlicht wie Schiefer.

Weidenkätzchen blickte ihnen hinterher. Hexen und Zauberer verwandelten sich oft in Tiere, um zu flüchten, aber diese Vögel schienen nicht übermäßig an den Geschehnissen unter ihnen interessiert zu sein. Sie tanzten mit eleganten Flügelschlägen vor den Klippen, als wollten sie Vater Sonne ihr Morgengebet entrichten.

Sie tat einen weiteren Schritt auf die Sonnenwächterin zu. Um die Feuerstelle waren keine Spuren zu sehen, dennoch ging sie in einem weiten Bogen daran vorbei, um sicherzustellen, dass sie nichts in Unordnung brachte, und kniete sich dann neben der Sonnenwächterin auf den Boden. Hainbuches Haar und der Umhang waren mit Ascheflocken bedeckt, und von ihrem Körper weg führten vier Aschelinien in die heiligen Himmelsrichtungen. Zwei ebenfalls mit Asche bedeckte Adlerfedern lugten unter den Spitzen ihrer Sandalen hervor.

Weidenkätzchens Augen verengten sich zu Schlitzen.

Sie wusste, dass Schamanen, um sich körperlich zu reinigen, Asche aus der Feuerstelle nahmen und sie in die vier Richtungen verteilten. Aber was konnte das in diesem Fall bedeuten?

Sie legte zwei Finger unter Hainbuches Kinn und hob ihr hübsches Gesicht an. Das Haar an ihrer linken Kopfseite war mit Blut verklebt. Ein purpurnes Rinnsal rann ihren Hals entlang und versickerte in ihrem roten Federumhang.

Plötzlich hörte sie hinter sich Schritte.

Tändlers Stimme war von Panik verzerrt, als er rief: »Ist sie am Leben?«

»Das weiß ich noch nicht.«

Tändler stürzte an Hainbuches Seite und griff nach ihrer

Hand, um ihren Puls zu fühlen. Die Fransen am Saum seines knielangen Lederhemds flatterten im Wind. »Sie lebt!«, stieß er hervor und drückte Hainbuches Hand an seine Brust. »Den Göttern sei Dank.«

Das Rascheln von Umhängen und geflüsterte Fragen durchbrachen die Stille, als die Leute das Grab verließen und zu ihnen eilten.

Zehn Schritte von der Feuerstelle entfernt versammelte sich die Menge wieder. Die Leute wisperten leise und rangen die Hände. Als Weidenkätzchen zu ihnen hinüberblickte, sah sie sich einer Front angstgeweiteter Augen gegenüber.

Vorsichtig neigte Tändler Hainbuches Kopf zurück, studierte ihren gelähmten Gesichtsausdruck und ihre halb geöffneten Augen. »Ihre Pupillen sind unterschiedlich groß.«

»Ja, das habe ich auch bemerkt.« Weidenkätzchen befestigte die Kriegskeule an ihrem Gürtel und griff mit einer Hand unter Hainbuches Umhang, um ihre Brust abzufühlen. »Sie ist eiskalt. Anscheinend steht sie unter Schock.«

Tändler strich Hainbuche zärtlich übers Haar und sprach leise an ihr Ohr: »Ich bin bei dir, Hainbuche. Hab keine Angst. Du bist in Sicherheit. Alles wird wieder gut.«

Graue Wolke schob sich durch die Menge nach vorn. Das graue Haar klebte strähnig an ihren Wangen. Sie deutete mit dem Finger auf den Weg, den Weidenkätzchen genommen hatte. »Wenn ich hier entlanggehe, darf ich dann näher kommen?«

»Ja, aber sei vorsichtig.«

Graue Wolke nickte. Sie ging in gebührendem Abstand an der Feuergrube vorbei, ließ sich dann neben der Sonnenwächterin auf die Knie fallen und nahm behutsam ihren Kopf in beide Hände. »Ehrwürdige Ahnen«, entfuhr es ihr, als sie vorsichtig die Einbuchtung an Hainbuches rechter Schädelhälfte befühlte. »Die Schattengeister fliegen bestimmt gleich aus allen Richtungen herbei, um sich an ihrem Gehirn zu laben. Und dadurch wird das Gehirn anschwellen. Wenn wir den Druck nicht irgendwie lindern, wird sie wahrscheinlich sterben.«

Graue Wolke sprang auf die Beine und rief: »Wurzelknolle, komm her und hilf mir tragen. Wir müssen sie sofort in meine Kammer bringen!«

Der junge Krieger kam sogleich auf demselben Weg herbeigeeilt, den auch Graue Wolke genommen hatte. Eine Windböe zupfte an den weißen Federn seines Umhangs und seinem kinnlangen Haar. Er hatte erst achtzehn Sommer gesehen, doch jeder einzelne davon hatte sichtbare Spuren in seinem Gesicht hinterlassen. Die Narben zuckten unkontrolliert, als er sich Hainbuche näherte, und Weidenkätzchen bemerkte, dass ihm Tränen in den Augen standen.

»Was ...«

»Nimm ihre Beine. Ich nehme die Schultern.«

Wurzelknolle folgte der Anordnung der Kokwimu. Sie hoben die Sonnenwächterin hoch und machten sich auf den Weg in die verfallene Stadt, wo Graue Wolke wohnte. Der Großteil der Trauernden folgte ihnen, zurück blieb weniger als eine Hand voll Neugieriger. Diese drückten sich herum, flüsterten miteinander und starrten gebannt zwischen Weidenkätzchen, Tändler und dem Beisetzungsplatz hin und her, wo Flammenbotin und Springbock noch immer standen.

Tändler erhob sich aus der Hocke. Seine Frau und sein Sohn waren tot. Seine Geliebte war schwer verletzt und würde vielleicht ebenfalls sterben. Tändler hatte das Gefühl, als gäbe der Boden unter seinen Füßen nach. »Hast du irgendeinen Hinweis auf den Angreifer entdeckt?«

Weidenkätzchen schüttelte den Kopf. »Nichts außer ein paar roten Federn. Der Sand hier ist steinhart gefroren. Keiner von uns hinterlässt darauf irgendwelche Spuren. Mehr als fünfzig Menschen sind eben hier herumgetrampelt, und kaum ein Körnchen hat sich bewegt.«

Tändler ging zur Feuerstelle und blieb plötzlich abrupt stehen. Seine Augen weiteten sich, als er etwas auf dem Boden gewahrte.

»Weidenkätzchen?«, rief er. »Schnell.«

»Was ist denn?«

Tändler hob den Gegenstand auf und drehte ihn in seiner Hand um. »Ein Türkis. In der Form eines Wolfs.«

Einen Augenblick lang verschlug es Weidenkätzchen die Sprache, dann platzte sie heraus: »*Was!*« Mit einem Satz war sie bei Tändler und riss ihm den wertvollen Talisman aus der Hand.

In den Zeiten des Erwachens hatte es auf der Erde zwei Arten von Menschen gegeben: die Ersten Menschen und die Geformten Menschen. Das Erste Volk, wie es sich nannte, stammte von jenen mutigen Menschen ab, die den Weg durch die vier Unterwelten geschafft hatten; angeführt von einem Wolf waren sie in die Welt des Lichts emporgestiegen. Ursprünglich hatten alle Ersten Menschen im Gerader-Pfad-Canyon gelebt, in der Nähe des Heiligen Tunnels, durch den sie gekommen waren. Der Legende zufolge hatten diese Ersten Menschen ihre Kiva um diese Tunnelöffnung herum errichtet. Die vier Clans des Stammes des Geraden Pfades hingegen waren Geformte Menschen. Der Schöpfer hatte sie aus »Tieren« geformt, damit sie den Ersten Menschen als Gesellschaft dienen sollten. Büffel, Bär, Ameise und Kojote, von dem Weidenkätzchen abstammte, waren die Tiere gewesen, aus denen diese Menschen einst geformt wurden und deren Clannamen sie jetzt trugen. Der Schöpfer hatte sie mit seinem Atem angehaucht, worauf sie sich in Menschen verwandelt hatten. Doch die Ersten Menschen hatten sie stets als Wilde betrachtet, weil sie dereinst Tiere gewesen waren, wohingegen sie selbst von Anbeginn an menschliche Wesen waren.

Weidenkätzchen schloss die Finger um den Türkis-Wolf. Die Ersten Menschen waren längst tot. Ihre legendären Paläste nur noch Ruinen. Ihr wertvolles Wissen war zu Staub geworden.

Mit Ausnahme ihrer Geschichten. Glorreiche, unglaubliche Geschichten.

Weil die Ersten Menschen durch die Unterwelten zur Erde emporgeklettert waren, wurde von ihnen behauptet, dass sie ein geheimes Wissen besaßen, das den Geformten Menschen nicht zu Eigen war. Und dann hatten sie dieses Wissen verraten. Von Generation zu Generation wurde hinter vorgehaltener Hand von der langen Reise durch die Unterwelten erzählt, von den Fallen, die entlang der Pfade lauernde Ungeheuer ausgelegt hatten, und den Orientierungspunkten, die den Seelen den richtigen Weg wiesen. Und gelegentlich bedachten sie einen ausgewählten Suchenden mit einem Geisthelfer in Gestalt eines aus einem Türkis gemeißelten Wolfs, der ihn auf ihrem Weg beschützen sollte.

Weidenkätzchen öffnete ihre Hand und starrte gebannt auf den Talisman. Die handwerkliche Arbeit war außergewöhnlich. Der Wolf reckte die Schnauze hoch und heulte. Weidenkätzchen sagte mit leiser Stimme: »Glaubst du, dass …«

»Es kann nichts anderes sein«, antwortete Tändler prompt. »So ein Stück kann nur von Meisterhand stammen. Von jemandem, der sein ganzes Leben damit verbracht hat, Türkise zu schleifen und zu behauen. Heutzutage findet sich niemand mehr, der diese Kunst beherrscht.«

Als Tändler ihr die offene Hand entgegenstreckte, gab sie ihm den Talisman widerwillig zurück.

Weidenkätzchens Finger kribbelten, als hätte der Wolf eine Spur seiner Macht auf ihrer Haut zurückgelassen. »Ehrwürdige Geister«, flüsterte sie. »Weißt du, was unsere Leute tun würden, um diesen Wolf zu besitzen? Die Ersten Menschen und ihr geheimes Wissen von den Unterwelten mögen verschwunden sein, doch wer braucht das schon, wenn man dafür einen persönlichen Geisthelfer besitzt, der einem den Weg weist?«

Tändler hielt den Wolf gegen das Sonnenlicht und beobachtete, wie es sich auf dem polierten Türkis brach. »Der Mörder muss ihn verloren haben.«

»Der Mörder?« Weidenkätzchen schüttelte den Kopf. »Warum? Es ist doch viel wahrscheinlicher, dass ihn einer der Ersten Menschen verloren hat, die einst hier gelebt haben.«

Tändler bückte sich und hob eine rote Feder auf. »Der Wolf lag auf dieser Feder, Weidenkätzchen.« Windjunge riss ihm die Feder aus den Fingern, und sie segelte durch die Luft, schraubte sich höher und immer höher, bis sie schließlich nicht mehr zu sehen war.

Weidenkätzchen kniete sich hin und besah sich die Stelle, wo die Feder gelegen hatte, aus der Nähe. Dabei bemerkte sie die schwachen Umrisse eines Abdrucks im Sand. »Was ist das?«, murmelte sie und zeichnete dabei den ovalen Umriss in der Luft über dem Abdruck nach.

Tändler runzelte die Stirn und beugte sich herab. »Könnte ein Teil eines Fersenabdrucks sein. Der Sand hier um die Feuerstelle herum ist getaut. Die einzige Stelle, wo ein Fußabdruck überhaupt möglich wäre.«

Weidenkätzchen riss die Augen weit auf. »Wenn das der Abdruck einer Ferse ist, muss er von einem sehr großen Mann stammen.« Sie hielt ihre Hand knapp über den Boden und stellte fest, dass der Abdruck von ihrem Handgelenk bis zu der Spitze ihres kleinen Fingers reichte. »Einem großen, schweren Mann.«

Tändler nickte. »Ja, da magst du Recht haben.«

»Groß genug, um in die Kleider zu passen, die deine Frau getragen hat?«

Sie drehten sich beide um, als Flammenbotin und Springbock das Grab verließen und gemeinsam mit den Neugierigen nach Talon zurückgingen.

Weidenkätzchen starrte Tändlers Hand an, in der er den Wolf hielt. »Jeder, der heutzutage so einen Wolf besitzt, wäre eine Berühmtheit. Aber von so einer Person habe ich noch nie gehört.«

»Ich auch nicht«, gab Tändler zurück, während er tief Luft holte. Dann rieb er sich die Stirn, als plagten ihn Kopfschmerzen. »Was entweder bedeutet, dass der Mörder den Talisman erst kürzlich gefunden hat, oder dass das Erste Volk doch noch nicht von der Erde verschwunden ist.«

Weidenkätzchen trat unbehaglich von einem Fuß auf den anderen. »Aber seit über fünfzig Sonnenjahren hat niemand mehr einen Angehörigen des Ersten Volkes gesehen, Tändler.«

Tändler verstaute den Talisman in seiner Gürteltasche und richtete sich auf. »Kann sein. Möglich wäre aber auch, dass wir sie jeden Tag sehen, es aber nicht wissen, weil sie sich nicht zu erkennen geben.«

»Meinst du, dass sie sich unter uns verstecken?«

»Vielleicht.«

Unwillkürlich wanderte ihr Blick hinauf in den Himmel und suchte die Eichelhäher, die sie vorhin gesehen hatte. Vielleicht war das die Erklärung. Vielleicht hatten sich die letzten Überlebenden des Ersten Volkes in Hexen verwandelt und bewegten sich jetzt unerkannt unter den Geformten Menschen.

»Weidenkätzchen?«, sagte Tändler mit ernster Stimme. »Erzähl niemandem von dem Türkis-Wolf. Wenn die Zeit gekommen ist, werde ich unseren Leuten davon berichten. Hast du verstanden? Würde dieser Fund bekannt, würde sofort ein erbitterter Streit darüber entflammen, wer ihn besitzen sollte. Und ich will nicht, dass ...«

»Ja, das verstehe ich.«

Tändlers Blick wanderte suchend zwischen den Gesteinsbrocken und den Felsnischen umher. »Weidenkätzchen, nachdem wir meinen Sohn und meine Frau begraben haben ...« Seine Stimme brach. Er brauchte ein paar Augenblicke, um sich wieder zu fassen. Seine Lippen bewegten sich, öffneten und schlossen sich. Sehr leise fuhr er dann fort: »Nach der Beisetzung würde ich dich bitten, eine Aufgabe für mich zu erledigen.«

Weidenkätzchen verschränkte die Arme, um ihre Hände unter Kontrolle zu halten. Es verlangte sie so sehr danach, ihn zu berühren, ihn in seinem Schmerz zu trösten, doch das würde alles nur noch schlimmer machen. Daher sagte sie: »Gewiss doch. Worum handelt es sich?«

Er wandte sich ihr zu, und in seinen Augen schimmerten Tränen. »Wir wissen nicht, weshalb jemand meine Frau umbringen sollte, doch wir müssen davon ausgehen, dass es kein Unfall war. Die Zeremonie der Langen Nacht beginnt in sieben Tagen. Wenn wir bis dahin nicht herausgefunden haben, wer das getan hat, begeben wir uns möglicherweise in große Gefahr. Feierlichkeiten wie diese sind exzellente Jagdgründe. Bei all dem Durcheinander, den Tänzen und den Masken, die unsere Leute tragen, könnte sich ein Mörder ungehindert unter uns bewegen und sich in aller Ruhe seine Opfer aussuchen.«

»Warum glaubst du, dass der Mörder ein Mann ist.«

»Wenn man meine Frau in die Grube geschleift hätte, hätten wir Spuren finden müssen. Hautfetzen an den Steinen oder Haarsträhnen in den Beifußsträuchern. Demnach wurde sie getragen, und das deutet auf einen Mann hin. Aber wenn wir den Canyon durchsucht haben, werden wir mehr wissen. Im Augenblick ist es nur ein Gefühl, das ich habe.«

»Und wie kommst du darauf, dass er wieder morden wird?«

»Seine Seelen sind verwirrt.« Tändler bückte sich nach einer weiteren Feder, die er nahe an der lodernden Feuerstelle entdeckt hatte. »Ist dir aufgefallen, dass der rote Umhang, den Hainbuche getragen hat, meiner Frau gehörte?«

»Bist du sicher?«, erkundigte sich Weidenkätzchen bestürzt.

»Ich habe die Yuccabänder an der Vorderseite wieder erkannt. Meine Frau hat sie für viele Leute gewebt, doch für ihre eigenen hat sie eine Mischung aus Hasenbürste und Flechten verwendet, um diesen speziellen Gelbton zu erreichen. Sie hat ihren Bändern einen Teil ihrer Seelen eingehaucht.« Er nickte. »Ja. Kein Zweifel, es war ihr Umhang. Deshalb führte die Federspur vom Beisetzungsplatz zu Hainbuche. Der Mörder hat ihn meiner Frau abgenommen und Hainbuche umgelegt.«

Weidenkätzchen ließ ihren Blick über die Felsenklippe schweifen, während sie über seine Worte nachdachte. Vater Sonne hatte die meisten Schatten verjagt, und die verwitterten Sandsteinfelsen leuchteten jetzt hell und golden. »Warum sollte sich ein Mörder die Zeit nehmen, einen Umhang zu entwenden und damit sechzig Schritte weit ...«

»Warum sollte er sich die Zeit nehmen, sein Opfer zu entkleiden, um ihm dann Männerkleider anzuziehen?«

Darauf wusste Weidenkätzchen keine Antwort.

Tändler massierte wieder seine Stirn. »Ich weiß es auch nicht, aber ich kenne jemanden, der es wissen könnte.«

»Wer denn?«

»Ich möchte, dass du den alten Steingeist ausfindig machst, Weidenkätzchen, und ihn zu mir bringst.«

Weidenkätzchen starrte ihn mit offenem Mund an. Als kleines Mädchen hatte ihre Mutter ihr von den schrecklichen Verbrechen erzählt, die der alte Verrückte aufgeklärt hatte, und auch von jenen, die er selbst begangen hatte. Niemand wagte es damals, seinen Namen laut auszusprechen, aus Angst, er könnte es hören und denjenigen auf seinem fliegenden Lederschild verfolgen.

»Ich ... ich dachte, er sei tot«, stammelte sie verwundert.

»Nein, das glaube ich nicht, obwohl ich ihn seit zwanzig Sommern nicht mehr gesehen habe.«

»Du kennst ihn?«

»Er hat früher in einem Haus in der Nähe vom Rauchenden Spiegelkegel gewohnt. Ich werde dir den Weg noch genauer beschreiben ...«

»Du bist dort gewesen? Du hast ihn *besucht*?«

Freundlich erwiderte er: »Nein, das nicht, aber er ist der Bruder meiner Großmutter.«

Weidenkätzchen hatte die Leute niemals anders als mit Angst und Abscheu von dem alten Verrückten reden hören. Deshalb ließ Tändlers liebevoller Tonfall sie aufhorchen.

Sie sah ihm direkt in die Augen, als sie fragte: »Ist er verrückt?«

Er zuckte die Achseln. »Die Leute behaupten es. Aber ich selbst habe ihn nie so erlebt. Er ...«

Tändler unterbrach sich, schien nach den passenden Worten zu suchen, und schloss für eine Weile die Augen. Dann legte er ihr, wie um Verzeihung bittend, die Hand auf die Schulter und stand auf.

»Später«, sagte er. »Wir sprechen später darüber. Ich muss

jetzt nach Hainbuche sehen und mich mit Matrone Flammenbotin besprechen. Würdest du« – seine Hand begann zu zittern – »könntest du so lange bei meinem Sohn wachen, bis ich zurückkomme?«

»Selbstverständlich.«

»Und sieh zu, dass hier niemand herumtrampelt. Ich möchte später den Boden noch einmal gründlich nach Spuren absuchen.« Sein Blick suchte die Leiter, auf der sein Sohn lag, und sofort verzerrte sich sein Gesicht zu einem Ausdruck tiefster Qual.

Weidenkätzchen erhob sich ebenfalls. »Geh nur, ich wache bei ihm.«

Tändler strich ihr sanft übers Haar und ging davon wie ein Mann, der seinem eigenen Tod entgegenschreitet, das Kinn erhoben, die Schultern gestrafft.

4

Zwei Windhosen – die Chindi der Navajos – tanzten über die Ebene westlich der Grabungsstätte. Dusty sah ihnen hinterher, während er einen Fuß auf den Haufen mit durchgesiebter Erde stellte und den schweren Holzrahmen des Wurfsiebs mit dem Oberschenkel abstützte. Das Graben hatte, wie alles andere auch, seine Höhepunkte. Dies hier war keiner. Das Thermometer hatte schon kurz nach Mittag die

40-Grad-Marke überstiegen. Der staubige Schweiß war auf seinem T-Shirt zu weißen Flecken getrocknet.

Um ihn herum die vertraute Geräuschkulisse: das hohle, metallene Singen einer Kelle, die über harten Sand kratzt; das Klirren einer flachen Schaufel, die auf einen widerspenstigen Steinbrocken trifft; das rhythmische *Schsch-Schsch* der großen Siebe, die den sandigen Lehmboden von Tonscherben, Gesteinssplittern und gelegentlichen Steinwerkzeugen trennten. Das müßige Geplauder seiner Kollegen verebbte zu einem trägen Gemurmel, während die unerbittliche Hitze auch die letzten Kraftreserven aus den ausgetrockneten Körpern brannte.

Das Verebben der Gespräche war für Dusty ein sicherer Hinweis darauf, wie sehr die Hitze seinen Leuten zusetzte. Selbst die Wortgeplänkel, die letzte Zuflucht der Feldarchäologen inmitten einer Ausgrabung, waren auf das Niveau simpelster Konversation zurückgefallen – die sich überwiegend auf Motelzimmer in Gallup, eisgekühlte Drinks, kalte Duschen und Klimaanlagen drehte.

Dusty tastete mit seinen schwieligen Fingern durch die Kieselsteine, Wurzelstückchen und Insektenpanzer, die auf dem Sieb zurückgeblieben waren, und das Ergebnis war eine große, dicke Null. Nicht ein einziges Artefakt. Geschickt drehte er das Sieb um und warf den Aushub auf den bereits durchgesiebten Sandhaufen.

Er bückte sich nach seiner halb leeren Thermosflasche – der Eistee war schon seit Stunden nur mehr lauwarm – und nickte Bruce Thompson zu, der gerade eine weitere Schaufel sandigen Erdreichs durch das Sieb warf.

»He, Dusty!«, rief Michall ihm zu. »Schau, da kommt ein Laster! *Swing lo, sweet chariot, coming for to carry me* nach Santa Fe und zu einem eiskalten Bier, hoffe ich!«

»Träum nur weiter«, lachte Sylvia. »Das sind wahrscheinlich nur ein paar übereifrige Ordnungshüter von der Parkverwaltung, die nachprüfen wollen, ob unsere Zelte auch alle in Reih und Glied stehen und unsere Chemietoilette nicht schon zu voll ist.«

»Da sieht man mal wieder, dass du keine Ahnung von dieser Materie hast«, brummte Bruce grinsend und warf wieder eine Schaufel Sand auf das Sieb. »Kein anständiger Bürohengst misst irgendetwas nach, das stinkt. Dafür hat er seine Ferienaushilfen.«

Dusty richtete sich auf und blinzelte gegen die Sonne. Der Laster kam langsam über die ausgefahrene Piste auf sie zugerumpelt, eine gelbe Staubwolke hinter sich her ziehend. »Okay, Dr. Thompson, die Parzelle gehört dir. Geh nicht unter die Zehn-Zentimeter-Marke und lass ja keine goldenen Götzenfiguren in deiner Hosentasche verschwinden, solange ich hier die Oberaufsicht führe.«

»Geht in Ordnung, Boss«, meinte Thompson mit einem schiefen Grinsen. Der junge Mann, der noch an seinem Bachelor of Arts arbeitete, war nicht in der Lage, zehn Zentimeter von zehn Dezimetern zu unterscheiden, wenn seine Augäpfel nicht an einem Maßband festklebten, und er würde den Fund eines goldenen Götzen erst dann bemerken, wenn dieser sich erhob und sich als solcher zu erkennen gab. Zum Glück hatte sich »4-Nord, 8-Ost«, der zwei mal zwei Meter große Abschnitt, in dem Thompson grub, bisher als »steril« erwiesen, sprich, er hatte noch keine Artefakte geliefert.

Dusty ging an der Reihe von Holzlatten entlang, die das Planquadrat des Grabungsabschnitts markierten. Die X-Achse verlief von Osten nach Westen, die Y-Achse von Norden nach Süden. Jedes gefundene Artefakt wurde gemäß der genauen Koordinaten seines Fundortes katalogisiert. Wenn eine Parzelle ausgehoben war, ähnelte sie einer Waffel: große, leere Quadrate, abgegrenzt durch schmale Erdwälle.

Dusty wischte sich mit dem Unterarm über die schweißnassen Brauen und hinterließ dabei eine feuchte Dreckspur auf seiner Stirn. Während er zur Straße marschierte, klopfte er sich den Staub aus den Jeans und wischte über die Schweißflecken auf seinem T-Shirt.

Scheppernd und mit dem üblichen Rasseln des Dieselmotors kam der Laster näher. Es handelte sich um die gestreckte Version eines Dodge Pick-up mit knallroter Metalliclackierung, die wie glühende Lava leuchtete, als er sich durch die knorrigen Greasewood-Sträucher arbeitete.

Das Gefährt sah ziemlich neu aus, was Dusty verriet, dass es keinem Feldarchäologen gehörte. Diese Leute kurvten gewöhnlich in alten, zerbeulten Jeeps mit Vierradantrieb durch die Gegend, die überall, wo sie parkten, schwarze Ölpfützen hinterließen. Die knallrote Metalliclackierung schloss außerdem Vertreter der Parkverwaltung aus.

Der schwere Laster kam zum Stehen, die Chromfelgen blitzten in der Sonne. Aus den tiefen Profilrillen der Allround-Reifen rieselte der Sand. Die schwarz getönten Scheiben lieferten keinen Hinweis auf den Fahrer.

Dusty ging gerade um den Pick-up herum, als sich die Fahrertür öffnete, und konnte förmlich die kühle Luft sehen, die aus der Tür strömte und sogleich von der Hitze aufgesogen wurde.

Das knallrote, chromblitzende Gefährt passte so gar nicht zu dem alten Mann mit dem verbeulten Filzhut, der steifbeinig vom Fahrersitz kletterte. Die buschigen Augenbrauen hatten den gleichen eisgrauen Farbton wie der dichte Schnauzbart, der einer Wurzelbürste ähnelte. Nach über siebzig in Sonne und Wind verbrachten Jahren erinnerte sein faltendurchfurchtes Gesicht an einen verschrumpelten Lederapfel. Er war von durchschnittlicher Größe und schleppte im Gegensatz zu den meisten seiner Altersgenossen weder einen Bauch vor sich her, noch war ihm das Fleisch von den Knochen gefallen. Genau genommen wirkte er überhaupt nicht wie ein alter Mann – besonders dann nicht, wenn man in seine wachen dunklen Augen blickte. Er trug braune Hosen, die in ausgetretenen Bergstiefeln steckten, und darüber ein blaues Jeanshemd im Western-Stil mit Druckknöpfen aus imitiertem Perlmut.

Dale Emerson Robertson, der große alte Mann der Archäologie des Südwestens, strich sich über seinen eisgrauen Schnauzer, während er Dusty von Kopf bis Fuß musterte. Robertson hatte als Gigant unter Giganten seines Fachs gearbeitet und sich bereits in jüngeren Jahren seine eigene Nische geschaffen. Im Gegensatz zu vielen seiner Kollegen hatte er sich in den Sechzigerjahren auf die »Neue Archäologie« verlegt und in den Siebzigern und Achtzigern die Förderung des Kulturerbes vorangetrieben. Jetzt, in den Neunzigern, war er ein Experte im Umgang mit dem Elektronenmikroskop und bediente sich mühelos der neuesten Errungenschaften der Technik.

»William! Schön dich zu sehen«, grüßte Dale und warf gleichzeitig einen Blick auf das Ausgrabungsgelände. »Alles im Lot, hoffe ich?«

»Hallo, Dale.« Dusty strich über die heiße Motorhaube und spürte noch das frische Wachs unter der Staubschicht. »Hut ab. Das ist ja wirklich ein schnittiges Gefährt.«

»Der alte Scout ist ein bisschen müde geworden. Hast du in letzter Zeit versucht, Ersatzteile für einen International zu bekommen? Ich sage dir, da findest du eher eine Kiva in England.«

Sein Blick streifte Dustys Teamkollegen, die gebückt in der prallen Sonne arbeiteten, die untere Hälfte ihrer Körper von den Beifußbüschen verdeckt. »Schon was Interessantes gefunden?«

»Noch nicht, aber wir haben dem Gelände einen Namen verpasst. ›10K3‹ für zehntausenddrei. Ein paar Tonscherben haben wir ausgebuddelt. Nichts Charakteristisches, aber im Labor werden wir mehr erfahren. Inzwischen wühlt Thompson, unser begnadeter Wissenschaftler, in seiner zweiten sterilen Parzelle. Unglaublich, dass ein Kerl mit solchen Examensnoten sich als absolute Niete entpuppt, wenn man ihm eine Schaufel in die Hand drückt. Zweimal schon hat er die Seitenwände seiner Grube zum Einsturz gebracht. Und seine Vorstellung von einer Ebene entspricht in etwa den Höhenunterschieden im Himalaja. In meiner ganzen Buddelkarriere habe ich noch niemanden getroffen, der nicht in der Lage ist, an einer Spannschnur entlang zu graben. Aber unser junger Thompson ist damit völlig überfordert.«

Dale grinste. »Aha, unfruchtbarer Boden also, wie sich das anhört?«

»Abwarten«, meinte Dusty, ebenfalls grinsend. »Heute ist erst der zweite Tag. Es ist da. Ich spüre es.«

»Du und dein Gespür. Das Musterbeispiel eines Wissenschaftlers.«

»Mein Gespür hat mich vor zwei Jahren in Buffalo auch nicht getrogen. Ich habe doch zweifelsfrei bewiesen, dass dieser achondroplastische Zwerg ein Irokese war, oder etwa nicht? Und dieser Seneca-Hexe gezeigt, wo's langgeht ...«

»Ich wünschte, du würdest nicht so von Dr. Cole sprechen. Sie ist eine ganz besondere Frau.«

»Selbstredend. Nur hat sie das Nazi-Regime leider um ein paar Jahre verpasst.«

Dusty und Maureen Cole hatten von Anfang an aufeinander reagiert wie Essig und Backpulver. Und während der Ausgrabungsarbeiten in Buffalo, New York, hatte sich seine Abneigung gegen diese Frau zu einer abgrundtiefen Abscheu ausgewachsen.

Als hätte er seine Gedanken gelesen, meinte Dale mit einem resignierten Seufzer: »Ich hatte eigentlich gehofft, dass du deine irrationale Angst vor Frauen inzwischen überwunden und jemanden gefunden hast, der dich dazu bewegen könnte, deine Einstellungen zu relativieren. Nicht jede Frau ist deine Mutter ...«

»Was meine Mutter meinem Vater angetan hat, hat nichts mit der Tatsache zu tun, dass diese Maureen Cole eine Viper ist.«

Dale schürzte die Lippen. »Nur Freudianer – und kleine Nager – fürchten Schlangen. Was bist du, eine Ratte oder eine Maus?«

Dusty stampfte wütend mit dem Fuß auf und hörte zu seiner Zufriedenheit die trockenen Zweige unter seiner Stiefelsohle knacken. Sein Vater hatte sich aus Kummer über die nichtswürdige Frau, die er geheiratet hatte, umgebracht. Und darüber war Dusty nie hinweggekommen. Er *konnte* darüber nicht hinwegkommen, hasste aber jeden, der dieses

Unvermögen kritisierte. »Würde ich dich nicht so sehr lieben, würde ich dir das Genick brechen.«

»Tja«, begann Dale und schob sich seinen verbeulten Fedora in die Stirn, »wir Archäologen sind ein mörderischer Haufen von Außenseitern. Wenn ich's mir recht überlege, hätte ich dich zu einem Buchhalter in Pflege geben sollen. Das wäre dir bestimmt besser bekommen.«

»Dabei ist es so, dass du mir ein großartiger Vater gewesen bist«, hielt Dusty dagegen. »Du hast mich zu jeder größeren Ausgrabungsstätte auf der Welt mitgenommen. Und zu jedem wichtigen Kongress geschleppt. Ich bin damit aufgewachsen, tagsüber mit der Schaufel in der Erde zu buddeln und abends den besten Archäologen der Welt zu lauschen. Jeder vernünftige Mensch würde seinen linken Arm für so eine Kindheit hergeben, wie ich sie genossen habe.«

»Das mag schon sein, aber sie hat dich offensichtlich in deiner sozialen Entwicklung gehemmt. Die Archäologie ist nun mal keine Wissenschaft, in der sich überwiegend völlig ›normale‹ Menschen tummeln. Wir trinken zu viel. Untreue und Kurzzeitbeziehungen sind bei uns die Norm. Unbedeutende akademische Meinungsverschiedenheiten wachsen sich zu Blutfehden aus, die Jahrzehnte überdauern können, und das Wort Verantwortung ist für die meisten von uns ein Fremdwort.« Dales buschige Brauen senkten sich. »Ist dir überhaupt bewusst, dass du, wenn du nicht gerade in einem Zelt mitten in der Wüste gehaust hast, in irgendeinem Reservat gelebt hast?«

»Das ist mir sehr wohl bewusst. Ich habe Hopi gelernt, Navajo, ein bisschen Zuni und ein paar Brocken Arapao. Wie viele Kinder haben wohl ihren dreizehnten Geburtstag in einer Kiva verbracht?«

»Genau das ist der Punkt«, seufzte Dale. »Du hattest nie die Chance, als ganz normales Kind aufzuwachsen.«

»Den Göttern sei Dank!«

»Yo! Massa!« Es war Steve Sanders, der Dusty aufgeregt zuwinkte, das Gesicht, das sonst die Farbe von Ebenholz hatte, staubverkrustet. »Du wollen kommen und schauen?«

Aus dem Mundwinkel flüsterte Dusty: »Ich wünschte, er würde dieses dumme Spiel bleiben lassen.« Und Steve rief er zu: »Wenn es wieder eine Scherbe von irgendeinem Suppentopf ist, dann wirf sie zu den anderen.«

»Nein, Massa«, rief Steve zurück. »Ich finden Knochen!«

Dusty drehte sich zu Dale um. »Wenn er Recht hat, bist du genau rechtzeitig zum ersten spannenden Fund hier angekommen. Okay, lass uns mal sehen, was er gefunden hat.«

Während sie zu Steves Parzelle gingen, meinte Dale: »Steve hat soeben meine Theorie bezüglich Archäologen bestätigt. Dieser Mann hat seinen Magister *summa cum laude* abgeschlossen, einen IQ von einhundertsechsundsiebzig, geht nächste Woche an die University of Arizona, um dort seinen Doktor zu machen, und findet es lustig, wie Onkel Remus zu reden. Also, ich sag dir, William, das ist nicht normal.«

Auf dem gesamten Gelände ruhte die Arbeit. Alle hatten sich um Steves Abschnitt versammelt. Dusty musste sich mit Hilfe seiner Ellbogen an den staubverkrusteten Leibern vorbeidrängeln, um einen Blick in die Grube werfen zu können. Steve kniete schweißüberströmt auf allen vieren und entfernte mit akribischer Sorgfalt die Erde von den Knochen.

»Und, was hast du gefunden?«, wollte Dusty wissen.

Dale stützte sich mit einer Hand auf Dustys Rücken ab und beugte sich ebenfalls über den Grubenrand.

Steve hob den Kopf und blickte die beiden nachdenklich an. »Ich habe die Scapula zerbrochen«, erklärte er und deutete mit der schmalen Kelle auf das Schulterblatt; man konnte an der Stelle, wo seine Schaufel aufgetroffen war, eine weiße Kerbe erkennen. »Ich habe die Teile wieder zusammengeschoben und angefangen, die Erde außenherum und darunter zu entfernen, als ich auf das hier stieß.« Mit der Spitze der schmalen Kelle zeigte er auf eine Reihe knöcherner Erhebungen, die aus dem Erdreich hervorragten. »Scheint sich um die Wirbelsäule zu handeln, Massa.«

»Und der Stein da?«, erkundigte sich Dusty und wies auf

eine flache Sandsteinplatte, die schräg über der Stelle lehnte, wo der Schädel sich befinden musste.

Steve sah wieder aus der Grube hoch. »Oh, hallo, Dr. Robertson! Willkommen zum ersten Ereignis des Tages.«

»Na, er kam ja gerade noch rechtzeitig, um deinen Urwald-Slang mitzubekommen«, korrigierte ihn Dusty etwas säuerlich.

Steve grinste ihn an. »Als klügster, schönster und *einziger* Afro-Amerikaner in diesem Projekt habe ich beschlossen, mich nicht beim Verein zur Förderung ethnischer Minderheiten zu melden.«

»Politisch inkorrekter Schuft«, zischte Sylvia und strich sich die schulterlangen braunen Haare zurück. Die Sonne ließ ihre grünen Augen noch intensiver strahlen. »Hast du vor, demnächst die Erde von dem Stein zu entfernen, oder wartest du, bis wir alle einem Sonnenstich erliegen?«

Mit vorsichtigen, aber routinierten Bewegungen kratzte Steve die sandige Erde von der Steinplatte.

»Oh«, rief Dale aus. »Seht nur, da ist eine Verfärbung.«

»Na also«, ließ sich Steve vernehmen und schabte mit der Kelle vorsichtig an dem etwas helleren Erdreich. »Sie haben Recht. Sieht aus, als wurde hier ein Loch gegraben und dann wieder aufgefüllt. Wollen wir wetten, dass sich diese Verfärbung rund um dieses Skelett zieht?«

»Ein Grab?«, sagte Sylvia. »Warum aber die Steinplatte auf dem Kopf?«

»Eins nach dem anderen«, mahnte Dusty in ruhigem Ton zur Geduld. »Gebt doch unserem Stevie Wonder hier bitte mal einen Plastikbeutel. Ich möchte eine Bodenprobe nehmen.«

Dusty sah Steve dabei zu, wie dieser eine Kelle mit Erde in den Plastikbeutel rieseln ließ und anschließend die genaue Tiefe der Bodenprobe bestimmte, ehe er Sylvia den Beutel reichte, um ihn zu beschriften.

Mit einem Seitenblick zu Dale meinte Dusty: »Denkst du das Gleiche wie ich?«

Dale zuckte mit den Schultern. »Steve, versuch die

Nackengegend freizulegen und stell fest, ob du die Wirbel bis zum Schädelansatz verfolgen kannst. Falls du dabei den Stein bewegen musst, ist das im Augenblick kein Problem.«

Sylvia zog nachdenklich die Stirn kraus. »Was denken Sie, Boss?«

Dusty schüttelte nur abwartend den Kopf.

Steve stellte sich so über den Fund, dass er die fragilen Knochen nicht zertrat, und schabte vorsichtig die Erde von den Knochen im Halsbereich, wobei er unter der Steinplatte arbeiten musste. »Alles klar, Fans, ich habe Halswirbel freigelegt und ... ja, ich kann auch den Schädel ertasten.« Steve sah hoch. »Der Bursche hat definitiv eins auf die Birne gekriegt. Was hat das zu bedeuten?«

Dale warf Dusty einen warnenden Blick zu, gefolgt von einem angedeuteten Kopfschütteln.

Dusty verstand den Wink und meinte lässig: »Tja, Kinder, zu Zeiten der Anasazis hat die Friedhofsverwaltung noch nicht darauf bestanden, den Grabstein einbetonieren zu lassen. Darum müsst ihr euch mit dem Beerdigungsunternehmer dieser Grabung zufrieden geben. In der Zwischenzeit seht zu, dass alles ordentlich kartografiert, fotografiert und aufgezeichnet wird. Und dass mir ja niemand einen dieser Knochen bewegt. Verstanden? Wir befinden uns jetzt auf NAGRA-Gebiet. Diese Parzelle steht nicht mehr unter der Obhut der Wissenschaft, sondern untersteht ab jetzt dem Gesetz.«

Sein Team nickte andächtig. NAGRA, kurz für Native American Graves Protection and Repatriation Act, verlangte von den Archäologen im Falle eines solchen Fundes, die Grabungen unverzüglich einzustellen und weitere Instruktionen der örtlichen Vertretung abzuwarten. In anderen Abschnitten durfte weitergearbeitet werden, nur nicht in solchen, bei denen es sich um eine Grabstätte handelt.

»Du wirst Maggie informieren müssen«, sagte Dale, als sie von der Grube zurücktraten.

»Das werde ich, sobald ich ins Besucherzentrum komme«,

erwiderte Dusty. »Ich sagte dir doch, Dale, dass ich hier so ein Gefühl hatte.«

»Ich hoffe nur, dass dein *Gefühl* nichts mit diesem Stein zu tun hat.«

Dusty warf abermals einen Blick auf die Steinplatte und kniff ein Auge zu. Maggies Worte klangen ihm wieder im Ohr. Er spürte, dass ihn die Alten aus der Vergangenheit beobachteten und ihre Seelen die seine umschwirrten.

»Ich auch«, antwortete er, ehrlich beunruhigt.

5

Weidenkätzchen blieb neben Grasmonds Beisetzungsleiter stehen. Alle anderen waren gegangen.

Vater Sonne hing wie eine Feuerkugel über Talon und überzog den weißen, bröckelnden Verputz mit seinem blutroten Schein. Vom Dorfplatz klangen Stimmen herüber. Anscheinend hatten sich die Leute vor Graue Wolkes Kammer versammelt.

Weidenkätzchen ließ sich in die Hocke nieder und legte die Kriegskeule quer über ihre Knie. »Hab keine Angst, mein Kleiner«, flüsterte sie dem toten Jungen zu. »Ich werde dafür Sorge tragen, dass du heil im Land der Toten ankommst. Niemand wird deinen Körper entweihen.«

Zweihundert Schritte zu ihrer Linken lag am Fuße der

hoch aufragenden Felswand Tändlers tote Ehefrau. Um das Grab türmten sich herabgestürzte Felsbrocken. Wenn Windjunge der Sinn danach stand, ließ er feine Schneewolken hochwirbeln und an den Felswänden entlangtanzen.

Wenn ein Leichnam nicht ordentlich versorgt, gewaschen und mit Maismehl abgerieben wurde, wusste die verwirrte Seele nicht, wohin sie gehen und was sie tun sollte. Sie würde fortan als boshafter, verzweifelter Geist auf Erden umherirren und unaufhörlich jammern und wehklagen. Das einzige noch schlimmere Schicksal war Hexen beschieden. Eine Steinplatte sperrte ihre Seelen in einen Raum, der kaum groß genug war für den Leichnam, und dort in der Finsternis waren sie dazu verdammt, sich bis in alle Ewigkeit zu krümmen und zu winden.

Wer könnte Aschenmädchen wohl so sehr gehasst haben, um sie zu töten und zu behandeln wie eine Hexe? Vielleicht war sie aber auch tatsächlich eine Hexe gewesen und hatte bekommen, was sie verdiente.

Weidenkätzchen blickte um sich.

Wie immer, wenn Ängste sie verfolgten, wandten sich ihre Gedanken ihrem verstorbenen Ehemann, Windgeborener, zu. Dann lächelte er sie aus jenem Winkel in ihrer Seele an, wo sie alle wertvollen Dinge verwahrte.

Sie war schon zwei Sommer lang Kriegerin gewesen, ehe er zum Manne wurde. Als Junge hatte er immer zu ihr aufgesehen. Jedesmal wenn sie von einem Kriegszug zurückkehrte, wartete er am Rande des Dorfes auf sie, begierig, einen Blick auf sie zu erhaschen. Anfangs war sie mit den anderen Kriegern achtlos und mit stolz erhobenem Kinn an ihm vorbeimarschiert. Später hatte sie es sich zur Gewohnheit gemacht, kurz stehen zu bleiben, um ein paar Worte mit ihm zu wechseln und seine schier unstillbare Neugier an ihrem Leben und den Kämpfen, die sie ausgefochten hatte, zu befriedigen.

Einst hatte Windgeborener sie gefragt: »*Du bist groß und stark, daran besteht kein Zweifel, aber sind die Männer nicht stärker als du? Wie kannst du sie besiegen?*«

Sie erinnerte sich, dass sie den dürren, zerbrechlich wirkenden Jungen angelächelt und geantwortet hatte: »Jeder Schlag mit meiner Kriegskeule und jeder Pfeil, den ich abschieße, muss genau ins Ziel treffen. Männer können es sich leisten, unaufmerksam zu sein und drei- oder viermal zuzuschlagen oder mehrere Pfeile abzuschießen. Sie wissen, dass sie in der Lage sind, einen verwundeten Feind niederzukämpfen, falls er sich auf sie stürzen sollte. Ich habe diese Gewissheit nicht. Und deshalb verfehle ich mein Ziel auch nicht. Niemals.«

Windgeborener hatte sie mit ehrfürchtigem Blick angestarrt und sich dann an ihre Fersen geheftet, als sie ihren Weg ins Dorf fortsetzte.

Es hatte noch ein ganzes Sonnenjahr gedauert, ehe er zum Mann wurde. In den folgenden Monden hatte er sie umworben, sich oft durch die Reihen der Krieger geschlängelt, sich still neben sie gesetzt und zärtlich ihre Hand berührt, während er andächtig den Geschichten der Krieger lauschte. Ganz allmählich wurde Weidenkätzchen klar, dass seine sanfte Stimme und die Art, wie er seinen Kopf zur Seite neigte, wenn er lächelte, ihr ans Herz gewachsen waren.

Sie waren im Mond des Rauschenden Flusses ein Paar geworden, als die Blätter der Pappeln sich golden färbten und die letzten Wildblumen in Blüte standen. Windgeborener hatte damals gerade vierzehn Sommer gesehen. Er war schon seit seiner Kindheit kränklich gewesen, doch in jenem Sommer hatten sich die Schattengeister endgültig in seinen Lungen eingenistet. In ihrer ersten gemeinsamen Nacht hatte Weidenkätzchen ihn in den Armen gehalten, während er verzweifelt nach Luft rang.

Vor zwei Sommern hatte sie ihn verloren, zehn Sommer nach dieser ersten gemeinsam verbrachten Nacht.

Weidenkätzchen berührte den Malachitanhänger, den sie um den Hals trug. Als Windgeborener nicht mehr gehen konnte, hatte er in ihrer Kammer gelegen und Edelsteine geschliffen. Der tropfenförmige Malachit schimmerte wie grünes Feuer. In ihm lebte ein Teil seiner Seele weiter. Sie konnte ihn fühlen, spürte, dass er sie liebte und sie auf diese jungenhafte Weise anlächelte, die immer ihr Herz angerührt hatte. Er hatte ihr versprochen, dass dieser Anhänger sie vor allem Bösen beschützen würde.

Weidenkätzchens Gedanken wanderten zu Steingeist.

Niemand hatte es je gewagt, ihn als böse zu bezeichnen, aber das besagte nichts. Eine der vielen Geschichten, die ihre Mutter ihr über Steingeist erzählt hatte, beschrieb ihn als jungen Mann. Damals lebte er angeblich in einer hell erleuchteten Höhle in den nördlichen Bergen. Das Licht stammte von den Schädeln, die an den Höhlenwänden aufgestapelt waren; hunderte sollen es gewesen sein, erfüllt mit einem Feuer, das niemals erlosch. Wann immer jemand sich seiner Höhle näherte, hörte er Schlangen zischen und die unheimlichen Laute von Kojoten und Eulen.

Für Weidenkätzchen hörte sich das nach Hexerei an.

Doch sie vermutete, dass es von der Macht abhing, die eine Person nach Meinung der Leute besaß, ob man sie der Zauberei bezichtigte oder nicht. Niemand wagte es, grundlos eine Hexe zu beschuldigen, die nur mit dem Finger zu deuten brauchte, um jemanden in einen Haufen Mäuseköttel zu verwandeln.

In Talon erhoben sich Gesänge. Es klang, als ob sich das gesamte Dorf zum Gebet versammelt hatte.

Weidenkätzchen senkte den Kopf.

Armer Tändler.

Weidenkätzchen konnte nachempfinden, wie er sich fühlte. Sie kannte diese beißende Leere. Die Angst, die die Seelen erstickte.

Nach Windgeboreners Tod hatte sie sich unendlich einsam und verloren gefühlt. Ihre Großmutter hatte daraufhin versucht, sie an jeden beliebigen Mann zu verheiraten, sobald dieser nur eine Spur Interesse an ihr bekundete. Vor einem Sonnenjahr dann war sie die ewigen Auseinandersetzungen so leid gewesen, dass sie ihr Dorf verlassen und sich dem Volk der Katsinas angeschlossen hatte.

Sie hatte gehofft, einen ruhigen Platz zu finden, um ihren

Kummer zu heilen und nachzudenken. Einen Ort, wo niemand sie kannte.

Nur drei Monde nach ihrem Anschluss an die Katsinas war sie von den Feuerhunden entführt worden. Ein verabscheuungswürdiges Volk, das sich beständig auf dem Kriegszug befand, mordete, Vorräte stahl und ganze Dörfer in Schutt und Asche legte, anschließend die Überlebenden als Geiseln nahm und sie in den Süden trieb, wo sie für ihre verwahrlosten Städte Steine ausgraben und schleppen mussten.

Tändler hatte sein Leben aufs Spiel gesetzt, um Weidenkätzchen zu befreien. Auf dem Rücken hatte er sie aus dem Lager der Feuerhunde getragen, sich mit ihr versteckt, ihre Wunden versorgt und sie nachts im Arm gehalten, um sie zu wärmen.

Jetzt brannten zwei Löcher in ihrem Herzen.

Eines für den Mann, den sie verloren hatte. Das andere für den Mann, von dem sie bis vor einer Handbreit Zeit geglaubt hatte, ihn niemals haben zu können.

In ihrem Innersten wetteiferte Hoffnung mit Schuldgefühlen.

Was würden sie jetzt tun?

Sie hob den Blick in Richtung Talon. Bald würde er zu ihr kommen, von dem Verlangen getrieben, mit ihr zu reden, seine Ängste und seine Verzweiflung in Worte zu fassen. Und sie würde zuhören. Würde ihn trösten. Und er würde ihr eine gute Nacht wünschen und wieder gehen.

Viel mehr ließ er nicht zu. Eine Berührung an der Schulter. Ein vertrauliches Lächeln oder ein kurzer Austausch von Blicken.

Instinktiv griff Weidenkätzchen nach ihrer Kriegskeule, als sie eine Bewegung wahrnahm.

Wurzelknolle kam mit langsamem Schritt um die Mauer von Talon und trat auf sie zu. Sein Federumhang wehte im Wind, das junge Gesicht glich einer starren Maske. Weidenkätzchen betrachtete die wulstigen Narben, die sich kreuz und quer über sein Gesicht zogen. Sie hatte den Feuerhund getötet, der ihm die Verletzungen beigebracht hatte, aber nicht rechtzeitig genug. Jeden Tag seines Lebens würde sich Wurzelknolle an den Mann und sein Messer erinnern.

Nach dem Kampf tuschelten die Leute drei Monde lang, dass Wurzelknolles Frau, Seidenmoos, seinen Anblick nicht ertragen könne. Deshalb war er vorübergehend in eine Kammer in Talon gezogen. Die Ältesten hatten Seidenmoos überredet, zu einer Visionssuche aufzubrechen und Hilfe von der Geisterwelt zu erbitten. Sie hatte es getan, widerstrebend zwar, und war glücklich lächelnd zurückgekehrt und erzählte, dass sie einen mächtigen Geisthelfer gefunden habe. Daraufhin war Wurzelknolle wieder in sein Heim zurückgekehrt, und sie schienen sich seither gut zu vertragen.

»Was gibt es denn, Wurzelknolle?«

»Verzeih mir, Weidenkätzchen. Ich weiß, dass der Kriegshäuptling dich gebeten hat, bei seinem Sohn zu wachen, aber Matrone Flammenbotin hat einen Auftrag für uns.«

»Was wünscht sie denn?«

Weidenkätzchen bemerkte die neue, schimmernde Kriegskeule an seinem Gürtel. Ein Prachtwerk. Seltsam, dass sie ihr nicht schon früher aufgefallen war. Hatte er sie auf dem letzten Kriegspfad auch dabei gehabt?

»Sie sagt, dass Grasmonds« – sein Blick fiel auf den Leichnam und seine Stimme wurde leiser – »Grasmonds Grab entweiht worden sei. Sie möchte, dass du ein neues Grab gräbst, während ich dich von der südlichen Mauer von Talon aus bewache. Wenn du in Sichtweite bleibst, kann ich von dort aus dich und den Jungen beobachten. Ein Schrei von dir, und ich komme.«

Weidenkätzchen nickte. »In Ordnung. Aber ich werde einen Grabstock brauchen.«

»Die Sklaven haben etliche Grabstöcke in den Abfallhaufen stecken lassen. Wenn du mit dem neuen Grab fertig bist, dann hol mich. Flammenbotin möchte außerdem, dass wir die Frau unseres Kriegshäuptlings aus dem geschändeten Grab heben und sie ins Dorf tragen, damit der Kriegshäuptling sie vorbereiten kann. Sie glaubt nicht, dass seine Frau eine Hexe war.«

Weidenkätzchen warf ihm einen fragenden Blick zu. Sie wunderte sich, wie Flammenbotin sich dessen so sicher sein konnte. »Warum nur wir? Wo sind denn die anderen?«

»Sie werden singen, während Graue Wolke den Schädel von Hainbuche öffnet. Um Frieden und Sicherheit beten. Ehrlich gesagt, sind alle ziemlich verängstigt.«

»Wie geht es der Sonnenwächterin?«

Ein kummervoller Ausdruck legte sich über sein Gesicht. Nervös drehte er die Kriegskeule zwischen den Händen. »Es sieht nicht sehr gut aus, Weidenkätzchen. Mehr kann ich dir nicht sagen.«

Der Gesang verstummte. Beide richteten sie den Blick schweigend nach Talon.

Weidenkätzchen steckte ihre Kriegskeule in den Gürtel zurück. »Ich mache mich besser gleich daran, das Grab auszuheben. Der Sand ist gefroren. Es wird eine Weile dauern.«

»Und ich begebe mich auf meinen Wachposten.«

Gemeinsam schlugen sie den Rückweg ein.

Als sie die breite Straße erreichten, die an Talon vorbeiführte, stieg Wurzelknolle die Leiter hinauf. Er kletterte auf das Dach des niedrigen Baus, der die südliche Mauer der Stadt bildete, warf einen Blick auf den Platz, ehe er sich umwandte und in Richtung Canyon schaute. Schließlich ging er bis an die südwestliche Kante und ging dort in die Hocke, um Grasmonds Beisetzungsleiter im Auge zu behalten.

Weidenkätzchen kletterte zwischen die beiden haushohen Abfallhügel, die sich an der Straße erhoben. Die Werkzeuge lagen unter dem Schnee begraben. Sie trat sie mit dem Fuß locker und suchte sich einen stabilen, feuergehärteten Grabstock aus Wildkirschenholz.

Als sie wieder zurück ins Sonnenlicht trat, begann der Gesang von Neuem. Wie von Flügeln getragen, erhob sich die traurige Melodie in die kalte Luft.

Maggie Walking Hawk Taylor blinzelte, als die Scheinwerfer des Geländewagens der Parkverwaltung über den schmalen, von Greasewood-Sträuchern gesäumten Weg streiften. Einen Moment lang schienen die Büsche lebendig zu sein; sie streckten ihr die dünnen Arme entgegen und zogen sich wieder zurück, als der Wagen vorbeirollte. Hier draußen waren die Ahnen noch nicht tot. Ungesehen lugten sie zwischen den Schleiern der Zeit hindurch und beobachteten die seltsamen Sitten der modernen Menschen.

Zum ersten Mal hatte sie ihre Präsenz vor acht Jahren gespürt. Damals – sie kam gerade frisch von der Universität – hatte sie ein Sommerjob bei der Parkverwaltung in den Chaco Canyon geführt. Sie war zur großen Kiva von Casa Rinconada spaziert und hatte Flötenmusik gehört. Der Park schloss bei Sonnenuntergang. Nach Einbruch der Dunkelheit war es Touristen verboten, sich in den Ruinen aufzuhalten. Mit ihrem Eintrittskartenblock in der Hand hatte sie sich leise in dieses riesige unterirdische Zeremoniengewölbe geschlichen, wild entschlossen, dem Eindringling eine Standpauke zu halten.

Sie hatte die große, schwarze Taschenlampe angeknipst, um sich geleuchtet und niemanden entdeckt. Der Ort lag völlig verlassen da, die Felswände bläulich vom Mondlicht bestrahlt.

Nach einem tiefen Atemzug hatte sie ihre Taschenlampe gelöscht, sich mit dem Rücken an den kühlen Felsen gelehnt und zum Mond emporgeblickt. Sie hätte schwören können, Flötenmusik gehört zu haben. Melodien, die sie von Carlos Nakai kannte.

Ihre Seele reagierte auf die Gesänge, noch ehe ihre Ohren sie vernahmen. Entfernt und doch, oh, so nah. Die harmonischen Stimmen hoben und senkten sich, als folgten sie dem Takt ihres Herzschlags. Und ganz vage hörte sie den Klang einer Flöte.

Ein Kassettenrekorder, den ein Tourist stehen gelassen hatte? Langsam war sie um die große Kiva herumgegangen.

Das friedliche Mondlicht hatte ihr die Worte ihrer Großmutter wieder ins Gedächtnis gerufen: »*Nur wenn deine Seele ruhig ist, wirst du die Gesänge hören.*«

Tief in ihrem Innersten verspürte sie ein Prickeln. Und knapp außerhalb jener Bereiche, die sie mit ihren Sinnen zu erfassen wusste, konnte sie ihre Anwesenheit *fühlen*. Sie wurde von einer seltsamen Ekstase gepackt, die sie emporhob, als wäre sie ein Teil des Mondlichts und dieser uralten Stimmen, deren Wispern von der verwitterten Felswand widerhallte.

Wie lange sie da gestanden hatte, gefangen in diesem Zustand der Verzückung, vermochte sie nicht zu sagen. Doch diese Nacht hatte ihr Leben verändert. Zum erstenmal hatte sie sich als etwas Ganzes empfunden.

Maggie steuerte den Geländewagen durch eine Reihe von Schlaglöchern und sann über ihr Leben nach.

Ihre Kindheit war nicht leicht gewesen. Ihre Mutter kam bei einem Autounfall ums Leben; sie war hinterm Steuer eingenickt, nachdem sie in einer Taos-Bar zu viele Whiskeys getrunken hatte.

Ihre Großmutter, Slumber Walking Hawk, und die beiden Tanten, Hail und Sage, hatten sie mit sanftem, aber erfolgreichem Druck nach den Werten der indianischen Tradition erzogen. Gleichzeitig aber war sie mit Radio, Fernsehen, Baseball-Schuhen und Computerspielen aufgewachsen – Dinge, die sie unweigerlich in den Alltag der Weißen geleitet hatten und später in die aufregende Welt der Universität mit all ihren Herausforderungen. Sie hatte ihren Bachelor of Arts in Geschichte gemacht und sich dabei auf diejenige der amerikanischen Ureinwohner spezialisiert.

Ihren späteren Ehemann hatte sie noch zu Schulzeiten kennen gelernt. Richard, groß und dunkelhaarig, besaß einen wachen Verstand und den Charme eines Sunnyboys. Zwei Jahre lang hatten sie sich geliebt, dann merkte Maggie auf einmal, dass er sich von ihr zurückzog; anfangs, noch ganz unauffällig, erfand er immer neue Ausreden, um abends in die Stadt zu fahren. Später dann blieb er auch über Nacht fort. Vor drei Jahren dann hatten sie sich scheiden lassen, nachdem sie herausgefunden hatte, dass es neben ihr noch etliche andere Frauen gab. Sie vermisste ihn. Und sie hatte immer noch das dringende Bedürfnis, ihm gehörig in den Hintern zu treten.

Die Scheinwerfer ihres Lasters ließen Augen aufleuchten, die sich sofort abwandten. Hirsche? Oder Geister? Großmutter Slumber hätte ihr erklärt, dass die andere Welt von etwas aufgeschreckt worden sei.

Maggie musste unwillkürlich lächeln. Ihre »westliche«, rationale Seite kämpfte schon lange nicht mehr mit ihrer »traditionellen«. Je nach Situation konnte sie auf beiden Seiten agieren. Ihr Herz und ihr Verstand arbeiteten in Einklang miteinander, und beide wussten genau, wann sie dem anderen nachgeben mussten.

Sie holperte durch eine flache Mulde und folgte den beiden Spurrinnen durch eine scharfe Rechtskurve. Im Licht ihrer Scheinwerfer leuchteten die Rückstrahler der Geländewagen des archäologischen Teams auf wie glühende Kohlen. Dann sah sie auch die roten Schatten eines Lagerfeuers über die Greasewood-Büsche tanzen.

Maggie brachte ihren Pick-up hinter Dustys Bronco zum Stehen und stellte den Motor ab. Einen Moment blieb sie noch sitzen, ließ die Stille der Nacht auf ihren erschöpften Körper wirken. Sie hatte einen langen, anstrengenden Tag hinter sich. Ein Junge aus New Jersey hatte die Warnschilder missachtet und versucht, die steile Felswand hinter Chetro Ketl hinaufzuklettern. Er schaffte es bis auf die halbe Höhe des Jackson-Pfades, dann überkam ihn die Angst. Ein paar Parkangestellte mussten sich dann von der oberen Kante des Canyons abseilen und den Burschen aus der Wand pflücken. Während dieser Aktion war es Maggies Aufgabe gewesen, die äußerst unsympathischen Eltern zu beruhigen, die unaufhörlich mit ihrem Anwalt drohten und versprachen, die gesamte Anlage wegen mangelnder Sicherheitsvorkehrungen schließen zu lassen.

Seufzend schaltete sie die Lichter ab und stieg aus. Am Rand des Parkplatzes sah sie Dusty stehen, dem Lagerfeuer den Rücken zugekehrt und eine Flasche in der Hand.

»Bist du das, Maggie?«

»Ja, höchstpersönlich.« Sie lächelte. »Entschuldige, bin spät dran. Verdammt, das war mal wieder ein Tag vom Feinsten.«

»Ja, hab schon gehört. Dale war gerade im Besucherzentrum, als sie den Knaben aus der Wand holten. New Jersey, hm? Ist die Klage schon bei Gericht eingegangen?«

Maggie kicherte. »Keine Ahnung. Mein Gott, was ist bloß mit den Menschen los? Hier stehen mindestens tausend Schilder rum, auf denen deutlich zu lesen ist, dass man nirgends hinaufsteigen darf, und trotzdem klettern die Leute herum wie die Gämsen. Und dann behaupten sie, es sei unsere Schuld. Man sollte doch meinen, dass der gesunde Menschenverstand einem Elternpaar sagt, dass es gefährlich werden kann, wenn sie ihren Sprösslingen erlauben, eine senkrechte Felswand hochzuklettern.«

Von der anderen Seite des Feuers her rief Sylvia: »Ein weiteres Anzeichen dafür, dass die Zivilisation dem Untergang geweiht ist. Die Menschen sind einfach zu dumm, um zu überleben.«

»Da mag was Wahres dran sein«, rief Maggie zurück und wandte sich wieder Dusty zu. Sie waren seit fünf Jahren gute Freunde, und gewöhnlich wusste sie, was er dachte, aber nicht heute Abend. »Dale sagte mir, dass du jetzt *tatsächlich* einen indianischen Berater brauchst.«

Dusty wirkte plötzlich zurückhaltend. »Wir haben heute noch eins gefunden.«

Maggie bemerkte die Wachsamkeit in seiner Stimme und erkundigte sich deshalb: »Du hast doch den nötigen Respekt walten lassen, hoffe ich.«

»Was denkst du denn von mir?«, gab er zurück und fuhr nach einer kurzen Pause fort: »Ich möchte allein mit dir über das hier sprechen, okay? Nicht hier am Feuer.«

»Wenn das ein Annäherungsversuch sein soll, vergiss es.«

»So etwas würde mir nicht im Traum einfallen.«

»Verständlich. Dein Ruf als Ladykiller ist ja bereits landesweit gefestigt.«

Darauf meinte Dusty schmunzelnd: »Du kennst mich jetzt seit fünf Jahren und glaubst noch immer, was ich über mich erzähle?«

Er nahm ihren Arm und führte sie zu seinem Wagen hinüber.

»Warum können wir uns nicht vor deinem Team darüber unterhalten?«

Dusty lehnte sich mit dem Rücken lässig ans Reserverad. Der Schein des Feuers fing sich in seinem blonden Haarschopf. Er senkte die Stimme, als er ihr antwortete: »Der Knochenstruktur nach zu urteilen handelt es sich bei Skelett Nummer eins um eine Frau. Skelett Nummer zwei ist auch weiblich. Ebenso Skelett Nummer drei und vier.«

»Nun, hier herrschten früher matrilineare Gesellschaftsformen. Die Männer verließen die Dörfer, um Kriege zu führen oder Waren einzutauschen. Sie arbeiteten auf den Feldern und gingen auf die Jagd. Oftmals kehrten sie nicht lebend zurück. Wo also liegt das Problem?«

»Jede der Frauen hat eine Schädelfraktur. Sie wurden erschlagen.«

Maggie setzte sich auf die Stoßstange. »Wirklich? Erzähl weiter.«

»Du bist nicht geschockt?«

»Doch, natürlich, aber ich gehöre nicht zu den Leuten, die glauben, dass unsere Vorfahren friedfertige Bauern gewesen sind. Diese Geschichten von den ›guten Rothäuten‹ sind was für Romantiker. Also, und weiter?«

Dusty drehte seine Bierflasche zwischen den Handflächen. »Dem ersten Opfer hat man eine Steinplatte auf den Kopf gelegt«, sagte er und wartete schweigend auf ihre Reaktion.

Maggies Augen weiteten sich. Dann blinzelte sie und richtete sich auf. »Bist du absolut sicher? Könnte die Platte nicht vom Rand des Grabes abgerutscht und zufällig auf ihrem Kopf gelandet sein? Kein Zweifel, dass es so beabsichtigt war?«

»Im Augenblick wissen wir noch gar nichts Genaues. Wir

haben die Gräber entdeckt und sofort die Arbeiten eingestellt. Und jetzt warten wir auf diesen Berater. Ich möchte nur wissen, was dieser Typ herausfinden soll.«

»Seit wann schert sich ein Archäologe darum, womit sich ein indianischer Berater auseinander zu setzen hat?«

»Seit ich dieser Archäologe bin«, beschied er sie knapp. »Ich will nicht derjenige sein, der eine ganze Familie in den Bankrott treibt, weil sie für eine Reinigungszeremonie aufkommen muss.«

Maggies Herz krampfte sich zusammen. »Glaubst du wirklich, dass es sich hier um Hexen handelt?«, flüsterte sie.

Allein dieses Wort laut auszusprechen ließ sie erschaudern. Ihr Blick folgte den schemenhaften Schatten, die der Feuerschein in der Dunkelheit entstehen ließ.

»Es ist eine Möglichkeit. Deshalb wollte ich ja auch allein mit dir darüber reden. Und ich möchte, dass es einstweilen unter uns bleibt. Ich bin nicht daran interessiert, diese Ausgrabungsstätte in einen Rummelplatz zu verwandeln.«

Maggie musterte ihn schweigend. Dann meinte sie: »Ich dachte immer, ihr Archäologen steht auf Rummel. Du weißt schon, Pressekonferenzen, Fotos in den Zeitungen, den Ehrenvorsitz beim nächsten Symposium der Gesellschaft Amerikanischer Ärchäologen und so weiter. Seit wann verzichtet ein weißer Archäologe freiwillig auf den großen Ruhm?«

Dusty starrte finster auf seine Bierflache herab, zupfte an dem Etikett herum und schien dabei über eine Antwort nachzudenken. »Maggie, normalerweise spreche ich darüber nicht. Ich erzähle es jetzt auch nur dir in der Erwartung, dass du es für dich behältst. Ich war dreizehn, als ich erstmals eine Kiva von innen sah. Mein Leben war ein einziger Trümmerhaufen, als Dale mich unter seine Fittiche nahm. Ich war damals völlig durch den Wind. Dale kannte einen alten Hopi, und die beiden kamen zu dem Schluss, dass ich mich einer Initiationszeremonie unterziehen sollte. Ich war ein wütendes, verletztes Kind, das in Hass und Schuldgefühlen erstickte. Ich war wirklich fertig. Meine Mutter war weg. Und mein

Dad war …« Seine Stimme wurde sanfter. »Er war nicht mehr er selbst. Ich glaubte von mir, ich sei cool und stark. Doch als ich die Leiter in die Kiva hinabstieg, veränderte sich meine Welt … Also, belassen wir es dabei, dass ich keinen Ruhm brauche. Was ich brauche, ist Ausgeglichenheit und Harmonie in meinem Leben. Hier den großen Rummel zu inszenieren, damit wäre mir nicht gedient.«

Es folgte ein langes Schweigen. Maggie studierte Dustys Gesicht, auf dem sich der Schein des Lagerfeuers spiegelte. Er hob die Bierflasche an die Lippen und nahm einen Schluck. Maggie wehte der erdige Duft des dunklen Biers in die Nase.

Nach einer Weile sagte sie: »Weißt du, in dir steckt mehr, als man auf den ersten Blick vermutet. Ich glaube, ich werde meine Meinung über Dusty Stewart, den Draufgänger, noch einmal überdenken müssen.«

Dusty schenkte ihr ein dünnes Lächeln. »An deiner Stelle würde ich damit noch warten. Ich bin sicher, dass ich dir in einer Woche einen Anlass liefern werde, der deine ursprüngliche Meinung von mir wieder bestätigt.«

Maggie erhob sich lächelnd und nahm seinen Arm. »Komm«, sagte sie, als sie ihn von seinem Wagen weg in Richtung Lager führte. »Du kannst mir eine Dose Cola ausgeben. Dann setze ich mich zu den anderen, starre ins Feuer, erzähle Sylvia, wie dämlich Touristen sein können, und mache mir zu dieser Geschichte ein paar Gedanken. Keine Sorge, ich finde schon den geeigneten Berater für dich.«

»Hoffentlich, und beeil dich damit«, setzte er hinzu. »Uns läuft die Zeit davon. In drei Monaten will die NOAA mit ihrem Betonfundament beginnen.«

»Dann grab schneller.«

»Das würde ich ja gern, aber bei jedem Spatenstich stoße ich auf ein neues Skelett.«

Mit todernster Stimme flüsterte sie: »Tu mir einen Gefallen, ja?«

Er drehte sich zu ihr um. »Und zwar?«

»Rühr diese Steinplatte nicht an, bis ich jemanden gefunden habe, der weiß, wie damit umzugehen ist.«

Dusty streifte sie mit einem Blick aus dem Augenwinkel.

»Keine Angst. Mir steht nicht der Sinn danach, die verirrte Seele einer Hexe durch mein Camp geistern zu sehen.«

6

Tändler saß, mit dem Rücken an den Türpfosten gelehnt, in Graue Wolkes Kammer. Von dort aus konnte er nach Westen blicken, über den verfallenen großen Platz der Stadt Talon. Was musste das einmal für ein prachtvolles Bauwerk gewesen sein, als das Volk des Geraden Pfades noch vereint gewesen war. Selbst jetzt noch strahlten diese Steinquader, die verbrannten Pfosten und die eingestürzten Dächer die einstige Macht aus. Fünf Stockwerke waren die Häuser hoch gewesen. Wie hatten sie das nur bewerkstelligt? Tändler bewunderte die perfekte Steinmetzkunst des Ersten Volkes. Die Eleganz ihrer Architektur. Im Vergleich dazu wirkten die klobigen, willkürlich platzierten Häuser des Hügeldorfes nahezu primitiv.

Zu seiner Linken, über dem eingefallenen fünften Stockwerk, ragte Steinerne Säule bedrohlich schief stehend in den Himmel, so als würde sie jeden Augenblick umstürzen und die letzten Träume von Talon unter sich begraben.

Als Tändler einen Blick in die Kammer warf, begann sein Herz dumpf gegen seine Rippen zu hämmern. In der Mitte des Raums, auf einem Lager aus weichen Fellen, lag Hainbuche. Eine rot-blau gestreifte Decke umhüllte ihren langen, gertenschlanken Körper. Es verlangte ihn danach, zu ihr zu gehen und sie zu berühren, nur damit sie spürte, dass er bei ihr war.

Über die wärmende Kohlenpfanne gebeugt, bereitete die Kokwimu Graue Wolke ihre Instrumente für die schwierige Operation vor. Neben ihr hockte Maisblatt, das Sklavenmädchen, und nagte an seiner Unterlippe, während seine braunen, ängstlich dreinblickenden Augen zwischen Hainbuche und der Kokwimu hin und her huschten.

Maisblatt hatte vierzehn Sommer gesehen, dreizehn davon als Sklavin. Flammenbotins Sohn hatte Maisblatt und ihre Mutter geraubt, als Maisblatt gerade einen Sommer alt war. Ihre Mutter hatte sich bei ihnen zu Tode geschuftet, doch Flammenbotin hatte Gefallen an dem wachen und blitzgescheiten Mädchen gefunden und behandelte es inzwischen eher wie eine Enkeltochter als eine Sklavin. Das Mädchen trug daher auch ein hübsch bemaltes gelbes Baumwollkleid mit Ornamenten aus Muschelperlen am Kragen. Die meisten Sklaven besaßen nur Kleider aus einfachen, grob gewebten Stoffen.

Graue Wolke strich Hainbuches langes, schwarzes Haar zur Seite und benutzte dann eine scharfe Obsidianklinge, um einen halbrunden Schnitt um die Wunde zu ziehen. Das Licht brach sich auf der Klinge, Blut quoll aus dem Schnitt. Die Kokwimu umfasste die scharfe Steinklinge nun am schmalen Ende und schob sie behutsam zwischen Kopfhaut und Schädelknochen, während sie mit der anderen Hand das Haarbüschel hochzog und ein etwa handtellergroßes Stück Schädel freilegte. Unter dem blutigen Hautstück war die Einbuchtung im Schädel gut sichtbar.

Tändler vermochte nicht den Blick von ihr zu wenden. Bilder ihres wunderschönen nackten Körpers tauchten vor seinem inneren Auge auf, ihrer langen Beine, und er glaubte zu spüren, wie sie sich an ihn schmiegte. Ihre Augen hatten immer einen ganz besonderen Glanz gehabt, wenn sie sich liebten.

Der Anhänger aus schwarzem Gagat, den Hainbuche seit dem letzten Sommer trug, schimmerte auf ihrer Brust. Er zeigte eine Schlange, die sich in einer aufgebrochenen Eierschale ringelte, ein Auge war sichtbar, eine winzige Perle aus roter Koralle. Aschenmädchen hatte Hainbuche diesen Anhänger geschenkt. Sie hatte ihn gefunden, als sie in den verlassenen Kammern von Talon gestöbert hatte. Hainbuche betrachtete diesen Anhänger als ganz besonderes Geschenk und sprach auch jetzt noch ständig von dessen Schönheit und außergewöhnlicher Handwerkskunst. Tändler empfand ganz anders. Jedesmal wenn sein Blick auf die Schlange fiel, durchfuhr ihn ein eiskalter Schauer. Er wurde das Gefühl nicht los, dass sie ihn beobachtete, mit diesem roten Auge, in dem das Böse funkelte.

»Maisblatt«, wandte sich Graue Wolke an das Mädchen. »Reich mir den Obsidianbohrer. Ich muss die Löcher um das kleine runde Knochenstück vergrößern, das ich entfernen will.«

»Ja, Älteste«, antwortete das junge Sklavenmädchen.

Tändlers Blick war unverwandt auf Hainbuche gerichtet. Von Atemzug zu Atemzug wurde es schwieriger, sich am Rande dieser Kluft zu bewegen, die sich in seine Seele gefressen hatte. Ein Teil von ihm wünschte sich nichts sehnlicher, als sich in den Abgrund zu stürzen und sich in diesem dunklen Nichts zu verlieren. Vielleicht würden diese nagenden Schuldgefühle dann ein Ende finden.

Aschenmädchens Antlitz schwebte an seinen Seelen vorbei, trug exakt den gleichen Gesichtsausdruck wie an dem Tag, als sie das letzte Mal miteinander gesprochen hatten. Er wusste nur, dass sie verärgert war, vielleicht einfach erschöpft von den nächtelangen Wachen an Grasmonds Lager, und seine Unterstützung benötigte. Er hatte den Kriegsrat verlassen – was er, um das Wohl seines Volkes willen, nicht hätte tun sollen – und sich um seinen Sohn gekümmert. Jetzt wünschte er, dass er wenigstens den Versuch unternommen hätte, mit Aschenmädchen zu reden …

»Ich brauche meine heiligen Kräuter«, sagte Graue Wolke. »Bleib du ruhig hier sitzen, Maisblatt.«

Tiefe Falten zogen sich um Graue Wolkes Augen und über ihre Stirn. Das lange, ergrauende Haar hing ihr feucht über die Wangen und betonte die dreieckige Form ihres Gesichts. Sie inspizierte einige der schwarzweißen Keramiktöpfe, die an der Wand aufgereiht waren. Einer dieser Töpfe entglitt ihren blutverschmierten Fingern, fiel auf eine Weidenmatte und rollte in einem weiten Kreis über den Boden, ehe sie ihn wieder zu fassen bekam und aufstellte.

Aus diesem Gefäß füllte sie eine kleine Portion Kräuter in eine Schale und griff dann nach einem anderen Topf. »So«, murmelte sie. »Das müsste genügen.«

Maisblatt drehte sich zu ihr um. Der Schein des Feuers zeichnete rötliche Schatten auf ihr ovales Gesicht und brachte die großen, braunen Augen zum Leuchten.

Mit der kleinen Schale in der Hand kehrte Graue Wolke an Hainbuches Lager zurück. Nachdem sie aus einer tönernen Karaffe etwas Wasser in die Schale gegossen hatte, rührte sie mit ihrem blutverschmierten Zeigefinger die Mischung an. Sogleich erfüllte der unverwechselbare Geruch von Beifußblättern und zerstoßener Wacholderrinde den Raum.

Graue Wolke stellte die Schale neben Hainbuche ab und dehnte ihre verkrampften Rückenmuskeln.

»Soll ich dir eine Schale Sonnenblumentee einschenken, Älteste?«, erkundigte sich Maisblatt hilfsbereit und griff schon nach dem Kessel, der an einem Dreibein über der Kohlenpfanne hing.

»Später, wenn wir hier fertig sind.«

»Jawohl, Älteste«, erwiderte das Mädchen.

Tändlers Blick schweifte über die kunstvollen Gemälde, die die Wände des Raums zierten. Die lebensgroßen Katsinas trugen prächtige Federmasken und hielten Tanzstöcke in der Hand. Die Südwand, Tändler gegenüber, zeigte den Büffel-Katsina in Tanzpose. Er hatte ein Bein erhoben, die

Arme seitlich vom Körper weggestreckt und bewegte sich zu einem heiligen Gesang, der Tändlers Ohren verborgen blieb. Seine langen, geschwungenen Hörner und der schwarze Bart schillerten auf der weiß getünchten Wand seltsam irisierend.

Nur Graue Wolke und Hainbuche besaßen den Mut, auf Dauer in Talon zu wohnen. Die meisten Leute waren davon überzeugt, dass dieser Ort verflucht sei. Manche behaupteten sogar, dass des Nachts Hexen durch die verlassene Stadt flögen, sichtbar und hörbar nur für die verlorenen Seelen, die dort in den verlassenen Räumen umherirrten.

Hainbuche hatte ihre Wohnung Tändlers wegen nach Talon verlegt. Damit sie ungestört beisammen sein konnten, den Blicken der Bewohner vom Hügeldorf entzogen.

Die ebenerdige Kammer, die Graue Wolke bezogen hatte, befand sich in der südöstlichen Ecke der Stadt. Vom Eingang aus konnte Tändler westwärts über den großen Platz hinweg zu der schmalen Häuserreihe blicken, die die massive, in einem Halbkreis angelegte Stadt teilte. Die große Kiva, an deren Instandsetzung sie zu arbeiten begonnen hatten, befand sich in der Mitte der Häuserzeile. Der größte Teil der Kiva lag unter der Erde, nur das oberste Viertel des Baus ragte über den Boden hinaus. Der frische, weiße Mörtel nahm einem in der grellen Mittagssonne beinahe die Sicht.

Flammenbotin hatte alle Bewohner zurück ins Hügeldorf beordert, ausgenommen waren nur Maisblatt, er selbst und Wurzelknolle. Tändler sah ihn auf dem Dach der nach Süden gewandten Häuserzeile sitzen. In sein weißes Zeremoniengewand gehüllt, sah er aus wie eine riesige Schneeeule. Hoch über Wurzelknolle zogen dunkle Wolken nordwärts, lautlos wie die Schatten der maskierten Götter.

Der einzige Weg in die Stadt oder hinaus führte über die Leiter und das südliche Dach, wo Wurzelknolle hockte. Tändler selbst hatte diese Leiter hochgezogen und auf dem Dach abgelegt. Wurzelknolle saß direkt daneben.

»Ich bin so weit«, rief Graue Wolke, worauf Tändlers Blick zurück in den rötlich schimmernden Raum wanderte.

Maisblatt hielt Hainbuches Kopf, während Graue Wolke zwei lange Schiefersplitter unter den angebohrten Kreisausschnitt schob und das Knochenstück dann vorsichtig anhob, wobei sie darauf achtete, dass es noch mit der dünnen Membrane verbunden blieb, die das Gehirn umschloss. Beinahe sofort blähte sich die Membrane auf wie ein Hirschblase, wenn man sie aufblies. Die Flüssigkeit darin hatte einen gelblichen Farbton.

Graue Wolke richtete sich seufzend auf. »Das sollte den Schattengeistern den Garaus machen, die sich an ihrem Gehirn laben«, sagte sie. »Wenn die Schwellung zurückgeht, werden wir das Knochenstück und die Kopfhaut wieder zurückklappen und die Wunde mit einer Heilsalbe abdecken.«

»Wie lange wird das dauern?«, erkundigte sich Maisblatt.

»Das liegt in der Hand der Götter, Mädchen. Aber bete darum, dass es schnell geht.«

Maisblatt Augen weiteten sich. »Und was passiert, wenn es doch länger dauert?«

»Dann wird das Stück Kopfhaut absterben, und Hainbuche wird ihr Leben lang eine kahle Stelle behalten, wo der Schädelknochen bloßliegt«, erklärte sie Maisblatt und deutete dann auf den rußigen Kessel über der Kohlenpfanne. »Jetzt darfst du mir eine Schale Tee einschenken.«

Das Mädchen nahm eine der aus Flaschenkürbissen gefertigten Trinkschalen und tauchte sie in den Teekessel, um sie zu füllen. Dampf stieg aus der Schale auf, als Maisblatt sie Graue Wolke reichte.

Die alte Frau blies über die heiße Flüssigkeit, wobei sie den Blick ihrer sanften, braunen Augen, aus denen tiefstes Mitgefühl sprach, auf Tändler richtete. »Kriegshäuptling, möchtest du auch eine Schale Tee?«

»Gern. Ich danke dir, Älteste.«

Maisblatt schöpfte eine zweite Schale voll und reichte sie Tändler.

Während er an dem heißen Getränk nippte, stieg ihm der Duft von Sonnenblumen in die Nase. Sein rundes Gesicht spiegelte sich in der hellgrünen Flüssigkeit. Über seine Nase zog sich eine Dreckspur und in seinen dichten Brauen und den schulterlangen Haaren schimmerte heller Staub. Seine Augen ähnelten denen eines toten Tiers. Groß und glasig. In seinem Körper hauste ein hungriger Wolf, der ihn bei lebendigem Leib auffraß.

»Du hast viele Krieger getötet, nicht wahr?«, fragte ihn Graue Wolke leise.

»Was?«, stammelte Tändler verwirrt.

Graue Wolke drehte sich zu Maisblatt um. »Bitte, geh und berichte Flammenbotin, dass wir den Schädel geöffnet haben, dass Hainbuche am Leben ist und dass sie mit der Beisetzung von Tändlers Sohn fortfahren kann, wann immer sie möchte.«

Tändlers Sohn. Sein Innerstes bäumte sich auf. Nach der Beisetzung würde er die ganze Nacht damit zubringen, seine Frau zu reinigen, ihren Körper in Fichtennadeltee baden, ihr das Haar waschen und dabei versuchen, den Blick von ihrem zerstörten Gesicht abgewendet zu halten …

»Ja, Älteste.« Maisblatt stand auf. Sie stieg über Tändlers ausgestreckte Beine hinweg und trottete über den Platz davon. Dann hörte Tändler sie rufen: »Krieger Wurzelknolle, bitte, lass die Leiter herunter!«

Tändler studierte Graue Wolkes Gesicht. »Warum fragst du mich nach den Menschen, die ich getötet habe?«

Graue Wolke rutschte nach hinten, weg von Hainbuche, und lehnte sich mit dem Rücken an die Wand. Sie zog die Knie an und stützte ihre Ellbogen darauf. Eine Weile starrte sie schweigend vor sich hin, dann lächelte sie Tändler freundlich an und sagte: »Ich kannte einst einen Mann. Sein Name war Sonnenläufer. Ein kleiner, schmächtiger Mann. Er …«

Tändler hob abwehrend eine Hand. »Bitte, Älteste. Ein andermal.«

Graue Wolke fuhr fort, als hätte sie seinen Einwand nicht gehört. »Auf den ersten Blick besaß er nichts, was einen hätte beeindrucken können. Er war klein und mager …«

»Verzeih, Älteste, aber ich bin im Augenblick nicht in der Stimmung, mir eine Geschichte anzuhören. Ich ...«

»Eines Tages wurden wir beide von den Feuerhunden gefangen genommen und mussten fortan bei ihnen im Süden des Landes als Sklaven arbeiten. Und das war kein gutes Leben, das kann ich dir versichern. Doch wenn Sonnenläufer in der Nähe war, spürte keiner von uns den Hunger oder die Schläge oder sah den Tod um uns herum. Und das hatte nichts damit zu tun, was er tat oder sagte. Ich spreche die Wahrheit. Er war ein ganz gewöhnlicher Mann. Tatsächlich war er ein Mann, der nicht hoffte.«

»Und warum nicht?«, fragte Tändler, der sich mit einem Seufzer in sein Schicksal als Zuhörer fügte.

Graue Wolke schwenkte den Tee in ihrer Schale. »Ich hatte Hoffnung. Jeder in meiner Umgebung hoffte. Wir verbrachten jeden Augenblick des Tages eingeschlossen in unsere Seelen, dachten an unser Zuhause, unsere Familie, an gutes Essen und ein warmes, weiches Nachtlager. Wir wollten keine Sklaven sein.«

»Natürlich nicht«, bemerkte Tändler. »Das wünscht sich niemand.«

Ein trauriges Lächeln zupfte an ihren Lippen. »Sonnenläufer machte es nichts aus, weil er nicht hoffte. Warum sollte er? Er fand Freude an den kleinsten Dingen. Die schöne Singstimme eines anderen Sklaven. Jemandes Geschick, Löcher in hartes Leder zu stanzen. Wie oft sah ich ihn kommen, wie er in der erbarmungslosen Mittagshitze durch das Elend der Steinbrüche schlenderte, und wollte ihm zurufen: ›Warum lächelst du? Siehst du denn nicht, was um dich herum passiert?‹ Aber ich sprach diese Worte niemals laut aus, denn ich konnte sehen, dass Sonnenläufer sehr wohl unser Elend in seinem ganzen Ausmaß wahrnahm, doch es konnte seinen Seelen nichts anhaben. Unsere Seelen hingegen litten. Dennoch war er kein Held. Er war ein ganz gewöhnlicher Mann. Er hat uns nicht getröstet, nicht gebetet oder großes Leid auf sich genommen.«

»Was machte ihn dann so besonders?«

Graue Wolke lächelte. »Er kannte keine Angst.«

Tändler zog die Brauen hoch. »Vergib mir, Älteste, aber als Krieger nenne ich das sehr wohl heldenhaft.«

»Ja, wahrscheinlich. Aber wenn du ihn gekannt hättest, würdest du anders darüber denken. Bei einer der seltenen Gelegenheiten, dass er sich mit mir unterhielt, sagte er: ›Graue Wolke, es gibt Männer, die sterben, weil andere sie töten, und es gibt Männer, die sterben, weil sie Angst vor dem Leben haben. Diese Männer schneiden selbst ein Loch in ihr Herz und laden den Tod förmlich ein, sich darin einzunisten.‹ Und, welcher Mann bist du?«

Sie neigte abwartend den Kopf zur Seite.

Tändler starrte sie an, bis ihm bewusst wurde, dass die Frage an ihn gerichtet war und nicht zu der Geschichte gehörte.

Langsam sagte er: »Du glaubst also ... dass ich ein Loch in mein Herz schneide?«

»Ich glaube, du bist sehr geschickt mit dem Messer, Kriegshäuptling, und damit meine ich nicht jenes, das du am Gürtel trägst.«

Geräuschvoll schlürfte Tändler seinen Tee. »Ich kann nicht anders, Älteste. Ich habe lange nachgedacht und bin zu dem Schluss gekommen, dass es so viele Dinge gibt, von denen ich wünschte, ich hätte sie getan. Dinge, die ich hätte tun müssen. Wenn ich doch nur ...«

»Schuldbewusstsein ist eine Ausrede, Tändler. Akzeptiere, was du getan hast, lerne daraus und lebe dein Leben weiter.«

Tändler starrte düster in seine Teeschale. »Für meine Ohren klingen deine Worte sehr vernünftig, nur mein Herz hört nicht zu.«

Graue Wolke steckte eine lose Haarsträhne hinter ihrem Ohr fest. »Dann ist dein Herz töricht, Kriegshäuptling.«

Irgendwie hatte er das Gefühl, dass ihm ein wenig von dem Gewicht genommen worden war, das auf seinen Schultern lastete. Er wandte den Kopf, betrachtete Hainbuche und spürte, wie die Verzweiflung wieder an ihm zu nagen begann. Er beugte sich vor und streichelte unbeholfen die Decke über ihren Füßen. »Ich bin bei dir, Hainbuche«, sagte er leise.

Graue Wolke wandte den Blick ab, als wollte sie ihm das Gefühl geben, allein zu sein.

Tändler richtete sich auf und trank noch einen Schluck Tee. Der blumige Geschmack wärmte seine Kehle und seinen Bauch. »Was ist aus Sonnenläufer geworden?«

»Ach«, sagte sie. »Eines Tages kam eine Frau zu mir und erzählte mir, dass Sonnenläufer tot sei. Wie und warum er starb, habe ich nie erfahren. Wahrscheinlich hat er die Wachen gegen sich aufgebracht.«

»Das tut mir Leid.«

Graue Wolkes Augen leuchteten, als sie sagte: »Das braucht es nicht. Sonnenläufer war ein lebendiges Gebet. Ich habe jedes seiner Worte in Erinnerung behalten.«

Während Graue Wolke sprach, betrachtete Tändler ihr dreieckiges Gesicht mit der spitzen Nase. Er wusste nie so recht, was er von ihr halten sollte. Die Tatsache, dass sie den Körper eines Mannes besaß, schuf eine natürliche Ebene für eine Freundschaft, doch ihre weibliche Seele, die Gesten und vor allem ihre helle Stimme brachten ihn immer wieder in Verwirrung. Ja, in Wirklichkeit war sie vollkommen »anders«: weder Mann noch Frau, dabei aber eine großartige Mischung aus beiden. Er hatte sie kämpfen sehen und war erstaunt gewesen über ihre Fertigkeit mit Bogen und Keule. Gleichzeitig reichte ihr Ruf als Heilerin weit über das eigene Dorf hinaus. Sie hatte mehr Leben gerettet als genommen.

Das konnte Tändler von sich nicht behaupten. Er trank seinen Tee aus und stellte die Schale beiseite. »Wie geht es Hainbuche?«

Graue Wolke beugte sich vor und legte eine Hand auf die rot-blau gestreifte Decke, in Höhe von Hainbuches Brust. »Die Verletzung war nicht so schlimm, wie ich befürchtet hatte. Bei manchen Leuten, die ich behandelt habe, schwoll die Membrane nach der Entfernung des Knochenstücks auf

Faustgröße an. Bei Hainbuche war die Schwellung nur ein Drittel so groß.«

Nachdem sie eine Weile die Atmung und den Herzschlag der Sonnenwächterin geprüft hatte, beugte sie sich über sie und flüsterte ihr zu: »Hainbuche, du atmest jetzt langsamer und gleichmäßiger. Es scheint dir besser zu gehen. Ich weiß, dass deine Atem-Herz-Seele umherfliegt und dass das ein wunderbares Gefühl ist, aber bitte, flieg nicht zu weit weg. Erinnerst du dich, wie du mir geholfen hast, Sägezahns Schädel zu öffnen? Ihm hat das Fliegen so viel Spaß bereitet, dass er geradewegs ins Land der Toten geflogen ist. Ich möchte nicht, dass dir das auch so ergeht. Ich liebe dich zu sehr. Du sollst noch ein paar Sonnenjahre mit mir verbringen.«

Graue Wolke nahm ihre Schale und füllte sie noch einmal aus dem Teekessel. Irgendwo draußen lachte ein Kind.

Da erkundigte sich Tändler unvermittelt: »Bist du nicht schon ein wenig spät dran für die morgendlichen Wettrennen?«

»Die Kinder werden heute eben ohne mich auskommen müssen.«

Jeden Morgen um diese Zeit veranstaltete Graue Wolke mit den Kindern des Dorfes einige Wettläufe. Sie gewann natürlich nie, dafür aber feuerte sie die Kinder an. Ach, Grasmond ... sein Sohn ... er hatte diese Wettrennen mit Graue Wolke geliebt, weil sie stets darauf bestand, wenigstens ein Rennen auszutragen, bei dem es keinen Gewinner gab. Bei diesem Lauf hatten die Kinder die Aufgabe, alle gleichzeitig die Ziellinie zu erreichen. Wenn es ihnen gelang, lobte Graue Wolke sie überschwänglich und sagte ein ums andere Mal: »Seht ihr, ist es nicht viel lustiger, wenn wir alle zusammen gewinnen?«

Sein Sohn hatte immer geglüht vor Stolz, wenn er es schaffte, Schulter an Schulter mit Stumpfes Messer ins Ziel zu kommen, dem größten und schnellsten Jungen im Dorf. Tändler erinnerte sich an einen Morgen, als ...

»Tändler?«

Er lehnte sich auf den großen Platz hinaus, sah Weidenkätzchen die Leiter herunterklettern, und erhob sich.

Als Weidenkätzchen unten angelangt war, kam sie langsam auf ihn zu. Der weiße Federumhang schwang um ihre breiten Schultern. Ihr wunderschönes oval geschnittenes Gesicht sah aus wie aus feinstem Speckstein gemeißelt.

Flammenbotin hat sie bestimmt geschickt, um mich zur Beisetzung zu holen. Ihm wurde übel.

Er drehte sich rasch zu Graue Wolke um. »Ich danke dir für diese Geschichte, Älteste. Sie hat mir geholfen.«

»Das freut mich«, erwiderte sie und nickte.

Zwei Schritte vor ihm blieb Weidenkätzchen stehen. Ihre dunklen Augen waren geweitet, ihre Nasenflügel bebten, ihr Atem ging schnell, und Tändler wusste sofort, dass sie nicht wegen der Beisetzung gekommen war.

»Was ist geschehen«, fragte er mit rauer Stimme.

»Kriegshäuptling, ich weiß nicht, wie ich es dir sagen soll. Deine Frau ... ihr Leichnam ist verschwunden.«

Tändler starrte sie nur an, ohne etwas zu begreifen.

»Was meinst du damit? Wo ist sie?«

Er stürzte hinaus ins grelle Sonnenlicht, das den weitflächigen Platz überflutete, und maß sie mit einem dumpfen Blick. Sie sah aus, als fürchtete sie, er würde jeden Augenblick vor ihren Füßen zusammenbrechen.

Mit bebender Stimme sagte sie: »Matrone Flammenbotin hat mich gebeten, ein neues Grab für deinen Sohn auszuheben. Anschließend sollte ich den Leichnam deiner Frau zurück ins Dorf bringen. Doch das Grab war leer, bis auf das hier.« Sie schlug ihren Umhang auf und zog so vorsichtig, als berühre sie eine Schlange, ein weißes Stoffbündel hervor. Sie faltete es auseinander und zeigte ihm die Eulenfeder.

Graue Wolke schnappte so geräuschvoll nach Luft, dass Tändler herumwirbelte. Sie stand in der Türöffnung und presste beide Hände auf den Mund.

Hexen verwandelten sich häufig in Eulen, um dann umherzufliegen und die Menschen zu beobachten.

Tändler ließ Weidenkätzchen stehen und rannte auf die Leiter zu. Wer sollte den Leichnam seiner Frau rauben? Das war doch völlig widersinnig!

Bereits als er die Leiter emporstieg, hörte er den Tumult draußen. Rufe und Schreie der Angst und des Schocks. Flammenbotins Stimme übertönte alle anderen, als sie brüllte: *»Hört auf damit! Noch wissen wir nichts Genaues!«*

Wurzelknolle reichte Tändler eine Hand und half ihm aufs Dach. »Sieh dich vor, Kriegshäuptling. Die Leute da draußen sind wie von Sinnen vor Angst. Sie wissen nicht, was sie reden.«

»Was sagen sie denn?«

Wurzelknolle machte so abrupt den Mund zu, als wünschte er, ihn nie geöffnet zu haben. Er schluckte ein paar Mal, ehe er antwortete: »Einige der jungen Frauen mutmaßen offenbar, dass deine Frau eine Hexe war und dass das jemand herausgefunden hat und ...« – beim Anblick von Tändlers Gesichtsausdruck fuhr Wurzelknolle im Flüsterton fort – »... und man ihr deshalb diese Steinplatte auf den Kopf gelegt hat. Erbsenhülse ...« Wurzelknolle zögerte, als Weidenkätzchen von der Leiter stieg und sich zu ihnen gesellte.

»Sprich weiter«, herrschte Tändler ihn an.

»Also, Erbsenhülse – sie ist eine elende Klatschbase. Sie sagte, dass die Leiche vielleicht deshalb gestohlen wurde, weil jemand befürchtete, du würdest deine Frau ohne diesen Stein begraben und ihr Geist könnte dann später das Dorf heimsuchen und unsere Leute töten.«

Tändler zog die Leiter hoch, drehte sie um und ließ sie auf der anderen Seite der Mauer wieder herunter. Dann kletterte er sie, zwei Sprossen auf einmal nehmend, herab und bahnte sich seinen Weg durch die aufgeregte Menge. Die Leute flüsterten und deuteten mit den Fingern, aber niemand wagte es, ihn auf das Schicksal seiner toten Frau anzusprechen.

Am Rande der Menschenmenge entdeckte er Flammenbotin und Erbsenhülse. Erbsenhülse stand starr und aufrecht da wie ein Stock. Ihre schwarzen Augen funkelten. Dreißig Sommer war sie alt, hatte ein hässliches, eckiges Gesicht und bereits grau meliertes Haar. Als Tändler an ihnen vorbeiging, reckte sie angriffslustig das Kinn und rief: »Sie war eine Hexe! Das habe ich schon immer gewusst!«

»Schh«, zischte Flammenbotin ihr zu und streckte die Hand nach Tändler aus. »Kriegshäuptling? Warte!«

Ohne auf ihren Zuruf zu achten, beschleunigte er seinen Schritt, seine langen Beine griffen weit aus, strebten dem Grab entgegen. Ohne stehen zu bleiben, rannte er an dem Leichnam seines Sohnes vorbei, doch die stechende Dunkelheit, die seine Seelen erstickte, drohte ihn bald ganz zu verschlingen.

Die sandfarbenen Felswände des Canyons warfen das Sonnenlicht wie riesige Spiegel zurück. Über der ausgehobenen Grube kreiste ein Schwarm Krähen. Ihr heiseres Krächzen schallte über die Wüste. Sie drehten neugierig die Köpfe, um Tändler zu beobachten. Zehn Schritte vor dem Grab verlangsamte er sein Tempo und begann, den sandigen Boden nach irgendwelchen Hinweisen abzusuchen.

Weidenkätzchen kam herbeigerannt, blieb keuchend hinter Tändler stehen und sagte: »Ich habe mich schon umgesehen. Hier ist nichts.«

»Und es führen auch keine Spuren von dem Grab weg?«

»Nein, nichts. Es ist, als hätten Adler sie aus dem Grab gehoben und fortgetragen.« Unbehaglich warf sie einen Blick hinauf zu den kreischenden Krähen.

Da brüllte Tändler: »Das sind eindeutig die Taten eines *Irren*! Warum sollte jemand so etwas tun?«

Aufmerksam inspizierte er jede Vertiefung im Boden und jede herausragende Wurzel.

Er hörte, dass sich Leute auf dem Pfad näherten, die Stimmen heimlichtuerisch gesenkt. Nur ein Mann brüllte: *»Aber wo ist die Leiche? Was ist damit passiert?«* Und es war Erbsenhülse, die prompt erwiderte: »Den Göttern sei Dank, dass sie weg ist! Möchtest du vielleicht, dass ihre verruchte Seele heute Nacht den Lebensatem deines Kindes einsaugt?«

»*Genug jetzt*«, rief Flammenbotin energisch.

Tändler schluckte den bitteren Geschmack hinunter, der in seiner Kehle brannte. Er schloss für einen Moment die Augen und atmete tief durch. Hinter seinen Lidern tanzten goldene Funken.

Nach einer Weile sagte er: »Weidenkätzchen, dort ist ein Pfad, der parallel zur Großen Südlichen Straße verläuft. Meine Großmutter hat mir erzählt, dass das Haus von Steingeist direkt in den Rauchenden Spiegelkegel hineingebaut wurde. Bitte, nimm deine Waffen und schnür dein Bündel und beeil dich.«

Sie nickte. »Jawohl, Kriegshäuptling.«

7

»Da ist schon wieder eins!«, rief Sylvia aufgeregt.

Dusty ließ den kleinen Edelstahlschaber in der Augenhöhle einer vor hunderten von Jahren verstorbenen Frau liegen und richtete sich auf. Er stand im Abschnitt 6N4W, zwei mal zwei Meter groß, in dem er so lange gegraben hatte, bis er mit seiner Schaufel auf einen Hüftknochen gestoßen war. Daraufhin hatte er die Schaufel gegen eine kleine Kelle vertauscht und behutsam das Skelett dieser Frau freigelegt.

»Machst du Witze?«, rief er zur Vorsicht zurück.

Sylvia legte die rechte Hand aufs Herz und sagte: »Ich

schwöre.« Ein seltsamer Ausdruck trat auf ihr schmales Gesicht: Erregung – gemischt mit Angst. Sie hatte sich das braune Haar hochgesteckt und einen breitkrempigen Strohhut aufgesetzt. Auf ihren verschwitzten Wangen waren dunkle Dreckspuren zu sehen.

Bevor Dusty aus seinem Abschnitt klettern konnte, sah er Dale mit großen Schritten auf ihn zukommen. Er hatte sich seinen verbeulten Filzhut tief in die Stirn gezogen, um seine Augen gegen die gleißende Sonne abzuschirmen. Er mochte zwar zweiundsiebzig Jahre auf dem Buckel haben, doch mit den Jungen nahm er es immer noch auf. Vielleicht nicht, wenn es darum ging, eine Kiva auszuschaufeln, doch er führte exakt Buch über alle Vorkommnisse, aktualisierte die Logbücher der einzelnen Abschnitte und katalogisierte die Artefakte und sämtliche Proben, die bei einer Ausgrabung dieser Größenordnung zuhauf anfielen. Sein eisgraues Haar, das die heiße Wüstenluft trocken hielt, war voller Staub. Er trug verwaschene Jeans und ein verblichenes rotes Cowboyhemd.

Dusty stützte vorsichtig die Hände am Rand der Grube auf, stemmte sich hoch und kletterte schwerfällig hinaus. Im Gegensatz zu Dales Haaren waren die seinen nass geschwitzt und klebten ihm an den sonnenverbrannten Wangen. Als er sich aufrichtete, rieselte der Sand von seinem grünen T-Shirt, den Khakihosen und den Lederstiefeln nur so herunter. Selbst hinter seinem linken Ohr spürte er den Sand. Er klopfte sich das Hemd und die Hose ab und ging Dale langsam entgegen.

Der Chaco Canyon konnte um diese Jahreszeit die reinste Hölle sein. Entweder wurde man von der Sonne geröstet, oder aber es regnete wie aus Kübeln, sodass die mühevoll ausgehobenen Parzellen nach kürzester Zeit aussahen wie kleine quadratische Tümpel.

Er passierte acht weitere Abschnitte, die in schnurgerader Linie zwischen seiner und Sylvias Parzelle lagen.

Michall, der konzentriert damit beschäftigt war, das Skelett eines etwa zwölf Jahre alten Mädchens freizulegen, schien Dusty gar nicht wahrzunehmen, als er an seinem Abschnitt vorbeiging.

Steve Sanders hingegen richtete sich ächzend auf und wischte sich mit dem Handrücken den Schweiß von seiner glänzenden schwarzen Stirn. Er entfernte gerade mit einem Pinsel geduldig Sandschichten vom Rand eines schwarzweißen Keramikgefäßes. »Wieder eine Frau?«, erkundigte er sich.

»Ich werde es dich wissen lassen«, gab Dusty zur Antwort.

Plastikbeutel, gefüllt mit Artefakten – meist Basaltsplitter, die bei der Herstellung von Steinwerkzeugen anfielen, und eine große Anzahl Scherben von Mesa-Verde-Schwarzweiß-Keramiken –, häuften sich am Rand von Steves Grabungsstelle. Die Keramikstücke ordneten diesen Fundort mit großer Wahrscheinlichkeit der Great-Houses-Periode von 1250 bis 1300 n. Chr. zu, als die Migranten die Mesa-Verde-Region im südlichen Colorado verließen und den Canyon wieder besiedelten. Doch Dusty war sich noch nicht ganz sicher; diese Grabungsstätte gab ihm verdammt viele Rätsel auf.

Er machte einen weiten Bogen um die Beutel mit Proben, stieg vorsichtig über die gespannten Eichschnüre hinweg und kauerte sich dann neben Dale vor Sylvias Parzelle. Einen halben Meter unter der Eichschnur kniete Sylvia über einem teilweise offenliegenden menschlichen Skelett. Das Stirnbein und die erhabenen Wülste über den Augenhöhlen waren sichtbar.

Dale schob seinen Filzhut zurück. »Gütiger Himmel, das macht dann acht bis jetzt.«

»Wieder eine Frau«, setzte Dusty hinzu. »Zumindest vermute ich das anhand des Brauenrückens und der Rundung des Stirnbeins. Die anderen waren zwischen zehn und fünfundvierzig Jahre alt bei ihrem Tod. Ich schätze, diese hier ebenfalls.«

Dale kniff seine buschigen Brauen zusammen. »Wo bleibt denn dieser indianische Berater, den wir angefordert haben?«

»Ich habe gestern mit Maggie gesprochen und sie meinte, die Dame sei schon auf dem Weg zu uns. Müsste jeden Augenblick hier eintrudeln.«

Dale betrachtete stirnrunzelnd den Schädel. »Hoffen wir's. Möchtest du mit mir eine Wette über den Zustand dieser Dame hier abschließen?«

Dusty wischte sich eine verschwitzte blonde Strähne aus der Stirn. »Nein, ich glaube, da würde ich verlieren.«

Vorsichtig stieg Dusty in die ausgehobene Grube, sorgsam darauf bedacht, die Artefakte nicht zu bewegen, die Sylvia freigelegt, das heißt, die sie von Sand und Erde befreit, aber auf einem Sandsockel hatte liegen lassen, während sie außen herum weitergrub. »Sylvia, gib mir doch mal deinen Spatel.«

Sie reichte ihm den Spatel mit einer graziösen Handbewegung. »Bedienen Sie sich, Boss.«

Er ging neben dem Schädel in die Hocke und begann Schicht für Schicht den Sand von dem Knochen abzuschaben – definitiv der fein geschwungene Brauenbogen einer Frau, befand er, obwohl er, was Anthropologie betraf, nicht hundertprozentig fit war. Diese ausgefeilten Studien menschlicher Anatomie und Evolution interessierten ihn nicht so brennend.

Er griff sich einen der Pinsel, die Sylvia neben sich liegen hatte, und entfernte vorsichtig den Staub von diesem Teil des Schädels.

Als die erste Fraktur sichtbar wurde, flüsterte Dale: »Überall das Gleiche. Was zum Teufel hat sich hier nur abgespielt?«

Dusty pinselte weiter und förderte die Zähne im mittleren Oberkieferbereich zutage. »Erschlagen wie die anderen.«

Dale studierte den Schädel, warf dann einen Blick auf die übrigen Artefakte in der Parzelle und meinte: »Mir scheint, es ist an der Zeit, einen Anthropologen hinzuzuziehen.«

»Ganz meine Meinung, Dale, aber ich will hier keine dieser Laborratten haben, die ausflippen, wenn ihre Fingernägel dreckig werden.«

»Nein, wir brauchen jemanden, der an die Widrigkeiten der Feldarbeit gewöhnt ist. Und da kommt mir gerade genau die richtige Person in den Sinn.«

Dusty verharrte abrupt in seiner Bewegung. Er spürte, wie seine Gesichtsmuskeln sich verspannten. »Sag mir bitte, dass du nicht denkst, was ich glaube, dass du denkst.«

Dale wischte sich mit dem Ärmel über seinen grauen Schnauzbart. »Doch, genau das denke ich. Sie ist einfach ein Ass auf ihrem Gebiet.«

Dusty ließ den Pinsel fallen und hievte sich mit einem Klimmzug aus der Grube. »Nur über meine Leiche!«

Jedesmal wenn er an Dr. Maureen Cole dachte, begann sein Magen zu brennen, als hätte er Säure geschluckt.

Wortlos schob sich Dale den Hut ins Gesicht und schlenderte davon.

Dusty rannte ihm hinterher. »So warte doch. Darüber müssen wir uns erst mal unterhalten!«

»Maureen Cole zählt zu den besten Anthropologen der Welt. Wir können von Glück sagen, wenn wir sie überhaupt bekommen.«

Dale warf einen Blick auf seine Armbanduhr und beschleunigte seinen Schritt. Sein Ziel war Dustys Bronco, der in der Nähe der fünf ordentlich in einem Kreis um die Feuerstelle aufgestellten Zelte parkte.

»Bist du wirklich entschlossen, mir das anzutun, Dale?«, jammerte er. »Und wenn ich vor dir auf die Knie falle und zu Grabe krieche ...«

»Das heißt zu *Kreuze* kriechen, du Analphabet.«

Dusty dachte kurz darüber nach. »Meinetwegen, ist doch egal. Hör zu, Dale, ich hasse diese Frau aus tiefstem Herzen. Ich bin nicht gewillt ...«

»... mit irgendeiner Frau zu arbeiten, die mehr weiß als du«, beendete Dale seinen Satz. »Ja, ja, das weiß ich.«

Dale öffnete die Fahrertür des Bronco auf und warf seinen Hut auf den Sitz. Als er sich dann das feuchte graue Haar aus der Stirn wischte, fügte er hinzu: »Aber mein Entschluss steht, William.«

Dale langte in den Bronco und holte Dustys Handy heraus.

Dusty stützte seine staubigen Hände auf das Wagendach. »Du bist ein verdammter Sadist, mein Freund. Und sehr wahrscheinlich machst du dich der Anstiftung zum Mord schuldig. Begreifst du denn nicht, dass ich sie umbringen muss, um meine Männlichkeit zu schützen?«

Während er die Nummer eintippte, meinte Dale: »Nun, ich würde sagen, da kommst du ohnehin zu spät.«

Als das Telefon klingelte, klappte Maureen die neueste Ausgabe des *American Journal of Physical Anthropology* zu und legte das Magazin auf das Tischchen neben ihrem Korbstuhl.

Sie haderte mit sich, ob sie abheben sollte oder nicht. Ihr blieb noch eine Woche zu Hause, ehe sie nach Hamilton zurückkehren und sich auf das neue Semester vorbereiten musste, und um die wollte sie sich nicht bringen lassen. Das penetrante Klingeln ignorierend, griff sie nach ihrem Glas mit geeistem Pfefferminztee. Jeden Morgen pflückte sie die Minze in ihrem Garten, die dem Tee diesen herrlich süßen, frischen Geschmack gab.

Das Telefon klingelte beharrlich weiter.

Sie wandte sich ab. Was für ein wunderschöner Tag. Heiß, aber nicht unerträglich heiß. Sie trug verwaschene Jeans und ein rotes T-Shirt. Die Sonne glitzerte hinter den Bäumen und warf ein Meer aus kleinen runden Schatten auf den Holzboden ihrer Veranda, die drei Seiten ihres kleinen Häuschens in Niagara-on-the-Lake umspannte. Eine kühle Brise wehte ihr das lange schwarze Haar um die Schultern.

Maureen zog die Knie an, stützte die nackten Füße auf das Baumwollpolster und seufzte. Letzten Donnerstag war sie siebenunddreißig geworden. Um die Augen- und Mundwinkel zeigten sich die ersten Fältchen. Ihre indianischen Gesichtszüge, die gerade Nase, die dunklen Augen und vollen Lippen hatte sie von ihrer Mutter geerbt, einer Vollblut-Seneca, die vor sechs Monaten gestorben war. Maureen ließ den Tee im Glas kreisen und lauschte dem Klicken der Eiswürfel. Gott, sie vermisste sie so schrecklich.

Das Klingeln verstummte.

Maureen seufzte abermals und ließ den Blick über den Ontario-See schweifen. Um diese Jahreszeit war das Wasser von einem faszinierenden tiefen Blau. Der Herbst zeigte sich schon an einigen Bäumen und malte gelbe und orangefarbene Farbklekse ans Ufer.

Der bevorstehende Vorlesungsbeginn begeisterte sie nicht sonderlich. Vor drei Jahren, als John, ihr Mann, noch lebte, hatten sie großartige Theorien über die Zukunft der menschlichen Spezies gesponnen und sich über interessante Fragen ihrer Studenten ausgetauscht; damals hatte das Lehren noch Spaß gemacht. Doch seit Johns Tod hatte sie nur noch im anthropologischen Labor so etwas wie Freude gefunden, im stummen Dialog mit den Toten. Und dabei hatte sie die Erfahrung gemacht, dass diese Diskussionen oftmals weitaus interessanter waren als die mit lebenden Zeitgenossen. Sie …

Das Telefon begann erneut zu läuten.

Nach dem zehnten Klingelton stand sie murrend auf und ging langsam auf die Terrassentür zu.

Die Eichendielen fühlten sich angenehm kühl an unter ihren nackten Fußsohlen, als sie das Wohnzimmer durchquerte und zu dem kleinen Tisch im Erker ging, auf dem das Telefon stand. Neben dem Apparat lagen Notizblock und Kugelschreiber bereit.

Sie hob den Hörer ab und meldete sich mit einem knappen »Hallo.«

»Schönen guten Tag, Dr. Cole. So viel ich weiß, steht das neue Semester vor der Tür. Freuen Sie sich schon darauf, die nächste Generation hoffnungsvoller Anthropologen in die Geheimnisse dieser hohen Wissenschaft einzuweihen?«

Maureen lächelte. »Dale Emerson Robertson, Sie alter Kojote. Sind Sie in der Stadt?«

»Nein, ich sitze in einem Ford Bronco im nördlichen Teil von New Mexico. Die Sonne brennt gnadenlos aufs Wagen-

dach, und draußen herrschen Temperaturen von über vierzig Grad im Schatten.«

»Tja, da haben wir es hier in der aufgeklärten Welt doch um einige Grade kühler. Ich predige Ihnen doch schon seit Jahren, dass Sie nach Kanada übersiedeln sollen. Die Temperaturen in diesem zivilisierten Teil unseres Planeten sind weitaus freundlicher.«

»Wenn ich einmal alt bin, befolge ich Ihren Rat vielleicht«, kicherte Dale.

Robertson war einer der wirklich großen Archäologen des zwanzigsten Jahrhunderts. Er hatte Expeditionen in den Dschungel von Yucatán geführt, auf der Suche nach alten Wohnstätten der Mayas, in Ägypten gegraben, Thule-Spuren im arktischen Eis erforscht und als einer der Ersten das weite Feld der Unterwasser-Archäologie erschlossen. Sollte ihm ein ungewöhnlich langes Leben beschieden sein, so war Maureen davon überzeugt, dass er der erste Archäologe auf dem Mond sein würde. Sein Ruf als Experte für den Südwesten der Vereinigten Staaten war legendär.

»Was gibt's denn, Dale? Oder wollten Sie nur mal hören, wie es mir geht?«

»Nein, mein Anruf ist geschäftlicher Art. Stewart und ich arbeiten gerade an einem Projekt, das uns etliche Gräber beschert hat, und deshalb wollte ich fragen ...«

Bei der Erwähnung von Stewarts Namen wurden ihre Augen schmal. Sie sagte nur: »Auf Wiedersehen, Dale.«

Und legte auf.

Wutschnaubend stapfte sie hinaus auf ihre Veranda, als das Telefon erneut klingelte.

Sie zog eine Braue hoch. Diesmal wartete sie Dales Begrüßung nicht ab. Sie machte kehrt, nahm den Hörer ab und zischte: »Sie können dem ›Irren von New Mexico‹ ausrichten, dass ich auch um alle besterhaltenen Mumien der Welt nicht wieder mit ihm arbeiten werde.«

Dale ließ ein paar Atemzüge verstreichen, ehe er in professionellem Tonfall erwiderte: *»Das hier ist ein sehr wichtiges Projekt, Maureen. Und ich bin sicher, dass ihr* *beide eure persönlichen Gefühle zum Wohle der Wissenschaft …«*

»Was meinen Sie mit ›ihr beide‹? Was hat denn dieser glorreiche Scherbenjäger über mich erzählt?«

»Lassen Sie uns lieber über diese Ausgrabungsstätte reden, Maureen, das ist weitaus interessanter.«

Maureen biss die Zähne zusammen. Vor zwei Jahren hatte eine unglückliche Fügung des Schicksals sie dazu verdammt, mit Stewart an einer Irokesen-Ausgrabung im Staat New York zu arbeiten. Einmal und nie wieder! Dieser Mann war alles, nur kein Wissenschaftler.

»Ich höre, Dale«, sagte sie. »Sprechen Sie weiter.«

Und das tat er.

Drei Sätze später hatte sich ihr Puls erheblich beschleunigt. »Wirklich? Massengräber bei den Anasazi? Das ist ja hoch interessant.«

»Es wird noch besser. Es sind alles Frauen.«

»Frauen?«, japste sie.

»Frauen und Mädchen, ja. Aber das ist das einzige Ungewöhnliche, Maureen. Ich brauche wirklich ein Gutachten von Ihnen.«

»Dale, ich …«

»Es wird nur ein paar Wochen dauern. Sie finden doch bestimmt einen graduierten Studenten, der Ihre Einführungsvorlesung halten kann. Und die Studenten Ihrer Abschlussklasse beschäftigen Sie während Ihrer Abwesenheit mit einem interessanten Forschungsauftrag. Außerdem bin ich sicher, dass einer Ihrer Kollegen bestimmt willens ist …«

»Dale«, unterbrach sie seinen Redefluss. »Ich *hasse* diesen Kerl.«

Pause.

Im Hintergrund nahm Maureen noch eine andere Stimme wahr. Doch dann legte Dale die Hand auf die Sprechmuschel, was die Stimmen erheblich dämpfte. Es hörte sich jetzt an wie eine hitzige Debatte, aber verstehen konnte sie leider kein Wort davon.

Dale meldete sich wieder. »*Verzeihung, Maureen. Wir*

haben eine Kokwimu *hier auf dem Gelände, die mitunter sehr enervierend sein kann.*«

»Eine was?«

»*Nicht so wichtig. Zurück zum Thema. Wie man weiß, war der fünfte Earl von Carnarvon auch nicht gerade ein Zuckertörtchen, aber das hat Howard Carter nicht davon abgehalten, mit ihm zu arbeiten, damit er das Grab des berühmten Tut ausgraben konnte.*«

Derart freundlich zurechtgewiesen, seufzte sie leise und meinte: »Es ist also wirklich wichtig, wie?«

»*Sehr viel wichtiger, als ich am Telefon ausführen kann. Sie müssen das hier mit eigenen Augen gesehen haben, um es zu glauben. Allein die Zahl der verheilten Schädelfrakturen …*«

»Was meinen Sie mit ›verheilt‹? Man hat diesen Frauen wiederholt den Schädel gebrochen und sie haben überlebt?«

»*Nein, der letzte Schlag hat sie umgebracht.*«

»Ich meine, vorher.«

»*Vorher hat man ihnen das halbe Gehirn herausgeschlagen.*«

Je länger Maureen zuhörte, desto mehr begann ihr Puls zu rasen. »Sind Sie sicher, dass es sich nicht um eine seltene Form von Schädeldeformationen handelt?«

»*Mit Schädeldeformationen kenne ich mich aus, Maureen. Die Anasazi banden ihre Säuglinge auf Tragebretter, um den Hinterkopf abzuflachen. Aber sie haben sie nicht misshandelt. Diese Frauen jedoch wurden schrecklich zugerichtet.*«

Maureen blickte durch das Erkerfenster und verfolgte einen Schwarm Wildgänse, die in exakter V-Formation über den kristallblauen See flogen. »Also, worum handelt es sich dann? Eheliche Misshandlungen? Rituelle Kämpfe, bei denen sich die Leute gegenseitig die Schädel zertrümmerten, um ihren Mut zu beweisen? Oder Vielweiberei, die die Kontrahentinnen dazu veranlasste, sich gegenseitig tot zu prügeln?«

»*Glauben Sie, ich würde Sie telefonisch belästigen, wenn ich die Antwort darauf wüsste?*«

Maureen schwieg einen Moment, dachte nach. »Hat man in dieser Gegend nicht schon irgendwo Massengräber mit ausschließlich weiblichen Skeletten gefunden? Ich glaube mich zu erinnern, auf einer der letzten Fachtagungen davon gehört zu haben. Frauen, die man einfach in Gräber geworfen hat …«

»Die La-Plata-Geschichte. Genau.«

»Und etwas Ähnliches haben Sie jetzt auch entdeckt, Dale?« Sie sah die Bilder förmlich vor sich: Skelette von erschlagenen Frauen, die man mit dem Gesicht voraus in provisorische Erdlöcher geworfen und mit Abfall bedeckt hatte.

Sie glaubte, Dale lächeln zu hören, als er sagte: *»Kommen Sie her und sehen Sie es sich selbst an. Am Schalter von United Airlines in Toronto liegt ein Erste-Klasse-Ticket für Sie bereit.«*

»Aber Dale, ich habe Verpflichtungen hier. Das Semester …«

»Gut, dann werde ich eben Dusty mit den Analysen betrauen. Wird ohnehin höchste Zeit, dass er etwas über Paläopathologie lernt.« Damit legte er auf.

Maureen starrte den Hörer an.

Draußen zwitscherten die Vögel, und eine leichte Brise brachte das Glockenspiel auf der Veranda zum Klingen.

Dann knallte sie ihn zähneknirschend auf die Gabel.

»Kommt nicht in Frage, Dale. Ich weigere mich, noch einmal mit diesem Stewart zu arbeiten.«

Beim letzten Mal, in Buffalo, hatten sie sich die ganzen vier Wochen ständig in den Haaren gelegen. Stewart schien keinen blassen Schimmer von wissenschaftlicher Arbeit zu haben, weshalb sie sich sein untrügliches Gespür nicht erklären konnte. Stewart brauchte sich einen Grabungsort nur anzusehen, die Fundstücke und Bodenschichten zu studieren, und schon wartete er mit einer intuitiven Erklärung auf, was sich dort vor über tausend Jahren abgespielt hatte. Abgesehen von der Tatsache, dass er meistens goldrichtig lag mit seinen Vermutungen, empfand Maureen diese Arbeit aus dem Bauch heraus als verachtenswert pseudowissenschaftlich. Ihrer Ansicht nach war die Anthropologie entweder eine exakte Wissenschaft mit Experimenten, die sich jederzeit nachvollziehen ließen, oder aber absolut irrelevant.

Maureen schaute aus dem Fenster, betrachtete die Weinranken, die sich an ihrem Zaun emporhangelten, und ihre unreifen Reben, die im spätsommerlichen Licht grünlich schimmerten. Und ohne dass es ihr bewusst wurde, verwandelte sich dieses beschauliche Bild in vergilbte Gebeine, runde Schädel und klaffende Augenhöhlen.

Frauen. Erschlagen. Warum so viele? Und was hatte dieses Zögern in Dales Stimme zu bedeuten? Sie kannte ihn schon so lange. Irgendetwas an diesem Fundort irritierte ihn. Aber was?

»Dann werde ich eben Dusty mit den Analysen betrauen«, äffte sie Dales kehlige Stimme nach, während sie ihren Koffer vom Schrank zerrte und ihn aufs Bett warf. »Sie hätten mir genauso gut eine Pistole an den Kopf halten können, verehrter Dale. Das Resultat wäre das gleiche gewesen.«

8

Tändler schlug den Türvorhang über die Leiste. Eiskalter Wind fegte in seine Kammer, raschelte in den getrockneten Sonnenblumen, Mais- und Bohnenbüscheln, die von den Deckenbalken hingen.

Vor weniger als einer halben Handbreit Zeit hatte er seinen Sohn begraben. Seine Frau war ermordet worden, man hatte ihr den Schädel zertrümmert und die Leiche liegen lassen, damit er sie fand, und anschließend war der Leichnam gestohlen worden.

Das ist doch nicht wahr. Das kann nicht wahr sein.

Tändler strich mit den Fingerspitzen über Grasmonds Maisstrohpuppen, den Kinderbogen und den Köcher mit Pfeilen, die er für ihn geschnitzt hatte. Als sein Blick auf den kleinen Holzhund fiel, der neben den Vorratskörben stand, schossen ihm die Tränen in die Augen. Er ging hinüber und hob das Spielzeug auf.

»O mein geliebter Sohn.«

Den Bräuchen seines Volkes entsprechend sollte Tändler während der ersten vier Tage nach dem Tod seines Sohnes nicht von ihm träumen oder seinen Namen laut aussprechen. Grasmond befand sich auf dem Weg ins Land der Toten, und niemand hatte das Recht, ihn zurück in diese

Welt des Elends und der Schmerzen zu locken. Doch Tändler sehnte sich danach, den Namen seines Sohnes auszusprechen, ihn wieder zu hören.

Er durchquerte seine drei Körperlängen messende Kammer, drehte um und ging wieder zurück. Im diffusen Licht wirkten die bunt bemalten Gesichter der Katsinas merkwürdig stumpf. Der Dachs-Katsina stand direkt vor ihm, an der westlichen Mauer. Der Gott trug eine schwarze Maske mit türkisfarbenen Augenschlitzen und einen Kopfputz aus Adlerfedern. Scharfe Zähne leuchteten in seiner langen Schnauze. In der einen Hand hielt er einen Speer, in der anderen einen Bogen. Bildete er sich das nur ein, oder beobachtete der Gott ihn tatsächlich mit milder Neugier?

»Hainbuche hat jeden Abend zu dir gebetet. Sie hat dir Maismehl und seltene Muscheln geopfert. Wo warst du, als sie deinen Beistand brauchte? Konntest du nichts tun, um sie zu beschützen?«

Wut erfüllte sein Herz, und er begann zu schwanken. Seit zwei Tagen hatte er kaum geschlafen.

Zwei Tage? War es wirklich erst zwei Tage her, dass meine Frau zu mir hinaus auf den Platz kam?

Seine Finger umklammerten den geschnitzten Hund, und sein Blick wanderte durch die Kammer.

Wie konnte alles nur so unverändert aussehen, obwohl doch sein ganzes Leben zerstört war? In der einen Ecke standen Körbe und Vorratstöpfe verschiedener Größe. In der anderen lagen seine zusammengerollten Decken und seine Waffen; daneben stand der große, gerillte Topf mit den enthülsten Bohnen. Der leere Platz an der rückwärtigen Wand jedoch markierte die Stelle, wo sich das Nachtlager seines Sohnes befunden hatte, und nur ein kreisrunder Abdruck im Lehmboden erinnerte an den schwarzweißen Tonbehälter mit den Nähwerkzeugen seiner Frau.

Tändler starrte mit stumpfem Blick vor sich hin.

Nach der Entdeckung, dass der Leichnam seiner Frau gestohlen worden war, hatte das gesamte Dorf den Canyon durchkämmt, nach Fußabdrücken und Schleifspuren gesucht, nach Fetzen ihrer Kleidung oder Haarsträhnen. Doch gefunden hatten sie nichts.

Um ihr Respekt zu zollen, hatte er diesen Tontopf mit ihrem Nähzeug beerdigt, ihn für sie ins Land der Toten geschickt. Anschließend hatte er alle ihre Kleider verbrannt, um die bösen Geister zu vernichten, die sich darin festgesetzt haben könnten.

Traurig drehte Tändler den Holzhund in den Händen, musterte den Winkel der ausgreifenden Beine, die Rundung der Schnauze.

Ein seltsames Gefühl quälte ihn. Ein Gefühl, das schwerer wog als der Verlust seiner Familie. Es kam ihm so vor, als stünde ein grässliches Ungeheuer direkt vor ihm und er könnte es nicht sehen.

Diese Art von Angst hatte er noch nie erfahren. Diese Angst hatte keine Gestalt, nichts, gegen das er sich wehren oder das er bekämpfen konnte. Sie regte sich nur in seinem Leib, schien zu wachsen und nur darauf zu warten, zum Leben zu erwachen.

Tändler kniete sich hin und zeichnete mit dem Zeigefinger den Abdruck nach, den die Beisetzungsleiter auf dem Boden hinterlassen hatte.

»Wo bist du jetzt, mein Sohn?«

Wenn eine Seele die Fallen, Ungeheuer und Schlingen passiert hatte, die auf dem Weg in die Unterwelt lauerten, traf sie auf zwei Pfade: Der eine führte nach links, der andere nach rechts. Der linke, der Sonnenpfad, war breit und mit dem Blütenstaub der Maispflanzen bestreut. Gute Menschen nahmen diesen Pfad ins Land der Toten.

Menschen hingegen, die anderen in ihrem Leben Kummer und Schmerzen bereitet hatten, sahen am Ende des rechten Pfades, dem Pfad der Reue, Rauch aufsteigen und wurden zu diesem hingezogen. Einige von ihnen wurden auf dem Weg zu Mistkäfern. Die schlechtesten unter ihnen mussten den Weg mit einem Korb voll schwerer Mahlsteine auf dem Rücken zurücklegen und kamen während eines Sonnenjahres nur einen Schritt weiter.

Am Ende des Pfades der Reue erwartete sie Spinnenfrau mit ihrem heiligen Kiefernholzfeuer. Manche Seelen wurden in dem würzigen Rauch geläutert und durften zurückkehren und den Sonnenpfad einschlagen. Andere wurden ins Feuer geworfen und verbrannten zu Asche. Und auf dieser Asche trampelten die Götter bis in alle Ewigkeit herum.

Welchen Pfad sein Sohn einschlagen würde, wusste Tändler, doch bei seiner Frau war er sich nicht sicher.

Noch einmal fuhr er mit dem Finger die Umrisse der Beisetzungsleiter nach. Die Erde fühlte sich kühl und fest an.

Es war nicht die Wut auf die Götter, die ihn auffraß, wohl aber die Wut auf seine Frau.

Sie war weggelaufen, als sein Sohn sie am nötigsten gebraucht hatte. Wäre sie zu Hause geblieben, wo sie hingehörte, wäre sie heute noch am Leben.

Er presste die Augenlider zu.

Mit den Schuldgefühlen kam das Zittern.

Er steckte das Holzspielzeug in die Tasche seines Hemds und warf einen Blick hinüber zur Tür, hoffend, dass niemand ihn sah. Ein Kriegshäuptling, der Schwäche zeigte, schwächte jeden in seinem Umfeld.

Er musste mit jemandem sprechen, sich seine Ängste und Schuldgefühle von den Seelen reden, aber Hainbuche war im Augenblick nicht in der Lage zu sprechen, und Weidenkätzchen würde frühestens in einem Tag zurückkehren. Gut möglich, dass die tosenden Stürme sie auch zwei oder drei Tage aufhielten ...

Schritte knirschten im Schnee.

Tändler ballte die Fäuste. Wenn ihn das Zittern, wie jetzt, überfiel, konnte er ihm kaum Einhalt gebieten. »Ich bin hier«, rief er. »Komm herein.«

Maisblatt beugte sich in die Türöffnung. Schneeflocken bedeckten ihr Haar und die Schultern ihres Elchlederumhangs.

»Verzeih, Kriegshäuptling«, begann das junge Sklavenmädchen. »Matrone Flammenbotin schickt mich, dich zu holen. Sie wünscht mit dir zu sprechen.«

Tändler holte tief Luft. »Ich danke dir«, sagte er und duckte sich durch die Tür nach draußen.

Maisblatt rannte in Richtung Flammenbotins Kammer davon, und Tändler folgte ihr.

Vier Leitern lehnten an der langen, südlichen Mauer von Hügeldorf. Seine Kammer besaß notwendigerweise einen ebenerdigen Ausgang, doch die zweiundsiebzig anderen Kammern waren besser geschützt und konnten nur mittels einer Leiter betreten werden. Rauchschwaden quollen aus den Dachöffnungen und schraubten sich an der Felsflanke empor in den mit schweren Schneewolken bedeckten Himmel.

Maisblatt nahm die zweite Leiter. Tändler kletterte hinterher.

Oben angelangt beugte sie sich kniend über die Dachöffnung und rief hinunter: »Matrone, ich habe den Kriegshäuptling hergebracht.«

»Danke, mein Kind«, antwortete eine alte, krächzende Stimme. »Du kannst jetzt zu Graue Wolke gehen und dich erkundigen, wie es um die Sonnenwächterin steht.«

»Jawohl, verehrte Älteste.«

Maisblatt erhob sich, verbeugte sich hastig vor Tändler und trottete zurück zur Leiter.

Jetzt kniete sich Tändler über das runde Einstiegsloch und rief: »Darf ich eintreten, Matrone?«

»Bitte, Kriegshäuptling.«

Tändler stieg die Leiter hinab. Flammenbotin stand unter ihm vor der Kohlenpfanne, den alten Körper auf einen Stock gestützt. Sie hatte das graue Haar zu einem Knoten geschlungen und eine gelbbraune Decke um die hochgezogenen Schultern gelegt. Ihre große Kammer maß drei mal vier Körperlängen. Hinter Flammenbotin an der weiß getünchten Wand erhob sich der Sonnen-Katsina; die gelbrote Maske war mit glitzernden Sternen übersät und sein Adlerkopfschmuck mit derartig feinen Pinselstrichen gemalt, dass die Federn beinahe echt aussahen. Entlang der Wände reihten sich Vorratskörbe und Tongefäße, zu Tändlers Linken lagen zwei Stapel mit ordentlich zusammengerollten Felldecken.

Links von der Kohlenpfanne lag Feuerholz bereit, und über den glühenden Kohlen hing an einem Dreibein ein Teekessel.

Flammenbotin sah Tändler nicht an, als er von der Leiter stieg, sondern sagte nur: »Nimm Platz, Kriegshäuptling«, und deutete auf die Sitzmatte auf der gegenüberliegenden Seite der Kohlenpfanne.

Tändler kniete sich hin. »Weshalb wolltest du mich sprechen, Älteste?«

Flammenbotin stocherte mit ihrem Stock in dem Holzhaufen und runzelte die borstigen Brauen. Sie holte geräuschvoll Luft und sagte dann: »Hast du das getan?«

»Ich ...?« Die Frage traf Tändler wie ein Faustschlag in die Magengrube. Er starrte sie mit aufgerissenen Augen an. »Aber ... Älteste! *Nein*!«

Langsam drehte Flammenbotin sich zu ihm um. Ihre dunkelbraunen Augen leuchteten. »Ich habe dich erst jetzt rufen lassen, weil ich vorher noch mit anderen sprechen wollte.« Sie fuchtelte mit ihrem langen Stock in seine Richtung, als sie fortfuhr: »Weißt du, wie viele von unseren Leuten glauben, dass du deine Frau umgebracht hast?«

Tändler ließ sich auf seinen Fersen nieder. »Nein.«

»*Zu* viele. Gewitterwolkes Kammer liegt direkt neben der deinen. Er sagt, er habe öfter gehört, dass du deine Frau angeschrien und ihr gedroht hast. Und Watender Vogel hat mich daran erinnert, dass deine Frau sich erst kürzlich tagelang geweigert hatte, mit irgendjemandem zu sprechen, und dass sie ein blaues Auge hatte. Hast du sie geschlagen?«

Tändler fühlte sich, als ob sein Herz schmelze und durch sein Rückgrat fließe. »Nein.«

Flammenbotin kniff die runzeligen Lippen zusammen. »Erbsenhülse hat mir erzählt ...«

»Erbsenhülse?«, wiederholte er gedehnt. »Sie hasste meine Frau. Und sie hasst mich.«

»Das mag so sein, Kriegshäuptling. Aber sie kam heute

Nachmittag eigens zu mir, um mir zu berichten, dass sie dich viele Male mitten in der Nacht in Weidenkätzchens Kammer hat schleichen sehen. Erbsenhülse sagt, dass sie dich deswegen nicht verurteilt, weil sie davon überzeugt ist, dass deine Frau eine Hexe war, und annimmt, dass du nicht an den schauerlichen Zeremonien teilnehmen wolltest, die sie in eurer Kammer abhielt.«

»In unserer Kammer?« Tändler schüttelte heftig den Kopf. »Ich weiß nichts von solchen Dingen, ehrwürdige Matrone. Nein. Nein, ich glaube *kein* Wort davon!«

»Streitest du ab, Weidenkätzchen nachts besucht …«

»Wir sind kein Liebespaar, Älteste! Weidenkätzchen ist meine Stellvertreterin. Wir haben häufig etwas zu bereden, Kriegspläne zu schmieden, Verschwörungen aufzudecken. Und …« Er öffnete die Fäuste, zeigte ihr seine Handflächen. »Und darüber hinaus ist sie meine Freundin. Hast du nie einen Mann gekannt, der dir einfach nur ein guter Freund war, Älteste?«

Flammenbotins finsterer Gesichtsausdruck wurde eine Spur sanfter. »Und was hast du zu Watender Vogels Vorwurf zu sagen, dass du angeblich deine Frau geschlagen und ihr ein blaues Auge zugefügt hast?«

»Sie hat sich damals auch geweigert, mit mir zu sprechen! Ich habe sie immer wieder gefragt, was denn los sei. Am fünften Tag hat sie mir schließlich geantwortet. Aber sie sagte nur, dass ihr Geisthelfer sie heilen würde.«

»Was denn heilen?«

Er breitete seine Arme aus. »Das weiß ich auch nicht.«

Flammenbotin senkte die Stimme und wisperte: *»Von ihrer Hexerei?«*

»Ehrwürdige Matrone, ich habe niemals auch nur das geringste Anzeichen dafür gesehen, dass meine Frau eine Hexe war. Gut, ich muss zugeben, dass meine Pflichten mich oft von zu Hause wegführten, aber ich glaube, ich hätte es gemerkt, wenn meine Frau in solche Schlechtigkeiten verwickelt gewesen wäre.«

Flammenbotin kniff die schmalen Augen zusammen.

»Lass uns für den Moment einmal davon ausgehen, dass du deine Frau nicht umgebracht hast. Wer hat es dann getan?«

Tändler schob die Hände unter die Achseln, um zu verbergen, wie sehr sie zitterten. »Ich weiß es nicht, Älteste.«

»Aber du musst doch einen Verdacht haben.«

Er schüttelte erneut den Kopf. »Nein, keinen. Es könnte jeder gewesen sein.«

Flammenbotin zog die ockerfarbene Decke über den Schultern zurecht. »Wer hat deine Frau gehasst?«

»Erbsenhülse. Mehr kann ich nicht sagen.«

Doch in den hintersten Winkeln seiner Seelen hörte er seltsame Stimmen zischeln: *Erbsenhülse, Wurzelknolle, Weidenkätzchen.*

Tändler stierte in die glühenden Kohlen. Weidenkätzchen hatte nie ein böses Wort gegen seine Frau gesagt. Warum hatten seine Seelen ihren Namen genannt? Die Schneeflocken, die durch die Einstiegsöffnung im Dach hereinfielen, verdampften zischend in der Glut. Plötzlich fiel ihm das Atmen schwer.

Flammenbotins betagtes Gesicht legte sich in nachdenkliche Falten. »Du belügst mich, Kriegshäuptling. Warum? Hast du etwas zu verbergen?«

»Nein, Matrone«, verteidigte er sich hastig. »Doch wenn ich schlecht von den Menschen in meinem Dorf spreche, mag das den Anschein erwecken, als klage ich sie an. Ich kann nicht glauben, dass irgendjemand hier so etwas Schreckliches getan haben könnte. Der Mörder muss ein Fremder gewesen sein.«

»Ach, tatsächlich?«, brummte Flammenbotin. »Du sagtest doch eben, dass es jeder gewesen sein könnte.«

Auf ihren Stock gestützt ließ sich Flammenbotin ächzend auf dem Hirschfell gegenüber von Tändler nieder und breitete die Decke über ihre Beine. Das Kohlenbecken stand zwischen ihnen, die Glut verbreitete ein rötliches Licht in der Kammer.

»Und was ist mit Weidenkätzchen?«, erkundigte sich Flammenbotin mit leiser Stimme.

»Älteste? Was meinst du damit?«

Die alte Frau warf einen Ast ins Feuer und beobachtete schweigend, wie die Flammen sich in das trockene Holz fraßen.

Nach einer Weile sagte sie: »Wo ist Weidenkätzchen eigentlich?«

Tändler spürte, wie sich seine Bauchmuskeln spannten. Vor dieser Frage hatte er sich gefürchtet. Er beugte sich vor und sah Flammenbotin unverwandt in die Augen. »Ich habe sie in den Süden geschickt, Älteste. Zum Rauchenden Spiegelkegel.«

»Ohne meine Zustimmung?«

Tändler schluckte schwer. »Verehrte Matrone, ich habe dich früher über Steingeist sprechen hören, und deine Worte waren niemals freundlich.«

»Selbstverständlich nicht. Er ist ein alter Narr. Seine Seelen flattern umher wie aufgeschreckte Fledermäuse.«

Tändler beschrieb mit den Händen eine flehende Geste. »Aber er hat die wahren Hintergründe vieler Verbrechen herausgefunden. Älteste, erinnerst du dich nicht an die schrecklichen Morde im Falkendorf vor zwanzig Sommern?«

Flammenbotin kniff die Brauen zusammen, doch sie hätte genauso gut den Bogen heben und auf ihn zielen können. Sein Mund wurde schlagartig trocken.

»Ich erinnere mich sehr wohl daran«, erwiderte sie. »Du hingegen kannst damals doch kaum acht Sommer gesehen haben. Woher weißt du davon?«

Tändler verschränkte die Hände im Schoß. »Meine Großmutter war eines der Opfer. Und ich habe mit angesehen, wie unsere Krieger ihren verstümmelten Leichnam auf den großen Platz zerrten.«

Der Geruch nach feuchten Kiefernnadeln umwehte ihn, er konnte wieder den Regen auf seinem Gesicht spüren und den Donner hören, der in der Ferne grollte. Die Krieger waren über und über mit ihrem Blut bespritzt, ihre Gesichter nass vom Regen. Der Schrei seiner Mutter hallte ihm in den Ohren.

Vier alte Frauen waren in jenem fernen Sommer brutal niedergemetzelt worden. Sie waren nicht miteinander verwandt gewesen, hatten aber alle an der Hustenkrankheit gelitten. Der Mörder hatte ihnen die Kehle aufgeschlitzt und große, klaffende Löcher in ihre Leiber geschnitten.

»Steingeist ist damals in unser Dorf gekommen, weil meine Mutter ihn darum gebeten hat.«

Der alte Mann war wie ein Verrückter durch das Dorf geschlichen, mitten in der Nacht in die Kammern der Bewohner eingedrungen, hatte an Wänden und Kleidungsstücken herumgefummelt und behauptet, der Mörder habe eine Spur von rotem Körperpuder auf den Leichen zurückgelassen, die man aber nur nachts sehen könne.

Die Dorfbewohner hatten gebrüllt vor Lachen.

Bis zur nächsten mitternächtlichen Suche nach dem Körperpuder. Steingeist war in eine Kammer eingestiegen und fing plötzlich an zu schreien. Er hatte sich aufgeführt wie ein tollwütiger Hund, auf Decken, Körbe, ja sogar auf das heilige Machtbündel eines Kriegers uriniert. Wahllos hatte er irgendwelche Vorratstöpfe gepackt und an die Wand geworfen. Und dabei »zufällig« das blutverkrustete Messer gefunden, das der Mörder benutzt hatte. Natürlich hatte der Mann lauthals seine Unschuld beteuert und versucht, Steingeist umzubringen, doch zu dem Zeitpunkt hatte sich schon das halbe Dorf oben auf dem Dach um das Einstiegsloch versammelt und starrte in die Kammer hinunter. Das Mondlicht brach sich auf den gezückten Waffen der Männer.

»Was veranlasst dich zu der Annahme, dass er herkommt?«, fragte Flammenbotin und hustete in ihre Hand.

»Ich weiß nicht, ob er kommen wird, Anführerin. Aber falls doch, wird es bei den Schneeverhältnissen bestimmt noch zwei oder drei Tage dauern.«

Flammenbotin maß Tändler mit einem Blick, der eine saftige Pappel zum Welken gebracht hätte. »Nachdem du bereits nach ihm hast schicken lassen, brächte es wenig ein, dich ob deiner falschen Entscheidung zu rügen, Kriegshäuptling. Du warst von Trauer überwältigt, und deine Seelen hatten keine rechte Verbindung zu deinem Körper gehabt. Für dieses Mal verzeihe ich dir und werde eine Kammer herrichten lassen für den Fall, dass dieser alte Narr tatsächlich den Weg hierher findet. Aber in Zukunft wirst du dich daran erinnern, dass *ich* die Matrone dieses Clans bin und derartige Vorhaben der Ratsversammlung vortrage, damit alle gleichberechtigt darüber entscheiden können. Wir sind doch keine ...«

Schritte trampelten über das Dach.

Flammenbotin und Tändler sahen hoch.

»Matrone? Matrone!«, rief Maisblatt. »Graue Wolke schickt mich. Die Sonnenwächterin ist wach!« Das Mädchen beugte sich über die Öffnung im Dach, das Gesicht vor Aufregung gerötet. Feuchte schwarze Haarsträhnen klebten ihm an den Wangen. »Graue Wolke sagt, du sollst schnell kommen, Älteste. Die Sonnenwächterin hat noch nicht gesprochen, aber ihre Augen sind offen.«

Tändler erhob sich, hatte es eilig, Flammenbotins Kammer zu verlassen. Nach ihren Anschuldigungen *musste* er herausfinden, was Hainbuche an dem Tag der Ermordung seiner Frau beobachtet hatte.

»Geh schon, Kriegshäuptling«, sagte Flammenbotin und wedelte mit ihrer knochigen Hand. »Ich komme so schnell ich kann.«

»Ich danke dir, Älteste.«

Behände kletterte Tändler die Leiter hinauf, überquerte im Laufschritt das Dach, stieg auf der anderen Seite die Leiter hinunter, wobei er drei Sprossen auf einmal nahm, und rannte los. Er passierte die verblichenen Abbilder der Katsinas an der östlichen Stadtmauer von Talon und bog dann rechts in die Straße ein. Hunderte von Füßen hatten die weiße Schneedecke zertrampelt, der Weg war mittlerweile schmutzig, und man rutschte leicht auf der aufgeweichten Erde aus.

Vor ihm lief eine Gruppe Sklaven, die Feuerholz und große Tonkrüge mit Wasser schleppten und von zwei Dorfbewohnern begleitet wurden. Sie nickten Tändler zu, als er an ihnen vorbeihastete.

Seit Tändler sich dem Volk der Katsinas angeschlossen hatte, hielt er sich keine Sklaven mehr. Flammenbotin meinte, es sei zu kostspielig, sie zu ernähren, zu kleiden und für sie zu sorgen. Doch viele der alten Mitglieder des Katsina-Volks hatten Sklaven, die seit deren Kindheit bei ihnen lebten, Sklaven, die so gut wie zur Familie gehörten und die kaum oder überhaupt nicht bewacht werden mussten.

Wurzelknolle stand oben auf der eingeschossigen Häuserreihe, die die lange Südmauer bildete. »Guten Morgen, Kriegshäuptling!«, rief er. »Warte, ich lasse die Leiter herunter.«

Nachdem Tändler die Leiter fest in den weichen Boden gestemmt hatte, kletterte er die Sprossen hinauf, sprang aufs Dach und erkundigte sich sofort: »Wer außer uns weiß noch, dass Hainbuche wach ist?«

Wurzelknolle verzog das narbige Gesicht. »Maisblatt hatte den Auftrag, dir und unserer Matrone als Ersten Bescheid zu sagen, doch inzwischen weiß bestimmt …«

Tändler hob Achtung gebietend den Zeigefinger. »Lass niemanden diese Stadt ohne meine Erlaubnis oder die der Matrone betreten. Verstanden?«

»Jawohl, Kriegshäuptling.«

Trotz seiner Jugend – er zählte gerade achtzehn Sommer – gehorchte Wurzelknolle sofort und hinterfragte niemals einen Befehl. Tändler gab ihm einen Klaps auf die Schulter und sagte: »Komm, hilf mir, die Leiter raufzuziehen.«

Wurzelknolle packte mit an, und gemeinsam zogen sie die schwere Leiter hoch und stellten sie auf dem großen Platz ab. Vor Tändler, an der gegenüberliegenden, bogenförmigen Nordmauer der Stadt erhoben sich die verblichenen, dreißig Hand hohen Figuren der Yamuhakto, der Großen Krieger des Ostens und des Westens. In ihren Händen hielten sie Blitze, die auf den großen Platz und jeden zeigten, der es wagte, diesen heiligen Ort zu entehren. Flüchtig verbeugte sich Tändler vor ihnen, ehe er über die Leiter auf die Ebene darunter kletterte.

Kaum hatten seine Füße den Boden berührt, marschierte er eilig auf Graue Wolkes Kammer zu. Es schneite noch immer, und über den großen Platz fegte ein schneidender Wind, der den Schnee an die Mauer wehte und dort auftürmte.

Als er sich der Kammer näherte, hörte er Graue Wolke leise rufen: »Tritt ein, Kriegshäuptling.«

Tändler duckte sich durch die niedrige Türöffnung in die vom rötlichen Schein der Kohlenpfanne erhellte Kammer. Nach der eisigen Kälte in seiner eigenen Kammer begann er in der Wärme hier plötzlich zu zittern.

»Wie geht es ihr?«

Graue Wolke saß mit gekreuzten Beinen neben Hainbuches Kopf und tupfte ihr mit einem nassen Lappen das Gesicht ab. Links neben ihr stand eine Schale mit geschmolzenem Schnee. Die Kokwimu sah sehr müde aus. Die Falten um ihre schräg stehenden Augen hatten sich tief in die Haut gegraben, und das grau melierte Haar hing ihr in feuchten Strähnen in das dreieckige Gesicht. Über den Rücken ihrer spitz zulaufenden Nase zog sich eine Rußspur, und auch ihr langes, blaues Kleid hatte überall Rußflecken. »Besser, Kriegshäuptling.«

Links neben dem wärmenden Feuer lag Hainbuche auf dem Rücken, und bis zum Kinn mit einer rot-blau gestreiften Decke zugedeckt. Das lange, schwarze Haar umgab ihr geschwollenes Gesicht wie ein Heiligenschein. Ihre dunklen Augen bewegten sich unruhig hin und her, offenbar unfähig, einen Gegenstand zu fixieren. Als Tändler in ihr Blickfeld trat, hob sich ihre rechte Hand ein wenig von der Decke, als wollte sie ihn begrüßen, fiel aber gleich wieder zurück, noch ehe sie die Geste vollenden konnte.

Tändler ergriff eilig ihre Hand. »Dich wach zu sehen lässt mein Herz vor Freude singen. Jeder hier im Dorf hat sich große Sorgen um dich gemacht. Jetzt können wir vielleicht etwas ausruhen.«

Ein kaum wahrnehmbares Lächeln zupfte an ihren Mundwinkeln, und Tändler spürte, wie sie versuchte, seine Hand zu drücken. Sie besaß nicht mehr Kraft als ein Säugling. Angst und Liebe wallten in ihm auf. Er presste ihre Hand an sein Herz.

»Es bereitet ihr noch Schwierigkeiten zu sprechen«, erklärte Graue Wolke leise, »aber das wird sich bald geben.«

»Sie fühlt sich heiß an.«

Graue Wolke tauchte den Lappen in das Schneewasser und betupfte damit Hainbuches Stirn. Die Kühle schien ihr gut zu tun, denn sie drückte die Stirn seufzend gegen den Lappen.

»Ja, sie fiebert ein wenig, aber das war zu erwarten. Nachdem sie jetzt wieder zu sich gekommen ist, kann ich ihr Tee aus Weidenrinde einflößen. Der wird das Fieber senken und ihre Schmerzen lindern.«

Graue Wolke hatte die linke Seite von Hainbuches Schädel, dort, wo sich die Verletzung befand, erst vor kurzem wieder gereinigt. Säuberliche, mit weißem Baumwollgarn ausgeführte Stiche markierten die ovale Stelle der Kopfhaut, die Graue Wolke hatte hochklappen müssen, um den Schädel zu öffnen. Das Fleisch war noch rot und geschwollen und mit getrocknetem Blut verkrustet.

Tändler lächelte, als er zu Hainbuche sagte: »Du magst dich vielleicht nicht sonderlich wohl fühlen, aber du siehst schon viel besser aus. Deine Wangen haben wieder Farbe, und deine Augen leuchten. Ich wette, bis zur Zeremonie der Langen Nacht bist du wieder gesund.«

Ein verwirrter Ausdruck zog über Hainbuches Gesicht. Sie drehte den Kopf zur Seite, um Graue Wolke anzusehen.

Graue Wolke sagte zu ihr: »Die Zeremonie findet in sechs Tagen statt, Hainbuche. Mach dir keine Sorgen. Falls du nicht in der Lage sein solltest, die Zeremonie zu leiten, werde ich deine Stelle vertreten. Ich habe dir so oft als Helferin zur Seite gestanden, dass ich weiß, was zu tun ist. Die Zeremonie wird freilich nicht so großartig werden wie die, die du geleitet hast, aber sie wird diesem Sonnenjahr Genüge tun.«

Hainbuche lächelte schwach, ihre Lider sanken flatternd

nach unten, dann öffneten sie sich wieder und schlossen sich schließlich ganz. Ihr Kopf kippte zur Seite.

Tändler, beunruhigt von ihrer plötzlichen Ohnmacht, sah Graue Wolke fragend an. »Was ist mit ihr?«

»Sie ist eingeschlafen. Ich hatte ihr erzählt, dass ich nach dir und Flammenbotin schicken würde, und ich glaube, sie hat sich nur so lange wach gehalten, bist du kamst.«

Behutsam legte Tändler Hainbuches schlaffe Hand auf die Decke zurück und erhob sich. »Graue Wolke, kann ich mit dir draußen ein paar Worte wechseln?«

Graue Wolke schnitt eine missmutige Grimasse, folgte ihm aber hinaus ins Schneetreiben.

Jedes einzelne Stockwerk der fünfgeschossigen Felsensiedlung, die die einstige Stadt Talon bildete, war etwas zurückversetzt, so dass das ganze Bauwerk einen stufenartigen Charakter erhielt. Die Schneehauben, die auf den eingestürzten Dachbalken und den zerbröckelten Mauern saßen, milderten den trostlosen Anblick ein wenig.

Tändler geleitete Graue Wolke ein paar Schritte von ihrer Kammer weg, ehe er ihr die Frage zuflüsterte, die ihm auf den Lippen brannte: »So, und jetzt sag mir ehrlich, wie es um sie steht.«

Graue Wolkes schräg gestellte Augen wurden eine Spur schmäler. »Sie ist sehr krank, Tändler. Die Schattengeister fressen sich immer weiter in ihr Gehirn. Warum das so ist, weiß ich nicht, aber wenn sie in Verletzungen an der linken Schädelseite eindringen, rauben sie der verletzten Person oft die Fähigkeit zu sprechen.«

»Willst du damit sagen, dass sie nie wieder sprechen wird?«

Graue Wolke verschränkte die Arme über ihrem blauen Kleid, als ein eiskalter Windstoß sie erfasste. Sie begann zu zittern. »Nein, ich will damit nur sagen, dass es möglich wäre.«

Heilige Götter. Alle seine Gebete – und nun das. »Ich kann sie nicht auch noch verlieren, Graue Wolke. Um unserer ehrwürdigen Götter willen ...«

»Ich werde alles in meiner Macht Stehende versuchen, um

ihr zu helfen, Tändler. Aber dir ist doch klar, dass wir, wenn sie nicht spricht, nie erfahren werden, was sie an diesem Morgen gesehen hat. *Wen* sie gesehen hat.«

Tändlers Schultermuskeln spannten sich so, dass sie sich unter seinem Lederhemd wölbten. »Hat sie etwas gesagt? Irgendwas? Ein Wort? Einen Satz?«

»Tändler, sie ist gerade aus einer tiefen Ohnmacht erwacht, und selbst wenn sie sprechen könnte, würde sie sich an nichts erinnern. Schläge auf den Kopf …«

»Ja, ja«, fiel er ihr ins Wort. »Ich weiß. Ich habe das schon öfter erlebt.«

In ihrem Canyon trieb sich ein wahnsinniger Mörder herum, und es gab keine Möglichkeit, ihn wieder zu erkennen. *Wenn doch der alte Steingeist nur hier wäre! Vielleicht sähe er etwas, das ich nicht sehen kann. Ich bin wütend, traurig und verängstigt. Wenn mich mein Schmerz nun blind gemacht hat …*

»Schneidest du gerade ein weiteres Loch in dein Herz, Kriegshäuptling?«, erkundigte sich Graue Wolke sichtlich besorgt.

Tändler sah ihr in die sanften Augen und sagte: »Verzeih mir. Ich habe so sehr dafür gebetet, dass Hainbuche aufwachen und mir sagen würde, wer diese grauenvollen Taten begangen hat. Dann hätte ich den Mann töten können, und die Sache hätte ein Ende gehabt. Aber so …« Er hob den Arm und deutete auf die eingestürzten Dächer und den schneebedeckten Canyonrand dahinter. »So könnte er uns genau in diesem Augenblick beobachten.«

»Es ist durchaus möglich, dass Hainbuche dir erzählen wird, wer das getan hat. Wir müssen abwarten.«

Mit einem leisen, verzweifelten Lachen meinte Tändler: »Ja, genau das mache ich seit Tagen. Abwarten und hoffen.«

Graue Wolke legte ihm tröstend eine Hand auf die Schulter. »Du bist müde. Seit wann hast du nicht mehr geschlafen?«

Tändler konnte sich beim besten Willen nicht erinnern. Jedesmal wenn er versuchte, ein wenig auszuruhen, flatterten die Bilder von den blinden Augen seines Sohnes oder dem Stein auf dem eingeschlagenen Schädel seiner Frau an seinen Seelen vorbei, und dann fuhr er von seinem Lager hoch und rang keuchend nach Luft.

»Komm mit zurück in meine Kammer«, schlug Graue Wolke vor. »Du kannst dich neben Hainbuche legen, und ich werde über euch beide wachen, solange du schläfst. Hier werden die Erinnerungen nicht so stark sein.«

»Ich glaube nicht, dass ich ...«

»Versuch es einfach«, sagte sie. »Und wenn du neben ihr liegst, wird Hainbuche sich auch sicherer fühlen. Ich kann es nicht mit Gewissheit sagen, aber ich glaube, sie fürchtet immer noch um ihr Leben.«

Tändlers Kopf fuhr hoch. »Weshalb?«

Graue Wolke schüttelte kurz den Schnee von ihren verschränkten Armen. »Gestern glaubte ich, sie würde aufwachen. Ihre Lider flatterten immer wieder, und auch die ganze Nacht hindurch versuchte sie aufzuwachen. Doch jedesmal wenn sie kurz davor war, die Augen aufzuschlagen, stöhnte sie und sank wieder in tiefen Schlaf. Genau wie vorhin, Tändler. Und deshalb denke ich, dass dieses Stöhnen ein Schrei geworden wäre, wenn sie bei Bewusstsein gewesen wäre.«

»Ich werde vor deiner Kammer eine Wache aufstellen.«

»Du solltest selbst mitkommen. Dann würden wir uns alle sicherer fühlen.«

»Das geht nicht«, erklärte er kopfschüttelnd. »Ich habe Pflichten.« Und nach kurzem Zögern setzte er hinzu: »Flammenbotin klagte mich an, meine Frau umgebracht zu haben. Glaubst du, dass ich es war?«

Graue Wolke blieb vor Erstaunen der Mund offen stehen. »Ehrwürdige Götter, natürlich nicht!«

Tändler verfolgte den tänzelnden Weg der Schneeflocken. »Anscheinend haben viele unserer Leute sie aufgesucht und mit ihr geredet. Sie glauben, ich hätte meine Frau geschlagen ... ihr den Tod gewünscht.«

»Das ist doch närrisch«, sagte Graue Wolke und blickte sich um, als fürchtete sie, man könnte ihre Unterhaltung belauschen. »Hast du ihr erzählt, dass du während der Abwesenheit deiner Frau Tag und Nacht euren Sohn versorgt hast? Mehr als ein Dutzend Leute haben dich besucht; und das werden sie ihr auch berichten.«

Tändlers Herz verwandelte sich in ein bissiges Ungeheuer, das seine langen Fangzähne in seine Brust schlug. Mit gepresster Stimme erwiderte er: »Das würde auch nichts ändern.«

Wurzelknolle zog die Leiter hoch und schleifte sie auf die andere Seite der südlichen Mauer. Von unten klang Flammenbotins alte Krächzstimme herauf.

Eine Weile blieb Tändler stehen und lauschte, dann flüsterte er: »Ich muss gehen. Ich danke dir, Graue Wolke.«

»Komm zurück, wenn es deine Pflichten erlauben, Kriegshäuptling.«

»Ja, wenn sie es erlauben«, gab er leise zurück und stapfte durch das Schneegestöber davon.

9

Ein Beben ging durch die Boeing 757, ehe sie auf der Landebahn aufsetzte und Maureen aus dem Tiefschlaf aufschreckte. »Meine Damen und Herren«, ertönte die Stimme der Flugbegleitung aus den Lautsprechern, »wir sind soeben auf dem Internationalen Flughafen von Albuquerque gelandet. Die genaue Ortszeit ist fünfzehn Uhr und sieben Minuten, die Temperatur beträgt 42 Grad Celsius. Vielen Dank, dass Sie heute unsere Gäste waren. Wir hoffen, Sie hatten einen angenehmen Flug und wünschen Ihnen einen erfreulichen Aufenthalt in Albuquerque oder dort, wohin Ihre Reise Sie führt. Da es eine große Auswahl an Fluggesellschaften gibt, freuen wir uns besonders, dass Sie sich für United Airlines entschieden haben. Dürfen wir Sie bitten, noch so lange angeschnallt sitzen zu bleiben, bis das Flugzeug seine endgültige Parkposition erreicht hat und die Anschnallzeichen erloschen sind. Vielen Dank.«

Maureen gähnte. In ihren Jeans, dem weißen T-Shirt und der Leinenjacke war ihr nicht sonderlich warm. Sie fror immer in Flugzeugen. Sie stellte die Füße, die in festen Trekkingstiefeln steckten, auf die Segeltuchtasche, die sie unter dem Vordersitz verstaut hatte, und warf einen Blick aus dem Fenster. Was für ein trostloser Flecken Erde. Beinahe bretteben erstreckte sich die Wüste in drei Himmelsrichtungen, nur zu ihrer Linken erhob sich ein Berg in den azurblauen Himmel. Schon jetzt begann sie die saftig grüne Landschaft von Ontario zu vermissen.

Trotz der eindringlichen Bitte des Flugbegleiters, noch sitzen zu bleiben, hievten sich etliche Passagiere schon aus ihren Sitzen, ließen die Klappen der Gepäckfächer aufschnappen und zerrten ihre Taschen heraus. In weniger als fünf Sekunden drängelten sich beinahe sämtliche Passagiere in den Gängen.

Maureen blieb auf ihrem Platz sitzen und beobachtete die Geschäftsleute in ihren gediegenen Anzügen, die an die Decke starrten, auf ihre Armbanduhren oder die polierten Schuhspitzen – überall hin, nur nicht auf die kleine, ältere Dame, die sie zurück in die Sitzreihe gedrängt hatten, um vor ihr das Flugzeug zu verlassen.

Dicht an dicht schoben sich die Passagiere an ihr vorbei.

Als die Reihen lichter wurden, stand auch Maureen auf, zog ihre Tasche unter dem Vordersitz heraus und erwiderte auf ihrem Weg zum Ausgang das Abschiedsnicken der Flugbegleiter, des Kapitäns, des Co-Piloten und zweier Männer in dunkelblauen Overalls, die offenbar die Vorhut des Reinigungspersonals bildeten.

Sie durchquerte die tunnelartige Gangway, fuhr eine Rolltreppe hinauf und stand kurz darauf in der geschäftigen Ankunftshalle. Dort sah sie so viele lächelnde Gesichter und Leute, die sich umarmten, dass sie beinahe das einzige grimmige Gesicht übersehen hätte.

Maureen blieb wie angewurzelt stehen. Sie sah sich um, und als sie Dale nirgendwo entdecken konnte, holte sie tief Luft und marschierte auf den Griesgram zu. Er hatte sich keinen Deut verändert. Immer noch der blonde Gott. Groß, schlank, braun gebrannt, Sonnenbrille mit reflektierenden Gläsern, beigefarbene Jeans und dazu ein dunkelgrünes T-Shirt.

Einen Meter vor ihm blieb sie stehen. »Dusty Stewart. Ihr Gesicht erkenne ich unter tausenden. Sie haben diesen unverwechselbaren Gesichtsausdruck. Sagen Sie, leiden Sie unter Verdauungsproblemen? Sie sollten es mal mit Dörrpflaumensaft versuchen.«

»Ich bin ebenfalls entzückt, Sie wieder zu sehen, Dr. Cole. Wie war Ihr Flug?«

»Nett.«

»Haben Sie noch anderes Gepäck?«

»Ja. Einen Koffer.«

Er zog ein Schlüsselbund aus der Jackentasche, schüttelte es in der Hand und musterte sie über den Rand seiner Sonnenbrille hinweg. Dann meinte er in leicht vorwurfsvollem Tonfall: »Sie wollen sicher nicht, dass ich Ihre Tasche trage, oder?«

»Darauf können Sie wetten.«

»Fein. Dann hier entlang«, knurrte er und klimperte beim Gehen lässig mit dem Schlüsselbund.

Maureen studierte ihn aus den Augenwinkeln. Seine Kiefermuskeln waren sichtbar angespannt.

»Wo steckt denn Dale?«, erkundigte sie sich beiläufig und versuchte sich freundlich zu geben.

»Lässt sich wegen einer dringenden Familienangelegenheit entschuldigen.«

»Hoffentlich nichts Ernstes?«

Stewart bedachte sie mit einem verblüfften Blick. »Machen Sie sich nicht lächerlich. Sie nehmen ihm diese billige Ausrede doch nicht ab, oder?«

»Glauben Sie, er hat uns mit Absicht aufeinander losgelassen, in der Hoffnung, wir finden eine Ebene der ›Verständigung‹, ehe wir das Flughafengebäude verlassen?«

»Sie kennen doch Dale. Er ist ein fanatischer Optimist.«

Stewart deutete wortlos auf das Schild, das den Weg zur Gepäckausgabe wies, und bog nach rechts ab. Sein Gang war der eines Mannes, der eine Mission zu erfüllen hatte: weit ausgreifend, entschlossen.

Maureen schob die Trageriemen ihrer Tasche über der Schulter hoch und ging schneller, um mit Dusty Schritt zu halten. Ihr schwerer Zopf wippte dabei im Takt auf ihrem Rücken.

In den Souvenirshops, an denen sie im Stechschritt vorbeiliefen, türmten sich Türkis- und Silberschmuck, echte Navajo-Decken, nachgemachte Navajo-Decken, Katsina-Puppen, Pfeil-und-Bogen-Sets, hässliche Keramikwaren in scheußlichen Farben, aber auch einige witzige Mein-Leben-ist-eine-Ruine-T-Shirts mit aufgedruckten Petroglyphen-Symbolen.

Sie eilten am Büro des Sicherheitsdienstes vorbei, und Stewart marschierte auf die Rolltreppe zu. Maureen betrat sie eine Stufe hinter ihm. So, Dale glaubte also, dass sie zu diesem Lackaffen ins Auto steigen und mit ihm zum Ausgrabungsgelände fahren würde. Wenn er sich da mal nicht getäuscht hatte! Während sie darauf wartete, dass ihr Gepäck auf dem Förderband auftauchte, überlegte sie, welche Alternativen sie hatte. Da fiel ihr Blick auf die großen, bunten Leuchtschilder.

»Wissen Sie, Stewart, es ist nicht nötig, dass Sie mich herumchauffieren wie eine hochrangige Würdenträgerin. Ich werde wahrscheinlich öfter zwischen dem Grabungsort und der Stadt pendeln müssen. Allein schon wegen der Universitätsbibliothek und dergleichen. Deshalb wäre es praktischer, wenn ich mir für ein paar Tage ein Auto miete, bis ich das hier zu einem Abschluss gebracht habe.«

Seine Lippen kräuselten sich, unfähig, seine Amüsiertheit zu verbergen. »Pendeln? Zum Abschluss bringen? Sie sind eine richtige Großstadtpflanze, wie mir scheint.«

»Schon mal was von professioneller Wissenschaft gehört, Stewart? Da spielt sich's nämlich ab, nicht irgendwo draußen in der Pampa. Wir brauchen zum Beispiel solche Nichtigkeiten wie Strom.«

Dusty drehte sich auf dem Absatz um und rief ihr über die Schulter zu: »Zum Avis-Schalter, Madam?«

»Ganz recht.«

»Sie sollten sich einen Geländewagen nehmen, wegen der häufigen Pendelei, Sie wissen schon.«

Maureen schnappte sich ihre Tasche, umrundete geschickt die kreuz und quer herumstehenden Gepäckwagen der anderen Passagiere und nahm ihren Platz in der Schlange ein, die vor dem Schalter der AVIS-Autovermietung wartete. Als die Reihe endlich an ihr war, wurde sie von einer pummeligen, grauhaarigen Mitarbeiterin mit runden Kinderaugen begrüßt. Ihr Name war Marty, wie dem kleinen Schild an ihrem Revers zu entnehmen war, und ihr routiniertes Lächeln verhieß absolute Professionalität.

»Ich bräuchte für ein paar Tage einen Allrad-Geländewagen.«

»Haben Sie eine Reservierung?«

»Hm, nein, das hat sich erst in letzter Sekunde ergeben.«

»Es tut mir furchtbar Leid, aber sämtliche unserer Fahrzeuge sind reserviert. Wir haben momentan zwei Kongresse in der Stadt und dazu das große Festival in Santa Fe. Bis nächsten Freitag sind wir absolut ausgebucht.«

Die gleiche Antwort erhielt Maureen auch bei Hertz, National und Alamo.

»Möchten Sie auch noch Rent-A-Wrack ausprobieren?«, erkundigte sich Stewart scheinheilig.

Maureen packte ihren Koffer. »Wie weit liegt die Grabungsstätte von einer asphaltierten Straße entfernt?«

»Ungefähr fünfunddreißig Meilen.«

»Und jetzt ist Regenzeit?«

»*Monsun*zeit.«

»Aha.«

Die Damen, die an ihnen vorbeieilten, streiften Dusty mit einem flüchtigen Blick, drehten sich dann noch einmal um und nahmen ihn genauer unter die Lupe. Meistens huschte ein Lächeln über ihre Lippen. Anscheinend nahmen sie an, dass in diesem großen, schlanken, braun gebrannten Kerl mit den strohblonden Haaren und den muskulösen Schultern tatsächlich so etwas wie eine Seele steckte.

Dass Frauen sich immer von solchen Typen blenden lassen ... Obgleich Maureen zugeben musste, dass er wirklich ein verdammt gut aussehender Mann war. Ein Bild von einem Mann.

»Hören Sie, Maureen«, unterbrach Stewart ihre Gedanken, »meine Crew kommt von ihren vier Tagen zurück. Ich habe keine Zeit, hier herumzutrödeln. Ich muss wieder hinaus.«

»Ihre vier Tage?«

»Wir arbeiten hier im zehn-vier-Rhythmus. Zehn Tage Arbeit, vier Tage frei. Hier draußen, mitten in der Pampa, ist das sinnvoller. In zwei Tagen kann man sich nicht richtig erholen, und dann ist da noch der weite Weg. Vier Tage frei sind daher fast wie ein Mini-Urlaub. Was halten Sie davon, wenn ich Sie jetzt hinausfahre, und Sie mit Dale später das Transportproblem besprechen?«

Obwohl Maureen innerlich kochte, erwiderte sie gelassen: »Mir scheint, ich habe sämtliche Alternativen ausgeschöpft. Fahren wir also, Stewart.«

»Hier entlang.«

Er nahm den Ausgang, der zum Parkplatz führte, und hielt Maureen die Tür auf.

»Sehr freundlich«, murmelte sie, überrascht von seiner Höflichkeit.

»Das hat nichts zu bedeuten. Wir von der Westküste halten jedem die Tür auf. Pferden, Hunden, Frauen …«

Maureen bedachte ihn mit einem tödlichen Blick, doch noch ehe sie sich eine Retourkutsche zurechtlegen konnte, traf sie die Hitze wie ein Vorschlaghammer. Sie taumelte kurz, und im nächsten Moment brach ihr der Schweiß auf der Stirn aus. »Allmächtiger!«, stöhnte sie. »Wie kann man hier nur arbeiten?«

»Wir versuchen, nicht in der allergrößten Hitze zu arbeiten. Was bedeutet, dass wir sehr früh anfangen und sehr spät ins Bett gehen.«

Maureen betrachtete die lange Reihe parkender Pick-ups und Geländewagen und fragte: »Welcher ist Ihrer?«

Er streckte den Arm aus und deutete mit dem Finger. »Der blaue Bronco dort drüben.«

»Dort drüben« stellte sich als der am weitesten vom Ausgang entfernte Abstellplatz des gesamten Parkgeländes heraus.

Mit einem resignierten Seufzer hängte sie sich die Handtasche aus Büffelleder und die Reisetasche um, hievte ihren Rollenkoffer hoch und stapfte los. »Wie lange dauert die Fahrt bis zum Grabungsort?«

»Vorausgesetzt, dass es nicht geregnet hat, an die drei Stunden.«

»Ich bin am Verhungern. Außer ein paar Salzbrezeln habe ich heute noch nichts gegessen. Gibt's hier irgendwo ein Restaurant?«

»Ich fahre auf direktem Weg zum Ausgrabungsort«, beschied Dusty sie. »Entweder Sie fahren mit oder Sie bleiben da.«

Maureen fixierte die reflektierenden Gläser seiner Sonnenbrille. »Ich wette, Sie tragen dieses Ding nur, damit niemand Ihren hinterhältigen Blick bemerkt, habe ich Recht?« Und etwas weniger giftig fügte sie hinzu: »Kommen Sie, machen wir's nicht so kompliziert. Sie setzen mich beim nächsten Hotel ab, zeichnen mir eine Karte, dann klaue ich mir einen Jeep, und wir sehen uns morgen am Grabungsort.«

Dusty verschränkte die Arme vor der Brust. »Ohne mich finden Sie da nie hin.«

»Ach, du meine Güte«, rief Maureen erschrocken aus. »Haben Sie schon mal überlegt, professionelle Hilfe in Anspruch zu nehmen, um Ihren Größenwahn in den Griff zu bekommen?«

Sie gab sich größte Mühe, nicht zu schnaufen wie ein Walross. Es war nicht nur die Hitze, die ihr zusetzte, sondern auch das Gewicht ihres Gepäcks, das sie allein schleppte. Ihr Sweatshirt war unter den Achseln und am Kragen schon völlig durchgeschwitzt. Sie kam sich vor wie in einem Backofen.

»Vergessen Sie's. Ich stehe auf meinen Größenwahn.«

»Und mir knurrt der Magen. Wo finde ich hier etwas Essbares?«

»Crownpoint ist nur ein paar Meilen entfernt. Dort können Sie sich mit Essen eindecken.«

Sie warf ihm einen misstrauischen Blick zu. »Sie lügen mich doch nicht an, oder?«

»Nein.«

Angesichts seines stoischen Ausdrucks war Maureen sich nicht so ganz sicher. Sie zögerte kurz und meinte dann: »Also schön, ich will mich nicht mit Ihnen übers Essen streiten. Erzählen Sie mir lieber etwas über die Grabungen. Die Sache hört sich ja recht spektakulär an.«

Maureen konnte sich des Gefühls nicht erwehren, dass ihre Gesichtshaut in der heißen, knochentrockenen Luft demnächst aufplatzen würde wie brüchiges Leder. Und inzwischen war es ihr egal, ob sie schnaufte wie ein Walross. Sie öffnete den Mund und saugte die heiße Luft tief in ihre Lungen.

»Dieser Grabungsort ist faszinierend. So etwas habe ich noch nie gesehen. Seit Jahren rätseln wir herum, ob es im Südwesten kriegerische Auseinandersetzungen gegeben hat. Und ich glaube, was wir hier gefunden haben, ist sehr überzeugend.«

»Tatsächlich? Inwiefern?«

Stewart schritt so lässig einher, als machte ihm die gnadenlose Hitze nicht das Geringste aus. »Einmal aufgrund der Legenden der Pueblo-Indianer. Darin ist von Kriegen die Rede. Und zum anderen aufgrund historischer Belege. Wir wissen, wenn die Indianer kämpften, dann überfielen sie ein Dorf, töteten die Krieger – die gewöhnlich männlichen Geschlechts waren, aber nicht ausschließlich –, raubten die Frauen und Kinder und nahmen sie als Sklaven. Ich …«

»Dann glauben Sie also, dass die Schädelverletzungen Folgen der Sklaverei waren?«

»Für mich sieht es jedenfalls ganz danach aus. Sklaven wurden häufig geschlagen, um sie zu noch härterer Arbeit anzutreiben oder in Schach zu halten. Ich glaube, diese Frauen wurden schwer geknechtet und oft verprügelt, und wenn ihre Besitzer keine Verwendung mehr für sie hatten, schlugen sie ihnen den Schädel ein und verscharrten sie in einer Grube.«

Maureen sah die meisten Fahrzeuge aus dem Parkplatz in die entgegengesetzte Richtung davonfahren, während sie über Stewarts Theorie nachdachte. »Was sagt denn die Stratigrafie? Sind alle Frauen zur gleichen Zeit ermordet worden? Habt ihr schon irgendwelche C-14-Daten ausgewertet?«

»Nein, unsere indianische Beraterin wird erst heute Nachmittag erwartet. In den Vereinigten Staaten ist es untersagt, Proben aus einer Grabstelle zu entnehmen, ohne die Zustimmung eines ordentlich bestellten Vertreters des jeweiligen Stammes.« Er zog seine weißblonden Brauen hoch. »Und diese Vertreterin ist nicht uninteressant. Ihr Name ist Hail Walking Hawk. Ihre eigenen Leute nennen sie ›Die mit den Geistern spricht‹. Na ja, Sie werden sie heute Abend kennen lernen. Sie ist übrigens einer der Gründe, warum ich nicht stundenlang hier warten kann, bis Sie endlich einen fahrbaren Untersatz gefunden haben. Was die Stratigrafie betrifft, so ist diese Grabungsstätte ebenfalls sehr interessant. Es scheint, als wurden die Leichen eine nach der anderen begraben, aber alle in einem sehr kurzen Zeitintervall.

Ein Leichnam wurde in die Grube geworfen« – er drehte sich zu Maureen um und musterte sie über den Rand seiner Brille hinweg; seine blauen Augen blitzten – »dann hat man ein paar Schaufeln Sand darüber gekippt und dann den nächsten draufgeworfen und so fort. Sieht aus, als seien wir auf einen Sklavenfriedhof gestoßen.«

»Artefakte?«

»Ja, einige, aber nichts Aufregendes. Ein paar Keramikscherben, Gesteinssplitter und etliche Sandsteinplatten.«

Maureen runzelte die Stirn und hakte sofort nach. »Sandsteinplatten?«

»Genau«, nuschelte er und wandte sich zu ihr um. »Die lagen auf den Schädeln etlicher dieser Opfer.«

Maureen schleppte sich die letzten Meter zu Dustys Wagen und ließ den Koffer fallen. »Was hat das zu bedeuten?«

»Tja, das war die Art, wie man früher in dieser Gegend Hexen begraben hat. Die Steinplatte auf dem Schädel diente dazu, die Seele dieser heimtückischen Person auf immer in die Erde zu verbannen.«

»Aber warum sollten sie mit ihren Sklaven genauso verfahren?«

Stewart zuckte die Achseln. »Vielleicht dachten sie, diese Sklavinnen seien Hexen, und haben sie deshalb umgebracht. Möglich auch ...«

»Vielleicht ist es überhaupt ein Begräbnisort für Hexen gewesen?«

»Auch denkbar, doch wir haben auch Opfer gefunden, deren Schädel nicht mit einer Steinplatte bedeckt waren.«

Stewart schepperte angelegentlich mit dem Schlüsselbund, bis er den richtigen Schlüssel fand, den er anschließend in das Schloss der Hecktür schob. Ein Motor jaulte kläglich, während die Heckscheibe langsam nach unten glitt. Nein, sie kratzte und quietschte sich ihren Weg nach unten. Maureen sah Kühlbehälter, ein paar Gittersiebe, Schaufeln, einen grün gesprenkelten Kasten, der aussah wie eine Munitionskiste der Armee, zwei rote Gaspatronen, diverse nach Farben sortierte Bündel mit Markierungsfähnchen sowie das hässliche Ende eines Vorschlaghammers. Mit einer Hand ergriff Dusty ihren Koffer und schleuderte ihn lässig in den schmalen Zwischenraum zwischen dem Berg an Gerätschaften und dem Wagendach.

»He! Das ist meine Ausrüstung! Meine Zirkel, das Mikroskop und mein …«

»Ganz ruhig«, sagte er. »Wenn dieses kostbare Gut die Gorillas am Flughafen überlebt hat, dann wird es meine Behandlung auch überstehen.«

Während Maureen zur Beifahrertür vorausging, murmelte sie: »Ja, richtig.« *Man muss ein Gorilla sein, um einen Gorilla zu verstehen.*

Als Stewart ihr die Tür aufschloss, warf sie einen Blick in den Bronco. Die Innenausstattung schien beige zu sein, dachte sie, was bei all dem Staub nur eine Vermutung sein konnte. Auf dem Rücksitz lagen jede Menge Plastikbeutel mit Aufschriften wie »Bodenprobe, Abschnitt 2N2E, Ebene 4« oder »Mesa-Verde-Schwarzweiß-Keramik-Scherbe, 4S4W, Ebene 7«. Dazwischen acht Kisten Bier – erste Wahl, Guinness Stout –, zwei weitere Kühlboxen und vier Tüten Kartoffelchips.

Maureen studierte den Biervorrat: »Wie viele Leute graben denn dort draußen?«

»Permanent? Zwei. Sylvia und ich. Die Übrigen sind gerade wieder zurück an die Uni gegangen.«

Mit hoch gezogenen Brauen meinte sie darauf: »Dann fahren Sie wohl nur selten in die Stadt, wie?«

»Wie man's nimmt. Alle zehn Tage. Heute zum Beispiel ist Sylvia mit den Einkäufen für die nächste Woche dran.«

Wahrscheinlich eine neue Wagenladung Bier. »Wer ist Sylvia?«

»Sylvia Rhone. Sie macht gerade ihren B. A. an der University of New Mexico. Ein paar andere Studenten kommen auch ab und zu raus, wenn sie Zeit haben. Dale ist meist nur an den Wochenenden hier. Die übrigen Tage verbringt er in seinem Labor, wo er die Artefakte und Proben untersucht und katalogisiert, die wir gefunden haben. Warum fragen Sie?« Er schenkte ihr ein kühles Lächeln. »Angst, mit mir allein zu sein?«

»Nein. Mit Ihren Biervorräten.«

Das Lächeln gefror ihm auf den Lippen. Seine Finger umklammerten den Türgriff. »Sagen Sie es nicht! Sie sind die Anführerin einer neuen Prohibitionsbewegung in Kanada – richtig geraten?«

Maureen stemmte die Hände in die Hüften. »Prohibition klingt zu sehr nach Klischee. Wir nennen es *Abstinenzprinzip*.«

Dusty schwieg.

Maureen lächelte. Nach dem Tod ihres Mannes hatte sie angefangen zu trinken, um Schlaf zu finden, dann um den Kummer und die Einsamkeit erträglicher zu machen und dann, um zu vergessen, wie sehr sie sich für ihre Trinkerei hasste. Die Redensart »in der Flasche ertrinken« hatte für sie eine ganz persönliche Bedeutung bekommen. Heute konnte sie mit Stolz von sich behaupten, seit zweieinhalb Jahren keinen Tropfen Alkohol mehr angerührt zu haben, doch das Verlangen danach war immer noch gegenwärtig. Besonders nach einem kalten, cremigen Guinness.

»Na wunderbar«, stöhnte Stewart. »Jetzt sitze ich mit einer Kreuzung aus Mary Baker Eddy und Attila dem Hunnenkönig mitten in der Wüste fest.«

»Die Baker Eddy können Sie streichen«, beschied ihn Maureen. »Ich bin Katholikin.«

»Oh, wie wäre es dann mit ›Mary, die Hunnin‹?« Er schlug die Beifahrertür zu und löste damit eine riesige Staubwolke aus.

Maureen hustete und wedelte mit der Hand vor ihrem Gesicht herum. Dann beugte sie sich vor und rieb mit einem Finger über das Armaturenbrett.

»Was machen Sie da?«

»Nur was ausprobieren. Ich hatte Angst, dass die Sonne mir bereits mein Augenlicht geraubt hat und die Innenverkleidung in Wirklichkeit weiß ist.«

»Weiß ist die Farbe für Anthropologen, die ihr Leben im Labor verbringen, Dr. Cole. Kein Archäologe, der was auf sich hält, würde irgendetwas Weißes besitzen.«

Spontan kam ihr die mögliche Farbe seiner Unterwäsche in den Sinn, doch sie beschloss wohlweislich, ihn nicht danach zu fragen. Stewart war der Typ, der sich bemüßigt fühlen könnte, ihr gleich hier und jetzt den Beweis für ihre Vermutung zu liefern, und ihr war immer noch leicht übel von dem unruhigen Flug.

Trotz ihrer Bemühungen um Selbstkontrolle kräuselten sich ihre Lippen missbilligend, als sie ihre Reisetasche auf dem Rücksitz verstaute. Sie musste ein paar leere Flaschen beiseite kicken, um Platz für ihre Füße zu schaffen, und sie knirschte mit den Zähnen, als sie ihre sündteure Bison Legacy Büffelledertasche in dem dreckigen Fußraum abstellte. Kaum hatte sie es sich in ihrem Sitz einigermaßen bequem gemacht, spürte sie schon, wie sich der feine Sand in ihrer sauberen Kleidung einnistete, es am Kragen und am Hosenbund zu kratzen begann. Es brauchte drei Anläufe, bis das Schloss der Beifahrertür einschnappte.

»Die Scharniere sind etwas ausgeleiert«, erklärte Stewart freundlich.

»Das habe ich bemerkt«, gab sie zurück und klopfte sich den Staub von den Händen.

Stewart drehte den Schlüssel im Zündschloss, und der Bronco erwachte röhrend zum Leben. Gleich darauf beugte er sich vor und studierte die Anzeigen. Seine Stirn legte sich in Falten.

»Stimmt was nicht?«

»Die Öldruckanzeige.« Er hämmerte mit der Faust ein paarmal aufs Armaturenbrett.

Maureen hielt sich rasch eine Hand vor Mund und Nase, um die Staubwolken nicht einatmen zu müssen.

»Da, sehen Sie?«, frohlockte Stewart. »Der Öldruck ist da. Der Anzeiger streikt ab und zu.«

Er setzte den Wagen zurück und fuhr zur Schranke, um die Parkgebühr zu bezahlen. Maureen hatte das Gefühl, als bohrte sich die Hitze wie Nadeln in ihre Haut. Dagegen waren ihre gelegentlichen Erfahrungen in Schwitzhütten das reinste Vergnügen gewesen.

Nachdem Stewart sein Wechselgeld erhalten und die Schranke passierte hatte, drehte Maureen am Schalter für die Klimaanlage und hielt prüfend eine Hand über den staubverkrusteten Lüftungsschlitz.

»Die funktioniert nicht«, murmelte Stewart, während er das Flughafengelände verließ und sich in den dichten Verkehr des Gibson Boulevard einfädelte. An der nächsten Ampel bog er rechts ab, nach Westen. Mit der linken Hand steuerte er, mit der rechten angelte er auf dem Rücksitz nach einem alten Strohhut und setzte ihn auf. »Ich hatte keine Zeit, den Wagen in die Werkstatt zu bringen. Die Batterie muss nachgeladen werden und irgendein Rattenviech hat den Antriebsriemen des Ventilators angefressen.«

»Das hätte ich mir denken können«, stöhnte Maureen.

»Sie werden sich wohl bis Sonnenuntergang mit meiner wüstenerprobten ›Zwei-siebzig-Belüftung‹ begnügen müssen.«

»Zwei-siebzig-Belüftung?«

Er grinste. Mit der verspiegelten Brille, dem ausgefransten Strohhut, den muskulösen Oberarmen und dem ausgeleierten T-Shirt sah er aus wie einer der typischen Frauenschänder in einem Peckinpah-Film. »Ganz einfach: zwei offene Fenster bei siebzig Meilen pro Stunde.«

Maureen verdrehte genervt die Augen und griff nach der Fensterkurbel, um die Scheibe herunterzudrehen. Sie kam nur eine halbe Drehung weit, dann hielt sie die Kurbel in der Hand.

»Oh«, rief Dusty über das Dröhnen des Motors hinweg. »Verzeihung, das hab ich vergessen. Sie müssen mit einer Hand die Kurbel festhalten und mit der anderen drehen. Die Schraube ist irgendwann letztes Jahr herausgefallen.«

»Danke für den Hinweis.« Irgendwie schaffte es Maureen, das Fenster ganz aufzukurbeln, lehnte sich dann zurück und ließ sich den heißen Wind ins Gesicht wehen. Die Situation wurde etwas erträglicher. Dann fiel ihr Blick auf die Schnappvorrichtung für den Sicherheitsgurt. »Und wo finde ich den Sicherheitsgurt?«

»Ach, das ist eine ganz eigene Geschichte«, meinte er und runzelte konzentriert die Stirn, als er die Ausfahrt auf die Interstate 25 nahm. »Ich saß in einem ausgetrockneten Flussbett südlich von Ganado fest und fand nach Stunden zum Glück einen alten Navajo, der so freundlich war, mich da herauszuziehen. Das Problem war nur, dass ich kein Abschleppseil dabei hatte.«

»Und da haben Sie einfach den Sicherheitsgurt genommen.«

»Ja, ansonsten hätte ich zwanzig Meilen bis zum nächsten Telefon laufen müssen.«

Maureen klammerte sich an ihrem Sitz fest, als Stewart sich mit Vollgas in den fließenden Verkehr einreihte und im Zickzackkurs den Schlaglöchern auswich. »Allmächtiger, ich glaube, mein letztes Stündchen hat geschlagen!«

»Das schlägt für jeden von uns irgendwann einmal. Und das ist gut so, denn in unserer Berufssparte gäbe es herzlich wenig zu tun, wenn wir alle das ewige Leben hätten.«

Diesmal klappte das Ausweichmanöver nicht, und der Wagen krachte in ein tiefes Schlagloch. Als die Fensterkurbel scheppernd auf den Boden fiel, bemerkte Stewart trocken: »Es wäre nett, wenn Sie die Kurbel aufheben und wieder aufsetzen würden. Ein kräftiger Schlag, und sie hält. Dann brauchen wir später nicht im Dunkeln danach zu suchen.«

Maureen beugte sich vor und spähte zwischen ihren Knien hindurch in den Fußraum. Inmitten des Gerümpels, das dort herumkullerte, entdeckte sie leere Guinness-Flaschen, Arizona Iced Tea, verbeulte Orangensaftflaschen aus Plastik, zwei Schraubenzieher, eine Zange, etliche leere Sardinenbüchsen mit eingetrocknetem, bräunlich schillerndem Inhalt, einen versteinerten Toast – aber keine Fensterkurbel.

Muss wohl unter den Sitz gefallen sein, dachte Maureen und stöhnte innerlich bei dem Gedanken, mit der bloßen

Hand in dieses Niemandsland zu greifen. In Stewarts Wagen bedeutete das, in ein völlig unbekanntes, von Frauen-fressenden Schimmelmonstern oder schwarzen Spinnen bewohntes Universum vorzudringen.

Als sie es dann doch wagte, ertasteten ihre Finger etwas Glattes, Längliches. Es war nicht die Fensterkurbel, doch sie förderte es trotzdem zutage. Im nächsten Augenblick stieß sie einen spitzen Schrei aus und ließ die Pistole fallen, als hätte sie gerade nach einer Schlange gegriffen. Mit einem dumpfen Poltern landete sie zwischen den leeren Flaschen, bösartig, tödlich.

»Stewart«, brüllte sie, »was hat eine Pistole in Ihrem Wagen zu suchen?«

Dusty beobachtete sie durch seine undurchdringlichen Spiegelgläser mit völlig ausdrucksloser Miene. »Gibt es in Kanada keine Pistolen, Dr. Cole?«

Maureen umklammerte den Stoff ihres T-Shirts über dem Herzen und versuchte, gleichmäßig zu atmen. »Ist dieses *Ding* geladen?«

»Tja nun, wäre es nicht geladen, wäre es ja nutzlos. Aber bitte, betätigen Sie den Abzug nicht im Wageninneren. Eine Knarre in einem so verstaubten Fahrzeug abzufeuern macht eine Menge Dreck, das kann ich Ihnen versichern. Einmal habe ich durchs Beifahrerfenster auf einen Kojoten geschossen. Sehen Sie, genau so.« Er streckte den rechten Arm aus, bis sein Zeigefinger direkt vor ihrer Nasenspitze stehen blieb. »Ein Schuss aus dieser Smith & Wesson, und alles flog vom Armaturenbrett – Staub, Notizzettel, eine Dose Copenhagen …«

Maureen schob seine Hand von ihrer Nase weg und starrte schweigend durch das offene Fenster, als sie auf die West 140 abbogen.

»Allmächtiger, wo bin ich hier nur hingeraten?«

Mein lieber Dale, das werden Sie mir büßen. Darauf können Sie Gift nehmen.

10

Die Wüste breitete sich wie eine riesige weiße Decke vor Weidenkätzchen aus und bauschte sich nur hier und dort über kleinere Hügel. Sie war die ganze Nacht gerannt, hatte nur ab und zu eine Hand voll Schnee gegen den Durst gegessen, und das Knurren in ihrem Magen erinnerte sie permanent an das Stück getrocknetes Wapitifleisch in ihrem Bündel.

Aber sie konnte es sich nicht leisten, eine Pause zu machen, um zu essen oder sich ein wenig auszuruhen.

Die Angst, die sie in Tändlers Augen wahrgenommen hatte, trieb sie vorwärts. Wenn der Sturm weiter so wütete, würde sie zwei Tage für den Heimweg brauchen, und sie wusste nicht, was er in der Zwischenzeit tun würde. Außer ihr hatte er niemanden zum Reden, keine anderen Freunde. Kriegshäuptlinge konnten es sich nicht erlauben, anderen gegenüber Schwäche zu zeigen, da sie sonst Gefahr liefen, deren Vertrauen zu verlieren. Sie führten ein sehr einsames Leben und konnten sich nur spät nachts mit ihren Ehefrauen unterhalten.

Und selbst das war Tändler verwehrt gewesen.

Weidenkätzchen betrachtete die Felssäule, die sich wie ein viereckiger Turm vor ihr erhob, und legte noch einen Schritt zu. Rauchender Spiegelkegel war ihrer Schätzung nach mindestens tausend Hand hoch. Der oberste Teil war von Wolken eingehüllt, die sich wirbelnd um den hellbraunen Sandstein schmiegten.

Eines späten Abends hatte ihre Mutter ihr von den Fallen und Fußangeln erzählt, die den Weg zu Steingeists Haus sicherten. Je näher man kam, hatte sie gesagt, desto mehr Fallen begegnete man, und in unmittelbarer Nähe von Steingeists Haus hörte man das Knurren und Fauchen der Ungeheuer, die mit Stricken an den Felsen gebunden waren.

Weidenkätzchen schenkte diesen Ammenmärchen freilich keinen Glauben. Nur ein Narr ließ sich davon einschüchtern. Doch es wäre unklug gewesen, sie unberücksichtigt zu lassen. Hatte das Leben sie doch auf harte Weise gelehrt, dass Vorsicht die Voraussetzung für Tapferkeit war.

Und fürs Überleben.

Leichtfüßig übersprang sie einen schneebedeckten Busch und ging zügig weiter. Bei jedem Atemzug ihrer pumpenden Lungen formte sich eine weiße Dunstwolke vor ihrem Mund und verharrte dort einen kurzen Moment, ehe ihr vorwärts strebender Oberkörper sie durchbrach. Ihre Beine fühlten sich an wie weichgekochte Grashalme. Wie eine riesige weiße Schlange wand sich der Pfad an Baumgruppen und Hügeln vorbei auf die riesige Steinsäule zu.

Aus den Tiefen ihrer Erinnerung murmelte die sanfte Stimme ihrer Mutter: »*Der alte Steingeist veranstaltet gottlose, verderbte Feste. Sie beginnen bei Sonnenuntergang und dauern oft bis in den Vormittag hinein. Er hält sie in finsteren Höhlen oder Schluchten ab, abgeschirmt von den neugierigen Augen gewöhnlicher Menschen, und Steingeists Geisthelfer, eine riesige, weiße Klapperschlange, ist stets zugegen. Bevor Feiernden der Zutritt zu dem Fest gestattet ist, müssen sie den Schwanz der Schlange küssen und ihr erlauben, sie zu umschlingen.*«

Ein eiskalter Schauer durchfuhr Weidenkätzchen. Einen ganzen Mond lang hatten sie nach dieser Geschichte schreckliche Albträume geplagt. Noch heute erinnerte sie sich an das teuflische Blitzen in den Augen der Schlange und das kalte, klamme Gefühl, als deren Körper sich um ihren Hals schlang. Sie …

Vor ihr tauchte ein Haus auf.

Weidenkätzchen blieb stehen. Ihr Atem ging stoßweise. Der Geruch nach feuchtem Leder und Buschwerk umwehte sie.

Vor langer Zeit war ein großes quaderförmiges Stück aus dem Felsenkegel herausgebrochen. Und in die verbliebene Nische hatte der Besitzer sein Haus gebaut. Der Felsen bildete die Süd- und Ostwand. Die beiden anderen Wände waren aus unregelmäßig geformten Steinen aufgebaut und mit Lehmmörtel verbunden worden, der an den meisten Stellen schon wieder abbröckelte.

Weidenkätzchen warf einen skeptischen Blick auf das Dach. Es fiel nach Westen in Richtung des mit Fellen verhängten Eingangs schräg ab und hatte Löcher, durch die ohne weiteres ein kleiner Hund hätte kriechen können. Sie vermochte nicht zu sagen, wer schneller war, der Rauch, der versuchte nach draußen zu quellen, oder der Schnee, der in dichten Floken hineinfiel.

Die Hände in die Seiten gestemmt, atmete sie tief die kalte Luft ein, um ihren Atem langsam wieder zu normalisieren, während sie vorsichtig weiterging.

Es entsprach dem Gebot der Höflichkeit, sich vor dem Haus eines anderen nicht durch Rufen bemerkbar zu machen, sondern so lange zu warten, bis die Bewohner bemerkten, dass sie einen Besucher hatten.

Wenn Schneeflocken mit den Glutfunken, die aus den Löchern im Dach emporstoben, zusammenstießen, hörte Weidenkätzchen ein leises Zischen.

Eine Gänsehaut kroch ihre Arme hinauf. Ohne einen Muskel zu bewegen, suchte sie mit aufmerksamen Blicken den schneebedeckten Boden und die Beifußbüsche in ihrer Nähe ab. In einem Schneesturm wie diesem wäre eine weiße Schlange so gut wie unsichtbar.

Weidenkätzchen schoss das Blut in die Wangen.

Mit einem schnellen Tritt stieß sie gegen den Beifußbusch unmittelbar vor sich, machte rasch einen Schritt zurück und zog gleichzeitig ihre Kriegskeule aus dem Gürtel.

Als sich nichts bewegte oder rasselte, ließ sie die Keule sinken und atmete erleichtert aus. Sie kam sich vor wie eine Idiotin.

Unbehaglich wanderte ihr Blick zu den großen Felsbrocken, die sich am Fuße des Steinkegels türmten. Die verkrüppelten Wacholderbäume, die zwischen den Felsen wuchsen, warfen gespenstische Schatten auf den Schnee. In diesem felsigen Wald hätte sich eine ganze Kriegerschar verstecken können. Weshalb sollte sich eine weiße Schlange dann ausgerechnet mitten auf dem Pfad auf die Lauer legen?

Aufmerksam die Felsspalten nach einer Bewegung absuchend, näherte sie sich auf Zehenspitzen dem Haus, die Kriegskeule in der erhobenen Hand.

Kaum fünf Schritte von dem Haus entfernt, nahm sie plötzlich eine Bewegung wahr und wirbelte herum.

»Pass auf!«, rief ein weißhaariger alter Mann und rannte, einen Grabstock über den Kopf haltend, auf sie zu. Er trug einen braunweißen Truthahnfederumhang, und auf seinem Kinn waren drei schwarze Spiralen eintätowiert.

»Schnell«, rief er, »bevor es dich anspringt! Töte es!«, und rammte seinen Grabstock mit voller Wucht in den Schnee.

Mit einem Satz war Weidenkätzchen neben dem alten Mann und hieb mit ihrer Kriegskeule auf den Schnee und den darunterliegenden Sandsteinbrocken ein, bis dieser in tausend Stücke zerbrochen war.

Der alte Mann trat einen Schritt zurück und keuchte: »Ausgezeichnet gemacht.«

Weidenkätzchen musterte die Sandsteinbrocken im Schnee und drehte die Teile vorsichtig mit der Spitze ihrer Kriegskeule um. »Was war das?«

Der alte Mann klemmte sich den Grabstock unter den Arm und grinste sie an. Er reichte Weidenkätzchen nur bis knapp an die Brust, hatte schütteres, schneeweißes Haar, und seine Züge schienen für das schmale Gesicht irgendwie zu groß zu sein; die gebogene Nase zu lang, der Mund zu breit. Sein Grabstock war in der Form einer Schlange geschnitzt und weiß angemalt.

»Es war ein Felsbrocken«, antwortete er.

»Was?«, rief Weidenkätzchen empört. »Ich habe gerade einen leblosen Stein zertrümmert?«

»Mein liebes Kind, was veranlasst dich zu glauben, dass er tot war? Vielleicht ist er jetzt tot. Aber«, er hob Achtung gebietend den Zeigefinger und bewegte ihn hin und her, »das könnte Zufall sein. Hast du gewusst, dass man die gesamte Geschichte unserer Mutter Erde in Sandkörnern lesen kann? Freilich muss man dazu eine Menge Felsbrocken zertrümmern und jedes einzelne Körnchen aufheben. Anschließend muss man sie den einzelnen Schichten des Gesteins entsprechend wieder zusammenlegen. Irgendwo muss ich hier eine Zeichnung vom Zeitalter der Ungeheuer …«

»Ältester«, begann Weidenkätzchen, als der alte Mann mit beiden Händen suchend auf seiner Brust herumklopfte.

Eine Hand hielt an seiner Gürteltasche inne, die andere griff in seinen Umhang. »Sie mögen es nicht, zertrümmert zu werden, musst du wissen.«

»Ich nehme an, das ist ein Zeichen für Klugheit.«

»O ja, sie sind sehr klug.« Er sah mit großen, freundlichen und merkwürdig leuchtenden Augen an ihr hoch. »Einst kannte ich einen Stein, der jede uns bekannte Vogelstimme nachahmen konnte. Kannst du das?«

Weidenkätzchens Mund öffnete sich; aber was sollte sie darauf antworten? Sie beobachtete, wie sich die Schneeflocken in den dunklen Seen seiner Augen spiegelten. »Wer bist du, Ältester? Warum bleibst du bei diesem Sturm nicht in deinem Haus?«

Er deutete mit seinem Grabstock herum. »Ich habe ein Gebet gepflanzt«, erklärte er, »dort drüben an der Ecke des Felsenkegels. Ich hoffe, Himmel-Kojote wird es finden, wenn er das nächste Mal hier vorbeikommt.«

Er verfiel in Schweigen, während sein Blick über den Felsen und das baufällige Haus wanderte und dann wieder an

Weidenkätzchen hängen blieb. »Warte! Bist du nicht das Mädchen vom Kojoten-Clan? Natürlich, du musst es sein!«

Er machte einen Schritt auf sie zu, ging geradewegs unter ihrer erhobenen Kriegskeule hindurch, als wäre sie nicht vorhanden, ergriff ihre Hand und drückte sie mit unverhohlener Freude. »Du kommst spät, aber ich freue mich über dein Kommen.«

»Spät?« Weidenkätzchen entriss ihm ihre Hand. »Was meinst du mit spät?«

»Ich habe dich schon gestern Abend erwartet, aber bei diesem Sturm ...«

»Woher wusstest du denn, dass ich komme?« Ein Gefühl des Grauens kroch langsam ihren Arm empor. Instinktiv verstärkte sie den Griff um ihre Kriegskeule.

»Ach, das ist eine lange Geschichte. Kind, du musst völlig ausgehungert sein. Bitte, komm mit in mein Haus und lass mich dich mit Essen und Trinken bewirten. Währenddessen werde ich dir in Ruhe die Geschichte erzählen.« Er nahm Weidenkätzchens Hand und zog sie zu seinem Haus.

»Warte.« Weidenkätzchen zog so ruckartig ihre Hand zurück, dass der alte Mann beinahe gestolpert wäre.

»Ja, mein Kind?«, meinte er freundlich und zog die buschigen weißen Brauen hoch.

»Ältester, ich bin Weidenkätzchen, vom Hügeldorf. Ich komme auf Geheiß meines Kriegshäuptlings, um Steingeist zu suchen. Bist du Steingeist?«

Die schwarzen Augen des kleinen Mannes weiteten sich vor Erstaunen. »Aber natürlich, mein Kind. Verzeih, ich dachte, du wüsstest das. Gibt es sonst noch etwas, das du wissen musst, bevor du dir erlauben kannst, dich auszuruhen?«

Er schien wirklich sehr bemüht um sie zu sein. Weidenkätzchen schüttelte den Kopf. »Nein.«

»Dann ist es gut. Du zitterst ja. Komm mit, nach einer Schale heißem Tee und einer kräftigen Präriehundsuppe wirst du dich gleich besser fühlen.«

Steingeist humpelte zu seiner Tür, duckte sich durch den

Ledervorhang. Weidenkätzchen hörte ihn etwas murmeln, dann klapperten Töpfe.

Sie behielt ihre Kriegskeule fest in der Hand. Die Seelen des alten Mannes flatterten zweifellos herum wie Motten um eine Flamme, aber er schien nicht gefährlich zu sein. Obwohl man niemandem trauen durfte, der auf einen Stein eindrosch. Nach allen Seiten Ausschau haltend, ging sie auf seine Tür zu.

Als sie gebückt unter dem schweren Ledervorhang hindurch in die kalten, blauen Schatten trat, duftete es in dem düsteren Raum bereits nach Blütenblättern und mit getrockneten Kaktusfrüchten gekochtem Fleisch. Das quadratisch geschnittene Haus maß gerade zwei Körperlängen von Wand zu Wand. Der Schnee, der durch die Löcher im Dach hereingefallen war, hatte sich an der östlichen Mauer vor dem Eingang gesammelt. Sie stieg darüber hinweg und blieb unschlüssig stehen. Nach dem glitzernden Weiß der verschneiten Landschaft wirkte das Haus unnatürlich finster. Rechts von ihr an der Ostmauer entdeckte sie sechs unverzierte Tontöpfe. Links von ihr lehnten drei grob geflochtene Körbe aneinander.

Steingeist kauerte auf einem räudigen Fell auf der anderen Seite der Feuerstelle, summte vor sich hin und warf Zweige in die Glut. Den schäbigen Federumhang hatte er ausgezogen und hinter sich auf einen Haufen zusammengerollter Decken gelegt.

Während Weidenkätzchen ihren Bogen und den Köcher von der Schulter nahm, musterte sie den alten Mann. Unter dem fadenscheinigen braunen Hemd zeichneten sich seine Rippen ab und unter der dünnen Kopfhaut konnte sie jeden einzelnen Schädelknochen erkennen.

»Setz dich, mein Kind«, sagte Steingeist und deutete auf die Weidenmatte auf der gegenüberliegenden Seite der Feuerstelle. »Sobald ich dieses Feuer in Gang gebracht habe, können wir uns unterhalten.«

»Danke, Ältester.« Weidenkätzchen kniete sich mit einem Bein auf die Matte; ihre rechte Hand hielt immer noch die Kriegskeule fest umfasst.

In der Asche in der Nähe der Randsteine stand ein Topf mit Tee und daneben, an einem Dreibein, hing ein zweiter. In beiden Töpfen brodelte es. Neben dem Dreibein waren Keramikschalen und Löffel ordentlich aufgestapelt. Trotz der Löcher im Dach und der Schneewehe vor dem Eingang herrschte im Haus eine angenehme Wärme.

»Ältester, verzeih meine Frage, aber woher wusstest du, dass ich zum Clan der Kojoten gehöre?«

Steingeist verzog die faltigen Lippen zu einem Grinsen und beugte sich vor, um die Glut anzublasen. Ascheflocken wirbelten hoch und segelten langsam zu Boden. Schließlich fingen die dürren Zweige Feuer, und glühende Funken stoben zu der rußgeschwärzten Decke empor. Steingeist legte zwei dickere Äste auf die knisternden Zweige, lehnte sich zufrieden zurück und hielt die knochigen Hände dem wärmenden Feuer entgegen. Orangerote Schatten huschten über sein weißes Haar und das verwitterte Gesicht. »Ich weiß es, weil gestern Nacht um die Zeit, als der Mond unterging, Kojote hier vorbeikam. Er sagte mir, dass du kommen würdest, und berichtete außerdem, dass Blauer Gott umgehe.«

Weidenkätzchen legte den Kopf schief. Steingeist hätte ihre Clanzugehörigkeit auch an den Symbolen auf ihrem Kriegshemd oder der Keule ablesen können, überlegte sie, obgleich sie nicht gänzlich ausschloss, dass er tatsächlich mit Kojote gesprochen hatte. Verwundert wiederholte sie: »Blauer Gott? Das ist doch ein alter Glaube. Ich entsinne mich, als Kind Legenden über sie gehört zu haben.«

Steingeists Lippen öffneten sich und entblößten zahnlose Kiefer. »Glaubst du nicht mehr an sie?«

»Ich kenne niemanden, der an sie glaubt. Wir sind das Volk der Katsinas. Wir folgen anderen Göttern.«

Die Art, wie Steingeist den Kopf schüttelte, verhieß größte Besorgnis. »Oh, das ist sehr bedauerlich.«

»Aber weshalb?«

»Weil ihr so eine leichtere Beute seid. Ihr seid wie Kaninchen, die nicht wissen, dass im Busch ein Berglöwe lauert.«

Er machte sich an dem Stapel Teeschalen zu schaffen. »Möchtest du eine Schale Tee?«

»Ja, gern, Ältester. Bitte.«

Steingeist wählte eine einfache rote Schale mit abgestoßenem Rand aus und tauchte sie in den Teekessel. Als Weidenkätzchen die Schale entgegennahm, stieg ihr das süße Aroma von getrockneten Rayanagras in die Nase.

Sie nahm einen kleinen Schluck. »Oh, der ist ja köstlich«, sagte sie.

Steingeist winkelte die Beine an und stützte die Ellbogen auf die Knie. »So, und jetzt sage mir, wen Blauer Gott jagt.«

Bemüht, nicht respektlos zu klingen, antwortete Weidenkätzchen: »Es tut mir Leid, aber ich weiß nichts über Blauen Gott, Ältester. Ich bin gekommen, weil wir gestern Morgen die Frau unseres Kriegshäuptlings in dem frisch ausgehobenen Grab ihres eigenen Sohnes tot aufgefunden haben. Und auf ihrem zertrümmerten Schädel lag eine Steinplatte.«

Steingeists wacher Blick flackerte. »Wie tragisch«, murmelte er leise. »Euer Kriegshäuptling hat seine Frau und seinen Sohn binnen weniger Tage verloren. Wie geht es ihm?«

»Das weiß ich nicht, Ältester. Ich bin sofort aufgebrochen, nachdem er den Leichnam seiner Frau entdeckt hat.«

Sie spürte seinen Blick auf sich ruhen, alarmiert, forschend, als habe er etwas in ihrer Stimme wahrgenommen, das ihr nicht bewusst war.

Ein Ast zerbarst krachend in der Glut, und der Schein der plötzlich auflodernden Flammen tauchte die Wände in ein leuchtendes Gold.

Weidenkätzchen gewahrte jetzt zum erstenmal die Stoffsäcke, die an Haken von den Mauerbalken hingen, die das Dach trugen. Den bauchigen Umrissen nach zu urteilen, bewahrte er darin Kürbisse auf.

Steingeist tauchte unterdessen eine Schale in den Topf mit Suppe und legte einen Hornlöffel hinein. Als er die Schale am Feuer vorbeibalancierte und Weidenkätzchen reichte, sagte er: »Hier, mein Kind. Du wirst Kraft brauchen, um gegen Blauen Gott zu kämpfen. Ich war schon einmal mit ihr in einen Kampf verwickelt, und ich sage dir, sie ist überaus gerissen. Damals hat sie mir beinahe den Kopf von den Schultern geschlagen. Ich bin gerade am Waisen-Kegel entlangspaziert ...«

»Ich habe keine Angst vor Blauem Gott, Ältester«, unterbrach ihn Weidenkätzchen. Sie stellte die Suppenschale am Rand der Feuergrube auf einem der Steine ab und trank zunächst ihren Tee aus.

Steingeist beugte sich ihr entgegen und zischte mit rauer Stimme: »*Das solltest du aber.*«

Einige Herzschläge lang starrten sie sich schweigend an.

Dann erwiderte Weidenkätzchen ruhig: »Ältester, bei all den kriegerischen Auseinandersetzungen heutzutage sind tote Götter die letzten, die mir Angst einjagen.«

»Falsch, mein Kind. Blauem Gott sollte deine einzige Sorge gelten. Sie ist der Tod selbst. Erinnerst du dich nicht mehr an die Geschichten, die dir deine Mutter erzählt hat?«

»Nur an Bruchstücke.«

»Merkwürdig.« Steingeist musterte Weidenkätzchen mit unbeweglichem Blick. »Es überrascht mich, dass du noch am Leben bist.«

Verärgert schnappte Weidenkätzchen zurück: »Ältester, ich habe nicht den weiten Weg zurückgelegt, um mit dir über tote Götter zu streiten! Tändler, mein Kriegshäuptling, hat mich geschickt, damit ich dich frage, ob du gewillt bist, ins Hügeldorf zu kommen und uns zu helfen, den Mörder seiner Frau zu finden. Würdest du das tun?«

Seine gebogene Adlernase leuchtete im Feuerschein, als er ruckartig den Kopf hob, die Teeschale auf halbem Weg zu seinen Lippen balancierend. »Warum ich?«

»Weil er dir vertraut.«

»Ich wüsste nicht, warum.«

»Nun, ich denke, weil ihr verwandt seid.«

Verständnislosigkeit breitete sich auf seinem verwitterten Gesicht aus. »Tatsächlich? Wie sollten wir denn verwandt sein?«

»Erinnerst du dich denn nicht an Tändler?«, fragte Weidenkätzchen erstaunt. Sie fand das unbegreiflich. Tändler übte auf andere Menschen einen ähnlichen Effekt aus wie eine Heilpflanze auf das Blut. Keiner, der ihm je begegnet war, konnte ihn jemals vergessen. »Tändler ist der Enkelsohn deiner Schwester.«

»Welcher Schwester?«

»Das weiß ich nicht, Ältester! Ich dachte, das müsstest du doch wissen.«

Sie griff nach ihrer Suppenschüssel und tauchte den Löffel ein. Die Brühe, mit den Früchten der Yuccapalme und mit Holzkirschen gewürzt, hatte einen herzhaften, leicht säuerlichen Geschmack. Präriehunde waren gewöhnlich gut genährt und ihr Fleisch war saftig und fett – nach einem so langen, anstrengenden Lauf genau das Richtige für ihren ausgehungerten Körper. Während sie auf einem Fleischbrocken herumkaute, setzte sie nuschelnd hinzu: »Du erinnerst dich vielleicht nicht an Tändler, er sich dafür umso besser an dich.«

Steingeist hätte beinahe seinen Tee verschüttet. Nachdem er die Schale in beide Hände genommen hatte, sagte er: »Diesen Satz hörte ich zuletzt von einem Mann, dem ich meine Speerspitze an die Brust drückte.« Er sah zu Weidenkätzchen hoch. »Was hat er sonst noch gesagt?«

»Uns blieb keine Zeit, ausführlich über dich zu sprechen. Aber ich habe Tändler gefragt, ob du verrückt bist.« Sie machte eine Pause, um seine Reaktion auf ihre Worte abzuwarten. Da sein Gesicht weiterhin ausdruckslos blieb, fuhr sie fort: »Manche Leute behaupten nämlich, dass du verrückt bist, wie du wahrscheinlich weißt, aber Tändler meinte, nie etwas davon bemerkt zu haben.«

»Ich frage mich, welche meiner Schwestern so einen Unsinn in die Welt gesetzt hat. Wahrscheinlich Bienensalbei. Sie hatte nie mehr Verstand, als die Götter einer Motte zugestehen«, erwiderte Steingeist schmunzelnd und kratzte sich das faltige Kinn. »Meine Schwestern sind zwar alle tot, doch das bedeutet nicht, dass Tändler oder Blauer Gott deshalb ...«

Er ließ den Rest des Satzes in der Luft hängen. Weidenkätzchen ließ ihren Löffel in die Schale sinken. »Das bedeutet nicht, dass Tändler was?«

Steingeists Kopf fuhr unvermittelt in die Höhe. »Was soll mit Tändler sein?«

»Die Tatsache, dass deine Schwestern tot sind, bedeutet nicht, dass Tändler ... was?«

»Tja, nun« – er nahm einen Stock und stocherte damit in der Glut, bis die Flammen knisternd in die Höhe züngelten – »ich nehme an, es bedeutet nicht allzu viel. Warum fragst du?«

»Warum *ich* frage!«, brüllte Weidenkätzchen ihn an. »Ich frage dich das, weil du gesagt hast ...!« Auf seinen scharfen Blick hin seufzte sie und biss die Kiefer zusammen.

Abwesend hielt Steingeist den Stock über die Flammen. »Was habe ich gesagt? Ah, jetzt fällt's mir wieder ein. Von Blauem Gott habe ich gesprochen. Ich werde immer vergesslicher! Ich wollte dich nämlich fragen, ob du weißt, dass Blauer Gott eine riesige blutrünstige Frau ist? Sie lauert der Atem-Herz-Seele auf, wenn diese auf der Totenleiter aus dem Grab steigt, und führt sie ans Ufer eines tiefschwarzen Sees, wo die Lichter der Toten wie tausend Fackeln leuchten. Die Seele muss in diesen See eintauchen und hinunter ins Land der Toten schwimmen.«

»Ältester«, unterbrach ihn Weidenkätzchen mit vor Wut gepresster Stimme, »wir haben nicht von Blauer Gott gesprochen, sondern vom Mörder von Tändlers Ehefrau.« Und dann wiederholte Weidenkätzchen laut und deutlich: »Er-möchte-wissen-ob-du-ins-Hügeldorf-kommst-und-uns-hilfst-den Wahnsinnigen-zu-finden-der-ihr-das-angetan-hat.«

Steingeist hätte sie nicht fassungsloser anstarren können, wenn ihr gerade ein Geweih auf dem Kopf gesprossen wäre. »Wie kommst du darauf, dass er wahnsinnig ist?«

»Er hat eine unschuldige Frau ermordet. Er muss wahnsinnig sein.«

»Mein liebes Kind«, seufzte Steingeist. »Es gibt nur zwei

Dinge im Leben, die einem Kraft geben: Liebe und Tod. Alles andere ist langsames Dahinvegetieren.«

Das mit der Liebe leuchtete Weidenkätzchen ein. Die Liebe stützte sie jeden Augenblick ihres Lebens, doch wie konnte der Tod jemandem Kraft geben? Gedankenverloren strich sie mit der Fingerspitze den Rand ihrer Teeschale entlang. Außer er sprach auf die Jagd an. Natürlich töteten Menschen, um zu essen, aber was hatte das mit Mord zu tun? Sie betonte noch einmal: »Kein Mensch mit gesundem Verstand würde eine unschuldige Frau ermorden, Ältester. Das ist völlig undenkbar.«

»Was verleitet dich zu der Annahme, dass sie unschuldig war?«

Ganz langsam ließ Weidenkätzchen ihre Teeschale in den Schoß sinken. Es war ihr nie in den Sinn gekommen, dass Aschenmädchen Schuld auf sich geladen haben könnte. Das einzige Unrecht, das sie Aschenmädchen hatte begehen sehen, betraf ihren Ehemann. Sie hatte Tändler immer behandelt wie einen räudigen Dorfköter, dem man bei jeder Gelegenheit einen Tritt versetzt. Nachts war Tändler auf den Klippen herumgewandelt, nur um ihrer Gegenwart zu entgehen. Wenn er einen Freund brauchte, war er zu Weidenkätzchen gekommen. Aschenmädchen hatte keine Freunde.

»Ah«, wisperte Steingeist und beschrieb mit der Hand eine elegante Bewegung, so als schiebe er eine Dunstwolke weg. »Ich verstehe.«

»Was verstehst du?«

Steingeist sah ihr direkt ins Gesicht, schien sie dabei aber überhaupt nicht wahrzunehmen. Der Blick seiner dunklen Augen war abwesend, als weilten seine Gedanken in weiter Ferne. »Du musst das so sehen: Für einen Mörder ist das Leben eine einzige Bürde, und der Mord eine Befreiung. Um den Mörder zu finden, musst du zuerst in Erfahrung bringen, was ihn belastet.«

»Warum sollte ein Mord jemanden befreien? Selbst wenn ich einen Feind töte, der den Tod verdient hat, fühle ich mich hinterher ausgehöhlt und schuldbeladen.«

Er blinzelte, und im nächsten Moment kehrte sein Blick aus weit entfernten Gefilden zurück und blieb erneut an Weidenkätzchen hängen. »Warum hast du Tändlers Frau nicht gemocht?«

Unwillkürlich versteifte sich Weidenkätzchen. »Ich ... man kann nicht sagen, dass ich sie nicht gemocht habe. Nein. Zugegeben, sie war keine freundliche Frau, aber ...«

»Sie war nicht freundlich zu dir?«

»Sie war zu niemandem freundlich, Ältester, besonders nicht zu ihrem Ehemann. Ständig fauchte sie ihn an, rang die Hände und verlangte Dinge von ihm, die er nicht ...«

»Und ihr Sohn? War sie zu ihm auch so unfreundlich?«

»Nicht dass ich das jemals erlebt hätte, aber ich würde meine Hand dafür nicht ...«

»Und die anderen Bewohner des Dorfes? Hat sie alte Leute geschlagen oder Kinder? Hat sie mit Steinen nach Vögeln geworfen? Wie war das mit hässlichen Hundebabys. Hat sie sie getreten?«

Weidenkätzchen schwieg, entwaffnet von dem Schwall von Fragen.

»Aha«, fuhr Steingeist fort. »Dann war sie also nur zu ihrem Ehemann unfreundlich. Das weißt du mit Bestimmtheit. Was hat er ihr angetan? Hat er sie geschlagen? Sie in der Öffentlichkeit ausgescholten?«

»Er hat ihr überhaupt nichts dergleichen angetan! Er hat auf alle erdenkliche Art und Weise versucht, es ihr recht zu machen. Vor weniger als einem Mond hat sie plötzlich beschlossen, tagelang nicht mehr mit ihm zu reden, oder mit irgendjemandem im Dorf. Und einmal, nachdem sie ihn den ganzen Tag lang schikaniert hatte, begegnete ich ihm nachts auf den Klippen, und da weinte er, als hätte ihm jemand das Herz aus der Brust gerissen. Er hat verzweifelt nach jemandem geschrien, von dem ich noch nie gehört hatte, und am Tag darauf, da kam – da kam er zu mir ...«

»Welchen Namen hat er geschrien?«

Weidenkätzchen schüttelte den Kopf und fragte sich, welche Bedeutung der Name wohl für den alten Mann haben könnte. Steingeist würde die Person ohnehin nicht kennen. »Ich erinnere mich nicht. Schatten-Irgendwas, glaube ich. Aber das ist unwichtig. Ich habe den Namen nie zuvor gehört. Und ich bin sicher, er würde dir auch nichts sagen.« Das Blut pulsierte so laut in ihren Ohren, dass sie kaum denken konnte. Sie sah über das Feuer hinweg und bemerkte, dass der alte Mann sie mit einem Blick so scharf wie Obsidian fixierte.

»Warum siehst du mich so an?«

»Ach«, meinte er und drehte seine leere Teeschale zwischen den Handflächen. Sein weißes Haar schimmerte wie mit Goldstaub überzogen. »Ich habe mich nur gerade gefragt, ob sie wusste, dass du ihren Ehemann liebst?«

Darauf wusste Weidenkätzchen nichts zu erwidern.

Steingeist überging ihre Sprachlosigkeit und erkundigte sich stattdessen mit freundlicher Stimme: »Weiß er es denn?«

»Was soll er wissen?«

»Ach, selbstverständlich weiß er es. Wie dumm von mir zu fragen. Deshalb kommt er immer zu dir. Wie, glaubst du, hat sich seine Frau dabei gefühlt? Dass er zu dir kommt, um sich zu trösten? Glaubst du, sie hat dich dafür verachtet? Dich gehasst?«

»Beim Heil unserer Götter, Ältester! Sie ... sie ist immer eingeschlafen, sobald er sie berührte! Sobald er Anstalten machte, sie zu lieben, wurde sie in seinen Armen schlaff wie ein welkes Blatt. Und wenn er dann auf sie hinunterschaute, schlief sie wie ein Murmeltier! Was ist das für eine Ehefrau?« Weidenkätzchen wedelte abwehrend mit der Hand. »Warum hätte ich mich um ihre Gefühle scheren sollen? Er brauchte mich.«

»*Was?*«, schrie Steingeist aus vollem Halse und wirbelte herum.

Beinahe im gleichen Moment war Weidenkätzchen schon aufgesprungen, die Kriegskeule angriffsbereit erhoben. »Was ist denn?«

Der alte Mann starrte mit großen Augen auf einen der Stoffbeutel, die unter dem Dach hingen, und sagte dann, den

Kopf zu dem Beutel erhoben: »Woher weißt du das?«

»Mit wem sprichst du?« Weidenkätzchen lief es eiskalt über den Rücken. Instinktiv suchte ihr Blick den Raum nach etwas Weißem oder sich Schlängelndem ab.

Der alte Mann drehte sich zu Weidenkätzchen um und starrte sie an wie ein verdutzter Storch. »Was? ... Oh! Krumme Nase sagt, dass du sie gesehen hast. Hast du?«

»Wer ist Krumme Nase?«

Steingeist erhob sich flink, ging hinüber zur Wand und hob vorsichtig den roten Beutel von seinem Haken. Den trug er dann zurück zur Feuerstelle, so behutsam, als halte er seinen erstgeborenen Sohn im Arm. Nachdem er sich wieder auf das Fell gesetzt hatte, begann er die Lederbänder des Sacks zu lösen.

»Was ist da drin?«, flüsterte Weidenkätzchen, um Beherrschung ringend.

Steingeist runzelte die schneeweißen Brauen. »Ein alter Feind. Inzwischen ist er selbstverständlich ein guter Freund geworden. Der Tod hat die Gabe, selbst den schlimmsten Beleidigungen die Schärfe zu nehmen.«

Mit Entsetzen beobachtete Weidenkätzchen, wie Steingeist einen Totenschädel aus dem Stoffsack zog, und sofort huschte ihr Blick an den anderen Beuteln entlang, sechzehn an der Zahl. Und sie hatte geglaubt, sie enthielten Kürbisse!

»Das hier ist Krumme Nase«, erläuterte Steingeist und strich zärtlich über den Schädel, als handele es sich um seinen Lieblingshund.

»Enthalten alle diese Säcke Totenschädel?«

»Hmm?« Steingeist musterte die Säcke, als sähe er sie gerade zum ersten Mal. »Ich habe nicht die leiseste Ahnung. Warum holst du sie nicht herunter, dann machen wir sie auf und sehen nach. Sie hängen dort schon seit ... oh, bestimmt schon seit dreißig Sonnenjahren.« Er grinste sie an wie ein tollwütiger Hund. »Ich war einst ein unerschrockener Krieger.«

»Ältester ...«

»Schh!«, machte Steingeist und presste sein Ohr an den zähnebleckenden Mund des Schädels. »Ach, wirklich?«, murmelte er und sah Weidenkätzchen an. »Krumme Nase sagt mir gerade, dass du Blauen Gott gesehen hast.«

»Ich glaube doch nicht einmal an Blauen Gott.«

Steingeist kniff ein Auge zusammen und spähte tief in die linke Augenhöhle des Totenschädels. Der Schein des Feuers vergoldete den flachen Hinterkopf. »Hmm, ja, das ist gut möglich. Wahrscheinlich ist ihr gar nicht bewusst gewesen, was sie sah.« Pause. Dann: »Nehme ich an, ja.«

Während er den Schädel liebevoll an seine knochige Brust drückte, wandte sich der alte Mann wieder Weidenkätzchen zu. »Wo warst du in der Nacht des Mordes?«

Weidenkätzchen ließ die Kriegskeule sinken. An jenem Abend war sie mit drei anderen Kriegern ausgezogen, um den Canyon nach Feinden abzusuchen. »Woher weißt du, dass der Mord nachts passiert ist?«

»Also schön, wo warst du an dem Tag, als der Mord passierte?«

»Ich weiß doch nicht einmal, *wann* es geschehen ist. Ich hörte unsere Matrone Flammenbotin sagen, dass die Frau des Kriegshäuptlings seit zwei Tagen unterwegs sei, aber mehr weiß ich nicht. Ich war auf dem Kriegspfad.«

»Wohin bist du gegangen?«

Aufgebracht fuchtelte sie mit ihrer Kriegskeule. »Den Klippenrand des Gerader-Pfad-Canyons entlang. Im Verlauf des letzten Sonnenjahres sind nämlich etliche Frauen und Mädchen aus den umliegenden Dörfern spurlos verschwunden. Von Feinden geraubt, das wussten wir. Wahrscheinlich waren es Feuerhunde. Wir …«

»Aus welchen Dörfern?«

»Aus vielen. Dem Weißfederdorf, Dachspfotendorf, Eiswiesendorf und einigen anderen.«

»Tändler hat dich auf diesen Kriegspfad geschickt?«

»Ja, aber ich verstehe nicht, was …«

»Wie viele Krieger haben dich begleitet?«

Sie packte den Griff der Kriegskeule mit beiden Händen,

als wollte sie den letzten Tropfen Saft aus dem hölzernen Griff pressen, und zwang Ruhe in ihre Stimme. »Ältester, ich habe Tändlers Frau nicht umgebracht, falls deine Frage darauf abzielte. Auf diesem Kriegspfad wurde ich von drei Kriegern begleitet: Wurzelknolle, Hasenfuß und Der-der-fliegt. Sie alle werden dir bestätigen, dass ich in diesen vier Tagen jeden Augenblick in ihrer Gesellschaft verbracht habe. Ach ja, außer Der-der-fliegt. Ich habe ihn einen Tag früher zurückgeschickt mit dem Auftrag, dem Kriegshäuptling auszurichten, dass dort draußen alles ruhig ist und wir nach Hause zurückkehren.«

Steingeist streckte sich auf dem Hirschfell aus und stellte den Schädel vor sich hin. »Ich danke dir«, sagte er leise und tätschelte den Totenkopf.

Weidenkätzchen warf einen finsteren Blick auf die leeren Augenhöhlen. »Dankst du mir oder Krumme Nase?«

»Dir, mein Kind. Du hast mir eben sehr viele Dinge erzählt. Dinge, die du bisher noch niemandem erzählt hast, nehme ich an.«

Weidenkätzchen verlagerte ihr Gewicht auf das andere Bein. Was denn? Dass sie Aschenmädchen nicht mochte? Dass sie Tändler liebte?

»Was habe ich dir denn erzählt?«

»Mehr, als du weißt, mein Kind. Einzelheiten, die dir nicht einmal bewusst sind.«

Als sie in die leuchtenden Augen des alten Mannes sah, fühlte sie sich auf einmal körperlich völlig erschöpft.

In der Feuerstelle krachte und knisterte das Holz, doch von draußen drang kein Laut herein, abgesehen vom leisen Heulen gelegentlicher Windböen in den Spalten des Felskegels. Im Stillen fragte sie sich, wie der alte Mann diese Abgeschiedenheit ertragen konnte.

Sie ließ sich wieder auf ihrem Sitzfell nieder und legte die Kriegskeule über die Knie. Erst jetzt fiel ihr auf, dass Tändler seit einem Sonnenjahr nur einen Tagesmarsch von seinem Großonkel entfernt lebte und ihn kein einziges Mal besucht hatte. Das verwunderte sie, und sie fragte sich, was das wohl über diesen alten Mann aussagte – und vielleicht auch über Tändler.

»Ich sollte dir noch etwas erzählen«, nahm sie das Gespräch wieder auf. »Als wir den Leichnam von Tändlers Frau entdeckten, fanden wir gleichzeitig unsere Sonnenwächterin. Sie war verletzt. Hainbuche hatte sich um das Begräbnisfeuer gekümmert und offensichtlich von demjenigen, der Tändlers Frau in das offene Grab warf, einen brutalen Schlag gegen den Kopf erhalten.«

»Lebt sie?«

»Das weiß ich nicht, Ältester. Unsere Heilerin, Graue Wolke, hat ihren Schädelknochen an der verletzten Stelle geöffnet, um die Schattengeister, die sich in der Wunde eingenistet hatten, zu vertreiben, doch Hainbuche war noch nicht wieder zu sich gekommen, als ich das Dorf verließ.«

Steingeist legte eine Hand auf den vom Schein des Feuers angeleuchteten Totenkopf. »Riskant, so eine Schädelöffnung.«

»Gewiss, aber Graue Wolke hat das schon viele Male praktiziert, wenn auch sonst mit Hainbuches Hilfe. Diesmal hat sie sich auf die Hilfe eines Sklavenmädchens verlassen müssen.«

»Graue Wolke«, murmelte Steingeist nachdenklich. Die Falten in seinem Gesicht ordneten sich zu einer ehrfürchtigen Miene. »Ich habe von ihr gehört. Sie ist eine Kokwimu, stimmt das?«

»Ja, Ältester. Und eine sehr mächtige.«

Der alte Mann nickte ein paarmal und verfiel dann in Schweigen.

Weidenkätzchen ließ ein paar Atemzüge verstreichen, dann erklärte sie: »Ältester, da ist noch etwas, das du wissen musst.«

»Ja?«

»Tändlers Frau. Ihr Leichnam ist verschwunden.«

Steingeist setzte sich auf.

»Was meinst du damit? Wie ist das passiert?«

Weidenkätzchen befestigte die Kriegskeule wieder an

ihrem Gürtel. »Das weiß niemand. Während Graue Wolke Hainbuches Schädel öffnete, zogen sich die übrigen Dorfbewohner in ihre Kammern zurück, um nachzudenken und zu beten. Flammenbotin, unsere Matrone, erklärte, dass das für Tändlers Sohn bestimmte Grab befleckt sei, und beauftragte mich, ein neues auszuheben. Ich machte mich unverzüglich auf den Weg und stellte fest, dass der Leichnam verschwunden war.«

»Irgendwelche Spuren?«

»Ältester, der Boden in der Umgebung des Grabes war steinhart gefroren. Ich habe nichts Ungewöhnliches entdecken können. Aber in der Nähe der Feuerstelle, wo der Boden aufgetaut war, fand ich eine merkwürdige Einbuchtung. Es könnte ein Teil eines Fußabdrucks gewesen sein, aber ich bin mir nicht sicher.«

Steingeist zögerte und strich mit der Hand abermals über den Totenschädel. »Wie viele Menschen leben im Hügeldorf?«

»Fünfzig. Zehn davon sind Sklaven und fünfzehn Kinder. Wir haben nur sieben Krieger, Ältester.«

»Interessant«, wisperte Steingeist.

Als Weidenkätzchen sah, dass seine knochigen Finger auf dem glänzenden Schädel leicht zitterten, horchte sie auf.

»Inwiefern findest du das interessant?«

»Nun, du bist doch Kriegerin, und eine sehr gute obendrein, kann ich mir vorstellen. Du hast bestimmt nach allem Ungewöhnlichen Ausschau gehalten. Daher kann die Tatsache, dass du nichts gefunden hast, eigentlich nur eins bedeuten.«

»Hexerei?«, flüsterte sie und spürte, wie es ihr dabei kalt über den Rücken lief. »Das fürchten wir eben auch. Ich habe in dem Grab eine Eulenfeder gefunden.«

Sie warf einen Blick über die Schulter hinüber zum Eingang. Draußen fiel der Schnee jetzt dicht und in dicken Flocken, und die Wehe hinter dem Eingang wurde immer höher. Irgendwie hatte sie das Gefühl, dass draußen jemand stand und sie belauschte. Hexen besaßen große Macht. Sie konnten sich in Tiere verwandeln, indem sie durch einen Reifen aus geflochtenen Yuccafasern sprangen. Nachts schlichen sie herum und beobachteten die Menschen. Sie raubten Gräber aus auf der Suche nach dem Fleisch Verstorbener, das sie dann trockneten und anschließend zu einem feinen Pulver zerrieben. Wenn die Atem-Herz-Seele den Körper verließ, nahm sie alles Gute mit sich fort. Zurück blieb nur das Schlechte, Verdorbene. Und in dem Leichenpulver konzentrierte sich dann all dieses Schlechte. Streute eine Hexe dieses Pulver auf den Pfad, den jemand regelmäßig benutzte, oder mischte sie es unter das Essen, so konnte die fragliche Person verrückt werden oder sogar sterben.

»Hier sind wir sicher«, beruhigte sie Steingeist. »Fahr fort. Was wolltest du gerade sagen?«

»Wir befürchten alle, dass eine Hexe in unser Dorf geflogen ist, Hainbuche niedergeschlagen und den Leichnam gestohlen hat, aber wir haben keinerlei Beweise dafür finden können. Nur die Steinplatte auf dem Schädel und die Eulenfeder.«

Steingeist überlegte eine Weile und sagte dann: »Der Mörder hat diese Dinge vielleicht absichtlich zurückgelassen in der Hoffnung, dass ihr vor lauter Angst den Leichnam nur notdürftig mit Erde bedeckt und dann weglauft.«

»Möglich«, stimmte sie zu. »Wenn es nun aber keine Hexe war, und wir nichts Ungewöhnliches entdecken konnten ...« Als ihr die Wahrheit dämmerte, klappte ihr die Kinnlade herunter.

Der alte Mann neigte den Kopf zur Seite und sah sie erstaunt an. »Deine Überraschung verwundert mich.«

»Nein, Ältester. Nein!« Sie schüttelte vehement den Kopf. »Niemand aus dem Hügeldorf könnte so schaurige Dinge tun, wie ich sie gestern gesehen habe!«

Steingeist drehte das Gesicht ein wenig zur Seite, sodass seine gebogene Nase feuerrot schimmerte. »Welche schaurigen Dinge?«

Weidenkätzchen warf die Hände in die Luft. »Verrückte Dinge. Die Taten eines Wahnsinnigen! Oder einer Hexe. Der

Mörder tötete Tändlers Frau, entkleidete sie und zog ihr anschließend Männerkleidung an. Er hat Hainbuche den Schädel eingeschlagen und ihr dann den roten Federumhang umgelegt, den Tändlers Frau getragen hatte.«

Weidenkätzchen bemerkte, wie die Gedanken des alten Mannes in seinen wachen schwarzen Augen hin und her huschten, und alsbald machten sich auch die ihren auf den Weg, schlossen die Ältesten aus, die kleinen Kinder, die Kranken und diejenigen, die das Dorf verlassen hatten.

»Ältester«, begann sie dann mit eindringlicher Stimme. »Wir brauchen deine Hilfe. Wirst du uns helfen?«

Er zögerte. »Wirst du mir helfen, Weidenkätzchen?«

Jetzt zögerte sie, irritiert von seiner Frage. »Wie kann ich dir denn helfen?«

»Ich werde ins Hügeldorf kommen«, erklärte er und hob eine Hand, um etwaige Dankesbezeugungen zu unterbinden. »Aber ich möchte mich nicht gemeinsam mit dir auf den Weg machen. Lauf du allein zurück und richte eurer Matrone aus, dass ich bald nachkommen werde.«

Weidenkätzchen nickte. »Wie bald, Ältester?«

Ein Windstoß fegte ins Haus und wehte Steingeist die weißen Haare über die Schultern. In seinen schwarzen Augen spiegelten sich glutrot die auflodernden Flammen.

»Rechtzeitig, mein Kind. Nachdem die Bewohner über mein Kommen unterrichtet sind, möchte ich, dass du genau beobachtest, was sie tun. Das ist alles. Beobachte sie aufmerksam *und präge es dir gut ein.* Nach meiner Ankunft erwarte ich, dass du mir in allen Einzelheiten Bericht erstattest.«

»Das werde ich, Ältester. Gibt es sonst noch etwas?«

Der alte Mann schüttelte den Kopf. »Nein, Weidenkätzchen. Das ist alles.«

»Ich danke dir, Ältester. Ich werde einen Späher an der großen Straße postieren und versuchen, dich abzupassen, ehe du ins Dorf kommst.« Damit wandte sie sich ab und machte Anstalten, aufzubrechen.

»Ich glaube nicht, dass er das zulassen wird«, murmelte

der alte Mann so leise, dass Weidenkätzchen nicht sicher war, ob sie ihn tatsächlich etwas sagen gehört hatte.

Sie drehte sich noch einmal um und sah, dass Steingeist dem Totenschädel etwas ins nicht vorhandene Ohr flüsterte und dabei die Lippen verzog wie ein Wolf, der die Zähne fletscht. Um sicherzugehen, fragte sie: »Hast du eben etwas zu mir gesagt, Ältester?«

Der alte Mann sah sie an. »Der Mörder ist ein sehr geduldiger Mensch, Weidenkätzchen. Er beobachtet und lauscht, ehe er handelt. Er weiß jetzt, wohin du gegangen bist. Er kennt die Pfade, die du auf dem Rückweg nehmen wirst. Und wahrscheinlich weiß er auch, dass du müde und daher unaufmerksam bist. Also, sei *sehr* vorsichtig.«

Weidenkätzchen hatte bisher noch nicht darüber nachgedacht, dass der Mörder ihr bis hierher gefolgt sein könnte. Dass er ihr auf dem Rückweg möglicherweise auflauerte.

Sie griff nach Bogen und Köcher und ging zur Tür. Als sie über die Schneewehe stieg, drehte sie sich noch einmal um und sagte: »Das werde ich, Ältester. Und du, sieh du dich auch vor.« Damit duckte sie sich hinaus in den Schneesturm.

Die Wolken quollen und bauschten sich auf ihrem Zug nach Norden.

Weidenkätzchen tastete nach dem Lederband an ihrem Hals und zog den Malachit-Anhänger hervor, den Windgeborener einst für sie geschnitzt hatte. Der Stein schimmerte in einem satten Dunkelgrün. Ihre Beine fühlten sich an wie aus Blei. Schon bald würde sie rasten und schlafen müssen.

Entschlossen schritt sie aus, zwang sich zu einem forschen Tempo und hielt den Anhänger fest umfasst, während ihr Blick aufmerksam jedes mögliche Versteck nach dem Mörder absuchte.

11

»Ich sehe niemanden, Tante Hail.«

Maggie Walking Hawk Tailor nahm ihre Tante am Arm und führte sie von ihrem alten schwarzen Dodge Pick-up weg in das Feldlager, das das Archäologenteam gleich neben den Grabungsabschnitten aufgeschlagen hatte. Links von ihr standen fünf Zelte im Kreis um eine Feuerstelle. Unter den Vordächern lagen Werkzeug, Eiskisten und Laternen herum. Weiter vorn markierten kegelförmige Erdhaufen die einzelnen Parzellen.

»Wo sind denn die Leute?«, erkundigte sich Hail Walking Hawk mit brüchiger Stimme. Ihr blaues Kleid leuchtete in der Nachmittagssonne wie die Federn eines Eisvogels.

»Sie hatten vier Tage frei, sollten aber heute wieder zurück sein. Ich sagte ihnen, dass wir kommen. Vielleicht sind sie aufgehalten worden.«

Maggie überflog mit geschultem Blick die Grabungsabschnitte direkt vor ihnen. Neben drei der rechteckigen Gruben standen Gittersiebe, durch die die ausgehobene Erde geworfen wurde. Die anderen Gruben waren mit schwarzen Plastikplanen abgedeckt. Die Ecken hatte man mit Steinen, Schaufeln und Pickeln beschwert, damit der Wind sie nicht fortwehte.

Seufzend strich Maggie sich die verschwitzten schwarzen Ponysträhnen aus der Stirn. Normalerweise hätte sie ihre grüne Ranger-Uniform getragen und den Geländewagen der Parkverwaltung benutzt, doch sie hatte sich ein paar Tage freigenommen, um ihre alte Tante abzuholen und hierher zu bringen. In ihrem weißen T-Shirt, den beigefarbenen Shorts und den schwarzen Tennisschuhen fühlte sie sich irgendwie fehl am Platz.

Sie sah sich um. »Schau, neben der Feuerstelle steht ein Stapel Liegestühle. Ich würde sagen, wir setzen uns erst mal hin.«

Hail klammerte sich beim Gehen schwer atmend an Maggies Arm. Hin und wieder kam ihr ein leises Stöhnen über die Lippen.

Maggie runzelte die Stirn. Ihre geliebte Tante hatte zwar behauptet, sich bester Gesundheit zu erfreuen, doch während sie langsam dahinhumpelte, biss sie sich auf die Lippen und kniff, offenbar vor Schmerzen, immer wieder die Augen zu.

Mit ihren achtzig Jahren sah Tante Hails Gesicht aus wie ein Porträt des Indianermalers *James Bama*, rostbraun und verwittert wie die Rinde einer alten Eiche, dabei aber weise auf eine Art, die die meisten Weißen nicht verstanden. Die mit Altersflecken übersäte Haut an ihren Armen und am Hals war so dünn und brüchig wie welkes Laub. Arthritis hatte ihre Hände zu Klauen verkrümmt, doch sie versah immer noch ihre Arbeiten im Pueblo, buk Brot und fertigte Maisstrohpuppen für die Kinder.

»Nur noch ein kleines Stück, Tante Hail«, sagte Maggie, »dann kannst du dich ausruhen.«

»Mir geht es prächtig, Mädchen.« Hail lächelte und drückte liebevoll Maggies Arm.

Kaum waren sie in den Schatten eines der Zelte getreten, sank die Temperatur merklich.

»Oh, das ist schon besser«, atmete Maggie auf. »Warte hier, Tante Hail, ich werde uns rasch zwei Stühle holen.«

»Gewiss, mein Mädchen. Ich lausche inzwischen der Stille.«

Während Maggie die Campingstühle aufklappte, behielt sie ihre Tante im Auge.

Vielleicht war es doch keine so gute Idee, sie hierher zu bringen. Als sie Tante Hail Einzelheiten von dieser Grabungsstätte berichtet hatte, hatte diese darauf bestanden, und zwar mit Nachdruck, die Grabungsarbeiten der Archäologen zu überwachen. Jegliche Einwände wie mögliche Interessenskonflikte, die eigennützige Politik in ihrem Pueblo oder andere Argumente hatte sie vehement vom Tisch gewischt.

Hail blickte sich mit ihren milchigen Pupillen um. Maggie hatte ihr wiederholt erklärt, dass die Ärzte heutzutage den grauen Star schnell und schmerzlos behandeln können, doch Hail hatte immer nur schmunzelnd erklärt, dass sie mit ihrem grauen Star besser sehen könne, und irgendwann hatte Maggie es aufgegeben.

Die Walking-Hawk-Schwestern besaßen alle bedeutungsvolle Namen. Ihre Großmutter nannte man Die-die-Toten-jagt. Tante Hail wurde Die-zu-den-Geistern-spricht genannt, und Tante Sage hieß Leere Augen, nach der Art und Weise, wie sie schaute, wenn sie in andere Welten blickte. Von den meisten Dingen, die zu sehen ihre Tanten als sehr wichtig erachteten, wussten Maggie und die meisten Leute nicht einmal, dass sie existierten.

Nachdem Maggie für Sitzgelegenheiten gesorgt hatte, ging sie zu ihrer Tante zurück und hakte sie unter. »Es sind nur drei Schritte, Tante Hail.«

Hail lächelte und begann laut zu zählen: »Eins. Zwei. Drei. Bin ich da?«

»Ja, Tante. Warte kurz.« Maggie rückte mit einer Hand den Stuhl für ihre Tante zurecht. »Alles klar. Jetzt kannst du dich hinsetzen.«

Hail tastete mit ihrer knochigen Hand nach der Armlehne, umfasste sie und ließ sich ächzend auf den Klappstuhl sinken. »Ich sitze«, informierte sie ihre Nichte und deutete mit einem dürren Zeigefinger auf den anderen Stuhl. »So, und jetzt du.«

Maggie stellte ihren Stuhl neben den ihrer Tante und sagte: »Ich wünschte, du würdest das nicht tun. Die Grabungsarbeiten zu kontrollieren ist schon anstrengend genug, aber auch noch hier draußen zu übernachten, das wird hart werden.«

Die Arbeiten an einer Begräbnisstätte zu überwachen erforderte nicht nur eine starke Kondition, sondern bedeutete auch, sich um diese Jahreszeit auf extreme Temperaturen und unvorhersehbare Witterungsverhältnisse einstellen zu müssen. Nicht selten machte ein Gewittersturm in diesen Gegenden eine Straße binnen kurzem unpassierbar. Wenn Tante Hail während eines solchen Sturms plötzlich medizinische Hilfe bräuchte, müssten sie sie mit einem Helikopter ausfliegen lassen und beten, dass sie noch rechtzeitig in Gallup einträfe.

Und dies würde Konsequenzen nach sich ziehen, die auf Maggie niederprasseln würden wie die sprichwörtliche Tonne Ziegelsteine. Als offizielle Beauftragte der Bundesregierung könnte sie eine Menge Schwierigkeiten bekommen, weil sie ihre Tante als Beraterin bestellt hatte.

Hail kicherte leise, und ihr Kopf wippte dabei auf dem dünnen Hals hin und her. »Du hast bloß keine Lust, mein Zelt aufzubauen.«

»Du weißt genau, dass das nicht stimmt.Ich habe nichts dagegen, dein Zelt aufzustellen. Ich würde mich nur besser fühlen, wenn du mich dich am Abend abholen ließest. Morgens bringe ich dich dann wieder hier heraus.«

»Ich muss hier draußen bleiben«, beschied sie Maggie. »Die Geister haben mich gerufen.«

Maggie beugte sich zur Seite und strich Hail die graue Strähne aus dem Gesicht, die sich in ihren stoppeligen Wimpern verfangen hatte. Ihre Tante hatte ihr ganzes Leben lang Hunger gelitten, und auch heutzutage war ihre Schüssel manchmal nur zur Hälfte gefüllt. Maggie sorgte zwar dafür, dass sie immer über ausreichend Vorräte verfügte, doch sie schenkte immer fast alles weiter. *»Der Hunger ist wie ein Wurm; er kriecht in deine Knochen und schläft dort, bis du* *dich sicher fühlst. Und dann wacht er auf und beginnt, in dir zu nagen, nur um dich deinen Hunger nicht vergessen zu lassen. Ein Kind sollte von diesen Gefühlen verschont bleiben.«*

Maggie tätschelte Hails Hand. »Großmutter hat mir einmal erzählt, dass die meisten Geister nicht mit ihr sprechen können. Sie sagte, sie verstünde deren Sprache nicht, und die Geister nicht die ihre.«

Maggies Großmutter, Slumber Walking Hawk, war eine der berühmtesten Seherinnen in der Geschichte ihres Volkes gewesen. Vor drei Jahren war sie in diesem Canyon gestorben. Und jedesmal wenn Maggie eine dieser eindrucksvollen Anasazi-Ruinen betrat, musste sie an Großmutter Slumber denken, die man dort tot auf dem Boden liegend gefunden hatte, das alte, mit Türkisen besetzte Messer in der Hand.

Hail streichelte liebevoll über Maggies Hand. »Vermisst du sie?«

»O ja. Es vergeht kein Tag, an dem ich nicht an sie denke.«

Hail kniff die buschigen grauen Brauen zusammen. »Ich vermisse sie auch. Sie konnte mit den Toten viel besser in Verbindung treten als ich, Magpie. Es gab etliche Dinge, die ich von ihr lernen wollte, und es fand sich nie die Gelegenheit dazu.«

»Was denn zum Beispiel, Tante Hail?«

Hail richtete den Blick nach Süden, über den Canyon hinweg. Die flimmernde Hitze ließ die Konturen der lohfarbenen Felsklippe verschwimmen. »Deine Großmutter war in der Lage, Geisterwelten aufzusuchen. Und ich wollte immer wissen, wie sie das macht.«

Maggie legte den Arm um die mageren Schultern ihrer Tante und drückte sie. »Hast du sie gefragt? Ich bin sicher, sie hätte es dir erzählt.«

»Ich habe sie gefragt.«

»Und, was hat sie geantwortet?«

»Ach, Slumber erklärte mir, dass sie eine Art verschwommenen Bilderrahmen um den Geist herum sehe und nur einen Fuß über den unteren Teil des Rahmens setzen brauchte, um in dieses Bild hineinzusteigen.«

»Du siehst diesen Rahmen nicht?«

Hails Kopf wackelte erneut. »Das würde nichts nützen. Jedesmal wenn ich einen Geist sehe, graben sich meine Zehen in die Erde und schlagen dort gleichsam Wurzeln.« Sie lächelte. »Ich könnte gar nicht in dieses Bild steigen, selbst wenn ich wollte.«

»Vielleicht solltest du aufhören, es zu versuchen. Geisterwelten zu betreten erscheint mir gefährlich. Was, wenn du nicht mehr zurückkehren könntest?«

»Dann hätte ich neue Freunde gefunden.«

Maggie musste lachen. »Darin warst du schon immer besser als ich.«

Nach einer kurzen Pause fragte Hail: »Magst du diese Weißaugen-Buddler nicht?«

»Eine von ihnen, die Frau, die heute hier eintreffen soll, ist Indianerin, Tante. Ihr Name ist Dr. Maureen Cole.«

»Ich weiß.« Hails halb blinde Augen sahen in ihre Richtung, doch sie deutete auf die Parzellen vor ihnen. »Sie war schon hier. Jede Nacht.«

Maggie überlegte. Maureen Cole war noch nie in New Mexico gewesen, und ihre Tante noch nie an dieser Ausgrabungsstätte, aber das spielte keine Rolle. Dies hier war einer dieser Momente, wo ihre westliche Skepsis den traditionellen Wahrheiten wich. Seelen wanderten, besonders in der Nacht, wenn die Person schlief. Als Kinder hatten Maggie und ihre Freunde im Sand rund um ihren Pueblo nach Spuren dieser wandernden Seelen gesucht. Sie hatten nie eine gefunden, aber sie glaubte noch heute daran.

»Wonach sucht Dr. Cole hier draußen, Tante?«

Hail wedelte mit ihrer alten Pergamenthand. »Nach einer jungen Frau. Aber ich weiß nicht, wer sie ist.«

Maggie drehte sich um, als sie das Motorengeräusch eines Geländewagens hörte. Zwei Staubwolken markierten seinen Weg.

Maggie stemmte sich aus ihrem Liegestuhl hoch. »Da kommt jemand.«

»Hmm?«, murmelte Hail und drehte den Kopf. »Hast du was gehört?«

»Ja, einen Wagen. Wahrscheinlich sind das Dusty Stewart und Dr. Cole. Dusty sagte, dass sie gegen fünf hier eintreffen würden. Er hat sich verspätet. Es ist gleich sieben.« Maggie spähte zwischen zwei Zelten hindurch und sah den blauen Bronco über die holprige Straße schwanken. »Ich werde mal …«

»Bring etwas Kaltes zu trinken mit, wenn du zurückkommst«, sagte Hail.

»Ja, mach ich, Tante.« Maggie bückte sich und küsste Hail auf die Wange. »Bin bald zurück.«

Hail wartete, bis Maggie außer Hörweite war, dann beugte sie sich vor und sog tief die Luft in ihre Lungen. Der Schmerz in ihrer linken Brusthälfte wurde immer schlimmer. Sie musste etliche Male tief durchatmen, bis der Schmerz so weit abgeklungen war, dass sie sich wieder zurücklehnen konnte.

Vor einem Monat hatte sie Carolyn, eine der Sozialarbeiterinnen des Reservats, gebeten, sie nach Albuquerque zu einem Arzt zu fahren, weil sie befürchtete, es sei ihr Herz. Der Arzt hatte einige Tests mit ihr gemacht und ihr erklärt, dass sie für eine Frau ihres Alters ein starkes Herz habe, und anschließend noch weitere Untersuchungen vorgenommen. Eine Woche später hatte er die Sozialarbeiterin von den Ergebnissen unterrichtet.

Hail seufzte. Ihre Schwester war an derselben Krankheit gestorben und davor ihre Mutter. Der Doktor sagte, dass sich Krebs mitunter in einer Familie fortsetze. Hail hatte Magpie bisher noch nichts davon erzählt. Ihre geliebte Nichte würde darauf bestehen, dass sie mit ihr in die Stadt zurückkehrte, und das wollte sie nicht. Hier draußen in der Wüste zu sein tat ihr gut. Aber das war nicht der einzige Grund; sie musste eine Weile von ihrem Zuhause fort, um über einige Dinge nachzudenken.

Der Arzt hatte nicht gesagt, dass eine Behandlung seiner Ansicht nach reine Zeitverschwendung wäre, doch Carolyns Stimme hatte sich danach angehört. »*Er sagt, der Krebs sei schon ziemlich weit fortgeschritten, aber er will noch einige Untersuchungen abschließen, ehe er Bestrahlungen oder eine Chemotherapie vorschlägt.*«

Hail richtete den Blick auf die Feuerstelle. Die Schatten der Zelte streckten sich wie lange schwarze Finger über den Boden, und in der Luft hing noch der würzige Geruch erloschener Lagerfeuer. Den annähernd runden Umriss der Feuerstelle konnte sie erkennen. In der Mitte lagen wahrscheinlich Kohlen. Es könnten aber auch Steine sein. Auf kurze Entfernungen sah sie nicht besonders gut. Ein paar Schritte neben der Feuerstelle lagen aufeinander gestapelte Äste. Die konnte sie schon besser erkennen. Diese Buddler waren offensichtlich erfahren. Hier draußen lagerte man das Holz nicht direkt neben der Feuerstelle, wenn man nicht Gefahr laufen wollte, die gesamte Wüste in ein Flammenmeer zu verwandeln.

»Hallo, Dusty«, rief Maggie munter.

Hail drehte sich umständlich in ihrem Liegestuhl um, um einen Blick auf den blonden Mann zu werfen, der gerade aus dem Wagen stieg.

»Hi, Maggie«, rief er zurück. »Tut mir Leid, dass wir so spät kommen. Dr. Cole wollte in Crownpoint anhalten, um sich etwas zu essen zu besorgen.«

»Kein Problem«, erwiderte Maggie und wandte sich lächelnd der großen Indianerin zu, die auf der Beifahrerseite aus dem Wagen stieg. »Wir sind auch erst vor einer Viertelstunde angekommen.«

»Ja«, sagte Dr. Cole. »Wir haben an einem tollen kleinen Tante-Emma-Laden angehalten. Ich war so ausgehungert, dass ich das Sandwich samt der Klarsichtfolie gegessen und es nicht einmal gemerkt habe.«

Die Frau kam auf Maggie zu und gab ihr die Hand. »Ich bin Maureen Cole. Wie heißen Sie?« Sie hatte tiefschwarzes Haar und trug Jeans und ein weißes Hemd. Mehr konnte Hail nicht erkennen.

»Maggie Walking Hawk Taylor, Dr. Cole. Wie war Ihre Reise?«

»Der Flug war okay. Der Rest … interessant. Bitte nennen Sie mich doch Maureen.«

»Ich war gerade auf dem Weg zu meinem Wagen, um ein paar kalte Getränke aus der Eisbox zu holen, Maureen. Kann ich Ihnen auch etwas mitbringen?«

»Wenn Sie zufällig einen ungesüßten Eistee hätten, werfe ich mich Ihnen zu Füßen. Ich konnte in ganz Crowpoint keinen finden.«

»Habe ich. Und was ist mit dir, Dusty?«

Er klopfte sich den Staub von den Hosen. »Danke, Maggie. Ich habe meine beiden Kühlboxen in der Stadt aufgefüllt.«

Hail strich sich das blaue Kleid glatt und steckte sich eine widerspenstige graue Locke hinterm Ohr fest.

»Tante Hail, möchtest du eine Cola oder einen Eistee?«, rief Magpie.

»Eistee«, rief sie zurück. »Dieses Ginseng-Zeug in der hübschen Flasche. Ich glaube, das haben sie irgendwo unten in Arizona gebraut.«

»Der kommt aus Kanada«, sagte Maureen. »Den trinke ich auch gern.«

Hail lächelte. Sie hörte Magpie in ihrem Wagen herumkramen. Flaschen klirrten gegen Eiswürfel. Diese Kühlboxen waren wirklich eine geniale Erfindung. Sie wünschte, sie hätten so was schon gehabt, als sie noch jünger war. Damals hatten sie nur diese »Wüstensäcke« gehabt, um Getränke zu kühlen, Beutel aus Segeltuch, in denen das Wasser verdunstete und dadurch den Inhalt kühlte.

Beim Gedanken an diesen Wüstensack wurden unwillkürlich Erinnerungen an ihre Familie, Freunde und längst vergangene Zeiten wach. Beinahe alle diese Menschen waren inzwischen tot. Wie sie auch bald.

Hail faltete die Hände und legte sie in den Schoß. Der Gedanke ans Sterben beunruhigte sie nicht sonderlich, solange sie draußen in der Sonne und in der Nähe ihrer Familie war. Sie hatte ein langes und gutes Leben gelebt, fünfzig Jahre davon mit einem Mann, der ihre Seelen geteilt hatte. Sie hatte fünf Kinder, zwölf Enkelkinder und sechs Urenkel lieben dürfen sowie eine große Anzahl Neffen und Nichten. Mehr konnte man vom Leben wirklich nicht erwarten.

Maggie führte die beiden zu den Zelten, stellte die kalten Getränke auf dem Boden ab und sagte: »Tante Hail, ich möchte dir Dusty Stewart und Dr. Maureen Cole vorstellen. Dusty und Maureen, das ist meine Großtante, Hail Walking Hawk.«

Stewart nahm seine Sonnenbrille ab und kniete sich respektvoll vor Hail hin. »Ich danke Ihnen, dass Sie gekommen sind.« Er bot ihr seine Hand an, die sie lächelnd schüttelte.

Dann trat Maureen vor, die indianischer Abstammung war, um Hail zu begrüßen. »Ich freue mich sehr, Sie kennen zu lernen, Mrs. Walking Hawk.«

Hail nahm Maureens braune Hand und umschloss sie mit ihren knochigen Fingern. Sie fühlte sich kühl und feucht an. »Von welchem Stamm sind Sie?«

»Meine Mutter war eine Seneca«, antwortete Maureen.

»Und Ihr Vater?«

»Oh, der war ein Mischling. Englisches Blut, Französisches, und sehr viel Irisches.«

»Wie werden Sie von Ihrem Volk genannt?«

Maureen lächelte, als freute sie sich über diese Frage. »Washais. Das ist ein Messer, das wir benützen, um heilige Masken zu schnitzen. Eine Art Ziehklinge …«

»Passt genau«, murmelte Stewart vor sich hin. »Mich wundert, dass sie Sie nicht ›Messer-im-Rücken‹ genannt haben.«

Washais funkelte ihn wütend an.

Hail ließ den Namen langsam über die Zunge rollen: »Wah-scha-iies. Ihre Mutter muss geglaubt haben, Sie besitzen große Macht, dass Sie Ihnen diesen Namen gab. Heilige Messer sind etwas sehr Mächtiges.«

Washais lächelte wieder, und Hail nahm einen blauen Schein hinter ihrer Silhouette wahr.

»Und der Mann?«, fuhr Hail fort und zeigte an Maureen vorbei. »Wer ist das?«

Washais drehte sich um, sah nur die grünen Zelte und die endlose Wüste dahinter und fragte erstaunt: »Welcher Mann?«

Hail legte die Hand wieder in den Schoß und spielte mit dem blauen Stoff ihres Kleids. Manche Menschen reagierten komisch, wenn sie sie auf die Geister ansprach, die sie begleiteten. Sie senkte die Stimme, als sie sagte: »Er steht hinter Ihnen. Er hat hellbraunes Haar und grüne Augen. Er ...«

Maureens Gesichtszüge entglitten ihrer Kontrolle. Sie starrte Hail an, als habe sie ein Gespenst vor sich. Die bläuliche Aura umhüllte sie, wie um ihr Kraft zu spenden.

Dusty Stewarts Blick schnellte ein paarmal zwischen Hail und Washais hin und her, dann lächelte er breit, ergriff Washais' schlaffe Hand, drückte sie und sagte: »Ich hätte Sie warnen sollen, Doc. Das hier ist definitiv nicht Kansas. Ich hoffe, Sie haben Ihre roten Schuhe mitgebracht.«

Maureen entriss ihm ihre Hand. »Das nächste Mal, Stewart, bleibt von Ihrer Hand nur noch ein blutiger Stumpf übrig.«

Magpie trat, indem sie Stewart zur Seite drängte, zwischen die beiden und wandte sich freundlich lächelnd an Washais: »Warum setzen Sie sich nicht, Maureen. Sie sehen ein wenig blass aus.«

»Nein. Ich ... ich glaube, ich gehe lieber ein paar Schritte. Es wird bald dunkel, und ich möchte mich noch ein wenig auf dem Gelände umsehen. Sie entschuldigen mich?«

»Aber sicher«, gab Magpie zurück.

Hail sah der großen, schlanken Seneca-Frau hinterher, als diese zwischen den rechteckigen Grabungsabschnitten umherwanderte, und rieb sich die Arme, als juckte es sie.

Stewart wisperte Magpie zu: »Es wäre prima, wenn deine Tante diese Geschichte weiterspinnen könnte. Dann wären wir die Cole ganz schnell wieder los.«

»Es ist meine Schuld«, entgegnete Magpie. »Ich habe angenommen, da sie auch Indianerin ist ...«

»Sie ist Katholikin.«

Magpies Mund klappte auf, und ihre schwarzen Augen sprühten Funken. »Viele Indianer sind katholisch! Sämtliche Hochzeiten in Acoma werden in der katholischen Kirche abgehalten. Wir schöpfen die Kraft, wo immer wir sie finden, sei es in einem Regenbogen oder einem Kreuz.«

Stewart wandte verunsichert den Blick ab. »Das weiß ich. Tut mir Leid. Ich wollte eigentlich nur bemerken, dass Dr. Coles katholischer Glaube möglicherweise nicht ganz so aufgeschlossen ist wie der deine.«

»Keine Regenbogen?«, meinte Magpie und hob fragend die Brauen.

»Das bezweifle ich.«

Hail hielt sich an den Armlehnen fest, um sich aus dem Stuhl zu hieven. Der erste Versuch schlug fehl, aber beim zweiten schaffte sie es und machte ein paar schlurfende Schritte.

Magpie und Dusty waren sofort bei ihr und nahmen sie an den Ellbogen, um sie zu stützen.

Hail lächelte dankbar und meinte dann zu Magpie: »Sag mal, wo ist denn der Gehstock, den du für mich gemacht hast?«

»Oh, der ist noch im Wagen. Warte kurz, Tante Hail. Ich hole ihn.«

Magpie gab Dusty mit einem Blick zu verstehen, dass sie ihm die Verantwortung für Tante Hails Wohlergehen übertrug, und ging zu ihrem Wagen.

Dusty hielt den dürren Ellbogen der alten Dame sicher umfasst und beugte sich ein wenig näher zu ihr hin, als er sie fragte: »Älteste, wen haben Sie in der Nähe der guten Doktorin gesehen?«

»Einen Mann, der sie liebt«, erwiderte sie und tätschelte seine sonnenbraune Hand. »Sehr liebt. Zu schade.«

»Warum denn?«

»Oh, diese Dinge sind schwierig. Seine Seele müsste eigentlich jetzt im Land der Toten sein.«

Dusty strich sich das schweißnasse Haar aus der Stirn und

machte den Eindruck, als wollte er etwas Unfreundliches bemerken, etwas in der Art, wie irgendjemand diese Frau überhaupt lieben könnte.

Hail kam ihm zuvor. »Als er starb, hinterließ er ein Loch in ihrer Seele.« Dann richtete sie ihre trüben Augen auf Dusty und blinzelte gegen den weißlichen Film auf ihren Pupillen an, um seine Reaktion zu erforschen. »Darüber sollten Sie einmal nachdenken. Und über das Loch in Ihrer eigenen Seele.«

»Welches Loch?«

»Das, das Ihre Mutter in Ihre Seele geschlagen hat.«

Dusty erwiderte nichts, wich aber ihrem Blick aus.

Ein Lächeln huschte über Hails weises Gesicht. »Ihr beide seid euch sehr ähnlich. Vielleicht reibt ihr euch deshalb wie Sandstein aneinander.«

»Mit dem Reiben haben Sie Recht, Älteste. Was unsere Ähnlichkeit betrifft, muss ich mich auf Ihr Wort verlassen.«

Unwillkürlich schweifte sein Blick über die rechteckigen Gruben zu jenem Abschnitt, vor der Washais kniete und mit gerunzelter Stirn irgendetwas darin betrachtete. Sie hatte die schwarze Plastikplane entfernt und, mit einem großen Stein beschwert, neben die Grube gelegt. Bei jedem Windstoß flatterten die Ecken der Plane wie schwarze Flügel.

»Ich hab ihn gefunden«, verkündete Magpie und schwenkte den Gehstock aus Eichenholz durch die Luft.

Magpie hatte einen kerzengeraden Eichenast auf die entsprechende Länge zugeschnitten und so lange mit Schleifpapier bearbeitet, bis er sich so glatt wie Seide anfühlte. Anschließend hatte sie am unteren Ende einen Gummipfropfen aufgesetzt und als Griff ein passendes Stück von einem Elchgeweih quer über dem anderen Ende befestigt. Dieser Gehstock war ein ganz besonderes Stück, und Hail liebte ihn.

»Danke, mein Kind.« Hail nahm den Stock an sich und setzte höflich hinzu: »Jetzt kann ich mich allein weiterbewegen. Geht ihr zwei nur. Ich komme langsam nach.«

Magpie nickte Dusty auffordernd zu, und die beiden gingen voraus. Aber nur einen Schritt, um sofort zur Stelle zu sein und sie zu stützen, falls es nötig sein sollte, vermutete Hail.

Sie nahm den Stock in die rechte Hand und begutachtete den unebenen Boden. Dann machte sie drei Schritte, blieb stehen, um Luft zu holen, machte nochmals zwei Schritte und musste wieder rasten. Dieser elende Krebs brannte wie Feuer in ihrer Brust. Jedesmal wenn sie stehen blieb, drehte Magpie sich um.

»Ich bin in Ordnung«, rief Hail ihr zu.

»Aber kommst nicht vorwärts«, rief Magpie zurück.

»Doch, doch, komme ich schon.« Sie schaffte mühsam drei weitere Schritte und stützte sich schwer auf ihren Stock. »Ich bewege mich nur wie eine Schildkröte, langsam und vorsichtig.«

Stewart schob seine Sonnenbrille auf die Nase und verkündete: »Ich schaue mir mal an, was Dr. Cole da gefunden hat. Ruf einfach, wenn du mich brauchst.«

»Danke, Dusty«, nickte Magpie. »Das werde ich.«

Dusty marschierte davon und kniete sich dann gegenüber von Washais an den Rand der Parzelle.

Von dort aus, wo sie stand, konnte Hail Stewart gut sehen, so gut, dass sie sogar die Zornesfalten erkennen konnte, die plötzlich seine sonnengebräunte Stirn furchten. Er stützte eine geballte Hand auf sein Knie und schien ungeduldig darauf zu warten, dass Washais etwas sagte.

Hail schleppte sich drei Schritte weiter, dann zwei, atmete ein paarmal tief durch und schaffte nochmals vier Schritte, ehe sie innehalten musste. Sie konnte fast bis auf den Grund der Grube sehen.

Magpie, die neben ihr stehen geblieben war, murmelte: »Bist du sicher, dass du meine Hilfe nicht brauchst, Tante Hail?«

»Ich muss lernen, allein zurechtzukommen. Bald habe ich dich ja nicht mehr in der Nähe, mein Kind.« Sie prüfte den steinigen Boden, stützte sich auf ihren Stock und humpelte an die Längsseite des Abschnitts. Jetzt sah sie die Gebeine.

Sie ähnelten in der Farbe abgestorbenen Ästen, doch ganz genau konnte sie sie nicht erkennen. Die eine Seite des Schädels bedeckte ein flacher Felsbrocken.

»Und?«, meinte Dusty ungeduldig.

Washais betrachtete das Skelett noch etliche Sekunden, ehe sie schließlich erklärte: »Wir sehen hier einen ausgeprägten Fall von *Hyperostose frontalis interna*. Sie muss ...«

»Was zum Teufel soll das sein?«, knurrte Dusty sichtlich verärgert.

»Das ist ein wissenschaftlicher Fachausdruck, der jedem Anthropologen geläufig ist, Stewart. Ich nehme an, dass der Stein die Ursache für die Schädelfraktion war.«

»Das war auch unsere Vermutung«, murmelte Stewart.

Washais richtete sich auf und stemmte ihre braunen Hände in die Hüften. »Aber ich verlasse mich nicht auf Vermutungen. Sobald wir den Schädel herausgeholt haben, werde ich die Bruchstelle mit dem Stein vergleichen. Das gehört zu meiner wissenschaftlichen Arbeitsmethode. Bitte, fahren Sie fort. Was wollten Sie noch sagen?«

Stewart bedachte sie mit einem eisigen Lächeln. »Ich wollte anmerken, dass es für mich den Anschein hat, als habe man ihr den Stein auf den Schädel geworfen, nachdem sie schon in dem Grab lag. Aber jetzt möchte ich doch gern erfahren, was es mit diesem Hyper-Kram auf sich hat.«

Washais deutete auf die Stelle, wo die Schädelknochen wie eine Eierschale eingedrückt waren. »Sehen Sie diese Verdickung am Stirnbein des Schädels dort?«

»Ja, die sehe ich.«

»Ungeachtet der Tatsache, dass der Schädelknochen von außen glatt erscheint, werden Sie, wenn Sie genau hinsehen, unterhalb dieser verdickten Stelle, unebene Knochenauswüchse bemerken.«

Stewart stützte sich mit einer Hand auf dem Boden ab und kletterte in die Grube. Dort kauerte er sich neben den Schädel und nahm diesen genau in Augenschein. »Hmmm«, brummte er. »Und, was sagt uns das?«

»Das sagt uns, dass diese Frau zu Lebzeiten an einer ausgeprägten endokrinen Störung gelitten hat.« Washais unterbrach sich. Sie schien nachzudenken. »Gewöhnlich findet man dieses Bild bei älteren, postklimakterischen Frauen. Andererseits«, fügte sie murmelnd hinzu, als spräche sie zu sich selbst, »entwickeln Schwangere häufig *Osteophyten*, sprich Knochenwucherungen, am Stirnbein, die jedoch meistens flach sind und nach Ende der Schwangerschaft wieder verschwinden.« Sie klopfte sich auf die Schenkel. »Ich muss mir diesen Schädel genauer ansehen, Stewart. Warum ist er nur zur Hälfte freigelegt?«

»Weil es, meine liebe Frau Doktor«, erklärte Stewart in schulmeisterhaftem Tonfall, »in unseren Vereinigten Staaten zwei Gesetze gibt, die sich ›Native American Graves Protection und Reparation Act‹ und ›American Indian Religious Freedom Act‹ nennen und fordern, dass wir uns mit Vertretern der jeweiligen Indianerstämme ins Benehmen zu setzen haben, ehe es uns gestattet ist, Beisetzungsstätten auszugraben.«

»Schön und gut. Aber wenn Sie eine wissenschaftliche Bewertung der Ursachen wünschen, die den Tod dieser Frau hervorgerufen haben, dann muss ich mir ihre Überreste aus nächster Nähe ansehen. Ich habe ein paar Instrumente mitgebracht, Mikroskop, Zirkel, Innenlochtaster und Ähnliches. Wann kann ich mit meiner Arbeit beginnen?«

Dusty kletterte aus der Grube. »Was meinen Sie, Älteste?«

Hail schlurfte die letzten Schritte bis zum Rand des Grabungsabschnitts und blieb neben Washais stehen. »Washais, erzählen Sie mir, was Sie sehen. Mein Augenlicht ist nicht mehr so gut«, bat sie und legte vertraulich eine Hand auf ihren Arm.

Washais erwiderte die Geste, indem sie die dürren Finger der alten Frau liebevoll drückte. »Ich sehe im Augenblick auch noch nicht sehr viel. Aber diese Frau war noch sehr jung, Anfang zwanzig schätze ich. Die Lage ihrer Arme und Beine deutet darauf hin, dass sie mit dem Gesicht voraus in die Grube geworfen wurde. Und Stewarts Annahme ist wahrscheinlich richtig, dass ihr jemand mit diesem Stein den

Schädel zertrümmert hat, und zwar mit aller Kraft, die er aufbringen konnte. Es ist nicht leicht, einen Schädel zu zertrümmern, besonders nicht, wenn er auf sandigem Untergrund liegt. Daher vermute ich …«

Sie drehten sich alle um, als ein Cherokee Jeep über die steinige Piste herangeholpert kam, gefolgt von einer seitwärts driftenden Staubwolke, die durch die Greasewood-Büsche wehte und sich dann im Nichts auflöste. Der Jeep hielt neben Dustys Wagen, und heraus sprang eine sehr schlanke, junge Frau mit schmalem Gesicht und schulterlangen, braunen Haaren.

Magpie winkte ihr zu. »Hallo, Sylvia!«

»Hi, Magpie!«

Magpie wandte sich wieder Washais zu: »Der Sand hätte auch hart gefroren sein können«, bemerkte sie, »falls dies im Winter passiert ist.«

»Ja«, pflichtete Washais ihr bei. »Möglicherweise. Aber das ließe sich anhand des nasalen Sinus feststellen.«

»Wirklich?«, erkundigte sich Dusty mit übertriebener Höflichkeit. »Und *wie*?«

»Durch Pollen, Stewart.« Sie wischte sich die Hände ab.

»Davon habe ich noch nie gehört.«

»Das wundert mich nicht. Sie sind Archäologe. Berichtigen Sie mich, wenn ich etwas Falsches sage, aber benutzt Ihre Gilde nicht den Ausdruck eine ›Grabstätte ziehen‹? Haben Sie eine Vorstellung davon, wie viele Informationen zerstört werden, wenn man menschliche Gebeine aus dem Boden ›zieht‹?«

»Ist es wirklich möglich zu bestimmen, zu welcher Jahreszeit diese Frau gestorben ist, Maureen?«, erkundigte sich Magpie erstaunt.

»Ich kann die Jahreszeit bestimmen. Ich kann feststellen, ob dieser Stein wirklich ihren Schädel zertrümmert hat. Und ich kann wahrscheinlich auch ihre Blutgruppe bestimmen.«

Stewart kniff skeptisch die Brauen zusammen. »Klar, Sie haben auf alles eine Antwort auf Lager. Mir können Sie diesen …«

Stewart verstummte. Hails Lider blinzelten über ihren trüben Pupillen, sie wandte sich ab, lauschte. Aber nicht den Worten der Lebenden. Irgendwo in der Nähe weinte ein Kind. Keuchte und hustete, als bekäme es nicht genügend Luft.

Hail stützte sich auf ihren Stock und humpelte nach Osten durch das trockene Gras und die länger werdenden Schatten, als das Weinen verstummte. Sie klopfte mit dem Stock auf den Boden, und der Junge begann wieder zu husten.

»Weine nicht«, flüsterte sie. »Ich bin ja hier.«

Hinter ihr rief Magpie: »Was ist denn, Tante Hail? Hast du etwas gefunden?«

»Ja, einen der Nebelmenschen.«

Schritte tappten über den Boden, als sich die drei jungen Leute um sie scharten.

Hail fixierte Stewarts reflektierende Sonnengläser. »Morgen, wenn Washais diese Frau dort untersucht, möchte ich, dass Sie hier graben.« Sie markierte die Stelle mit ihrem Stock.

Dusty runzelte die Stirn und legte den Kopf schief, als haderte er mit sich. »Älteste, ich glaube nicht, dass ich das kann. Wir befinden uns hier außerhalb der genehmigten Zone.«

»Graben Sie hier«, wiederholte Hail. »Sagen du es ihm, Magpie. Dieser Junge ist traurig.«

»Welcher Junge?«, fragte Washais verwirrt.

»Tante«, begann Magpie in einem Tonfall, der Hail sagte, dass sie nichts begriff. »Die Archäologen dürfen nur in dem Areal Grabungen vornehmen, wo später die Wetterstation errichtet und das Gelände ohnehin ausgehoben wird. Doch dieser Teil des Geländes ist davon nicht betroffen.«

»Es geht nicht um das Gelände«, erklärte Hail resolut. »Es geht um diesen armen Jungen.«

»Tante«, versuchte es Magpie noch einmal. »Die Parkverwaltung hat ganz klare Regeln festgesetzt, wo gegraben werden darf und wo nicht.«

»Dann sieh zu, dass du deinen Boss hierher bringst und ihm erklärst, dass dieser Junge unsere Hilfe braucht.«

Dusty fuhr sich mit der Hand durch das widerspenstige blonde Haar und erklärte: »Wenn Sie darauf bestehen, dass ich hier graben soll, Älteste, dann werde ich das tun. Können Sie mir mehr über diesen Jungen erzählen?«

Hail schüttelte den Kopf und machte sich sichtlich erschöpft auf den Weg zurück ins Lager. Die Schmerzen waren unerträglich geworden, zerrissen ihre Brust wie die Krallen einer Wildkatze.

Magpie eilte herbei, um sie zu stützen. »Tante Hail, geht es dir gut?«

»Ja«, keuchte sie. »Ich muss ...« Ihr versagte die Stimme. Es dauerte eine Weile, bis sie fortfahren konnte. »Ich muss mich nur hinsetzen und etwas trinken.«

Der Junge begann wieder zu wimmern. Der klagende Laut bohrte sich in Hails Seelen und vermischte sich mit dem beißenden Schmerz in ihrer Brust. Das hatte sie nicht erwartet, diese jämmerlichen Schreie eines einsamen kleinen Jungen. Etwas stimmte hier nicht. Etwas, das sich vor langer Zeit ereignet hatte.

Bist du sicher, dass du das in Ordnung bringen kannst, alte Frau?

Aus dem Raum zwischen den Welten wehte ein eisiger Atem über sie hinweg, der ihre Seelen gefrieren ließ.

Schwer atmend schleppte sich Hail zurück ins Lager.

Dusty saß mit einem lauwarmen Guinness in der Hand am Lagerfeuer und wälzte das Problem, mit dem er konfrontiert worden war. Er arbeitete auf staatlichem Schutzgebiet und unterstand den Vorschriften der Parkverwaltung. Es war verboten, im Yellowstone-Park die Bären zu füttern oder die Büffel zu streicheln; ebenso wie in Zion Steine für die private Sammlung zu Hause mitzunehmen und das Pflücken von Wildblumen im Grand Canyon. Und als Archäologe, der im Auftrag der Regierung arbeitete, erdreistete man sich nicht einmal, ein Markierungsfähnchen außerhalb des zugewiesenen Areals in den Boden zu stecken.

Er warf einen Blick zu Maggie, die links neben ihm saß.

Sie hatte eine Dose Cola in der Hand. Ihre Miene verriet ihre Verwirrung. Dusty konnte in ihrem Gesicht lesen wie in einem offenen Buch: Einerseits war sie verpflichtet, die Regeln nicht zu verletzen, und andererseits brannte sie darauf, die Instruktionen ihrer weisen Tante zu befolgen.

Deshalb würde er auch auf die festgelegten Koordinaten pfeifen und morgen Früh an besagter Stelle graben.

Was soll's? Mein Auftraggeber sitzt in Washington, D. C. Ich werde einfach behaupten, mich um ein paar Meter vermessen zu haben, als ich das Grabungsgelände absteckte. Was kann er schon groß unternehmen, wenn die Grube einmal ausgehoben ist?

Er kann deine Grabungserlaubnis stornieren, du Idiot!

Jeder Archäologe, der auf bundesstaatlichem Verwaltungsgebiet Ausgrabungen vornehmen wollte, benötigte dafür eine spezielle Lizenz. Keine Lizenz – keine Arbeit. Nun, darüber würde er sich später den Kopf zerbrechen.

Maureen saß ihm gegenüber auf der anderen Seite des Feuers, hatte ein Bein über das andere geschlagen und nippte schweigend an ihrem Kaffee. Nachdenkliche Falten zogen sich über die Stirn ihres ovalen Gesichts. Der schwarze Zopf über ihrer linken Schulter reichte ihr bis zur Taille. Es war ihm bisher noch nicht aufgefallen, aber jetzt bemerkte er die vereinzelten silbernen Strähnen in ihrem Haar, die im Schein des Feuers schimmerten. Ihre dunklen Augen waren riesig und ihre Lippen voll. Würde er sie nicht kennen, hätte er sie für die schönste Frau gehalten, die ihm je begegnet war. Unglücklicherweise kannte er sie.

Ein kühler Wind wehte durchs Camp und ließ die Flammen hochschießen. Funkenwirbel schraubten sich in den sternenübersäten Nachthimmel. Dusty sah den glühenden Ascheflocken hinterher und versuchte sich Dr. Cole in ihrem Labor vorzustellen. Wie konnte eine Frau freiwillig ihr Leben im Schein von Neonlampen zubringen und dabei wiederaufbereitete Luft einatmen? Er liebte sein Leben unter freiem Himmel, den Witterungen ausgesetzt und immer den Geruch von Staub in der Nase, seine Mahlzeiten über dem offenen Feuer zu kochen und die ganze Nacht mit Menschen zu diskutieren, die seine Leidenschaft dafür teilten, die Vergangenheit verstehen zu wollen.

Seine Eltern hatten ihn auf diesen Weg geführt. Ruth, seine Mutter, war in den Südwesten gekommen, um die Keres in Acoma zu studieren. Dort hatte sie Samuel Stewart kennen gelernt, einen Archäologie-Studenten der Abschlussklasse, der unter der Leitung von Professor Dale Robertson an der University of Arizona sein Diplom machte.

Dusty hatte fünfzehn Meilen vor Tuba City das Licht der Welt erblickt, auf dem Seitenstreifen der US 160; Ruth hatte es zur Entbindung nicht mehr bis in die kleine Klinik geschafft. Dusty war fünf Jahre alt gewesen, als seine Mutter zu den Inseln im Südpazifik aufbrach. Als er seinen sechsten Geburtstag feierte, war in seinem Leben nichts mehr so, wie es einmal gewesen war; er lebte bei Dale Robertson in dessen kleinem Apartment und schlief auf der Couch. Im Alter von zehn Jahren hatte er sämtliche bedeutende Ausgrabungsstätten im Westen der Vereinigten Staaten kennen gelernt, besser gesagt, er war dort aufgewachsen. Er hatte bei Navajos, Hopis, Zunis, Apachen und Arapahos gelebt und konnte sich in allen deren Sprachen einigermaßen verständigen.

Es war ein langer, harter Weg gewesen bis zu diesem Lagerfeuer und der Entscheidung, eine Grabung außerhalb des genehmigten Areals vorzunehmen. Andererseits war er von jeher ein Außenseiter gewesen.

Maggie veränderte ihre Sitzposition und zog dadurch seine Aufmerksamkeit auf sich. Ihr weißes Hemd, die beigefarbenen Shorts und die schwarzen Tennisschuhe waren staubverkrustet.

Dustys Blick fiel auf das rote Nylonzelt, das Maggie für ihre Großtante aufgestellt hatte. Irgendwas stimmte hier nicht. Er spürte es ganz deutlich. Hail Walking Hawk hatte es kaum zurück ins Lager geschafft. Völlig erschöpft war sie in ihren Campingstuhl gesunken, hatte angefangen, den Oberkörper vor und zurück zu wiegen und dabei leise vor sich hin gemurmelt. Der Dialekt der Keres war ihm nicht vertraut – eine ganz eigene Sprache, die mit keiner anderen Sprache der Welt verwandt ist –, doch dem Tonfall konnte er entnehmen, dass die Worte Angst ausdrückten. War die alte Dame krank? Maggie gab sich ungewöhnlich schweigsam.

Dusty trank einen Schluck Bier und begann abwesend, das schwarzgoldene Etikett von der Flasche zu kratzen. Er kannte Maggie jetzt seit fünf Jahren. Ihr Job als Ranger der Nationalpark-Verwaltung brachte routinemäßig eine Menge Stress mit sich, doch so hatte er sie noch nie erlebt. Sie beugte sich in ihrem Campingstuhl vor, stützte die Ellbogen auf die Knie und starrte in die Flammen, als könnte sie darin die Zukunft lesen – eine Zukunft, die ihr offensichtlich das Herz schwer machte. Ihr rundes Gesicht, das kurze schwarze Haar und die halb geschlossenen Augen wurden von den Flammen orangerot angeleuchtet. Sie machte auf Dusty den Eindruck, als habe sie gerade einen Geist gesehen und wusste nicht, was sie damit anfangen sollte. Und wenn er ihre Familiengeschichte mit in Betracht zog, entsprach es vielleicht sogar den Tatsachen.

Sylvia, die rechts von Dusty am Feuer saß, zog knackend die Lasche einer weiteren Dose Coors Light auf. Sie trug verwaschene Jeans und ein himmelblaues T-Shirt mit dem Aufdruck: BÜFFEL – DAS FLEISCH DER ZUKUNFT. Ihr schmales Gesicht mit der spitzen Nase war mit Sommersprossen übersät. Und sie zwinkerte ständig mit ihren grünen Augen – wie alle Archäologen, die stundenlang im gleißenden Sonnenlicht arbeiten.

Sylvia trank ein paar Schlucke aus der Dose und fragte dann in die Runde: »Hat jemand was von Dale gehört? Weiß man eigentlich, was es mit diesem familiären Notfall auf sich hat?«

Dusty antwortete. »Ich habe ihn auf dem Weg hierher angerufen. Er hat mir eine Nachricht auf seinem Band hinterlassen. Der Wortlaut war folgender: ›Richte Maureen meine besten Grüße aus. Wir sehen uns Freitagabend.‹«

»Na, dann ist ja alles klar«, meinte Sylvia und schüttelte

sich grinsend eine Strähne aus dem Gesicht. »Heute ist Dienstag. Prima, so bleiben uns noch drei freie Tage.«

»Freie Tage?«, rief Dusty in gespielter Entrüstung. »Du wirst dich krumm und bucklig schuften. Ich unterstelle dich Dr. Coles Kommando. Du wirst Abschnitt 8N4E allein ausgraben müssen, da ich an der Stelle zu graben beginnen werde, die uns Hail Walking Hawk gezeigt hat.«

Sylvia suchte Maureens Blick über das Feuer hinweg und hob ihre Bierdose. »Ein Hoch auf die Frauen, die das Kommando führen. Wir werden viel Spaß haben.«

Ein schwaches Lächeln spielte um Maureens Mundwinkel. »Na ja, vielleicht. Aber Sie sollten wissen, dass Ihr Boss mir den Spitznamen ›Mary die Hunnin‹ zugedacht hat.«

Sylvia ließ ihre Bierdose sinken. »He, hört sich ganz nach der Heldin eines Porno-Streifens an.«

Dusty nahm einen ausgiebigen Schluck von seinem Guinness und ließ einen zufriedenen Seufzer hören. Während er dann einen Beifußzweig ins Feuer warf, meinte er: »Dr. Cole hat mich provoziert.«

»Habe ich nicht«, verwehrte sich Maureen.

»Haben Sie schon.«

»Und wie?«

Greasewood verbrannte schnell und heiß. Ein Funkenregen füllte den Abstand zwischen ihm und Maureen, sodass Dusty sich vorbeugen musste, um sie besser sehen zu können. »Ich sagte, Sie sind eine Kreuzung aus Mary Baker Eddy und Attila der Hunne. Daraufhin erwiderten Sie, ich solle den ›Baker Eddy‹-Teil weglassen, da Sie Katholikin seien. Also ...« Er machte eine wegwerfende Handbewegung. »Bleibt Mary die Hunnin.«

Sylvia trank ihr Bier aus, zerdrückte die Dose mit einer Hand und ließ sie neben sich auf den Boden fallen. »Du hättest sie auch ›Mary Attila‹ nennen können.«

»Das hört sich nicht so gut an.«

»Tja, wahrscheinlich nicht«, gab Sylvia zurück. »Niemand weiß genau, wer Attila war, aber was ein Hunne ist, das weiß jeder.«

»Richtig«, sagte Dusty. »Hunne wie Honig, hm, Sylvia?«

Sylvia zog eine Grimasse und konterte: »Nein, Quatsch. Hunne wie Harnverhaltung.«

Maureens perfekt geschwungene Brauen krümmten sich über ihrer geraden Nase. »Verzeihung?«

»Ach, das kennen Sie nicht?«, erwiderte Sylvia, Erstaunen vortäuschend. »Haben Sie diesen Ausdruck noch nie gehört?«

»Welchen Ausdruck?«

»Na, so was in der Art wie, ›sie ist eine harnverhaltende Hunnin‹?«

Maureens Lippen verzogen sich angewidert. »Ich bin mir absolut sicher, dass ich diesen Ausdruck noch *nie* gehört habe.«

Angelegentlich an dem Etikett seiner Bierflasche zupfend, meinte Dusty besänftigend: »Es ist nicht ihre Schuld, Sylvia. Kanadier haben einfach keinen Sinn für Humor.« Er legte einen Finger unter seine Nase, drückte sie, Überheblichkeit demonstrierend, nach oben und ließ dazu noch seine Nasenflügel flattern, um das Bild zu verdeutlichen.

Maureen ließ ihm einen mokanten Blick zukommen und meinte kopfschüttelnd: »Entweder beschäftigen Sie sich zu viel mit der Sternkunde, was angesichts Ihres Abscheus vor Wissenschaftlichkeit eher unwahrscheinlich ist, oder aber das, was Sie verhalten, steigt Ihnen allmählich in den Kopf.«

Dusty ließ langsam die Hand sinken, in der er die Bierflasche hielt. Da ihm auf die Schnelle keine passende Erwiderung einfiel, musste er ihr diesen Punkt wohl oder übel zugestehen.

»Klasse«, nickte Sylvia begeistert. »Darf ich das übernehmen? Ich suche schon so lange nach einem galanten Weg, um jemandem nahe zu bringen, dass er ein Arschloch ist.«

»Bitte, nur zu.« Maureen griff nach der Kaffeekanne, die auf einem der Randsteine stand, betastete prüfend den Henkel und schenkte sich ihre Emailletasse voll. »Außerdem«, setzte sie grinsend hinzu, »werde ich wahrscheinlich nie mehr die Gelegenheit haben, diesen Spruch anzubringen.

Anthropologen sind nämlich bei weitem nicht so besessen von Ausscheidungen jeglicher Art wie Archäologen.«

Sylvia riss ihre grünen Augen weit auf. »Aber Sie müssen doch zugeben, dass manche Ausscheidungen wirklich interessant sind. Neulich hörte ich, dass sie in Colorado einen Kotstein gefunden haben, der einen Meter lang war und einen vollständigen Wanderrattenschädel enthielt. Können Sie sich das vorstellen? Ich ...«

»Sylvia«, unterbrach Dusty, der sah, dass Maureen langsam sauer wurde, »sei so gut und gib mir noch ein Bier aus meiner Eisbox. Sie steht gleich hinter dir.«

»Klar, Boss.« Sylvia drehte sich um, klappte den Deckel auf und versenkte den Arm bis zum Ellbogen in der Box. Es hörte sich an, als wühlte sie in einem Meer von geschmolzenem Eis. Als sie die Flasche Guinness zum Vorschein brachte, lief ihr das Wasser den Arm hinunter. Das aufgeweichte Etikett klebte nur noch mit einer Ecke auf der Flasche.

Dusty griff nach der Flasche, kramte den Öffner aus seiner Hosentasche und hebelte mit einem »Plopp« den Kronkorken ab. Dicker, cremiger Schaum quoll aus dem Flaschenhals, den Dusty schnell abschlürfte, um keinen Tropfen des kostbaren Gebräus zu vergeuden. Der Schaum schmeckte himmlisch. Nach einigen zügigen Schlucken lehnte er sich zurück und wischte sich zufrieden lächelnd den Mund am Ärmel seines T-Shirts ab. »Jaaa, das ist gut.«

»Haben Sie dieses scheußliche Gesöff jemals gekostet?«, wandte sich Sylvia an Maureen.

Maureen nippte an ihrem Kaffee und seufzte. »O ja. Das habe ich. Ein göttliches Getränk.« Sie schloss die Augen, als habe sie den Geschmack wieder auf der Zunge. Ein glückliches Lächeln huschte über ihr Gesicht.

Dustys Bierflasche blieb auf halbem Weg zu seinen Lippen in der Luft hängen. »Sie Lügnerin! Sie haben mir doch erzählt, dass Sie die Begründerin der Abstinenzlerbewegung in Kanada seien.«

Maureen schlug die Augen auf, die den Schein des Feuers einfingen und glänzten wie zwei große, schwarze Spiegel. »Das ist heute. Damals war das anders.«

»Wann war das?«

»*Damals.*«

Ihr Tonfall bedeutete Dusty, dass das Thema damit beendet war. Er drehte die Bierflasche zwischen den Händen und zupfte wieder am Etikett herum. Vielleicht hatte er sie falsch eingeschätzt. Jemand, der ein Guinness zu schätzen wusste, konnte kein schlechter Mensch sein. Was freilich nichts über ihre Persönlichkeit aussagte.

Sylvia legte den Kopf in den Nacken und betrachtete den glitzernden Nachthimmel. »Mein Gott, seht euch nur die vielen Sterne an. Meint ihr, da oben gibt es irgendwo Leben?«

Dusty streifte sie mit einem raschen Seitenblick, ehe er das unendliche Sternenmeer am indigoblauen Himmel studierte. »Tja, lass mich nachdenken. Die Durchschnittstemperatur auf diesen Sternen beträgt fünf Millionen Grad Hitze. Das würde bedeuten, dass sich dort nur eine flüchtige Lebensform entwickeln könnte. Oder vielleicht ...«

»Du meinst«, unterbrach ihn Sylvia, »etwas, das ziellos umherschwebt? Ohne Verstand? Ohne Zweck?«

»Nun. Ja.«

»He«, rief sie sichtlich beeindruckt. »Dann könnten sich da oben ja Millionen von Staatsdienern herumtreiben!«

Dusty hatte das feuchte Etikett endlich ganz abgekratzt, rollte es zusammen und warf es ins Feuer, wo es zischend und Funken sprühend verglühte.

Sylvia richtete sich unvermittelt in ihrem Stuhl auf und suchte Maggies Blick. »Verzeih, Magpie. Dich schließe ich selbstverständlich aus dieser Riege aus. Ich weiß, dass ihr Leute von der Parkverwaltung aus einem ganz anderen Holz geschnitzt seid.«

Maggie fuhr herum, als hörte sie ihren Namen zum ersten Mal. »Was?«, murmelte sie und blinzelte. »Hast du mit mir geredet?«

»In der Tat«, erwiderte Sylvia. »Aber vergiss es. Was du nicht gehört hast, kann dich auch nicht beleidigen.«

Maggie blickte zerknirscht in die Runde. »Verzeiht. Ich bin heute Abend nicht besonders gesellig.«

Dusty starrte seine Flasche an. Pueblo-Indianern war die Privatsphäre heilig. Und wenn jemand diese Privatsphäre unvorsichtigerweise verletzte, konnte er unter Umständen nie wieder die Gelegenheit bekommen, sich dafür zu entschuldigen. Dusty brannte darauf, sie nach dem Gesundheitszustand ihrer Tante zu fragen, aber das konnte er nicht geradeheraus angehen. Und schon gar nicht jetzt. Stattdessen schnitt er ein anderes Thema an. »Heute Nachmittag hat deine Tante etwas gesagt, das ich nicht richtig verstanden habe. Gleich nachdem du sie gefragt hast, was sie gefunden hat.«

»Ja«, sagte Maggie und seufzte dabei leise. »Sie sagte, sie habe einen der Nebelmenschen gefunden.«

»Dieser Junge, von dem sie gesprochen hat, gehört der zu den Nebelmenschen?«

»Das behauptet Tante Hail zumindest.«

Maureen stellte ihre leere Kaffeetasse neben ihrem Stuhl auf den Boden und sagte: »Wer ist das? Diese Nebelmenschen?«

»Ich weiß leider auch nicht genau, was sie damit meinte«, erwiderte Maggie und schüttelte den Kopf.

Maureen bohrte weiter. »Aber Ihre Tante glaubt, dass sich an der Stelle ein weiteres Grab befindet, richtig?«

Maggie zog die Schultern hoch. »Das ist eben der Teil, den ich nicht verstehe. Sehen Sie, Maureen, Nebelmenschen sind Menschen, die nie geboren wurden.«

»Die Ungeborenen?«, quietschte Sylvia. »Oh, Mann, die sind doch hoffentlich nicht so was wie die ›Untoten‹, oder?«

»*Sylvia*«, knurrte Dusty und senkte drohend die Brauen.

Maggie betrachtete nachdenklich ihre Cola-Dose. Der rote Schriftzug schimmerte im Schein des Feuers tiefschwarz. »Ich weiß es nicht. Ich muss morgen meine Tante danach fragen.«

Dusty drehte sich um. »Ich dachte, du verlässt uns morgen.«

»Nein«, flüsterte Maggie. »Ich meine, wenn das für dich okay ist. Ich dachte, ich nehme mir zwei Wochen Urlaub. Ich fürchte nämlich, dass ... meine Tante mich brauchen könnte.«

»Oh, wir freuen uns, wenn du noch bleibst«, sagte Dusty und nickte dann kurz in Richtung des roten Zeltes, in dem Hail Walking Hawk schlief. »Ist sie ... so weit in Ordnung?«

»Das behauptet sie jedenfalls.«

Angst schwang in ihrer Stimme. Und ihre Finger spielten nervös mit der Cola-Dose.

Er zögerte kurz und sagte dann leise: »Wenn ich dir helfen kann, dann sag Bescheid, ja? Egal, worum es geht. Einverstanden?«

»Ja. Danke«, erwiderte Maggie mit einem kurzen Nicken.

Maureen studierte Maggie eindringlich. »Maggie, erzählen Sie mir mehr über diese Nebelmenschen. Sind das menschliche Wesen? Erdgeister? Himmelswesen?«

Maggie öffnete den Mund, wollte offenbar antworten, entschied sich aber dann dagegen. »Ich bin wirklich müde«, sagte sie. »Bitte entschuldigen Sie mich. Mein Schlafsack ruft mich.« Damit erhob sie sich aus ihrem Stuhl.

Maureen lehnte sich zurück. »Gute Nacht, Maggie.«

»Gute Nacht zusammen.«

»Bis morgen, Magpie«, sagte Sylvia.

Maggie steckte die Cola-Dose in die Pappschachtel, die vor ihrem Zelt stand und als Abfalleimer diente, duckte sich unter der roten Plane ins Zelt und verschloss sie. Im Inneren hörte Dusty sie aus ihren Stiefeln schlüpfen und den Reißverschluss ihres Schlafsacks aufziehen. Dann murmelte ihre Tante etwas mit sanfter Stimme, und Maggie flüsterte: »Ich liebe dich auch.«

Dusty nahm sich noch ein Guinness. Maggies Großmutter war vor ein paar Jahren ganz in der Nähe von hier, in Pueblo Bonito, gestorben. Daran dachte sie jetzt bestimmt. Er hatte die merkwürdige Geschichte vom Vorsitzenden des örtlichen Wanderklubs erfahren. Kyle Laroque war dort gewesen, als es passierte. Kyle erzählte, er hatte sich gerade mit Maggie unterhalten, als er plötzlich die Klänge einer alten Flöte durch die Ruinen hallen und gleich darauf eine tiefe, wohlklingende Männerstimme wispern hörte: »*Du kannst bleiben, wenn du willst. Du musst nicht heute kommen. Ich dachte nur, du möchtest vielleicht.*« Kurz darauf hatten Kyle und Maggie deren Großmutter auf der anderen Seite der Ruinen dieses gigantischen Pueblos entdeckt. Sie lag tot auf dem Boden und hielt ein abgebrochenes, mit Türkisen verziertes Messer in der Hand. Slumber Walking Hawk war an Krebs gestorben. Und Maggie glaubte, dass die Stimme, die Kyle gehört hatte, einem der Shiwanas gehörte, den Geistern der Toten, die zu Wolkenwesen werden.

Morgen Früh würde er Maggie sagen, dass es ihm nichts ausmachte, die Grabungsstätte einstweilen zu schließen, bis sie einen neuen Berater gefunden hätte, der die Aufsicht übernahm. Die gute Frau Doktor würde wahrscheinlich ausflippen, aber das war ihm egal.

Sylvia gähnte und streckte sich. »Ich nehme an, wir stehen immer noch mit den Hühnern auf, richtig?«

»Völlig richtig«, bestätigte Dusty. »Punkt fünf. Wer dann noch nicht auf ist, den schüttle ich persönlich aus seinem Schlafsack.«

Sylvia wandte sich grinsend an Maureen. »Das war kein Witz. Vor einem Jahr einmal hatte ich mir am Abend ein Glas Wein zu viel gegönnt und war bei Tagesanbruch noch nicht aus den Federn. Und da hat mein lieber Boss einen zweiten Tagesanbruch simuliert, indem er über meinem Zelt seine Schrotflinte abfeuerte.«

»Eine *was?*«, fragte Maureen entgeistert.

Dusty grinste nur. »Erzähl ihr, was anschließend passierte, Sylvia.«

»Okay. Nachdem ich wieder hören konnte und ihn voll gekotzt hatte ...«

»*Danach.*«

»Oh, Sie wollen die ganze Litanei hören.« Sylvia klatschte in die Hände wie die Lehrerin in der Sonntagsschule. »Ich habe an diesem Tag eine wertvolle Lektion gelernt. Seither trinke ich kein Glas mehr zu viel, wenn ich am nächsten Tag arbeiten muss.« Damit stand sie auf, schickte ein »Gute Nacht, Freunde« in die Runde und marschierte zu ihrem Zelt.

»Schlafen Sie gut, Sylvia«, rief Maureen ihr hinterher und unterdrückte ein Grinsen. Als Sylvia den Reißverschluss ihres Zeltes zugezogen hatte, fügte Maureen hinzu. »Die junge Dame nimmt offenbar kein Blatt vor den Mund.«

Dusty nickte. Dann sagte er in ernstem Tonfall: »Sylvia und ich haben viel gemeinsam. Manchmal glaube ich, sie kennt mich besser als ich mich selbst. Eine Tatsache, die nicht sonderlich beruhigend ist, aber andererseits hat sie mich schon oft davor bewahrt, mich zum Idioten zu machen. Deshalb habe ich sie gern in meiner Nähe. Und wenn sie durchhält, wird sie eine der ganz großen Archäologinnen des kommenden Jahrhunderts werden. Sie ist ein Naturtalent, aber erzählen Sie ihr bitte nicht, dass ich das gesagt habe. Sie ...«

»Ich habe alles gehört!«

Dusty warf einen Blick über die Schulter auf Sylvias Zelt. »Unwahrscheinlich, ihr Gehör. Ich glaube, ich brauche eine größere Schrotflinte.«

Maureens glockenhelles Lachen klang ehrlich belustigt.

Dusty lächelte in sich hinein und spielte mit seiner leeren Bierflasche. »Wissen Sie, Maureen, ich glaube, ich habe mich in Ihnen getäuscht. Sie sind gar nicht so verkehrt.«

Maureen rieb sich die Augen, während ihr Lachen zu einem Schmunzeln verebbte. Sie beugte sich vor und fixierte Dusty mit ihren faszinierenden pechschwarzen Augen. »Das kommt nur daher, weil ich bislang noch keine Gelegenheit hatte, Ihnen zu sagen, dass Ihre Vorstellung von einem Sklavenfriedhof absoluter Blödsinn ist.«

Dusty starrte sie an. Ihr Zopf war von ihrem Schoß gerutscht und berührte beinahe den Boden an ihren Füßen. Jedes einzelne Haar schimmerte wie Seide.

»Ich wusste, dass ›Mary die Hunnin‹ nicht von uns gegangen ist«, bemerkte er trocken. »Also schön, klären Sie mich auf.«

Maureen erhob sich. »Nachdem die Grabungen an dieser Stelle beendet sind, werde ich es Ihnen zeigen.«

Ohne einen Gutenachtgruß marschierte sie zu ihrem Zelt.

»Frauen«, brummte Dusty. Er ließ sich in seinen Stuhl zurückfallen und suchte den Boden nach einer Dose Coors Light ab, die er zerdrücken konnte.

12

Wasserkelle, die Matrone des Dachspfoten-Clans, saß auf ihrer weichen, roten Decke auf dem großen Dorfplatz. Die lotrecht aufragende Flanke des Canyons zu ihrer Rechten erglühte im Schein der Morgensonne. Die sich erwärmenden Felsen erfüllten die kühle Luft mit ihrem staubigen Geruch.

Die Angehörigen ihres Clans standen um sie herum, flüsterten hinter vorgehaltener Hand und zeigten auf den komischen alten Mann, der vor Wasserkelle auf dem Kopf balancierte. Er sah aus wie eine Stinkwanze, die ihr Hinterteil in die Luft reckt. Sein räudiger braunweißer Truthahnfederumhang verdeckte sein Gesicht. Nein, genau genommen seinen ganzen Kopf.

Wasserkelle zupfte die schwarze Decke zurecht, die sie sich um die Schultern gelegt hatte, beugte sich zur Seite und flüsterte ihrem Ehemann zu: »Was macht er da?«

Vogelschwanz hob achselzuckend die Hände. Windjunge

zauste die drei verbliebenen Haare auf seinem kahlen Schädel. »Seit er damit angefangen hat, hat er kein Wort mehr von sich gegeben.«

»Und was hat er gesagt, als er auf den Dorfplatz kam?« Wasserkelle war zu diesem Zeitpunkt in ihrer Kammer gewesen und hatte Stachelschweinborsten auf ein sorgfältig gegerbtes Antilopenlederhemd genäht.

»Er sagte, er wolle mit dir sprechen. Und anschließend hat er sich in einen Mistkäfer verwandelt.«

In den zweiundsechzig Sommern ihres Lebens hatte Wasserkelle viele merkwürdige Dinge gesehen und gelernt, zu beobachten und abzuwarten. Was sich hier abspielte, begriff sie im Moment noch nicht, aber vielleicht würde sich die Sache ja klären.

Sie strich sich eine kinnlange silbergraue Strähne aus dem Gesicht und hob das faltige Kinn.

Der Rumpf des alten Mannes schwankte, dann schob er den Umhang beiseite, um sie anzusehen. Sein runzeliges Gesicht war feuerrot angelaufen. »Ah«, sagte er. »Du musst Wasserkelle sein.«

»Das bin ich. Und wer bist du?«

Der alte Mann ließ sich umfallen. Der Federumhang lag als flauschiger Berg auf seiner linken Schulter. Er zog ihn zurecht und sagte dann: »Ich bin Blauer Gott.«

Wasserkelle lächelte überheblich. »Nein, bist du nicht. Ich habe sie aus nächster Nähe gesehen. Im letzten Sonnenjahr haben uns die Feuerhunde überfallen und mir einen Speer in die Brust gerammt. Ich kenne Blauen Gott persönlich, und du bist nicht einmal mit ihr verwandt.«

Der alte Mann machte ein langes Gesicht. »Aber ich kenne die Namen von allen deinen toten Angehörigen.«

»Die kenne ich auch. Aber das macht mich nicht zu Blauem Gott.«

»Glaubst du an sie?«

Wasserkelle fixierte den alten Mann und fragte sich, was er eigentlich von ihr wollte. »Ich bin alt genug, um mich an die Zeiten zu erinnern, als alle an sie glaubten.«

Er legte den weißhaarigen Kopf schief wie ein kranker Storch. Sein schmales Gesicht, die lange, gebogene Nase und der breite Mund verstärkten den Eindruck noch. Mit leiser, feierlicher Stimme erklärte er: »Dann bist du in der Tat eine weise Frau. Hast du sie auch gesehen, als sie hierher kam, um deine Nichte Kaktusblüte zu holen?«

Wasserkelle lehnte sich zurück und stützte sich mit den Händen auf der roten Decke ab.

Vor acht Monden verschwand ihre zwölf Sommer alte Nichte eines Tages spurlos. Niemand im Dorf hatte feindliche Krieger bemerkt. Und es hatte niemand Kaktusblüte das Dorf verlassen sehen. Es war, als hätte sie ein Wirbelwind geradewegs in den Himmel gehoben.

Wasserkelles Stimme nahm einen harten Klang an, als sie erwiderte: »Nein. Hast du sie gesehen?«

Der alte Mann schüttelte den Kopf. »Bedaure, ich habe sie auch nicht gesehen. War das Mädchen krank?«

Die farbenprächtigen Muster auf den Umhängen leuchteten in der Morgensonne, als die Dorfbewohner sich flüsternd und gewichtig mit den Köpfen nickend näher herandrängten.

»Woher weißt du, dass sie krank war?«

»Das wusste ich bisher nicht. Was fehlte ihr denn?«

Wasserkelle haderte mit sich, ob sie es ihm erzählen sollte oder nicht, sah dann aber keine Veranlassung, es nicht zu tun. »Das Mädchen hatte sich drei Monde zuvor auf ihre erste Visionssuche begeben und einen sehr mächtigen Geisthelfer gefunden. Wir waren alle begeistert und voller Hoffnung. Doch jedesmal wenn er kam, um mit ihr zu sprechen, litt sie anschließend an heftigen Kopfschmerzen. Beim letzten Mal waren die Schmerzen so stark, dass wir die ehrenwerte Kokwimu aus dem Hügeldorf um Hilfe baten. Sie ...«

»Graue Wolke.« Die Stimme des alten Mannes war voller Respekt, als er ihren Namen aussprach. »Ist sie gekommen?«

»Sie kommt immer. Wann immer ihre Hilfe benötigt wird, eilt sie herbei. Sie brachte ihre Helferin mit, Hainbuche, und die beiden tasteten Kaktusblütes Kopf ab und verabreichten ihr einen starken Kräuteraufguss. Als sich das Mädchen wieder besser fühlte, kehrten sie in ihr Dorf zurück. Und in jener Nacht verschwand Kaktusblüte.«

»Habt ihr nach ihr gesucht?«

»Selbstverständlich. Aber wir haben keine Spur von ihr gefunden.« Ihre Hand beschrieb eine Bewegung, die die umstehende Menge einschloss. »Viele hier glauben, dass meine Nichte entführt wurde. Dass eine Hexe auf einem Lederschild herbeigeflogen kam, sie gepackt und mitgenommen hat, um sie zu essen.«

Der alte Mann fragte: »Und du, Wasserkelle, was glaubst du?«

Ihr Blick wanderte an den Gesichtern ihrer Clanmitglieder entlang. Alle Augen waren in Erwartung ihrer Antwort auf sie gerichtet. Am blauen Himmel über ihnen segelten weiße Wolkenmenschen nach Norden.

»Ich glaube, sie ist fort«, erklärte sie. »Und wir müssen jetzt an uns denken.«

Der alte Mann rappelte sich auf und humpelte auf Wasserkelle zu. Seine schwarzen Augen leuchteten wie Gagatsteine. Drei Hand vor ihr blieb er stehen. »Sag mir«, begann er, »wenn du von einer Hexe hörst, die man wegen ihrer Verbrechen zu Tode gequält hat, siehst du dann durch die Augen der Hexe oder durch die Augen der Leute in der Menge?«

»Durch die Augen der Hexe«, antwortete sie ohne nachzudenken. Ihre Seelen litten auch mit allen Kindern, die die Hustenkrankheit hatten, und allen Müttern, die in den Wehen lagen. »Durch wessen Augen siehst du?«

Die Lippen des alten Mannes fältelten sich zu einem Lächeln. »Durch die eines der Zuschauer selbstverständlich.«

»Hm, hm.« Wasserkelle klopfte sich mit einem Finger aufs Knie. »Und jetzt erkläre mir, weshalb du mir eine solche Frage gestellt hast.«

Der alte Mann wischte sich einen unsichtbaren Fleck von seinem Federumhang. »Ich bin zuversichtlich, verehrte Matrone, dass ich Macht über meine eigenen Taten besitze. Und ich weiß, dass ich niemals vor diese Folterer treten muss. Du hingegen, du bist dir nicht sicher. Du fürchtest dich selbst. Du fürchtest dich davor, was andere von dir denken. Und vor allem fürchtest du dich vor dem, wozu du fähig bist, und das niemand anderem bewusst ist.«

Die Dorfbewohner brachen in schallendes Gelächter aus. Sie wussten, wie entschlossen und tapfer sie sein konnte. Sie hatten miterlebt, wie sie sich vom Krankenlager hochgerappelt und ihren Bogen geschnappt hatte, um mit den anderen ihr Dorf gegen Angreifer zu verteidigen. Sie hatten gesehen, wie sie kerzengerade dagestanden und die mächtigsten Götter im Himmel verflucht hatte. Sie wussten, dass sich diese Frau vor nichts und niemandem auf der Welt fürchtete.

Als die Dorfbewohner sich gegenseitig auf die Schultern klopfend und die Köpfe über die Dummheit des alten Mannes schüttelnd zurückzogen, sah Wasserkelle sich den alten Mann genauer an.

»Ich glaube, du bist der Schwindler-Kojote in einer Verkleidung«, erklärte sie. »Was versuchst du mir zu entziehen, das ich dir nicht geben will?«

Der alte Mann lächelte wieder. »Was du mich wirklich fragen willst, ist, warum wir mit verschiedenen Augen sehen. Lass mich dir ein Geheimnis verraten, ehrenwerte Matrone. Du hast Angst, weil du dich immer ausgeschlossen und einsam gefühlt hast. Anders als die anderen. Deshalb bist du auch eine starke und mächtige Frau. Du musstest eine Position erreichen, wo du dich nicht oft so zu fühlen brauchst. Ich bin sicher, du versuchst alles, um dich nicht wieder so zu fühlen. Ich hingegen fürchte das Böse. Das ist meine größte Angst und ist es immer gewesen. Deshalb blicke ich auch durch die Augen der Zuschauer.«

Wasserkelles Lippen verzogen sich zu einer abfälligen Grimasse. »So. Jetzt können wir alle ruhig schlafen, da wir wissen, dass du niemals ein Anführer sein wirst. Bist du hergekommen, um das herauszufinden?«

Er riss die Augen auf und blinzelte sie an wie eine Eule. »Aber gewiss doch, Matrone.«

»Und warum hast du dich dann nach Kaktusblüte erkundigt?«, fragte sie verwundert.

»Weil ich dachte, sie sei eine Hexe, so wie diese junge Frau im Weißschwanzdorf, aber ich war mir nicht sicher, bis wir uns unterhalten hatten. Ich danke dir für deine Hilfe, ehrwürdige Matrone.«

Ehe sie ihm noch erklären konnte, was für eine unverschämte Anschuldigung das soeben war, hatte er sich schon umgedreht und angeschickt, das Dorf zu verlassen.

Wasserkelle sah ihm hinterher, wie er über den Dorfplatz humpelte und dabei laut vor sich hin summte. Der zerfledderte Truthahnfederumhang schwang dabei um seine dürren Beine. Er nahm die Straße zum Dorf der Gefrorenen Wiesen.

Wasserkelle wandte sich ihrem Ehemann zu. »Hast du irgendetwas von dem verstanden, was der Alte gesagt hat?«

Vogelschwanz kniff die Brauen zusammen, kratzte sich den verrunzelten Hals und sagte: »Kein Wort, meine Frau.«

13

Maureen erwachte von melodischem Gesang. Es war eine ältere Stimme, die leise eine schwungvolle Weise sang.

Sie blinzelte sich den Schlaf aus den Augen und starrte noch etwas benommen in das hellblaue Licht, das ihr kleines Zelt erhellte. Sie brauchte Hail Walking Hawks Sprache gar nicht zu verstehen, um zu wissen, dass die alte Frau mit ihrem Gesang Vater Sonne begrüßte. Die Melodie hatte den gleichen fröhlichen Rhythmus wie die Morgengesänge der Irokesen. Maureen blieb noch einen Moment in ihrem Schlafsack liegen und lauschte.

Der kühle Morgenwind fing sich im Sonnensegel ihres Zeltes, das sich flatternd blähte, und trug den Geruch des erloschenen Lagerfeuers und den süßen, erdigen Duft der Wüste heran.

Ein eigenartiges Gefühl durchströmte Maureen, so als ob ihr Körper dieses friedvolle Ritual schon seit Äonen kannte und sich wohlig diesen vertrauten Rhythmen hingab.

Sie warf einen Blick auf ihre Armbanduhr: Viertel vor fünf.

Sie setzte sich auf, bürstete ihr langes Haar, flocht es zu einem Zopf und zog dann die Jeans an, die sie am Vortag getragen hatte. Sie gönnte sich jedoch ein frisches T-Shirt und schlüpfte in ihre robusten Schnürstiefel. Als sie anschließend den Reißverschluss der Zeltwand öffnete, verstummte der Gesang kurz, erklang aber gleich darauf erneut.

Maureen duckte sich hinaus in den lauen Wind und richtete als Erstes den Blick nach oben. Über ihr wölbte sich ein unendlicher schieferblauer Himmel, und am westlichen Horizont glitzerten noch die letzten Sterne. Es waren Tausende. Ein Gefühl von Ehrfurcht ergriff sie. So klare Himmel wie diese gab es im Nordwesten nicht. Dort war die Luft zu feucht, und die vielen Bäume beschränkten die Sicht. Es erschien ihr irgendwie angemessen, dass sie kniete, als sie den ersten Blick in diesen Himmel warf.

Trotz des kühlen Windes spürte sie, dass der Tag sich bereits erwärmte. Jede Pore des Bodens schien Hitze zu verströmen. Um die Mittagszeit würde das Thermometer wieder auf fünfunddreißig Grad oder mehr klettern, was für jemanden, der gewöhnlich durch die lauschigen Wälder Ontarios wanderte, unvorstellbar heiß war.

Sie ließ den Blick über das Gelände schweifen und entdeckte Hail Walking Hawk. Die alte Frau trug ein langes, gelbes Kleid und darüber einen weißen Pulli. Ihren Stock hatte sie sich unter den rechten Arm geklemmt. Dünne graue Strähnen wehten um ihr verwittertes Gesicht, als sie sich vornüberbeugte, um an einem Busch eine Feder zu befestigen. An einem anderen Busch in der Nähe steckten bereits sechs dieser Federn und bogen sich im Wind.

Maureen war dieses Ritual unbekannt, aber es faszinierte sie. Federn an Büschen zu befestigen und zuzusehen, wie sie sich in der Morgenbrise wiegten, war etwas Wunderschönes.

Sie ging in einem weiten Bogen an der Feuerstelle vorbei und schlenderte auf Mrs. Walking Hawk zu.

Als die alte Dame ihre Schritte hörte, drehte sie sich halb um und rief lächelnd: »Guten Morgen, Washais.«

»Guten Morgen, Mrs. Walking Hawk. Wie es aussieht, sind wir beide die Einzigen, die schon auf sind.«

Der zahnlose Mund der alten Frau zog sich noch mehr in die Breite. »Das kommt, weil wir beide nicht so träge sind wie manch andere Leute.« Sie machte ein paar humpelnde Schritte auf Maureen zu, zog zwei Federn aus dem Büschel, das sie in der Hand hielt, und reichte sie Maureen.

Diese nahm die Federn mit einem angedeuteten Nicken entgegen und betrachtete sie. Das könnten Taubenfedern sein, überlegte sie. Zumindest dem blaugrauen Schimmer nach. »Sagen Sie mir, was ich damit tun soll.«

Hail Walking Hawk legte ihre knöcherne Hand auf Maureens Arm und führte sie zu einem nahe gelegenen Busch. »Befestigen Sie Ihre Federn hier an diesem Busch«, sagte sie. »Jede Feder ist ein Gebet. Wenn Vater Sonne sich über den Horizont erhebt, wird er unsere Gebete erblicken und lächeln.«

Maureen kniete nieder und kam der Aufforderung der alten Indianerin nach. »Wofür beten wir?«

Mrs. Walking Hawk spähte hinaus zum östlichen Horizont. Ein lavendelfarbener Lichtbogen kündigte die bald aufgehende Sonne an. »Ach, für vieles. Gesundheit und Glück für alle lebenden Menschen.« Sie streckte die Hand aus und strich sanft über die letzte Feder in Maureens

Hand. »Diese hier ist für das Nebelkind dort drüben in der Erde.«

Maureen steckte die Feder in den Busch, wo sie sich augenblicklich aufrichtete und im Wind tanzte.

Der Himmel hellte sich zusehends auf, und die Canyonwände begannen in sattem Goldton zu erglühen. Hätte ihr jemand von diesem Farbenspiel der Natur berichtet, sie hätte es nicht geglaubt. Jetzt sah sie es mit eigenen Augen.

»Das ist ein magisches Land.« Unwillkürlich begann Maureen zu flüstern.

Hail zuckte mit den Schultern. »Hier leben die Götter, Washais. Das ist alles.«

»Das genügt mir vollkommen, Älteste Walking Hawk«, erwiderte Maureen. »Ich habe nicht erwartet, Gott hier zu finden.«

Hail musste den Kopf in den Nacken legen, um zu Maureen aufzusehen, und dabei fing sich die Sonne in ihren milchigen Pupillen. »*Sie* wussten, dass die Götter hier leben«, meinte sie bestimmt und steckte die letzte Feder in den Busch.

In gewisser Weise hatte Maureen das natürlich gewusst. Gott lebte in jedem Baum des Waldes. Gott lebte in den Augen der Hirsche und der Waschbären. Und Gott lebte auch mit Sicherheit in dieser weiten, baumlosen Wüste. Bisher hatte sie Gott jedoch stets mit lebenden Dingen in Verbindung gebracht, nicht mit Sand und Himmel.

Hail Walking Hawk begann plötzlich zu kichern. »Wie kommen Sie darauf, dass der Himmel nichts Lebendiges ist?«

Maureen wirbelte herum. »Woher wissen Sie, was …«

»Washais, Ihr Gesicht verrät Ihre Gedanken. Sie haben gerade zu Bruder Himmel hinaufgeblickt, als starrten Sie einen Leichnam an. Und in Ihren Augen war keine Liebe, nur Bewunderung für dessen Schönheit.«

Maureen lächelte erleichtert. »Älteste, würden Sie mir mehr über dieses Nebelkind erzählen? Maggie hat gestern Abend mit mir darüber gesprochen, aber ich muss zugeben, dass ich nicht viel verstanden habe. Was sind Nebelmenschen?«

Hail Walking Hawk zog ihren Gehstock unter dem Arm heraus und stützte sich darauf. »Es sind Geister, die im Nebel umherwandern, weil sie nie geboren wurden. Sie kommen nicht aus dem Dunst heraus, können Vater Sonne niemals mit eigenen Augen sehen und daher nur von ihm träumen. Sie leben in ihrem Nebeltraum. Einer Art Glitzernebel«, fügte sie hinzu und blinzelte, als sähe sie ihn selbst.

»Sind diese Nebelmenschen böse?«

»O nein, mein Kind. Gewöhnlich nicht. Obwohl einige von ihnen mitunter recht ärgerlich werden können.« Sie zeigte auf ihre milchigen Augen. »Das werde ich auch manchmal, wenn ich Dinge nicht richtig sehen kann, die ich sehen möchte. Die meisten Nebelmenschen sind traurig.«

»Dann sind sie traurige Erdgeister?«

Hail hob die Hände dem rasch heller werdenden Himmel entgegen. »Einige von ihnen leben im Himmel und hoffen, geboren zu werden. Andere müssen in der Erde leben, wie dieser Junge dort drüben. Er wollte auch geboren werden, aber das ist nie geschehen. Ich glaube, seine Mutter hat etwas Unrechtes getan.«

Maureen spähte zu der Stelle hinüber, die Mrs. Walking Hawk am Abend zuvor mit ihrem Stock markiert hatte. »Sie meinen« – Maureen unterbrach sich, nicht sicher, ob sie mit ihrer Vermutung vielleicht ein Tabu verletzte – »dass seine Mutter ihn abgetrieben hat?«

Die meisten Urvölker kannten geeignete Pflanzen, die einen Abortus bewirkten: Schwalbenwurzel und Beifuß, Sternwurzel und die getrockneten Wurzeln des Baumwollbusches und etliche andere, die eine Irritation des Uterus herbeiführen konnten. Doch auf diese Mittel wurde nur in Zeiten größter Not zurückgegriffen, etwa bei Dürren, Flutkatastrophen oder Hurrikans. Wenn das Überleben des Stammes bedroht war, zog man es vor, ungeborenes Leben zu töten anstatt zuzusehen, wie die geliebten Kinder starben.

Hail Walking Hawk richtete den Blick eine Weile auf die verlöschenden Sterne, ehe sie antwortete: »Vielleicht. Dieser Junge war wirklich noch sehr klein. Er hatte noch nicht sprechen gelernt, deshalb kann er es mir nicht erzählen.« Schwer auf ihren Stock gestützt, machte sie sich auf den Weg zurück zu den Zelten, wobei sie nach jedem dritten Schritt eine Verschnaufpause einlegte.

Stewart war bereits aufgestanden. Er saß vor der Feuerstelle in der Hocke und legte Holz über die kleinen Flammen, die er entfacht hatte. Maggie kam aus ihrem Zelt gekrochen und zog sich einen Stuhl heran. Sie trug Khaki-Shorts, ein dunkelblaues Hemd und schwarze Tennisschuhe. Sylvia war noch nicht aufgetaucht.

Maureen schob stützend die Hand unter Hail Walking Hawks Arm und erntete damit ein dankbares Lächeln von der alten Frau.

»Hat Ihr Volk immer hier gelebt? In der Wüste, meine ich?«, erkundigte sich Maureen, während sie langsam Richtung Feuerstelle schritten.

Mrs. Walking Hawk hielt erneut kurz inne. »Am Anfang lebten wir im Bauch der Erde mit unserer Mutter, Latiku. Als die Zeit für uns gekommen war, halfen uns Vögel, Insekten und andere Tiere auf dem beschwerlichen Weg durch die vier Unterwelten – die weißen, roten, blauen und gelben – hinauf in diese fünfte Welt des Lichts. Wir kamen im Norden heraus, in der Nähe von Mesa Verde, Colorado. Dort gibt es Berge. Und Kiefernwälder.«

Mrs. Walking Hawk setzte sich wieder in Bewegung. Sie stolperte eine sandige Senke hinunter und kämpfte sich dann die kleine Steigung hinauf, abwechselnd auf Maureens Arm und ihren Stock gestützt.

Maureen runzelte nachdenklich die Stirn. »Interessant. Ihr Volk glaubt, dass die Mutter der Menschen aus den Welten unter der Erde stammt. Mein Volk glaubt, dass sie vom Himmel kommt. Doch wenn Ihr Volk oben in Colorado aus den Unterwelten aufgetaucht ist, wie ist es dann hierher nach New Mexico gekommen?«

Die alte Frau blieb abermals stehen, um Luft zu holen. Nach ein paar tiefen Atemzügen sagte sie: »Der Ort, an dem mein Volk auftauchte, war zu heilig für die Menschen. Deshalb zog es weiter und kam schließlich zu diesem Canyon hier und errichtete das Weiße Haus.« Sie drehte sich um in die Richtung, aus der sie kamen, und zeigte auf den sich rasch erhellenden östlichen Horizont. »Diese Archäologen nennen es Pueblo Bonito. Jetzt besteht er nur noch aus rotem Stein, aber früher waren alle Wände mit weißem Lehm verputzt. Lange Zeit lebten wir mit den Göttern im Weißen Haus. Dann aber begannen Angehörige meines Volkes mit den Shiwana, den Regenbringern, zu streiten, und sie verließen uns. Ohne Regen konnte unser Getreide nicht gedeihen. Wir litten Hunger und begannen uns gegenseitig zu bekriegen. Irgendwann mussten wir diesen Ort verlassen und weiterziehen.«

»Und wohin ist Ihr Volk gegangen?«

Die alte Frau stocherte mit der Stockspitze in einem Grasbüschel herum. »Einige von uns zogen nach Norden, zurück nach Mesa Verde. Andere nach Süden. Mein Clan, der Antilopen-Clan, zog ebenfalls nach Süden, in die Himmelsstadt Acoma.«

Hail Walking Hawk machte wieder ein paar Schritte. Im Näherkommen hörte Maureen Dusty sagen: »Hör zu, Maggie, ich habe noch mal über unser Gespräch gestern Abend nachgedacht. Wenn es dir lieber ist, kann ich die Grabungsstätte für ein paar Wochen schließen. Dann hättest du genügend Zeit ...«

Da rief Hail Walking Hawk mit ihrer brüchigen Stimme: »Dieses Nebelkind kann nicht ein paar Wochen warten. Es weint. Es muss befreit werden.«

Maggie sah ihre Großtante an und senkte dann den Blick auf den Boden. Der bevorstehende Sonnenaufgang tauchte das Camp in ein violettes Licht. Maggies rundes Gesicht und das kurze schwarze Haar schimmerten blasslila. »Wir sollten tun, was sie verlangt«, sagte Maggie leise zu Dusty.

Er nickte. Er trug grüne Shorts, ein braunes T-Shirt und

seinen ausgefransten Cowboy-Strohhut. »Mein Angebot bleibt trotzdem bestehen«, versicherte er ihr.

»Danke.«

Maureen führte Mrs. Walking Hawk zu dem Stuhl neben Maggies und hielt ihn fest, bis sich die alte Frau umständlich darin niedergelassen hatte. »Vielen Dank auch von mir«, sagte Hail dann an Dusty gewandt.

Dusty lächelte, doch Maureen sah deutlich die Besorgnis in seinen blauen Augen. »Keine Ursache, Älteste«, erwiderte er und drehte sich zu den Kisten und Kühlboxen um, die sich hinter seinem Stuhl stapelten. Nachdem er eine Weile darin herumgekramt hatte, brachte er einen Plastikkanister mit Wasser, einen rußigen Kaffeetopf und schließlich ein Päckchen einheimischen Kaffees zum Vorschein.

»Guten Morgen, Tante«, sagte Maggie und beugte sich zur Seite, um die alte Frau auf die Wange zu küssen.

»Guten Morgen, Magpie.« Hail strich zärtlich über Maggies Arm. »Washais und ich haben unsere Gebete schon hinaufgeschickt. Wir können uns jetzt ausruhen.«

»Ich werde meine nach dem Frühstück schicken. So kann ich Latiku auch gleich einen Teil meines Essens opfern.«

Dusty schüttete die Hälfte des Kaffeepäckchens in das Sieb des Topfes und setzte den Deckel auf. Dann stellte er ihn am Rand der Flammen in die Glut. »Ich bete erst, wenn ich mindestens drei Tassen Kaffee zur Stärkung intus habe.«

Darauf meinte Maureen spöttisch: »Ich fürchte, Gott braucht erst mal einen steifen Scotch, ehe er Ihre Gebete in Empfang nehmen kann.«

Sie verschwand hinter den Zelten in dem transportablen Toilettenhäuschen. Die enge Fiberglasbox erinnerte sie unwillkürlich an die Rockkonzerte in früheren Zeiten. Mein Gott, wie lange ist das schon her? dachte sie wehmütig. Damals war John noch bei ihr, mit seinem schiefen Lächeln und dem Leuchten in den Augen, das nur ihr allein galt. Und wenn sie jetzt durch diese Tür nach draußen trat, würde sie, im Gegensatz zu den langen Jahren zuvor, allein in einer fremden Welt stehen.

Mit einem Knall ließ sie die Tür hinter sich zufallen, ging zum Feuer, schnappte sich einen der Campingstühle und suchte einen Platz, wo sie nicht im Rauch saß. Unglücklicherweise blieb ihr nichts anderes übrig, als sich rechts neben Stewart niederzulassen. Der warf ihr einen argwöhnischen Seitenblick zu.

»Bin ich zu nahe?«, fragte sie.

»Selbst in Ontario wären Sie noch zu nahe, Doc.«

Maureen setzte sich. Das orangefarbene Licht der Flammen mischte sich mit den rötlichen Schattierungen der Morgenröte und flackerte über die Zelte und die Gesichter der Leute. »Vielleicht sollten Sie sich einen neuen Kontinent suchen, Mr. Stewart. Wie ich hörte, sucht Libyen noch Leute Ihres Kalibers.«

»O ja, die lieben amerikanische Kaliber. Aber eher ein .223er aus einer M16A1.«

Maureen hob verächtlich eine Braue. »Oh, ich vergaß. Das hier ist Amerika. Sie besitzen ja auch so ein Ding, um Ihr Heim zu verteidigen, Stewart.«

»Ja, natürlich.« Er warf einen Blick auf seine Uhr, drehte sich in seinem Stuhl um und brüllte aus vollem Hals: *»Ich bevorzuge allerdings meine Schrotflinte!«*

»Was!« Sylvias Zelt erbebte, als ob gerade ein Bär hindurchgerannt wäre. *»Ich bin schon auf!«*

Dusty drehte sich wieder zu Maureen um und entblößte zwei makellose, schneeweiße Zahnreihen. »Sehr angenehm, sich mit Ihnen über Schießeisen zu unterhalten, Frau Doktor. Manchmal ist es verdammt einsam hier draußen als einziger Mann.«

Sylvia streckte den Kopf aus ihrem Zelt. Schulterlange braune Strähnen umrahmten ihr Sommersprossengesicht. Sie schnüffelte in die Luft und starrte hinauf in den Himmel.

»Was machst du da?«, rief Dusty.

»Hier riecht's nach Testosteron, als hätte jemand eine Dose Insektenspray abgefeuert. Wollte nur mal prüfen, ob die Krähen schon vom Himmel fallen.«

Dusty grinste. »Nett, dass du dich zu uns gesellst, Sylvia.«

»Mit dem größten Vergnügen.« In grünen Shorts, beigefarbenem T-Shirt und Schnürstiefeln kam sie aus ihrem Zelt gekrochen. »Und, ist der Kaffee schon fertig?«

»Noch nicht ganz, aber bald, Gnädigste.« Dusty beugte sich vor und warf einen Blick durch den Glasdeckel des zerbeulten Kaffeetopfs. »Er schäumt schon. Zwei Minuten noch.«

Maureen studierte den rußigen Blechtopf eine Weile und meinte dann skeptisch: »Ich fürchte, das ist kein Tim Horton's, oder?«

»Wie meinen?«

»Den besten Kaffee der Welt gibt es bei Tim Horton's. Sie servieren ihn in wunderschönen weißen Porzellantassen. Und die in Schokolade getauchten Donuts dort lassen selbst die Engel in höchste Verzückung geraten.« Sie schloss die Augen. »Oh, Gott, und ich bin Millionen Lichtjahre von jeglicher Zivilisation entfernt.«

»Dem Himmel sei Dank«, seufzte Stewart theatralisch. »Keine plärrenden Hupen und verseuchte Luft, Verbrechen, Verkehrschaos oder hektisches Umhergehetze. Nur Ruhe und Frieden und frische Luft. Wenn es Sie aber wirklich nach Donuts gelüstet, so kann Ihnen geholfen werden. Es müssten noch ein paar da sein. Und die sind mit Sicherheit so gut wie die von Tom Horton's – wer immer das sein mag. Hab auf dem Rückweg von Crownpoint noch schnell eine Tüte Donuts gekauft. Die mit Puderzucker ...«

»Stewart, das ist Ketzerei.«

Sylvia zog sich einen Stuhl heran, setzte sich zwischen Maggie und Maureen und angelte einen Kamm aus ihrer hinteren Hosentasche. Während sie sich ungeniert die Haare kämmte, meinte sie zu Stewart: »Jetzt mal ohne jede Schmähigkeiten, was gibt's denn zum Frühstück?«

»*Schmähigkeiten?*«, echote Stewart stirnrunzelnd. »Gibt es das Wort überhaupt?«

»Jetzt schon.«

»Wie du meinst. Also, du hast die Wahl. Auf der Karte

stehen Eier, Speck und Schwarzbrot sowie alle denkbaren Kombinationen aus den drei genannten Köstlichkeiten.«

»Großartig. Holzfällerfrühstück.« Sylvia steckte den Kamm zurück in ihre Hosentasche und wandte sich an Maureen. »Ich versuche Dusty schon seit zwei Jahren klarzumachen, dass er seine besten Leute vergrault, wenn er ihnen morgens, mittags und abends Burritos vorsetzt. Aber er wollte ja nicht hören, bis es einmal …«

»Sylvia«, unterbrach Dusty sie rüde, »hol doch mal die Tassen. Der Kaffee ist fertig.«

»Jawohl, ich eile.« Sie stand auf und schlenderte betont langsam zu dem provisorischen Küchenschrank hinter ihrem Zelt.

Hail Walking Hawk kicherte leise und schüttelte ihr graues Haupt. Maggies Hand lag auf dem Arm der alten Frau. Sie lächelte.

An Maureen gewandt meinte sie: »Seien Sie froh, dass Dusty Sylvia unterbrochen hat. Ich weiß, was jetzt gekommen wäre.«

Dusty verlieh seiner Empfindung durch eifriges Kopfnicken Ausdruck, während er den Kaffeetopf mit einem Stecken aus der Glut und auf einen der Randsteine manövrierte. Aus der Tülle sprudelte dicker brauner Schaum. »Und falls sie auf die Idee verfallen sollte, die Geschichte mit den Stripperinnen in Cortez, Colorado, zum Besten geben zu wollen«, sagte er zu Maggie, »dann hoffe ich, dass du mich errettest.«

Maggie beugte sich vor. »Welche Stripperinnen in Cortez?«, fragte sie überrascht.

»Oh, he«, rief Sylvia, die gerade mit den Tassen zurückkehrte, die als schepperndes Bündel mit den Henkeln an ihren Fingern baumelten. »Sagt bloß, du kennst die Geschichte noch nicht. Sie ist wirklich grauenvoll. Dusty wollte sein Feldteam schick zum Essen ausführen und hatte dafür ein Lokal ausgesucht mit dem klangvollen Namen ›Slit and Run‹. Ich für meinen Teil dachte mir schon draußen, dass dieses Etablissement ein bisschen düster aussieht.

Und als wir drinnen waren, tanzten dort diese beiden Frauen auf der Bühne, von denen jede mindestens zweihundert Kilo auf die Waage brachte. Mann, ich kann euch sagen. In dieser Kaschemme gab es nicht mal was zum Futtern. Schon bald begann sich mein Würgreflex zu regen und geriet dann vollends außer Kontrolle, als Dusty aufstand, um mit Muffet zu tanzen …«

»Muffet?« Maureen fixierte Dusty aus zusammengekniffenen Augen. »Sie haben mit Muffet getanzt?«

»Ich …«

»Aber nicht lang«, erklärte Sylvia an seiner Stelle. »Muffet vollführte eine dieser rasanten Pirouetten und katapultierte Dusty mit ihrer XXXL-Oberweite von der Bühne und mitten auf einen der Tische, auf dem etliche leere Coors-Flaschen standen. Und schon ging's ab ins nächste Krankenhaus. Die halbe Nacht mussten wir dort mit leerem Magen ausharren, bis die Ärzte ihn wieder zusammengeflickt hatten. Jetzt weiß ich auch, warum der Laden ›Slit and Run‹ heißt. Genau das ist nämlich passiert: Aufschlitzen und dann nichts wie ab.«

Maureen musterte Stewart, der seinerseits Sylvia anstarrte, als wollte er sie erwürgen.

Maureen tippte ihn an die Schulter, um seine Aufmerksamkeit auf sich zu lenken, und meinte in einer gekonnten Sean-Connery-Imitation: *»Und das bezeichnen Sie als Archäologie?«*

14

Kleiner Bogen saß am Rand des großen Platzes im Eiswiesendorf. Ihm gegenüber hatten sich seine Verwandten vor der lehmverputzten Fassade des Dorfes versammelt, einem zweistöckigen, rechteckigen Gebäude, das sowohl Wohn- als auch Vorratsräume beherbergte. Kinder zappelten auf den Schößen ihrer Großeltern herum und flüsterten ihnen Fragen zu. Krieger in knielangen blauen Kriegshemden hatten rund um den Dorfplatz Aufstellung genommen. Gelegentlich beugte sich einer zu seinem Nachbarn, um ihm etwas zuzuflüstern, doch der Ausdruck ihrer Gesichter zeigte eher Neugier als Besorgnis.

Sie hatten sich versammelt, um dem Irren zuzusehen, der im Schein des Feuers umhertänzelte.

Außerhalb des Kreises der Krieger, wo der Feuerschein gerade noch hinreichte, stand der Bruder von Kleiner Bogen, Singende Heuschrecke. Er war groß und von muskulöser Statur und stand kerzengerade da, während er dem Spektakel zusah. Er trug Hirschlederhosen und einen weißen Mantel aus fein gegerbtem Leder, der an den Ärmeln mit langen Fransen besetzt war. Sie schimmerten im Schein des Feuers. Singende Heuschrecke war ein namhafter Händler. Er kannte alle Straßen bis hin zum großen Meer im Westen des Landes, wo er seltene Muscheln erwarb, die er anschließend bei den Völkern im Norden gegen Obsidian und Büffelhornlöffel eintauschte. Tiefer Kummer verzehrte seine jungen Gesichtszüge und verlieh ihm das Aussehen eines vierzig Sommer alten Mannes, obwohl er erst achtzehn Sommer zählte. In den vergangenen drei Monden hatte er seine Frau und seinen Sohn verloren. Die Krankheit, die so viele befiel, hatte sie dahingerafft, während er weit oben im Norden seinen Geschäften nachgegangen war. Und diesen Schicksalsschlag hatte Singende Heuschrecke noch nicht verwunden.

Kleiner Bogen interessierte sich nicht so sehr für das bizarre Spektakel auf dem großen Platz, sondern beobachtete die Nebelschwaden, die oben am dunklen Rand des Gerader-Pfad-Canyons entlangwaberten. Dünne, vom bläulichen Licht der Sterne erhellte Nebelfetzen bauschten und blähten sich wie riesige Spinnweben. Abendmenschen wanderten glitzernd über den Nachthimmel. Kleiner Bogen verschränkte die Arme, sein Zopf baumelte vorn an der Brust seines grauweißen Kaninchenumhangs. Er besaß ein markantes Gesicht mit scharf geschnittenen Wangenknochen und einem kräftigen, kantigen Kinn.

»Bitte, mein Mann«, forderte Brauner Falke Kleiner Bogen mit ihrer schwachen Stimme auf. »Setz dich doch.«

Sie kniete sich auf einem Hirschfell vor ihn hin. Das schulterlange pechschwarze Haar fiel ihr weich über den Büffelfellkragen. Sie hatte ein liebliches, rundes Gesicht mit Lippen wie Wildrosenblüten und sanften, braunen Augen besessen, ehe die Krankheit Besitz von ihr ergriffen hatte. Jetzt sah ihr Gesicht eingefallen aus, und trotz ihrer Schwangerschaft konnte man jede einzelne Rippe an ihr zählen. Jegliche Kraft war aus ihr gewichen und ihr Blick zeigte bereits den dumpfen Ausdruck einer Todkranken. Wenn sie jetzt hustete, spuckte sie anschließend blutigen Schleim aus.

Kleiner Bogens Brust schimmerte, als er langsam die Luft entweichen ließ. Er richtete seine Aufmerksamkeit wieder auf den dürren, alten Mann, der im Schein des Feuers herumwirbelte, und meinte nachdenklich: »Das gefällt mir nicht.«

»Warte…«, begann Brauner Falke und musste wieder husten. Der Anfall schüttelte ihren ausgemergelten Körper wie der Wind einen dürren Baum.

Kleiner Bogen legte ihr sanft seine Hand auf die Schulter. »Möchtest du eine Schale Tee?«

Brauner Falke schüttelte stumm den Kopf.

Vor drei Monden hatten sie ihr letztes Kind, einen Sohn, an diese grausame Hustenkrankheit verloren. Viele Menschen in ihrem Dorf waren schon davon betroffen. Hinter vorgehaltener Hand flüsterte man, dass das Böse auf Hexenflügeln durchs Dorf flöge. Im vergangenen Sonnenjahr waren zwei ihrer Kinder an der Krankheit gestorben und ihr ältester Sohn, Baumstumpf, eines Tages plötzlich spurlos verschwunden. Das war mehr, als sie ertragen konnte.

Kleiner Bogen strich liebevoll über das Haar seiner Frau. »Ist dir warm genug? Soll ich dir eine Decke bringen?«

»Danke, mein Mann, mir geht es gut.« Sie schenkte ihm ein dünnes Lächeln und legte eine Hand auf ihren geschwollenen Leib. Das Baby wuchs bereits seit fünf Monden heran. »Ich wünschte nur, unsere Tochter würde mir nicht ständig an meine Lungen strampeln.«

Auf den durchdringenden Schrei hin, der über den Platz hallte, hoben beide den Blick zu dem alten Mann, der immer noch um das Feuer tanzte, oder besser gesagt, taumelte. Bei seinem Anblick konnte man meinen, einen Verstoßenen vor sich zu haben. An seinem zerschlissenen Umhang fehlten ganze Federbüschel, und sein dünnes, flusiges Haar stand ihm wirr vom fast kahlen Schädel ab.

»Glaubst du, dass das wirklich Steingeist ist?«, wisperte Kleiner Bogen.

Brauner Falke zuckte die Achseln. »Er behauptet es zumindest.«

»Aber von Steingeist wird gesagt, dass er ein sehr mächtiger Schamane sei. Doch dieser alte Mann sieht mir eher aus wie ein Ausgestoßener.«

»Schh«, zischte Maismutter, die Matrone des Dorfes. Sie

saß neben Kleiner Bogen, die mageren Schultern in eine blauweiße Decke gehüllt. Ihre siebenundsechzig erlebten Sommer hatten deutliche Spuren in ihrem Gesicht hinterlassen, dessen pergamentdünne Haut sich über die vorstehenden Knochen spannte. Doch ihr inzwischen eisgraues Haar war noch voll und dicht. »Ich habe Leute ihn einen Zauberer nennen hören, und deshalb sollten wir es tunlichst vermeiden, seinen Unwillen auf uns zu ziehen.«

Kleiner Bogens Blick flog zu dem alten Mann zurück. Ein Hexer? Das hatte er noch nie gehört. Mächtige Schamanen konnten einem mitunter Angst einflößen, sicherlich, aber sie wirkten nur für das Wohlergehen ihres Volkes. Zauberer hingegen hatten nur ihren eigenen Vorteil im Sinn. Hass und Bosheit trieben sie dazu, unmenschliche Dinge zu tun. Sie scheuten nicht davor zurück, ihren Feinden das Herz mit einer Spindel aus dem Leib zu reißen und es in ihre eigene Brust zu stecken, auf dass sie doppelt so lange lebten. Manchmal stahlen sie die Augen von Tieren und legten sie an seltsamen Orten ab, damit sie andere Menschen beobachteten. Die Tante von Kleiner Bogen fand einmal das Auge eines Rotluchses, das sie aus ihrer Teeschale heraus anglotzte.

Kleiner Bogen kniete sich neben seine Frau. »Ich dachte, der alte Mann wollte mit uns über das Verschwinden von Kaulquappe sprechen?«

»Ja, das wird er auch, doch zuerst muss er den Erdgeistern einen Tanz darbringen«, sagte sie.

»*Das* nennt er tanzen?«, brummte Kleiner Bogen unwirsch.

Kurz und dürr wie ein Maisstängel wirbelte der weißhaarige Greis unermüdlich im Kreis herum, drehte sich um die eigene Achse, stolperte, lachte krächzend und drehte sich weiter. Sein altes Lederapfelgesicht glänzte orangerot im Schein des Feuers.

»Hast du jemals Leute sagen hören, dass Steingeist ein Hexer ist?«, wisperte Kleiner Bogen an Brauner Falkes Ohr.

»Nein, aber …«

Steingeist hielt abrupt in seiner Drehbewegung inne und

musterte Kleiner Bogen, als hätte er dessen leise Frage verstanden. Seine borstigen Augenbrauen senkten sich skeptisch.

Kleiner Bogen erstarrte wie eine Maus unter den Schwingen eines Adlers. »Ehrwürdige Ahnen«, keuchte er atemlos in Brauner Falkes Richtung. »Du glaubst doch nicht, dass er …«

Steingeist wandte sich wortlos ab.

Kleiner Bogen zog sich den Umhang über den Kopf und ließ langsam die Luft entweichen, die er vor Schreck angehalten hatte. »Heilige Götter, für einen Moment glaubte ich, dass er meine Worte gehört haben …«

»Ja, und deshalb solltest du leise sprechen!«, zischte ihm Maismutter zu. »Hexen und Zauberer haben Ohren wie Luchse.«

Steingeist ließ sich auf Hände und Knie fallen und schnüffelte auf dem Boden herum wie ein Hund.

Kleiner Bogen tauschte verwunderte Blicke mit Brauner Falke und Maismutter.

Der alte Mann kroch jetzt auf allen vieren um die Feuerstelle, roch an den Randsteinen und stupste mit seiner langen, gebogenen Nase an die Kochtöpfe. Als seine Nase den heißen Teetopf berührte, jaulte er auf und machte einen Satz zur Seite. Seine Nasenflügel zitterten. Dann kroch er langsam wieder ans Feuer und drückte das Gesicht in den Sand neben dem Teetopf. Die atemlos dieses Schauspiel verfolgenden Dorfbewohner hockten mucksmäuschenstill und mit angstgeweiteten Augen da.

Kleiner Bogen wandte sich flüsternd an Brauner Falke. »Du liebe Güte, dieser Alte ist ja so verrückt wie ein Huhn bei Vollmond. Glaubst du, dass er an der Zeremonie der Langen Nacht im Hügeldorf teilnehmen wird? Wenn ja, dann bleibe ich hier.«

»Du wirst hingehen«, beschied ihm Maismutter. »Ich habe Flammenbotin bereits wissen lassen, dass wir kommen werden.«

»Aber, ehrwürdige Matrone! Was ist, wenn der Alte tatsächlich ein Zauberer ist? Ich möchte nicht …«

»Schh!«

Steingeist zog gerade eine Holzschale aus seinem Umhang und begann sie mit Sand zu füllen.

Maismutter sah ihm eine Weile bei seinem Tun zu und sagte dann: »Kleiner Bogen, warum gehst du nicht zu ihm und fragst ihn, was er gefunden hat?«

»Ich?«, japste er überrascht. »Du willst, dass ich mit einem Hexer rede? Ich glaube nicht, dass das eine gute Idee wäre. Ich werde …«

»Sprich nicht so laut!«, herrschte Maismutter ihn an. »Sonst pfeift er vielleicht und verwandelt uns alle, wie wir hier sitzen, in Mistkäfer!«

Kleiner Bogen klappte den Mund zu.

Steingeist rappelte sich auf die Füße und kam mit der Holzschüssel in der Hand auf sie zugehumpelt. Dunkelbraune Altersflecken schimmerten auf seiner schütteren Kopfhaut und der krummen Hakennase.

Vor Kleiner Bogen blieb der Alte stehen und sah ihn aus funkelnden Augen an. »Ich habe diesen Fußabdruck dort drüben bei der Feuerstelle gefunden. Ich glaube, er gehört deiner Tochter.«

Kleiner Bogen schaute verwirrt in die Holzschale. »Ich sehe keinen Fußabdruck.«

Maismutter warf ebenfalls einen Blick hinein, blinzelte und lehnte sich wieder zurück.

Auch Brauner Falke riskierte einen Blick. Sie runzelte die Stirn und fragte dann den alten Steingeist: »Woher weißt du, dass dies Kaulquappes Fußabdruck ist?«

»Weil das Mädchen allein gegangen ist.« Steingeist ließ den Blick zwischen Kleiner Bogen und Maismutter hin und her wandern. Dann wandte er sich an Brauner Falke. »Deine Tochter hatte nicht viele Freunde, stimmt's?«

Brauner Falke befeuchtete sich nervös die Lippen. »Nein, Ältester.«

»Das war nicht ihre Schuld«, fuhr Steingeist mit betrübter Stimme fort. »Sie war körperlich nicht so stark wie die anderen Kinder. Ihre Kopfschmerzen hinderten sie daran, so ausgelassen wie die anderen zu spielen und herumzutoben.«

Kleiner Bogen starrte den Alten mit offenem Mund an. Seine Tochter hatte tatsächlich ständig heftige Kopf- und auch Rückenschmerzen gehabt. »Woher weißt du …«

»Ihre Fußabdrücke.« Steingeist schüttelte die Schale mit dem Sand. »Sie stolperte herum wie eine Ente, der man einen Stein an den Kopf geworfen hat.«

»Sie *hat* einen Schlag auf den Kopf erhalten!«, erwiderte Maismutter. Die weißen Streifen ihrer blau-weißen Decke schimmerten gelblich, als sie sich vorbeugte. »Kaulquappe behauptete, ihr Geisthelfer habe das getan, um ihr eine Lehre zu erteilen.«

Steingeist fixierte Maismutter wie eine Eidechse, die eine schimmernde Fliege entdeckt hatte. Er vollführte einen Satz und setzte sich mit gekreuzten Beinen vor sie hin. Maismutter sah aus, als wollte sie davonstürzen.

Die Flammen warfen ein goldenes Licht über das verwitterte Gesicht des alten Mannes. »Du glaubst also nicht, dass es ihr Geisthelfer war?«

Maismutter schüttelte den Kopf. »Nein, ich … ich war eher der Meinung, dass es eines der anderen Kinder war, aber Kaulquappe wollte den Namen nie verraten.«

»Wer war ihr Geisthelfer? Hat sie dir das erzählt?«

Maismutters Blick wanderte ziellos über den Himmel; sie brachte es nicht über sich, sich dem durchdringenden Starren des sonderbaren Alten auszusetzen. »Es ist schon lange her, doch wenn ich mich recht erinnere, sagte sie, der Wolf sei ihr Helfer. Ist das richtig?«, wandte sie sich fragend an Kleiner Bogen.

Der nickte und schluckte schwer. Sein Mund war auf einmal staubtrocken. »Ja. Wolf. Er hat sie in den gesegneten sechs Monden vor ihrem Verschwinden regelmäßig aufgesucht, ihr großartige Geschichten von legendären Helden erzählt und ihr merkwürdige Geschenke mitgebracht.«

»Geschenke?«, wiederholte Steingeist erstaunt.

»Ja, Ältester«, bestätigte Brauner Falke. »Wolf brachte

Kaulquappe viele Geschenke: Fußbänder aus Türkisperlen, wunderschön gearbeitete Muschelarmbänder, Anhänger aus edlen Steinen, die wir vorher noch nie gesehen hatten. Kaulquappe erzählte, dass Wolf diese Geschenke aus dem Bauch der Erde mitgebracht habe.«

Steingeist studierte die Ältesten, die vor den lehmgetünchten Mauern des Dorfes saßen, und die Hunde, die neben ihnen auf dem Boden lagen. Sein Blick erfasste auch die Leitern, die aus den Einstiegslöchern der Dächer ragten. »Und wie oft kam dieser Besucher im Lauf eines Mondes?«

»Drei- oder viermal, Ältester«, antwortete Kleiner Bogen.

Daraufhin schwieg Steingeist.

»Worüber sinnst du nach, Ältester?«, erkundigte sich Kleiner Bogen nach einer Weile.

Der alte Mann deutete mit der Spitze seines mageren Kinns in Richtung Dorf. »Zeig mir, wo eure Kammer liegt, Kleiner Bogen.«

Kleiner Bogen hob den Finger und deutete auf das entfernte westliche Ende der Häuserreihe und ein kleines, viereckiges Fenster unter den Dachbalken. »Dort drüben, Ältester. In der Ecke im ersten Stock.«

»Die Kammer wird durch das Dach betreten, richtig?«

»Jawohl, Ältester … jedenfalls von den Erwachsenen. Es gibt noch ein Fenster, das man von hier aus nicht sehen kann. Es geht nach Westen. Durch dieses Fenster klettern die Kinder häufig, obgleich wir das natürlich missbilligen.«

Die Falten um Steingeists Mundwinkel vertieften sich. Er wisperte, als spräche er zu sich selbst: »Aha, so lockt er sie heraus.«

Brauner Falke verknotete die Finger in ihrem Schoß. Dann hob sie sich schwerfällig auf die Knie. »Ältester, darf ich das Wort an dich richten? Vor ein paar Tagen ist aus dem Sternhageldorf ebenfalls eine Frau verschwunden. Wie ich hörte, hat man ihren geschändeten Leichnam auf dem Dorfplatz gefunden, doch ehe man sie ordentlich bestatten konnte, verschwand ihre Leiche. Und das macht mir Angst.«

Steingeist nickte auffordernd. »Sprich.«

»Unsere Tochter kam öfter spät nachts nach Hause und kroch dann immer durch dieses Fenster. Und sie blutete am Kopf. Ich war zu Tode erschrocken. Ich habe sie angefleht, mir zu erzählen, was er ihr angetan hat, doch sie wimmerte nur und wisperte, dass ihr Geisthelfer sie bestraft habe. Wir haben alle möglichen Heiler kommen lassen – manche waren einen halben Mond lang unterwegs –, doch keiner von ihnen konnte ihr helfen. Die Kopfschmerzen wurden schließlich so schlimm, dass wir die Kokwimu vom Hügeldorf baten, ihren Schädel zu öffnen, damit die Schattengeister entweichen.«

»Graue Wolke«, sagte der alte Mann leise und beugte respektvoll sein weißes Haupt. Auf seinem Nasenrücken glänzten ein paar Sandkörner. »Sie ist eine großartige Heilerin. Hat die Behandlung geholfen?«

Kleiner Bogen, der merkte, dass seiner Frau die Tränen in die Augen schossen, legte ihr tröstend die Hand auf den Arm. Als sie nicht antwortete, sagte er an ihrer Stelle: »Zu Anfang schien es so, Ältester. Doch kurz nachdem Kaulquappe sich erholt hatte, verschwand sie spurlos.«

»Tatsächlich?«, erwiderte Steingeist. »Wie hat sich das zugetragen?«

»Eines Abends ging Kaulquappe in den Wald, um Feuerholz zu sammeln, und kehrte nicht zurück. Wir haben überall nach ihr gesucht, sie aber nicht gefunden.«

Der alte Mann stocherte mit dem Finger in dem Sand herum und schnitt dann eine konzentrierte Grimasse, so als könnte er in der Schale etwas erkennen. »Ist sie während des Winters verschwunden?«

»Ja!«, platzte Maismutter heraus und beäugte neugierig den Sand. »Es schneite in der Nacht, in der sie verschwand. Hast du das in dieser Schale gesehen?«

»Nein.«

Steingeist wandte sich wieder an Kleiner Bogen. »Ihr habt keine Spuren von ihr entdecken können?«

»Nein. Nichts. Nicht den geringsten Hinweis«, erwiderte Kleiner Bogen und spürte wieder dieselbe Mutlosigkeit, die sich damals in jener Nacht in seinen Leib gefressen hatte. Noch lange nachdem die Dorfbewohner die Suche aufgegeben hatten, waren er und Brauner Falke in den Klippen herumgeklettert, hatten immer wieder ihren Namen gerufen, die Felsspalten nach einem Stück Stoff ihrer Kleidung oder irgendeinem Zeichen abgesucht, dass sie dort vorbeigekommen war. Doch gefunden hatten sie nur Sand und Steine.

»Als die Kopfschmerzen begannen, habt ihr sie da untersucht, um herauszufinden, wo sie verletzt worden war? An welcher Stelle des Schädels?«

Brauner Falke antwortete: »An der rechten Seite, Ältester. Immer an der rechten Seite. Ich habe das nicht verstehen können. Wenn ein anderes Kind sie gequält hätte, hätte sie an verschiedenen Stellen Verletzungen haben müssen. Und die Schläge wurden mit der Zeit immer heftiger. Anfangs klagte sie nur über leichte Kopfschmerzen, dann blieb sie drei ganze Tage auf ihrem Lager liegen und schließlich kam sie blutüberströmt nach Hause und musste sich übergeben.«

Steingeist blickte Brauner Falke unverwandt an, doch hinter seinen leuchtenden Augen loderten die verschiedensten Gedanken. »Die rechte Seite«, murmelte er leise vor sich hin. »Natürlich.«

»Warum?«, fragte Kleiner Bogen.

Windjunge fegte über den Dorfplatz, und der alte Mann beugte sich vor, um die Sandkörner zu beobachten, die in der Schale umherwehten. Winzige Sandwellen kräuselten sich an der Oberfläche. »Wann ist eure Tochter verschwunden?«

»Neun Monde sind seither vergangen, Ältester.«

Steingeist verfolgte weiterhin die Bewegungen der Sandkörner, doch seine Augen hatten einen Ausdruck angenommen, den Kleiner Bogen nicht zu deuten wusste – es war keine Angst und auch kein Schmerz darin, es schien eher, als sähe sich der alte Mann plötzlich einem schrecklichen Bild gegenüber, das zu bizarr, zu widerwärtig ist, als dass er seinen Augen trauen mochte.

»Was ist los, Ältester?«, fragte Kleiner Bogen mit verhaltener Stimme. »Was siehst du?«

Die Brauen des alten Mannes zogen sich zusammen. Er zögerte, den Mund zu einer Antwort geöffnet.

Dann, nach ein paar Atemzügen, sagte er mit seidenweicher Stimme: »Den unfassbaren, lähmenden Kummer, der einen Menschen in ein Ungeheuer verwandeln kann.«

Maureen blinzelte gegen das gleißende Sonnenlicht an, das den Canyon zum Glühen brachte. Die Felsklippen flimmerten wie die Bilder in Fieberfantasien. Obwohl sie nur Shorts, ein weißes T-Shirt und ihre Stiefel trug, raubte ihr die unbarmherzige Hitze schier den Atem. Sie zog sich den weißen Segeltuchhut über die dunklen Augen und setzte sich im Schneidersitz an den Rand des Grabungsabschnitts. Einen Meter unter ihr kauerte Sylvia in der Hocke und entfernte mit einem Pinsel vorsichtig die jahrhundertealten Sandschichten, die die Gebeine der jungen Frau bedeckten. Um halb sieben hatte ihr Arbeitstag begonnen, zwischen zwölf und zwei hatten sie eine Pause eingelegt, und inzwischen arbeiteten sie bereits wieder seit zwei Stunden unter der brütenden Wüstensonne. Maureen konnte es kaum fassen, dass die Sonne hier um vier Uhr nachmittags immer noch so gnadenlos herunterbrannte.

Dreißig Schritte von ihnen entfernt, außerhalb der Markierungsfähnchen, grub Stewart an der Stelle, wo nach Aussage von Mrs. Walking Hawk das Nebelkind ruhte. Maggie und ihre Tante saßen auf Campingstühlen am Rand der Grube und sahen ihm zu. Beide trugen Cowboyhüte aus Stroh. Maggie tätschelte unaufhörlich den Arm ihrer Tante. Sie unterhielten sich zu leise, als dass Maureen sie hätte verstehen können, doch sie sah Hail Walking Hawk lächeln.

Maureen veränderte seufzend ihre Sitzposition. Von dem Augenblick an, als sie Hail Walking Hawk zum ersten Mal begegnete, beschlich sie in ihrer Gegenwart ständig ein merkwürdiges Gefühl, so als ob die freundliche alte Dame in sie eingedrungen war und die sorgfältig von ihr geordneten Stücke ihres Lebens durcheinander gewürfelt hatte. Der Mann, den Mrs. Walking Hawk angeblich hinter Maureen hatte stehen sehen, glich ihrer Beschreibung nach John. Und das war ein Problem, denn ihr eigenes Gefühl verlieh dieser Vision noch mehr Gewicht. Wie oft spürte sie John ganz in ihrer Nähe, gerade so leise sprechend, dass sie ihn nicht verstand, ihre Hand berührend, dass sie seine Wärme zu fühlen glaubte. Manchmal, wenn sie ihn wieder einmal schrecklich vermisste, setzte sie sich hin, schloss die Augen und versuchte mit aller Kraft, sein Bild heraufzubeschwören, ihn vor sich stehen zu sehen mit diesem geliebten Lächeln auf den Lippen – und es gelang ihr beinahe. Vielleicht war es das, was Mrs. Walking Hawk gesehen hatte. Ihre Sehnsucht, die so stark war, dass sie tatsächlich Form angenommen hatte.

»Woran denken Sie gerade?«, fragte Sylvia. »Sie schauen so komisch.«

»Ich habe mir überlegt, dass Menschen, die in dieser Gluthitze arbeiten können, Steine im Kopf haben müssen.«

Sylvia grinste. Staubspuren zogen sich über ihr Gesicht und um ihre grünen Augen. Die braunen Shorts, das hellgrüne, langärmlige Baumwollhemd und das Top darunter waren völlig eingestaubt. Einen fremden Akzent nachahmend, erwiderte sie: »Wirr Arrchäologen miessen uns in alle Klimazonen zurrechtfindän, Frau Doktarr, von der Saharra bis zur Arrktiss.« Sie drehte sich kurz zu dem Notizbuch um, das zu ihrer Rechten lag, kritzelte ein paar Zahlen hin und meinte dann freundlich: »Sie sollten sich ein paar Tage Ruhe gönnen, um sich langsam an die Hitze hier zu gewöhnen. Warum setzten Sie sich nicht eine Weile in den Schatten der Zelte? Ich schreie schon, wenn ich den Schädel freigelegt habe.«

»Nein, da brate ich lieber. Zwei Minuten im Schatten und das in der Nähe von diesem supercoolen Maulwurf machen die Sache auch nicht erträglicher. Er hat sich doch tatsächlich erdreistet, mich ›Laborratte‹ zu nennen, ohne mit der Wimper zu zucken.«

»Ach, da gibt es eine Menge gemeinere Dinge, die Sie ihm im Gegenzug an den Kopf werfen könnten. Wenn Sie Vorschläge benötigen, dann wenden Sie sich nur vertrauensvoll an mich.« Grinsend wischte sich Sylvia mit dem Hemdsärmel den Schweiß vom Kinn.

Ihre ausholende Bewegung hatte einen Schwarm Grashüpfer aufgescheucht, die mit rasselnden Flügelschlägen davonflogen und sich gleich darauf im dürren Gras niederließen. Die Sonne begann allmählich ihren Abstieg über dem westlichen Horizont. Ihre schräg einfallenden Strahlen verwandelten den sandigen Boden in ein golden glitzerndes Lamétuch.

»Verraten Sie mir die Wahrheit, Sylvia. Hat Dusty wirklich mit Muffet getanzt?«

Sylvia richtete sich auf und dehnte ächzend ihre Rückenmuskeln. »Glauben Sie mir, nicht einmal ich könnte mir eine so bizarre Geschichte ausdenken. Aber das Schlimmste kam noch. Nach diesem Auftritt war Dusty absolut am Boden. Wochenlang hat er keine Frau mehr angefasst. Und den hartnäckigsten Vertreterinnen unseres Geschlechts hat er weisgemacht, sich auf einem Enthaltungstrip zu befinden, wobei die meisten natürlich sofort eine Geschlechtskrankheit vermuteten.«

»Hört sich eher nach einem Mangel an Geschlecht an.«

»Tja, ich sagte ihm, er hätte einen Tripper vorschieben sollen. Frauen haben in den meisten Fällen Mitleid mit solchen Opfern. Kriegswunden, Sie verstehen?«

Maureen schlug nach einer lästigen Fliege, die immer wieder ihre Nasenspitze ansteuerte, verfehlte sie und meinte dann seufzend: »Ich weiß nicht. Vielleicht hätten die Frauen auf Stewarts Krankheit reagiert wie diese Killerbienen aus Texas. Haben Sie darüber gelesen? Man hat die männlichen Bienen mittels Bestrahlung sterilisiert und dann in ihren angestammten Territorien freigelassen.«

»Nein. Was ist mit ihnen passiert?«

»Die Weibchen haben einmal gebrütet und sind dann gestorben.«

Sylvia wischte sich eine feuchte Haarsträhne von der Wange. »Oh, das gibt dem Namen Killerbiene eine ganz neue Bedeutung.«

»Hm, würde ich sagen.«

»Zum Glück ist ein Tanz mit Muffet für Stewart der höchste Grad der Annäherung an Frauen, deshalb greift die Killerbienen-Theorie bei ihm wohl nicht.«

»Er hat anscheinend wirklich Probleme, wie?«, meinte Maureen mit einem schrägen Seitenblick auf Dusty, der auf der anderen Seite des Geländes grub. Sein braun gebranntes Gesicht hatte einen unnatürlichen Glanz. »Schwer zu glauben. Zumal er aussieht wie der leibhaftige Adonis.«

»Tja, aber er hat Albträume wie Frankenstein.«

Maureen sah in Sylvias grüne Augen hinab. »Tatsächlich?«

Sylvia nickte. »Jedesmal wenn er einer Frau näher kommt, plagen ihn sofort die grauenhaftesten Albträume, in denen er in der Dunkelheit eingesperrt wird. Dann wacht er auf und bekommt keine Luft mehr.« Sie atmete tief die heiße Luft ein. »Ich kenne nicht die ganze Geschichte, aber ich glaube, die Albträume gehen auf seine Mutter zurück.«

Eine Windböe jagte über das Gelände, ließ die grünen Zeltplanen flattern und drohte Maureen den weißen Segeltuchhut vom Kopf zu reißen. Sie bekam ihn gerade noch an der Krempe zu fassen und hielt ihn so lange fest, bis die Böe in den Canyon weitergezogen war.

Sylvia wischte die kleine Kelle an ihren Shorts ab und kniete sich wieder in ihre Grube. »So. Jetzt lassen Sie uns ein wenig über Ihre Person plaudern. Sie sind also eine Laborratte? Ist das Ihre eigentliche Beschäftigung?«

Der Wind blies ein paar dicke Wolken über den Himmel, in deren Gefolge dunkle Schatten über Maureens Gesicht huschten. Die plötzliche Abkühlung fühlte sich herrlich an. Tief atmete sie die wohltuende Luft in die Lungen, doch schon im nächsten Augenblick waren die Schatten nach Westen weitergezogen, und die Sonne brannte wieder erbarmungslos auf sie nieder. Mit einem Seufzer wandte sie sich an Sylvia, um ihre Frage zu beantworten.

»Mehr oder minder, ja. Und es macht mir sehr viel mehr Spaß, als Vorlesungen zu halten.«

»Du liebe Güte, woher nehmen Sie nur die Kraft dazu? Ich könnte niemals tagaus, tagein in einem Labor arbeiten.« Sie unterbrach sich, um den Staub von der zerschmetterten Schädeldecke der Frau zu blasen. Er wirbelte ihr ums Gesicht und setzte sich dann auf der Krempe ihres Strohhuts ab. »Ich muss draußen im Freien sein, sonst wachsen meiner Seele Schlangenaugen. Dann fange ich an, meine Mitmenschen anzufunkeln, als sei ich die Königinmutter von LV426 höchstselbst.«

Maureen versuchte die Zahlenkombination einzuordnen. »Ist das der Planet in *Alien*?«

»Genau«, nickte Sylvia. »Erinnern Sie sich an die Szene in dem Kinderzimmer, wo die Königin ein Zischen ausstößt und den Unterkiefer hängen lässt? Genau so fühle ich mich nach ein paar Tagen des Eingesperrtseins in einem Raum mit anderen Leuten.«

»Offenbar sind Sie wirklich keine Großstadtpflanze. Sind Sie in New Mexico geboren?«

Sylvia blinzelte gegen die Sonne an. »Das weiß ich nicht genau. Die ersten acht Jahre meines Lebens habe ich in diversen Pflegefamilien in Idaho verbracht, wurde quasi von einem ›liebenden‹ Elternpaar zum anderen weitergereicht.«

Die Art, wie sie das Wort »liebenden« aussprach, rührte Maureens Herz. »Klingt nicht gerade nach einer glücklichen Kindheit.«

»Ich kannte es nicht anders. Zumindest anfangs nicht. Ich glaubte, alle Kinder wechselten die Eltern viermal pro Jahr. Als ich dann mit sechs eingeschult wurde, kam es erst richtig dick. Kaum hatte ich mich in der Schule mit einigen Kindern angefreundet, kamen die Engel vom Jugendamt und steckten mich in eine neue Familie ans andere Ende von Boise. Ich …«

»Waren Ihre Pflegeeltern so schlecht zu Ihnen? Ich dachte immer, die staatliche Fürsorge nimmt Pflegekinder nur dann wieder aus einer Familie heraus, wenn triftige Gründe dafür bestehen.«

Sylvias Mundwinkel zuckten unkontrolliert. Nervös drehte sie den Griff der Kelle zwischen ihren staubigen Händen. »Na ja. Manche waren wirklich grässlich. Ich erinnere mich noch gut an diesen alten Mann. Mein Gott, wie ich den gehasst habe. Er kam spätabends immer in mein Kinderzimmer. Damals muss ich ungefähr vier gewesen sein. Ich schwöre, alles, woran ich mich erinnern kann, ist das Gefühl, wie sich sein Mund auf den meinen presst und mir die Luft aus den Lungen saugt, und wie der Mann gerochen hat – wie Gin, gemischt mit brackigem Salzwasser. Die Sozialarbeiterin erzählte mir, die anderen Pflegekinder hätten behauptet, das ginge schon seit Monaten, aber heute glaube ich, dass mein Verstand das einfach ausgeblendet hat.«

Maureen schwieg. Sylvias nüchterne, illusionslose Stimme war mindestens ebenso erschreckend wie das Bild des kleinen, einsamen Mädchens, das sie beschrieben hatte; das versucht herauszufinden, was mit ihm geschah, warum die Menschen, die sie angeblich um sie kümmerten, ihr so weh taten – ein Kind, so traumatisiert von den seelischen Qualen, dass sein Gehirn einfach die schmerzhaften Erinnerungen ausblendet.

Kein Wunder, dass sie und Stewart sich so gut verstanden. Sie hatten beide eine üble Kindheit durchlebt. Vielleicht meinte er das damit, als er sagte: *Manchmal glaube ich, sie kennt mich besser als ich mich selbst …* Diese Art von Vergangenheit zu teilen führte wohl zwangsläufig zu einer persönlichen Bindung, die Außenstehende nicht wirklich nachvollziehen können.

»Ich habe gehört, dass der Verstand das zu unserem Schutz tut«, bemerkte Maureen leise.

»Das glaube ich auch«, sagte Sylvia. »Zu schade nur, dass es nicht besser funktioniert. Ich wache noch immer gelegentlich auf und schwinge die Fäuste.« Sie grinste Maureen schief an. »Ach, übrigens, betreten Sie niemals mein Zelt, ohne sich vorher bemerkbar zu machen.«

»Soll ich eine Schrotflinte abfeuern, um Sie auf mein Kommen vorzubereiten?«

»Das sollte genügen.« Sylvia schüttelte den Staub von ihrem Strohhut und setzte ihn wieder auf.

»Einmal kam Stewart auf die glorreiche Idee, mir einen Streich zu spielen. Das war, bevor er von meiner Kindheit wusste. Er kroch in mein Zelt, packte das untere Ende meines Schlafsacks und wollte mich herausschütteln. Ha, ha. Wie lustig! Zum Glück besitzt er ein kräftiges Stimmchen. Sein Geschrei weckte mich auf, ehe ich mein Werk zu Ende bringen konnte, das mit Coors-Flaschen seinen Anfang genommen hatte. Ich war nämlich drauf und dran, sein bestes Stück mit meinem Baseballschläger zu Brei zu schlagen.«

»Sie schlafen mit einem Baseballschläger?«

»Aber sicher.« Sie griff nach einem Pinsel und entfernte vorsichtig die Sandschicht vom Hinterhauptknochen des Schädels. »Ich bin jemand, der besser keine Knarre besitzen sollte.«

Maureen schwieg eine Weile, dann sagte sie: »Ich weiß immer noch nicht, wie es Sie nach New Mexico verschlagen hat, Sylvia.«

»Als ich acht war, wurde ich von einer ganz netten Familie in Idaho Falls adoptiert. Zwei Jahre später zogen wir nach Albuquerque um.«

»Und seitdem leben Sie in New Mexico?«

»Abgesehen von ein paar Trips in Nachbarstaaten, ja. Ich bin sehr glücklich hier. Das archäologische Feld ist unerschöpflich. Das mexikanische Essen unerreicht. Mehr brauche ich nicht im Leben. Gib mir viel Sonne, ein paar Steinbrocken, einen Teller voll Maistortillas, und ich gehöre dir. Und wie steht's mit Ihnen? Waren Sie schon immer wild auf die Anthropologie?«

»Meine Familie hat mich dazu gebracht. Wir haben in den Sommerferien immer historische oder archäologische Stätten besucht. Und seither hat mich das Staunen über diese

Wunderwerke vergangener Zeiten nie mehr losgelassen.«

»Gut, aber das gehört ja zur Feldarbeit. Wie halten Sie es nur aus, in einem Labor zu hocken?«

Ein wenig abwehrend entgegnete Maureen: »Das Labor ist der Ort, wo die eigentliche Wissenschaft beginnt, Sylvia.«

»Aber dort ist es kalt und steril. Wo bleibt da der Kick des Entdeckens?«

Maureen schmunzelte. »Der ist ständig gegenwärtig, Sylvia.«

Sie dachte an die Gebeine, die ordentlich sortiert auf ihrem Labortisch lagen. Viele Indianerstämme Nordamerikas glaubten, dass Menschen zwei oder sogar drei Seelen besaßen und dass eine dieser Seelen auf ewig mit dem Körper verbunden bliebe. Seltsamerweise glaubte sie das auch. Wenn sie einen Knochen zum ersten Mal berührte, schien es ihr immer, als ob dieser längst verstorbene Mensch über den unendlichen Fluss der Zeit hinweg eine Verbindung zu ihr aufnahm, dankbar für die unerwartete Gesellschaft.

»Ich kann es schlecht erklären«, fuhr Maureen fort, »aber die Arbeit mit menschlichen Überresten ist anders, als Tonscherben oder Steinwerkzeuge zu untersuchen. Knochen *sprechen* zu einem.«

Sylvia blies Sand von dem Loch in dem Frauenschädel und murmelte: »Das habe ich schon mal gehört.«

»Wirklich? Wo denn?«

»Letztes Jahr hat Dusty eine Hopi-Frau zu unserem Seminar eingeladen. Sie ist Museumskuratorin und hat darüber berichtet, wie in ihrem Museum Katsina-Masken behandelt werden. Höchst interessant. Sie sagte, dass jede Maske eine Seele besitze und sie ihnen blauen Mais als Nahrung hinstellen und sie mit Sonnenblumenöl einreiben müsse, um sie bei Laune zu halten. Wenn sie das nicht täte, würden die Masken wütend werden und das Museum vernichten.«

»Und das hat sie ernst gemeint?«

»Todernst«, bestätigte Sylvia und wischte sich abermals die Hände an ihrer Hose ab. »Eine meiner Mitstudentinnen unserer Klasse ist Cheyenne. Und die erzählte uns, dass ihr

Volk davon überzeugt ist, dass Medizinbeutel eine Seele besitzen, und dass sie es als grausam empfindet, sie in einem Museum verschlossen zu halten, weil sie sich dort einsam fühlten.«

Sylvia richtete sich auf, klopfte den Sand von ihren Shorts und klappte die tarnfarbene Munitionskiste auf, die am Grubenrand stand. Daraus entnahm sie eine Kleinbildkamera und einen mit einer Skala versehenen »Norden«-Pfeil. Diesen richtete sie parallel zur Wand des Abschnitts aus, schoss rasch zwei Aufnahmen von dem Skelett und verstaute Kamera und Pfeil wieder in der Kiste. Während sie die Aufnahmen in das Foto-Logbuch eintrug, meinte sie mit einem raschen Blick zu Maureen. »Und, glauben Sie solches Zeug?«

»Ich bin Wissenschaftlerin. Was ich nicht beweisen kann, das glaube ich auch nicht.« Aber das entsprach nicht ganz der Wahrheit. Maureen dachte an ihre Knochen. Irgendwie schien die Wärme ihrer Hände sie zu trösten. »Und was hat diese Hopi-Frau zu den einsamen Medizinbündeln gesagt?«

»Sie meinte: ›Warum sollten sie sich einsam fühlen? Sie haben doch einander.‹« Sylvia warf Maureen einen fragenden Blick zu und setzte hinzu: »Ich hatte wochenlang Albträume von sprechenden Artefakten. Wenn Sie glauben, dass diese plappernden Klomuscheln im Fernsehen grotesk sind, dann sollten Sie mal beobachten, wie sich ein Kotstein mit einer Katsina-Maske unterhält. ›Hey, Wolf-Katsina, schau dir mal diese Touristin an. Kesse Biene, eh?‹«

Sylvia pinselte Staub vom oberen Orbitaltorus, dem Wulst über den Augenhöhlen, und Maureen betrachtete stirnrunzelnd die Frakturen an diesem Teil des Schädelknochens. Sie waren alle verheilt, abgesehen von der Bruchstelle, wo die Steinplatte den Kopf getroffen hatte. Keine dieser Frakturen schien unmittelbar den Tod dieser Frau verursacht zu haben, doch das konnte Maureen erst mit Sicherheit feststellen, wenn sie den Schädel in Händen hielt.

Ihr Blick wanderte zu Dusty hinüber. Als er sich in der flachen Grube vorbeugte, schmiegte sich sein T-Shirt um die

Muskeln seiner breiten Schultern. Und ehe Maureen sich dessen bewusst wurde, folgten ihre Augen den Formen seines langen, schlanken Körpers hinab zu den sonnengebräunten nackten Beinen, auf denen der Schweiß im Sonnenlicht glitzerte.

»Haben Sie etwas Erfreuliches entdeckt, Washais?«, erkundigte sich Sylvia und grinste wissend.

Maureen maß sie mit einem gleichgültigen Blick. »Wie kommen Sie mit dem Schädel voran?«

»Geben Sie mir noch eine Viertelstunde, dann gehört er Ihnen. Ich muss nur noch ...«

»*Wo?*«, ertönte Maggie Walking Hawks Stimme.

Maureen legte die Hand über die Augen.

Hail Walking Hawk deutete auf etwas in Stewarts Abschnitt. Aufgeregtes Gemurmel erhob sich.

»Wenn Sie mit dem Schädel so weit sind, Sylvia, dann rufen Sie mich. Ich geh mal rüber und schau mir an, was Stewart gefunden hat.«

»Wird gemacht«, sagte Sylvia und winkte ihr mit der Kelle zum Abschied zu.

Beim Gehen ließ Maureen den Blick über den Canyon schweifen. Breite Streifen schwarzer Mineralien zogen sich an den erdfarbenen Felswänden entlang wie geschmolzene Schokolade. Zwei große Raben ließen sich krächzend vom heißen Wind über dem Klippenrand tragen.

Als Maureen die Parzelle erreichte, sah Mrs. Walking Hawk zu ihr auf. »Hallo, Washais, wir haben den einsamen Jungen gefunden. Kein Wunder, dass ich ihn so deutlich hören konnte. Sein Grab war nicht sehr tief.«

»Tatsächlich?« Maureen blieb am Rand der Grube stehen und sah hinein. Stewarts grünes T-Shirt klebte ihm in schweißgetränkten Falten am Rücken. Unter seinem verbeulten Cowboy-Hut lugten weizenblonde Haarsträhnen hervor. Eine dünne Staubschicht bedeckte die verspiegelten Gläser seiner Sonnenbrille.

Auf dem Boden der Parzelle ruhten die winzigen Gebeine eines Fötus in der Bauchhöhle des Skeletts einer jungen

Frau. Der Schädel lag unter einem flachen Stein begraben, die übrigen Knochen ihres Körpers waren sichtbar. Die Tiefe der Grube betrug nicht mehr als dreißig Zentimeter.

Maureen kniete sich hin und studierte mit geschultem Blick die Struktur der winzigen Knochen. »Der Fötus war ungefähr drei Monate alt«, stellte sie fest.

Stewart antwortete nicht. Seine Aufmerksamkeit richtete sich auf einen Gegenstand zwischen der dritten und vierten Rippe des Frauenskeletts. »Ist es nicht seltsam, dass diese Grabstätte so flach ist?«, bemerkte Maureen.

Stewart blies Staub von dem Artefakt und nahm einen Pinsel zur Hand. Während er weitere Sandschichten entfernte, sagte er: »Nicht wenn Sie die Stratigrafie der anderen Gräber betrachten, Doc. Dieses hier erscheint recht flach, doch als die Leichname beigesetzt wurden, fiel das Gelände hier Richtung Süden um fünf Grad ab. Im Lauf der Jahrhunderte haben Wind und Regen das Erdreich abgetragen und die tiefer gelegenen Stellen aufgefüllt. Keines dieser Gräber war sehr tief.«

»Ein weiteres Argument für eine Bestattung während des Winters?«

Stewart benutzte sein Maßband und die Eichschnüre, um die genaue Lage des Fundes zu bestimmen, dann wiederholte er das gleiche Foto-Ritual, das Maureen gerade bei Sylvia mitverfolgt hatte. Während er sein Clipboard zur Hand nahm und peinlichst genau den Fund auf der Geländekarte einzeichnete, einschließlich der Größen- und Tiefenangaben, sagte er: »Mit Sicherheit, Doc.«

Nachdem er das Clipboard zur Seite gelegt hatte, nahm er eine verchromte Pinzette und hob damit vorsichtig das Artefakt zwischen den beiden Rippen heraus. Dann stieß er einen leisen, bewundernden Pfiff aus. »Wow, ist das schön!«

»Was ist es?«, wollte Maureen wissen.

Stewart reichte ihr das Fundstück. »Ein Anhänger aus Gagat.«

Maureen rieb mit dem Daumen behutsam über das winzige Auge aus roter Koralle und bestaunte die exquisite

Arbeit. »Wunderbar.«

Maggie kam um die Parzelle herum. »Darf ich mal sehen, Maureen?«

»Selbstverständlich.« Maureen gab ihr den Anhänger, und Maggie brachte ihn ihrer Tante.

Mrs. Walking Hawk betastete den Anhänger mit ihren knochigen Fingern. »Sag mir, wie er aussieht, Magpie.«

»Es ist ein schwarzer, glänzender Stein, Tante, in der Form einer eingerollten Schlange, die in einer aufgebrochenen Eischale liegt.«

Maggie drehte den Anhänger ein wenig. Das Korallenauge blitzte in der Sonne auf. »Die Schlange hat ein rotes Auge. Es ...«

Hail Walking Hawk schrie leise auf, ließ den Anhänger fallen und wischte sich hektisch die Hände an ihrem gelben Kleid ab. »Nimm das weg!«

»Warum?«, rief Maggie verblüfft. »Was ist damit? Sag schon!«

»*Basilisk!*«, keuchte die alte Frau.

»Was? Ich habe nie ...«

»Gib mir ein paar Eier, Magpie! Aus der Kühlbox. Schnell!«

Maggie rannte los.

Stewart legte die Stirn in Falten. Er musterte Mrs. Walking Hawk eine Weile und sagte dann: »*El basilisco?*«

Hail Walking Hawk nickte heftig. »*Si. El basilisco es como los brujos, duerme con los ojos abiertos.*«

Stewart lehnte sich mit dem Rücken an die Wand der Grube. Ohne dass ihn jemand dazu aufgefordert hatte, übersetzte er: »Der Basilisk schläft mit offenen Augen wie die Hexen.«

»Was ist ein Basilisk?«, fragte Maureen.

Stewart nahm die Sonnenbrille ab und schaute sie mit seinen blitzblauen Augen an. »Eine mythische Gestalt. In Südamerika ist es eine Schlange, geboren aus einem Ei, das ein Hahn gelegt hat. Im Südwesten der Vereinigten Staaten hingegen kann jeder Vogel einen Basilisken gebären, und der wird in diesen Gegenden gewöhnlich nicht als Schlange beschrieben, sondern als formlose, abscheuliche Kreatur, die eher einem missgestalteten Küken ähnelt.«

Maureen bemerkte das Entsetzen, das sich auf dem verwitterten Gesicht der alten Indianerin spiegelte.

»Warum ist ein Basilisk so Furcht einflößend?«, wollte sie wissen.

»Ist er nicht. Sofern man keine Angst vor Ungeheuern hat. Doch wenn das Ungeheuer Sie sieht, bevor Sie es sehen, dann sterben Sie. Viele Stämme des Südwestens glauben, dass nur Hexen in das Auge eines Basilisken blicken können, ohne daran zu Grunde zu gehen.« Und aus dem Mundwinkel fügte er hinzu: »Was Sie zufällig soeben getan haben.«

»Habe ich das?«

Er nickte. »O ja. Jedes Jahr sterben eine ganze Anzahl von Leuten unter diesen Umständen. Menschen, die man der Hexerei verdächtigt, werden gezwungen, einen Anhänger wie diesen anzusehen, und wenn sich ihre Zehen nicht augenblicklich aufrollen, ist das der Beweis, dass sie wirklich Hexen und damit des Todes sind.«

»Entweder ist man eine Hexe und stirbt, oder man ist keine und stirbt auch.«

»Richtig.«

Maureen drehte sich um, als Maggie angerannt kam, die untere Hälfte ihres T-Shirts gefüllt mit Eiern. Schweißperlen glänzten auf ihrem runden Gesicht, und das kurze schwarze Haar klebte ihr an den Wangen. »Ich habe sechs Eier gebracht, Tante Hail. Reicht das?«

Hail Walking Hawk antwortete mit ernster Stimme: »Zuerst müssen wir die Schlange loswerden ...« Sie kickte den Anhänger mit der Spitze ihres Schuhs in Stewarts Richtung. »Legen Sie ihn zurück in das Grab, Dusty. Und häufen Sie Erde darüber. Rasch!«

Stewart benutzte die Pinzette, um den Anhänger in eine Ecke der Parzelle zu legen, und wie es schien, musste er seine ganze Willenskraft aufbringen, um ihn wieder zu begraben. Aber er tat es. Maureen vermutete, dass der gleiche

Ausdruck sein Gesicht geziert hätte, wenn man ihn gezwungen hätte, Arsen zu schlucken.

Hail Walking Hawk wedelte mit ihrer dürren Hand. »Magpie, gib jedem hier ein Ei. Jeder soll damit seinen Körper abreiben. Die weiße Eischale zieht das Böse aus dem Körper.«

Maureen nahm das Ei, das Maggie ihr reichte, und beobachtete Mrs. Walking Taylor. Die alte Frau rieb sich mit dem Ei das Gesicht ab, dann die Arme und schließlich hob sie den Saum ihres gelben Kleids hoch und rieb sich die dürren Beine ab. Maureen kam sich zwar albern vor, doch sie tat es der alten Frau gleich. Stewart ebenfalls. Als alle fertig waren, sammelte Maggie die Eier ein und fragte ihre Tante: »Was soll ich jetzt damit tun?«

»Geh und zerschlage die Eier auf einem Felsen. Aber sieh zu, dass sie alle zerbrechen. Das zerstört das Böse.«

Maggie entfernte sich ein paar Schritte und warf die Eier nacheinander auf eine flache Sandsteinplatte. Das Eigelb spritzte in alle Richtungen und lief über den Sand.

Hail Walking Hawk reckte ihre knochigen Hände dem stahlblauen Himmel entgegen und begann zu singen. Etwas Unheimliches schwang in ihren Worten mit.

Sylvia waren die Geschehnisse natürlich nicht verborgen geblieben. Sie kletterte aus ihrer Parzelle und kam mit eiligen Schritten herbeigelaufen. Unverhohlene Neugier stand auf ihrem staubverschmierten Gesicht. Ihr hellgrünes Hemd flatterte im Wind. »Was geht hier vor?«

Stewart legte einen Finger an die Lippen und winkte sie zu sich. Nachdem Sylvia sich neben ihn an den Grubenrand gekniet hatte, flüsterte er ihr zu: »Ich habe den Anhänger einer Hexe gefunden. Wir sind alle mit dem Bösen kontaminiert.«

»Cool«, murmelte Sylvia, während sie die Gebeine der Frau und des ungeborenen Kindes betrachtete. »Wo ist er?«

»Ich habe ihn wieder eingebuddelt.«

Sylvia riss verblüfft die grünen Augen auf. »Warum das?«

»Es gab keine andere Möglichkeit. Ansonsten hätte ich unserer Hunnin die Kehle durchschneiden müssen. Sie hat nämlich dem Bösen direkt ins Auge geblickt und sich geweigert, tot umzufallen.«

»Wow«, hauchte Sylvia, sichtlich beeindruckt. »Kann ich es auch mal probieren?«

Stewart schob die Sonnenbrille auf die Nase und machte eine nachdenkliche Pause. Dann meinte er lakonisch: »Nur, wenn du den Rest der Woche Bohnen-Burritos zum Frühstück essen willst.«

Die tief stehende Sonne sandte ihre goldenen Strahlen über den Himmel, die die schneebedeckten Gipfel der Berge zum Erglühen brachten. Um die Mittagszeit hatte Weidenkätzchen ihren Umhang zusammengerollt und auf ihr Bündel geschnallt und war nur in ihrem knielangen blauen Kleid gelaufen. Doch jetzt spürte sie bereits die Kälte der nahenden Nacht auf ihren bloßen Armen. Bald würde sie stehen bleiben und ihren Umhang wieder anziehen müssen.

Es war für einen Tag im Mond der Stampfenden Büffel ungewöhnlich mild gewesen. Der Schnee in der Ebene war größtenteils geschmolzen, und die zurückgebliebenen Pfützen glitzerten wie silberne Augen.

Weidenkätzchen hatte seit drei Tagen kaum etwas gegessen. Ihr war flau im Magen und etwas schwindlig. Den Göttern sei Dank, dass der alte Steingeist darauf bestanden hatte, dass sie den Topf Präriehundsuppe mit ihm teilte. Das war die einzige ordentliche Mahlzeit gewesen. Ansonsten hatte sie sich mit dünnen Streifen Trockenfleisch begnügt, die sie unterwegs kaute, oder hin und wieder einer Hand voll Wasser aus einem Bach, um den ärgsten Durst zu löschen.

Steingeist. Sie schüttelte den Kopf. *Was für ein seltsamer alter Mann.*

In einem Augenblick benahm er sich wie ein Trottel und im nächsten stellte er einem messerscharfe Fragen. Es war, als wohnten zwei Menschen in seinem Körper: der eine absolut vernünftig, der andere vollkommen verrückt. Doch diese zur Schau gestellte Verrücktheit gereichte ihm fraglos zum Vorteil. Der alte Mann konnte einem die verborgensten Geheimnisse entlocken, ehe man sich dessen richtig bewusst wurde. Was würde er herausfinden, wenn er Matrone Flammenbotin oder die arglistige Erbsenhülse ausfragte?

Weidenkätzchen setzte mit einem Sprung über eine Pfütze hinweg und sprintete weiter den Pfad hinab. In der Ferne tauchte bereits der Rand des Gerader-Pfad-Canyon auf, glitzernd wie ein gewundenes Band aus purem Gold. Zu ihrer Linken verschwand Vater Sonne in einer Ansammlung grauer Wolkenmenschen. Wenn sie das Tempo beibehielt, könnte sie ihr Dorf noch erreichen, ehe die Nacht ihren dunklen Mantel über das Land breitete.

Sie zog das Kriegsbeil aus ihrem Gürtel und hielt es vor sich in der Hand.

Der Pfad wand sich eine Weile neben einem ausgetrockneten Wasserlauf und bog dann nach Westen ab, auf den Sonnenuntergang zu. Fasziniert beobachtete Weidenkätzchen, wie das silbern schimmernde Antlitz von Vater Sonne am Horizont versank. Die Wolkenmenschen glühten in einem irisierenden Farbenspiel, das von einem kräftigen Lila über Orange bis zu einem ganz zarten Hellgelb reichte.

In den letzten drei Tagen hatte sie alle Hügeldorf-Bewohner vor ihren Seelen Revue passieren lassen, die als Mörder in Frage kommen könnten, traute aber niemandem eine so abscheuliche Tat zu. Zugegeben, sie kannte die Bewohner erst seit weniger als einem Sonnenjahr, jedoch zeigte keiner von ihnen irgendwelche Anzeichen, dass er verrückt war oder einen so tiefen Hass in seinem Herzen schürte, dass er dafür einen Mord begehen würde. Nicht einmal die hinterlistige, bösartige Erbsenhülse könnte sich zu so einer Tat hinreißen lassen.

Oh, Erbsenhülse hatte Aschenmädchen weiß Gott gehasst. Was auch jeder im Dorf wusste. Ihre Wut auf sie hatte an dem Tag ihren Anfang genommen, als Aschenmädchen ins Dorf gerannt kam und behauptete, einen Geisthelfer gefunden zu haben. Erbsenhülse weigerte sich hartnäckig, das zu glauben. Sie selbst hatte ihr halbes Leben damit verbracht, einen Geisthelfer zu suchen, und nie einen gefunden. Erbsenhülse bezichtigte Aschenmädchen der Lüge, überzeugt davon, dass sie das nur behauptete, um Aufmerksamkeit zu erregen. Wenig später hatte Erbsenhülse das Gerücht verbreitet, dass Aschenmädchen sich der Hexerei zugewandt habe, um mehr Macht zu erringen. Einige Dorfbewohner teilten Erbsenhülses Ansicht. Andere nicht.

Doch welche Meinung sie auch vertrat, es gab nur wenige, die Erbsenhülse mochten. Etliche Male hätte Weidenkätzchen der Frau am liebsten einen Knüppel über den Schädel gezogen, um der Bosheit Einhalt zu gebieten, die ihr ständig von den Lippen troff, doch auf den Gedanken, jemanden umzubringen und dem Leichnam anschließend Männerkleidung anzuziehen, wäre selbst Erbsenhülse niemals verfallen. Außerdem, und das war entscheidend, hatte Erbsenhülse, wie alle anderen auch, Hainbuche geliebt. Sie hätte ihr nie etwas zuleide getan.

In der Nähe des Canyon-Randes stand eine Reihe von Wind und Wetter abgetragenen Felsbrocken. Sie erinnerten an riesige Eier, die miteinander verschmolzen und dann gefroren waren. Das fahle bläuliche Zwielicht ließ sie in einem satten Lavendelton leuchten. Am Fuß der Felsen hielt eine natürliche Zisterne um diese Jahreszeit stets frisches, klares Trinkwasser bereit. Weidenkätzchen hatte in den vergangenen drei Tagen oft genug aus trüben Pfützen trinken müssen und sehnte sich nach einem erfrischenden Schluck Wasser, das sie nicht erst durch die Zähne schlürfen musste, um den Sand herauszusieben.

Als sie sich den Felsen näherte, vernahm sie ein Geräusch. Leise und verhalten.

Sie blieb stehen. Das Geräusch verstummte.

Weidenkätzchen schloss ihre Hand energisch um ihre Kriegskeule, als ihr in Erinnerung kam, was Steingeist über den Mörder gesagt hatte. Aufmerksam um sich spähend, ging sie auf leisen Sohlen rechts um den Felsen herum.

Mokassins knirschten, als der Mann hinter dem Felsen vortrat.

»Tändler!«

Er lächelte nicht und entbot ihr keinen Gruß. Er steckte seine Kriegskeule zurück in den Gürtel und strich sich das braune Kriegshemd glatt. Sein rundes Gesicht, die dichten, schwarzen Brauen und die flache Nase lagen unter einer Staubschicht. Das zum Zeichen der Trauer abgeschnittene Haar hing ihm in zackigen Stufen um die Ohren.

»Kriegshäuptling, was machst du hier? Über eine Handbreit Zeit vom Hügeldorf entfernt?«

»Die Dinge stehen noch schlimmer als vor drei Tagen bei deinem Aufbruch. Ich befürchtete, jemand könnte dir und Steingeist eine Falle stellen. Ich kam jeden Abend hierher. Für alle Fälle.«

»Schlimmer? Was ist denn geschehen?«

Tändler blickte um sich. »Wo ist denn Steingeist? Hat er sich geweigert zu kommen?«

»Er wird kommen, Tändler. In ein paar Tagen. Er wollte allein kommen. Warum, das weiß ich nicht.« Besorgt bemerkte sie die tiefen Falten auf seiner Stirn und die Angst in seinen Augen. »Erzähl mir, was sich zugetragen hat.«

»Matrone Flammenbotin hat mich in ihre Kammer gerufen und mich gefragt, wo du bist. Ich habe es ihr natürlich erzählt. Und wenig später rannten sämtliche Bewohner im Dorf herum und verbreiteten aufgeregt die Kunde, dass Steingeist ins Hügeldorf komme.«

»Sie hat es den Leuten erzählt? Aber weshalb denn?«

»Einerseits, um mich zu beschämen, weil ich dich ohne ihre Erlaubnis losgeschickt habe. Und andererseits, glaube ich, um die Leute zu warnen.«

»Aber dadurch hat sie dem Mörder doch Zeit gegeben zu verschwinden.«

»Oder«, versetzte er bedeutungsvoll, »Steingeist zu töten.«

»Ehrwürdige Götter.« Weidenkätzchen stieß einen erschöpften Seufzer aus und ging an Tändler vorbei zu der Sandsteinzisterne am Fuße des Felsens. Klares Wasser plätscherte in das Becken. Sie kniete sich davor und trank so lange, bis sie diese kühle Flut der Erleichterung durch ihre

Adern fließen spürte, dann wischte sie sich die Lippen ab und blickte zu Tändler hoch. »Er sagte so etwas in der Art.«

»Was?« Tändler ließ sich vor ihr auf die Knie fallen und fixierte sie mit einem besorgten Blick. »Was hat er gesagt?«

»Kurz bevor ich aufbrach, erklärte ich ihm, dass ich die Pfade im Auge behalten würde, damit ich ihn abpassen und in unser Dorf begleiten könne, und daraufhin murmelte er: ›*Ich glaube nicht, dass der Mörder das zulassen wird.*‹ Ich war mir nicht sicher, ob er zu mir gesprochen hatte, aber jetzt wundere ich mich doch. Vielleicht wusste er, dass das geschehen würde.«

Tändlers kühle Miene wurde ein wenig freundlicher. »Vielleicht.«

Weidenkätzchen ließ den Kopf in die Hände sinken und genoss einen Moment lang das herrliche Gefühl zu sitzen. Ihre Beine waren schwer wie Blei. Als sie aufsah, fand sie Tändlers ernsten Blick auf sich geheftet.

»Verzeih meine rüde Art, Weidenkätzchen. Ich habe nicht gut geschlafen« – er schüttelte den Kopf – »aber das ist keine Entschuldigung. Ich bin dir sehr dankbar für deine Hilfe. Es war nicht leicht für dich, Steingeist aufzusuchen, das weiß ich. Besonders nach den Geschichten, die die Leute über ihn erzählen. Es war sehr mutig von dir, zu ihm zu gehen. Das werde ich dir nie vergessen.«

Er wandte den Blick ab. Der Spinnenfrau-Kegel erhob sich wie ein viereckiger Turm inmitten des Canyons, den er jetzt intensiv zu betrachten schien. »Dieser verrückte alte Händler, Moosmund, kam gestern durch unser Dorf und erzählte, dass im Sternhageldorf ebenfalls eine Frau vermisst würde. Sie verschwand vor vier Tagen.«

Sternhagel war ein kleines, armseliges Dörfchen am westlichen Ende des Canyons, in dem kaum zwanzig Menschen lebten. Im vergangenen Herbst hatten die Feuerhunde das Dorf überfallen und alle Vorräte an Mais, Bohnen und Kürbissen geraubt, die die Bewohner für den Winter zusammengetragen hatten. Und seither kamen sie beinahe täglich zu ihnen und bettelten um Essen.

»Haben die Angreifer jemanden getötet?«

Tändler schüttelte den Kopf. »Nein.«

»Was haben sie gestohlen?«

»Nichts.«

Ihre Blicke trafen sich, der ihre verwundert, der seine verzweifelt.

»Ich verstehe nicht.«

Tändler presste die Kiefer aufeinander, und Weidenkätzchen sah, wie seine Zähne unter den braunen Wangen mahlten. »Der Händler kam vorbei, um eine Nachricht zu überbringen, Weidenkätzchen. Keine sehr wichtige Nachricht, doch jetzt mache ich mir so meine Gedanken und …«

»Eine Nachricht für wen?«

Tändler stand auf und ging vor ihr auf und ab, die Hände erhoben wie einer, der sich ergibt. »Ich will nicht einmal daran denken. Ich …«

»Aber du denkst daran, also erzähl es mir.«

Langsam ließ Tändler die Hände sinken. »Graue Wolke.«

»Ja? Und?«

»Moosmund machte bei uns kurz Halt, um Graue Wolke mitzuteilen, dass das junge Mädchen, das sie im Sternhageldorf geheilt hatte, wohlauf sei.«

Weidenkätzchen kniff die Augen zusammen, als ihr klar wurde, was er damit meinte. »Graue Wolke und Hainbuche begeben sich alle zwei Wochen in die Dörfer der Umgebung, um zu heilen, Tändler. Daran ist nichts Besonderes.«

»Ich weiß. Es ist nur seltsam, dass das Mädchen genau an dem Tag verschwand, als die beiden dort waren.«

»Zufall. Graue Wolke und Hainbuche sind keine Mörder.« Weidenkätzchen beobachtete seinen inneren Kampf, verzweifelt auf der Suche nach dem Mörder seiner Frau. »Vergiss es, Tändler. Du bist auf der falschen Fährte.«

»Möglich«, räumte er ein und trat nervös gegen einen losen Stein. »Der Händler hat außerdem erzählt, er habe gehört, dass Steingeist das Weißschwanzdorf aufgesucht hat.«

»Weißschwanz?« Ihre Miene verdüsterte sich. »Was hat er dort gewollt?«

»Das Dorf liegt auf dem Weg hierher. Das ist ein weiterer Grund, weshalb ich hier bin. Ich war mir sicher, dass ihr beide gemeinsam ankommt.«

Weidenkätzchen zupfte sich einen kleinen Lehmklumpen vom Ärmel. Vielleicht hatte der alte Mann ja Freunde im Weißschwanzdorf. Er hatte gesagt, er würde »rechtzeitig genug« kommen, nicht so schnell wie möglich. Es war sein gutes Recht, Station zu machen, wo es ihm beliebte.

»Wie geht es Hainbuche?«, erkundigte sich Weidenkätzchen.

»Sie ist zurück in ihre eigene Kammer gezogen, hat aber noch nicht die Kraft zu sprechen wiedererlangt.«

Weidenkätzchen zuckte zusammen wie unter einem Schlag. »Sie hat die Kraft zu sprechen verloren?«

Für einen Moment schloss Tändler die Augen. Weidenkätzchen wusste, dass die beiden in ihrer Jugend ein Paar gewesen waren. Er sorgte sich gewiss sehr um sie.

»Verzeih. Ich habe vergessen, dass du das noch nicht wissen kannst. Graue Wolke sagt, dass Menschen nach einem Schlag an die linke Schädelseite häufig die Fähigkeit zu sprechen verlieren. Aber sie meint auch, dass Hainbuche das Sprechen wiedererlernen kann oder ihre Sprache ganz plötzlich von selbst zurückkehrt.«

»Heilige Geister«, murmelte Weidenkätzchen. Hainbuche lachte und plauderte so gern mit anderen. Der Verlust der Sprache musste für sie wie ein Messer im Herzen sein.

Plötzlich überfiel Weidenkätzchen eine bleierne Müdigkeit. »Und wie kommt Hainbuche damit zurecht?«

»Besser, als ich es könnte. Sie ließ mich gestern dreimal in ihre Kammer rufen und versuchte, mir etwas zu erzählen. Sie stammelte und deutete, kämpfte um Worte, aber es gelang ihr nicht, sich mir mitzuteilen. Ich stellte ihr hundert Fragen, wer sie angegriffen habe, aber sie stöhnte nur und wedelte mit den Armen. Sie so zu sehen schmerzte meine Seelen unendlich.«

Hainbuche und Graue Wolke waren die beiden beliebtesten Bewohner im Hügeldorf. Und jedermann musste von Wut und Angst ergriffen sein.

»Warum sie, Tändler? Ich begreife das Ganze nicht.«

»Ich glaube, sie war rein zufällig in der Nähe, als der Mörder kam, und er ...«

Weidenkätzchens Kopf fuhr unvermittelt in die Höhe. »Du meinst, er war überrascht, sie dort vorzufinden?«

»Ja. So muss es gewesen sein. Ich meine ...«

»Dann muss der Mörder ein Auswärtiger gewesen sein.«

Tändler runzelte fragend die Stirn. »Wie kommst du darauf?«

»Ganz einfach, Tändler. Ein jeder im Hügeldorf wusste, dass Hainbuche das Beisetzungsfeuer bewachen würde. Das ist die Aufgabe der Sonnenwächterin. Und wenn der Mörder nicht ...«

Er sah ihr mit unbewegtem Blick in die Augen. »Vielleicht war es doch einer der Feuerhunde.«

»Oder einer von den nördlichen Turmbauern. Sie verehren Tiergottheiten und wissen nichts von unseren Zeremonien.«

In einem plötzlichen Anfall von Hochstimmung ergriff er Weidenkätzchens Hände. Doch dann verblasste sein Lächeln ebenso schnell, wie es gekommen war. »Nein, Weidenkätzchen. Ein Außenstehender hätte Hainbuche getötet und nicht nur verwundet.«

»Aber hat er das nicht versucht?«

Tändler gab ihre Hände frei und stand auf. »Das glaube ich nicht. Graue Wolke sagte, dass die Verletzung nicht so schwer war. Sie hat zwar den Schädel geöffnet, um die Schattengeister zu vertreiben, doch sie erklärte mir gestern, dass Hainbuche auch ohne diese Maßnahme überlebt hätte.« Tändler warf ihr einen raschen Seitenblick zu. »Nein, ich glaube, der Mörder wollte Hainbuche leiden lassen.«

Ein Hitzewelle raste durch Weidenkätzchens Adern, die von Hass, aber auch von Angst genährt wurde. Sie erhob sich mit zitternden Beinen und sah an ihrem schlammbespritzten, blauen Hemd und den durchweichten Mokassins hinab. Die ganze Zeit über hatte sie von ihrer ersten Mahlzeit zu Hause geträumt, sich nach einem wärmenden Feuer und einer Schale heißen Maisbrei mit Pinienkernen und getrockneten Blättern der Spinnenpflanze gesehnt.

Mitgefühl schwang in ihrer Stimme, als sie Tändler fragte: »Wie geht es dir? Bist du wohlauf?«

Seine dicken schwarzen Brauen zogen sich über der flachen Nase zusammen und er stieß einen tiefen Seufzer aus. »Nein. Bei allen Göttern, nein.« Er schüttelte bekräftigend den Kopf. »Ich kann nicht denken. Ich kann nicht schlafen. Ich kann mich nicht einmal auf die wichtigsten Dinge konzentrieren, die mir die Leute erzählen. Bis sie zu Ende gesprochen haben, habe ich schon wieder vergessen, was sie eigentlich von mir wollten. Ich ... ich fühle mich wie ein geprügelter Hund, Weidenkätzchen. Am liebsten würde ich davonrennen und mich irgendwo verkriechen.«

Weidenkätzchen legte eine Hand auf seine breite Schulter. »Komm, lass uns nach Hause gehen und ausführlich über alles reden.«

15

In ein dickes Büffelfell gewickelt, lag Weidenkätzchen auf ihrem Schlaflager. Der warme Schein der glühenden Kohlen flackerte über den Ring blauer Diamanten, den sie oben an die weiße Wand gemalt hatte. Geistesabwesend betrachtete sie das prächtige Farbenspiel.

Bei ihrer Rückkehr ins Dorf hatte sie eine seltsame Stille empfangen. Kein einziges Feuer brannte auf dem Platz. Kein Hund bellte, um sie zu begrüßen. Die ausgelassenen Laute spielender Kinder waren verstummt. Flammenbotin hatte sofort nach Weidenkätzchen schicken lassen, hatte sie über Steingeist befragt und ihr erklärt, dass sich die meisten Bewohner in ihre Kammern zurückgezogen hätten und erst wieder herauskommen würden, wenn der Mörder gefasst sei.

Anschließend hatte Weidenkätzchen Hainbuche in ihrer Kammer aufgesucht, vor der Schneehase Wache stand, um sich nach ihrem gesundheitlichen Zustand zu erkundigen. Die Sonnenwächterin hatte tief und fest geschlafen, gleichwohl ihr Gesicht im Schlaf unaufhörlich zuckte. Als Nächstes hatte sie versucht, Graue Wolke einen Besuch abzustatten, deren Kammer jedoch leer vorgefunden.

Weidenkätzchen seufzte.

Gewöhnlich hörte man um diese abendliche Zeit in den Nachbarkammern Gelächter oder Kleinkinder weinen. Doch an diesem Abend übertönte nur trockenes Husten gelegentlich die Geräusche des Windes. Eine heftige Böe schüttelte die Leiter, die in der runden Einstiegsöffnung im Dach lehnte.

Weidenkätzchen kuschelte sich tiefer in die Wärme des dichten Büffelfells und schloss die Augen. Rote Lichtpunkte tanzten hinter den Lidern. Nachdenklich fragte sie sich, was Windgeborener heute Abend sprechen würde. Welchen Rat er ihr geben mochte. Den Wahnsinn betreffend, der sich in ihrem Dorf abspielte. Die Mörder. Tändler …

Ein trauriges Lächeln huschte über ihre Lippen. In dem Augenblick, als ihr Herz sich nach Tändler zu sehnen begann, hatte Weidenkätzchen das Antlitz von Windgeborener hinter ihrer Seele auftauchen sehen, die Stirn in missbilligende Falten gelegt. Windgeborener würde denken, Tändler sei ein starrköpfiger, rücksichtsloser Mensch – ein Büffelbulle, der schnaubend mit den Hufen scharrt, bereit, ohne jeden Grund mit vorgereckten Hörnern zu drohen.

Tändler konnte so sein, aber gewöhnlich versuchte er nachzudenken, ehe er handelte.

Vielleicht hatte er deshalb ihr Herz eingefangen. Er hatte eben nicht nachgedacht, bevor er sie aus dem Lager der Feuerhunde befreite. Kein besonnener Kriegshäuptling hätte seine fliehenden Krieger im Stich gelassen und sein eigenes Leben riskiert, um einen einzelnen Menschen zu retten. In ähnlichen Situationen hatte sie Tändler schon Männer zurücklassen sehen.

Und sie wusste immer noch nicht, warum er ausgerechnet sie gerettet hatte.

Tief atmete sie die warme, rauchgeschwängerte Luft ein. Der Schlaf lauerte schon an den Rändern ihrer Seelen, lockte sie wie die Arme eines Liebhabers.

Gähnend rollte sie sich auf den Rücken. Sternenlicht fiel in ihre Kammer. Der ganze Raum glitzerte. Verträumt sah sie den Rauchschleiern hinterher, die durch ihr Zimmer schwebten und die Dachbalken umtanzten. Jedes dieser flüchtigen Gebilde, das sich durch die Deckenöffnung davonstahl, leuchtete noch einmal im Licht der Sterne auf, ehe es für immer verschwand.

Kurz bevor der Schlaf sie endgültig umfangen wollte, gewahrte sie eine leise Stimme. »*Weidenkätzchen? Bist du noch wach?*«

Sie stützte sich auf die Ellbogen, blinzelte den Schlaf aus den Augen und hievte sich dann zu einer sitzenden Position hoch. »Komm rein, Kriegshäuptling.«

Tändler kam über die Leiter in ihre Kammer hinabgestiegen. Seine flache Nase und das nachlässig geschnittene schwarze Haar schimmerten rötlich. Er trug einen schlichten Hirschlederumhang über einem langen roten Kriegshemd und schwarze Beinlinge. Am Fuß der Leiter blieb er unsicher stehen.

Weidenkätzchen rieb sich die müden Augen. »Bist du wohlauf, Kriegshäuptling?«

»Ich bin gekommen, um mich zu entschuldigen.« Beschämt ließ er die Arme hängen. »Als ich dir auf dem Pfad begegnete, habe ich mich armselig benommen. Ich wusste, dass du erschöpft und hungrig sein musstest. Deshalb hätte ich dir zumindest ein Stück von dem Trockenfleisch anbieten müssen, das ich in meiner Gürteltasche bei mir trug. Ich habe einfach ... ich habe nicht nachgedacht, Weidenkätzchen. In all diesen Tagen denke ich offenbar überhaupt nicht. Verzeih mir.«

»Zerbrich dir nicht den Kopf darüber. Ich bin unterwegs nicht verhungert und inzwischen geht es mir wieder ausgezeichnet.«

Tändler fuhr sich mit der Hand nervös durch die Haare, und sein Blick huschte in ihrer Kammer umher, als suchte er irgendetwas, woran er ihn festmachen konnte, nur um sie nicht ansehen zu müssen.

»Kriegshäuptling«, sagte sie. »Bitte, setz dich doch.« Sie deutete auf die Matte auf der anderen Seite der Kohlenpfanne.

»Also schön. Wenn du sicher bist, dass ich nicht störe?«

»*Setz dich.*«

Tändler ließ sich auf der Matte nieder und warf einen trockenen Zweig ins Feuer. Gierig züngelten die Flammen daran hoch. »Ich weiß nicht, was mit mir los ist, Weidenkätzchen. Ich fühle mich, als zerbröckle ich innerlich. Ich weiß nicht mehr, wer oder was ich bin. Ich ...«

»Tändler«, begann Weidenkätzchen mit sanfter Stimme und lehnte sich, in ihre Felldecke gehüllt, mit dem Rücken an die Wand. »Du hast gerade deine Frau und deinen Sohn verloren. Wie kannst du da erwarten, dich wie ein Ganzes zu fühlen? Natürlich flattern deine Seelen umher wie Vögel mit gebrochenen Flügeln.«

Der Hirschlederumhang schmiegte sich im Schein des Feuers schimmernd um seinen langen Körper und betonte die breiten, kräftigen Schultern. Als er den Blick hob, gewahrte Weidenkätzchen in jeder Falte seines markanten Gesichts die Seelenqualen, die ihn peinigten.

»Kann ich dir irgendwie helfen, Kriegshäuptling?«

Er schüttelte müde den Kopf und deutete auf den Teetopf, der an einem Dreibein über der Kohlenpfanne hing. Schalen, Schüsseln und Hornlöffel lagen daneben. »Darf ich?«

»Aber bitte. Es ist Yuccablütentee. Er müsste noch heiß sein.«

Tändler füllte eine Kürbisschale mit Tee und trank einen Schluck. Kleine Dampfschaden wirbelten um sein Gesicht. »Hast du schon etwas gegessen?«

»Ja. Und du?«, fragte sie zurück.

»Ich habe mit Der-der-fliegt und Schneehase gegessen. Viel geredet wurde dabei nicht. Alle unsere Krieger sind erschöpft, Weidenkätzchen. Wurzelknolle und Der-der-fliegt haben letzte Nacht mit mir Wache gehalten, Skunk, Schneehase und Wasserschlange während des Tages. Und was noch schlimmer ist, die Leute haben Angst und suchen die Krieger jetzt auch während ihrer Ruhezeit auf, um Fragen an sie zu stellen oder Überlegungen anzustellen, was man tun könnte. Keiner schläft gut hier in letzter Zeit.«

»Du am allerwenigsten.«

Sein Blick traf den ihren. Schmerz und Kummer verdunkelten seine ohnehin beinahe schwarzen Augen. Seine Stimme klang sehr leise, als er sagte: »Weidenkätzchen, hast du schon einmal das Gefühl gehabt, dass du eigentlich weißt, was geschehen ist, und es trotzdem nicht weißt? So als ob deine Seelen plötzlich aufgehört hätten, miteinander zu sprechen?«

Ein Windstoß fegte durch das Einstiegsloch. Die Flammen in der Kohlenpfanne spuckten und knisterten. Weidenkätzchen zog sich das warme Fell enger um die Schultern.

»Ich glaube, ich verstehe, was du meinst. Aber sag mir, was spürst du? Was wird geschehen?«

Tändler runzelte die Stirn und drehte verlegen seine Kürbisschale zwischen den Händen, offenbar unsicher, ob er die Frage beantworten sollte. Schließlich streckte er die rechte Hand aus, die Handfläche nach oben. Die dunklen Haare an seinem Arm schimmerten golden. »Manchmal fühle ich die Antwort hier, in meiner Hand, aber ich bin nicht imstande, die Finger darum zu schließen. Das einzige, was ich mit Gewissheit weiß, ist, dass alles mit meiner Frau in Verbindung steht. Sie ist der Mittelpunkt dieses Wirbelsturms, Weidenkätzchen.« Er ballte seine Hand zur Faust und schüttelte sie. »Ich *weiß* es.«

Unvermittelt stellte er die Teeschale auf den Boden, stand auf, als fühlte er sich eingeengt, und begann rastlos in der Klammer auf und ab zu gehen. Als er an der Kohlenpfanne vorbeikam, leuchtete sein Gesicht in einem silbrigen Blau.

Weidenkätzchen strich mit der Hand über das warme Büffelfell, während ihre Gedanken bei Steingeist weilten und den Fragen, die er ihr gestellt hatte. »Tändler?«

Er blieb stehen und sah sie an. »Ja?«

»Hast du jemals …« Sie zögerte. Was sie ihn fragen wollte, ging sie nichts an, und vielleicht würde er ihr das auch gleich ins Gesicht sagen, aber sie musste die Frage trotzdem stellen.

»Hast du deine Frau jemals geschlagen?«

Seine Lippen öffneten sich in sichtlichem Unglauben. »Wie kommst du denn darauf, Weidenkätzchen?«

»Ich nicht, aber Steingeist wollte von mir wissen, ob du sie je geschlagen oder in der Öffentlichkeit ausgescholten hast, und ich …«

»Welchen Zweck verfolgte er mit dieser Frage? Weshalb wollte er das wissen?«

Weidenkätzchen zuckte die Achseln und meinte: »Ich habe das alles nicht so richtig verstanden. Er erklärte mir, dass für einen Mörder ›das Leben eine Fessel sei und Mord Freiheit bedeute‹ und dass wir, wenn wir den Mörder fassen wollten, zuerst herausfinden müssten, was ihn binde. Und dann hat er … hat er mich gefragt, warum ich deine Frau nicht leiden konnte.«

»Und was hast du darauf geantwortet?«, erkundigte er sich sanft.

»Ich sagte, dass sie nicht sehr freundlich gewesen sei, Tändler.«

»… sprich weiter.«

»Steingeist wollte wissen, zu wem sie nicht freundlich gewesen war, und ich sagte, zu dir.« Ihr Blick tauchte in die dunkle Tiefe seiner Augen ein. »Anschließend wollte er wissen, ob es einen Grund für ihre Unfreundlichkeit dir gegenüber gäbe, ob du sie geschlagen oder vor anderen Leuten ausgeschimpft hast.«

Tändler kniete sich wieder vor das wärmende Feuer und nahm seine Teeschale zur Hand. Den Blick auf die hellgrüne Flüssigkeit gerichtet, sagte er: »Ich habe sie nie geschlagen, Weidenkätzchen. Darauf gebe ich dir mein Wort. Sicherlich kam es vor, dass wir uns draußen auf dem Platz stritten, oder unten beim Kanal, und dabei waren immer irgendwelche Leute in der Nähe. Ich habe sie auch des öfteren vor anderen beschämt, aber nicht, um sie absichtlich zu verletzen. Ich habe einfach im Moment die Beherrschung verloren.«

»Das können wir alle bestätigen, Tändler.«

Er schlürfte die Teeschale leer und sah sie unter seinen langen Wimpern hervor an. »Ich habe meine Frau nie verstanden, Weidenkätzchen. Wenn sie wütend war, veränderte sie sich, wurde für mich zu einer ganz fremden Person. Dann begannen ihre Augen plötzlich zu glühen, und ihre Stimme wurde rau und bedrohlich. Sie schrie mir ins Gesicht und drohte mir mit den Fäusten. Es mag vielleicht feige erscheinen, zumal ich so viel größer und stärker bin als sie, aber ich hatte manchmal richtig Angst vor ihr.« Er legte den Kopf in den Nacken, machte eine bekümmerte Miene und sah den Rauchschwaden nach, die sich um das Abzugsloch kräuselten. »Ich muss zugeben, dass es mich mehr als einmal in den Fingern juckte, und ich ihr am liebsten eine Ohrfeige gegeben hätte. Aber das habe ich nie getan, Weidenkätzchen.« Er kniff die Augen zusammen. »Ich schwöre es.«

Windjunge tobte durch das Hügeldorf und rüttelte scheppernd an den Leitern. Plötzlich wurden überall Geräusche laut. Aus dem Schlaf erwacht, fingen die Leute an zu husten. Säuglinge wimmerten.

Weidenkätzchen legte die Hände in den Schoß und betrachtete sie nachdenklich. Jede Bewegung, jedes Wort von Tändler enthüllte die Verzweiflung, die in seinem Herzen wütete.

»Hast du dir schon einmal überlegt, dass du nur deshalb deine Frau als Mittelpunkt dieses Wirbelsturms siehst, weil ihr Tod den Sturm ausgelöst hat, der in dir selbst tobt?«

»Es ist nicht ihr Tod«, entgegnete er und ballte abermals die Fäuste. »Wenn es nur mein Kummer wäre, damit käme ich zurecht. Aber es ist mehr, Weidenkätzchen. Es sind die Schuldgefühle, die mich bei lebendigem Leib auffressen.« Er öffnete die Hände und breitete in einer hilflosen Geste die Arme aus. »Ich sage dir, die Götter werden mich für das bestrafen, was ich getan habe. Ich …«

»Was hast du denn getan?« Hunderte Male schon hatte sie diesen flehenden Ton in seiner Stimme vernommen. Er war ganz eindeutig ein Mensch, der stets die Schuld bei sich suchte, sich eines Unrechts bezichtigte, das er nicht begangen und auf das er auch keinerlei Einfluss gehabt hatte. »Erzähl es mir.«

Mit finsterer Miene starrte er in die rot funkelnde Glut. Nach einer Weile dann begann er: »Warum bin ich ihr nicht hinterhergegangen, Weidenkätzchen? Warum nur? Als meine Frau an jenem Abend zu mir auf den großen Platz kam, stellten wir gerade den Kriegertrupp zusammen. Ich wusste, dass sie vor Wut schäumte. Ich brauchte nur ihr Gesicht anzusehen. Wenn ich ihr hinterhergegangen wäre, dann würde sie jetzt noch leben. Sie ist ganz allein fortgelaufen und offenbar in Schwierigkeiten geraten, denen sie nicht entrinnen konnte. Wäre ich bei ihr gewesen, um sie zu beschützen …«

»Wenn ich dich richtig verstehe, dann bedauerst du in erster Linie nicht ihren Tod, sondern dass du deine Pflichten als Ehemann vernachlässigt hast.«

Tändler blickte Weidenkätzchen ganz unverblümt ins Gesicht; in seinen Augen stand deutlich sein Schmerz zu lesen. »Das habe ich nicht gesagt.«

Weidenkätzchen biss die Zähne zusammen. *Die Götter werden nicht dich bestrafen, sondern deine nichtswürdige Frau.*

Sie würden sie für ihr ständiges Gezänk bestrafen und dafür, dass sie Tändler dazu zwang, Dinge zu tun, die er nicht wollte. Für ihre Wutausbrüche und ihre scharfe Zunge, die den Leuten eine Gänsehaut über den Rücken jagte. Dafür, dass sie Tändler vor seinen Freunden bloßgestellt hatte. Freilich konnte sie keinen dieser Gedanken laut aussprechen. Nicht wenn Tändler sie mit einem solch gequälten Blick ansah.

Weidenkätzchen streckte die langen Beine auf dem weiß verputzten Boden aus. »Verzeih, Tändler. Was hast du eben gesagt?«

Unbehaglich veränderte Tändler seine hockende Position.

»Ich sehe immer ihr eingeschlagenes Gesicht vor mir und spüre ihre kalte, steife Hand. Dieses Bild klebt vor meinen Augen wie kaltes Kiefernharz.« Unbewusst wischte er sich die Hände an seinem Umhang ab. »Es tut mir Leid, dass sie tot ist, aber ich ... ich kann ihr einfach nicht verzeihen. Sie lief davon, während unser Sohn im Sterben lag, Weidenkätzchen. Wie könnte ich ihr das jemals verzeihen?«

»Ich weiß auch nicht, ob ich das könnte, Tändler. Sag mir, wünschst du sie zu dir zurück? Wenn sie am Leben wäre und heute Nacht in deine Kammer spazierte, was würdest du tun?«

Er schüttelte resigniert den Kopf. »Ich weiß es nicht, Weidenkätzchen ...«

»Doch, ich glaube, du weißt es.«

Tändler presste die Lippen zu einer dünnen Linie zusammen. »Wir würden uns streiten. Weiter kann ich nicht voraussehen.«

»Sag mir, was du anders gemacht hättest in der Nacht, als sie verschwand. Hättest du euren sterbenden Sohn allein zurückgelassen und dich aufgemacht, um deine Frau zu suchen?«

»Nein.«

»Vielleicht hättest du jemanden gebeten, deinen Sohn zu halten, ihn während der letzten Stunden seines Lebens zu trösten, während du deine Frau suchst?«

Tändler schüttelte vehement den Kopf. »Niemals.«

»Du hättest auch einen deiner Krieger hinter deiner Frau herschicken können. Dann hätte natürlich jeder gewusst, dass du ihn benutzt, um ihr hinterherzuspionieren. Dann hätte man hinter deinem Rücken über dich gelacht, aber …«

»Das wäre mir gleichgültig gewesen! Meine Frau …«

»Andererseits hätte sie gar nicht fortlaufen müssen, nicht wahr? Sie war eine freie Frau. Sie hätte bei eurem Sohn bleiben können. Mit dir. Aber sie beschloss, an diesem Abend wegzugehen, und das war eine schlechte Entscheidung. Was du natürlich nicht ahnen konntest. Oder doch?«

Tändler seufzte und rieb sich die Schläfen. »Das klingt alles ziemlich verwirrend.«

Weidenkätzchen verschränkte die Arme. »Aber genau diese Fragen hast du dir bereits selbst gestellt, nicht wahr? Ich kenne dich. Warum verwirrt es dich, die Wahrheit zu hören?«

Tändler ließ sich mit gekreuzten Beinen auf den Boden sinken und barg den Kopf in den Händen. »Ich sagte dir doch, sie ist der Mittelpunkt dieses ganzen Unglücks. Ich weiß nicht, wie oder warum, aber *sie* ist das Herz dieses Wahnsinns.«

Weidenkätzchen rutschte zur Feuerstelle, nahm sich eine Kürbisschale und füllte sie mit heißem Yuccablütentee. Nachdem sie einen Schluck davon getrunken hatte, sagte sie: »Ich glaube dir. Wenn du herausgefunden hast, wie du das Knäuel entwirren kannst, lass es mich wissen. Ich werde dir dabei helfen, so gut ich kann. Aber jetzt, mein Freund, bin ich müde und muss mich hinlegen.«

Tändler sah sie mit einem seltsamen Gesichtsausdruck an. »Manchmal bist du ziemlich unverblümt.«

»Das bin ich immer. Deshalb kommst du ja zu mir. Du weißt alles, was ich dir sagen will, schon lange im Voraus, aber du lässt es mich dir trotzdem sagen. Tändler, du bist ein ehrenhafter Mann. Und das hindert dich daran, die Dinge beim Namen zu nennen, von denen du weißt, dass sie der Wahrheit entsprechen. Deshalb übernehme ich das für dich.«

Er warf einen weiteren Zweig ins Feuer. Funken stoben auf und schwebten träge zur Decke empor.

»Ich fürchte, du bist der einzige Mensch, der mich noch für einen ehrenhaften Mann hält. Im Lauf der vergangenen Tage hat beinahe jeder im Dorf mir den Rücken zugekehrt. Einige von ihnen haben es sogar gewagt, mich ganz offen zu fragen, ob ich meine Frau umgebracht habe.« Er glättete eine nichtvorhandene Falte an seinem Lederumhang. »Es ist meine Schuld. Alles.«

»Weshalb?«

Ein Windstoß, der durch die Dachöffnung hereinfuhr, strich über die Kohlenpfanne hinweg. Die Glut flammte auf, und ihr rötlicher Schein flackerte über sein Haar und seine Augen.

»Wenn ich freundlicher zu meiner Frau gewesen wäre und sie besser behandelt hätte, würden die Leute mich jetzt nicht als ihren Mörder verdächtigen.«

»Geheiligte Ahnen«, widersprach Weidenkätzchen. »Du *wärst* auch bestimmt freundlicher zu ihr gewesen, wenn sie dir gegenüber auch nur für einen Augenblick Freundlichkeit gezeigt hätte. Liebe verlangt Aufmerksamkeit und Hege, sonst verdorrt sie. Du hast schon vor langer Zeit aufgehört, aufmerksam zu sein. Und sie hat aufgehört zu hegen. Die Seele eurer Liebe ist schon vor vielen Sonnenjahren gestorben. Die einzige Freude, die sie dir je geschenkt hat, war Grasmond.«

Kaum hatte sie den Namen seines Sohnes ausgesprochen, senkte Tändler den Kopf, doch Weidenkätzchen konnte die Qualen in seinen Augen noch erkennen. Er hatte diesen kleinen Jungen mehr geliebt als sein Leben.

Mitfühlend sagte Weidenkätzchen: »Tändler, du musst damit aufhören. Du zermarterst dein Herz wegen Dingen, die du nicht hättest ändern können. Und das weißt du auch.«

Ein mattes Lächeln erschien auf seinen Lippen. »Ich danke dir für deine Offenheit, Weidenkätzchen. Ich werde jetzt gehen. Ich weiß, dass du erschöpft bist. Vielleicht hätte ich gar nicht kommen sollen, aber ...«

»Ehe du gehst«, unterbrach sie ihn, »möchte ich dich noch etwas fragen.«

Tändler sah sie an und nickte. »Nur zu.«

»Seit beinahe einem Sonnenjahr lebst du nur einen Tageslauf vom Haus deines Großonkels entfernt. Warum hast du ihn nie besucht?«

Tändler machte eine abweisende Handbewegung. »Ich kenne ihn kaum. Wahrscheinlich fürchtete ich, er würde sich nicht an mich erinnern.«

Weidenkätzchen kniff die Augen zusammen. »Ist es dir nie in den Sinn gekommen, dass er dort einsam sein könnte? Er lebt ganz allein mitten in der großen Wüste.«

»Nein«, gestand Tändler und stützte die Hände in die Hüften. »Daran habe ich nie gedacht. Soviel ich weiß, brauchen heilige Menschen mehr Abgeschiedenheit als gewöhnliche. Ich nahm immer an, mein Onkel lebt allein, weil er in Ruhe gelassen werden möchte.«

Weidenkätzchen trank ihren Tee aus und stellte die leere Schale neben dem Dreibein ab. »Ich wünsche dir einen angenehmen Abend, Kriegshäuptling.«

»Ich dir ebenfalls, meine Freundin.«

Er kletterte die Leiter empor und hinaus ins Sternenlicht. Weidenkätzchen hörte noch seine Mokassins über das Dach tappen.

Sie sog tief die rauchgeschwängerte, nach Zedernholz duftende Luft ein und beobachtete die karminroten Schatten, die der Feuerschein über die Wände warf. Die blauen Diamanten an der Decke leuchteten in einem dunklen Violett.

Der Tonfall, den Tändlers Stimme angenommen hatte, als er von seiner toten Frau sprach, hatte sie tief berührt. Sein Gefühl trog ihn nur selten. Wenn Aschenmädchen wirklich das Herz dieses Wahnsinns war, so war er vielleicht der Einzige, der das wusste.

Doch was hatte diese Frau nur getan, um ein solches Leid zu verursachen?

Vielleicht hatte es schon vor langer Zeit seinen Anfang

genommen, bevor Weidenkätzchen sich dem Volk der Katsinas angeschlossen hatte.

Sie rollte sich auf die Seite und zog sich die Büffeldecke bis ans Kinn.

Darüber musste sie genauer nachdenken.

Während Dusty das Gelände überquerte, fiel das leuchtend violette Abendlicht schräg in den Canyon ein. Er blickte hinauf in den diesigen Himmel. Die erste Septemberwoche war angebrochen, was bedeutete, dass sich das Wetter demnächst ändern sollte. Wenn er sich in diesem versengten Landstrich umblickte, konnte er sich gut vorstellen, wie es den Anasazi ergangen sein musste, als die Dürre immer verheerendere Formen annahm.

An ihrem Lagerplatz machte er kurz Halt, um sich ein Glas Wasser aus dem Kanister einzuschenken, der im Schatten seines Bronco stand. Er trank es zur Hälfte aus und schüttete sich den Rest über den Kopf und genoss das angenehme Gefühl, als das kühle Nass über sein verschwitztes Gesicht, den Hals und in den Ausschnitt seines verstaubten T-Shirts rann.

Anschließend öffnete er die Fahrertür, beugte sich in seinen Wagen und holte sein Handy aus dem Handschuhfach. Nachdem er Empfang und Batterie überprüft hatte, nickte er zufrieden. Gar nicht so schlecht: vier Striche Empfang.

Er tippte die Nummer ein und drückte den Knopf mit dem grünen Telefonsymbol.

Als das erste Klingelzeichen ertönte, drehte er sich um und warf einen Blick über das Ausgrabungsgelände. Sylvia hockte mit gesenktem Kopf auf dem Aushub neben ihrem Abschnitt und hielt die genaue Lage jedes einzelnen Knochens schriftlich fest, den Maureen aus dem Erdloch zutage förderte.

Nach dem siebten Klingeln begrüßte ihn Dales Brummstimme: »Robertson. Bitte?«

»Hallo, Dale. Hier ist Dusty.«

»Gut, dass du anrufst. Ich habe schon versucht, dich zu erreichen.«

»Das Handy war tot. Kein Empfang. Ich ...«

»Ich breche demnächst auf. Soll ich euch irgendwas mitbringen?«

»Genau deshalb rufe ich an. Wir brauchen Kisten für die Gebeine. Inzwischen haben wir zehn Skelette hier, den kleinen Kerl eingeschlossen.«

»Welchen kleinen Kerl?«

Dusty strich sich das schweißnasse Haar aus dem Gesicht. »Du kannst es ebenso gleich erfahren, denke ich. Wir graben außerhalb des abgesteckten Geländes. Wir haben eine Frau mit einem Fötus ...«

»Wie *weit* außerhalb?«

»Ungefähr fünf Meter.«

Schweigen.

»Hör zu, Dale, Hail Walking Hawk, unsere Beraterin von den Keres, hat mir gesagt, dass dort ein Leichnam liegt, und sie bestand darauf, dass ich ihn ausgrabe. Was ich dann auch getan habe.«

Dusty zuckte unter der Fluchtirade zusammen, die ihm aus dem Hörer entgegenschallte.

»Du weißt doch ganz genau«, fuhr Dale fort, »dass wir damit unsere Grabungsgenehmigung aufs Spiel setzen, unseren Aufgabenbereich gesprengt haben, und mit etwas Glück wird uns die Regierung wegen Verletzung des Antiquities Act von 1909, des Archaeological Resources Protection Act und einer ganzen Latte anderer Verordnungen den Prozess machen.«

»Möglich, aber ...«

»Aber was? William, ich gewähre dir weitgehendst freie Hand, aber das hier ist entschieden ...«

»Notwendig«, beendete Dusty den Satz. »Unsere indianische Beraterin hat darauf bestanden, dass wir dort graben. Das kannst du denen auf der nächsten Konferenz mit Regierungsvertretern ruhig unter die Nase reiben. Aber das ist nicht alles. Auch Maggie hat zugestimmt. Und falls es uns wirklich an den Kragen gehen sollte, können wir zu unserer Verteidigung jederzeit anführen, im Einvernehmen mit NAGPRA und dem American Indian Religious Freedom Act gehandelt zu haben. Außerdem stand die verantwortliche Leiterin ebenfalls auf unserer Seite.«

Erneutes Schweigen. Dann: »Wir brauchen irgendwas Schriftliches, William. Ich will nicht, dass das Innenministerium meinen Hintern an eine seiner bürokratischen Wände nagelt. Ein toter Archäologe ist die Art von Zierrat, die diese Burschen überaus dekorativ finden.«

Dusty lächelte. »Okay. Ich werde Maggie bitten, uns etwas Offizielles aufzusetzen.«

»Ja, tu das.« Seine Stimme zeugte von Unbehagen.

»Und vergiss nicht die Kisten, ja? Fünfzehn Stück, wenn's geht. Du weißt schon, die, die du dir damals in der University of Arizona unter den Nagel gerissen hast, als die NAGPRA-Leute ihre vergleichende Sammlung ausmisteten. Und außerdem brauchen wir zehn Rollen Film, einen Stoß Karteikarten, noch zehn Schachteln Plastiktüten und diese Kiste mit den Säcken für die Erdproben, die hinter den Flotationsapparaten steht.«

»Alles klar«, sagte Dale. »Ach, und wie kommt Maureen da draußen zurecht?«

Dusty stieg auf das Trittbrett und spähte über das Wagendach hinüber zum Ausgrabungsgelände. Maureen hatte ihren langen Zopf oben auf dem Kopf zu einer Schnecke festgesteckt, und das schweißgetränkte T-Shirt klebte ihr wie eine zweite Haut am Leib, wodurch ihre vollen Brüste und die schmale Taille besonders gut zur Wirkung kamen. Dusty entfuhr ein unbeabsichtigter Seufzer. Wenn er diese Frau schon nicht leiden konnte, warum war sie dann nicht wenigstens hässlich?

»Die freundliche Frau Doktor wühlt gerade im Sand, Dale. Sie wollte die sterblichen Überreste höchstselbst bergen. Wie Sylvia und ich das handhaben, passt ihr offenbar nicht. Sie meint, Anthropologen machen mit einer Unkrautharke bessere Arbeit als wir mit unseren kleinen Kellen.

Dabei vertrödelt sie einen halben Tag mit einem einzigen Schädel. Offenbar hat diese Lady in ihrem Leben noch nie einen Zeitplan einhalten müssen.« Er verzog das Gesicht und setzte so abfällig wie möglich hinzu: »Sie ist definitiv eine *Akademikerin.*«

»Und wie geht es, abgesehen davon, dass du außerhalb der erlaubten Zone buddelst und Maureen sich in Kleinigkeiten verliert, ansonsten voran?«

Dusty sprang vom Trittbrett und stützte sich mit einer Hand am Türholm ab. »Wir sind zeitlich im Verzug. Ich wage nicht zu hoffen, dass du uns noch ein paar Leute schicken kannst, oder? Ich stelle jeden ein, der eine Schaufel halten kann.«

»William, am ersten November müssen wir da draußen verschwunden sein. Das ist unsere Deadline.« Dales Stimme hatte wieder diesen Schulmeistertonfall angenommen, den Dusty so sehr hasste.

»Niemand hat damit gerechnet, ein Dutzend Grabstätten hier vorzufinden, Dale. Und die Skelette sind in einem außergewöhnlich guten Zustand. Dr. Cole glaubt sogar, aus den Phytoliten Rückschlüsse auf den Mageninhalt ziehen zu können.«

»Schön, mach, was du tun musst, aber wir müssen mehr Boden bewegen, William.«

»Alles klar. Wir sehen uns dann hier. Und vergiss nicht die Getränke. Das Wasser in den Kühlkanistern ist inzwischen pisswarm und das Guinness geht auch zur Neige.«

»Eine Katastrophe biblischen Ausmaßes. Ich bin heute Nachmittag bei euch.«

Dusty schaltete das Handy aus und legte es ins Handschuhfach zurück. Über die Motorhaube gelehnt, dachte er über das Frauenskelett nach, das er freigelegt hatte, und den Fötus, der in der Rundung ihres Beckens ruhte. Den Basilisken hatte er in einer Ecke der Grube vergraben, aber er beschäftigte ihn immer noch. Er hatte nicht gespürt, dass von ihm etwas Böses ausgegangen wäre, wohl aber besaß dieser Anhänger eine sonderbare »Präsenz«. Jedesmal wenn er in seine Nähe kam, spitzte er unwillkürlich die Ohren und lauschte, ob er eine Stimme hörte.

Er starrte hinüber zu dem fraglichen Grabungsabschnitt. »Ich weiß, dass du mich rufst«, flüsterte er. »Ich weiß nur nicht, was du von mir willst.«

16

Windjunge fegte durch das trockene Gebüsch und über die brachliegenden Maisfelder. Gespenstergleiche Staubwolken säumten seinen Weg.

Tändler ging über die Dächer von Hügeldorf auf die Leiter zu, die hinunter auf den Boden führte. Die heranbrechende Nacht hatte die Sprossen aus Zedernholz mit einer dünnen Eisschicht überzogen. Vorsichtig setzte er einen Fuß unter den anderen und spähte aufmerksam in die Dunkelheit. Zu seiner Linken türmten sich Gesteinsbrocken am Fuße der Canyonwand. Auf den Felsvorsprüngen schimmerten die restlichen Schneehauben bläulich im Sternenlicht.

Morgens hatten die Vorbereitungen für die Zeremonie der Langen Nacht begonnen. Der Duft von Blaumaiskuchen, köchelnden Bohnen und gerösteten Kiefernsamen drang aus den Abzugslöchern der einzelnen Kammern. In zwei Tagen würden die ersten Gäste aus den umliegenden Dörfern eintreffen, die sich darauf freuten, Neuigkeiten auszutauschen, sich den Bauch vollzuschlagen und zu singen und zu tanzen. Die meiste Zeit würde mit Gebeten verbracht werden, deren heilige Kraft sie zu Vater Sonne emporschickten. Nach einem langen Sonnenjahr war Vater Sonne oft zu erschöpft, um aus eigener Kraft die Reise zurück nach Norden anzutreten. Sein Volk musste ihn dabei unterstützen. Und das taten die Leute willig und mit frohem Herzen.

Tändler stieg die letzten Sprossen herab und wandte sich dann dem Pfad zu, der zu den hoch aufragenden Ruinen der alten Stadt Talon führte. Graue Wolkenschleier wehten von Westen heran, rasten durch die Dunkelheit, als flüchteten sie vor wilden Himmelsungeheuern. Den ganzen Tag schon war Tändler zwischen Hügeldorf und Talon hin und her gependelt, seine eigene Kammer meidend wie die Dürre, weil er die Traurigkeit nicht ertrug, die ihn dort jedesmal zu ersticken drohte. In letzter Zeit gab es nur wenige Menschen, die mit ihm noch ein Wort wechselten. Stumm gingen sie an ihm vorbei, die argwöhnischen oder ängstlichen Blicke auf den Boden gerichtet. Die ganze Welt schien darauf zu warten, was er als Nächstes unternahm.

Er dankte den Göttern, dass es Weidenkätzchen gab. Obgleich ihn ihre schroffe Art mitunter ärgerte, besaß sie doch die unfehlbare Gabe, seine verborgensten Ängste aufzuspüren und sie vor ihm auszubreiten wie eine Felldecke. So klar und deutlich sichtbar für ihn, verloren sie alsbald ihre Macht. Ohne Weidenkätzchen, vermutete er, wäre er schon längst verrückt geworden.

Tändler umrundete die südöstliche Ecke der Ruinenstadt, blickte die frostbedeckte Straße entlang, die vom Hauptzugang der Stadt geradewegs nach Süden führte, durchquerte den ausgetrockneten Flusslauf und strebte auf die in der Ferne lotrecht aufragende Wand des Canyons zu. Über diese Straße müsste Steingeist eigentlich kommen, überlegte er und zog den Umhang am Hals zusammen, während sein Blick sehnsuchtsvoll in die Ferne schweifte. Die Straße sah aus wie ein glitzerndes Band aus zerstoßenen Muschelschalen.

Warum *hatte* er den alten Mann eigentlich nie besucht?

Die Frage nagte an ihm, besonders weil er nicht einmal auf den Gedanken gekommen war, Steingeist aufzusuchen. Würde seine Großmutter noch leben, wäre die Sache vielleicht eine andere gewesen. Sie hatte auf den Zusammenhalt von Familie und Clan bestanden und sich größte Mühe beim Arrangieren von Hochzeiten gegeben, um diese Einheit zu festigen. Dennoch war der Clan nach ihrem Tod auseinander gebrochen. Tändler hatte gerade vier Sommer gesehen, als sein Vater in einer Schlacht getötet und seine Mutter mit knapp zweiundzwanzig Sommern zur Matrone des Clans gewählt wurde. Doch sie besaß weder die Macht noch die persönliche Stärke, um die Entscheidungen durchzusetzen, die sie zum Wohle ihres Volkes fällte. Binnen kürzester Zeit löste sich der Zusammenhalt des Grüne-Tafel-Clans auf. Hitzige Debatten führten alsbald zu tätlichen Auseinandersetzungen und offenen Kämpfen. Die Mitglieder trennten sich und gründeten sieben unabhängige Dörfer, die eigene Regeln und Tabus aufstellten und die ehemaligen Verwandten als »Ausgestoßene« ansahen. Tändlers Dorf hatte den Namen Grüne Tafel beibehalten.

Er hatte zwar nie gehört, dass jemand Steingeist als Ausgestoßenen bezeichnet hätte, doch nachdem der alte Mann den Mord an seiner Schwester aufgedeckt hatte, verließ er das Dorf und kehrte nie wieder dorthin zurück. Keiner der Bewohner des Grüne-Tafel-Dorfes nahm jemals wieder seinen Namen in den Mund, doch die Gerüchte, die außerhalb ihres Clans die Runde machten, mehrten sich von Jahr zu Jahr. In seinem vierzehnten Sommer fürchtete Tändler den alten Steingeist ebenso wie alle anderen.

Trotzdem *hätte* er seinen Großonkel besuchen müssen. Seine Großmutter wäre gewiss sehr traurig darüber gewesen, dass er sich nicht um ihren alternden Bruder kümmerte.

Er trug schwer an diesen Gedanken, während er seine Schritte an der zerklüfteten Felsflanke entlang zur Vorderseite von Talon lenkte. Der kühle, scharfe Wind schien die Erinnerung an die einstmalige Macht, die Dunkelheit und das Blut aufzuwirbeln, so als ob die Qualen von damals noch an jedem Stein dieser alten Ruine hafteten.

Wurzelknolle stand auf dem Dach am südwestlichen Rand von Talon und hielt Wache. Sein kinnlanges Haar wehte im Wind, als er die Hand zum Gruß hob.

»Ich komme zu dir hinauf, mein Freund!«, rief Tändler ihm zu.

Wurzelknolle schlenderte über das Dach, hob die Leiter auf und ließ sie an der Mauer herab.

Tändler erklomm die Sprossen mit größter Vorsicht, um nicht auf dem Eis auszurutschen.

Trotz der mühevollen Arbeit, die das Katsina-Volk auf den Wiederaufbau von Talon verwendete, hing noch der Geruch der Zerstörung in jeder seiner Kammern fest. Diese Mischung aus schimmligem Mörtel und rußgeschwärzten Holzbalken beleidigte seine Nase. Dazu kam der Wind, der um die zerbrochenen Steinquader und verbrannten Pfosten pfiff, die klagenden Stimmen der Vergangenheit aus den Schatten lockte und sie in die Nacht entließ.

Er stieg hinauf aufs Dach. »Ist alles in Ordnung?«

»Ja, Kriegshäuptling.« Wurzelknolles von Narben durchzogenes Gesicht erinnerte Tändler im fahlen Licht der Sterne an ein Gewirr dünner weißer Stricke. »Graue Wolke hat ihre Kammer verlassen und ist noch nicht wieder zurückgekehrt. Schneehase hält vor der Tür der Sonnenwächterin Wache. Die Nacht ist bisher ganz ruhig verlaufen.«

Tändler ließ den Blick über die Ruinen der Stadt Talon schweifen. Der Reif hatte jeden Stein der eingestürzten Mauern umhüllt, und der fünf Stockwerke hohe Bau glitzerte wie mit schneeweißem Sand bestreut. Seine Aufmerksamkeit galt Graue Wolkes Kammer. Sie lag im südöstlichen Teil der Stadt, genau in seiner Blickrichtung, doch er konnte sie nicht deutlich erkennen. Schutthaufen türmten sich am Rand der eingestürzten Kiva, die vor Graue Wolkes Kammer lag. Hainbuches Wohnstatt jedoch konnte er sehen. Es war die mittlere Kammer in einem aus drei Räumen bestehenden Gebäude, ungefähr zehn Körperlängen links von Graue Wolkes Kammer. Der Lehmputz dieses Gebäudes war abgebröckelt, und zwischen den hellen Flecken kamen die Mauersteine aus rotem Sandstein zum Vorschein. Hinter ihrer Kammer erhoben sich vier weitere Stockwerke, ein jedes ein Stück nach hinten versetzt.

»Wo ist Graue Wolke hingegangen?«, fragte Tändler. »Ich wollte mit ihr sprechen.«

»Zu Erbsenhülses Tochter, Yuccablüte. Sie leidet an der Hustenkrankheit und klagt über starke Kopfschmerzen und Fieber. Graue Wolke wollte sehen, ob sie ihr vielleicht helfen kann.« Wurzelknolles rot-weiß gestreifte Decke flatterte im Wind. Er zog sie enger über den muskulösen Schultern zusammen.

Schneehase stand vor Hainbuches Kammer und beobachtete sie. Fünfzehn Sommer war er alt, ein junger Mann mit großen braunen Augen und einer Stupsnase in einem arglosen Gesicht. Ein rotes Stirnband bändigte sein schulterlanges schwarzes Haar. Tändler winkte ihm zu, und Schneehase hob die Hand zum Gruß.

»Ist Schneehase seit der Mittagsstunde hier?«, erkundigte sich Tändler besorgt.

»Ich habe ihm vor zwei Handbreit Zeit gesagt, er solle zum Abendessen nach Hause gehen. Währenddessen habe ich vor Hainbuches Kammer gewacht.«

»Warum ist Der-der-fliegt nicht gekommen, um ihn abzulösen?«

»Oh«, rief Wurzelknolle überrascht aus. »Das habe ich ganz vergessen, dir zu erzählen. Während du unterwegs warst, klagte Der-der-fliegt plötzlich über starke Magenschmerzen, und seit dem frühen Nachmittag übergibt er sich pausenlos. Maisblatt hat mir das vorhin berichtet. Aber Schneehase meinte, es würde ihm nichts ausmachen, die nächtliche Wache zu übernehmen. Es sei ihm eine Ehre, Hainbuche zu beschützen.«

Sich blähende Wolkenmenschen versammelten sich am westlichen Horizont und kamen, sich gegenseitig anstoßend und im Licht der Sterne leuchtend, auf Tändler zu. »Sehr gut, aber gegen Mitternacht wird er müde werden. Ruf ab und zu mal zu ihm hinüber, um dich zu vergewissern, dass er noch wach ist.«

»Das werde ich, Kriegshäuptling.«

Eine Weile standen sie schweigend beisammen, dann fragte Wurzelknolle: »Wie geht es Weidenkätzchen? Schneehase sagte mir, dass sie zurückgekehrt sei, doch da habe ich gerade geschlafen.«

»Es geht ihr gut. Sie ist nur sehr müde.«

Tändler ließ den Blick nach Süden schweifen, über die zwei Hügel hinweg zu der schattigen Canyonwand in der Ferne. Im glänzenden Licht der Abendmenschen konnte er jeden Felsen und jeden Einschnitt klar erkennen. Dutzende kleiner Dörfer reihten sich auf dem Grund des Canyons aneinander. Die Lichter ihrer Feuerstellen leuchteten vor der dunklen Felswand wie verstreute Bernsteinperlen.

»Hat Weidenkätzchen gesagt, wann sie Steingeist erwartet?«, erkundigte sich Wurzelknolle und spielte abwesend mit der Kriegskeule an seinem Gürtel.

»Bald. Genaueres wissen wir nicht.«

An seiner Unterlippe nagend, murmelte Wurzelknolle: »Hast du schon die Neuigkeiten gehört?«

»Welche Neuigkeiten?«

»Heute Nachmittag kam Alter Taubenschwanz, der Händler, durch unser Dorf.«

»Tatsächlich? Was wollte er denn?«

»Er hat ein paar Säcke Mais und Kürbissamen eingetauscht.« Wurzelknolle zögerte. »Dann hat er erzählt, dass Steingeist gestern das Eiswiesendorf besucht hat.«

Unwillkürlich verkrampften sich Tändlers Bauchmuskeln. Was machte der alte Mann? Verkaufte seinc Macht für hübschen Tand, während die Leute vom Hügeldorf sich wahrscheinlich in großer Gefahr befanden? »Warum? Hat Alter Taubenschwanz etwas darüber gesagt?«

»Oh, ja. Eine merkwürdige Geschichte, Kriegshäuptling. Er sagte, Steingeist habe den Abend dort damit zugebracht, Fußabdrücke von Geistern in einer Schüssel zu sammeln.«

»In einer Schüssel?«

Wurzelknolle nickte eifrig. »Das hat er jedenfalls behauptet. Die Anwesenden haben in der Schale jedoch nichts als Sand entdecken können. Nur Alter Taubenschwanz hat Bilder entstehen sehen, als Steingeist die Schale mit dem Sand schüttelte.«

»Was für Bilder?«

»Bilder eines toten Mädchens. Ihre Eltern und die Matrone des Clans waren sichtlich erstaunt über das, was er sah. Und kurz bevor er aufbrach, schickte Steingeist ein Gebet in den Sand und übergab der Matrone die Schale mit den Fußabdrücken.«

»Das Eiswiesendorf ist weniger als ein Tagesmarsch von uns entfernt. Warum ist Steingeist dann noch nicht hier?«, äußerte Tändler laut seine Gedanken.

Wurzelknolle machte eine lahme Handbewegung. »Das kann ich dir auch nicht sagen, Kriegshäuptling. Er ist ein sehr alter Mann, vielleicht leidet er an Gelenkversteifung und kann nicht …«

Ein durchdringendes Stöhnen zerriss die nächtliche Stille, gefolgt von den Lauten eines Gerangels. *»Hilfe!«* Das war die Stimme von Schneehase.

Tändler und Wurzelknolle fuhren gleichzeitig herum, erblickten einen Katsina, einen maskierten Gott, der genau in diesem Augenblick seine Kriegskeule auf Schneehases Schädel niedersausen ließ.

»Geheiligte Ahnen!«, rief Tändler. »Schnell! Die Leiter!«

Wurzelknolle packte die Leiter, wuchtete sie hoch, schwang sie über die Mauer und ließ sie auf den großen Platz unter ihnen gleiten.

Schreiend versuchte Schneehase davonzukriechen. Der Katsina schlüpfte durch ein Loch in der Mauer in der Nähe von Hainbuches Kammer und verschwand.

Tändler nahm drei Sprossen auf einmal, als er die Leiter herabkletterte, und rannte los. Wurzelknolle folgte ihm. Als sie den um Atem ringenden Schneehase erreicht hatten, befahl Tändler: »Wurzelknolle! Kümmere dich um Schneehase. Wenn er so weit in Ordnung ist, dann schick ihn los, um Hilfe zu holen, aber du verlässt unter keinen Umständen Sonnenwächterins Tür! Hast du verstanden? Lass sie keinen Augenblick allein!«

»Ich habe verstanden, Kriegshäuptling.«

Tändler spurtete auf die Öffnung in der Mauer zu, durch die der Katsina verschwunden war.

Als er hineintrat, umfing ihn schwarze Finsternis. Er war im letzten Sommer einmal hier gewesen. Die Mauern bildeten an dieser Stelle ein undurchsichtiges Gewirr von miteinander verbundenen Kammern und Kivas, ähnlich einem Kaninchenbau. Der Boden war mit Schutt und Geröll bedeckt, und von der Decke baumelten verkohlte Deckenbalken. Sich hier zurechtzufinden würde ...

Leises Gelächter sickerte durch die Dunkelheit.

Ein spöttisches Lachen, das ihn lockte, tiefer in die Finsternis vorzudringen.

Tändlers Hand griff nach der Kriegskeule, zog sie aus dem Gürtel. Er richtete den Blick geradeaus, auf die Mauer, in der sich der Durchgang befand, und setzte konzentriert einen Fuß vor den anderen, wie eine Katze auf der Jagd. Trotz seiner Vorsicht knirschte das Geröll unter den ledernen Sohlen seiner Wintermokassins.

Als er sich der Mauer näherte, erkannte er an der helleren Graufärbung, wo sich der Durchgang befand. Er blieb kurz stehen und lauschte.

Er vernahm nicht das leiseste Geräusch und trat hindurch.

Sternenlicht fiel durch ein Loch in der Decke. In dem bläulichen Lichtkegel schimmerte feiner Staub, aufgewirbelt von einer Person, die erst kürzlich hier durchgegangen war.

Tändler umklammerte seine Kriegskeule und schlich weiter voran. Er durchquerte einen Raum, einen zweiten und fand sich plötzlich in eiskalte Schwärze gehüllt. Instinktiv duckte er sich, blinzelte gegen die Finsternis an, die Kriegskeule zum Angriff erhoben. Doch so sehr er sich auch anstrengte, er konnte keinen Durchlass oder eine Tür ausmachen.

Die Stille nagte an seinen Nerven. Stille, das war der Schatten eines Habichts, kurz bevor er sich auf seine Beute stürzte. Das Blitzen in den Augen eines Wolfs vor dem tödlichen Sprung. Sie begann mit dem Verstummen von Geräuschen, kroch dann in die Knochen eines Mannes und steigerte sich dort zu einem betäubenden Getöse, das ihn schier zerriss.

Vor ihm eine Bewegung, und zu seiner Rechten. Ein Geräusch, so leise, als ob Schmetterlingsflügel zu Boden fielen.

Schweiß tropfte von Tändlers Schläfen.

War Schneehase schon um Hilfe unterwegs? Selbst wenn er ins Hügeldorf hatte rennen müssen, sollte es nicht mehr als fünfhundert Herzschläge dauern, bis bewaffnete Krieger hier auftauchten. Wie oft hatte sein Herz geschlagen? Hundertmal? Zweihundertmal?

Warte. Es wird jemand kommen. Dann kannst du diese Ruinen durchkämmen, bis du ... was gefunden hast?

Einen Moment lang hatte der Anblick seine Sinne gelähmt. Er war sich nicht ganz sicher, doch der Katsina hatte die gleichen Kleider getragen wie seine tote Frau. Die herrlich geschnitzte Wolfsmaske sah etwas anders aus, die Farben leuchteten, als hätte man sie gerade neu aufgetragen.

Ein Gott? Oder ein Mensch?

Tändlers Lungen sogen gierig die kalte Luft ein, drohten ihn zu verraten. Er musste sich bewegen, um die Anspannung zu lindern.

Er tat einen Schritt nach vorn.

Und hinter ihm tat jemand ebenfalls einen Schritt.

Tändler spürte, wie die Angst mit kalten Klauen nach ihm griff. Er nahm seine Kriegskeule in beide Hände, drehte sich um und spähte durch den letzten Durchgang.

Im silbrigen Lichtkegel stand eine schwarze Silhouette.

Mit zitternden Händen hob Tändler seine Waffe.

»*Kriegshäuptling?*«

Tändler antwortete nicht. Es konnte eine List sein.

Der Mann trat näher, und da erkannte Tändler die sonderbaren Stacheln, die an seiner Kriegskeule schimmerten.

»Schneehase?«, rief er ins düstere Licht.

»Ja, Kriegshäuptling! Bist du wohlauf?«

Tändler würgte den Kloß hinunter, der ihm in der Kehle steckte, und wandte sich wieder um in die Richtung, aus der er vorhin diese Geräusche hatte kommen hören. Sie waren verstummt. Er konnte sich nicht erinnern, wie die Kammern hier miteinander verbunden waren. Lag dort dieser Korridor, der nach draußen führte?

Schneehase griff sich an den Kopf. »Mir ist schwindlig. Wurzelknolle befahl mir, sofort Hilfe zu holen, doch als ich es gerade bis zur Leiter geschafft hatte, rief Ziegenkopf von der Straße auf der anderen Seite zu mir herauf. Er hatte mein Rufen gehört. Ich bat ihn, an meiner Stelle Hilfe zu holen, und kehrte zurück, um dir beizustehen.«

»Dafür danke ich dir. Ich ...«

Ein gequälter Laut, wie der Schrei aus der Kehle eines Sterbenden, drang in ihre Richtung.

Schneehase wirbelte herum, doch Tändler griff nach seinem Arm und hielt ihn wie mit eisernen Klauen fest. »Rühr dich nicht.«

»Aber wenn Wurzelknolle ...«

»Wir können jetzt nicht hinaus ins Licht rennen. Der Mörder könnte oben auf dem Dach stehen, den Bogen schussbereit gespannt.«

»Aber wir können doch nicht wie Feiglinge hier warten!«

»Schneehase!«, schrillte eine Stimme, die aus den tiefsten Tiefen der Unterwelt zu kommen schien. Der Schrei hallte durch die Ruinen. *»Schneehase! Hilf miiir!«*

»Wer war das?«, stammelte Schneehase erschrocken. »Ich kenne die Stimme nicht!«

Tändler tastete sich zum nächsten Durchgang vor, verharrte und sah sich um, ehe er einen Schritt wagte.

»Oh, bei allen Göttern, helft mir!« Dann ein unmenschlicher Schrei.

Tändler umklammerte seine Kriegskeule, dass ihm die Finger schmerzten, und rannte, ohne einen weiteren Gedanken an mögliche Gefahren zu verschwenden, durch die anschließenden zwei Räume.

Abermals hallte ein lang gezogener Schrei durch die Nacht.

An dem Loch in der Mauer, durch das der Katsina verschwunden war, blieb er stehen und spähte hinaus auf den großen Platz. Schneehase kam hinter ihm her getaumelt.

»Was siehst du?«, fragte er mit atemloser Stimme.

Mit zusammengekniffenen Augen suchte Tändler die Steinhaufen und Schutthügel ab. Nichts bewegte sich dort. Doch der Wind trug einen durchdringenden Geruch heran.

Herausgerissene Eingeweide. Blut.

»Bleib hier«, wies er Schneehase an. »Ich rufe dich, wenn keine Gefahr besteht.«

»Aber, Kriegshäuptling ...«

»Tu einfach, was ich dir sage! Bald wird Hilfe kommen. Warte hier!«

Schneehase sank erschöpft gegen die Mauer. »Jawohl, Kriegshäuptling.«

Tändler schlüpfte durch die Öffnung und rannte, so schnell ihn seine Beine trugen, zum nächstgelegenen Schutthaufen. Er duckte sich dahinter und robbte auf allen vieren weiter, bis er sich sicher genug fühlte, um einen Blick über die Kuppe wagen zu können. Wurzelknolle war nirgends zu sehen.

Außerhalb der Mauern erhob sich eine Kakophonie von Stimmen, darunter die von Weidenkätzchen, die brüllte: *»Schnell! Stellt die Leiter auf!«*

Tändlers Seelen erzitterten. Er und Wurzelknolle hatten die einzige Leiter an der Mauer im Inneren der Stadt stehen lassen. Deshalb hatte Weidenkätzchen jemanden ins Hügeldorf zurückschicken müssen, um eine Leiter zu holen, damit sie in die Stadt gelangten.

Ein langer, zitternder Schrei erscholl, gefolgt von ersticktem Schluchzen.

Tändler kannte diese Stimme. Er sprang auf die Füße und preschte über den großen Platz. »Hainbuche? Hainbuche, ich komme!«

Während er rannte, erhaschte er einen Blick auf Weidenkätzchen, die wie im Flug die Leiter herabkletterte. Auf dem

Dach drängten sich Leute, die darauf warteten, bis die Reihe an ihnen war, die Leiter herunterzusteigen. Die Angst der Menschen war mit Händen greifbar.

»Wir brauchen eine Fackel!«, rief Tändler.

Weidenkätzchen stieß vor Hainbuches Tür zu ihm, und dann blieben beide wie angewurzelt stehen.

Sie war offenbar direkt von ihrem Nachtlager aufgestanden. Eine schwarze Haarflut ergoss sich über ihr knielanges, blaues Hemd. In ihrer rechten Hand hielt sie einen Bogen.

Pfützen von schwarzem Blut schimmerten in den Vertiefungen des Lehmbodens. Der Gestank des Todes war schier überwältigend.

»Hainbuche!«, rief er. »Ich bin's. Tändler.«

Die Antwort war ein erbärmliches Wimmern.

»Hainbuche? Wo ist Wurzelknolle?«

Schluchzen.

Oh, verdammt. Er griff nach dem ledernen Türvorhang und wurde von Weidenkätzchen mit solcher Wucht zurückgerissen, dass er beinahe das Gleichgewicht verloren hätte.

Während sie Tändler mit den Augen Stillschweigen gebot, rief sie: »Hainbuche? Bist du allein in deiner Kammer?«

Eine lange Pause.

Dann antwortete eine schwache Stimme: »Nnnein. Tttändler?«

Das waren die ersten Worte, die sie seit ihrer Kopfverletzung gesprochen hatte, und sie trafen Tändler bis ins Mark. Sein Herz raste.

Weidenkätzchen und Tändler postierten sich rechts und links vom Eingang, drei andere Krieger stellten sich im Halbkreis hinter ihnen auf, die Bogen schussbereit auf die Tür gerichtet. In der Mitte stand Schneehase, breitbeinig und keuchend wie ein gejagtes Tier.

»Ich habe eine Fackel!«, rief Graue Wolke. Tändler sah sie mit einer brennenden Fackel aus Wacholderrinde die Leiter herabsteigen. Sie trug einen Umhang aus Truthahnfedern und weiße Beinlinge.

Graue Wolke reichte Tändler die Fackel und zog sich sofort zurück.

Er nickte Weidenkätzchen zu.

In dem Augenblick, als er den Vorhang beiseite riss, stürmten sie gleichzeitig in den Raum, Tändler die Fackel in der einen, seine Kriegskeule in der anderen Hand; Weidenkätzchen schwang ihren Bogen herum, bereit, jederzeit abzuschießen.

Fahles Sternenlicht erhellte den Raum. Tändler sah sofort das Blut; es klebte an der Decke und rann an den Wänden herab. Er konnte keinen Schritt tun, ohne in Blut zu treten. Der süßliche Gestank ließ ihn würgen.

Das orangefarbene Licht der Fackel flackerte über Wurzelknolles Körper. Er lag auf dem Rücken, den Mund mit Blut verschmiert, die Augen waren aufgerissen und starrten blicklos zur Decke. Neben ihm lag seine Kriegskeule. Der rechte Arm war ausgestreckt; der linke lag hinter seinem Rücken, als ob er sich im Fallen noch gedreht hätte. Das Hemd war nach oben geschoben, der blutgetränkte Stoff wie von einer Faust zusammengeknüllt.

Tändler blieben die Worte im Hals stecken. Quer über Wurzelknolles entblößten Leib klaffte ein Schlitz, aus dem zerfetzte Eingeweide quollen.

Hainbuche kauerte wie ein verängstigtes Kind in der Ecke zu seiner Linken. Sie war in eine schwarzweiß gestreifte Decke gehüllt, die sie vor ihren zitternden Lippen zusammenknüllte. Blutspritzer glitzerten auf ihrem Gesicht und ihrem Haar.

Tändler lief zu ihr hin.

Sie blickte mit großen Augen zu ihm hoch.

»Ich bin's. Tändler«, sagte er leise. »Bist du wohlauf? Hat er dich verletzt?«

Ihre Schultern hoben und senkten sich, und Tändler brauchte ein paar Augenblicke, um er erkennen, dass sie von lautlosen Schluchzern geschüttelt wurde. Ihr Mund öffnete sich, doch kein Laut drang hervor. Rosafarbene Rinnsale rollten über ihre Wangen – Tränen mit Blut vermischt – und tropften auf die Decke. Tändler nahm sie in den Arm und wiegte sie zärtlich.

»Es ist alles gut, Hainbuche. Er ist weg.«

Sie schüttelte heftig den Kopf.

Weidenkätzchen kniete sich neben Wurzelknolle und legte prüfend einen Finger an die Schlagader an seinem Hals. Ungläubigkeit, gefolgt von maßloser Wut ließen ihre Augen zu schmalen Schlitzen werden. Sie drehte ihn auf die Seite, um seinen Rücken zu untersuchen. »Es tut mir so Leid, dass ich nicht bei dir war, um dir zu helfen, mein Freund«, murmelte sie und legte ihn wieder behutsam auf den Rücken.

Tändler strich Hainbuche zärtlich übers Haar. »Kannst du mir erzählen, was passiert ist, Hainbuche? Wer hat das getan?«

Ein leises Wimmern, wie der Schrei eines sterbenden Kaninchens, das in die Augen eines Wiesels blickt.

Weidenkätzchen antwortete an ihrer Stelle: »Ich kann dir sagen, was geschehen ist«, sagte sie, während sie sich erhob.

Tändler sah sie an.

Weidenkätzchen deutete auf die Abdrücke von Sandalen, die sich über den blutbefleckten Boden zogen. Sie sahen aus wie das Werk von Tänzern, die einander in einem bösartigen Ritual umkreist hatten.

Zudem machte sie Tändler auf die umgestürzten Töpfe an der nördlichen Kammerwand aufmerksam sowie auf die herumliegenden Holzstücke aus der zerbrochenen Kohlenpfanne. »Wurzelknolle wurde draußen verwundet«, erklärte sie. »Deshalb die großen Blutlachen an der Tür. Dann wurde er in Hainbuches Kammer gedrängt.« Sie deutete auf die Abdrücke auf dem Lehmboden. »Anschließend zwang ihn der Mörder, sich hinzuknien. Diese ovalen Flecken sind die Abdrücke seiner Knie. Doch Wurzelknolle starb nicht, ohne vorher um sein Leben zu kämpfen. Schau dir diese Spuren an. Wurzelknolle hat ganz offenbar versucht, Hainbuche zu beschützen, sich zwischen sie und den Angreifer zu drängen. Er muss seinen Mörder angesprungen und ihn rückwärts gegen diese Tontöpfe gestoßen haben. Während des Handgemenges ging die Kohlenpfanne zu Bruch, und die Glutstücke rollten über den Boden.«

Tändler zeigte auf das Blut an Wurzelknolles Kopf. »Hat dieser Schlag ihn getötet?«

»Das kann ich nicht mit Gewissheit sagen. Aber er hat ihn mit Sicherheit benommen gemacht. An seinen Armen habe ich zwei Messerwunden entdeckt und eine am Hals. Wahrscheinlich hat der Mörder ihn auch in den Bauch gestochen, ehe er ihm die Gedärme herausriss.«

Sie beugte sich über ein geriffeltes, schlauchartiges und blutverschmiertes Etwas, das vor der Wand auf dem Boden lag. »Das ist ein Stück Darm, Tändler. Nachdem er ihm den Leib aufgeschlitzt hat, muss er es wie ein Seil herumgeschwungen haben.« Sie schluckte den Kloß in ihrem Hals hinunter.

»Geheiligte Götter«, wisperte Tändler. Der Anblick des geschändeten Leichnams ließ ihn bis ins Mark erschaudern.

Weidenkätzchen wandte sich mit einem gehetzten Glitzern in den Augen an Hainbuche. »Wer hat das getan, Hainbuche? Hast du sein Gesicht gesehen?«

»Langsam«, sagte Tändler. »Sie ist völlig verschreckt.«

Hainbuche versuchte zu antworten, doch statt Worten brachte sie nur erstickte Laute heraus.

Tändler verstärkte den Griff seiner Finger um die Fackel, damit seine Hand nicht so zitterte. »Er trug eine Maske. Eine Wolfsmaske. Sie hätte sein Gesicht gar nicht erkennen können.«

Weidenkätzchen fuhr herum; ihre Blicke hielten sich fest.

»Die gleiche Maske ...«

»Ich ... ich weiß nicht. Sie sah aus wie frisch bemalt. Selbst im Dunkeln konnte ich die schwarzen, roten und weißen Streifen erkennen.«

»Kriegshäuptling?«, rief Graue Wolke von draußen. »Kann ich hereinkommen? Ist Hainbuche verletzt? Bist du verletzt?«

»Nn-ein«, stammelte Hainbuche, zitternd wie Espenlaub.

Sie wand sich aus Tändlers Armen und verkroch sich in die hinterste Ecke ihrer Kammer.

»Sie ist nicht verwundet«, antwortete Tändler. »Aber es geht ihr nicht gut. Komm herein.«

Kaum hatte Graue Wolke die vom Schein der Fackel erleuchtete Kammer betreten, stieß Hainbuche einen Schrei aus, der allen Anwesenden das Blut in den Adern gefrieren ließ.

Tändler fuhr entsetzt herum.

»Heilige Geister«, murmelte Graue Wolke, die sich an Tändler vorbeischob und auf Hainbuche zuging. »Sie hat den Verstand verloren.«

Panikartig riss sich Hainbuche die Decke von den Schultern und kroch auf Händen und Knien in Richtung Tür. Dabei brabbelte sie: »T-T-Tändler! Sie. Weiß. Sie ... *weiß es*!«

Tändler erstarrte.

»Nein!«, brüllte Graue Wolke und ließ sich auf den Boden fallen. Sie packte Hainbuche, nahm sie wie einen Säugling in die Arme und wiegte sie hin und her, während sie ihr beruhigende Worte ins Ohr flüsterte. Hainbuches Zähne klapperten so laut aufeinander, dass Tändler nicht verstehen konnte, was Graue Wolke zu ihr sagte.

Er starrte Hainbuche verwirrt an, wusste nicht, was er tun sollte.

Weidenkätzchen machte eine Kopfbewegung Richtung Tür, worauf Tändler ihr nach draußen folgte. Eine murmelnde Menschenmenge hatte sich auf dem sternenbeschienen Platz versammelt, und weitere Neugierige kletterten in Windeseile die Leiter hinunter. Tändler hörte Flammenbotin draußen vor der Stadt Befehle brüllen.

Weidenkätzchen führte ihn ein paar Schritte von der Tür weg, ehe sie die Frage stellte, die ihr auf der Zunge brannte: *»Was ist passiert?«*

17

Flammenbotin stieß weiße Atemwolken aus als sie die Leiter emporkletterte. Oben auf dem Dach wartete die junge Maisblatt, das ovale Gesicht und die großen, dunklen Augen vom Licht der Abendmenschen erhellt. Sie trug einen schwarzrot gestreiften Umhang aus Truthahnfedern, der dem von Flammenbotin ähnelte. Beim Anblick des Mädchens fühlte sich Flammenbotin schon erheblich wohler. Maisblatt hatte kurz nach dem Abendessen ihre Kammer verlassen und war nicht zurückgekehrt. Flammenbotin hatte sich große Sorgen gemacht. Draußen im Canyon schlich ein Mörder umher, und das Mädchen spazierte durch die Nacht, mutterseelenallein, unnötig sein Schicksal herausfordernd.

In den Ruinen von Talon erhoben sich angsterfüllte Stimmen.

Flammenbotin hastete die Leiter hinauf. Auf der obersten Sprosse angekommen, traf sie eine Windböe, die sie beinahe von der Leiter gefegt hätte. Maisblatt ergriff Flammenbotins Hand und half ihr aufs Dach.

»Danke, mein Kind«, sagte sie und tätschelte Maisblatts Hand. »Wo ist der Kriegshäuptling?«

Maisblatt drehte sich um. Ihr langes, schwarzes Haar

wehte ihr ums Gesicht. »Dort hinten. In der Nähe der Kiva des Ersten Volkes.« Sie zeigte in die Richtung.

Fast die gesamte Dorfbevölkerung hatte sich auf dem großen Platz versammelt, ihre geflüsterten Unterhaltungen klangen wie das Zischeln in einer Schlangengrube. Jeder, der sie auf dem Dach stehen sah, stupste seinen Nachbarn an, und binnen kurzem war es still auf dem Platz geworden.

Flammenbotin blickte sich in der riesigen Ruinenstadt um. »Was ist hier passiert, mein Kind? Weißt du Genaueres?«

Maisblatt nickte. »Wurzelknolle ist tot.«

»Das habe ich bereits gehört. Weiß seine Frau schon davon?«

»Nein, Älteste. Noch nicht. Watender Vogel hat sich gerade zu ihr auf den Weg gemacht.«

Flammenbotin hatte das Gefühl, als schnürte ihr ein breites Lederband die Kehle zu. Sie stellte sich breitbeinig hin, damit ihr die zitternden Knie nicht einknickten. »Wie konnte das passieren, Kind? Hat es jemand beobachtet?«

Maisblatt deutete auf die Gruppe von Kriegern, die sich vor Hainbuches Kammer zusammendrängten. »Ja, Schneehase hat mir erzählt, er habe vor Sonnenwächterins Tür Wache gehalten und plötzlich sprang ihm jemand vom Dach darüber in den Rücken. Der Mann war sehr groß und trug eine heilige Katsina-Maske. Eine Wolfsmaske. Wurzelknolle und Tändler standen genau da, wo wir jetzt stehen. Sie hörten den Lärm und kletterten so schnell wie möglich vom Dach herab, doch als sie bei Schneehase anlangten, war der Angreifer schon in den finsteren Gängen der Stadt verschwunden.

»Haben sie ihn gefasst?«

»Nein, Matrone. Tändler und Schneehase sind ihm sofort hinterhergerannt, konnten ihn aber nirgends finden. In der Zwischenzeit blieb Wurzelknolle vor der Tür der Sonnenwächterin zurück. Was dort geschehen ist, weiß ich nicht, nur, dass er getötet wurde.«

»Befindet sich die Sonnenwächterin in Sicherheit?«, erkundigte sich Flammenbotin mit ängstlicher Stimme. Sie hatte Hainbuche sehr gern; sie war ihr eine gute Freundin und unterstützte sie, wo sie nur konnte. Der Gedanke, sie zu verlieren, erstickte ihre Seelen.

»Graue Wolke nahm die Sonnenwächterin mit in ihre Kammer. Hainbuche wirkte sehr verängstigt, schien aber nicht verletzt zu sein.«

Flammenbotin atmete erleichtert auf. »Dem Himmel sei Dank. Aber jetzt hilf mir bitte auf die Leiter, Kind. Ich muss mit dem Kriegshäuptling sprechen.«

»Jawohl, Älteste.«

Maisblatt ergriff Flammenbotins Ellbogen und stützte sie, während die alte Frau ihre in Sandalen steckenden Füße auf die oberste Sprosse manövrierte. Es dauerte eine Weile, bis sie die Leiter herabgestiegen war. Unten wartete Erbsenhülse, die schwarzen Augen zusammengekniffen gegen den schneidenden Wind, der über den großen Platz fegte. Eine weiße Decke flatterte um ihre Schultern.

Als Flammenbotin sich der untersten Sprosse näherte, nahm sie deren Arm und half ihr auf den Boden.

»Ich danke dir, Erbsen ...«

»Das ist Hexerei, Älteste«, zischte ihr Erbsenhülse zu.

Flammenbotin löste sich aus dem Griff der jungen Frau und sah sie durchdringend an. »Warum sagst du das?«

»Der Mörder trug den gleichen weißen Hirschlederumhang, den die Frau des Kriegshäuptlings trug, als man sie in dem ausgehobenen Grab fand.«

»Wer hat dir das erzählt?«

»Schneehase«, sagte Erbsenhülse und straffte die Schultern, als sei sie stolz auf diese abscheuliche Entdeckung.

Flammenbotin zog die borstigen Augenbrauen über ihrer dicken Knollennase zusammen. »Welcher Verrückte würde so etwas tun? Was wollte er damit bezwecken?«

Erbsenhülse schüttelte sich eine Haarsträhne aus dem eckigen Gesicht. »Ich glaube, dass die Kleider und die Maske verhext sind, Älteste. *Sie* geben ihm seine Macht.«

»Geheiligte Geister, Erbsenhülse!« Flammenbotin blickte rasch um sich, ob jemand sie gehört haben könnte. »So etwas darf man nicht laut aussprechen! Oder möchtest du, dass unsere Leute vor ihrem eigenen Atem erschrecken?«

Erbsenhülses schwarze Augen wurden noch schmaler. »Vielleicht sollten wir achtsamer sein, Älteste. Sieh doch nur, was passiert, wenn wir unsere Vorsicht fahren lassen.« Sie deutete in Richtung von Hainbuches Kammer, vor der Schneehase mit einer Fackel in der Hand stand. Das Licht der windgepeitschten Flamme spiegelte sich in den schwarzen Blutpfützen zu seinen Füßen.

Flammenbotin hastete über den großen Platz und Erbsenhülse hinter ihr drein.

»Älteste, du solltest auch wissen, dass Hainbuche gesprochen hat. Zum ersten Mal seit ihrer Verwundung! Es geschah kurz bevor der Kriegshäuptling ihre Kammer betrat.«

Flammenbotin hielt im Laufen inne und drehte sich zu Erbsenhülse um: »Was hat sie gesagt?«

»Das hat mir niemand erzählt. Aber seither hat sie kein Wort mehr von sich gegeben. Ich habe Graue Wolke selbst gefragt.«

»Ich danke dir für diese Mitteilung. Aber jetzt geh, Erbsenhülse. Ich möchte mit dem Kriegshäuptling sprechen.«

»Wie du wünschst, Älteste.«

Erbenshülse warf Tändler und Weidenkätzchen, die nahe beieinander vor dem Durchgang standen, der zu der neu aufgebauten Kiva führte, einen grimmigen Blick zu und marschierte dann quer über den Platz davon.

Flammenbotin konzentrierte sich auf ihre Schritte, um nicht in ein Loch zu treten und zu stolpern. Ohne ihren Gehstock verlor sie des Öfteren das Gleichgewicht.

Weidenkätzchen, die Flammenbotin so unsicher über den Platz tappen sah, eilte sofort zu ihr. »Lass mich dir helfen, Älteste«, sagte sie und bot der alten Frau ihre Hand an.

Weidenkätzchen, sehr groß und sehr schlaksig für eine Frau, hatte ein wunderschönes, oval geschnittenes Gesicht. Das lange Haar, das sie erst vor kurzem aufgeflochten hatte, umhüllte sie wie geriffelte schwarze Seide.

»Sehr gern«, erwiderte Flammenbotin und schloss ihre

krallenartigen Finger um Weidenkätzchens Unterarm. »Du siehst erschöpft aus, mein Kind. Aber ich versichere dir, dass während deiner Abwesenheit alles ruhig war. Wir …«

Die Stimme der alten Frau brach ab. Sie musterte Weidenkätzchen aus dem Augenwinkel. Die junge Frau war an dem Abend vor der Nacht, in der die Frau des Kriegshäuptlings starb, sehr spät zurückgekehrt. Sie war es auch gewesen, die am nächsten Tag »entdeckte«, dass der Leichnam verschwunden war. Und heute Abend hatte sie angeblich in ihrer Kammer geschlafen.

»Was wolltest du sagen, Matrone?«, erkundigte sich Weidenkätzchen, während sie Flammenbotin zu Tändler geleitete.

»Ach, nichts. Ich habe nur so vor mich hin gemurmelt.«

Flammenbotin war innerlich ganz aufgewühlt. Weidenkätzchen liebte Tändler. Das wusste jeder im Dorf. Hatte sie den Tod seiner Frau so sehr herbeigewünscht, dass sie sie tötete und jetzt versuchte, jeden auszuschalten, der einen Verdacht gegen sie hegen könnte? Leidenschaft verwirrte oft die Seelen eines Menschen.

Besonders die einer Frau.

Die meisten Frauen waren Mütter mit Leib und Seele. Die Götter machten sie dazu, ob es ihnen gefiel oder nicht, ob sie nun tatsächlich Mütter wurden oder nicht. Viele Frauen betrachteten auch den Mann, den sie liebten, als Kind. Und wenn so ein Mann nun mit einer unfreundlichen Frau verheiratet war, dann neigten sie dazu, diesen als misshandeltes Kind zu sehen – eines, das ihre Hilfe benötigte –, und diese Ansicht ebnete dann den Boden für derart schreckliche Handlungen. Dieses Kind zu erretten wird für manche Frauen zur alles beherrschenden Obsession. Flammenbotin hatte das schon mehr als einmal erlebt. Sie kannte eine Frau, Maigrün genannt, die träumte jede Nacht vom Leid ihres verheirateten Liebhabers, Leiden, die er jedoch in diesem Ausmaß nie hatte erdulden müssen. Doch sobald ihr Herz erst einmal von diesen Bildern entflammt war, konnten sie von der Wirklichkeit nicht mehr ausgelöscht werden. Sie erfüllten ihr Herz mit unerträglichen Qualen. Um ihren Geliebten zu retten, brachte Maigrün dessen Frau um. Zwei Tage später hielt der Geliebte eine Flamme an das Reisig, auf dem Maigrün stand, und sah seelenruhig zu, wie sie um ihr Leben schrie, bis die Flammen ihre Schreie erstickten.

Wieder streifte Flammenbotin die junge Weidenkätzchen mit einem Seitenblick. Tausend Fragen spukten ihr durch den Kopf.

Tändler kam Flammenbotin ein paar Schritte entgegen. Sein Hirschlederumhang und das abgeschnittene Haar flatterten im Wind. »Hat man dir Bescheid gesagt, Älteste?«

»Ich habe einiges gehört, möchte aber die ganze Geschichte gern noch einmal aus deinem Mund hören, Kriegshäuptling. Wenn ich richtig verstanden habe, befandest du dich mit Wurzelknolle auf dem üblichen Wachposten, als Schneehase angegriffen wurde. Ist das richtig?«

»Ja, Älteste.« Er drehte sich um und deutete mit ausgestrecktem Finger auf das Loch in der eingestürzten Mauer in der Nähe von Hainbuches Kammer. »Durch diese Öffnung ist der Katsina verschwunden. Ich folgte ihm sofort. Später, als Schneehase sich von dem Schlag erholt hatte, gesellte er sich zu mir. Doch wir verloren den Katsina in den finsteren Gängen.«

Flammenbotin setzte ihre Kapuze auf, um das Gesicht vor dem eisigen Atem des Windjungen zu schützen. »Und Wurzelknolle? Was geschah mit ihm?«

Kummer und Bedauern verzerrten Tändlers rundes Gesicht. »Ich gab ihm den Befehl, die Kammer der Sonnenwächterin zu beschützen. Ich glaubte, das sei sicherer, als hinter dem Katsina herzujagen.« Er stieß heftig die Luft aus. »Das war falsch, Älteste. Ich weiß nicht, wie das geschehen konnte, denn Wurzelknolle war jung und stark wie ein Büffel. Der Mörder muss ihn überrascht haben.«

Flammenbotin sah Weidenkätzchen an. »Was sagen die Spuren?«

»Wir glauben, dass der Katsina sich vom Dach oberhalb Hainbuches Kammer auf Wurzelknolle gestürzt und ihm einen Schlag auf den Kopf versetzt hat. Sie rangen miteinander ...«

»Der Schlag muss Wurzelknolle betäubt haben, Älteste«, fügte Tändler hinzu. »Ansonsten hätte der Mörder niemals zweimal zustechen können.«

»Er wurde erstochen?«, fragte Flammenbotin verwundert. »Das hat mir niemand erzählt.«

»Ja, Älteste. Der Mann, der ihn getötet hat, hat ihm außerdem den Bauch aufgeschlitzt, die Gedärme herausgerissen und sie durch die Luft gewirbelt.« Seiner Miene nach zu schließen, fiel es ihm schwer, seine Schilderung zu Ende zu bringen. »Die ganze Kammer ist mit Blut und dem Inhalt seiner Gedärme besudelt. Am Schluss hat der Mörder noch ein leeres Stück Darm gegen die Wand geschleudert.«

Flammenbotin starrte mit leerem Blick zu Boden. Sie hatte ihr Volk hierher geführt, um das altehrwürdige Zeremoniengewölbe wiederaufzubauen in der Hoffnung, dadurch der Gewalt Einhalt zu gebieten und die gestörte Harmonie in der Welt wiederherstellen zu können. Sie *glaubte* an die Prophezeiungen! Wie konnte dies nur geschehen?

Flammenbotin krümmte die knöchernen Finger zur Faust und hob sie vor Tändlers Gesicht. »Finde heraus, wer das getan hat, Kriegshäuptling!«

»Ich versuche es, Älteste. Steingeist sollte bald hier eintreffen. Ich erwarte ihn morgen.«

Die alte Frau kämpfte verzweifelt gegen das Gefühl der Sinnlosigkeit an, das von ihr Besitz zu ergreifen drohte. »Dann *unternimm* wenigstens in der Zwischenzeit etwas, um unser Volk zu schützen!«

»Jawohl, Älteste«, sagte er und senkte ehrerbietig den Kopf. »Das werde ich, ja, das werde ich.«

Gerade als Flammenbotin noch etwas sagen wollte, erhob sich um sie herum lautes Stimmengewirr. Sie drehte sich um und sah Seidenmoos die Leiter herunterklettern. Siebzehn Sommer war die junge Frau alt, deren katzenähnliches Gesicht von schwarzen, kurz geschnittenen Haaren umrahmt wurde. Sie trug einen grauen Umhang aus Kaninchenfellen. Als ihre Füße den Boden berührten, rannte sie auf Hainbuches Kammer zu.

Schneehase versperrte ihr den Weg und redete mit sanfter Stimme auf sie ein, offenbar um sie auf das vorzubereiten, was sie im Inneren der Kammer erwartete.

»Geh mir aus dem Weg!«, schrie Seidenmoos den Krieger an. »Wo ist mein Mann?« Ihre Stimme steigerte sich zu einem schrillen Kreischen. »*Wurzelknolle? Wurzelknolle, wo bist du?*«

Schneehase versuchte es abermals. »Bitte, Seidenmoos, lauf da nicht einfach so hinein. Lass mich dir erklären ...«

»Ich will zu meinem Mann!«, schrie sie und hieb mit der Faust auf Schneehases Schulter ein. »Lass mich vorbei! *Wurzelknolle*!«

Sie versuchte, Schneehase beiseite zu schieben, doch er hielt sie an den Armen fest und sagte mit eindringlicher Stimme: »Er ist tot, Seidenmoos. Es tut mir Leid. Er wurde angegriffen ...«

»Neiiin!«, kreischte Seidenmoos, riss sich von Schneehase los und stürzte in Hainbuches Kammer.

Einen Herzschlag lang herrschte Stille.

Dann zerriss ein gellender Schrei die Nacht.

Schneehase rannte in die finstere Kammer und kam gleich darauf wieder heraus, Seidenmoos auf den Armen, die ohnmächtig geworden war.

»Die arme Frau«, murmelte Flammenbotin mit gequälter Stimme. »Der Anblick muss sie ...«

»Ja«, meinte Tändler mit ernster Miene. »Ich sagte dir ja, dass da überall Blut ist, Älteste. An den Wänden, der Decke ...«

Das alte Herz von Flammenbotin verkrampfte sich, setzte einen Schlag aus und begann wieder stockend zu schlagen. Sie griff nach Weidenkätzchens Arm, um sich zu stützen. »Kriegshäuptling, hol jemand, der Wurzelknolle zurück ins ... Nein. Nein, lieber nicht.« Normalerweise wurden die Verstorbenen in das Haus ihrer Familie gebracht, damit diese sie auf die Reise ins Land der Toten vorbereiten konnten, doch Flammenbotin glaubte nicht, dass Seidenmoos dazu imstande wäre. »Lass Wurzelknolle auf eine der Fußtrommeln in der neu erbauten Kiva legen. Ich werde mich um ihn kümmern. Morgen.«

»Wie du wünschst, Älteste.«

Im Lauf ihrer erlebten Sonnenjahre hatte Flammenbotin viele Tote versorgt, darunter auch ihren Ehemann und sieben Kinder. Sie alle waren an der Hustenkrankheit gestorben. Sie hatte ihre Körper gewaschen, sie mit Maismehl eingerieben, um sie zu reinigen, anschließend die Totenleitern vorbereitet und die Kleider, die sie für die Reise benötigten. Und das Gleiche würde sie für Wurzelknolle tun.

Flammenbotin ließ den Blick über den großen Platz schweifen. Dabei entdeckte sie Maisblatt, die am Fuß der Leiter stand und den Leuten herunterhalf. »Ich werde Maisblatt bitten, Hainbuches Kammer sauber zu machen. Das ist zwar eine grauenvolle Arbeit für ein junges Mädchen, aber jemand muss es tun.«

Dann sah sie Tändler an. Sorgenfalten hatten sich tief um seine Augen eingegraben. Er sah so aus, als erwartete er eine Rüge. Stattdessen sagte Flammenbotin zu ihm: »Ich gehe jetzt zurück in meine Kammer und lege mich nieder. Weck mich, wenn es nötig sein sollte.«

»Jawohl, Älteste.«

Flammenbotin nickte Weidenkätzchen zu und machte sich humpelnd auf den Weg zur Leiter. Als Maisblatt sie kommen sah, eilte sie an ihre Seite und nahm sie beim Ellbogen.

»Ich weiß nicht, was ich ohne dich tun würde, Kind. Du bist meine einzige Freundin.«

Maisblatt strahlte die alte Frau an, die Augen voller Liebe. »Und du die meine.« Sie drückte den mageren Arm der alten Frau. »Hast du gesehen, dass Schneehase Seidenmoos nach Hause getragen hat?«

»Nein, habe ich nicht, aber ich bin froh darüber. Sie hat für heute genug durchgemacht.«

Maisblatt führte Flammenbotin an einem Haufen abgeschlagenem Mauerlehm vorbei zur Leiter. »Seidenmoos wird nicht in der Lage sein, ihren Ehemann zu versorgen, nicht wahr?«

»Nein. Das wird sie nicht. Ich werde es für sie tun.«

»Dann helfe ich dir.«

Flammenbotin sah das junge Mädchen an. »Ich habe eine andere Aufgabe für dich. Eine, die nicht einfach sein wird.«

»Ja?« Maisblatt sah auf.

»Jemand muss Hainbuches Kammer säubern. Das wird nicht angenehm werden. Nach dem, was ich gehört habe ...«

»Das mache ich schon, Großmutter. Ich fange gleich damit an, nachdem ich dich nach Hause gebracht habe.«

»Ich kann allein gehen, Kind, aber trotzdem danke.«

»Bist du sicher?«

»Ja.« Flammenbotin stand am Fuß der Leiter und strich mit dem Handrücken zärtlich über Maisblatts Wange. »Ich werde dir deine Decken neben die Feuerstelle legen. Dann bleiben sie schön warm, bis zu zurückkommst.«

»Danke, Großmutter.« Maisblatt lächelte. »Bis später.«

Die alte Flammenbotin hielt sich an der Leiter fest und stellte einen Fuß auf die unterste Sprosse. Beim Emporklettern gewahrte sie die Angst in den Stimmen der Leute. Sie hallten über den großen Platz wie die verhaltenen Töne eines Echos. Bis zum Morgengrauen würde die Angst erschreckende Ausmaße angenommen haben. Sie würde jeden Einzelnen bei der Kehle packen. Niemand würde imstande sein, ohne Schmerzen zu atmen.

Flammenbotin stieg von der Leiter aufs Dach und schaute hinaus auf den Canyon. Der Reif glitzerte im bläulichen Sternenlicht wie tausende von Diamantsplittern, hob jeden Felsvorsprung hervor und überzog die umherliegenden Gesteinsbrocken und die Wacholderbäume. Das Bett des Gerader-Pfad-Flusses zog sich wie ein gezacktes, schwarzes Band durch den schneeweißen Grund des Canyons.

Ihr Blick kehrte nach Talon zurück. Die riesige, halbkreisförmig angelegte Ruinenstadt wurde nur schwach vom Licht der Sterne erhellt; die finsteren, gewundenen Gänge blieben im Dunkeln. Ein Mörder, der sich in diesem Labyrinth auskannte, konnte sich hier bis an sein Lebensende verstecken.

Flammenbotins Magen verkrampfte sich, als sie auf die Leiter stieg, die hinunter zur Straße führte. Bei jedem Schritt glitten ihre Sandalen auf den vereisten Holzsprossen aus, doch sie hielt sich mit den Händen gut fest und schaffte es schließlich, ohne zu stürzen den sicheren Boden zu erreichen.

Im Schatten der Schutthügel sah sie ein paar Gestalten umherhuschen. Es war Watender Vogel mit seiner Familie, unschwer an seinem kahlen Schädel zu erkennen.

»Gibt es noch etwas für uns zu tun heute Nacht?«, fragte er, als er Flammenbotin näher kommen sah.

»Nein.« Sie hob die Stimme, damit alle sie hören konnten. »Geht nach Hause! In unseren Kammern sind wir sicherer als hier draußen im Freien. Der Mörder ist immer noch nicht gefasst. Vielleicht beobachtet er uns gerade.«

Ängstliches Gemurmel wurde laut, die Menschen begannen sich zu zerstreuen, bewegten sich langsam ins Hügeldorf zurück.

»Der Mörder trug die Maske des Wolf-Katsina«, flüsterte Flammenbotin Watender Vogel zu.

Er starrte sie mit aufgerissenen Augen an. »Die gleiche Maske wie …«

»Wahrscheinlich.«

»Heilige Götter, steht uns bei!«

Flammenbotin berührte Watender Vogel kurz an der Schulter, als sie an ihm vorbeihumpelte und ihren Weg fortsetzte.

Ihre Beine schmerzten in der Kälte. Besonders die Knöchel. Jeder Schritt wurde für sie zur Qual. Als sie endlich die Leiter erreichte, die an der Außenmauer von Hügeldorf lehnte, spürte sie ihr rechtes Bein kaum noch. Keuchend machte sie sich an den Aufstieg auf das Dach.

Dort empfing sie der süße Duft von gebackenen Kürbissen, dem sie genüsslich nachschnüffelte. Sie kam an drei

Dachöffnungen vorbei, ehe sie zu ihrer eigenen gelangte. Ihre Kammer lag in tiefer Finsternis. Das Feuer in der Kohlenpfanne war heruntergebrannt.

Flammenbotin ergriff die oberste Sprosse der Leiter und verharrte einen Moment und spähte hinunter in die Dunkelheit, ehe sie auf die erste Sprosse trat. Plötzlich fuhr ihr ein kalter Schauer über den Rücken.

Sie konnte sich gut vorstellen, wie Wurzelknolle sich gefühlt haben musste, als er von etwas Schwerem getroffen, zu Boden geworfen und am Kopf verletzt wurde ... dann einen Messerstich erhielt, als er versuchte, auf die Beine zu kommen. Und die arme Hainbuche, die die Schreie mit anhören musste, das Schlurfen von Schritten, und dann zwei Männer in ihre Kammer taumeln sah, wo der eine den anderen schließlich umbrachte.

Was hatte sie gesehen? Was hatte sie *gesagt*? Flammenbotin hatte vergessen, Tändler danach zu fragen. Nun gut, dazu war auch morgen noch Zeit.

Ein sonderbarer Geruch stieg ihr in die Nase, als sie in ihre Kammer hinabkletterte. Beifußholz. Ihr Feuer schürte sie jedoch mit Wacholderholz ...

Die schwarze Finsternis explodierte in einem Lichtschein, als jemand einen trockenen Zweig in die Feuerstelle warf. Für einen Moment war Flammenbotin geblendet.

»Wer ist da?«, rief sie und kniff die Augen zusammen.

Unter ihr, in der linken Ecke der Kammer, schälte sich eine dunkle Gestalt aus dem Schatten.

Flammenbotins Beine gaben unter ihr nach, und sie umklammerte die Sprosse in ihrer Kopfhöhe wie einen umgestürzten Baumstamm in einem reißenden Fluss.

Dann krächzte eine alte, brüchige Stimme: »Er ist hier. Ganz in der Nähe, beobachtet uns. Du darfst nicht mehr allein ausgehen, Älteste.«

18

Dusty lehnte sich in seinem Liegestuhl zurück und reckte das Kinn in den Wind, der um die Zelte pfiff. Am frühen Morgen hatten sie die grünen Vorsegel von den Zelten abgenommen und sie zu Sonnendächern umfunktioniert, indem sie sie zwischen vier Holzpfosten spannten und rund um die Feuerstelle aufstellten. Es war tatsächlich ein wenig kühler darunter. Dustys blondes Haar flatterte ihm in das dunkel gebräunte Gesicht. Sein schwarzweißes Batikhemd und die armeegrünen Shorts klebten ihm wie eine feuchte Schlangenhaut am Körper. Um die Mittagszeit war das Thermometer auf gottlose 42 Grad geklettert. Vor kurzem hatte er die Parole »Mittagspause« ausgegeben, die zwei Stunden dauern sollte, und sofort hatte sich jedermann in den Schatten geflüchtet.

Hail Walking Hawk hielt in ihrem roten Zelt ein Nickerchen.

Maureen und Maggie saßen links von ihm über einen Klapptisch gebeugt, den Maggie im Hauptquartier der Parkverwaltung organisiert hatte. Die Sperrholzplatte war übersät mit den Knochen von zwei weiblichen Skeletten. Bei dem einen handelte es sich um ein junges Mädchen, dessen Alter Maureen auf elf oder zwölf Jahre schätzte. Das andere war das Skelett, das Sylvia ausgegraben hatte, eine Frau von etwa zweiundzwanzig Jahren. Außerdem lagen auf dem Tisch eine Lupe und diverse Zirkel, um die Länge und Dicke des Knochenmaterials zu bestimmen; vor Maureen standen ein Mikroskop und eine Flasche Lipton's Eistee, ungesüßt. Am Morgen war ihr T-Shirt blütenweiß gewesen, jetzt harmonierte es perfekt mit ihren sandfarbenen Shorts.

Maggie sah schweigend zu, wie Maureen zur Lupe griff, um einen Oberschenkelknochen genauer in Augenschein zu nehmen. Als sie sich interessiert vorbeugte, fiel ihr das kurz geschnittene Haar in das runde Gesicht, was ihre großen, braunen Augen noch mehr betonte. Sie trug abgeschnittene, verwaschene Jeans, schwarze Tennisschuhe mit weißen Socken und ein cremefarbenes T-Shirt.

Dusty ließ träge den Blick über die Feuerstelle und an den Zelten vorbei durch den Canyon schweifen, der sich in westliche Richtung erstreckte. Die senkrechten Felswände flimmerten in der Hitze wie goldene Phantome. Nicht eine einzige Wolke zeigte sich am hellblauen Himmel, was bedeutete, dass sie nicht mit einer Abkühlung rechnen durften. Ohne einen nachmittäglichen Regenschauer würden die Backofentemperaturen bis zum Abend andauern.

Sylvia kramte in der Kühlbox herum, die rechts neben Dustys Stuhl stand. »Allmächtiger, diese Hitze ist selbst für mich zu viel.«

Feuchte Locken ringelten sich unter der Krempe ihres Strohhuts und klebten an ihren sommersprossigen Wangen. Sie sah aus wie eine gebadete Maus. Die durchgeschwitzten Khaki-Shorts und das ärmellose Top überzog ein Spinnennetz aus erdfarbenen Falten, wo sich ihr Schweiß mit dem Wüstenstaub vermischt hatte. Sie beförderte zwei triefende Coladosen aus der Box und eine Plastiktüte mit Snacks. Als sie Dusty eine der Dosen reichte, meinte sie: »Ich fühle mich wie die Böse Hexe aus dem Westen: *Ich schmelze, schmelze.*«

»Das Thema Hexen lassen wir besser, hm?«

Er warf einen Blick hinüber zu den offenen Hecktüren seines Wagens. Er hatten den *basilisco* heimlich weggepackt, ihn unter säuberlich beschrifteten braunen Papiertüten und Plastikbeuteln mit Erdproben versteckt. Maggie und Mrs. Walking Hawk hatten freilich keine Ahnung, dass er ihn katalogisiert und eingetütet hatte – wie er es mit anderen Artefakten auch tat.

Dusty zog den Ringverschluss ab und nahm einen tiefen Schluck von dem eiskalten, süßen Getränk. Es rann wie Nektar durch seine Kehle. »Mal sehen, wie sich die Temperatur später macht. Wenn sie um drei nicht unter 38 Grad gesunken ist, dann werde ich für heute sämtliche Grabungen einstellen lassen.«

»Halleluja!«, trällerte Sylvia.

»Freu dich nur nicht zu früh. Ich hab schon ein Alternativprogramm ausgearbeitet. Wir gehen rüber ins Gebäude der Parkverwaltung, duschen und füllen die Wasserbehälter auf. Anschließend möchte ich, dass die Unterlagen auf den neuesten Stand gebracht werden und eine Bestandsaufnahme der Artefakte und Proben gemacht wird, damit sichergestellt ist, dass die Probenbeutel mit den Listen übereinstimmen.

»Uff!«, stöhnte Sylvia enttäuscht und trollte sich unter das provisorische Sonnendach vor ihrem Zelt. Dort ließ sie sich auf ihren Klappstuhl fallen und stellte ihre Tasche ab. Für ein paar Sekunden presste sie die kalte Coladose an ihre Stirn und fuhr sich damit über den verschwitzten Hals, ehe sie sie öffnete und mit vier Schlucken die halbe Dose leer trank. »Falls ich einschlafe, weck mich erst nach Einbruch der Dunkelheit.«

»Okay, aber bevor du dich verabschiedest, überlass mir bitte den Rest Cola. Wir sind etwas knapp.«

Sylvia drückte die Dose an ihre Brust. »Dale bringt doch heute Abend Nachschub mit, oder? Glaubst du, wir sollten ihn anrufen und bitten, zwei Kisten Cola und sechs Kisten Bier mehr mitzubringen?«

Maureen sah hoch, schüttelte verächtlich den Kopf und wandte sich wieder ihren Knochen zu.

»Keine schlechte Idee«, meinte Dusty.

Sylvia setzte die Dose an die Lippen, trank sie aus und nahm sich dann den Snackbeutel vor. Darin befand sich ihre Leib- und Magenspeise: Ein Paket Maistortillas, ein Beutel mit diesen übel riechenden Fischchen mit Käsegeschmack und zwei Streifen Trockenfleisch. Sie breitete eine Tortilla aus, belegte sie mit Käsefischen, rollte sie zusammen und biss hinein. Dann riss sie mit den Zähnen ein Stück Trockenfleisch ab und kaute genüsslich darauf herum.

Dusty verzog das Gesicht. »Ich spüre förmlich, wie sich der Rigor mortis in deinen Blutgefäßen breitmacht.«

Mit vollem Mund nuschelte Sylvia: »Wirfst du denn nie einen Blick auf die Ernährungsvorschläge, die an der Mensatür kleben? Eine perfekt ausgewogene Diät ist weiß, gelb und braun.«

»Du sollst diese Zettel *lesen*, Sylvia, und dir nicht nur im Vorbeigehen die Farben merken. Diese weißen, gelben und braunen Felder stehen für Käse, Brot und Fleisch. Und nicht für irgendwelches exotische Trockenfutter.«

Sylvia kaute ungeniert weiter. »Du musst gerade reden. Deine Leibspeise sind Kartoffelchips mit Paprika, die du mit dieser schwarzen irischen Labberbrühe herunterspülst.«

»Wenigstens decken sie meinen Gemüsebedarf.«

Ein breites Grinsen legte sich über Sylvias Gesicht. »Gott schütze Amerika.«

Maureen bedachte die beiden mit einem finsteren Blick. »Nero-Palaver.«

»Welches Palaver?«, fragte Sylvia ernsthaft interessiert. »War das nicht ein König oder so was?«

Maureen verstummte. Sie hob eine Braue, und ein Ausdruck verblüfften Entsetzens huschte über ihr Gesicht. »Das amerikanische Schulsystem begünstigt ganz offensichtlich das Jüngste Gericht. Ich bin sicher, dass Gott eurem Werdegang genauso bald ein Ende machen möchte wie viele andere.«

Dusty schnappte sich die Papiertüte mit den Snacks, die neben Sylvias Stuhl stand, und zog eine Familienpackung

Jalapeno-Crackers heraus. »He«, rief er. »Ich wusste gar nicht, dass du die gekauft hast.«

»Tja, ich dachte, wir sollten mehr Ballaststoffe zu uns nehmen.«

»Ich liebe Ballaststoffe.« Dusty riss die Tüte auf und steckte einen dieser grünen Cracker in den Mund. »Hmmm«, machte er, nahm einen zweiten heraus und hielt ihn Maureen hin. »Welcher Gott könnte wohl ein Volk mit einem solchen kulinarischen Erbe dem Untergang weihen?«

Maureen betrachtete den Cracker durch zusammengekniffene Lider. »Eben derselbe Gott, der erkennt, dass die Kanadier das Welterbe antreten sollten.«

Sylvia riss noch ein Stück Trockenfleisch ab. »Ihr und die Kakerlaken. Das kann ja gemütlich werden auf unserer schönen Welt.«

Dusty runzelte die Stirn. »Wenn Kanada so großartig ist, wie kommt es dann, dass Quebec die Rezession wünscht? Nicht genügend Tim Horton's?«

»Ich glaube, Sie meinten *Sezession*, Sie Banause. Politische Abspaltung«, berichtigte Maureen ihn mit einem tödlichen Blick.

»Ach, wenn ihr mich fragt, dann wollen diese Burschen sich nur den Vereinigten Staaten anschließen, damit sie enttauen.«

»Enttauen?« Maureen wedelte mit einer ihrer Edelstahlpinzetten. »Wie kann man *enttauen*? Entweder etwas taut oder es gefriert. Oder war das wieder einer der angestrengten Versuche der Amerikaner, die englische Sprache auszurotten?«

Dusty schob sich eine Hand voll der würzigen Cracker in den Mund und spülte sie mit dem letzten Schluck Cola hinunter. Dann stand er auf, versenkte seinen Arm bis zum Ellbogen in der Kühlbox und angelte zwischen halb geschmolzenen Eisbrocken, Flaschen, Dosen und aufgeweichten Etiketten eine nackte Flasche heraus, deren Inhalt nach Root Beer aussah, und setzte sich wieder hin. Während er den Verschluss abschraubte, deutete er auf die sterblichen

Überreste auf dem Tisch. »So, und jetzt sagen Sie mir bitte, ob diese Knochen meiner Kriegs- und Sklaverei-Theorie widersprechen.«

»Dazu muss ich erst die anderen Schädel untersuchen, Stewart. Diejenigen, die schon teilweise freigelegt und momentan unter der schwarzen Plastikfolie lagern, als auch die anderen, die noch unter den Steinen begraben sind.«

Dusty hatte sich bei der Freilegung des Nebelkindes viel Zeit gelassen, um sicherzugehen, dass auch jeder merkwürdig geformte Stein dokumentiert wurde, für den Fall, dass er sich unter dem Mikroskop als Artefakt herausstellen sollte. »Morgen«, sagte er, »werde ich das Nebelkind und seine Mutter ausgegraben haben. Und Sylvia wird mit dem Grab Nummer drei dann auch so weit sein, denke ich.«

»Klar, Boss«, bestätigte Sylvia mit einem Nicken.

Maureen hielt den Knochen hoch, den sie unter der Lupe studiert hatte und drehte ihn herum. »Ich kann bereits feststellen, dass diese Leute sehr krank gewesen sind.«

Sylvia biss in ihre Tortilla und nuschelte mit vollem Mund: »Woran erkennen Sie das?«

Maureen legte zwei missgebildete Knochenteile aneinander. »Sie werden sie vielleicht nicht als solche erkennen, doch das hier sind zwei Brustwirbel, der elfte und der zwölfte, um genau zu sein, und sie sind von einer Infektionskrankheit zerfressen. Das Ausmaß dieser Gewebezerstörung spricht dafür, dass dieses arme Mädchen einen außerordentlich großen, paravertebralen Tumor gehabt haben musste. Ich wette, dieser Abszess enthielt mindestens zehn Kubikzentimeter Eiter, genug, um ... Was ist denn?«

Maureen sah Sylvia argwöhnisch an. Ihre Backen blähten sich über halb zerkautem Tortilla-Fisch-Brei und sie sah aus wie ein erstaunt dreinblickendes, wohl genährtes Eichhörnchen.

Dusty lehnte sich vor. »Okay, sie war also bis zum Stehkragen voll Eiter. Und was war die Ursache dafür?«

»Für eine Läsion des zwölften Brustwirbels? Hochgradige Tuberkulose, einhergehend mit einem starken Dauerschmerz. Ihre Rückenmuskulatur konnte sich in keiner Position entspannen. Sie muss unter unerträglichen Krämpfen gelitten haben und war wohl kaum in der Lage, aufrecht zu stehen, geschweige denn zu gehen. Ich glaube sogar, sie musste beim Sitzen ihren Oberkörper mit den Armen abstützen, sonst hätte sie die Schmerzen in den porösen Wirbeln nicht ausgehalten. Allein der Druck dieses gigantischen Eiterbeutels auf die Nerven ...«

Sylvia ließ ein angeekeltes Würgegeräusch hören.

»Ich dachte, Tuberkulose sei eine Lungenkrankheit?«, bemerkte Dusty.

»Lungentuberkulose ja. Doch was wir hier sehen, ist ein Fall von extrapulmonaler Tuberkulose, die den Körper außerhalb der Lungen befällt. Diese Form der Tuberkulose infiziert Gelenke, Augen, Lymphknoten, Nieren, Darm, selbst den Kehlkopf und die Haut. Wenn der Tuberkelbazillus in das Gehirn gelangt, ruft er Meningitis hervor, eine Entzündung der Hirnhaut. Wenn die Membranen anschwellen, ändert sich der Druck innerhalb des Schädels, was zu unerträglichen Kopfschmerzen führt, die oft mit Erbrechen und Schwindel einhergehen. Als ich vor ein paar Jahren im Iran das Gehirn eines Tuberkulose-Opfers sezierte, fand ich so viele Abszesse, dass das Hirn förmlich in meiner Hand zerfloss.«

Maureen stützte die Ellbogen auf die Tischplatte und spreizte die Finger, damit Dusty sich vorstellen konnte, wie der Eiter zwischen ihren Fingern herabgetropft war.

Sylvia würgte die zerkaute Masse in ihrem Mund hinunter und lehnte sich mit einer säuerlichen Grimasse zurück. »Igitt«, seufzte sie. »Gelb ist ab jetzt in meiner Ernährung tabu.«

»Und wer soll dann deine ganzen Coors trinken?«, fragte Maggie.

»Ich jedenfalls nicht. Ich trinke nichts, das wie ein Feuerlöscher riecht. Lieber verdurste ich«, erklärte Dusty und trank einen Schluck Root Beer.

Sylvia meinte: »Ich würde ja zu gern wissen, was Maureen findet, wenn sie dich seziert. Oder schlimmer noch, was sie nicht findet.«

Dustys blonde Augenbrauen senkten sich bedrohlich. »Fang ja nicht wieder mit Cortez an, ich warne dich!«

Sylvia grinste frech, doch Maggie und Maureen schauten ihn an, als hätten sie nicht die leiseste Ahnung, worauf er damit abzielte.

Als Maureen fragend die Stirn runzelte, wechselte Dusty rasch das Thema: »Also, zurück zu den Knochen. Erzählen Sie mir doch bitte, wie sich dieser Tuberkelbazillus ausbreitet. Durch Niesen und Husten, nehme ich an, richtig?«

Maureen nickte. »Ja, in erster Linie durch Tröpfcheninfektion. Obwohl der Bazillus auch durch Hautkontakt oder sogar durch das Trinken von Milch einer mit Tuberkulose infizierten Kuh übertragen werden kann.«

»Wie lange ist eine Person ansteckend?«

»Ein unbehandelter Infizierter kann mal ansteckend sein, mal nicht, und das sein ganzes Leben lang. Ich kenne Fälle, wo eine latent vorhandene Tuberkulose plötzlich wieder aufflammte, besonders bei alten Menschen, und dann eine ganze Epidemie auslöste.«

Dusty schlug die Beine übereinander und stellte die Flasche auf sein Knie, wobei er sich fragte, wie die Anasazi damals diese Krankheit wohl interpretiert hatten. Dabei erinnerte er sich wieder an eine ältere Zuni-Frau, die von einer Krankheit gesprochen hatte, die in den Vierzigerjahren etliche Mitglieder ihres Clans dahingerafft hatte: *Ihr Blut wurde zu Wasser und floss aus ihren Mündern, gemischt mit weißen Tupfen. Einige von ihnen siechten sehr lange dahin, bis der Tod sie endlich von ihren Leiden erlöste. Und wir konnten nichts für sie tun. Hexen hatten diese Krankheit gebracht. Sie vergruben verzauberte Medizinbündel rund um das Dorf. Wann immer jemand auf eines dieser Bündel trat, wurde er krank und starb.*

Maureen fuhr fort: »Doch die tuberkulösen Läsionen sind nicht das einzig Interessante an diesen Knochen.« Sie nahm den deformierten Schädel der jungen Frau zur Hand und hielt ihn hoch. Dusty konnte an der rechten Schädelseite mindestens drei Frakturen erkennen. »Wurde unter den Völkern des Südwestens Kannibalismus praktiziert?«

Dusty musterte sie scharf. Dieses Thema wurde in Archäologenkreisen heiß diskutiert. »Tim White, Christy Turner und ich behaupten, ›ja‹, aber es gibt eine Menge Leute, die uns für diese Aussage am liebsten die Kehle aufschlitzen würden. Warum fragen Sie?«

Maureen nahm ihr Vergrößerungsglas zur Hand und betrachtete die Oberseite des Schädels. »An diesem Exemplar finden sich ungewöhnliche Schnittspuren und auch an einigen der langen Knochen.«

Sylvia wischte sich die Hände an den staubigen Shorts ab und langte nach den Crackers. »Sind Sie sicher, dass sie nicht von Tierzähnen stammen? Von Wölfen oder Mäusen?«

»Da bin ich ganz sicher. Hier handelt es sich um lange, gerade Schnitte. Nagerzähne hinterlassen parallele Spuren, die unter dem Mikroskop wie Rillen aussehen. Eck- und Reißzähne hingegen unregelmäßige, flache Rinnen. Jeder dieser Schnitte sieht aus wie ein tiefes V, so als ob man durch die Muskeln bis auf die Knochen geschnitten und dann das Fleisch in langen Streifen abgeschält hätte. Nur geschliffene Steinwerkzeuge hinterlassen derartige Spuren.«

Sylvia studierte den Schädel jetzt mit ernsthafter Miene. »Wie beim Metzger.«

»Ja.«

»Oder ...« Dusty ließ das Wort effekthalber in der Luft hängen, während er es bewusst vermied, in die Richtung seines Wagens und des *basilisco* zu blicken. »Hexenritualen.«

»Oder«, konterte Sylvia, indem sie genau seinen Tonfall nachäffte, »es könnte sich auch um das Werk eines wütenden Ehemanns handeln, der seinem vorlauten Weib seine Meinung in den Schädel geritzt hat.«

Maggie suchte Dustys Blick. Ein paar Sekunden schwieg sie, dann sagte sie: »Mir fällt gerade eine seltsame Geschichte ein, die ich als kleines Mädchen hörte. Eines Tages begaben sich Zauberinnen vom Tesuque-Pueblo nach Nambe, hieß es. Dort verbrachten sie einige Tage und bastelten Puppen, die die Leute zum Husten bringen konnten. Sie stopften diese Puppen mit Chilisamen, Erde und Lumpen aus und platzierten sie rund ums Dorf. Dann verwandelten sie sich in Katzen und Hunde und flohen den Arroyo hinauf, der durch Nambe führte.«

»Und was passierte mit diesen Hexen?«

Die Falten um Maggies Augen vertieften sich. »Sie wurden gefasst und so lange gefoltert, bis sie schworen, mit ihrem Hexenzauber aufzuhören, aber ich glaube, sie starben alle unter der Folter.«

Dusty nickte. »Ja, ich erinnere mich an diese Geschichte. Bis zum Jahr 1910 hatten die Anführer von Nambe so viele Hexen hingerichtet, dass die Einwohnerzahl des Dorfes sich halbiert hatte.«

»Es muss sich wirklich um eine Schreckensherrschaft gehandelt haben«, stimmte ihm Maggie zu.

Maureen drehte den Schädel in ihren Händen. »Ich verstehe nicht. Wie kommen Sie darauf, dass hierbei Hexenzauber im Spiel gewesen sein könnte?«

Dusty beugte sich vor, den Blick auf den Schädel gerichtet. »Leichenpulver.«

»Gütiger Himmel!«, wisperte Sylvia in plötzlichem Begreifen. »Natürlich!«

Ein Ausdruck des Ekels huschte über Maggies Gesicht. Unwillkürlich schob sie ihren Stuhl vom Tisch zurück.

»Leichenpulver?« Auch Maureen sah unbehaglich drein. »Was ist das?«

Dusty stärkte sich mit einem großen Schluck Root Beer und wischte sich mit dem Ärmel die Lippen ab. »Lesen Sie denn nicht Tony Hillerman? Sie wissen schon, Jim Chee und Leaphorn?«

Auf Maureens ausdruckslosen Blick hin sagte Sylvia: »He, eine Anthropologin, die nicht liest.«

»Dann seien Sie doch bitte so freundlich«, meinte Maureen trocken, »und erleuchten Sie die umnachteten Heiden des Nordens.«

Dusty gönnte sich einen Moment, um sich an ihrem finsteren Blick zu weiden. »Einige Stämme im Südwesten glauben, dass nach dem Tod eines Menschen die gute Seele sich auf den Weg ins Jenseits macht und alles Böse in dem Körper verbleibt. Hexen ernten nun sozusagen dieses Böse, indem sie die Leichen rauben und das Fleisch und die Knochen zu einem feinen Pulver verarbeiten, mit dem sie ihre Feinde bestreuen. Angeblich kann Leichenpulver einen Menschen in den Wahnsinn treiben oder ihn sogar töten.«

Maureens Hand hob sich und umfasste das Kruzifix an ihrem Hals. Dann tastete sie beiläufig nach dem Verschluss im Nacken, so als ob diese Geste nichts mit dem gegenwärtigen Gespräch zu tun habe. Doch als sie die Hand wieder sinken ließ, trommelte sie anschließend unbehaglich mit den Fingern auf die Tischplatte.

Maggie wandte sich an Maureen. »Vielleicht sollte ich meine Tante wecken. Sie könnte uns sicherlich mehr darüber erzählen. Sie ...«

»Nein«, warf Dusty freundlich ein. »Lassen wir sie lieber schlafen. Ich glaube, die Hitze hat ihr mehr zugesetzt als uns. Wir können sie heute Abend auch noch danach fragen.«

Maggie nickte. »Ja, du hast Recht. Sie hat letzte Nacht nicht sehr gut geschlafen. Es war noch stockfinster, als sie mich aufweckte und fragte, ob ich die Geister um die Zelte schleichen gehört habe.«

Dusty richtete sich auf, als er sah, dass Maureen plötzlich leichenblass geworden war. »Was ist denn?«, fragte er sie.

Maureen sah ihn an. »Hmm?«

»Hmmm ist keine Antwort. Was ist los?«

Ein Windstoß schüttelte die Zelte. Maureen drehte den Kopf aus der Windrichtung, und als sie sich Dusty wieder zuwandte, hatte sie die Augen zusammengekniffen, so als ob sie gegen einen verborgenen Schmerz ankämpfte. »Ach, nichts. Wirklich. Ich hatte letzte Nacht nur einen sehr merkwürdigen Traum.«

»Was für einen Traum?«

»Nun, er... es war komisch.« Sie legte den Schädel auf den Tisch zurück und verschränkte die Hände vor der Brust. »Es begann damit, dass ein Baby weinte. Dann hörte ich eilige Schritte an meinem Zelt vorbeitappen. Leise Schritte, wie Sandalen auf Sand, und ein Mann und eine Frau schrien sich gegenseitig an. Ich glaubte, ihr Zank hätte etwas mit dem Baby zu tun.« Sie sah Maggie an. »Ist es nicht seltsam, dass Ihre Tante heute Nacht Schritte hörte und ich davon träumte ...«

Maggies braune Augen fixierten Maureen. »Tante Hail behauptet, dass Sie eine Seelenfliegerin sind.«

»*Ich*?« Maureen lächelte aufrichtig amüsiert und zeigte mit dem Finger auf ihre Brust. »Tut mir Leid, Maggie. Diesmal haben Sie die Falsche erwischt.«

Maggie legte den Kopf zur Seite und verdrehte nachdenklich die Augen, so als ob sie nicht wüsste, ob sie noch etwas sagen sollte. Das weckte Dustys Neugier.

»Ist das alles, was Hail Walking Hawk gesagt hat?«

Maggie zeichnete mit der Fingerspitze die Schädelknochen des jungen Mädchens nach und meinte dann: »Ja.« Doch dieses Ja hörte sich eher wie ein Nein an.

Dusty trank sein Root Beer aus und warf die Flasche in den Abfallkorb hinter seinem Stuhl, wo sie scheppernd zwischen leeren Aludosen versank. Dann fixierte er Maureen mit einem neugierigen Blick.

»Ich bin keine Seelenfliegerin, Stewart«, beschied sie ihn eilig.

Dusty lächelte. »Mir scheint, die ehrenwerte Frau Doktor hat sich etwas zu heftig gegen diese Behauptung verwehrt.«

»Was soll das heißen?«

Maggie berührte leicht Maureens Hand. Für ein paar Augenblicke herrschte betretenes Schweigen, das Maggie dann mit der gemurmelten Bemerkung brach: »Verzeihen Sie bitte. Ich hätte das nicht sagen dürfen. Besonders nicht vor anderen.«

»Sie wollen mir doch nicht weismachen, dass Sie an Geister glauben?«, erwiderte Maureen etwas vorwurfsvoll.

Maggie zuckte die Achseln. »Manchmal, Doktor. Manchmal, ja.«

Da mischte sich Dusty ein. »Sie vielleicht nicht, aber ich glaube sehr wohl daran.«

»Das nehme ich *Ihnen* unbesehen ab«, versetzte Maureen. »Sie haben die abstrusesten Dinge im Kopf, aber Maggie denkt wissenschaftlich.«

»Falls ich, wie Sie behaupten, tatsächlich die abstrusesten Dinge im Kopf habe«, erklärte Dusty, »dann liegt es nur daran, dass ich hier draußen schon die abstrusesten Dinge gesehen habe, verehrte Frau Doktor. Und ich verwerfe auch keine möglichen Erklärungen dafür. Im Gegensatz zu Ihnen bin ich nämlich keineswegs davon überzeugt, dass die Wissenschaft auf jede Frage eine Antwort hat.«

Maureen nahm erneut den Frauenschädel zur Hand und drehte ihn langsam um. Die Sonne beschien das klaffende Loch, das die schwere Sandsteinplatte hinterlassen hatte. »Wahrscheinlich nicht, Stewart, aber sie ist immer noch die beste Möglichkeit, ›Wissen‹ zu erlangen, die uns zur Verfügung steht.«

Dusty verschränkte die Finger in seinem Schoß. Sein Blick wanderte von Sylvias großen, grünen Augen zu Maureens stoischem, beinahe autoritärem Gesichtsausdruck und weiter zu Maggies höflich gesenktem Kopf.

»Es ist eine Art des Wissen, Doc, aber nicht die einzige.«

Maureen beugte sich vor, ernsthaftes Interesse an seiner Aussage vorgebend. »Potz Blitz, wir haben einen Philosophen unter uns! Ich wusste ja gar nicht, dass Sie im Bereich der Erkenntnistheorie so bewandert sind, Stewart.«

»Dusty ist kein Philosoph«, schickte Maggie sich an, ihn zu verteidigen. »Er ist bloß anderen Kulturen gegenüber aufgeschlossen …«

»Aber natürlich bin ich ein Philosoph«, rief Dusty entrüstet. »Ich kann euch aus dem Stegreif genau die Unterschiede der Lehren von Jean-Paul Sartre und Yoda erläutern.«

Sylvias Brauen hoben sich in sichtlicher Bewunderung. »He, ich kenne mich ganz gut mit Batman und Spock aus, aber bei Yoda muss ich passen.«

Ein erneuter Windstoß fegte heiß und trocken über das Camp, zerrte an den Sonnensegeln und trieb Sylvias leere Coladose scheppernd vor sich her. Sylvia sprang aus ihrem Stuhl und rannte der davonkullernden Dose hinterher.

Als sie zurückkehrte, warf sie die Büchse in den Abfallkorb und steuerte die Kühlbox an. Sie tauchte einen Arm in das kalte Schmelzwasser und verkündete: »Ich finde, es ist Zeit für ein Coors! Schließt sich jemand meiner Meinung an?«

19

Ein gellender Schrei zerriss die Dunkelheit, hallte von der steilen Felswand wider und verkümmerte zu erstickten Schluchzern.

Tändler sah hinauf in den glitzernden Nachthimmel, der von tausenden von Abendmenschen bevölkert wurde. Über dem östlichen Horizont wölbte sich schimmernd ein blassblauer Streifen. Immer wieder hatte Seidenmoos während der Nacht den Namen ihres Mannes geschrien. Erbsenhülse und etliche andere Frauen des Dorfes hatten abwechselnd an ihrem Lager gewacht, um die verzweifelte Witwe zu trösten, doch sie war keinem Trost zugänglich.

Tändler sah auf seine Abendmahlzeit herab. Er hockte auf dem Dach von Talon vor Maiskuchen und einer Schüssel mit Suppe, die Maisblatt für ihn gekocht hatte. Die Suppe aus Kürbisfleisch, gerösteten Kürbiskernen und getrockneten Yuccablüten schmeckte süß und fruchtig. Er tunkte den Maiskuchen in die dampfende Schüssel, schöpfte damit ein großes, saftiges Stück Kürbisfleisch heraus und aß es, während sein Blick umherschweifte.

Vier Männer und er selbst hielten in Talon Wache. Zu seiner Linken, auf dem großen Platz unter ihm, hörte er Schneehase und Der-der-fliegt vor Hainbuches Kammer leise miteinander flüstern. Auf dem Dach des halb eingestürzten fünften Stockwerks, nahe der Felswand hinter Tändler, standen Skunk und Wasserschlange und beobachteten schweigend den entfernten Canyon.

Tändler biss ein Stück Maiskuchen ab und kaute langsam. Die kalte Nachtluft trug den Geruch von Zedernrauch und feuchter Erde, aber auch von Blut und Gedärmen herbei.

Nachdem die Dorfbewohner sich in ihre Kammern zurückgezogen hatten, hatten Tändler und Weidenkätzchen Wurzelknolles Leichnam in die erst kürzlich wieder aufgebaute Kiva getragen und ihn auf eine der großen Fußtrommeln gelegt. Dann standen sie noch eine Weile schweigend vor dem Leichnam, dachten jedoch beide das Gleiche: Wurzelknolle hätte in einem Kampf gegen feindliche Angreifer sterben sollen, aber nicht zu Hause bei einem Überraschungsangriff. Wie hatte das nur passieren können?

Viele Dinge ergaben keinen Sinn. Anfangs hatte Tändler angenommen, dass der Mörder Schneehase angegriffen und anschließend alle anderen Wachen von Hainbuches Kammer weglocken wollte, um sie zu töten – aber inzwischen war er sich dessen nicht mehr so sicher. Der Mörder musste Tändler und Wurzelknolle zusammen auf dem Dach gesehen haben, bevor er Schneehase attackierte. Warum hatte er sich gerade diesen Moment ausgesucht? Hätte er noch einen Finger Zeit gewartet, dann wäre Tändler schon weg gewesen, und er hätte nur gegen zwei Wachen kämpfen müssen.

Tändler tauchte abermals den Maiskuchen in die Suppe. Während er kaute, blickte er in den dunklen Canyon. Es schien beinahe so, als ob der Mörder auf seine Ankunft gewartet hätte. Als ob er *gewusst* hatte, dass er kommen würde und ihn dabei haben wollte, wenn er Wurzelknolle tötete.

Tändlers Magen krampfte sich zusammen. Er starrte in die dampfende Suppenschüssel. Zuvor am Abend war eine undenkbare Möglichkeit in seinen Seelen aufgeflammt. Einen Lidschlag lang hatte er befürchtet, dass der Mörder Hainbuche gegen ihn verwenden wollte – ihre Sicherheit vor seiner Nase hin und her schwenkte wie ein Stück Fleisch vor einem hungrigen Kojoten, um Tändler in ihre Kammer zu locken und anschließend andere zu töten, während er hilflos danebenstand.

Er nahm seinen Hornlöffel und verrührte damit die Suppe. Die Kürbiskerne schwammen um die Yuccablüten herum.

Er blickte den dunklen, im Zickzack verlaufenden Einschnitt des Gerader-Pfad-Flusslaufs entlang und fragte sich, ob der Mörder auf diesem Weg in die Stadt gelangt war. Oder diesen Weg zur Flucht benützte, nachdem er seine grausamen Taten verrichtet hatte. Beim ersten Tageslicht würde er sich aufmachen und in dem trockenen Flussbett nach Spuren suchen. Sollte er dort keine finden, würde er anschließend auf Händen und Knien kreuz und quer durch Talon kriechen.

Tändler rutschte herum und studierte die riesige halbmondförmige Stadtanlage. Die aufrecht stehenden Silhouetten von Skunk und Wasserschlange hoben sich deutlich vor der aufragenden Canyonwand ab. Jedes Dach der zurückversetzten Stockwerke schimmerte im Licht der Sterne. Zwischen Haufen von Mauerziegeln und abgefallenem Lehmputz ragten die verkohlten Dachbalken wie riesige Speere, die auf die Himmelsgötter gerichtet waren, in die Höhe. Das erste Licht der Dämmerung fiel fahl durch die klaffenden Löcher in den Mauern.

Von seiner momentanen Position aus konnte er nicht alle sehen. Die größten und gefährlichsten Maueröffnungen befanden sich in der rückwärtigen Mauer von Talon, nahe an der Felsklippe. Durch diese Schlupflöcher könnte ein Mann mit Hilfe eines Seils und eines Hakens nach Lust und Laune in die Stadt hinein- und wieder hinausspazieren, zumal ihm die Schuttberge und eingestürzten Mauern den Zutritt noch erleichterten.

Tändler hob die Schüssel an den Mund und schlürfte den Rest der Suppe. Als er die Schüssel abstellte, sah er Maisblatt den Weg hinauftrotten. Sie war die ganze Nacht mit Putzen, Kochen und Besorgungen für Flammenbotin beschäftigt gewesen. Das arme Mädchen musste genauso erschöpft sein wie er.

Unterhalb des Dachs blieb es stehen und rief zu ihm hinauf: »Kriegshäuptling? Matrone Flammenbotin möchte, dass du auf den Platz vom Hügeldorf kommst.«

»Sag ihr, ich komme.«

»Ja, Kriegshäuptling«, rief Maisblatt zurück und eilte davon.

Tändler schlang Bogen und Köcher um seine Schulter und ging auf dem Dach entlang, bis er über Hainbuches Kammer stand. Von der Dachkante aus rief er: »Der-der-fliegt?«

Der muskulöse Krieger trat aus dem Schatten und sah zu ihm hinauf. Er war zwölf Hand groß und hatte einen Brustkorb wie ein Grizzly. Sein flaches, rundes Gesicht schimmerte im ersten Dämmerlicht des beginnenden Tages. »Was gibt es, Kriegshäuptling?«

Schneehase lehnte an der Mauer vor Hainbuches Kammer.

»Flammenbotin hat mich zu sich gerufen«, erklärte er. »Deshalb möchte ich, dass du meinen Wachposten übernimmst. Ich versuche, so bald wie möglich zurückzukehren.«

»Jawohl, Kriegshäuptling.« Der-der-fliegt bückte sich nach der Leiter, die neben Schneehase auf dem Boden lag, stellte sie an die südliche Mauer und kletterte nach oben.

Währenddessen nahm Tändler die Leiter, die an seiner

Wachposition bereit lag, und senkte sie an der Stelle über die Mauer, wo der Pfad begann. In dem Augenblick, als sein Fuß den Boden berührte, stand Der-der-fliegt bereits oben auf seinem Wachposten, Bogen und Köcher über der rechten Schulter.

Bevor Tändler sich auf den Weg ins Hügeldorf machte, zog er seine Kriegskeule aus dem Gürtel und nahm sie in die rechte Hand.

Als er um die südöstliche Ecke von Talon bog, entdeckte er zwei Gestalten vor der Feuerstelle, in der ein paar Holzscheite glimmten. Sie waren beide von kleinem Wuchs, standen gebeugt da und trugen lange Umhänge. Einer der beiden stützte sich auf einen Gehstock. Auf der anderen Seite der Feuerstelle standen vier Wachen.

Tändler war keine zehn Schritte von der Feuerstelle entfernt, als sich plötzlich ein kleiner alter Mann umdrehte, »Mein lieber Großneffe!« rief und mit seinem wehenden Federumhang auf ihn zu gehumpelt kam. Er hatte schütteres weißes Haar, eine gebogene Adlernase und buschige graue Augenbrauen.

»Onkel Steingeist?«

Der alte Mann hinkte an den Wächtern vorbei, als existierten sie gar nicht, und ergriff Tändlers freie Hand. Er drückte sie an sein Herz und lächelte. »Du kannst dir nicht vorstellen, wie glücklich es mich macht zu wissen, dass du hierher gezogen bist, kaum einen Tagesmarsch von meinem Haus entfernt. Hilf meinem Gedächtnis ein wenig nach. Welcher Neffe bist du?«

»Es überrascht mich nicht, dass du dich nicht erinnerst. Als du mich das letzte Mal sahst, war ich gerade acht Sommer alt. Du bist ins Treuer-Falke-Dorf gekommen, nachdem Großmutter Bunte Schildkröte ermordet worden war.«

»Bunte Schildkröte! Natürlich. Sie war meine Lieblingsschwester.« Ein wehmütiger Ausdruck huschte über sein Gesicht. Mit leiser Stimme fuhr er fort: »Dann musst du der Sohn von Prärieblume sein.«

»Ja, das bin ich, Onkel.«

Steingeist schickte sich an, wieder zum Feuer zurückzutrotten, blieb aber noch einmal stehen und sah Tändler mit freundlichen braunen Augen an. Dann drückte er Tändlers Hand. »Ich war sehr betrübt über die Nachricht vom Tod deiner Frau und deines kleinen Sohnes. Bist du wohlauf, mein Neffe?«

»Es geht mir einigermaßen, Onkel.« Tändler deutete auf das Feuer. »Unsere Matrone erwartet mich. Ich denke, wir sollten …«

»Vielleicht können wir später darüber sprechen. Ich möchte gern mehr über deine Frau wissen.«

Tändler nickte. »Gewiss doch.«

Er holte tief Luft, sich innerlich für dieses Gespräch wappnend. Merkwürdig, dachte er, dass inmitten seines Kummers und der Schuldgefühle, die ihn plagten, immer noch eine Flamme der Wut flackerte. Sie war tot. Warum konnte er es nicht dabei belassen?

Steingeist nahm mitfühlend Tändlers Hand, als sie gemeinsam zum Feuer gingen. Im zuckenden Schein der Flammen wirkten die Falten im Gesicht des alten Mannes wie ausgewaschene Felsspalten. An seinem Hals klimperten etliche Stränge mit grob gearbeiteten Tonscheiben. In den ärmeren Dörfern war es Brauch, aus den Scherben zerbrochener Tongefäße Schmuck zu fertigen. Sie schliffen die Scherben zu runden Scheiben, bohrten ein Loch hinein und fädelten sie zu Ketten auf. War sein Onkel so mittellos? Aus den Augenwinkeln musterte Tändler seine Kleidung. An seinem Umhang fehlten ganze Federbüschel, und die Mokassins waren an den Zehen durchlöchert.

Tändler steckte die Kriegskeule unter den Gürtel und legte seine Hand auf die des alten Mannes. Bevor Steingeist wieder nach Hause zurückkehrte, würde er dafür sorgen, dass er einen warmen Umhang, neue Mokassins und was er sonst noch benötigte, erhielt.

Flammenbotin pochte ungeduldig mit ihrem Gehstock auf den Boden. »Komm, lass uns anfangen.«

Ihr graues Haar und die knollige Nase glänzten bernsteinfarben, als sie sich auf einem der Steine niederließ, die um die Feuerstelle als Sitzgelegenheit dienten.

Tändler führte Steingeist zu dem Felsbrocken neben Flammenbotin und half ihm beim Hinsetzen. Anschließend nahm er den Platz neben seinem Onkel ein. Über der Glut hing ein Teetopf; darunter standen Schalen bereit.

Flammenbotin ergriff das Wort. »Steingeist kam heute Nacht an, während all diese Wahnsinnstaten begangen wurden. Er hörte den Tumult schon von der Straße her und beschloss, in meine Kammer zu gehen und dort auf mich zu warten.« Sie warf Steingeist einen grimmigen Blick zu. »Nachdem mein Herz wieder zu schlagen begonnen hatte, verbrachten wir den größten Teil der Nacht mit Reden. Ich habe ihm alles erzählt, was ich über die Morde weiß. Jetzt möchte er dich dazu befragen, ehe der Tag herandämmert und Dutzende Neugieriger anlockt.«

»Ich verstehe«, sagte Tändler und wandte sich an Steingeist. »Was möchtest du von mir über die Mörder wissen, Onkel?«

Der Widerschein der Flammen spiegelte sich in seinen Augen, als er unvermittelt zuckte und die buschigen Brauen über der Hakennase zusammenkniff. »Weißt du etwas über den Mörder, mein Neffe?«

»Nun, ja. Ich glaube, ich sah ihn gestern Abend.«

Steingeist beugte sich näher zu ihm. »Was hast du gesehen?«

»Einen großen Mann«, antwortete Tändler. »Schlank, obwohl, das ist schwer zu sagen. Er trug ...«

»Wie groß?«

Tändler zuckte die Achseln. »Elf Hand hoch, vielleicht sogar zwölf. Ich sah ihn nur einen Lidschlag lang, im Handgemenge mit Schneehase, und dieser misst etwa elf Hand. Mir erschien der Mörder noch etwas größer.«

Steingeist beugte sich zu dem Teetopf hin und fragte: »Darf ich?«

Flammenbotin nickte. »Bitte, ich habe ihn von Maisblatt eigens für dich zubereiten lassen.«

»Ich danke dir.« Steingeist nahm sich eine Schale, füllte sie mit Tee und reichte sie an Tändler weiter. Dann füllte er eine für sich selbst. Der Duft von Sonnenblumenblüten stieg ihm angenehm in die Nase.

Tändler hatte noch etwas hinzuzufügen. »Der Mann trug eine große Maske, Onkel. Dadurch wirkte er bestimmt zwei, drei Hand größer.«

Als der alte Mann über den heißen Tee blies, umwehte eine Dampfwolke sein runzliges Gesicht. »Was noch?«

Tändler stellte seine Schale auf dem Knie ab. »Der Mörder schlug Schneehase mit einer Kriegskeule nieder und floh anschließend durch eine Maueröffnung nahe Hainbuches Kammer. Wurzelknolle und ich sind sofort die Leiter herabgeklettert und Schneehase zu Hilfe geeilt. Ich befahl Wurzelknolle, die Kammer der Sonnenwächterin zu beschützen, und sagte ihm, dass ich Schneehase um Hilfe schicken würde, sobald er sich von dem Schlag erholt hätte.«

»Und dann hast du den Mörder verfolgt, ja?«

»Ich habe es versucht, Onkel. Aber weit bin ich nicht gekommen.«

Flammenbotin beobachtete die beiden Männer mit einem stechenden Blick, das greisenhafte Gesicht regungslos.

Der Wind wehte den weißen Haarflaum auf Steingeists fleckigem Schädel durcheinander. Seine Augen wurden schmal. »Innerhalb der Stadt, was hast du da gesehen?«

»Sehr wenig«, erwiderte Tändler kleinlaut und starrte in seine Teeschale. Das Licht färbte die feinen Dampfschwaden in dem tiefen Goldton der Kürbisblüten. »Ich rannte zu dem Durchschlupf in der Mauer und bewegte mich ab da vorsichtig vorwärts, lauschte in alle Richtungen. Ich hörte Gelächter über mir und wenig später ein anderes Geräusch, gerade als Schneehase hinter mir auftauchte, aber das kann auch ein Nagetier gewesen sein. Die Ruinenstadt ist voll davon.«

»Wie viel Zeit ist vergangen von dem Moment an, als du die Maueröffnung betreten hast, bis zu Schneehases Erscheinen?«

»Oh«, machte Tändler und atmete langsam aus. »Vierhundert Herzschläge, höchstens fünfhundert.«

Steingeist runzelte die Stirn und wandte sich zu Flammenbotin um. Der Feuerschein flackerte über ihr unbewegtes Gesicht. Es war, als ob sie schweigend Gedanken austauschten. Flammenbotin neigte den Kopf zur Seite und kräuselte die struppigen Brauen.

Nach einer Weile wandte sich Steingeist wieder an Tändler. »Hast du während dieser fünfhundert Herzschläge ein Geräusch von draußen vernommen?«

Tändlers Hand mit der Teeschale verharrte auf halbem Weg zum Mund. Sein Blick kletterte die lehmverputzte Fassade von Hügeldorf empor, registrierte die Rauchschwaden, die aus den Abzugslöchern aufstiegen, und die Schatten, die das Lagerfeuer über die Felswände warf. »Ich kann mich nicht erinnern, etwas gehört zu haben, Onkel.«

»Kam dir das nicht merkwürdig vor? Schneehase war eben erst überfallen worden. Mit Sicherheit hat er Wurzelknolle Fragen gestellt, oder umgekehrt, Wurzelknolle ihm.«

Ein leeres Gefühl breitete sich in Tändlers Brust aus. Er beobachtete, wie das rötliche Licht der Flammen das verwitterte Gesicht seines Onkels färbte und sich in seinen wachen, neugierigen Augen spiegelte. »Was willst du damit sagen?«

Der alte Mann lächelte mild. »Sag mir, glaubst du, dass die Mauern der Stadt so dick sind, dass sie jedes Geräusch ausschließen?«

»Nein, denn später haben Schneehase und ich jemanden schreien hören. Die Stimme ...«

»Jemanden? Hast du die Stimme denn nicht erkannt?«

»Nein, Onkel, aber das hat nichts zu sagen. Ich habe während einer Schlacht meinen besten Freund meinen Namen rufen hören, und seine Stimme nicht erkannt. Angst verdreht die Seelen und lässt die Stimmen plötzlich ganz anders klingen.«

»Das ist richtig«, raunte Steingeist und fuhr mit dem Daumen an seiner Teeschale entlang. »Als du die Kammer der Sonnenwächterin betratest, was hast du da gesehen?«

Die Bilder flackerten über seine Seelen, und Tändler schloss für einen Moment die Augen. »Wurzelknolle lag auf dem Rücken. Sein Mund war voll Blut und sein Hemd bis zur Brust hochgeschoben. Man hatte ihm den Bauch aufgeschlitzt. Die Wände und die Decke waren mit Blut bespritzt. Hainbuche kauerte zitternd in einer Ecke. Ihr Gesicht und die Decke um ihre Schultern waren mit Blut und dem Inhalt von Wurzelknolles Gedärmen gesprenkelt. Es war deutlich zu sehen, dass hier zwei Männer miteinander gekämpft hatten. Die Abdrücke ihrer Sandalen hatten eindeutige Spuren auf dem blutbesudelten Boden hinterlassen. Die einander umkreisenden Sandalenabdrücke lassen vermuten, dass Wurzelknolle versucht hat, Hainbuche zu decken, damit der Mörder nicht in ihre Reichweite gelangte.« Tändler schüttelte den Kopf. »Soweit wir es nachvollziehen können, hat der Mörder sich vom Dach aus auf Wurzelknolles Rücken gestürzt und ihm einen Schlag auf den Kopf versetzt. Dieser Schlag muss Wurzelknolle derart betäubt haben, dass es dem Mörder möglich war, mit einem Messer auf ihn einzustechen. Den Stichwunden nach zu schließen, hat Wurzelknolle sich mit aller Kraft verteidigt. Der Mörder hat ihn dann in Hainbuches Kammer gedrängt und gezwungen, sich niederzuknien. Wurzelknolle muss seine Chance gewittert, sich auf ihn gestürzt und ihn niedergeworfen haben. Beim anschließenden Gerangel haben sie die Töpfe an der nördlichen Wand umgeworfen und sind durch die Kohlenpfanne gestolpert. Der Boden der Kammer war nämlich mit verglühten Holzstücken und Tonscherben übersät. Momente später rannte ich aus den Gängen, in denen ich den Katsina verfolgt hatte, hinaus auf den Platz.«

»Erzähl mir mehr über diese Gänge!«

»Hm, darüber kann ich nicht viel erzählen, Onkel. Keiner von uns hat viel Zeit in diesem Labyrinth verbracht. Die Stadt ist am Einstürzen. Jeden Tag hören wir es poltern, wenn Mauern einstürzen und Holzbalken zu Boden krachen. Keiner begibt sich freiwillig in diesen maroden Kaninchenbau. Das ist viel zu gefährlich.«

Jetzt ergriff Flammenbotin das Wort. »Als wir vor zehn

Monden hier ankamen, fand in diesen Gängen ein zwölf Sommer altes Mädchen den Tod. Tändlers Frau war bei ihr. Sie berichtete, dass über dem Mädchen ein Dach eingestürzt sei. Seither ist es den Kindern strikt verboten, die Stadt ohne Begleitung eines Erwachsenen zu betreten.«

Tändler sah die Gedanken, die sich hinter Steingeists lebendigen Augen formten. Argwohn flammte darin auf.

»Wir fanden ihre Leiche unter einem Haufen Mauerwerk und Holzbalken, Onkel. Es muss ein Unfall gewesen sein.«

»Wo genau habt ihr das Mädchen gefunden?«

Tändler drehte sich um und zeigte auf die nordöstliche Seite von Talon, wo sich Steinerne Säule erhob. »Dort. In einer Kammer im vierten Stockwerk.«

Steingeist spähte in die angegebene Richtung und ließ dabei den Tee in seiner Schale kreisen. Eine Zeit lang störte nur das dumpfe Heulen des Windes das Schweigen. Der alte Mann zog den warmen Federumhang enger am Hals zusammen und trank einen Schluck Tee.

»Hast du gewusst«, fuhr er dann bedächtig fort, »dass die letzte Matrone von Talon so verrückt war wie ein tollwütiger Skunk?«

Tändler blinzelte verwundert, fragte sich, was das mit dem Mörder zu tun habe. »Nein.«

»Oh, ja, das war ein großes Unglück für das Erste Volk. Eines Tages lief die ehrenwerte Nachtsonne mit ihrem Geliebten, Kriegshäuptling Eisenholz, davon und die Frau, die als ihre Nachfolgerin bestimmt wurde, war vollkommen verrückt. Lass mich nachdenken. Ich glaube, ihr Name war Federstein. Ja, so hieß sie. Als Kind war Federstein von den Feuerhunden geraubt und als Sklavin gehalten worden. Sie hatten sie so lange auf den Kopf geschlagen, bis ihre Seelen nur noch an hauchdünnen Fäden hingen, manchmal in ihrem Körper, manchmal aber auch nicht. Sie …«

»Verzeih, Onkel«, unterbrach Tändler den alten Mann ungeduldig. »Was hat das mit dem Mörder zu tun?«

Steingeist sah Tändler eindringlich an. »Alles, mein lieber Neffe.«

»Was hat es mit uns zu tun, dass vor mehr als hundert Sonnenjahren eine Frau namens Federstein geschlagen wurde?«

»Weil es eben geschehen ist«, erwiderte Steingeist ungerührt. Meine eigene Großmutter, die selige Orenda, hat mir diese Geschichte erzählt. Du glaubst doch wohl nicht, dass sie mich angelogen hat?«

»Aber nein, Onkel. Ich verstehe nur nicht, wie diese Geschichte mit ...«

»Oh, alle Dinge stehen mit allen anderen in Zusammenhang, mein lieber Neffe. Ob es uns nun passt oder nicht.«

Tändler warf einen Blick zu Flammenbotin, die verächtlich die Mundwinkel verzog. »Davon weiß ich nichts, Onkel«, beharrte er.

Steingeist neigte den Kopf wie ein neugieriger Vogel und deutete auf einen Sandsteinbrocken. »Siehst du diesen Stein? Wenn wir weit genug in der Zeit zurückwandern, würden wir entdecken, dass er einst einen Menschen am Kopf getroffen hat.« Er machte eine Pause, um Tändlers Miene zu studieren. »Die Menschen sind so. Wir prügeln uns unaufhörlich und meistens aus den nichtigsten Gründen.« Er hob den Zeigefinger. »Doch wenn du dich eingehend mit eingeschlagenen Schädeln beschäftigst, lernst du eine Menge über Steine und die Menschen, die sie werfen. Verstehst du, was ich meine?«

Flammenbotin verschränkte brummend ihre Arme unter ihrem Truthahnfederumhang und warf Tändler einen grimmigen Blick zu. »Ich hab dir doch gesagt, dass seine Seelen herumflattern wie Fledermäuse.«

Steingeist drehte sich zu ihr und starrte sie an. »Nun, ich denke doch, dass diese Mutmaßung dich trösten wird, zumals ich eigens deshalb gekommen bin, um Menschen zu beobachten, deren Seelen wie Fledermäuse umherflattern.«

»Was?«, fragte Tändler verwirrt.

Steingeist schwenkte zu ihm zurück. »Ach, nun tu nicht so, mein lieber Neffe. Deine Frau hatte keine Freunde, oder? Die Leute misstrauten ihr und fürchteten sie. Viele beschuldigten sie der Hexerei und flüsterten untereinander, dass sie nachts ihre Seelen ›ausschicke‹, um anderen Schaden zuzufügen. Sie litt unter starken Kopfschmerzen und sprach gelegentlich tagelang kein Wort …«

»Woher weißt du das alles?«, stieß Tändler hervor und sprang erschrocken auf die Füße. Die legendäre Macht des alten Mannes, der wahrscheinlich auch ein Zauberer war, überrollte Tändler wie eine Steinlawine. Instinktiv griff er an seine Kriegskeule. »Du hast meine Frau nie kennen gelernt!«

Steingeist betrachtete Tändler durch merkwürdig glänzende Augen. »Nein, aber ich weiß eine Menge über sie, Neffe. Weil ich ihren Geisthelfer kenne.«

Seidenmoos stieß einen langen, wehklagenden Schrei aus, und auf einmal schien die Welt still zu stehen. Sie drehten sich alle gleichzeitig um und spähten hinüber zu ihrer Kammer am westlichen Ende von Hügeldorf. Allmählich verebbten ihre Schreie zu erstickten Schluchzern.

Tändler umklammerte seine Kriegskeule, um seine zitternden Hände zur Ruhe zu zwingen. »Ist Wolf auch dein Geisthelfer?«

»Meiner? Nein«, sagte Steingeist und schüttelte das weiße Haupt. »Dieser Katsina ist ein sehr wählerischer Gott. Erst nach vielen Monden sorgfältigen Beobachtens und langen Nachdenkens wählt er diejenigen aus, die er aufsuchen will. Und dabei vergewissert er sich, dass es sich um Verstoßene, Kranke oder Menschen mit einem unheilbar kranken Familienmitglied handelt. Er behauptet, die Hustenkrankheit heilen zu können, wenn die Frau oder das Mädchen ihm ihre Seelen überlässt.« Steingeist erhob sich und machte einen Schritt auf Tändler zu. »Sie versucht natürlich alles. Sie will ja nicht sterben oder einen geliebten Angehörigen sterben sehen. Aber es gelingt ihr nicht. Niemals. Und die Strafen, die *der Besucher* für dieses Versagen vorsieht, sind hart.«

Tändlers Nerven waren bis zum Zerreißen gespannt. »Woher weißt du das alles? Hat Weidenkätzchen mit dir über meine Frau gesprochen?«

»Weidenkätzchen ist dir treu ergeben, mein Neffe. Ich beziehe mein Wissen aus einer anderen Quelle. Von den Familien der Toten aus dem Weißschwanzdorf, dem Dachspfotendorf und dem Eiswiesendorf.«

»Was könnten die schon über meine ... Frau ... wissen ...« Tändlers Stimme wurde immer leiser.

»Jedes dieser Dörfer hat während des vergangenen Sonnenjahres ein Mitglied verloren. Frauen. Mädchen. Und alle glauben, dass sie geraubt worden sind.«

Tändler fixierte den alten Mann mit starrem Blick. »Willst du mir weismachen, dass alle diese Frauen und Mädchen ermordet worden sind? Von dem gleichen Mann?«

»Das scheint offenbar der Fall zu sein, Neffe.«

Flammenbotin riss die kleinen brauen Augen auf. »Bist du dir dessen sicher?«

Steingeist lächelte überlegen. »Die wichtigste Regel solcher Ermittlungen lautet: Wenn du dir absolut sicher bist, dann irrst du dich sehr wahrscheinlich.«

Der alte Mann humpelte zu seinem Sitzplatz am Feuer zurück, und sagte, ehe er sich umständlich auf dem Steinbrocken niederließ: »Eines muss ich noch wissen, Neffe. Wo hielt sich Graue Wolke während des Tumults der vergangenen Nacht in Talon auf? Befindet sich ihre Kammer nicht hier? In der Stadt?«

»Ihre Kammer liegt dort drüben, ja, aber sie selbst war in der Nacht nicht dort. Viele unserer Dorfmitglieder liegen mit der Hustenkrankheit darnieder, und Graue Wolke war im Hügeldorf, um sie zu betreuen.«

Steingeist nickte freundlich. »Ja, ich bin sicher, dass sie dort war.« Seufzend setzte er sich. »In einer Handbreit Zeit wird es dämmern. Wenn es hell genug geworden ist, möchte ich, dass du mir den Gang zeigst, durch den du den Katsina verfolgt hast.«

»Das werde ich mit Freuden tun, Onkel, aber zuvor möchte ich den Wasserlauf inspizieren. Ehe der Reif schmilzt.«

»Aha«, murmelte Steingeist und nickte. »Ja, natürlich. Die Spuren. Ich werde einstweilen in der Kiva des Ersten Volkes auf dich warten. Ich muss mir Wurzelknolle ohnehin ansehen und habe keine Eile.«

»Ich schon«, erklärte Flammenbotin, indem sie sich, auf ihren Gehstock gestützt, erhob. Das graue Haar fiel ihr in das runzlige Gesicht. »Übermorgen beginnt die Zeremonie der Langen Nacht. Und der Gedanke, dass sich ein Mörder unter uns befindet und sich das nächste Opfer aussucht, missfällt mir sehr.« Mit dem Stock in Steingeists Richtung fuchtelnd, krächzte sie: *»Finde ihn!«*

»Ach, das wird nicht nötig sein«, erwiderte Steingeist lächelnd. Er trank seinen Tee aus und schüttete den Satz über den Randsteinen der Feuerstelle aus, wo die letzten Tropfen zischend verdampften. »Ich versichere dir, er wird mich finden. Sie finden mich immer.«

20

Das Tappen von Sandalen auf dem Dach weckte Weidenkätzchen. Sie rollte sich auf den Rücken und blinzelte gegen das grelle Morgenlicht an, das die Sonne an ihre westliche Kammerwand warf.

»Weidenkätzchen?«, hörte sie Maisblatts junge Stimme rufen. »Bist du wach?«

Weidenkätzchen setzte sich in ihren Büffelfellen auf. Ihr Atem schwebte als weiße Wolke in der kalten Luft davon.

Das hübsche ovale Gesicht des Mädchens mit den großen braunen Augen schob sich über die Öffnung im Dach. Sie trug einen gelb und rot bemalten Hirschlederumhang. Über ihr spannte sich ein goldener Himmel. »Was gibt es denn, Maisblatt?«

»Matrone Flammenbotin will, dass du in die Kiva des Ersten Volkes kommst. Steingeist ist gestern Nacht eingetroffen. Die Clanältesten …«

»Was?« Flugs schlug sie die Felldecken zurück, sprang von ihrem Lager auf und blickte sich verschlafen nach ihrem Umhang, dem Kamm und den anderen Utensilien für ihre Morgentoilette um. »Warum hat mich niemand geweckt?«

»Die Matrone wusste, wie erschöpft du warst. Deshalb wollte sie dich schlafen lassen. Die Ältesten und der Kriegshäuptling haben sich bereits in der Kiva versammelt. Flammenbotin wollte ohne dich beginnen, aber Steingeist hat darauf bestanden zu warten, bis ich dich geholt habe.«

»Bitte richte den Ältesten aus, dass ich umgehend bei ihnen bin.«

»Ja, Weidenkätzchen.«

Maisblatts Gesicht verschwand, und Weidenkätzchen hörte ihre Schritte sich rasch entfernen.

Noch benommen vom Schlaf stolperte Weidenkätzchen zu dem großen roten Tontopf, der in der nordöstlichen Ecke ihrer Kammer stand. Sie nahm den Deckel ab und inspizierte die ordentlich gefalteten Kriegshemden, Strümpfe, Haarnadeln, Muschelarmbänder, Kämme und Anhänger. Der eisige Wind letzte Nacht hatte ihr Haar ganz durcheinander gewirbelt. Sie fischte einen Kamm aus dem Topf und zog ihn durch die verfilzten Strähnen, wobei sie zischend die Luft durch die Zähne sog, wenn sie sich ein Büschel Haare ausriss.

Die halbe Nacht war sie wach gelegen, hatte die Ereignisse noch einmal Revue passieren lassen, war aufgesprungen, als sie den Tumult hörte, und nach Talon gerannt, nur um feststellen zu müssen, dass keine Leiter vorhanden war. Von dem Geschrei in Angst und Schrecken versetzt, hatte sie Der-der-fliegt nach einer Leiter geschickt und inzwischen vergeblich versucht, die südliche Mauer zu erklettern. Nachdem Der-der-fliegt die Leiter gebracht hatte und sie ins Innere der Stadt gelangt war, hatte sie Wurzelknolle gesehen und den Ausdruck auf Hainbuches Gesicht, nachdem Graue Wolke ihre Kammer betreten hatte … Wie konnte jemand da schlafen?

Weidenkätzchen schlang das lange schwarze Haar zu einem Knoten und steckte ihn mit zwei einfachen Holzkämmen fest. Dann streifte sie ihr sandfarbenes Nachthemd ab und wählte aus dem Stapel ein knielanges rotes Hemd mit weißem Zickzackmuster an Kragen und Ärmeln aus. Sie zog es an, stieg in ihre Rehlederhosen und schlüpfte in ihre Sandalen. Dann warf sie sich den Umhang über und stieg die Leiter hinauf in den kalten Morgen.

Etwa zwanzig Männer und Frauen standen flüsternd und mit ernsten Gesichtern um die Feuerstelle auf dem großen Platz herum. Etwas abseits hockte eine Gruppe ungewöhnlich stiller Kinder und beschäftigte sich mit einem Würfelspiel. Ihre jungen Augen blickten ängstlich umher, als wären sie auf das Schlimmste gefasst. Ein halbes Dutzend Hunde schliefen auf dem warmen Sand neben der Feuerstelle und stellten bei jedem etwas lauteren Geräusch sofort die Ohren auf.

Weidenkätzchen kletterte die Leiter hinunter und schlug den Weg nach Talon ein. Als sie an der Feuerstelle vorbeirannte, brüllte Erbsenhülse: »Warte!«, und drängte sich durch die Menge. Das bereits ergrauende Haar, das ihr strähnig um das hässliche, kantige Gesicht hing, und die tiefen Stirnfalten ließen sie älter erscheinen als die dreißig Sommer, die sie tatsächlich erst zählte. Ihr Rehlederumhang flatterte, als sie auf Weidenkätzchen zurannte. »Ich habe mit den anderen gesprochen. Wir wollen wissen, ob die Geschichten wahr sind.«

Gereizt blieb Weidenkätzchen stehen. »Erbsenhülse, die Matrone hat nach mir geschickt. Ich habe jetzt leider nicht die Zeit …«

»Ist es wahr, dass Steingeist in den vergangenen Tagen die

anderen Dörfer besucht hat, wo die jungen Frauen verschwunden sind?«

Weidenkätzchen zuckte die Achseln. »Das habe ich auch gehört, aber sicher weiß ich es nicht. Ich habe nicht mehr mit ihm gesprochen, seit ich sein Haus verlassen habe, und das ist schon einige Tage her.«

»Ist es wahr, dass er mit unserem Kriegshäuptling verwandt ist?«, wisperte Erbsenhülse.

Weidenkätzchen zögerte. Erbsenhülse würde es ohnehin bald erfahren, aber sie wollte nicht diejenige sein, die Gerüchte verbreitete. »Da musst du den Kriegshäuptling selbst fragen, Erbsenhülse.«

In Erbsenhülses schwarzen Augen glitzerte der Argwohn. »Wie können wir vom Großonkel des Kriegshäuptlings Aufrichtigkeit erwarten? Er wird seinen eigenen Neffen gewiss keiner Befragung unterziehen.«

»Erbsenhülse«, verwahrte sich Weidenkätzchen empört. »Gestern Abend, als Wurzelknolle getötet wurde, war Tändler bei Schneehase. Er kann gar nicht der Mörder sein.«

»Das ist nicht das, was ich hörte«, erwiderte Erbsenhülse mit schräg gelegtem Kopf. Sie fixierte Weidenkätzchen mit einem Auge. »Mir hat Schneehase nämlich erzählt, dass der Kriegshäuptling ihm befohlen habe, in den finsteren Gängen zu warten, während dieser allein zum großen Platz gegangen sei.« Sie senkte die Stimme. »Wer kann schon mit Sicherheit sagen, was in der Zeit passiert ist, als die beiden Männer getrennt waren?« Dabei zuckte sie viel sagend die Achseln. Vielleicht weiß Hainbuche mehr, doch sie hat mit niemandem darüber gesprochen.«

Weidenkätzchen machte einen drohenden Schritt auf Erbsenhülse zu und zischte: »Wenn Schneehase dir so viel erzählt hat, wird er dir auch gesagt haben, dass der Kriegshäuptling gemeinsam mit Wurzelknolle auf dem Dach stand, als Schneehase angefallen wurde.« Sie bohrte Erbsenhülse den ausgestreckten Zeigefinger in die Brust und setzte abschließend hinzu: »Wenn du schon diese Geschichte erzählst, dann erzähl sie gefälligst *ganz*.«

Damit wandte sich Weidenkätzchen ab.

Hinter sich hörte sie Erbsenhülse brüllen: »Die ganze Geschichte? Gut, wie wäre es damit? Der Kriegshäuptling hat jemanden gedungen, Schneehase anzugreifen und dadurch Verwirrung zu stiften, damit er inzwischen Wurzelknolle umbringen konnte!«

Weidenkätzchen ballte die Fäuste, um ihre Wut zu unterdrücken, und marschierte geradewegs auf die Straße zu, die an der südlichen Mauer von Talon entlangführte. Die Tonscherben auf der Straße schimmerten und glitzerten im ersten Licht der Morgensonne. Vor ihr stand Schneehase auf dem Dach Wache und ließ sofort die Leiter herab, als er sie kommen sah.

»Danke, mein Freund«, rief sie zu ihm hinauf.

»Schön, dich zu sehen, Weidenkätzchen.«

Beim Hinaufsteigen studierte sie Schneehases Gesicht. Er sah aus wie ein verängstigter, fünfzehn Sommer alter Jüngling. Nervös schob er sein schulterlanges Haar hinter die Ohren und biss sich auf die Lippen, während er sie beobachtete.

Weidenkätzchen stieg von der Leiter aufs Dach und erkundigte sich: »Wie lange stehst du schon hier?«

»Hier? Nicht lang. Zwei Handbreit Zeit vielleicht. Ich habe fast die ganze Nacht über Graue Wolkes Kammer bewacht.«

Weidenkätzchen warf einen Blick hinunter auf die große, kreisrund angelegte Kiva, die den größten Teil des Platzes unter ihnen einnahm. Durch das Abzugsloch im Dach stieg Rauch auf, der die Morgenluft mit würzigem Zederduft erfüllte. Wenn Schneehase fast den ganzen gestrigen Tag und anschließend die lange Nacht hindurch Wache gestanden hatte, musste er inzwischen schon ganz wirr im Kopf sein, wenn nicht sogar krank.

Weidenkätzchen zog die Leiter hoch und ließ sie auf der anderen Seite der Mauer wieder hinab.

»Wie geht es dir, Schneehase?«

Mit einem lahmen Achselzucken antwortete er: »Ich bin todmüde. Und ich … ich höre Wurzelknolle immer noch schreien.«

Sie sahen einander in geteiltem Kummer an. Wurzelknolle war ihnen beiden ein guter Freund gewesen.

»Und dein Kopf?« Sie zeigte auf die Stelle, wo er am Abend zuvor verletzt worden war.

Schneehase berührte sie mit der Hand und zuckte zusammen. »Der Schlag ist zum Glück am Schädelknochen abgeprallt. Ich habe Kopfschmerzen, aber die sind erträglich. Graue Wolke hat mir einige Schalen Weidenwurzeltee verabreicht. Der linderte die Schmerzen.«

»Gut«, murmelte Weidenkätzchen, musterte ihn aber mit einem besorgten Blick. Schneehase sollte in dicke Decken eingewickelt auf seinem Lager liegen und schlafen. Gestern hatten sie noch sieben reguläre Krieger gehabt. Jetzt war einer davon tot. Tändler hatte offensichtlich die Entscheidung getroffen, dass Weidenkätzchen nach ihrem langen Marsch mehr Schlaf benötigte als Schneehase. Doch sie war nicht sicher, ob diese Überlegung richtig war. Verwundete und übermüdete Männer neigten dazu, Dinge zu sagen, die sie nicht meinten.

»Schneehase, Erbsenhülse hat mich gerade an der Feuerstelle abgepasst. Hast du …« Sie zögerte kurz, fuhr dann aber fort: »Hast du irgendeine Bemerkung gemacht, die sie zu der Annahme verleiten könnte, dass unser Kriegshäuptling Wurzelknolle umgebracht hat?«

Schneehase klappte vor Schreck die Kinnlade herunter. »Nein! So etwas würde ich niemals tun! Sie hat mich gestern Abend gefragt, was passiert sei, und ich habe es ihr erzählt. Ich kann mir nicht vorstellen, dass sie mich derart missverstanden …«

Weidenkätzchen machte eine abwehrende Handbewegung. »Verzeih meine Frage. Erbsenhülse versteht oft etwas falsch, wenn es ihrem Zweck dient. Du bist müde und hast genügend Kummer. Wenn ich in der Kiva fertig bin, werde ich deine Wache übernehmen.«

Schneehase nickte dankbar. »Ich danke dir. Ich ... ich kann wirklich etwas Schlaf vertragen.«

Weidenkätzchen klopfte ihm auf die Schulter. »Es wird nicht lange dauern.«

Sie kletterte die Leiter hinunter und überquerte den offenen Platz. Vor ihr starrten die dreißig Hand hohen Figuren der Großen Krieger des Ostens und Westens auf sie herab. Die kräftigen Rot-, Gelb- und Blautöne ihrer Angst einflößenden Masken erstrahlten in der Morgensonne in einem überirdischen Glanz. Die Blitze in ihren erhobenen Fäusten schienen zu glühen. Die düstere Stimmung, die über dem Platz lag, war so greifbar wie der Geruch von verdorbenem Fleisch an einem heißen Sommertag. Weidenkätzchen zog beim Gehen unbewusst die Schultern hoch.

Lange bevor sie den Eingang erreichte, der in den Altarraum außerhalb der Kiva führte, hörte sie leise Stimmen.

Weidenkätzchen musste sich tief bücken, um sich nicht an dem niedrigen Eingang den Kopf zu stoßen, und sah sich beim Aufrichten den riesigen Katsina-Abbildungen gegenüber. Ihre grässlichen, unmenschlichen Masken trugen einen hasserfüllten, grausamen Zug. Mit gebleckten Eckzähnen und einschüchternd hochgezogenen Brauen empfingen sie jeden Besucher, der durch diese Tür trat. In diesem Augenblick war sie das. Zu ihrer Rechten stand ein langer, rechtwinkliger Steinaltar, frisch mit weißem Lehm verputzt und mit den Abbildungen von Berglöwe, Kojote, Klapperschlange, Regenbogen, Sonne, Mond und der Morgen- und Abendsterne bemalt. Links von ihr führte eine schmale Treppe hinab in das unterirdische Zeremoniengewölbe.

»Weidenkätzchen?«, hörte sie Flammenbotin rufen. »Bist du das?«

»Ja, Matrone.«

Weidenkätzchen stieg die Stufen hinab. Die Treppe wurde von Fackeln beleuchtet, die ihr goldenes Licht in den eindrucksvollen runden Raum ergossen. Sie würden die Kiva morgen während der Zeremonie der Langen Nacht einweihen und den Rest der Nacht dafür beten, dass ihre Bemühungen einen Tunnel zur Unterwelt öffnen mögen, wie es die ehrwürdige Arme Sängerin prophezeit hatte.

Hundert Hand entfernt, auf der gegenüberliegenden Seite der Kiva, hielten Steingeist und Tändler das rituelle Feuer in Gang. Steingeist legte trockene Zweige auf, während Tändler die Glut anblies. Der würzige Duft von Thujenholz durchdrang die eisige Luft.

Vier viereckige, rot bemalte Pfosten trugen das Dach. In der Mitte der von Süden nach Norden weisenden Pfosten standen zwei lange, rechteckige Fußtrommeln. Wurden Zeremonien abgehalten, saßen die Musikanten auf den Kanten der Trommeln und schlugen mit den Füßen den Rhythmus. Jetzt war Wurzelknolles Leichnam auf eine der beiden Trommeln gebettet, eingehüllt in die Decke, die Weidenkätzchen am Abend zuvor über ihn geworfen hatte. Graue und schwarze geometrische Ornamente zierten die Ober- und Unterkante der weißen Decke. Die Mitte war mit getrockneten Blutflecken gesprenkelt.

Weidenkätzchen schlug die Augen nieder. *Mein Freund. Von uns gegangen.*

Irgendwo in diesem Raum stand Wurzelknolles Geist abwartend da und wünschte sich, sie würden mit seinem Begräbnis fortfahren, damit er sich auf seinen Weg ins Jenseits machen konnte.

Bald, das verspreche ich dir.

Drei Bankreihen zogen sich an den Wänden der runden Kiva entlang. Die niedrigste Bank war gelb gestrichen, die nächsthöhere rot und die hinterste, die höchste, blau. Über der blauen Bankreihe starrten sechsunddreißig prächtige Katsina-Masken Weidenkätzchen aus leeren Augenhöhlen an. Unter jeder Maske befanden sich geweißte Mauernischen, in denen Opfergaben lagen. Weidenkätzchen betrachtete die Tongefäße mit Maispollen, die Büffelhornlöffel, kunstvoll gearbeitete Muschelanhänger, Tanzstöcke und die wunderschön bemalten Kürbisrasseln. Das Katsina-Volk besaß wenig, doch diesen Göttern hatten sie ihre wertvollsten Güter geweiht.

Die vier Ältesten saßen nebeneinander auf der gelben Bank, und Weidenkätzchen verbeugte sich respektvoll vor ihnen.

Watender Vogel saß Weidenkätzchen am nächsten. Er hatte die knochigen Fäuste auf die Knie gestützt, und sein kahler Schädel glänzte im Feuerschein. Das fransenbesetzte Baumwollhemd und die Hose sahen frisch gewaschen aus. Trotz seines Alters hatte er nichts von seinem scharfen Verstand verloren. Sein Blick ruhte unverwandt auf Steingeist.

Neben ihm saß Springbock, in einen roten Federumhang gekleidet. Seine runzligen Lippen versanken zwischen den zahnlosen Kiefern. Auf seinem von Altersflecken übersäten Schädel wuchs nur noch ein spärlicher weißer Flaum. Mit seinen fünfundsechzig Sommern war sein Augenlicht nicht mehr das beste. Er musste die Lider zusammenkneifen, wenn er etwas genau sehen wollte. Und im Augenblick schien er Wurzelknolles Leichnam eingehend zu beäugen.

Auf Graue Wolkes Zeichen hin nickte Weidenkätzchen zurück. Die heilige Mann-Frau hatte das graue Haar zu zwei Zöpfen geflochten und sie über den Schultern ihres weißen Hirschlederkleids drapiert. Das herzförmige Gesicht mit den schräg stehenden Augen und der spitzen Nase wirkte verkniffen, so als ob sie ihre Gefühle mit eisernem Willen zurückhielt.

Flammenbotin saß links von Graue Wolke. Die grauen und weißen Federn ihres Umhangs schimmerten im goldenen Schein der Flammen. Sie hatte das graue Haar mit Muschelkämmen über den Ohren festgesteckt, was ihrem Aussehen nicht zum Vorteil gereichte. Die klobige Knollennase kam bei dieser Haartracht noch stärker zur Geltung und sah aus wie ein braunes Ei in einem ramponierten Nest.

»Ich bin gekommen, wie du es verlangt hast, Matrone«, sagte Weidenkätzchen.

Flammenbotin deutete mit dem Kinn auf Steingeist und Tändler. »Sobald das Feuer brennt, werden wir beginnen.«

Steingeist richtete sich ächzend auf und grinste sie an. »Ich freue mich, dich wieder zu sehen, Kind! An dem Tag, als du mich verlassen hast, bin ich dir auf der Straße begegnet. Du hast geschlafen, und ich wollte dich nicht wecken. Mein Herz jubelt, dich wohlbehalten wieder zu sehen.«

Tändler musterte sie mit ernster Miene. »Warst du in Gefahr?«

»Nein, Kriegshäuptling.«

Gegen Mittag an jenem Tag war Weidenkätzchen so erschöpft gewesen, dass sie keinen einzigen Schritt mehr gehen konnte. Sie hatte sich auf der Windschattenseite eines Felsens in eine Schneewehe gelegt und war sofort eingeschlafen. Erst am späten Nachmittag war sie wieder erwacht, hatte sich eine wässrige Suppe aus geschmolzenem Schnee, Maismehl und einem Stück Dörrfleisch gekocht und war weitergelaufen, bis die Dunkelheit und einsetzender Schneefall sie für die Nacht festgehalten hatten. War Steingeist trotz Dunkelheit und dichtem Schneetreiben weitergelaufen?

»Deine Rücksichtnahme freut mich, Ältester«, sagte sie. »Wenn du nicht etliche Pausen eingelegt hättest, wärst du noch vor mir angekommen und hättest mich vor meinen Leuten beschämt.«

Die billigen Tonscherben schepperten, als der alte Mann mit einem warmherzigen Lächeln auf Weidenkätzchen zuhumpelte. Die Vorderseite seines grob gewebten Hemds war mit Ruß beschmiert. »Und deinen Kriegshäuptling in Angst und Schrecken versetzt, fürchte ich.«

Tändler wischte sich die Hände an seinem Hirschlederumhang ab. Auch er lächelte, als er sagte: »Ja. Ich hätte meine beste Kriegerin verloren geglaubt.«

Steingeist warf Weidenkätzchen einen mitfühlenden Blick zu. Offenbar hatte er gespürt, wie nahe ihr Tändlers sanfter Tonfall ging. »Aber jetzt, nachdem du hier bist, möchte ich, dass du mir hilfst.«

Weidenkätzchen trat einen Schritt vor. »Und wie kann ich dir behilflich sein, Ältester?«

Steingeist nahm sie an der Hand und zog sie zu der Fußtrommel, auf der Wurzelknolles Leichnam lag. »Ich möchte dich als Zeugin dabei haben, mein Kind. Sieh einfach zu und präge dir alles ein.«

»Selbstverständlich«, erwiderte sie, wunderte sich aber, warum er sie brauchte, wo doch fünf andere Zeugen in der Kiva anwesend waren.

Weidenkätzchen sah Tändler an, worauf dieser hinter sie trat und ihr über die Schulter blickte. Er bewegte sich, als täte ihm jeder Knochen weh. Dunkle Ringe lagen unter seinen Augen, und sein Atem kam in langen, erschöpften Zügen.

»Du brauchst Ruhe, Kriegshäuptling«, flüsterte sie ihm zu.

Er schüttelte den Kopf.

Fiel es ihm immer noch schwer, seine eigene Kammer zu betreten? Die Erinnerung an den Tod seines Sohnes musste ihn noch im Schlaf verfolgen. Und was träumte er von seiner Frau? Träumte er überhaupt von ihr?

»Wenn wir hier fertig sind, werde ich Schneehase ablösen und für ihn die Wache übernehmen«, sagte sie leise. »Ruh du dich in meiner Kammer aus.«

Er beugte den Kopf, dankbar für ihr Verständnis. »Das werde ich. Vielen Dank.«

Inzwischen hatte Steingeist vorsichtig die Decke von Wurzelknolles Leichnam gezogen. »Bitte, kommt zu mir, ehrenwerte Älteste«, sagte er. »Ich möchte euch etwas zeigen.«

Die Alten flüsterten miteinander, und als Flammenbotin sich erhob, reihten sich die anderen hinter ihr ein. Langsam traten sie vor und stellten sich im Halbkreis um Tändler, Steingeist und Weidenkätzchen auf. Damit die Ältesten besser sehen konnten, machte Tändler Platz und lehnte sich mit dem Rücken an den roten Pfeiler. Springbock rückte vor und kniff die alten Augen interessiert zusammen.

Die Flammen warfen Licht und Schatten über die Katsina-Masken und ließ die spitzen Schnäbel, gebleckten Zähne, gefiederten Kopfputze und felligen Gesichter noch unheimlicher erscheinen. Weidenkätzchen beschlich das mulmige Gefühl, dass sie die Szene hier ebenfalls beobachteten, und das mit einem ungebührlichen Interesse.

»Zuerst«, begann Steingeist und zog einmal kurz an Wurzelknolles steifem Arm, »möchte ich euch auf die Leichenstarre hinweisen. Diese tritt gewöhnlich zwei Handbreit Zeit nach dem Tod ein und lässt nach zwölf Handbreit wieder nach.« An Weidenkätzchen gewandt, erkundigte er sich: »Wie viel Zeit ist seit der Ermordung des Kriegers vergangen?«

Weidenkätzchen zögerte, überschlug im Stillen die Zeitspanne. »Mindestens zwölf Handbreit, Ältester, vielleicht auch dreizehn.«

Steingeist nickte und fuhr fort: »Bei sehr muskulösen Menschen, insbesondere solchen, die im Kampf getötet werden, hält die Starre oft länger an. Schmächtige Personen hingegen entwickeln, wenn sie im Schlaf sterben, nur eine sehr geringe Starre. Auch Hitze und Kälte beeinflussen den Grad der Leichenstarre.« Jetzt richtete er seinen Blick auf Tändler. »Es tut mir Leid, dir diese Frage zu stellen, Neffe, aber sie ist leider notwendig. War deine Frau steif, als du sie fandest?«

Tändlers Muskeln wölbten sich unter seinem Umhang. Seine Stimme klang gequält, als er antwortete: »Ja, Onkel.«

»Wie lange war sie fort gewesen?«

»Zwei Tage.«

Erregtes Gemurmel erhob sich, das Steingeist mit einer Handbewegung zum Schweigen brachte. »Demnach wurde deine Frau nicht in der ersten Nacht getötet. Wahrscheinlich war sie weniger als zwölf Handbreit Zeit tot, als Flammenbotin sie im Grab deines Sohnes entdeckte.«

Weidenkätzchen verschränkte die Arme, lauschte aufmerksam und wunderte sich, weshalb dies alles so wichtig war.

Steingeist schob sich indessen eine dünne Haarsträhne aus dem Gesicht, steckte sie hinter dem Ohr fest und streckte anschließend Tändler die Hände entgegen. »Hast du an ihren Händen Schnittwunden oder andere Verletzungen entdeckt, Neffe?«

Tändler verlagerte nervös das Gewicht von einem Fuß auf den anderen. »Nein. Warum fragst du?«

Als Erklärung ließ er unvermittelt seine rechte Hand durch die Luft sausen, so als ob er einen Schlag abwehrte. »Wenn ein Mensch um sein Leben kämpft, verletzt er sich fast immer. Sieh hier« – er hob Wurzelknolles linke Hand in die Höhe. Einer der Finger war beinahe vollständig von der Hand abgetrennt und baumelte nur noch an einer Sehne an der blutverschmierten Handfläche. »Ich vermute, dass dieser Krieger Rechtshänder war und eine Waffe in der Hand hielt, weil er die Linke benutzte, um das Messer seines Angreifers abzuwehren. Deshalb auch die Schnittverletzungen an der Außenseite seines linken Unterarms.«

Weidenkätzchen atmete langsam aus und erklärte dann flüsternd: »Ja, er war Rechtshänder.«

Tändlers Schweigen und sein verängstigter Gesichtsausdruck verrieten Weidenkätzchen, dass seine Gedanken sich an Aschenmädchen festgemacht hatten und er sich wahrscheinlich die gleiche Frage stellte wie die anderen in diesem Raum: Warum hat Aschenmädchen sich nicht gewehrt? Hatte der Mörder sich von hinten auf sie gestürzt? Oder hatte sie ihren Mörder gekannt und ihn deshalb so nahe an sich herangelassen, dass er sie töten konnte, ehe sie auch nur wusste, wie ihr geschah?

Unterdessen war der alte Mann ans andere Ende der Fußtrommel gehumpelt, wo Wurzelknolles Kopf lag. »Als Nächstes möchte ich, dass ihr euch die Verletzungen unter der Blutkruste am Mund dieses Kriegers genauer anseht.«

»Verletzungen?«, wiederholte Tändler erstaunt und löste sich von dem Pfeiler. »Gestern Abend habe ich keine Verletzungen an dieser Stelle bemerkt.«

»Da war es auch dunkel, Kriegshäuptling«, erinnerte ihn Weidenkätzchen. »Und als wir ihn hier heruntertrugen, stand Schneehase mit einer Fackel am Fußende der Treppe. Das flackernde Licht hat wahrscheinlich einiges vor unseren Blicken verborgen.«

Steingeist setzte ein skeptisches Gesicht auf, als er wieder das Wort an Tändler richtete. »Neffe, hast du mir nicht erzählt, dass dieser Krieger deiner Ansicht nach durch einen

Schlag auf den Kopf betäubt, dann mit einem Messer attackiert und in die Kammer der Sonnenwächterin gedrängt wurde, wo er dann mit seinem Mörder rang, um ihn von Hainbuche fern zu halten?«

»Doch, ja«, bestätigte Tändler nickend.

Behutsam drehte Steingeist Wurzelknolles Leichnam auf die Seite. Er hob das blutverkrustete Haarbüschel an seinem Hinterkopf an und deutete auf die klaffende Wunde und das Loch im Schädelknochen. Weidenkätzchen konnte sogar das darunter liegende Gehirn erkennen.

Bei diesem Anblick schnappten die Ältesten entsetzt nach Luft, und Flammenbotin griff Halt suchend nach Graue Wolkes Arm. »Heilige Götter«, wisperte sie.

Steingeist sah jeden einzelnen der Ältesten an, ehe er in die Runde fragte: »Wer von euch kann sich vorstellen, dass Wurzelknolle nach so einem Schlag noch in der Lage gewesen war, seinen Angreifer abzuwehren? Diese Wunde wurde ihm nicht mit einer Kriegskeule beigebracht, sondern mit einem Steinbeil.«

Die Ältesten drängelten sich näher um die Fußtrommel. Flammenbotin musterte Tändler mit ihrem scharfen Vogelblick. Sie sagte kein Wort, doch aus ihren Augen sprach der deutliche Vorwurf, dass Tändler etwas Wichtiges übersehen hatte.

Der verteidigte sich instinktiv mit der Feststellung: »Der Hieb mit dem Steinbeil kam nach dem Messerstich.«

»Lange danach, mein Neffe«, bemerkte Steingeist und ließ das Haarbüschel fallen. »Ich vermute, dass er noch nicht ganz tot war und der Mörder ihn noch eine Weile herumhetzte, ehe er ihm schließlich den tödlichen Schlag beibrachte. Interessanter jedoch erscheinen mir die Verletzungen am Mund zu sein. Wir werden mehr wissen, sobald der Leichnam gewaschen und hergerichtet ist, doch wenn ihr genau hinseht, werdet ihr die Wunden als Abdrücke von Fingern erkennen.«

Weidenkätzchen spürte, wie ihr das Blut aus dem Kopf wich und ein Schwindel sie erfasste. Ihre Seelen ließen den

Abend wieder auferstehen und plötzlich sah sie, wie sich alles zugetragen hatte ...

Ihr Blick traf Tändler wie der Schlag einer Kriegskeule.

Mit kaum hörbarer Stimme hauchte sie: »Dann hat ihn jemand festgehalten ...«

»... während ein anderer auf ihn einstach«, führte Tändler ihren Gedanken fort.

Graue Wolke stieß einen erstickten Schrei aus und wich zurück. Ihr weißes Kleid und die weißen Strähnen in ihrem Haar schimmerten golden.

Steingeist fixierte Graue Wolke wie ein Kojote ein Mauseloch.

»Geheiligte Götter«, murmelte sie. Eine plötzliche Röte überflutete ihr herzförmiges Gesicht, und in ihren Augen glitzerten Tränen. »Ich ... ich glaubte, ich könnte verhindern ...« Ihr Mund blieb offen stehen, als traute sie sich nicht, den Satz zu vollenden. Schließlich presste sie hervor: »Sie hat versucht, es mir zu erzählen.«

»Wer?«, rief Flammenbotin.

Graue Wolke sah Tändler geradewegs in die erschrocken dreinblickenden Augen, drehte sich um und stürmte aus dem Raum. Ihre Sandalen klapperten die Steinstufen hinauf und quer durch den Altarraum.

Flammenbotin wirbelte zu Tändler herum. »Kriegshäuptling? Was meinte sie damit?«

»Ich weiß es nicht, Älteste. Ich höre das eben zum ersten Mal.«

»Dann lauf ihr nach und finde es heraus!«

Tändler verbeugte sich und eilte auf die Treppe zu.

Während Flammenbotin, Springbock und Watender Vogel sich gegenseitig mit Fragen bestürmten, nahm Steingeist Weidenkätzchen an der Hand und führte sie von den Ältesten weg. Im Lichtkegel der Fackel, am Fuße der Treppe, blieb er stehen. Seine erhobenen Brauen stellten ihr eine stumme Frage.

»Ich bin mir nicht sicher«, flüsterte Weidenkätzchen. »Hainbuche. Glaube ich. Es muss ...«

»Graue Wolke! Warte!«

Tändlers Hirschlederumhang schlug um seine langen Beine, als er über den sonnenbeschienenen Platz hinter ihr her rannte. Sie duckte sich unter den bemalten Ledervorhang ihrer Kammer und verschwand dahinter. Der schwere Vorhang schwang noch ein paarmal vor und zurück.

Schneehase, der oben auf dem Dach Wache stand, blinzelte Tändler verwirrt an und spähte dann nervös umher, als befürchtete er ein neues Desaster.

»Es ist alles in Ordnung«, rief Tändler zu ihm hinauf. »Halte aber trotzdem Augen und Ohren offen.«

»Ja, Kriegshäuptling!«, rief er zurück und umfasste seine Kriegskeule mit beiden Händen.

Hoch oben auf der fünften Ebene, nahe an der steilen Felswand, sah Tändler Skunk und Wasserschlange stehen. Sie hatten die Köpfe zusammengesteckt und unterhielten sich leise. Die Sonne brannte schon auf die Felsen hinter ihnen und vergoldete die Schultern ihrer ledernen Umhänge. Tändler vermeinte zu spüren, wie die Spannung sich verdichtete.

Langsam trottete er zum Eingang von Graue Wolkes Kammer und blieb, von einem Fuß auf den anderen tretend, davor stehen.

»Komm herein, Kriegshäuptling«, hörte er Graue Wolke mit Flüsterstimme rufen.

Tändler duckte sich unter den Vorhang in den düsteren Raum dahinter. Größer als die meisten anderen, maß diese Kammer drei Körperlängen in der Breite und fünf in der Länge. Die Kohlenpfanne in der Mitte warf ein rötliches Licht über die Katsina-Masken an den geweißten Wänden. Zwischen Fellschnauzen blitzten scharfe Fangzähne. Unsichtbare Augen starrten ihn aus schwarzen Höhlen an.

Im Hintergrund der Kammer konnte er Graue Wolke in ihrem weißen Kleid ausmachen, doch ihr Gesicht blieb von den Schatten verhüllt. An der westlichen Mauer lag ein Stapel mit zusammengerollten Felldecken. An der gegenüberliegenden Wand reihten sich schwarzweiße Tongefäße, die mit Blaumais, roten Bohnen und Kürbiskernen gefüllt waren. Als Tändlers Augen sich an das Dämmerlicht gewöhnt hatten, sah er, dass Graue Wolke Hainbuche im Arm hielt und die Lippen an den Hinterkopf der Kranken presste. Hainbuche trug ein langes, braunes Kleid über ihren Beinlingen aus weichem Dachsleder. Das Haarbüschel an der Stelle, wo Graue Wolke den Schädel aufgebohrt hatte, war schneeweiß geworden, weil die Haarwurzeln abgestorben waren.

»T-tändler«, stammelte Hainbuche und streckte die Hand nach ihm aus.

Er eilte um die Kohlenpfanne herum und ging neben Hainbuche in die Hocke, die auf einem dicken Packen Elch- und Büffelfelldecken saß. Sie sah abgezehrt aus. Ihre breiten Wangenknochen traten scharf hervor und ließen ihre kleine Nase und die vollen Lippen größer erscheinen. Lange, gelockte Strähnen umrahmten ihre riesigen Augen, in denen die nackte Angst stand.

Tändler nahm Hainbuches Hand und drückte sie sanft. »Geht es dir gut, Hainbuche?«

Sie versuchte ein Nicken, brachte jedoch nur eine zitternde Seitwärtsbewegung mit dem Kopf zustande. »H-hilf mir.«

Tändler warf einen kurzen Blick zu Graue Wolke, die die Augen zusammenkniff und den Kopf schüttelte. Er wusste jedoch nicht, ob sie ihm damit signalisieren wollte, keine Fragen zu stellen, oder ob sie Hainbuches Flehen selbst nicht verstand.

Tändler zwang sich zu einem Lächeln und hoffte, dass es Hainbuche bestärken würde. »Ich werde dir helfen, wo immer ich kann, Hainbuche. Das weißt du doch. Du brauchst nur ein Wort zu sagen.«

Die junge Frau sah zu ihm auf, mit einem Blick, in dem ihr ganzes verwundetes Herz offen lag. Mühsam brachte sie heraus: »K-kommen. H-halt sie … auf.«

»Wer kommt?«

»Z-zwei. Die … zwei …«

Tändler drückte ihre Hand fester. Jeder Muskel in seinem Körper war bis zum Zerreißen angespannt. Er sah ihr in die

Augen und fragte mit Nachdruck: »Wer sind *die*, Hainbuche? Das muss ich wissen.«

»Z-zwei.« Ihre Kraft schien sie zu verlassen. Zitternd sank sie zurück in Graue Wolkes Arme. »K-kommen.« Tränen kullerten über ihre Wangen.

Tändler suchte bei Graue Wolke Hilfe. »Was meint sie damit?«

Die alte Schamanin senkte den Kopf. »Sie stammelt nur immer wieder diese Worte von zwei, die kommen. Ich habe es auch nicht begriffen, bis Steingeist die Wunden an Wurzelknolles Mund erklärte.«

Sanft legte Tändler Hainbuches Hand auf ihre Brust und sagte: »Das ergibt keinen Sinn. Woher sollte sie wissen, dass die Mörder kommen werden?«

»Ich bin mir nicht sicher, ob sie überhaupt weiß, was sie da sagt«, wandte Graue Wolke ein. »Vielleicht will sie sagen, dass sie *Angst* hat, dass sie kommen, nicht, dass sie es weiß. Die letzten fünf Tage waren schrecklich für sie. Sie ...«

»Für uns alle, Graue Wolke.« Tändler setzte sich auf den Boden und fuhr sich mit den Fingern durch das nach Rauch riechende Haar. »Heilige Geister, ich bin jetzt noch mehr verwirrt als nach dem Tod meiner Frau. Was hältst du von dem, was Steingeist über ihren Tod gesagt hat? Die Leichenstarre? Die Tatsache, dass sie sich nicht verteidigt hat? Ich ...«

Hainbuche lehnte den Kopf an Graue Wolkes Schulter, ließ Tändler aber nicht aus den Augen. Ihr Blick haftete auf ihm, als warte sie begierig auf seine Antwort.

»Kriegshäuptling, dein Onkel hat Fragen und keine Behauptungen geäußert. Es gibt viele Erklärungen für die Dinge, die er angeführt hat.«

»Welche? Sag es mir?

»Vielleicht ist deine Frau einen Tag lang gelaufen, oder ... oder sie hat einen Tag lang gebetet, bevor er sie fand. Sie war eine starke, kräftige Frau, Tändler, aber sie war auch allein und erschöpft. Insofern war sie eine leichte Beute.« Und mit nachdenklicher Stimme setzte sie hinzu: »Besonders, wenn es wirklich zwei waren.«

Tändler ließ den Kopf in die Hände sinken und massierte seine Schläfen. »Ja. Der eine könnte sie abgelenkt haben, während der andere sie von hinten erschlug. Sie hätte keine Möglichkeit gehabt, sich gegen sie zu wehren. Ach, ich wünschte ...«

Er sah auf, als Hainbuche herumrutschte.

Sie stieß sich von Graue Wolke ab, erschauderte und ließ die Arme herabfallen, als seien sie plötzlich taub geworden. Die Angst schmolz auf ihren Zügen. Sie kroch zu ihrem Lager und streckte sich auf den Fellen aus wie eine Katze in der warmen Sonne. Bevor sie die Augen schloss, huschte ein seltsames, seliges Lächeln über ihr Gesicht. Im nächsten Augenblick schien sie bereits tief und fest zu schlafen. Ihr Körper wurde schlaff. Ihr Gesicht entspannte sich.

Tändler vermochte nicht den Blick von ihr abzuwenden.

Graue Wolke flüsterte: »Seit der Verletzung ist sie ... Ich kann es nicht erklären. Es ist, als würde sie einfach ihren Körper verlassen. Ich spreche mit ihr, und plötzlich wird ihr Blick leer. Sie stiert in die Ferne, als seien ihre Seelen davongeflogen. Und vielleicht ist auch genau das passiert. Vier Handbreit Zeit habe ich bei ihr gesessen und habe sie beobachtet. Hätte sich ihre Brust nicht unter ihren Atemzügen gehoben, hätte ich sie für tot gehalten, Tändler.«

Graue Wolke umklammerte ihren weißen Rehlederrock und starrte ihre Hände an. »Ich habe Angst um sie, Tändler.«

Tändler erhob sich und blickte auf Hainbuches schönes Gesicht hinab. Ihr langes Haar ergoss sich wie ein pechschwarzer Schleier über die Felldecken. Sie wirkte beinahe zu friedlich; ihr langer, zierlicher Körper glich einer wunderschönen Skulptur.

Draußen schlurften Sandalen über den gefrorenen Boden. Tändler hörte Weidenkätzchen leise mit Steingeist reden.

»Ich habe um uns alle Angst, Heilerin«, murmelte Tändler.

Er ging zur Tür und schob den Vorhang zur Seite.

21

Tändler sah zu Weidenkätzchen und Steingeist hinüber. Die zum Teil eingestürzte Mauer hinter ihnen wirkte wie ein Flickwerk aus rotem Stein und abgebröckeltem Lehm. Nur die Kiva der Ersten Menschen zu Tändlers Linken erstrahlte in kräftigen Farben und frisch aufgetragenem Verputz. Der obere und untere Mauerrand des kreisrunden Zeremoniengewölbes war mit roten Spiralen bemalt.

Weidenkätzchen stand kerzengerade da, die breiten Schultern gestrafft, ihr Gesicht eine ausdruckslose Maske.

Steingeist bedachte Tändler mit einem großväterlichen Lächeln und deutete auf den Vorhang. »Wird uns die Heilerin gestatten einzutreten, Neffe?«

»Ja. Bitte, kommt herein«, rief Graue Wolke aus ihrer Kammer.

Tändler trat zur Seite, ließ Steingeist den Vortritt, der mit schlurfenden Schritten an ihm vorbei in die salbeigeschwängerte Kammer trat. Sein weißes Haar schimmerte rötlich, als er an der Kohlenpfanne vorbeihinkte und sich neben Graue Wolke auf einem Hirschfell niederließ. Das Licht schien auf seine eindrucksvolle Adlernase und die dichten Brauen. Durch die zahlreichen Löcher in seinem Federumhang sah man sein grünes Hemd.

Tändler hielt den Vorhang weiterhin offen, doch Weidenkätzchen machte keine Anstalten einzutreten. Er legte den Kopf schief und runzelte fragend die Stirn, worauf sie einen Schritt zurückwich, als fürchte sie sich davor, die Kammer der Heilerin zu betreten.

»Ich habe Schneehase versprochen, ihn abzulösen, Kriegshäuptling«, sagte sie. »Wenn du mich brauchst, weißt du, wo du mich findest.«

Tändler studierte ihren steinernen Gesichtsausdruck, der ein unangenehmes Gefühl in seiner Magengrube auslöste. »Gut. Wenn wir fertig sind, komme ich zu dir und berichte, was sich hier zugetragen hat.«

»Bis später dann«, sagte Weidenkätzchen und strebte auf die Leiter zu.

Tändler ließ den Vorhang fallen. Graue Wolke hielt den Kopf gesenkt, als wollte sie dem scharfen Blick des alten Mannes ausweichen. Die Fransen an ihrem weißen Lederkleid zitterten.

Steingeist saß abwartend da, die knorrigen Hände im Schoß verschränkt.

»Ich möchte dir für die Einzelheiten danken, Onkel, die du in der Kiva enthüllt hast«, sagte Tändler. »Ich bin sehr froh um deine Hilfe.«

Steingeist lächelte und bohrte einen Finger durch eines der Löcher in seinem Umhang, als habe er es eben zum ersten Mal entdeckt. »Und du, Heilerin, was denkst du über meine Worte?«

»Du bist nicht gekommen, um mich das zu fragen, Ältester«, erwiderte sie leise.

»Nein«, bestätigte Steingeist. »Ich bin gekommen, um dich zu fragen, was es war, das du nicht verhindern konntest, und was Hainbuche dir versucht hat zu erzählen.«

Graue Wolke studierte andächtig ihre Fäuste, die von einem rötlichen Schimmer überzogen waren. »An dem Tag, als wir die Frau des Kriegshäuptlings fanden« – sie nickte in Tändlers Richtung – »habe ich Hainbuches Schädel aufgebohrt, um die Schattengeister zu vertreiben, die sich in der

Wunde eingenistet hatten. Anfangs konnte Hainbuche nicht sprechen, brachte aber immer wieder seltsame Töne heraus, versuchte mir unbedingt etwas zu erzählen. Sie zeichnete zwei Linien auf den Boden und stammelte immer wieder irgendwelche Worte, verzweifelt darauf hoffend, dass ich sie verstünde, aber ich habe sie nicht verstanden, Ältester.«

Steingeist beugte sich mit glitzernden Augen näher zu Graue Wolke. »Was, glaubst du, wollte sie dir sagen? Du musst doch irgendeine Vermutung haben.«

Graue Wolke warf die Hände in die Luft. »Eine Zeit lang glaubte ich, die Worte *hart* und *heiß* verstanden zu haben, oder auch *schwarz* und *weiß*. Irgendetwas in der Art.« Graue Wolke kniff die Augen zu und holte tief Luft. »Später glaubte ich, sie habe ›der Geist‹ gemeint, aber wie soll ich das wissen, Ältester?« Ein verzweifelter Ausdruck huschte über ihr Gesicht. »Hainbuche war viel zu krank, um lange Erklärungen abzugeben, und ich …«

»Das ist wahr«, verteidigte Tändler die Heilerin, die plötzlich wirkte, als stünde sie vor einem jähen Abgrund. Um ihr Zeit zu geben, sich zu sammeln, fuhr Tändler fort: »Ich selbst habe Hainbuche danach gefragt, was sie an dem Tag, als meine Frau getötet wurde, gesehen hat. Das erste deutliche Wort, das sie gesprochen hat, war gestern Abend, als sie … als sie meinen Namen rief.«

Es war Tändler bis zu diesem Moment nicht in den Sinn gekommen, dass es für Hainbuche einen überwältigenden Kraftakt bedeutet hatte, seinen Namen in ihrem Gedächtnis zu finden, dass die schiere Verzweiflung ihn ihren Seelen entrissen hatte.

Steingeists Blick blieb an Hainbuche hängen, in deren Gesicht kein Leben mehr zu sein schien.

Tändler sagte: »Onkel, als ich vorhin diese Kammer betrat, stammelte Hainbuche, dass ›die zwei‹ kommen würden, und flehte mich an, sie aufzuhalten. Ihr zu helfen.«

»Die zwei?«, fragte Steingeist verwundert.

Graue Wolke schüttelte den Kopf, als wollte sie verneinen, was Tändler soeben gesagt hatte.

»Du bist anderer Meinung?«, fragte Steingeist nach.

»Nein, ich ... ich meine, ja, das hat sie gesagt, aber ich glaube, sie meinte die *Ängste*, Ältester. Es war ihr Tonfall, der mich das glauben ließ; daraus sprach nicht Wissen, sondern panische Angst.«

»Möglich«, räumte Tändler ein, »aber wir ...«

Hainbuche regte sich. Sie zog ein Knie an und rollte sich auf die Seite, das Gesicht ihnen zugewandt. Das braune Kleid bauschte sich in sanften Falten um ihren zierlichen Körper und die schwarzweißen Dachsleder-Beinlinge stachen leuchtend von den roten Decken ab. Ihre Lider hoben sich, der Blick ihrer Augen war auf Tändler gerichtet.

Leise fragte er sie: »Hainbuche? Bist du wach?«

Ihre Augen waren schon wieder glasig geworden.

Tändler wandte sich wieder an Steingeist. »Wir dürfen die Möglichkeit nicht außer Acht lassen, dass einer der Mörder gestern Abend mit Hainbuche gesprochen hat, Onkel. Mit ihr gesprochen und ihr gesagt hat, dass er zurückkehren würde.«

»Du hast vielleicht Recht, Neffe. Mörder sprechen häufig derartige Drohungen aus. Triff die nötigen Vorkehrungen.«

Tändler nickte. »Später, wenn die Leute aus den entfernteren Dörfern zu der Zeremonie der Langen Nacht eintreffen, werde ich Flammenbotin bitten, mit den anderen Clan-Matronen zu sprechen. Vielleicht sind sie gewillt, einige ihrer Krieger zur Bewachung des Dorfes während der Zeremonie abzustellen. Obwohl ich nicht glaube, dass ›die zwei‹ es wagen werden ...«

»Das werden sie mit Sicherheit, Neffe. Sag mir, kennst du die Gesichter aller Besucher, die kommen werden? Nein? Und ich bezweifle, dass die Gäste umgekehrt jeden aus eurem Dorf kennen. Es werden sehr viele Fremde anwesend sein. Zwei mehr oder weniger fallen da gar nicht auf.« Steingeist legte Tändler die Hand auf die Schulter. »Obwohl dein Vorschlag natürlich sehr vernünftig ist. Je mehr Wächter, desto mehr Augen. Glaube jedoch nicht, dass mehr Augen die Mörder aufhalten werden. Das werden sie nämlich nicht.«

»Ich verstehe nicht«, sagte Tändler und sah den alten Mann zweifelnd an. »Ich würde doch nicht das Risiko eingehen, jemanden umzubringen, wenn ich damit rechnen müsste, von seinen Angehörigen gefangen genommen zu werden.«

»Nein, du nicht«, pflichtete ihm Steingeist bei. »Aber du bist ja auch bei klarem Verstand, Neffe.«

Der alte Mann rappelte sich auf die Füße, humpelte zu Hainbuches Lager und kniete sich davor hin. »Ehrenwerte Sonnenwächterin?«, begann er respektvoll. »Gestattest du, dass ich mit dir spreche?«

Hainbuches Lippen öffneten sich, doch ihr Blick blieb an Tändler haften.

»Kannst du mich hören, Sonnenwächterin?« Steingeist bewegte eine Hand vor ihren offenen Augen.

Graue Wolkes Gesichtszüge verspannten sich. Sie flüsterte: »Das ist wieder einer ihrer Abwesenheitszustände. Sie überfallen sie blitzartig und dauern oft mehrere Handbreit Zeit an. Sie ...«

»Ich weiß. Es geht ihr nicht gut.« Steingeist seufzte und erhob sich umständlich. »Ich werde es später noch einmal versuchen, wenn sie sich etwas ausgeruht hat.«

Als ob ein Teil von Hainbuche seine Worte als Befehl verstanden hätte, schlossen sich ihre Augen, und ihr Kopf kippte zur Seite. Sie schien eingeschlafen zu sein.

Schweigend blieb Steingeist noch eine Weile vor ihr stehen und betrachtete die Schlafende. Dann wandte er sich an seinen Neffen: »Ich wünsche mit der Heilerin zu sprechen. Unter vier Augen. Betrachte das bitte nicht als Zurücksetzung ...«

»Du brauchst dich dafür nicht zu entschuldigen, Onkel«, erwiderte Tändler, der sich ebenfalls erhob. »Ich habe Weidenkätzchen versprochen, auf ein Wort zu ihr zu kommen. Ich will euch nur darum bitten, in meinem Blickfeld zu bleiben, damit ich mir keine Sorgen machen muss, dass sich jemand unbemerkt an euch beide heranschleicht.«

Steingeist richtete den Blick auf Graue Wolke. »Heilerin? Bist du gewillt, mir einen Finger deiner Zeit zu schenken?«

»Aber gern«, erwiderte Graue Wolke, klang aber nicht sonderlich begeistert. Sie griff nach ihrem bemalten Hirschlederumhang und legte ihn sich um die Schultern. »Wir treffen uns draußen. Ich möchte Hainbuche noch zudecken. Sie wird bald anfangen zu frieren.«

»Selbstverständlich.« Steingeist trat durch den ledernen Vorhang, und Tändler folgte ihm hinaus in den kühlen Morgen. Er hörte Graue Wolke leise zu Hainbuche sprechen. Sie beruhigte sie und erklärte ihr, dass sie gleich zurückkommen würde.

Der-der-fliegt richtete sich zu seiner vollen Größe von zwölf Hand auf, und sein massiver Brustkasten dehnte sich unter einem tiefen Atemzug. Er musterte Steingeist durch zusammengekniffene Lider. Sein rundes, flaches Gesicht spiegelte die Anstrengungen einer langen, durchwachten Nacht wider. Tiefe Falten zogen sich um seine Mundwinkel und über seine Stirn. »Kriegshäuptling?«, sprach er Tändler an. »Auf ein Wort?«

Tändler nickte und trat zu ihm hin. »Ja?«

Der-der-fliegt bemühte sich, seine tiefe Stimme leise zu halten. »Was hast du heute Morgen entdeckt? Im Flussbett? Hast du Spuren gefunden?«

Tändler schüttelte den Kopf. »Nein.«

Der-der-fliegt schnitt eine Grimasse. »Ich habe mitangehört, was Hainbuche über die ›zwei, die kommen‹ gesagt hat. Bedeutet das, dass zwei Leute zusammenarbeiten?«

»So hat es den Anschein. Aber es gibt noch andere Hinweise, die ihre Worte bestätigen. Wurzelknolle hat blutige Male an seinem Mund, so als ob eine Hand …«

»Ihm den Mund zugehalten hätte, während ein anderer ihn tötete!«

Tändler nickte.

Der-der-fliegt blickte sich skeptisch um. »Wenn die Mörder menschliche Wesen sind, wie gelangen sie dann in die

Stadt? Und wieder hinaus, nachdem sie ihr Verbrechen begangen haben?«

Tändler folgte den Blicken des Kriegers, die über die riesige Ruinenstadt schweiften und die Stein- und Schuttberge, die sich an den Mauern auftürmten. »Diese Stadt ist wie ein Kaninchenbau, Der-der-fliegt. Wenn man mutig genug ist, das Risiko einzugehen, von einer einstürzenden Mauer erschlagen zu werden, so stehen einem Dutzende von Ein- und Ausgängen zur Verfügung.«

»Aber Menschen hinterlassen für gewöhnlich Spuren, Kriegshäuptling. Wir müssten irgendwelche Hinweise auf ihr Kommen und Gehen finden!«

Tändler runzelte nachdenklich die Stirn. Nach Wurzelknolles Ermordung und Seidenmoos' gellenden Schreien letzte Nacht fühlte sich niemand mehr sicher. Vor weniger als einer halben Hand Zeit hatte er Erbsenhülse zu Maisblatt sagen hören, dass Aschenmädchens verruchte Seele sich möglicherweise befreit habe und nun alle quäle, die zu Aschenmädchens Lebzeiten schlecht über sie gesprochen haben. Tändler hatte sich die Bemerkung verkniffen, dass Erbsenhülse die Erste gewesen wäre, die hätte sterben müssen, wenn das wahr gewesen wäre.

»Es gibt Spuren«, sagte Tändler. »In dem Gang, durch den der Katsina letzte Nacht geflohen ist.«

»Spuren von zwei Personen?«

»Nein, nur von einer. Aber die Spuren verraten, dass wir nach Männern suchen, nicht nach Göttern.«

»Nach Göttern nicht«, räumte Der-der-fliegt ein, »aber möglicherweise nach Hexen, die sich in Götter verwandeln können. Sehr mächtige Hexen, die jemanden durch ein Wort töten können.«

»Diese Männer bevorzugen richtige Waffen«, entgegnete Tändler. »Sie haben Hainbuche mit einer Keule niedergeschlagen und Wurzelknolle mit einem Steinbeil getötet.«

»Einem Steinbeil?«, wiederholte Der-der-fliegt leise. »Davon habe ich noch nichts gehört.«

»Ich weiß es selbst erst seit kurzem.«

Zu seiner Rechten, weit oben im hinteren Teil der Stadt, hielten Skunk und Wasserschlange auf dem Dach des zum Teil eingestürzten fünften Stockwerks Wache, beide mit einer Kriegskeule bewaffnet. Auf dem Dach links von Tändler stand Weidenkätzchen auf ihrem Wachposten. Sie hatte ihnen den Rücken zugekehrt und beobachtete den Canyon. Windjunge hatte rabenschwarze Haarsträhnen aus ihrem Kamm gezupft und ließ sie um ihren Rücken flattern wie die geschmeidigen Arme eines Tänzers – ein Anblick, der für Tändler etwas Tröstliches hatte.

Graue Wolke schob das Türleder zur Seite und trat hinaus auf den Platz vor ihrer Kammer. Die gesenkten Brauen ließen ihre schmale Nase noch schärfer hervortreten. Mit ihrer Laune stand es offenbar nicht zum Besten. »Hier bin ich, Ältester«, verkündete sie und stellte sich breitbeinig hin, als rüste sie sich für einen Zweikampf.

Steingeist schob ungerührt seinen Arm unter den ihren und sagte: »Ich bin nicht mehr so sicher auf den Beinen wie früher, Heilerin. Sei so freundlich und stütze mich ein wenig.«

»Gern, Ältester. Wohin möchtest du gehen?«

Die Falten um seine alten Augen kräuselten sich, als er lächelnd erklärte: »Lass uns zu der Maueröffnung gehen, durch die der Mörder geflohen ist. Auf dem Weg dorthin können wir uns unterhalten.«

Tändler wandte sich an Der-der-fliegt. »Wir reden morgen weiter. Ich habe Weidenkätzchen versprochen, ihr über die Geschehnisse hier zu berichten. Halte die Augen offen.«

»Das werde ich, Kriegshäuptling«, erwiderte Der-der-fliegt eifrig und kehrte auf seinen Wachposten vor Graue Wolkes Kammer zurück. Sein Blick suchte beim Gehen automatisch den Platz und die hinter Skunk und Wasserschlange aufragenden Felsklippen ab.

Als Tändler die Sprossen der Leiter erklomm, fühlte er sich seltsam preisgegeben und verwundbar. Seine Wirbelsäule erschien zu Eis zu erstarren, und die Kälte breitete sich rasch in seinem ganzen Körper aus. Oben auf dem Dach angekommen, wo Weidenkätzchen Wache stand, glaubte er, einen Eisblock in seiner Brust zu tragen. Weidenkätzchen schien das bemerkt zu haben. Mitgefühl breitete sich auf ihrem hübschen ovalen Gesicht aus.

»Was hast du denn? Was ist passiert?«

»Lass uns reden, wo uns niemand hört.« Er deutete in die südwestliche Ecke des Dachs.

Schweigend gingen sie nebeneinander her. Finken flatterten durch die Ruinen, zwitscherten und hüpften flügelschlagend von einem Stein zum anderen. Im Westen glänzte der Himmel wie eine polierte Muschelschale.

Am Rand des Dachs blieb Tändler stehen und betrachtete die sonnenbeschienene Felswand. Der frische Erdhügel, unter dem sein Sohn begraben lag, hob sich deutlich von dem übrigen Wüstenboden ab. Der Junge weilte inzwischen im Land der Toten. Und die Verantwortung für ihn ruhte nun nicht mehr auf seinen Schultern, sondern denen seiner heiligen Ahnen. Im Stillen betete er, dass sie seinen Sohn genauso liebevoll umsorgten, wie er es getan hatte.

Er zwang sich, den Blick abzuwenden. Das Grab, in dem sie seine Frau gefunden hatten, war noch immer ein klaffendes Loch. Niemand wollte es zuschaufeln. Die nahe Feuerstelle, die Hainbuche vorbereitet hatte, lag kalt und verlassen da. In ihrer Mitte türmten sich dicke, rußgeschwärzte Holzscheite.

»Hainbuche sagte, dass ›zwei‹ kommen werden«, begann Tändler und beobachtete, wie alle Farbe aus Weidenkätzchens Gesicht wich.

»Hat sie auch gesagt, wann?«

Er schüttelte den Kopf. »Nein, aber ich kenne sie seit unserer Kindheit, Weidenkätzchen. Ihr Blick sagte deutlich *bald*.«

Weidenkätzchen schluckte schwer. Ihr Blick kletterte die steil aufragende Sandsteinwand empor. In den schattigen Felsspalten lag noch Schnee, und dünne Wolkenmenschen segelten durch das klare Blau des Himmels über den gezackten Felsklippen.

»Wonach hältst du Ausschau?«, fragte Tändler.

Weidenkätzchen deutete mit dem Kinn hinauf zum Klippenrand. »Nach der Stelle, wo sie stehen müssten.«

»Wer?«

»Ist dir der Gedanke noch nicht gekommen? Der geeignetste Platz, um uns zu beobachten, ist dort oben. Dort kann jemand den ganzen Tag sitzen, ohne dass wir ihn bemerken würden. Von dort aus könnte jemand unsere Gewohnheiten studieren – wann wir aufstehen, wann wir Wasser holen, wie oft und zu welchen Tageszeiten wir allein unterwegs sind. Dazu braucht es nicht viel. Ein Mann könnte dort sitzen und warten, bis sich eine günstige Gelegenheit ergibt.«

Weidenkätzchens Worte waren für Tändler wie ein Keulenschlag in den Nacken. »Geheiligte Götter«, flüsterte er. »Natürlich! Wir müssen Wachen auf den Klippen postieren. Warum hast du mir das nicht schon eher erzählt? Seit wann ...«

»Seit dem Tag, als wir deine Frau fanden«, sagte sie. »Da habe ich ...« Sie unterbrach sich. Eine rabenschwarze Haarsträhne wehte über ihre nach oben zeigende Nasenspitze und verfing sich in ihren langen Wimpern, doch das schien sie nicht zu bemerken. »Tändler, wie gut kann man von dort oben aus hören?«

Plötzliche Euphorie stieg in ihm auf. »Die Felswand scheint Geräusche zu verstärken. Ich bin schon viele Male dort oben gestanden und habe jedes Wort verstanden, das in Hügeldorf gesprochen wurde. Glaubst du, dass der oder die Männer uns ...«

»Belauschen?«, führte sie seinen Satz zu Ende. »Ja.«

Das schräg einfallende Licht berührte die dunklen Ringe unter ihren Augen und brachte die Haarkämme aus Wacholderholz zum Funkeln. Sie drehte sich um, um die Straße zu beobachten, die vor Talon entlangführte, doch Tändler ergriff ihre Hand, damit sie ihn ansah. Er spürte die Wärme ihrer Haut und die zarten Knochen ihrer langen Finger.

»Weidenkätzchen, warum wolltest du die Kammer von Graue Wolke nicht betreten?«

Je länger er ihre Hand hielt, desto schneller schlug ihr Puls.

Ihre Worte mit Bedacht wählend, flüsterte sie. »Dort ist etwas ...« Ein Schauder durchfuhr sie.

»Was?«

»Das weiß ich nicht, Kriegshäuptling!«, schnaubte sie ärgerlich. »Da ist etwas in ihrer Kammer. Ich habe es nie gesehen, doch ich *spüre* es jedesmal wenn ich mich ihrer Kammer nähere. Es ist, als kröche eine Schlange durch meine Adern!«

Tändler erstarrte innerlich. »Ist es ... ein Geist, oder ein Gegenstand? Vielleicht ein Hexenamulett? Wir müssen sofort Graue Wolke verständigen. Sie weiß vielleicht gar nichts davon.«

Während des langen Schweigens, das seinen Worten folgte, sah Tändler Maisblatt und einen anderen Sklaven, einen alten Mann namens Falkenfuß, am Kanal entlanggehen und ihre Wasserbeutel schwingen. Die Muschelglocken an ihren Sandalen klingelten im Takt ihrer Schritte. Vater Sonne stieg am Himmel empor, die Schatten wurden kürzer, klammerten sich an die lotrecht aufragende Felswand wie kleine, verängstigte Kinder.

Weidenkätzchen erklärte flüsternd: »Graue Wolke weiß, dass es da ist.«

»Wie kannst du dessen so sicher sein?«

Sie entwand sich seinem Griff und schlenderte in den Lichtkegel, den die Sonne durch die Wolken warf. Sie hielt den Kopf gesenkt, als ob sie nicht geneigt sei, die Unterhaltung fortzuführen.

Tändler ließ sich nicht abschütteln. »Glaubst du, dass Graue Wolke in diese Morde verwickelt ist?«

»Glaubst du es?«, gab sie mit einem halbherzigen Lächeln zurück. »Ich bezweifle, dass einer von uns das glaubt.«

Er nahm wieder ihre Hand und zwang sie, stehen zu bleiben. »Jetzt erkläre dich bitte.«

Weidenkätzchen schaute auf den Platz hinunter. Zweihundert Hand von ihnen entfernt standen Graue Wolke und

Steingeist beieinander. »Ist dir schon einmal aufgefallen, dass Graue Wolke mich nie in ihre Kammer bittet, wenn ich sie aufsuchen muss? Sie kommt immer heraus, um mit mir zu sprechen, als wüsste sie, dass *ich* es weiß.«

»Was wissen?«

»Dass sie etwas verbirgt. Dass sie ein schreckliches Geheimnis hütet. Eines, das niemand erfahren darf.«

»Beschuldigst du sie ...«

»Nein! Ich würde Graue Wolke niemals beschuldigen, jemandem etwas anzutun, Kriegshäuptling! Ich liebe sie. Sie ist eine gute und freundliche Frau. Sie gibt sich alle erdenkliche Mühe, die Kranken und Verletzten zu heilen. Sie liebt Kinder und kümmert sich unermüdlich um die Alten. Wie könnte ich Graue Wolke einer Untat beschuldigen?«

Tändler versuchte in ihrem gequälten Gesichtsausdruck zu lesen. Er war sich nicht sicher, ob sie die letzte Frage ernsthaft aufgefasst wissen wollte, oder ob sie vielmehr als Ausdruck der Verzweiflung zu werten war, dass ihr wahrscheinlich niemand glauben würde, wenn sie diese Beschuldigung tatsächlich vorbrächte.

Widerwillig ließ Tändler ihre Hand los. »Du bist nicht ganz aufrichtig mir gegenüber, Weidenkätzchen. Ich kenne dich. Warum teilst du nicht alle deine Gedanken mit mir?«

Ihr Blick wich dem seinem aus.

Tändler spielte mit dem polierten Griff seiner Kriegskeule. Im Lauf der Sonnenjahre hatte das Holz den Schweiß seiner Hand und das Blut seiner Opfer aufgesaugt. Die Waffe in seiner Hand vermittelte ihm ein Gefühl von Zuverlässigkeit; das Einzige in der Welt, das ihm dieses Gefühl geben konnte.

Er sah Weidenkätzchen an. Seine Einsamkeit zog ihn immer zu ihr hin, und er hatte sich noch nie so einsam gefühlt wie in diesem Augenblick.

»Bitte, meine Freundin«, sagte er leise. »Es gibt viele gute Gründe, mir nicht zu vertrauen, und ich kenne sie alle. Ich benehme mich oft töricht. Aber« – sie fing seinen Blick auf – »du musst wissen, dass du der einzige Mensch auf der

Welt bist, dem ich ganz und gar vertraue. Ich weiß, dass du meine Geheimnisse fest in deinem Herzen verschlossen hältst, und du sollst wissen, dass ich das Gleiche für dich tue.«

»Ja, das weiß ich.«

In einer verzweifelten Geste breitete er die Arme aus. »Dann vertrau mir jetzt. Ich fürchte, dass es einige Dinge gibt, die du vor mir verbirgst, die ich aber wissen muss. Verstehst du das? Ich hätte schon an dem Tag, als wir meine Frau fanden, auf den Klippen Wachen aufstellen müssen. Ich war verwirrt und betäubt von Trauer.« Er ballte die Hände zu Fäusten und wandte den Blick ab. »Und ich trauere immer noch. Ich brauche deine Hilfe, Weidenkätzchen.«

Sie sah so verletzlich aus, als sie sich umdrehte, um nach Süden über den Canyon zu blicken. Die verdorrten Grasflächen lagen da wie eine zerlöcherte goldene Decke.

Tändler blieb dicht an ihrer Seite, sein Gesicht nicht mehr als zwei Hand von ihrem entfernt. Er atmete den feinen Duft ein, der ihrem Haar entströmte, und bemerkte die winzigen Schweißperlen, die auf ihren elegant geschwungenen Wangenknochen glitzerten. »Bitte, hilf mir.«

Weidenkätzchen schloss die Augen. »Erinnerst du dich an die Nacht, als ich ... als ich dir ... auf den Klippen begegnete? Vergangenen Sommer?«

»Ja?«, murmelte er, erfüllt von Scham. Er hatte die halbe Nacht mit Aschenmädchen gestritten. Sein Sohn hatte neben ihnen gelegen, in dicke Decken gewickelt, den Kopf bedeckt, und hatte abwechselnd gehustet und geweint. Als Tändler seine Faust erhoben hatte, um Aschenmädchen zu schlagen, hatte er plötzlich in der Bewegung innegehalten, als ihm bewusst wurde, was er zu tun beabsichtigte. Kurz darauf war er wie ein Verrückter aus ihrer Kammer gestürzt, um sich irgendwo zu verkriechen. Weidenkätzchen hatte ihn oben an den Klippen gefunden, vornübergebeugt und wimmernd wie ein Säugling.

»Was ist mit jener Nacht?«

Weidenkätzchen befeuchtete sich die Lippen, ehe sie ihm

die beabsichtigte Frage stellte. »Welchen Namen hast du damals gerufen?«

Tändler starrte sie verwirrt an. »Wie, ich verstehe nicht.«

»Du hast einen Namen gerufen. *Schatten*-Irgendwas. Ich habe es genau gehört, als ich die Felsstufen hinaufkletterte.«

»Ich habe niemanden gerufen, Weidenkätzchen.«

Sie fixierte ihn mit einem Blick, als sei sie wütend, dass er sie in einem Moment wie diesem belog.

»Ich schwöre, ich habe niemanden gerufen. Glaubst du etwa, ich belüge dich?«

»Es war aber deine Stimme, Tändler. Die erkenne ich unter tausend anderen. Außer ...« Ihre Wut verrauchte augenblicklich, und an ihre Stelle trat die nackte Angst.

»Was ist? Sprich weiter.«

»Wusstest du, dass Graue Wolke auch dort oben war?« Ihre Stimme war nur noch ein Flüstern.

»Du meinst ... am Klippenrand?«

»Ja. Als ich dir auf die Beine half, hörte ich sie flüstern.«

Tändler kniff die buschigen Brauen zusammen, verwundert, warum Weidenkätzchen das erwähnte. Wahrscheinlich hatte Graue Wolke ihren Streit mit angehört und sich Sorgen um ihn gemacht.

»Und?«

»Sie war nicht allein, Tändler. Zuerst dachte ich, sie spräche mit Der-der-fliegt. Die andere war nämlich eine tiefe Männerstimme.«

»Sprich ... weiter.«

Weidenkätzchen spähte abwechselnd zu den Ruinen hinter ihnen und den Straßen vor ihnen hin und her. In der Ferne sah man eine Gruppe von Leuten auf Talon zukommen.

»Tändler, kurz bevor wir aufbrachen, sah ich im Dunkeln ein Augenpaar aufblitzen. Der Mann und ich, wir starrten uns an. Seine Augen funkelten, als ob ich ein intimes Ritual gestört hätte und er mich dafür hasste. Vielleicht passte es ihm auch nicht, dass ich mit dir zusammen war. Ich weiß es nicht. Ich ...«

»Es war dunkel, Weidenkätzchen. Wenn du Graue Wolke schon nicht sehen konntest …«

»Ich bin noch nicht fertig«, fiel sie ihm rüde ins Wort.

Tändler klappte den Mund zu. »Verzeih mir.«

»Ich habe die Stimme dieses Mannes noch ein zweites Mal gehört.«

»Wann?«

Weidenkätzchen erschauderte. »Gestern Abend. Die Stimme, die ›Hilf mir!‹ gerufen hat. Das war nicht Wurzelknolle. *Das war er.*«

Steingeist ließ Graue Wolkes Arm los und spähte durch das Loch in der Mauer. Der Boden war übersät mit herausgebrochenen Sandsteinquadern. Ein modriger Geruch erfüllte die Dunkelheit. Auf dem sandigen Boden konnte Steingeist mühelos die Sandalenabdrücke von mindestens drei Personen ausmachen.

»Bist du schon einmal hier gewesen?«, wollte Steingeist wissen.

Graue Wolkes Miene verspannte sich. »Ja, Ältester. Im vergangenen Mond der Glühenden Sonne. Ich suchte einen kühlen Platz, um auszuruhen.«

»Die Kammern im Inneren bleiben auch während der Sommerhitze kühl?«

Graue Wolke nickte.

Steingeist befühlte die Mauersteine und seufzte. »Meine Großmutter hat mir einmal erklärt, dass die Temperatur in den innen liegenden Kammern im Winter und im Sommer nahezu gleich bleibt.«

Graue Wolke legte den Kopf schief, dabei fielen die dünnen, mit silbernen Strähnen durchwirkten Zöpfe auf die Schultern ihres bemalten Hirschlederumhangs. »Das stimmt, Ältester. Obwohl das nur wenige Leute wissen. Hat deine Großmutter hier gelebt?«

»Das nicht, aber sie wuchs mit dem ehrwürdigen Armer Sänger auf, und der hat ihr viele Legenden von dieser Stadt erzählt.«

Graue Wolke senkte die Stimme zu einem ehrfürchtigen Flüstern, als sie Steingeist fragte: »Deine Großmutter kannte den ehrwürdigen Propheten? Ich hätte alles dafür gegeben, ihm nur einmal im Leben begegnet zu sein. Wie lautet der Name deiner Großmutter?«

»Ich bin sicher, dass du nie von ihr gehört hast. Sie stammte von dem großen Volk ab, das im fernen Osten lebt. Es sind Hügelbauer. Hunderte Sonnenjahre lang haben sie Erde in Körben herangeschleppt, um einen Hügel zu errichten, auf dessen Kuppe sie dann ihre Häuser bauten. Ihr Volk nannte sie Orena, doch in ihrem späteren Leben wurde sie als die Gütige Mutter bekannt, weil in ihrer Gegenwart niemand ein Kind schlagen durfte. Sie duldete es nicht einmal, dass Eltern ihre Kinder barsch anfuhren oder sie mit einem unfreundlichen Blick straften, wenn sie sich schlecht benahmen. Den größten Teil ihres Lebens widmete sie der Liebe und dem Schutz der Kinder.«

Ein Lächeln, in das sich Stolz und Zuneigung mischte, erhellte sein altes, verwittertes Gesicht. »Ich glaube, sie hat ihr Volk dennoch vermisst. Oft schwärmte sie von dessen herausragender Handwerkskunst, den hauchdünnen Decken, die die Frauen ihres Volkes webten, und den außergewöhnlichen Steinmetzen, die für die Sonnengeborenen arbeiteten.«

»Die Sonnengeborenen?«

»Ihr Volk.«

»Merkwürdig«, murmelte Graue Wolke. »Warum tun Menschen so etwas? Hügel errichten?«

Steingeist betrat die dunkle Kammer und blinzelte, bis sich seine Augen an die Finsternis gewöhnt hatten. Überall auf dem Boden lagen Abfälle verstreut. In einer Ecke entdeckte er ein großes Packrattennest aus Lärchennadeln, Gräsern und kleinen Fellstücken. Vor ihm tat sich ein T-förmiger Durchgang auf.

»Das Volk meiner Großmutter glaubt, dass Vater Sonne und Mutter Erde im Augenblick der Schöpfung auseinander gerissen wurden, und sie durch das Errichten von Hügeln

Mutter Erde helfen könnten, wenigstens die Fingerspitzen von Vater Sonne zu berühren.«

»Sie glauben, dass die Erde ihre Mutter ist?«, bemerkte Graue Wolke verächtlich. »Nicht ihre Großmutter?«

»Ja. Das glauben sie.«

Graue Wolke verschränkte die Arme vor der Brust. »Was für ein Unsinn! Großmutter Erde hat Erste Frau geboren und anschließend die beiden Großen Krieger des Westens und Ostens, die den Menschen halfen, durch die Unterwelten nach oben zu steigen. Die Zwillinge befreiten die Erde von allen Ungeheuern, damit wir ungehindert durchs Licht schreiten und ...«

»Ja, das ist, was wir glauben. Aber die Hügelbauer würden unsere Geschichten wahrscheinlich als genauso töricht ansehen wie du die ihren, Heilerin.«

Steingeist trat hinaus in das fahle Winterlicht und lächelte. Graue Wolke erwiderte sein Lächeln nicht. Sie hatte eine Miene aufgesetzt wie ein Mensch, der eines Vergehens beschuldigt wird, das er nicht begangen hat.

Der alte Mann setzte sich auf einen Steinhaufen neben der Maueröffnung und stützte die Hände auf die Knie. Eine eisige Brise wehte über den Platz und trieb gelbbraune Staubwolken vor sich her.

Graue Wolke blieb stehen, während Steingeist die roten und gelben Abbilder der Götter betrachtete, die um den Saum ihres Umhangs tanzten. Der Wolf-Katsina führte die Prozession an, gefolgt vom Sonnen-Katsina und Dachs.

»Mein Neffe und ich werden heute Morgen diese Ruinen genau in Augenschein nehmen. Was, glaubst du, werden wir finden?«

»Das kann ich nicht sagen, Ältester.«

Steingeist hob den Kopf und blickte in ihr besorgtes Gesicht. »Auf meinem Weg hierher habe ich etliche Dörfer besucht.«

Graue Wolke begann leise mit den Zähnen zu knirschen. »Ja, ich weiß.«

»Und dabei habe ich einige interessante und schreckliche Dinge erfahren. Jedes dieser Dörfer hat im vergangenen Sonnenjahr eine Frau oder ein Mädchen verloren. Viele der Opfer wurden durchs ganze Dorf gezerrt und auf dem großen Platz liegen gelassen, damit jeder sie sehen konnte. Anschließend wurden ihre Leichen geraubt. Genau wie Aschenmädchens Leiche. Die meisten der Angehörigen dieser Frauen glauben, dass Plünderer für diese Verbrechen verantwortlich sind.«

Graue Wolke sagte nichts dazu.

Steingeist studierte ihre zusammengekniffenen Lippen. Offensichtlich versuchte sie mit aller Macht die Worte zurückzuhalten, die danach trachteten, ausgesprochen zu werden.

»Die Menschen im Weißschwanzdorf, Dachspfotendorf und im Eiswiesendorf erzählten mir traurige Geschichten von einsamen, kranken, kleinen Mädchen. Und sie erzählten mir auch, dass du sehr gut zu ihnen gewesen bist. Dass du sofort in ihr Dorf geeilt kamst, wenn sie dich riefen, und die ganze Nacht auf den Beinen gewesen bist, um die Kranken zu versorgen. Und sie betonten, dass du das Lager der jungen Mädchen erst verlassen hast, als sie deiner Meinung nach außer Gefahr waren.«

»Ich tue, was ich kann.«

Steingeist strich die braunweiß gesprenkelten Truthahnfedern über seinem Knie glatt. »Ja, aber diese Mädchen hatten viele Probleme, nicht wahr?«

»Ich habe ihre Kopfwunden versorgt und ihnen Kräuter gegen den Husten verabreicht, Ältester. Falls sie noch andere Schwierigkeiten hatten, so ist mir das nicht aufgefallen.«

Steingeist wartete, dass sie weitersprach, doch nach einer Weile des Schweigens fuhr er fort: »Sie sind, kurz nachdem du sie verlassen hattest, verschwunden.«

Graue Wolke sah ihn an, offensichtlich überrascht. »Was?«

»Du wusstest, dass sie vermisst wurden.«

»Ja, schon, aber …«

Steingeist musterte sie eindringlich. »Aber nicht, wann es passierte?«

Graue Wolke schien den Atem anzuhalten. Ihr Kopf begann zu zittern.

»Viele von ihnen verschwanden binnen einer Handbreit Zeit nach deinem Fortgehen, Heilerin.«

Die alte Frau schüttelte vehement den Kopf, als wollte sie Steingeists Worte verneinen, doch plötzlich schien die Sicherheit von ihr abzufallen. Sie erstarrte. Ihre Blicke huschten hin und her, als suchte sie etwas oder versuchte verzweifelt, einzelne Gedanken zusammenzusuchen.

Steingeist ließ ihr Zeit zum Nachdenken. Sein Blick schweifte inzwischen über Talon, und er versuchte sich vorzustellen, wie diese Stadt wohl vor hundert Sonnenjahren ausgesehen haben mochte: mit spielenden Kindern, Frauen beim Maismahlen und Händlern, die ihre Waren feilboten.

»Was hast du vorhin in der Kiva gemeint, Heilerin, als du sagtest, ›ich glaubte, ich könnte verhindern …‹? Was denn?«

»Nichts. Ich … ich meinte nichts damit.«

Steingeist kniff misstrauisch die Augen zusammen. »Du lebst hier in Talon, aber du warst vergangenen Abend nicht in deiner Kammer, als euer Freund ermordet wurde. Stimmt das?«

»Ich habe Erbsenhülses jüngere Tochter behandelt, Yuccablüte. Sie war krank. Ich habe ihr einen Tee aus Weidenrinde gekocht und für sie gesungen. Sie brauchte mich. Es waren genügend Krieger da, um Hainbuche zu beschützen. Ich war der Ansicht, ich könnte Talon verlassen.« Sie verkrampfte die Hände ineinander, als strafte sie sich dafür, eine falsche Entscheidung getroffen zu haben.

»Wann hast du zum erstenmal erfahren, dass in Talon etwas Schreckliches geschehen war?«

»Ich hörte den jungen Schneehase um Hilfe schreien. Als ich Talon erreichte, waren Weidenkätzchen und einige andere Krieger bereits dort und versuchten eine Leiter zu finden, um die Mauer hinaufklettern. Die Schreie, die aus dem Inneren der Stadt gellten, waren … Furcht erregend, Ältester. Ich ahnte, dass eine Fackel gebraucht wurde. Deshalb rannte ich schnellstens ins Hügeldorf, um eine zu holen, und als ich damit zurückkehrte, stürmten die Leute schon über die Mauer in die Stadt.«

»War vor den Mauern jemand? Hast du vielleicht jemanden wegrennen sehen?«

»Ältester«, erklärte sie gereizt, »die Leute rannten wie aufgescheuchte Ameisen umher.«

»Ah«, machte Steingeist und nickte. »Ich verstehe.«

Die Heilerin wirkte plötzlich gehetzt, schien innerlich zu fiebern, verzweifelt nach einem Ausweg zu suchen.

Schneeweiße Wolken bauschten sich über dem großen Platz und zogen wie rasch vorwärtsmarschierende Krieger nach Westen. Steingeist deutete in den Himmel. »Wusstest du, dass die Donnervögel Nester aus glühenden Blitzen in den Wolkenmenschen bauen?«

Graue Wolke machte ein verdutztes Gesicht.

»Es ist wirklich erstaunlich«, fuhr er fort. »Sie weben die Donnerkeile in glühende Körbe ein, die sie dann in die weichen Herzen der Wolkenmenschen stecken. Wenn die Jungen geboren sind, sprengen sie die Körbe mit ihrer Donnerkraft. Dann schießen leuchtende Blitze über den Himmel, und die Jungen sind frei.«

Graue Wolke betrachtete für einen Moment den Himmel, dann senkte sie den Blick wieder zu Boden.

»Ich fürchte«, plapperte Steingeist weiter, »dass die Wolkenmenschen auch auf dem Weg zur Zeremonie der Langen Nacht sind. Hoffentlich bringen sie uns keinen Schnee mit.«

Graue Wolke starrte finster vor sich hin.

»Einst wurdest du von den Feuerhunden geraubt, nicht wahr? Vor vielen, vielen Sommern.«

»Warum fragst du?« Graue Wolke fuhr sichtlich erschrocken zusammen.

Steingeist rieb die Hände aneinander; die Morgenluft war eisig. »Ich habe gehört, dass sie ihren Sklaven schreckliche Dinge antun.«

Die Heilerin starrte ihn stumm an.

»Bist du geschlagen worden?«

»Oft«, wisperte sie.

»Vergewaltigt?«

Keine Antwort.

»Du musst großes Mitgefühl für Menschen empfinden, die das gleiche Schicksal erfahren haben.«

Graue Wolke zog den Kopf ein, als ahnte oder vielmehr fürchtete sie die Bedeutung seiner Frage.

Der alte Mann nickte. Ihre Mimik sprach für sich.

»Wäre das denn so schlimm?«, fragte sie nach einer Weile. Es klang ein wenig herausfordernd.

»Nein, keineswegs. Aber es könnte dich dazu verleiten, Dinge zu verbergen, die du sonst offenbaren würdest.« Er lächelte. »Verstehst du jetzt, was ich meine?«

Graue Wolke errötete. »Nein, ich verstehe kein Wort.«

»Nun, es mag vielleicht ein merkwürdiger Zufall sein, aber ich stelle immer wieder fest, dass viele Mörder in ihrem Leben sehr viel Leid ertragen mussten. Manche wurden von ihren Eltern oder Verwandten ständig verprügelt. Andere durchlebten Qualen, die sich ein gesunder Mensch nicht einmal vorstellen kann. Folter. Verstümmelung. Ich werde dir diese Untaten nicht im Einzelnen erläutern, weil ich nicht möchte, dass dich diese Bilder in deinen Träumen heimsuchen so wie mich. Ich erwähne das nur, um dir zu zeigen, dass auch ich Mitgefühl für gequälte Kreaturen empfinde.«

Graue Wolkes Miene entspannte sich. Eine paar Herzschläge lang stand sie stocksteif da, dann ließ sie sich neben Steingeist auf dem Schutthaufen nieder.

Der Wind drehte und trug das süße Aroma gerösteter Pinienkerne heran. Steingeist atmete den Duft tief in seine Lungen. Während der nächsten zwei Tage würden die Frauen unermüdlich kochen, putzen, das Dorf schmücken und die Gewänder für die Zeremonie herrichten. Er hatte so lange allein gelebt, dass ihm gar nicht bewusst geworden war, wie sehr er diese Geschäftigkeit vermisste.

Mit freundlicher Stimme wandte er sich an die alte Heilerin. »Graue Wolke, möchtest du mir etwas anvertrauen?«

Sie hob den Blick empor zu den bunt bemalten Abbildungen der Großen Krieger an der Wand zu ihrer Rechten. Die Furcht einflößenden Masken glühten im grellen Morgenlicht.

»Ältester«, murmelte Graue Wolke. »Ich bitte dich, mir eine Weile zuzuhören. Aber ich weiß nicht, ob ich in der Lage bin, noch einmal von diesen Dingen zu sprechen.«

»Ich werde dir zuhören, Heilerin.«

Graue Wolke begann mit leiser Stimme: »Du sprichst von Leiden und seinen Folgen. Die Menschen des Katsina-Volkes sind alle verwundete Seelen, Ältester. Jeder von uns leidet auf eine andere Weise, aber deshalb sind wir ja hier. Wir alle suchten einen Ausweg aus unserer Verzweiflung und fanden ihn in den Worten unserer Matrone Flammenbotin.« Sie faltete die Hände wie zum Gebet. »Ich kam hierher, weil ich es nicht ertragen konnte, nicht so zu leben, wie es mir als Frau gebührte. Nachdem ich den Feuerhunden gedient hatte, waren die Bedürfnisse meiner Seelen stärker geworden, fordernder. Ich verzehrte mich nach der Gesellschaft von Menschen, die nachvollziehen konnten, was es bedeutete, verletzt worden zu sein. Viele Sonnenjahre lang lebte ich quasi als Verstoßene in meinem eigenen Herzen.« Sie hob die Hand und deutete hinauf zu dem großen Krieger, der vor ihrer Kammer Wache stand. »Der-der-fliegt kam zu uns, nachdem seine Frau und seine Kinder einem Massaker zum Opfer gefallen waren. Er hatte alles verloren. Anfangs bewegte er sich in unserer Gemeinschaft wie ein Schlafwandler. Sprach kaum. Bat nie um etwas. Außer um Hoffnung, Ältester. Um die Hoffnung, dass die Kriege endlich ein Ende nähmen; dass die Toten aus ihren Gräbern stiegen und wieder auf Erden wandelten. Wir, das Volk der Katsinas, wir geben anderen Hoffung. Das ist unser Wirken.«

»Das weiß ich, Heilerin«, bemerkte Steingeist respektvoll.

»Schneehase, der junge Krieger, zum Beispiel, der heute Morgen auf dem Dach stand ... Er weiß nicht einmal, woher er stammt. Er wachte eines Morgens am Fuße einer Klippe auf, mit blutendem Schädel und Verletzungen am ganzen

Körper. Er konnte sich an nichts erinnern. Vielleicht war er ausgerutscht und über die Klippe gestürzt oder aber in einen Kampf verwickelt gewesen und für tot gehalten worden. Tagelang war er umhergeirrt, bis er zufällig in der Stadt der Fließenden Wasser auf Flammenbotin getroffen war. Sie nahm ihn zu sich und versorgte ihn. Das ist jetzt zwei Sommer her.

»Und Weidenkätzchen?«, warf Steingeist ein. »Warum ist sie hier?«

Graue Wolke spielte nervös mit ihren Fingern, verknotete sie ineinander und löste sie wieder. »Über Weidenkätzchen weiß ich wenig, Ältester. Mir kam nur zu Ohren, dass ihr Ehemann starb und ihr Clan sie zwingen wollte, einen anderen Mann zu heiraten, den sie verachtete. Doch ob das der Wahrheit entspricht, das vermag ich nicht zu sagen. Weidenkätzchen ist eine sehr schweigsame Frau. Sie spricht nur ganz selten von sich. Jedenfalls mir gegenüber. Tändler erzählt sie möglicherweise mehr. Deshalb solltest du vielleicht ihn befragen.«

Sie tauschten einen Blick. Steingeist nickte und fragte sich im Stillen, wie viele andere Leute hier wussten, dass Weidenkätzchen seinen Neffen liebte. Das könnte möglicherweise von Bedeutung sein.

»Und die Frau meines Neffen? Was weißt du über sie? Was ich über sie gehört habe, klang sehr beunruhigend.«

Der bemalte Saum ihres Umhangs bauschte sich im Wind. Sie schien die tanzenden Figuren darauf zu beobachten, während sie über eine Antwort nachsann.

»Aschenmädchen war nicht immer sehr ... sehr freundlich zu ihren Mitmenschen. Sie schrie sie oft an und schlug grundlos mit Fäusten auf sie ein. Ein ganzes Sonnenjahr lang fürchtete ich, ihre Seelen hätten ihren Körper verlassen. Sie schien wie ein Falke über dem Abgrund des Wahnsinns zu schweben.«

»Des Wahnsinns?«, wiederholte Steingeist. »Du bist die Erste, die so etwas erwähnt. Warum, wie kommst du darauf?«

Graue Wolke senkte die Stimme. »Nachts, wenn sie schlief«, berichtete sie im Flüsterton, »hatte sie im Traum schreckliche Erlebnisse im Land der Toten, Ältester. Und vor zwei Monden, gegen Morgen, da kreischte sie plötzlich wie eine Verrückte und kam zitternd vor Angst in meine Kammer gerannt und behauptete, unmenschliche Stimmen aus Tändlers Mund gehört zu haben, während er schlief.«

»Und was hast du darauf zu ihr gesagt?«

»Ich habe sie gefragt, Ältester, was genau passiert war. Und ich glaubte damals, und heute auch noch, dass sie tief und fest geschlafen hat, als sie die Stimmen hörte. Irgendjemand aus dem Land der Toten muss sie gequält haben, indem er die Stimme ihres Ehemannes nachahmte, damit sie glaubte, er habe diese geisterhaften Laute ausgestoßen.«

»Aber warum sollten die Ahnen so etwas tun, Heilerin?«

Graue Wolke zuckte die Achseln. »Die Toten sind seltsame Wesen, Ältester. Mir ist es nie gelungen, ihre Wege zu ergründen.«

»Hast du eine Heilung für Aschenmädchen vollzogen?«

Graue Wolke schüttelte verneinend den Kopf. »Ich habe es versucht. Aber sie ließ es nicht zu. Sie meinte, ihr Geisthelfer kümmere sich um sie, und das sei genug.«

Steingeist scharrte mit seinen Sandalen über den gefrorenen Boden. Warum hatte Tändler seine Frau nicht gedrängt, sich einer Heilung zu unterziehen? überlegte er. Menschen mit kranken Seelen waren nicht imstande, solche Entscheidungen selbst zu fällen. Andere mussten das für sie übernehmen.

»Und Hainbuche?«, wechselte er das Thema. »Was hat sie für eine Geschichte?«

»Oh, die ist schnell erzählt, Ältester.« Ein liebevolles Lächeln spielte um ihre faltigen Lippen. »Sie ist Tändler gefolgt. Sie hat sich seit ihrer gemeinsamen Kindheit um ihn gekümmert, ihn getröstet und seine Ängste zerstreut. Als Tändler und seine Familie sich dem Katsina-Volk anschlossen und das Grüne-Tafel-Dorf verließen, konnte sie nicht allein zurückbleiben. Dazu liebte sie ihn viel zu sehr. Nicht wie einen Geliebten, versteh mich richtig, sondern wie einen teuren Freund.«

»Das verstehe ich sehr gut«, antwortete Steingeist. »Ich selbst hatte einst eine sehr teure Freundin. Sie wurde von den Turmbauern getötet, und nachdem das geschehen war, haben sich meine Seelen von meinem Körper losgerissen. Über einen Mond lang war ich nicht imstande gewesen, auch nur einen Schritt zu gehen oder einen Löffel Suppe an meine Lippen zu führen. Mein Körper war wie erstarrt.«

Die alte Heilerin sah ihn betroffen an. »Ja, ich habe gehört, dass großer Kummer die Seelen lähmen kann.«

Steingeist legte den Kopf in den Nacken und ließ sich die wärmende Sonne ins Gesicht scheinen. »Das kann er tatsächlich, Heilerin. Deshalb mache ich mir auch solche Sorgen um Hainbuche. Diese ›Abwesenheitszustände‹ sind meiner Meinung nach eine Art Seelenlähmung. Ich muss herausfinden, was sie gesehen hat und warum sie es nicht ertragen kann.«

»Wie meinst du das?«

»Ich glaube, dass sie sich deshalb innerlich loslöst. Sie lässt ihre Seelen fliegen, um einem bestimmten Anblick zu entrinnen.«

Graue Wolke schien von seiner Erklärung überrascht. »Aber sie ist schwer krank, Ältester«, wandte sie ein. »Ihre Kopfverletzungen …«

»Warum beunruhigt es dich, dass sie vor etwas fliehen könnte? Versucht sie dir zu entfliehen?«

Die alte Heilerin verstummte.

Fünf Frauen kamen auf das Dach geklettert, wo Tändler und Weidenkätzchen beieinander standen. Sie hatten Körbe, Tongefäße und haufenweise Zierrat bei sich – bunte Stoffbänder, Bündel von Maiskolben, leuchtende Federketten und andere Dinge, die Steingeist auf die Entfernung nicht genau erkennen konnte.

Als die Frauen auf den Platz herabstiegen, deutete Graue Wolke eine Verbeugung an und bemerkte steif: »Ich muss gehen, Ältester. Hainbuche kann sich nicht selbst versorgen und hat schreckliche Angst, dass die Mörder zurückkehren, um sie zu töten. Außerdem habe ich Vorbereitungen für Wurzelknolles Begräbnis und die Zeremonie der Langen Nacht zu treffen. Gewöhnlich leitet Hainbuche das Ritual, doch wegen ihrer Krankheit fällt diese Aufgabe nun mir zu.«

Steingeist nickte. »Ich danke dir für das Gespräch, Heilerin.«

Graue Wolke erhob sich, und ihr langer, bunter Umhang schwang um ihre Beine, als sie zu ihrer Kammer eilte.

Steingeist sah ihr hinterher, bis sie hinter dem Türvorhang verschwunden war, dann streckte er sich im warmen Sonnenschein aus.

Die Frauen stellten die Körbe und Tongefäße an der langen Mauer vor der Kiva des Ersten Volkes ab und begannen sie auszupacken. Eine der Frauen – sie zählte an die dreißig Sommer – mit einem hässlichen, pockennarbigen Gesicht und kurz geschnittenem, graumeliertem Haar beobachtete Steingeist misstrauisch aus den Augenwinkeln.

Als Steingeist sich erhob und lächelnd auf die Frauen zuging, wandte die hässliche Frau rasch den Blick ab. Aus dem Inneren der Kiva schallten schroffe Stimmen. Flammenbotins aufgeregte Stimme wurde begleitet von zwei krächzenden Männerstimmen.

»Die Zeremonie absagen!«, kreischte Flammenbotin. *»Habt ihr den Verstand verloren! Hunderte von Menschen sind auf dem Weg hierher. Manche von ihnen sind schon seit Tagen unterwegs. Bis zum Abend werden rund um das Hügeldorf nur noch Lager zu sehen sein. Wir können sie doch nicht mit der Mitteilung empfangen, dass wir uns entschlossen haben, die Zeremonie der Langen Nacht nicht abzuhalten!«*

Jetzt erhob sich die brüchige Stimme von Watender Vogel über das Gekreische. *»Wäre es denn nicht viel schlimmer, sie hier ihre Lager aufschlagen zu lassen, wo Mörder herumschleichen und ihre Lieben abschlachten könnten!«*

Steingeist schlurfte an den Frauen vorbei und kletterte die Leiter zum Dach hinauf.

Oben angekommen, blieb er eine Weile stehen und genoss den erhabenen Anblick des Canyons. Ein Krähenschwarm flog krächzend westwärts, Vater Sonne entgegen, in dessen Licht ihre schwarzen Flügel wie Gagat schimmerten. Auf der anderen Seite des Wasserlaufs näherte sich eine Gruppe von Festteilnehmern der Stadt. Sie trugen große Bündel auf dem Rücken und hinter ihnen trödelte eine Schar Kinder her, die von einigen Hunden begleitet wurden. Steingeist legte den Kopf schief und lauschte dem Gelächter und dem Kläffen der Hunde.

Dann schlenderte er langsam über das Dach auf Tändler und Weidenkätzchen zu. Sein Neffe machte ein Gesicht, als hätte ihm jemand giftige Pilze aufgetischt. In seinen dunklen Augen stand deutlich seine Angst zu lesen.

Steingeist rief ihm zu: »Es ist an der Zeit, dass wir uns einmal ausführlich unterhalten, Neffe.«

Tändlers dichte Brauen zogen sich über der flachen Nase zusammen. Seine Bewegungen hatten etwas Schwerfälliges, als er sich zu Weidenkätzchen beugte und leise zu ihr sprach. Dann straffte er die Schultern und ging auf Steingeist zu.

»Ja, Onkel. Was möchtest du denn von mir wissen?« Sein schlichter Rehlederumhang trug die rußigen Spuren vieler Lagerfeuer.

»Zuerst möchte ich, dass du mich zu der Stelle führst, wo du den Leichnam deiner Frau gefunden hast. Anschließend müssen wir diese Stadt absuchen.«

Tändler kam die Bitte des alten Mannes sichtlich ungelegen. Er schluckte nervös. »Ich habe nicht viel Zeit, Onkel, wirklich. Die ersten Gäste treffen bereits ein. Und ich muss mich vor Beginn der Zeremonie noch ein wenig ausruhen.«

»Ich weiß, Neffe«, erwiderte Steingeist verständnisvoll und nahm Tändler am Arm. Während er ihn zu der Leiter führte, von der aus man hinunter zur Straße gelangte, fügte er hinzu: »Es wird auch nicht lange dauern.«

22

Tändler spürte kaum, wie seine Sandalen den Sand unter seinen Füßen berührten, so sehr beschäftigten ihn Weidenkätzchens Worte. Er glaubte ihr, dass sie Graue Wolke mit einem Mann hatte sprechen hören, andererseits jedoch unterhielt sich Graue Wolke als eine der Dorfältesten häufig mit des Wegs kommenden Händlern, anderen Clanmatronen oder auch Jägern. Sie hatte zahlreiche Freunde, darunter viele, die ihr für ihre Heilungen Dank zollten.

Doch nichts erklärte die Anwesenheit dieses Mannes in Talon am Abend zuvor oder seine unheimliche Nachahmung von Wurzelknolles Stimme.

Hatte Weidenkätzchen sich nicht doch getäuscht?

Kannte Graue Wolke die Mörder?

»Du gehst wie ein zum Tode Verurteilter, Neffe«, bemerkte Steingeist und kniff skeptisch die Brauen zusammen. »Warum?«

Tändler wollte mit niemandem über seinen Verdacht sprechen, ehe er nicht Zeit gefunden hatte, noch einmal genau darüber nachzudenken. Deshalb erwiderte er: »Ich bin diesen Weg seit dem Begräbnis meines Sohnes nicht mehr gegangen, Onkel.«

»Ich bedaure die Notwendigkeit, dich diesen Tag noch

einmal durchleben zu lassen, Neffe. Aber das lässt sich leider nicht umgehen.«

Vor ihnen erhob sich die senkrechte Felswand golden schimmernd in den tiefblauen Himmel. Wachsam forschte Tändler jede Nische und jeden Schatten aus, in dem sich ein Mann hätte verbergen können. Auf einem verkrüppelten *Wacholderbusch*, der in einer der Felsspalten wurzelte, hockte ein Adler, der jeden ihrer Schritte aufmerksam verfolgte. Tändler entdeckte jedoch nichts, was ihm bedrohlich erschien.

Am Fuß der Felswand, zwanzig Schritte links von dem leeren Grab, wo sie seine Frau gefunden hatten, markierte ein frisch aufgeworfener Erdhügel die Grabstätte seines Sohnes. Zwanzig Schritte zur Rechten lag die längst erloschene rituelle Feuerstelle. Tändler konnte immer noch Hainbuche mit gesenktem Kopf davor sitzen sehen, gewandet in Aschenmädchens roten Federumhang.

»Vor fünf Tagen«, sagte Steingeist, »kamen die Hüter der Heiligen Himmelsrichtungen hierher, und du hast die Prozession der Trauernden angeführt, stimmt das?«

»Ja, Onkel. Ich war so überwältigt von Kummer und Trauer, dass ich nur versuchte, das Ritual bis zum Ende durchzustehen. Ich starrte gerade auf meine Füße, als ich Flammenbotin schreien hörte.« Tändler deutete voraus. »Du kannst das offene Grab sehen. Dort haben wir meine Frau gefunden. Als ich aufsah, griff Flammenbotin gerade nach Graue Wolkes Arm und taumelte zurück. Alte Frau Über den Himmeln winselte wie ein heimatloser Geist. Ich befahl Weidenkätzchen und Wurzel ... einem anderen Krieger« – er konnte seinen Namen erst wieder aussprechen, sobald Wurzelknolle sich auf dem Weg ins Land der Toten befand – »die Begräbnisleiter meines Sohnes abzustellen und mir zu folgen. Dann rannten wir, so schnell wir konnten, zu dem Grab.«

Steingeist hatte die Arme unter seinem braun-weiß gesprenkelten Truthahnfederumhang verschränkt, durch dessen Löcher man seine Hände erkennen konnte. »Was hast du gesehen, nachdem du das Grab erreicht hattest?«

»Zuerst wusste ich gar nicht, was ich da vor Augen hatte. Ich glaubte, es sei ein Mann, der da lag, ein großer Mann. Die Person lag auf dem Bauch, Arme und Beine von sich gespreizt, als hätte man sie achtlos in die Grube geworfen. Eine flache Steinplatte bedeckte ihren Kopf. Sie trug ein weißes Rehlederhemd und weiße Lederhosen. An ihren Füßen lehnte die Maske des Wolf-Katsina. Nach und nach kamen die anderen Trauernden herbeigeeilt, und als sie den Stein sahen, brachen sie in wildes Geschrei aus. Die Leute drängten sich neugierig um das offene Grab, doch dann suchten die meisten schreiend das Weite.«

»Kluge Menschen. Was passierte dann?«

»Weidenkätzchen bemerkte als Erste, dass etwas nicht stimmte. Sie zeigte auf die Stellen, wo sich die Hände und Füße hätten befinden müssen, doch die Ärmel und die Hosenbeine schienen leer zu sein. Wir dachten sofort an Verstümmelung. Weidenkätzchen wollte ins Grab hinabsteigen und die Steinplatte wegnehmen, doch das ließ Graue Wolke nicht zu. Weidenkätzchen war gerade erst von einem Erkundungsmarsch zurückgekehrt und hatte sich noch nicht der rituellen Reinigung im Rauch von *Kiefernnadeln* unterzogen. Deshalb kletterte Graue Wolke in das Grab und schob selbst die Steinplatte zur Seite.«

Die Erinnerung daran ließ Tändlers Herz in einem wilden Rhythmus schlagen. Er legte eine Hand auf seine Kriegskeule. »Der Schädel meiner Frau war nur noch eine blutige Masse, das lange Haar hatte man ihr kurz geschnitten wie zum Zeichen der Trauer. Ich weiß nicht, warum ein Mörder so etwas tun sollte. Das ergibt doch keinen Sinn.«

»Sorgfältige Arbeit«, murmelte Steingeist. Seine Pupillen weiteten sich beunruhigt. »Woher wusstest du, dass es sich bei der Toten um deine Frau handelte?«

Seine Erinnerung beschwor ihre kleine, schmale Hand herauf, die so kalt und steif war. »Sie trug das Schlangenarmband, das ich ihr am Tag unserer Vereinigung geschenkt habe, Onkel.«

Tändler blieb vor dem Grab stehen, und Steingeist kam

an seine rechte Seite. Halt suchend griff er nach Tändlers Arm, als er sich vorbeugte, um in die offene Grube zu spähen. Die Tonscherben an seiner Halskette klimperten. Der Boden des Grabes war mit Eulenfedern übersät.

Tändler sog scharf die Luft ein.

»Diese Federn haben mit Zauberei nichts zu tun, Neffe«, beruhigte er ihn und deutete auf die Felswand. »Nachts nisten sich Eulen in den Felsspalten ein«, erklärte er. »Heute am frühen Morgen habe ich ihre Augen leuchten sehen.«

Jetzt bemerkte Tändler auch die weißen Kotflecken unterhalb einzelner Felsnischen. Sein Onkel hatte wahrscheinlich Recht. Dennoch beunruhigten ihn die Federn.

»Du hattest inzwischen ein paar Tage Zeit, um darüber nachzudenken, was du gesehen hast. Warum, glaubst du, hat der Mörder deine Frau weiß gekleidet, ihr das Haar abgeschnitten und einen Stein auf ihren Kopf gelegt?«

Tändlers Blick kehrte zum oberen Canyonrand zurück. Der Geruch feuchten Gesteins lag in der Luft. Hatte der Mörder sie an jenem Tag beobachtet? Hatte er über den Klippenrand gespäht und grinsend die Geschehnisse unten verfolgt?

»Er wollte nicht, dass ihre Atem-Herz-Seele entflieht, deshalb hat er ihr den Stein auf den Kopf gelegt. Und« – er trat mit dem Fuß gegen einen kleinen Felsbrocken – »vielleicht hat er sie für eine Zauberin gehalten. Viele Leute in unserem Dorf flüstern hinter vorgehaltener Hand, dass sie eine Zauberin war, Onkel. Aber ich als ihr Mann hätte das doch bemerken müssen, oder?«

Steingeist berührte sanft Tändlers Hand. »Das glaube ich auch, Neffe.«

Tändlers Blick wanderte zum Grab seines Sohnes. Tief in seinen Seelen sah er Grasmond lächeln und hörte ihn »*Vater? Vater, komm und spiel mit mir*« rufen. Der Schmerz in seiner Brust raubte ihm schier den Atem.

»Wo saß Hainbuche?«, unterbrach Steingeist seine traurigen Gedanken.

»Dort drüben. Sie saß mit dem Rücken zur Felswand. Weidenkätzchen bemerkte als Erste die Spur von roten Federn, die vom Grab zu der Stelle führte, wo Hainbuche saß. Anscheinend hat der Mörder meiner Frau den roten Federumhang, den sie trug, abgenommen und ihn Hainbuche um die Schultern gelegt. Hainbuche war außerdem über und über mit Asche bedeckt, und von der Stelle, wo sie saß, führten vier Linien in die Heiligen Himmelsrichtungen. So als ob der Mörder eine rituelle Reinigung an ihr vollzogen hätte.«

»Wahrscheinlicher ist, dass der Mörder sich von seinem begangenen Verbrechen reinigen wollte.« Steingeist betrachtete die Feuerstelle. »Sonst noch etwas, Neffe?«

»Unter ihren Sandalen steckten zwei staubbedeckte Adlerfedern.«

»Zwei? Nicht vier? Er hat nicht für jede Himmelsrichtung eine zurückgelassen?«

»Nur zwei, Onkel.«

Der alte Mann nickte. »Und dann verschwand der Leichnam deiner Frau?«

»Ja, Onkel.«

»Wo hielt sich Graue Wolke auf, als die Leiche verschwand?«

Tändler verzog das Gesicht. »Onkel, sie ist nicht die Mörderin. Das musst du mir glauben. Ich kenne sie. Sie befand sich in Talon und nahm gerade an Hainbuche die Schädelöffnung vor, als es passierte.«

»War jemand bei ihr?«

»Ja«, antwortete Tändler und fragte sich, wie er Graue Wolke nach Weidenkätzchens Worten immer noch verteidigen konnte. Seine Gefühle lieferten sich einen erbitterten Kampf. »Maisblatt hat Graue Wolkc bei der Heilung geholfen.«

Steingeist kratzte sich die runzelige Wange. »Die ganze Zeit über?«

Tändler dachte kurz nach. »Das weiß ich nicht. Wurzel... einer meiner Krieger hat an diesem Morgen über Talon gewacht.«

»Und jetzt ist dieser Krieger tot.«

Tändlers Magen verkrampfte sich. »Willst du damit sagen, dass er getötet wurde, weil er wusste, dass Graue Wolke ihre Kammer verließ? Dass er sah, wie sie den Leichnam meiner Frau raubte?«

Steingeist bedachte seinen Neffen mit einem schiefen Grinsen. »Nein, warum? Du warst derjenige, der das gesagt hat. Wolltest du damit etwas andeuten?«

Tändler runzelte die Stirn und schüttelte dann den Kopf. »Nein.«

Eine braun-weiß getupfte Feder löste sich aus Steingeists Umhang und trudelte ausgelassen davon. Der alte Mann sah ihr lächelnd hinterher. »War es an jenem besagten Morgen windig?«

Tändler versuchte sich zu erinnern. »Ja, ich glaube. Nur eine kleine Brise, aber die Luft kühlte sich merklich ab.«

»Und dennoch konnte Weidenkätzchen eine Federspur verfolgen, Neffe? Kam dir das nicht seltsam vor? Der Wind hätte die Federn doch im Nu verwehen müssen.«

Das Sandgestein erwärmte sich mit zunehmendem Sonnenlicht und begann einen süßen Duft zu verströmen, eine Mischung aus Staub und Kaktusblüten.

Tändler sah in die seltsam funkelnden Augen seines Onkels hinab. »Geheiligte Ahnen. Willst du behaupten …«

»Nein, ich will dich nur auf etwas hinweisen. Die roten Federn konnten nur Augenblicke zuvor verstreut worden sein, ehe der Trauerzug dort anlangte, sonst hätte sie der Wind fortgeblasen. Deshalb hast du auch nur zwei Adlerfedern gefunden. Die anderen beiden hatte Windjunge schon mit sich genommen.«

Das Krächzen der Raben wurde plötzlich so laut, als wollten sie vor etwas warnen. Tändler lauschte den heiseren Schreien; sein Herz hämmerte vor Erregung. »Was bedeutet, dass der Mörder ganz in der Nähe war. Und uns wahrscheinlich beobachtete.«

Steingeist nahm Tändlers Arm und geleitete ihn zu der rituellen Feuerstelle, wo Hainbuche überfallen worden war. »Sie beobachten einen immer, Neffe. Wenn es möglich ist.

Das verschafft ihnen ein Gefühl des Triumphs. Warum ein Schauspiel inszenieren, wenn man die Reaktion des Publikums nicht miterleben kann?«

Sie begaben sich in den Schatten der Felswand, worauf Steingeist Tändlers Arm freigab und vorsichtig um die erloschene Feuerstelle schritt. Verkohlte Holzscheite ragten durch eine dünne Eisschicht.

»Weidenkätzchen hat mir berichtet, du hättest in der Nähe des Feuers eine Spur entdeckt, wo der Sand ein wenig getaut war. Sie glaubt, es könnte sich dabei um einen Fußabdruck handeln. Würdest du die Stelle wiederfinden?«

Tändler kniete sich hin und tippte mit der Fingerspitze auf den Boden. »Das hier ist die Stelle, Onkel.«

Steingeist studierte den bogenförmigen Abdruck im Sand. »Glaubst du, das war ein Fersenabdruck, Neffe?«

»Möglich wäre es. Und wenn, dann stammte dieser Abdruck von einem großen, schweren Mann.«

»In der Tat.«

Der alte Mann ließ sich mühsam auf Hände und Knie nieder und untersuchte den Abdruck mit großer Sorgfalt. »Hat das Feuer richtig hell gelodert, als du ankamst, oder niedrig und gleichmäßig gebrannt?«

»Nein, es hat lichterloh gebrannt, Onkel. Daran erinnere mich so genau, weil ich mir noch dachte, dass Hainbuche uns wohl kommen hörte und deshalb Holz nachgelegt hatte.«

Steingeist erhob sich wieder. »Hast du sonst noch etwas gefunden?«

Tändler zögerte kurz, ehe er unter seinen Umhang griff, an den Beutel, den er um die Hüfte trug. Dem entnahm er den Türkis-Anhänger in Form eines Wolfs und hielt ihn seinem Onkel auf der ausgestreckten Hand hin. »Das habe ich noch gefunden.«

Die Lippen des alten Mannes teilten sich in sichtlichem Erstaunen. »So einen Anhänger habe ich seit sechzig Sonnenjahren nicht mehr zu sehen bekommen. Wo genau hast du ihn gefunden?«

»Dort. Er lag auf einer roten Feder.«

Anstatt nach dem wertvollen Stück zu greifen, machte Steingeists Blick sich an der Stelle fest, die Tändler ihm bedeutet hatte. »Und wo saß Hainbuche?«

»Hinter der Feuerstelle.«

Steingeist ging um die Feuerstelle herum und ließ sich dort nieder, wo sie gesessen hatte. Anscheinend versuchte er sich vorzustellen, was sie an jenem Morgen von ihrem Platz aus gesehen hatte. Sein Blick wanderte von der leeren Grabstätte zu der Stelle neben dem Fersenabdruck, wo der Wolf-Anhänger und die Feder gelegen hatten.

»Hast du den Anhänger irgendjemandem gezeigt, Neffe?«

»Weidenkätzchen weiß davon, Onkel. Sie war dabei, als ich ihn entdeckte. Sonst habe ich niemandem davon erzählt. Und Weidenkätzchen mit Sicherheit auch nicht.«

Steingeist stand wieder auf und meinte: »Deshalb, mein lieber Neffe, seid ihr beiden noch am Leben.«

Tändler kontrollierte noch einmal den Klippenrand und die Schutthügel hinter Talon. »Warum?«

»Weil er euch beobachtet hat«, erwiderte Steingeist ruhig. »Er weiß, dass einer von euch den Anhänger hat.«

»Aber ... wenn er das weiß ... warum tötet er uns dann nicht und durchsucht uns?«

Steingeist grinste. »Er kann es nicht riskieren, dich zu töten, ehe er dich nicht befragt hat, Neffe. Nur jemand mit dem Verstand einer blutsaugenden Stechmücke würde ein so starkes Machtobjekt in seiner Gürteltasche mit sich herumtragen.«

Betreten senkte Tändler den Blick auf seine Hand. Der Türkis-Wolf hatte ein merkwürdiges, unnatürliches Glitzern in den Augen, als wollte er jeden Moment von seiner Handfläche springen und davonlaufen. Tändler steckte ihn zurück in seine Gürteltasche. »Sobald wir wieder im Hügeldorf sind, werde ich ihn verstecken, Onkel.«

Steingeist schob liebevoll seinen Arm unter Tändlers und dirigierte ihn zurück nach Talon. Sie folgten einem uralten, ausgetretenen Pfad, der sich durch ein Feld herabgestürzter Felsbrocken schlängelte.

Im Schatten der hohen, westlichen Stadtmauer von Talon blieb Steingeist stehen und ließ Tändlers Arm los. Losgebrochene Steine und Brocken von abgefallenem Mauerputz türmten sich wie Sanddünen vor der alten Mauer. Er senkte die Stimme. »Ich denke, diese Schuttberge geben uns genügend Sichtschutz, Neffe. So, und jetzt erzähl mir rasch, was Weidenkätzchen zu dir gesagt hat, das dich so erschreckte.«

23

»Magpie, kannst du den mal kurz halten?«

»Aber gern, Tante.«

Hail Walking Hawk drückte Magpie ihren Gehstock in die Hand und kramte in der Tasche ihres gelben Kleids nach den zwei Stückchen Brot, die sie sich vom Abendessen – Wild-Chili und Toastbrot – aufgehoben hatte. Die Brotscheiben schimmerten im Zwielicht beinahe silbern, als sie sie in der Hand hielt. Dann hob sie beide Stücke dem dunkelblauen Abendhimmel entgegen und begann leise zu singen. Die hellsten Abendmenschen waren bereits erwacht und standen glitzernd am östlichen Horizont.

»Das ist für unsere Mutter, Latiku«, erklärte sie und beugte sich nieder, um die Scheibe auf einen flachen Stein zu legen. Das gelbe Kleid wehte ihr um die Beine. »Und das ist für dich, Utsiti, Schöpfer des Universums.« Sie legte das zweite Brotstück neben das erste.

Anschließend richtete sie sich seufzend auf. Die Temperatur begann allmählich etwas nachzulassen und ihr Körper war dankbar dafür. Den Großteil des Tages hatte sie in ihrem Zelt verbracht und die Schatten der Käfer beobachtet, die über die rote Zeltwand krabbelten. Das Leid und die Geister riefen beständig nach ihr, damit sie endlich Notiz von ihnen nähme. Jetzt, am Abend, fühlte sie sich endlich etwas wohler.

»So«, meinte sie. »Das sollte genügen.« Sie griff nach ihrem Gehstock und stieß ihn in den Boden. Die Spitze versank tief im weichen Sand.

Magpie nahm Hails linken Ellbogen und lächelte sie an. »Weißt du, Tante, wenn wir alle jeden Abend den Göttern eine Opfergabe darbrächten, dann würden die Kriege aufhören und niemand bräuchte mehr Hunger zu leiden.« Unter den Achselhöhlen ihres T-Shirts zeichneten sich dunkle Schweißränder ab.

Die alte Frau grinste: »Besonders Latiku und Utsiti nicht. Die würden so fett werden wie diese japanischen Ringer. Wie nennt man die gleich wieder?«

»Sumo-Ringer, Tante.«

»Sumo ...« Hail ließ den Namen auf ihrer Zunge zergehen. Er fühlte sich klebrig an, wie der Reis, den man in den Chinarestaurants in Albuquerque servierte.

Hail seufzte abermals und studierte die Felsklippen, die um sie herum in den Himmel ragten. Die Dunkelheit hatte das sandfarbene Gestein dunkelviolett gefärbt. In den Felsnischen hockten Eulen, die mit blitzenden Augen den Grund des Canyons absuchten und auf die Gelegenheit warteten, herabzuschießen und sich eine saftige Maus oder einen ahnungslosen Taschenspringer zu schnappen.

Dann wandte sie sich zu dem Nebelkind um. Es hatte während der letzten Stunde leise vor sich hin gegurgelt, wie ein Kind, das Spuckeblasen platzen lässt, um sich zu beschäftigen. Eine schwarze Plastikplane bedeckte die offene Grube. Hail spürte seine Hoffnung. Der Junge wusste, dass man ihn gefunden hatte, konnte aber nicht verstehen, warum sich bisher noch keiner um ihn gekümmert hatte. Er war schon zu lange in diesem Erdloch gefangen.

Du brauchst nicht mehr lange zu warten, versprach sie ihm. *Sobald diese Wühlmäuse hier verschwunden sind, werde ich mich deiner annehmen. Hab keine Angst.*

Ihre trüben Augen wanderten ans obere Ende der Grube, wo eine Steinplatte den Kopf der Hexe bedeckte. Sie war eine große Frau gewesen. Dusty hatte das Erdreich um ihre langen Extremitäten abgegraben, und man konnte jetzt ihre ausgebreiteten Arme erkennen. Washais zufolge dürfte man die Frau in dieses Grab gestoßen haben.

Hail betrachtete auch die anderen Grabungsstellen. Alle diese Frauen und Kinder waren weggeworfen worden wie alte Lumpen – doch an den von Washais bezeichneten langen Knochen konnte man erkennen, dass man vorher das Muskelfleisch abgelöst hatte, ehe man die Leichen verscharrt hatte.

Das machte Hail Angst.

Als kleines Mädchen hatte sie die Ältesten ihres Pueblos Geschichten über die zwei *maleficiatores* erzählen hören, Zauberer, die Kinderleichen aus den Gräbern holten und deren Fleisch in großen irdenen Töpfen auf dem vom Mondlicht beschienenen Friedhof kochten. Den fauligen Geruch hatte man meilenweit riechen können. Manche Hexen aßen nur die inneren Organe mächtiger Schamanen, um sich deren Kräfte einzuverleiben. Andere Hexen rissen ihren Opfern das Fleisch von den Knochen und gaben es ihren Feinden zu essen, um dadurch ihre Verbrechen zu verschleiern.

Hail betrachtete die viereckigen Gruben.

Einige dieser Frauen hatten eine Steinplatte auf dem Kopf liegen, doch sie spürte, dass sie keine Hexen gewesen waren. Irgendjemand hatte sie nur als solche behandelt. Trotz allem wohnte hier das Böse. Und das hatten sie durch die Ausgrabungen erweckt. Deutlich spürte sie die bösartige Präsenz des *basilisco*, der trotz der Jahrhunderte, die er im

Erdreich vergraben lag, nichts von seiner Verderbtheit verloren hatte. Hail schmeckte sie förmlich auf der Zunge, widerwärtig wie der Geschmack verdorbenen Fleisches.

Dusty würde sich beeilen müssen, diese Gebeine aus dem Boden zu bergen, damit sie diesen Ort verlassen könnten, sonst würde dieses Böse sie alle krank machen.

»Tante«, sagte Magpie leise und berührte sanft Hails weißes Haar. »Ich habe immer so schreckliche Träume.«

Hail schüttelte den Kopf. Magpies kurzes schwarzes Haar klebte ihr an den Wangen und ließ ihre braunen Augen dunkel und tief erscheinen. Geisthelfer suchten die Menschen häufig in ihren Träumen auf und überbrachten darin Botschaften, um dem Stamm zu helfen. »Was für Träume?«

Magpie legte den Kopf schief, als scheute sie sich, darüber zu sprechen. »Ich sehe furchtbare Dinge. Du und Großmutter, ihr unterhaltet euch im Land der Toten, und ich ...«

»Lässt sie mich auch ab und zu zu Wort kommen?«, erkundigte Hail sich mit ernsthafter Miene. »Sie konnte nämlich einem ausgehungerten Kojoten eine tote Ratte ausreden.«

Magpie schmunzelte, doch der Blick, mit dem sie ihre Tante bedachte, sagte dieser deutlich, dass sie sehr wohl gemerkt hatte, dass sie den Teil mit dem Land der Toten sehr geschickt umgangen hatte.

Hail klemmte sich den Gehstock unter den Arm und hakte sich bei Magpie unter. Bei der Berührung mit Magpies samtener Haut wallte ein Gefühl von Liebe in ihrem alten Herzen auf und linderte die stechenden Schmerzen ein wenig. »Sei so gut und bring mich zurück zu meiner Flasche mit Eistee«, sagte sie. »Wir können uns ja auch auf dem Weg dahin unterhalten.«

Magpie stützte ihre alte Tante, suchte einen sicheren Weg in dem weichen Sand, geleitete sie um einen breiten Greasewood-Busch herum und weiter nach Osten, wo sich ein heller Lichtbogen über den Zelten und Dr. Robertsons geräumigem Wohnwagen spannte. Er hatte ihn am Nachmittag mit seinem knallroten Truck auf das Gelände gezogen.

Dusty saß neben Sylvia vor der lodernden Feuerstelle.

Washais und Dr. Robertson standen rechts davon über den Tisch mit den Gebeinen gebeugt. Hail konnte ihre Gesichter im weißen Licht einer Gaslaterne gut erkennen. Beide hatten sie die Stirn in grübelnde Falten gelegt.

Das rote Zelt von Hail und Magpie stand genau zwischen den beiden Gruppen; das Sonnensegel flatterte im Abendwind.

»Bitte, sag mir die Wahrheit, Tante«, bat Magpie zögernd, beinahe ängstlich.

Hail lächelte zu Magpie hoch. »Oh, es ist nichts Schlimmes. Für mich sowieso nicht. Tod und ich sind schon seit vielen Jahren Weggenossen, wir gehen Seite an Seite einher wie alte Freunde.«

Magpie blieb stehen und sah in Hails trübe Augen.

»Du musst mich nicht bedauern, Kind. Ich bin glücklicher als je zuvor in meinem Leben. Ich genieße jeden Augenblick, jede Farbe, die ich sehe. Wenn du lächelst, schwingt sich mein Herz in die Lüfte wie diese Eule dort oben.« Sie hob ihren Stock und deutete damit auf die Eule, die lautlos am tiefblauen Himmel über sie hinwegsegelte. Ihr Gefieder glänzte wie Pechkohle, als sie vor dem silbernen Halbmond vorbeischwebte.

Tränen schimmerten in Magpies Augenwinkeln. »Ach, Tante.«

»Hör zu, mein Kind«, sagte Hail. »Ich werde deine Hilfe brauchen. Ich möchte nicht, dass die anderen etwas davon erfahren, aber manchmal werden die Schmerzen wirklich schlimm. Dann kriege ich kaum noch Luft. Wenn es dazu kommen sollte, dann bring mich bitte zurück ins Zelt, ehe ich vor aller Augen umfalle.«

Magpie nickte zögernd. »Bitte, lass mich dich nach Hause bringen.«

»Kommt nicht in Frage. Ich muss hierbleiben.« Sie deutete auf die umliegenden Grabungsstätten. »Diese Wühlmäuse haben doch keine Ahnung, was hier draußen umgeht. Noch ist es nicht so weit, doch wenn die Zeit kommt, muss ich bereit sein.«

Liebevoll strich Magpie Hail über das schneeweiße Haar. »Oh, Tante, ich ertrage es nicht, dich leiden zu sehen.«

»Mach dir keine Sorgen, Kind, ich habe einen ganzen Beutel mit Schmerztabletten im Zelt. Bisher habe ich nur noch keine genommen. Die Tabletten machen mich müde, und ich kann dann nicht klar denken.«

Magpie schwieg eine Weile. »Und falls dein Arzt notwendige Untersuchungen durchführen muss? Müsstest du dann nicht in der Nähe ...«

»Er kann nichts weiter für mich tun, Kind.«

Eine Träne quoll zwischen Magpies geschlossenen Lidern hervor und kullerte ihr über die Wange. »Sicher nicht?«

»Nein, Kind. Meine Zeit ist einfach gekommen. So wie deine eines Tages kommen wird. Und ich möchte meine letzten Tage hier draußen unter freiem Himmel verbringen, die Sonne auf- und untergehen sehen und nicht in einem stickigen Krankenhauszimmer meinem Ende entgegenvegetieren.«

Magpies Lippen bebten. Es schien sie große Überwindung zu kosten, die entscheidende Frage zu stellen. »Ist es ...«

»Krebs, ja. Wie bei deiner Großmutter.«

Ohne es zu merken, umklammerte Magpie den Arm ihrer Tante so fest, dass sie ihr weh tat.

Hail tätschelte mitfühlend ihre Hand. »Jetzt weiß ich wenigstens, wie eine Packratte sich in den Klauen eines Adlers fühlt.«

Maggie lockerte ihren Griff. »Brustkrebs?«

»Ja, mein Mädchen. Und das bedeutet, dass du dir mehr Gedanken über dich als über meinen Tod machen solltest. Mein Arzt in Albuquerque erklärte mir, dass diese Art von Krebs häufig vermehrt in einer Familie auftritt. Deshalb musst *du* dich untersuchen lassen. Und zwar bald.«

»Wie lange noch?« Magpies Stimme war nicht mehr als ein Flüstern. »Hat dein Arzt dir das gesagt?«

»Ein paar Monate. Aber das reicht, um dir so oft zu sagen, wie sehr ich dich liebe, dass du es bald nicht mehr hören kannst. So, und jetzt bring mich bitte zu meinem Stuhl am

Feuer. Ich möchte meinen Eistee austrinken. Und sei so lieb und mach nicht so ein Gesicht, als sei gerade jemand gestorben, denn noch weile ich unter den Lebenden. Du siehst mich doch, oder?« Hail wedelte mit ihrem Stock.

»Ja, ich sehe dich.« Magpie versuchte ein Lächeln, doch es wirkte reichlich verzerrt.

Hail griff wieder nach Magpies Arm und setzte mühsam einen Fuß vor den anderen. Warum ließ dieser Brustkrebs bloß ihren gesamten Körper schmerzen? Das ergab doch keinen Sinn. Dass in ihrer Brust ein Feuer zu lodern schien, das war verständlich, doch ihre Knie und Ellbogen fühlten sich an, als habe man ihr einen Eispickel in die Gelenke geschlagen. Slumber, ihre Schwester, hatte sich nie über derartige Schmerzen beklagt, doch wenn sie genauer darüber nachdachte, hatte sie sich überhaupt nie über irgendetwas beklagt. Bis zu ihrem Ende hatte sie auf ihren Beinen gestanden und sich nützlich gemacht.

Und das werde ich auch. Doch anders als ihre Schwester hatte sie noch eine letzte Schlacht zu schlagen. Eine Schlacht, die zu verlieren sie sich nicht leisten konnte.

Der Wind drehte und blies den Rauch in ihre Richtung. Hail liebte diesen Geruch. Dr. Robertson hatte vier Bündel Goldkiefernscheite mitgebracht, und der leicht süßliche Duft dieses Holzes erfüllte jetzt die Nacht.

»Bist du in Ordnung?«, erkundigte Hail sich mit sanfter Stimme.

Magpie wischte sich mit dem Ärmel ihres weißen T-Shirts die Tränen ab. »Ja, es geht schon wieder. Danke, dass du so offen zu mir warst.«

»Ich hätte es dir schon eher erzählen sollen. Aber ich war egoistisch. Ich wollte deine Augen weiterhin leuchten sehen und fürchtete, die Wahrheit könnte sie trüben.«

»Das wird sie nicht, ich verspreche es dir.« Einem spontanen Bedürfnis folgend, umarmte sie ihre Tante und drückte sie fest an sich.

Hail streichelte ihr übers Haar und murmelte: »Ich liebe dich, mein Kind. Du bist der einzige Grund, warum ich noch am Leben bin. Du hast in den letzten Jahren so gut für mich gesorgt.«

Magpie versagte die Stimme. Sie schluckte und tätschelte unbeholfen Hails knochige Hand.

Einander liebevoll zulächelnd legten sie den restlichen Weg in einvernehmlichem Schweigen zurück.

Dusty sah Hail und Magpie aus der Dunkelheit auftauchen. Er hörte auf, das Etikett seiner Guinness-Flasche abzukratzen, und studierte den merkwürdigen Gesichtsausdruck der beiden. In ihren Augen glomm eine beinahe verzweifelte Liebe, so als fürchteten sie, der andere könnte sie jeden Moment verlassen. Er lächelte Magpie zu. Sie lächelte zurück und führte ihre Tante zu dem Klappstuhl neben Sylvia. Nachdem die alte Dame umständlich Platz genommen hatte, zog Magpie ihren Stuhl so nahe an den ihrer Tante heran, dass sich die Aluminiumlehnen berührten.

Dann bückte sich Magpie nach der fast leeren Eisteeflasche, die im Sand stand, schraubte den Verschluss ab und reichte sie ihrer Tante. »Möchtest du eine neue Flasche? In der ist fast nichts mehr drin.« Hail schüttelte das silbergraue Haupt. »Danke. Ich muss ohnehin schon zweimal in der Nacht raus und will mich nicht von den Geistern erwischen lassen.«

Sylvias grüne Augen weiteten sich. Sie hatte sich das Haar mit einer Spange hochgesteckt und sah jetzt im Gesicht so schmal aus wie ein Wiesel. Sie trug ein beigefarbenes Trägerhemd, Shorts und feste Stiefel. »Haben Sie sie letzte Nacht wieder gehört, Mrs. Hail Walking Hawk?«

»Ich höre sie jede Nacht. Eine laute Bande ist das.«

»Was haben sie gesagt?«

»Sie haben sich gegenseitig angeschrien und geschubst. Ich habe ihre Füße über den Boden schleifen hören.«

Sylvia warf Dusty einen raschen Blick zu und flüsterte: »Ich frage mich, worum sie wohl kämpfen.«

»Das weiß ich nicht«, erwiderte Hail, »aber er ist wirklich zornig. Gestern Nacht hat sich seine Stimme schier überschlagen, und die ihre wurde ganz leise, so als fürchtete sie sich vor ihm und flehte ihn an, sie nicht zu schlagen.«

»Er? Ich dachte, wir hätten es hier nur mit Frauen zu tun.« Sylvia spähte in die Dunkelheit.

»Ich habe aber einen Mann gehört«, wiederholte Hail mit abwesendem Blick. »Ich glaube, er ist die Ursache von all dem hier. Er ist durch und durch böse. Er hat den Basilisken berührt. Ich konnte es dem Stein anfühlen.«

»Hörst du die Geister jetzt auch, Tante?«, fragte Maggie.

Hail drehte den Kopf in den Wind, während sie angestrengt lauschte. »Nein. Selbst das Nebelkind ist ruhig.«

Sylvia sank in ihren Stuhl zurück. »Gut, ich möchte ihnen nämlich nicht unbedingt in die Quere kommen. Von einem Geist vermöbelt zu werden entspricht nicht meiner Vorstellung von Opfern für die Wissenschaft.«

»Vermöbeln?«, warf Maggie erstaunt ein. »Die Geister vermöbeln einen?«

»Aber sicher.« Sylvia nickte bekräftigend. Im Schein des Feuers wirkten ihre Sommersprossen noch größer. »Meine Mutter hat mir als Kind oft Gutenachtgeschichten von Geistern erzählt. Und diese Geister haben immer mit Stühlen nach den Leuten geworfen oder Kronleuchter auf sie niedersausen lassen. Ich erinnere mich noch gut an eine Geschichte, bei der mir heute noch die Knie schlottern. Jener Geist hat von der Dachrinne eines Hauses einen Eiszapfen abgebrochen, sich damit ins Schlafzimmer einer jungen Frau geschlichen und ihr diesen mitten ins Herz gerammt. Doch die Frau starb nicht sofort. Sie rannte schreiend durchs Haus, bis sie gegen ein Fenster stolperte und die zerbrochene Scheibe ihr den Kopf von den Schultern riss.«

Dusty nahm ein Holzscheit von dem Stoß neben seinem Stuhl und warf ihn ins Feuer. Glühende Aschefunken stoben auf und wirbelten in den dunklen Nachthimmel empor. »Deine Mutter hat dir solche Geschichten vorm Einschlafen erzählt? Und du bist nicht schreiend davongerannt?«

»Machst du Witze?«, gab Sylvia entrüstet zurück. »Ich liebte diese Geschichten. Anschließend habe ich mir die

Decke über den Kopf gezogen und geschlafen wie ein Baby.«

»Das muss am Sauerstoffmangel gelegen haben. Kein normales Kind kann nach einer solchen Horrorgeschichte einschlafen.«

Sylvia trank einen Schluck Cola. »Mit Sauerstoffmangel hatte ich keine Probleme, bis sie anfing, uns Vampirgeschichten zu erzählen. Von da an schlief ich immer mit einem dicken Schal um den Hals. Bis ich achtzehn war.«

»Und Baseballschläger entdeckt hast«, ergänzte Dusty.

»Richtig.«

»Mich wundert, dass du nicht erstickt ...«

»Nein, Dale«, widersprach Maureen scharf. »Das ist *nicht*, was ich meine.«

Dusty drehte sich zu ihnen um. Die beiden standen an dem Tisch vor Maureens Zelt. Zwei Reihen Schädel und darunter ordentlich nebeneinander ausgelegte lange Knochen bedeckten die Platte aus Holzimitat. Kurz vor Sonnenuntergang war Dale im Lager eingetroffen, den Anhänger voll Lebensmittel, Getränke und Eis. Nachdem er sein halbes Leben in Zelten verbracht hatte, zog er jetzt die Annehmlichkeiten seines uralten Wohnwagens vor, den er zu jeder Ausgrabungsstätte mitschleppte.

»Schauen Sie mal hier, Dale. Sehen Sie diese Frakturen?«, hörte Dusty Maureen sagen. »Sie finden sich ausschließlich an der rechten Schädelseite.« Das grellweiße Licht der Laterne betonte das Profil ihres schmalen Gesichts und spiegelte sich in ihren dunklen Augen. Über den Schultern ihrer hellgrünen Bluse ringelten sich ihre schwarzen Zöpfe, in denen einige silberne Strähnen glitzerten. »Diese Schädel stammen aus den Gräbern an der östlichsten Seite des Geländes. Es gibt ein bestimmtes Muster. Wie Sie sehen können, befindet sich jede Fraktur an einer anderen Stelle, so als ob er an der Linea temporalis begonnen und sich langsam zurückgearbeitet hätte.«

»Das Gelände, so weit es ausgegraben ist«, betonte Dale. Tiefe Furchen zogen sich durch sein verwittertes Gesicht. Er trug ausgeblichene Jeans und ein rot-schwarz kariertes

Hemd mit Perlmuttknöpfen. Seinen ausgebeulten Filzhut – die Art, die Bogart in seinen Filmen trug – hatte er in den Nacken geschoben. Er war ungefähr so groß wie Maureen, und sein graues Haar und der eisgraue Schnauzer bildeten einen starken Kontrast zu Maureens dunkler Erscheinung. »Möglicherweise gibt es noch viel mehr Gräber, die wir bisher noch nicht entdeckt haben. Und außerdem können Sie nicht beweisen, dass es eine Art Muster gibt.«

»Oh doch, das kann ich. Die statistische Wahrscheinlichkeit, diese Anordnung von Frakturen zu finden.«

»Die *Wahrscheinlichkeit*, Maureen. Mehr nicht.« Dale stemmte die Hände in die Hüften.

Maureen betrachtete die oberen Schädel. Sie waren alle einzeln in Plastikbeutel verpackt, um Verunreinigungen zu vermeiden.

»Richtig«, räumte Maureen ein. »Doch davon ausgehend, was ich bisher gesehen habe, kann ich sehr wohl eine Hypothese aufstellen. Veröffentlichen würde ich das allerdings nicht. Noch nicht. Aber Ihnen würde ich sie gern darlegen, Dale.«

Seine Bierflasche auf den Knien balancierend, meinte Dusty: »Mir ist das alles schleierhaft. Wenn jemand Sklaven umbringt, dann schlägt er doch einfach zu, wo er gerade trifft, oder?«

Maureen blickte kurz von den Schädeln auf. »Wenn Sie uns mit Ihrer Anwesenheit beehren wollen, Stewart, dann werde ich Ihnen gern zeigen, warum ich das, was Sie eben gesagt haben, für seichtes Gewäsch halte.«

Dusty erhob sich aus seinem Klappstuhl, ging ums Feuer herum und blieb Dale und Maureen gegenüber auf der anderen Seite des Tischs stehen. Maureens Zelt stand offen. Dusty sah einen Stapel mit zusammengelegten Kleidungsstücken, ein Mikroskop, das auf einem Turm Bücher stand, und einen zusammengerollten Schlafsack. »Ich an Ihrer Stelle würde das Zelt zumachen«, bemerkte Dusty freundlich. »Um diese Nachtzeit ist hier alles Mögliche unterwegs. Ich denke da an Skorpione, Spinnen, Schlangen und so weiter, eben alles, was in Ihr Bett kriechen könnte. Ich weiß zwar nicht, was Sie von solchen ungebetenen Gästen halten, bin mir jedoch sicher, dass diese in Ihnen eine ernsthafte Bedrohung ihres Lebensraumes sehen.«

»Das ist ja sehr interessant, Stewart«, murmelte Maureen, während sie sich umdrehte und den Reißverschluss ihres Zeltes zuzog. »Sie können sich zwar nicht vorstellen, wie sich ein menschliches Wesen dabei fühlen mag, mit einem hochgiftigen Vieh zu nächtigen, wissen aber umgekehrt ganz genau, welche Empfindungen giftige Insekten und Reptilien in einer solchen Situation plagen. Das spricht für Ihren Charakter, finden Sie nicht?«

Sylvia gluckste, und als Dusty ihr einen wütenden Blick zuwarf, tat sie so, als hätte sie sich an ihrer Cola verschluckt. Sie hustete und klopfte sich selbst auf den Rücken. »Unangenehm. Die Kohlensäure, meine ich.«

Dusty stützte sich mit einer Hand auf der Tischkante auf und deutete mit seiner Bierflasche lässig auf die Schädel. »Was haben Sie vorhin bezüglich dieser Frakturen erläutert, Doc?«

Maureen trat wieder vor den Tisch. »Ich habe die Schädel entsprechend der Lage ihrer Gräber aufgereiht, und zwar von Osten nach Westen. Beachten Sie bitte, dass die ersten beiden Schädel auf beiden Seiten und auf zwei verschiedenen Ebenen Frakturen aufweisen.«

»Ja, das sehe ich«, brummte Dusty. »Und?«

»*Und* das bedeutet, der Mörder wusste nicht, was er tat. Er hat wahllos auf sein Opfer eingeschlagen. Und jetzt schauen Sie sich diese beiden an.« Maureen tippte auf den vierten und fünften in Plastik eingepackten Schädel. »Diese Frauen wurden nur auf der rechten Schädelseite verletzt. Und diese drei hier« – sie wies auf die untere Reihe – »nur auf der linken.«

»Und was will uns das sagen?«

Maureen starrte Dusty an, als habe sie es mit einem Minderbemittelten zu tun. »Die Antwort liegt praktisch vor ihrer Nase, Stewart. Sehen Sie es denn nicht?«

Dusty beugte sich vor und betrachtete die Schädel genauer. Die zahlreichen Kerben und strahlenförmigen Frakturen leuchteten merkwürdig gelblich im Schein der Feuerstelle. »Ich sehe zertrümmerte Schädel. Gibt es noch mehr zu sehen?«

Maureen seufzte genervt. »Ab dem dritten Schädel sind die Schläge kalkuliert und strategisch platziert worden.« Sie unterbrach sich, wartete, dass Dusty die logische Folgerung beisteuerte, doch als er sie nur verständnislos anstarrte, sprach Maureen weiter. »Der Mörder hat offensichtlich systematisch die einzelnen Gehirnfunktionen getestet, Stewart.«

Dales buschige Augenbrauen hoben sich erstaunt. Die Perlmuttknöpfe an seinem Hemd blitzten auf, als er sich umdrehte. »Sie meinen, der Mörder wollte sehen, was passiert, wenn er an unterschiedlichen Stellen auf den Kopf seines Opfers einschlägt?«

»Selbstverständlich. Sehen Sie ...«

»Unsinn«, warf Dusty ein. »Sie mutmaßen, dass diese Gräber absichtlich in Ost-West-Richtung angeordnet wurden. Doch wir haben keine Möglichkeit, diese Annahme zu verifizieren. Diese Schädel mit den beidseitigen Verletzungen könnten ebenso gut von den letzten Opfern stammen und nicht von den ersten. Vielleicht hatte der Kerl auch nur Gelegenheit, diesen beiden Frauen die Schädel einzuschlagen, ehe sie davonrennen konnten.«

»Zugegeben, das wäre möglich«, räumte Maureen ein. »Aber ich glaube es nicht.«

Dusty rang theatralisch die Hände. »Heiliger Herr im Himmel, ist es das, was Anthropologen unter Wissenschaft verstehen? Wenn *ich* öffentlich so einen Unsinn verbreiten würde, wäre ich die längste Zeit Mitglied der archäologischen Gesellschaft gewesen, das kann ich Ihnen versichern.«

Sylvia legte die Hände an den Mund und rief: »Vergessen wir nicht die armen Seelen, die es versucht haben!«

»Und gescheitert sind!«, rief Dusty zurück. »Eifersucht ist bei uns quasi eine Berufskrankheit, Sylvia. Wenn du ganz oben bist, musst du ständig mit Putschversuchen rechnen.«

Maureens Stimme klang etwas barsch, als sie zu Dale sagte: »Ich weiß, dass ich Ihnen bereits eine Liste mit den Tests gegeben habe, die ich an diesen Schädeln und Knochen durchgeführt haben möchte, aber ich bitte Sie, noch einen weiteren hinzuzufügen.«

»Geht in Ordnung, Maureen. Welchen denn?«

»Ich brauche eine Pollenanalyse der Nasenhöhlen. In einigen Exemplaren habe ich noch vertrocknete Gewebereste entdeckt. Wenn wir ...«

»Unser Budget ist äußerst begrenzt, Doc«, beschied sie Dusty.

»Ich möchte wissen, zu welcher Jahreszeit sie gestorben sind, Stewart. Falls in Schädel Nummer eins Pollen der Spinnenpflanze gefunden werden und in Schädel Nummer zwei Beifußpollen, dann wissen wir, dass die eine Frau im Frühjahr und die andere im Herbst zu Tode gekommen ist. Kapiert?«

Dusty blinzelte sie an. »Aha. Sie meinen, weil die *Spinnenpflanze* im Frühling blüht und der *Beifuß* im Herbst. Alles klar. Ich hab's kapiert. Aber warum ist das so wichtig?«

»Es ist deshalb so wichtig, weil es uns helfen könnte, die Reihenfolge zu bestimmen, in der die Opfer beerdigt worden sind. Ergibt das für Sie einen Sinn?«

»Oh, ja«, erwiderte Dusty mit übertriebenem Interesse. »Absolut, ehrwürdige Frau Doktor. Die Sache ist nur die, dass das Bild, das ich sehe, sich grundlegend von dem unterscheidet, das Sie vor Augen haben.« Er verschränkte die Arme und stellte seine Bierflasche auf den linken Ellbogen. »Sie vermuten einen prähistorischen Serienkiller, der unter den Anasazi sein Unwesen getrieben hat, und ich behaupte, diese Frauen waren Sklavinnen und wurden von ihren Besitzern misshandelt und dann achtlos in eine Grube geworfen, als sie ihnen nicht mehr von Nutzen waren. Für mich ist das ganz deutlich zu sehen. Aber Sie scheinen mir kurzsichtig zu sein.«

Maureen hob mit einer resignierenden Geste die Hände. »Also schön. Wenn Sie nicht von Ihrer Sklaventheorie abweichen wollen, dann sollten wir das Knochenkollagen auf stabile Kohlenstoff- und Stickstoff-Isotope testen lassen.«

»Was in Gottes Namen ist das denn schon wieder?«

Dale schob seinen Filzhut in den Nacken. »Die Verhältnisse der Kohlen- und Stickstoff-Isotope können uns verraten«, erklärte er, »welche Arten von Pflanzen und Tieren diese Menschen gegessen – oder nicht gegessen – haben.«

»Jetzt mal im Ernst, Dale«, erwiderte Dusty. »Mir fallen auf Anhieb ein Dutzend alternative Hypothesen ein, weshalb sich der Kostplan einer dieser Frauen von dem einer anderen unterscheiden könnte. Besonders wenn unsere Frau Doktor Recht hat und diese Frauen wirklich in einer bestimmten Reihenfolge beerdigt wurden. Das Nahrungsangebot änderte sich doch gewiss mit dem Wechsel der Jahreszeiten, oder?«

Maureen stützte die Hände auf die Tischplatte und beugte sich zu Dusty vor. »Falls diese Knochen testbares Kollagen enthalten, Stewart, kann ich Ihnen genau sagen, ob diese Frauen wässrigen Maisbrei gegessen haben oder aber gebratenen Hirsch, Truthahn und Kaninchen. Sie glauben doch wohl nicht, dass man den Sklaven damals solche Leckerbissen vorgesetzt hat, oder?«

Ein Windstoß fegte durchs Lager und wirbelte Dustys blonde Haare auf. Er verlagerte das Gewicht auf das andere Bein. »Nein«, sagte er und kniff ein Auge zu. »Und das können Sie wirklich feststellen?«

»Vielleicht. Wir werden ja sehen.« Sie richtete sich auf.

Dale beobachtete die beiden interessiert.

Maureen senkte die Stimme. »Ich glaube außerdem zu wissen, wo ich Beweise finden kann, um meine Serienkiller-Theorie zu untermauern.«

»Aha? Und wo?«, meinte Dusty.

Maureen deutete auf die Grabungabschnitte. »Wenn ich mich nicht täusche, befindet sich noch ein weiteres Grab zwischen dem Nebelkind und der Frau in Abschnitt vier

Nord, sechs West.« Rote Schatten flackerten über ihr Gesicht, als sie sich umdrehte und Dusty durchdringend ansah. »Und dieser Schädel weist eine Kompressions-Fraktur an der linken Sutura coronalis auf, direkt über dem Broca-Zentrum.«

»Dem was?«

Maureen streckte den Zeigefinger aus und tippte Dusty damit an die Schläfe, knapp vor seinem Ohr. »Da, Stewart.«

»Hmm«, machte Dale und strich nachdenklich über seinen Schnauzbart. »Es wäre wirklich interessant, Ihre Theorie zu nachzuprüfen. Die angegebene Stelle liegt jedoch außerhalb des gekennzeichneten Areals. Maggie?«, rief er. »Was meinst du dazu?«

Maggie rieb sich die Stirn. »Ich weiß nicht. Lass mich nachdenken. Eine Grabung außerhalb unseres Areals auf Anweisung der indianischen Beraterin vorzunehmen ist zwar nicht korrekt, aber noch irgendwie vertretbar. Wenn wir aber noch weitere Abschnitte ausgraben, um eine Theorie zu erhärten, dann laufen wir Gefahr, die hohen Herren des Innenministeriums aufzuscheuchen. Ihr Motto lautet ja, wie wir alle wissen: ›Forschung ist Raubbau am Geld der Steuerzahler.‹«

»Aber die Stelle, an der ich graben möchte, liegt unserem Areal näher als das Nebelkind-Grab«, merkte Maureen an. »Warum können wir nicht einfach den Zwischenraum ausheben?«

»Einverstanden!«, rief Sylvia. »Lasst uns graben. Ich glaube, Maureen hat Recht. Das hier sieht verdammt nach dem Werk eines Serienkillers aus.«

Dusty drehte sich zu Sylvia um. Neben ihren Füßen lag eine zerquetschte Cola-Dose, auf ihrer Armlehne balancierte sie ein Coors Light. »Und warum, bitte schön?«

»Denk mal nach. Ein paar Schläge auf den Kopf sind doch sehr amateurhaft, wenn man bedenkt, dass die Apachen früher in den Bäuchen ihrer Opfer Feuer angezündet haben.«

Dusty schnitt eine Grimasse. »Hat das etwas mit unseren Sklaven zu tun?«

»Na klar, Boss. Denk doch nur an die Friedhöfe der schwarzen Sklaven im Süden. Manche dieser Leute wurden ganz brutal geschlagen und das über einen langen Zeitraum hinweg. Letztes Jahr habe ich einen Artikel über zwei Skelettfunde in Mississippi gelesen, eine Frau und ein Mann, die Seite an Seite hinter einigen Sklavenhütten verscharrt worden waren. Zu Lebzeiten hatte man ihnen Arme und Beine und etliche Rippen gebrochen. Und der Frau hatte man sogar das Genick gebrochen. *Das* ist für mich Sklavenfolter – aber nicht ein paar Schläge auf den Hinterkopf.«

Dusty schlenderte zur Feuerstelle zurück und ließ sich in seinen Klappstuhl fallen. »Da wir gerade von Folter sprechen, möchte ich nicht versäumen anzumerken, dass in dieser Beziehung niemand dem Volk unserer verehrten Frau Doktor, den Irokesen, das Wasser reichen kann.« Er hob seine Bierflasche in Maureens Richtung. »Die haben die Folter zur Kunst erhoben. Ihr grausames Tun zog sich meist über mehrere Tage hin. Ich erinnere mich an einen Tagebucheintrag aus dem achtzehnten Jahrhundert, in dem die Gefangennahme eines britischen Händlers beschrieben wird. Die Irokesen zerstückelten den armen Burschen scheibchenweise. Und als Höhepunkt der Folter steckten sie seine Hände ins Feuer, rösteten sie und riefen dann speziell ausgewählte Kinder herbei, die das Fleisch dann von seinen Knochen nagen durften. Als Belohnung für gutes Betragen. Kannst du dir vorstellen, wie es ist, wenn eine lächelnde Kinderschar einen bei lebendigem Leib verspeist?«

Sylvias Blick hing fasziniert an Dustys Lippen. »Nein, aber ich kann mir lebhaft vorstellen, was die anderen Kinder im Langhaus dazu gesagt haben«, schmunzelte sie und fuhr dann mit quengelnder Stimme fort: »Papa, *der* hat an dem weißen Mann knabbern dürfen und *ich* nicht.«

In der Feuerstelle zerbarst funkensprühend ein Holzscheit und stieß eine schwarze Rauchwolke in den Nachthimmel.

Dusty verzog angewidert das Gesicht. »Sylvia, du hast wirklich eine abscheuliche Fantasie.«

»Nein«, korrigierte ihn Maureen. »Sie weiß nur nicht über

die Irokesen Bescheid. Die Irokesen waren ein matrilineares Volk, Sylvia. Und die Kinder hätten gesagt: ›*Mama*, der hat an einem weißen Mann knabbern dürfen …‹ und so weiter.«

Sylvia hob erstaunt die Brauen. »He, danke für die Belehrung. Das ist genau die Art von Fehler, der einem in falschen Kreisen den Kopf kosten könnte.«

Dale wechselte das Thema. »Zurück zu unseren Funden, Maureen. Erzählen Sie mir bitte mehr über diese Anomalien, die ich hier am Stirnbein dieses Schädels erkenne. Osteophytis?«

Dusty wusste, welchen Schädel Dale meinte. Es handelte sich um den, auf den Maureen gleich nach ihrer Ankunft hingewiesen hatte. Den Schädel hatten sie in drei Teilen geborgen. Nachdem sie ihn sorgfältig in Plastik verpackte hatte, hatte Maureen die Teile eingehend unter einer Lupe studiert. Die gesamte Innenfläche des Schädels war mit weißen Höckern bedeckt.

»Hier sehen wir einen klassischen Fall von *Hyperostosis frontalis interna.*«

»Was in unserer Muttersprache so viel heißt wie: Die gute Frau hat an einer endokrinen Überfunktion gelitten.«

Dale musterte Dusty mit einem erstaunten Blick. »Das muss dir Maureen verklickert haben. Selbst wärst du nie auf so was gekommen.« Dann wandte er sich wieder an Maureen. »Wie lauten die klinischen Betrachtungen in einem solchen Fall?«

Dusty verzog das Gesicht und trank einen Schluck Bier.

»*Hyperostosis frontalis interna* wurde bislang fast ausschließlich bei Frauen beobachtet, primär bei postklimakterischen Frauen. Das belegen zahlreiche klinische Studien. Die bekannteste Studie stützt sich ausschließlich auf obduzierte Fälle, Frauen, von denen vierzig Prozent Verdickungen der Schädelknochen aufwiesen und diese knöchernen Wucherungen. Eine andere Studie wurde in einem Pflegeheim durchgeführt. Dort litten sechzig Prozent der Frauen an HFI, jedoch kein einziger Mann.«

Dale schien sich diese Informationen durch den Kopf

gehen zu lassen. Seine buschigen Brauen bewegten sich auf und ab. »Wie fühlen sich diese betroffenen Frauen? Diese Krankheit hört sich sehr schmerzhaft an.«

»Nicht immer«, antwortete Maureen. »Einige der Betroffenen leiden an Schlaflosigkeit, urologischen Problemen, Gleichgewichtsstörungen, solchen Beschwerden eben, aber das ist im Grunde nichts Ernstes. Andere hingegen müssen tatsächlich starke Schmerzen ertragen. Sie haben rasende Kopfschmerzen, leiden an Ohnmachts- oder Krampfanfällen. Ein Studie belegt eine dramatische Häufung von HFI unter psychisch kranken Frauen.«

Sylvias Stuhl quietschte, und Dusty sah zu ihr hin. Ihre Augen waren weit aufgerissen. Sie lauschte der Diskussion von der Stuhlkante aus.

»Diese Knochenwucherungen«, bemerkte Dale, »müssen sich demnach ins Gehirn ausdehnen.«

»Sie üben jedenfalls mit Sicherheit Druck auf bestimmte Hirnregionen aus. Je größer sie sind, desto mehr Hirnmasse wird gequetscht.«

Dale deutete auf das Exemplar in der durchsichtigen Plastiktüte. »Dusty? Hast du nicht gesagt, dass dieser Schädel deiner Meinung nach von einem Stein zertrümmert wurde?«

»Maureen hat die Frakturen mit der Form des Steins verglichen«, erwiderte Dusty, ohne sie dabei anzusehen. »Und genau das ist passiert. Jemand hat den Stein in das offene Grab geworfen, genau auf ihren Kopf – und ihn zertrümmert, aber …«

»He! Halt mal kurz die Luft an! Mir fällt da gerade was ein!«, rief Sylvia. »Vielleicht war die Frau verrückt und ihre Leute dachten, sie sei eine Hexe. Hast du je dieses geniale Buch von Marc Simmons über Zauberei im Südwesten gelesen? In den letzten vierhundert Jahren wurden dort zahllose geisteskranke Frauen der Hexerei beschuldigt. Nach ihrer Gefangennahme wurden sie von ihrem eigenen Volk so lange gefoltert, bis sie ein Geständnis ablegten, und gezwungen, ihre Missetaten rückgängig zu machen. Anschließend wurden sie getötet, und das manchmal auf die grausamste Weise.«

Hail Walking Hawk hob ihre alte, runzlige Hand, und sofort trat Stille ein.

Graue Strähnen wehten ihr um das verwitterte Gesicht, als sie die Ellbogen auf die Armlehnen ihres Stuhls stützte. »Vor vielen Jahren erzählte mir meine Großmutter von zwei Hexen aus dem Zuni-Pueblo. Sie konnten die Gestalt von Tieren annehmen, indem sie durch Reifen aus *Yuccafasern* sprangen, und einmal verwandelten sie einen Mann in eine Frau. Alle behaupteten, die Frauen seien verrückt, doch sie hatten zu viel Angst vor ihnen, als dass sie es gewagt hätten, sie zu töten. Meine Großmutter sagte, die ältere der beiden Hexen sei nachts in Gestalt eines Kojoten herumgerannt, heulend vor Schmerzen, weil ihr Kopf sich anfühlte, als wollte er zerplatzen.« Hail Walking Hawk sah Maureen an. »Glauben Sie, es bestünde die Möglichkeit, dass diese Frauen auch an diesen Wucherungen gelitten haben, Washais? Waren sie deshalb verrückt und wurden zu Hexen?«

Maureens Augen sahen aus wie zwei tiefe, dunkle Höhlen in ihrem vom Feuer beleuchteten Gesicht. »Möglich ist das sehr wohl. Ohne die Schädel untersucht zu haben, kann ich es nicht mit Gewissheit sagen, aber es würde mich keineswegs verwundern.«

Dusty wandte ein: »Aber Sie sagten doch vorhin, dass HFI vorwiegend bei Frauen in der Postmenopause festgestellt wurde. Der Schädel hier auf dem Tisch stammt hingegen von einer Frau Anfang zwanzig. Welchen Prozentsatz nimmt HFI in der Gesamtbevölkerung ein?«

»Ungefähr fünf Prozent aller erwachsenen Frauen leiden an HFI«, erklärte Maureen, »doch davon sind nur zehn Prozent unter dreißig.«

Sylvia ließ sich in ihrem Stuhl zurückfallen. »Dem Himmel sei Dank. Dann bleiben mir ja noch ein paar Jährchen, bevor ich dem Wahnsinn anheim falle.«

»Nun sei mal nicht zu optimistisch«, hielt Dusty trocken dagegen. »Vielleicht gehörst du ja genau zu den zehn dieser fünf Prozent.«

Sylvia drehte nachdenklich ihr Coors zwischen den Handflächen. »Ich frage mich, ob HFI nicht auch für die Depressionen verantwortlich ist, an denen wir Frauen leiden. Man stelle sich doch mal vor, man hat so ein Ding in seinem Kopf wachsen und fängt an, wahnsinnige Gedanken zu entwickeln. Wer würde da nicht depressiv werden?«

»Das ist eine interessante These, Sylvia«, sagte Dale. »Ich finde, darüber sollten Sie im nächsten Semester eine Arbeit schreiben. Ich für meinen Teil« – er streckte sich und gähnte herzhaft – »werde mich für heute verabschieden. Es war ein langer Tag. Gute Nacht allerseits.«

»Nacht, Dale.«

Er winkte kurz in die Runde und verschwand in der Dunkelheit hinter den Zelten, wo sich das mobile Toilettenhäuschen befand.

»Ich gehe auch schlafen. Sei so lieb und hilf mir auf«, sagte Hail Walking Hawk und streckte Magpie die Hand entgegen.

Sie half ihrer Tante aus dem Stuhl und legte zärtlich einen Arm um ihre Schulter. »Gute Nacht. Bis morgen Früh.«

»Gute Nacht«, sagte Sylvia und hob ihre Dose zum Gruß. »Lasst euch nicht von den Geistern erwischen.«

»Keine Sorge«, schmunzelte Maggie. »Sieh dich ebenfalls vor, Weißes Auge.«

Sylvia grinste.

Während Maggie und ihre Tante langsam zu dem roten Zelt gingen, das zwischen Dustys und Maureens stand, trank Sylvia ihr Coors aus, zerdrückte die Dose in einer Hand und warf sie in den Abfallkorb hinter Dustys Stuhl, wo sie mit einem metallenen Scheppern landete.

»Das waren ja nette Gespräche kurz vor Mitternacht«, bemerkte Sylvia. »Geister, Folter, Mord und Wahnsinn. Ich glaube, ich werde meinen Baseballschläger mit Knoblauch einreiben, ehe ich mich schlafen lege.« Damit stand sie auf und streckte sich ausgiebig.

»Gute Nacht, Sylvia«, sagte Dusty.

»Gute Nacht, Boss.«

Mit der Spitze seiner derben Stiefel rüttelte Dusty an dem

Kaffeetopf, der neben der Glut stand. »Es ist noch ein bisschen Kaffee drin. Haben Sie Interesse, Doc?«

Maureen fuhr sich mit den Fingern durchs Haar. »Ja, warum nicht?« Sie setzte sich auf die andere Seite der Feuerstelle und griff nach der Henkeltasse, die sie bereits beim Abendessen benutzt hatte. »Wir müssen graben, Stewart.«

»Das muss der Neid Ihnen lassen – ein Serienkiller?« Er schüttelte amüsiert den Kopf. »Ein Verbrechensschauplatz der Anasazi? Von der Pecos-Konferenz bis zu den SAAs werden die Leute in schallendes Gelächter ausbrechen.«

»Was ist die Pecos-Konferenz?«, fragte Maureen, während sie sich Kaffee einschenkte.

»Die älteste Archäologen-Tagung des Südwestens. A. V. Kidder hat sie 1924 gegründet. Sie findet jährlich statt. Dort tauschen sich Wissenschaftler über ihre Forschungsergebnisse aus. Die SAAs, nun, davon haben Sie ja wahrscheinlich schon gehört.«

»Die Society for American Archaeology, ja.« Sie nickte. »Ich werde dieses Loch ausgraben, Stewart.«

Er lehnte sich zurück. »*Sie* haben überhaupt keine Ahnung, wie man so was bewerkstelligt, Doc. Wenn hier jemand ein Loch gräbt, dann bin ich das, und ohne Maggies Zustimmung läuft da erst mal gar nichts. Verstanden?«

Maureen nippte nachdenklich an ihrem Kaffee. »Das Einzige, was ich so weit verstanden habe, ist, dass Amerika von antiwissenschaftlichen Fundamentalisten regiert wird, die sich darauf verschworen haben, jegliche Forschung zu unterbinden, die eine Bedrohung darstellt für ihren …«

»Ihren was?«, fiel ihr Dusty ins Wort. »Ihren Respekt vor anderen Traditionen? Ich dachte, die Kanadier seien so eifrige Verfechter des ›Kulturellen Mosaiks‹. Oder haben Sie etwa die Einführungsvorlesung in kanadischer Geschichte verpasst?«

»Das Konzept des Kulturellen Mosaiks gründet sich auf das Verständnis fremder Kulturen, Stewart. Wir nehmen nicht ihre religiösen Anschauungen, verwursteln sie in Gesetze und stopfen sie dann Ungläubigen in den Hals.«

Stewart starrte sie grimmig an. »Kein Wunder, dass Sie noch Single sind. Wer in drei Teufels Namen sollte Sie schon wollen?«

Einen Moment starrte sie ihn an, als hätte er ihr eine Ohrfeige gegeben. Dann erhob sie sich mit bebenden Lippen, schüttete ihren Kaffee ins Feuer und stapfte in die Dunkelheit davon.

Dusty ließ den Kopf auf die Brust sinken und kniff die Augen zu. »Mein Gott, bin ich ein Idiot. Ich war schon immer ein gottverdammter Idiot, und ich werde immer ein gottverdammter Idiot bleiben.« Er machte die Augen wieder auf und stierte wie betäubt ins Feuer. Er musste sie finden. Er durfte sie nicht in dem Glauben lassen, er …

»Maureen? Warten Sie!«

24

»Ich möchte vorausgehen, Onkel. Verstehst du das? Falls wir den Mörder hier stellen, wird es an mir sein, ihn zu töten oder zumindest außer Gefecht zu setzen. Ich möchte nicht, dass du uns in die Quere kommst.«

Steingeist stand in der Maueröffnung und spähte in das dunkle Innere. Sein dünnes weißes Haar wehte ihm um den fleckigen Schädel. »Ich hege keinerlei Einwände dagegen, Neffe.«

Tändler goss aus einem kleinen Tongefäß heißes Bärenfett über die straff gewickelte Fackel aus Thujenrinde und hielt sie in die Glut der Kohlenpfanne, die auf dem Boden stand, bis sie qualmend Feuer gefangen hatte.

»Es gibt keine Möglichkeit, uns unbemerkt durch diese finsteren Gänge zu bewegen, Onkel. Der Schein der Fackel und das Geräusch unserer Sandalen auf dem steinigen Boden werden uns zwangsläufig verraten. Wir sollten uns deshalb ganz langsam vorwärtsbewegen.«

Steingeist trat von der Öffnung zurück und bedeutete Tändler vorauszugehen. »Ich halte mich dicht hinter dir, Neffe.«

Tändler leuchtete mit der Fackel in den quadratischen Raum. Von den sorgfältig verlegten Mauersteinen war der weiße Verputz größtenteils abgebröckelt. Verkohlte Dachbalken baumelten von der Decke. Fasziniert betrachtete Steingeist die nahtlos verlegten Mauersteine, von denen einige nicht größer als seine Handfläche waren.

»Menschen verdecken die merkwürdigsten Dinge. Sieh dir nur diese exzellente Steinmetzkunst an, und die haben sie anschließend mit Mörtel verputzt.« Er zwinkerte Tändler zu. »Typisch Mensch, findest du nicht?«

»Er ist dort entlanggegangen.« Tändler durchquerte den Raum und duckte sich durch die niedrige Tür in den anschließenden Raum.

Durch das Loch in der Decke über Tändlers Kopf fiel schräg das Sonnenlicht herein. Ganz am Rand des Lochs lag ein Haufen Steine, unter deren Gewicht sich die Dachbalken durchbogen. »Sei vorsichtig, Onkel! Ein Windhauch genügt, und das Dach stürzt über uns zusammen.«

Steingeist betrat den Raum, besah sich das Loch in der Decke und folgte seinem Neffen durch zwei weitere Räume.

Als Tändler die nächste Kammer betrat, bemerkte er die runde Mauer einer kleinen Clan-Kiva, die ihm am Abend zuvor nicht aufgefallen war.

»Bist du kürzlich bis hierher gekommen?«, erkundigte sich Steingeist im Flüsterton.

»Ja, Ältester.« Tändler hielt die Fackel hoch, um den Boden abzuleuchten, der mit feinem Sand, Asche, verkohlten Holzbalken, Mörtel und zerschlissenen Matten bedeckt war. Fußspuren hatten den Staub aufgewirbelt.

Tändler erkannte seine eigenen Spuren sowie die von Schneehase. Die dritten Fußspuren gaben ihm ein Rätsel auf. Der Mann hatte Sandalen aus Yuccafasern getragen. Er kniete sich hin und vermaß die Abdrücke mit seiner Hand.

Steingeist wisperte: »Meine Füße sind größer als die hier.«

Tändler erhob sich wieder und kniff die Augen zusammen. »Seine Spuren führen um die Kiva herum.«

Vorsichtig arbeitete sich Tändler weiter voran, wobei er jeden Haufen Unrat gründlich unter die Lupe nahm.

»Dort«, sagte Steingeist und deutete zu einem Durchgang in der Ecke, der teilweise von herabhängenden Dachbalken verborgen wurde.

»Ich würde sagen, Neffe, dass er dir in der Nacht, als dein Krieger umgebracht wurde, auf diesem Weg entwischt ist. Dort, hinter den Balken, siehst du?«

Tändler ging voran, folgte der bogenförmigen Mauer und entdeckte die Leiter, die in der Ecke lehnte. Darüber fiel durch eine kleine Öffnung Sonnenlicht in den Raum.

»Ja, offensichtlich ist der Mörder zurück aufs Dach geklettert«, murmelte Tändler, »und hat sich dann auf meinen Krieger gestürzt.«

Steingeist folgte Tändler und betrachtete nachdenklich die Dachöffnung. »Komm, wir wollen uns vergewissern.«

Tändler nickte, reichte Steingeist die Fackel und lehnte die Leiter in die Öffnung. »Sei auf alles gefasst, Onkel«, flüsterte er und nahm ihm die Fackel ab.

Langsam, auf etwaige Geräusche von oben lauschend, erklomm Tändler die Leiter. Er hörte nichts. Oben angekommen, fand er sich in einem kleinen, rechteckigen Raum wieder. Einen Moment lang verwirrte ihn der merkwürdige, intensiv erdige Geruch, der ihn dort empfing. Der Boden unter seinen Füßen fühlte sich weich an. Er half Steingeist von der Leiter.

»Was mag dieses schwammige, braune Zeug auf dem Boden sein? Meine Sandalen versinken geradezu darin.«

Etwas flatterte über ihre Köpfe hinweg, und Tändler sah ruckartig nach oben. Das ganze Dach, keine Armlänge über ihnen, schien sich im Schein der Fackel wellenartig zu bewegen

Tändler verzog angeekelt das Gesicht. »Fledermäuse.«

Er hasste Fledermäuse. Diese Kreaturen der Nacht verbündeten sich mit den Eulen und teilten sich denselben Himmel mit den Hexen.

»Ich glaube nicht, dass sie unsere Fackel mögen«, flüsterte Steingeist. »Es ist mitten im Winter. Sie wollen um diese Zeit schlafen. Fledermäuse sind sehr viel klüger als wir Menschen. Wenn man den Winter über schläft, braucht man nicht hinaus in die Kälte zu gehen, Nahrungsvorräte anzulegen und Holz zu sammeln. Lassen wir ihnen ihre Ruhe.«

Tändler senkte die Fackel und stakste wie ein Storch über den Fledermauskot hinweg in den nächsten Raum. Dort war das gesamte Dach eingestürzt, Holzbalken lagen kreuz und quer auf dem Fußboden, bedeckt von inzwischen zu Staub zerfallenem Mauerputz. Doch seine überstürzte Hast, den Fledermäusen zu entfliehen, kostete ihn beinahe das Leben.

»Oh, himmlische Götter!«, rief er erschrocken aus und taumelte rückwärts, als der Boden unter seinen Füßen nachgab und krachend nach unten wegsackte.

Steingeist packte Tändlers Umhang und zog ihn in die Türöffnung zurück.

Eine riesige Staubwolke nahm ihnen die Sicht.

»Danke, Ältester.« Tändler schnappte nach Luft. Das Herz hämmerte gegen seine Brust.

»Das war knapp, Neffe.« Der alte Mann schob seinen Kopf an Tändlers Schulter vorbei und spähte in die Dunkelheit. »Heb mal die Fackel hoch, damit wir sehen, was da unten ist.«

Es kostete Tändler einige Überwindung, einen Schritt nach vorn zu tun und die Fackel zu heben. Der eingestürzte Fußboden lag als Trümmerhaufen in der Mitte des darunter liegenden Raums. Entlang der Wände standen unversehrte wunderschöne Tontöpfe, die schwarz-weißen Deckel staubbedeckt und fleckig vom Urin der Buschratten. In einer Ecke entdeckte Tändler einen mumifizierten Kojoten, in einer anderen einen Rotluchs. Die Tiere waren wohl durch ein Loch in der Decke in den Raum gestürzt und dort verendet.

»Und wie kommen wir jetzt weiter, Onkel?«

Steingeist wies ihm die Richtung. »Der Mörder hat diesen Weg genommen. Wenn du genau hinsiehst, wirst du bemerken, dass der Staub und die Rattenköttel hier entlang der rechten Mauer verwischt sind. Außerdem erkennt man im Staub die Abdrücke von Sandalen.«

»Welcher Verrückte würde einen Fuß auf diesen Boden setzen, der jeden Augenblick einstürzen könnte?«

Steingeist lächelte nachsichtig. »Jener, der das schon viele Male getan hat, Neffe.« Der alte Mann trat vor und hangelte sich auf dem schmalen Pfad die Mauer entlang.

»Warte, Onkel! Woher willst du so genau wissen, dass diese Spuren von einem Menschen stammen und nicht von einem Kojoten oder Luchs?«

»Komm, Neffe«, wisperte Steingeist. »Wenn das der Weg des Mörders ist, wird er unser Gewicht auch tragen.«

»Mir gefällt das nicht, Onkel. Es ist nicht sicher!« Doch er senkte die Fackel und tastete sich um das klaffende Loch im Boden herum. Er hielt sich dicht hinter Steingeist. »Wenn ich da hinunterstürze …!«

»Keine Angst, Neffe, das wirst du nicht«, rief Steingeist, der bereits bei der T-förmigen Türöffnung an der gegenüberliegenden Seite des Raums angelangt war. »Sieh dich um. Die Spinnen weisen uns den Weg des Mörders.«

Tändler bewältigte den gefährlichen Balanceakt, ohne in die Tiefe zu stürzen und – noch verwunderlicher – ohne sich selbst in Flammen zu setzen. Er atmete erleichtert auf, als er neben Steingeist in die Türöffnung schlüpfte.

Der alte Mann reckte den Kopf in den nächsten Raum und schnüffelte geräuschvoll. Tändler hielt ihn an den knochigen Schultern fest. »Diesmal gehe ich voraus, Onkel.«

Er betrat den anschließenden Raum, von dem aus zwei Leitern in eine darüber liegende Kammer führten. Ansonsten gab es keinen anderen Ausgang. Mit der Fackel leuchtete er sorgfältig den Boden um die Leitern ab.

Im Staub fanden sich Tonperlen eines zerrissenen Armbands neben zerbrochenen Gefäßen und Teilen eines Korbes. Der Verputz an der Mauer zu seiner Rechten war stellenweise abgebröckelt und ließ nur noch Kopf und Schultern eines Dachs-Katsina erkennen. Der maskierte Gott starrte Tändler durch glitzernde blaue Augen an. Der Maler musste Türkisstaub unter seine Farbe gemischt haben.

Eine Hand auf die Leiter gestützt, hob Tändler die Fackel.

Steingeist schnüffelte abermals. »Warte, Neffe. Die Luft. Merkst du das?«

Tändler schnüffelte ebenfalls. »Was denn?«

»Es ist absolut windstill. Nicht der kleinste Hauch.« Er deutete auf die dichten Spinnweben in den Ecken. »Leuchte mal nach oben. In diesem Raum gibt es keinen Luftzug, aber sieh dir die Spinnweben an. Wie viele hast du dir bisher aus dem Gesicht gewischt?«

Tändler hob die Fackel. »Keine, Ältester.«

»Siehst du, die Spinnweben verraten uns, dass vor uns jemand, der mindestens so groß war wie wir, diesen Raum durchquert hat.«

Tändlers Augen weiteten sich. »Ich verstehe.«

Er prüfte kurz die Festigkeit der Leiter, ehe er in den oberen Raum kletterte. Dieser besaß zwei Türen. In dem Durchgang vor ihm spannte sich ein intaktes Spinnennetz. Dasjenige in der Tür hinter ihm jedoch war zerrissen.

Er bückte sich, um Steingeist hochzuhelfen.

Der alte Mann leckte sich schnaufend die trockenen Lippen. »Welche Tür, Kriegshäuptling?«

»Diese hier, Onkel.« Tändler ging voraus.

Als er den kleinen, finsteren Raum dahinter betrat, fiel das Licht der Fackel über Maiskörner, eine zerbrochene Kriegskeule und Fetzen staubiger Kleider.

Jemand hatte sich durch den Unrat einen Weg in den

nächsten Raum gebahnt. Als Tändler sich durch die Türöffnung duckte, blieb er wie angewurzelt stehen. »Onkel, komm und sieh dir das an!«

Das Knacken der Tonscherben unter Steingeists Sandalen hallte gespenstisch in der düsteren Stille.

Tändler machte ein paar Schritte in den Raum. In der gegenüberliegenden Ecke, mit dem Rücken an die Wand gelehnt und notdürftig mit zerschlissenen Matten bedeckt, kauerte das Skelett eines Menschen. Mäuse hatten die Knochen der ausgestreckten Beine angefressen, aber am Schädel haftete noch ein einzelnes Haarbüschel.

Tändler senkte die Fackel und zog die Matten beiseite, um das Skelett zu untersuchen. Zwischen seinen Rippen steckte ein teilweise von Packratten zernagter Pfeilschaft.

Steingeist beugte sich über Tändler. »Der liegt schon eine geraume Zeit hier.«

Tändler deckte den Leichnam wieder zu und richtete sich auf. »Glaubst du, es ist einer vom Ersten Volk?«

»Möglicherweise. Aber wenn dem so ist, dann hat man ihm irgendwann in den vergangenen hundert Sonnenjahren seinen Wolfanhänger gestohlen. Jeder des Ersten Volkes trug ein solches Amulett.« Steingeist deutete auf die nächste Tür. »Hast du schon einen Blick dort hineingeworfen, Neffe?«

»Nein, Onkel.«

Tändler ging zu dem Durchgang und hielt die Fackel in den nächsten Raum.

Hinter sich hörte er Steingeist dem Skelett etwas zuflüstern: »Nein, tut mir Leid. Ich habe den ehrenwerten Starkes Licht nicht gesehen.«

Tändlers Finger schlossen sich fester um die Fackel. »Onkel, ist Starkes Licht nicht der Priester, der als Erster von den Katsinas berichtet hat? Vor langer Zeit, ehe Armer Sänger ein Prophet wurde?«

»Ja, das stimmt, Neffe«, erwiderte Steingeist und ging an Tändler vorbei in den anschließenden Raum. »Er wurde von den Feuerhunden gefangen genommen und umgebracht.«

Tändler überlief ein Schauer, als er Steingeist in die Kammer und zu der Leiter folgte, die in einer Öffnung im Boden lehnte. Ein schwerer, modriger Geruch hing in der Luft.

Steingeist ergriff die Leiter und machte sich daran, die Sprossen hinabzusteigen.

»Onkel, bitte, lass mich als Erster gehen«, sagte Tändler.

Sein Atem ging plötzlich rau und keuchend, so als ob er tagelang gelaufen wäre. Obwohl die Luft hier innen kühl war, hatte er sein Kriegshemd beinahe durchgeschwitzt.

»Wie du wünschst, Neffe«, sagte Steingeist und trat zur Seite.

»Danke.« Tändler stieg zwei Sprossen hinab und leuchtete mit der Fackel in die Kammer unter ihm. In der rechten Ecke lag etwas, das wie ein Haufen nasser Seile aussah. In der Ecke gegenüber standen über ein Dutzend Holzpfosten. Anscheinend hatte man sie hierher gebracht, um das Dach abzustützen, sie dann aber nicht verwendet.

Tändler kletterte die Leiter ganz hinab und wartete.

Schnaufend kam Steingeist hinterher. Seine Beine zitterten.

Tändler ergriff seinen Arm und half ihm von der Leiter.

Steingeist drehte sich lächelnd zu ihm um.

Dann erstarrte er.

Tändler fuhr herum, durchforstete die Kammer nach einer Gefahr, die er übersehen hatte.

»Ganz ruhig, Neffe«, flüsterte Steingeist ihm zu. »Es ist mitten im Winter. Ich glaube, wenn wir uns von ihnen fern halten, werden sie uns nichts tun.«

»Wer denn?« Tändler streckte die Fackel von sich.

»Das würde ich bleiben lassen an deiner Stelle. Sie halten ihren Winterschlaf und sind träge, aber wie alle ihrer Art erweckt Hitze sie zum Leben.«

»Heilige Katsinas!« Tändler machte einen Satz zurück. Das Herz schlug ihm bis zum Hals. »Ich sehe sie nicht!«

Hunderte von Augen warfen das Licht seiner Fackel zurück. Ihre dreieckigen Köpfe ruhten auf glänzenden Schuppen. Die schimmernden Muster auf ihren Rücken erinnerten an komplizierte Webarbeiten.

»Ich glaube nicht, dass die Klapperschlangen auf unserem Weg in ihr Winterquartier gelangt sind, Neffe.« Steingeist sah sich um. »Es muss noch einen zweiten Eingang geben.«

Der alte Mann stieg vorsichtig über die zahlreichen verwitterten Matten hinweg, die überall auf dem Boden verstreut lagen, und tastete sich nach links in die Dunkelheit.

Irgendwo über ihnen flitzte ein Nagetier mit trippelnden Schritten über das Dach.

»Ah«, flüsterte Steingeist beinahe tonlos. »Da haben wir ihn.«

Tändler folgte seiner Stimme. Nur das leise Zischen verbrennenden Bärenfetts und das Knistern der Flammen durchbrach die Stille.

Steingeist ging um die Holzpfosten herum und verschwand. Tändler eilte ihm hinterher.

Als er durch die Tür trat, schoss ein kalter Lichtstrahl quer durch den Raum und traf an der gegenüberliegenden Wand genau auf das Bild einer Spirale.

»Das ist ein Sonnwend-Raum«, bemerkte Steingeist, während er auf ein großes, längliches, in gelben Stoff gewickeltes Bündel zuging, das in der Mitte des Raums auf dem Boden lag. Rechts und links davon standen zwei kleine Tongefäße. Die runden Sandsteindeckel waren mit Wachs verklebt, um das Gefäß luftdicht zu verschließen. »Da der Tag der Sonnenwende kurz bevorsteht, wird diese Spirale angestrahlt. An jedem anderen Tag des Sonnenjahres liegt dieser Raum in tiefer Dunkelheit.

Der alte Mann beugte sich zu dem Bündel herab und zog die Stirn in Falten.

»Was ist das, Onkel?« Tändler sah sich kurz in der Kammer um und wandte sich wieder seinem Onkel zu.

»Wenn du nicht so weit weg stündest, bräuchtest du nicht zu fragen. Der Gestank verwesenden Fleisches raubt einem schier den Atem, trotz der dicken Umhüllung.«

Tändler lehnte sich gegen den Türstock, von wo aus er ihren Rückweg im Auge behalten konnte. »Mensch oder Tier?«

»Das weiß ich noch nicht.«

Steingeist begann am Kopf die gelben Stoffbahnen abzuwickeln.

Den letzten Streifen musste er mit einem kräftigen Ruck von dem blutverkrusteten Schädel reißen. Nase, Wangen, Stirn und Kiefer waren zertrümmert. Das Haar war zum Zeichen der Trauer kurz geschnitten.

Tändler überfiel ein Schwindel. Das Blut pulsierte hämmernd in seinen Ohren, als er zögernd näher trat. »Onkel ...«

Steingeist legte die Rippen frei, die leere Bauchhöhle, die Hüften. Das Fleisch war von den Knochen geschabt. Verdorrte Sehnen und Bänder verbanden die Oberschenkelknochen fest mit dem Becken. Selbst die dünnen Fleischstreifen zwischen den Rippen waren herausgeschnitten worden.

»Merkwürdig.« Steingeist bückte sich und streifte der Toten den Fußschmuck über den Knöchel – wunderschön geschliffene Gagatperlen, eingeflochten in einen Strang aus *Yucca*fasern. Er schob es über sein Handgelenk und griff nach dem Armschmuck.

»Heilige Katsinas!«, wisperte Tändler.

Er stürzte herbei und beugte sich über den Leichnam. Der vertraute Gagat-Anhänger in Form einer Schlange fing das schwache Sonnwendlicht ein.

»Onkel, das ... das ist meine Frau«, flüsterte Tändler und spürte, wie ihm die Knie weich wurden. »Was ist mit ihr passiert? Onkel? Warum hat man ihr ... ihr Fleisch von den Knochen geschnitten!«

Doch er brauchte die Antwort nicht abzuwarten, er kannte sie bereits. Tändler sank zu Boden und rang nach Luft. »Oh, heilige Götter, heilige Götter.«

Der morgendliche Horizont leuchtete in diesem unwirklichen Licht, wie man es nur in der Wüste zu sehen bekam. Maureen legte den Kopf in den Nacken, genoss den Anblick und betrachtete fasziniert die diffusen Pastellschattierungen der Morgenröte. Von den Canyonwänden hallten die klagenden Rufe der Kojoten wider.

Die ganze Nacht über war sie die Schotterpiste entlanggelaufen, hatte Stewart verflucht und war am Rand der bodenlosen Leere balanciert, die Johns Tod in ihrer Seele hinterlassen hatte.

Gegen Mitternacht hatte sie die Ruinen einer gigantischen Puebloanlage erreicht. Dort saß sie jetzt zitternd auf einer niedrigen Sandsteinmauer und hatte sich zusammengekauert, um sich zu wärmen. Wie konnte man an einem Ort, der sich tagsüber in einen Backofen verwandelte, in der Nacht nur so frieren?

Ganz gleich, ob sie in sich schaute oder über die Felsen und die Salz- und Beifußbüsche, der Anblick war der gleiche: ausgetrocknet, leer und einsam.

Die ersten wehmütigen Gesänge der Morgenvögel wurden laut. Fledermäuse flatterten an den dunklen Klippenwänden vorbei. Sie beobachtete sie, gefangen in einem Nebel der Erinnerung. Sie sah John ausgestreckt auf dem Küchenboden liegen, mit weit aufgerissenen Augen, die sie blicklos anstarrten, spürte seine Hand, aus der alle Kraft und Wärme gewichen war. Der scharfe Geruch angebrannter Spaghetti-Sauce vermischte sich mit den Gerüchen der Wüste und der Dämmerung. Sie war erst spät von einer Fakultätsbesprechung zurückgekehrt. Der Schock über seinen Tod betäubte sie noch immer.

Maureen rieb sich die Arme.

Sie wollte nach Hause. Dies hier war nicht ihr Platz. Keiner ihrer Vorfahren hatte jemals diesen öden Landstrich betreten. Ihr Zuhause war weit weg. Kühl, mit langsam dahinfließenden Flüssen und dicken weißen Wolken. Der Geist ihrer Vorfahren – Seneca und Weiße – lebte in den Schatten von Ontario, nicht in dieser endlosen Wüste.

Traurig ließ sie den Blick über die Ruinen schweifen. Eingestürzte, bizarr geformte Sandsteinmauern – die Überreste uralter Träume – ragten um sie herum in die Höhe. Rechts von ihr gähnte das klaffende Rund einer Kiva. Ein kleines Holzschild mit einer weißen »10« darauf wies dieses Bauwerk als Touristenattraktion aus. Maureen erhob sich von der Steinmauer und blickte hinab in diesen riesigen unterirdischen Zeremonien-Raum. Aus den schattigen Tiefen schienen Augen zu ihr emporzustarren. Für einen kurzen Moment glaubte sie Gesänge zu vernehmen, dann zerriss das Dröhnen eines Flugzeugs die Stille.

Sie rieb sich die Augen. »Du bist müde. Verletzt. Die ganze Nacht bist du mit den Geistern umhergewandert. Kein Wunder, dass du merkwürdige Stimmen hörst.«

Nach Johns Tod hatte sie sich erbarmungslos in die Arbeit gestürzt, keine Vorlesung versäumt. Die Wochenenden waren am schlimmsten gewesen. Nach der letzten Freitagsvorlesung war sie zu ihrem Wagen gestürzt, auf dem Queen Elizabeth Way zu ihrem Lieblingsschnapsladen in Negara-on-the-Lake gebraust und dann in ihr einsames Haus zurückgekehrt. Dort hatte sie sich eingeschlossen und bis zur Besinnungslosigkeit betrunken. Vergessen, einfach nur vergessen ...

Das Knirschen von Stiefeln im Sand ließ sie herumfahren.

Vor dem fahlen Morgenhimmel hob sich die Silhouette eines Mannes ab. Groß. Blond.

Für einen Moment überkam sie die Angst, doch dann erkannte sie den verbeulten Cowboy-Hut.

»Hauen Sie ab, Stewart.«

Er hakte die Daumen in seine Jeanstaschen. »Es tut mir wirklich Leid, Maureen.«

»Wer's glaubt.«

Er blinzelte, trat unbehaglich von einem Fuß auf den anderen und warf einen Blick auf die aufgehende Sonne. Der irisierende Himmel schimmerte in allen Indigo- und Orangetönen. »Ich habe Sie die ganze Nacht gesucht. Und dabei hatte ich viel Zeit zum Nachdenken.«

»Sie? Nachdenken? Das muss weh getan haben, oder?« Sie verschränkte die Arme, um nicht vor Kälte zu zittern. Nicht vor ihm.

»Ihnen nachzugehen war anfangs nicht so schwierig. Im Mondlicht konnte ich Ihre Fußspuren im Sand bis zur Straße gut folgen. Anschließend habe ich jede Kammer in Kin Kletso und Pueblo del Arroyo nach Ihnen abgesucht. Sie glauben nicht, wie groß diese Klapperschlange war, auf die ich versehentlich gestiegen bin. Ich vermute, sie lebt in Klein-Mesa-Verde dort drüben in Arroyo.«

Maureen spähte hinüber zu den Ruinen im Süden. »Klein-Mesa-Verde?«

Dusty nickte. »Anasazi-Migranten. Sie haben den Canyon um zwölfhundertfünfzig nach Christus wieder besiedelt.« Er deutete hinter sie. »Sie haben auch diese Kiva dort hinter Ihnen wieder aufgebaut; das Dach erneuert, die Wände mit Lehm verputzt und neu bemalt. Wir glauben, dass es sich dabei um eine messianische Bewegung handelte, möglicherweise den Beginn der Katsina-Religion.«

Maureen holte tief Luft. »Wie heißt dieser Ort?«

Die massiven Steinmauern traten allmählich deutlich im erwachenden Tageslicht hervor. »Das hier ist Pueblo Bonito. Bis achtzehnhundertdreißig war dies die größte Wohnanlage in ganz Nordamerika. Unseren Schätzungen nach bestand dieser Pueblo aus fünf Stockwerken und über hundert Wohnräumen. Wenn es ein bisschen heller geworden ist, führe ich Sie herum. Die Steinmetzarbeiten werden Sie faszinieren.«

Maureen sah das Bedauern in seinen Augen. Er versuchte wirklich, sich zu entschuldigen.

»Sie sind für mich ein Rätsel, Stewart. Ich werde einfach nicht schlau aus Ihnen.«

Zu ihrer Überraschung erwiderte er: »Das wundert mich nicht. Ich bin mir selbst ein Rätsel. Ich habe dieses dunkle Etwas in mir. Ich gebe es nicht gern zu, aber es existiert einfach. Manchmal bricht es unerwartet aus und dann sage ich so ungeheuerliche Dinge wie gestern Abend. Und dann könnte ich mich mein restliches Leben lang dafür ohrfeigen.«

»Um der Wirksamkeit willen hoffe ich, Sie besitzen starke Wangenknochen.«

Dusty spähte in die düstere Tiefe der Kiva hinab. Es folgte ein langes Schweigen, das Stewart schließlich mit der Bemerkung brach: »Dort unten konzentrierte sich eine große Kraft. Man kann sie immer noch spüren. Gute Kräfte und auch schlechte. Die alten Götter tanzen hier noch immer, künden vom Anbeginn der Zeit und dem langen Weg aus der Unterwelt ins Licht.« Er unterbrach sich kurz und fuhr dann leise fort: »Dieses dunkle Etwas in mir ist meine eigene Kiva, glaube ich. Dort halte ich meine Vergangenheit verschlossen.« Er senkte beschämt den Kopf. »Ich werde an dem Abschnitt graben, wenn Sie es noch wollen.«

Maureen betrachtete ihn skeptisch, versuchte auszuloten, worauf er abzielte. »Warum auf einmal?«

Dusty ließ einen tiefen Seufzer hören. »Wenn wir es nicht tun, werden wir nie erfahren, wer von uns beiden Recht hat. Ob dieser Ort ein Sklavenfriedhof ist oder das Versteck eines Mörders.«

Maureen warf ihm einen fragenden Blick zu. »Wird Maggie ihre Zustimmung geben?«

»Tja«, meinte er gedehnt und betrachtete erneut die aufgehende Sonne. »Es sind ungefähr drei Meilen von hier bis zum Lager, ehe wir ihr die entscheidende Frage stellen können. Was bedeutet, dass wir schleunigst aufbrechen sollten.« Er hielt ihr die Hand hin. »Wenn Sie bereit sind?«

25

»Möchtest du dich ein wenig ausruhen?«, fragte Kleiner Bogen seine Frau Brauner Falke.

Sie stand vornübergebeugt, das hübsche Gesicht schmerzverzerrt. Brauner Falkes Husten wurde von Tag zu Tag schlimmer. Sie konnte kaum noch zehn Schritte gehen, ehe sie wieder von einem Anfall gepeinigt wurde.

Brauner Falke schüttelte abwehrend den Kopf. »Nein, es geht schon, mein Mann, und es ist ... es ist ja nicht mehr weit. Nach unserer Ankunft bleibt mir eine ganze Nacht zum Ausruhen.« Im trüben Licht der Dämmerung schimmerte das lockige braune Fell ihres Büffelfellumhangs beinahe schwarz.

Seit der Mittagsrast waren sie immer weiter zurückgefallen und folgten nun als Letzte ihren Leuten aus dem Eiswiesendorf nach Talon. Sein Bruder, Singende Gottesanbeterin, ging vor ihnen, den Bogen in der Hand und fortwährend den Grund des Canyons beobachtend.

Kleiner Bogen strich seiner Frau liebevoll über das schulterlange Haar. »Plag dich nicht«, sagte er. »Ich hatte ohnehin vor, auf der anderen Seite des Wasserlaufs zu rasten.«

Sie lächelte. »Wie du wünschst, mein Mann.«

Schwester Mond erklomm den Himmelsbogen, ihre silbernen Strahlen fluteten über den Canyon, überzogen die knorrigen Wacholderbäume mit ihrem schimmernden Glanz und machten jede dunkle Felsspalte sichtbar. Die Schatten an dem zerklüfteten Canyonrand sahen aus wie polierte schwarze Perlen.

Vor ihnen erstrahlte die alte Stadt Talon im Schein des Mondes. Das fünfte Stockwerk der einstigen Wohnanlage war in sich zusammengestürzt und existierte nur noch als Schutthaufen, aus denen verkohlte Holzbalken ragten. Der Lehmputz war größtenteils abgebröckelt und lag nun wie ein schmutziges weißes Tuch vor der gigantischen halbmondförmigen Ruine. Doch es brannten überall Fackeln, und man konnte den würzigen Duft von Thujenholz und gebackenen Maisfladen riechen. Rechts von Talon schmiegte sich das Hügeldorf, weiß und rechteckig, an die steil aufragende Flanke des Canyons. Auf dem großen Platz loderte ein helles Feuer.

Viele kleine Lagerstätten verteilten sich in der Ebene, und im flackernden Schein des Feuers sah Kleiner Bogen die Leute in Gruppen beieinander stehen.

»Heilige Ahnen«, murmelte er ergriffen. »Wenn ich es nicht mit eigenen Augen sehen könnte, würde ich es nicht glauben. Talon lebt.«

Seine Großmutter, die ehrwürdige Hornvogel, hatte ihm viele Geschichten und Legenden über den Aufstieg und Fall der größten Stadt des Volks des Geraden Pfades erzählt. An einem kalten Winterabend hatte sie Kleiner Bogen auf dem Schoß gehalten und ihm mit Flüsterstimme von dem verruchten Ersten Volk erzählt und von seinem teuflischen Werben um die verlorenen Geister, die sich im Canyon herumtrieben.

Und sie hatte oft von Halmflöte gesprochen. Ihr Vater war ein großer Krieger gewesen, ein Abkömmling der Geformten Menschen, und ihre Mutter die einflussreichste Matrone des Landes. Hornvogel hatte mit Nachdruck darauf bestanden, dass das Volk des Geraden Pfades, hätte ihre Mutter die rechtmäßige Nachfolge von Matrone

Nachtsonne angetreten, die die Stadt bei Nacht und Nebel verlassen hatte, noch immer eine starke Gemeinschaft wäre. »Die ehrwürdige Halmflöte hätte Allianzen gegründet und keine Kriege geführt. Sie hätte die Handelspfade ausgebaut, so dass ihr Volk auch in den dunklen Wintermonden ausreichend zu essen gehabt hätte. Halmflöte hätte die Verschwörungen aufgedeckt und den Menschen des Ersten Volks Einhalt geboten, ehe sie damit begannen, Mörder anzuheuern und sich gegenseitig umzubringen.«

Und gleich im Anschluss an ihre Geschichte von der berühmten und ehrwürdigen Halmflöte senkte Hornvogel die Stimme und berichtete vom Tod der letzten Abkömmlinge des Ersten Volkes und der Zeremonie, die ein ganzes Sonnenjahr lang gedauert hatte.

Brauner Falke schlug den abschüssigen Weg in die zerklüftete Schlucht ein, und Kleiner Bogen folgte ihr. Der Kies knirschte unter seinen Sandalen.

»Du glaubst doch nicht, dass dieser verrückte alte Mann auch da sein wird, oder?«

Brauner Falke rief über die Schulter zurück: »Nachdem jeder dieser Feier beiwohnen möchte, kann ich mir nicht vorstellen, warum Steingeist nicht auch kommen sollte.«

Kleiner Bogen sprang über den schmalen, dürftigen Wasserlauf hinweg und erklomm die andere Seite des Ufers. Brauner Falke winkte ihm zu und begann gleich darauf heftig zu husten.

Kleiner Bogen lief zu ihr zurück, legte einen Arm um ihre Schultern und stützte sie, während sie zitternd und keuchend gegen den Husten ankämpfte und nach Luft rang. Die Anstrengung trieb ihr die Tränen in die Augen. Brauner Falke lehnte sich an ihn, bis der Anfall vorüber war, holte tief Luft und rieb sich anschließend die tränennassen Wangen trocken.

»Verzeih mir, mein Mann, ich weiß, es ist meine Schuld, dass wir so weit zurückgefallen sind.«

Sie legte das Kinn auf seine Schulter, und Kleiner Bogen nahm sie in die Arme. Ihr runder Leib presste sich angenehm an ihn. Er tätschelte ihren Rücken. »In einem Fingerbreit Zeit haben wir die anderen eingeholt.«

Er stützte sie, als sie die steile Uferwand emporstiegen und wieder die sandige Ebene betraten. Schwester Mond warf ihr Licht über die Wüste und formte seltsame Schatten. Durchsetzt vom flackernden Schein der großen Feuerstelle in Talon und den vielen kleineren Lagerfeuern außen herum schienen die Schatten erst rasch auf sie zuzukriechen, sich dann aber langsam davonzuschleichen, als fürchteten sie sich vor der Nähe der Menschen.

»Ich möchte mich hinsetzen und ein wenig ausruhen, meine Frau. Und du bist krank und trägst ein Kind. Ein paar Augenblicke Ruhe kann uns niemand verwehren.«

Brauner Falke ließ sich auf dem Boden nieder und stöhnte erschöpft. »Nur ein paar Augenblicke, Kleiner Bogen, dann machen wir uns wieder auf den Weg.«

»Ruhe nur, so lange du willst. Talon liegt schon vor uns. Heute Abend werden die Leute ohnehin nur in Erinnerungen schwelgen und sich die Bäuche voll schlagen. Die eigentliche Zeremonie beginnt erst morgen.«

Als er sich neben Brauner Falke kniete, beschlich ihn plötzlich ein unbehagliches Gefühl. Kleiner Bogen spähte eine ganze Weile in die Dunkelheit, während er sich fragte, wo die Leute auf einmal alle abgeblieben waren. Durchquerten sie gerade eine Senke oder blendete ihn nur der Schein des großen Feuers? Links von ihm neigte sich ein großer Findling gefährlich schräg über die Uferbank. Unwillkürlich griff er nach seiner Kriegskeule. Der Felsblock warf einen merkwürdig geformten Schatten. Seine Seelen machten darin die Umrisse der Schulterpartie eines großen Mannes aus und eines Beins, das größtenteils von dem Felsen verborgen wurde.

»Sieh, mein Mann, die übrigen Dorfbewohner sind beinahe dort«, sagte Brauner Falke und deutete mit dem Kinn in Richtung des lodernden Feuers vor dem Hügeldorf.

Der Erste ihrer hintereinander her trottenden Marschgefährten erreichte die bereits dort versammelten Festteilnehmer, worauf sich lautes Stimmengewirr erhob. Maismutter, die Matrone des Clans, strebte direkt auf eine Frau in einem roten Federumhang zu, und die beiden Frauen umarmten sich.

»Das muss Flammenbotin sein.«

»Ja«, sagte Brauner Falke. »Die neue Matrone von Talon.«

Kleiner Bogen belächelte die Situation im Stillen. Flammenbotin stammte von den Geformten Menschen ab, gehörte dem Ameisen-Clan an, der für seine Steinmetze, Hausbauer und Maler berühmt war. Die in Talon eingeschlossenen Geister der Ersten Menschen mussten ob dieser Beleidigung in wildes Geschrei ausbrechen.

Er zwang sich den Blick abzuwenden. Im Inneren von Talon konnte er nur die Oberkörper der Großen Krieger erkennen. In den Augenhöhlen der Furcht einflößenden Masken glomm ein seltsames Feuer, so als ob sie über die Menschen und Lagerstellen hinweg argwöhnisch zu der Stelle spähten, wo Brauner Falke und Kleiner Bogen hockten. Und Kleiner Bogen wurde das unangenehme Gefühl nicht los, dass sie etwas sahen, was er nicht sah.

Er legte eine Hand auf Brauner Falkes Schulter. »Wenn du dich ausgeruht hast, Frau, sollten wir wieder aufbrechen.«

Sie sah zu ihm auf. »Hast du nicht vorhin gesagt, ich könnte rasten so lange ich will, mein Mann?«

»Das stimmt, aber …« Er verstummte. Seine Sinne waren plötzlich in höchste Alarmbereitschaft versetzt. Irgendwo in der Dunkelheit schrie eine Eule, und über ihre Köpfe hinweg segelte ein dunkler Schatten. »Ich denke, wir sollten uns wieder auf den Weg machen.«

Brauner Falke rappelte sich auf und blickte sich in der vom Mondlicht beschienenen Wüste um. Kaum hörbar flüsterte sie: »Warum? Was hast du …«

Seine Faust sauste durch die Luft. »*Geh.*«

Sie gehorchte.

Kleiner Bogen zog die Kriegskeule aus dem Gürtel und hielt sie angriffsbereit an seiner Seite. Er folgte seiner Frau dicht auf den Fersen, deckte ihren Rücken.

»Schh«, flüsterte jemand hinter ihnen.

Mit einer einzigen fließenden Bewegung drückte er Brauner Falke auf den Boden und wirbelte mit erhobener Kriegskeule herum. »Wer ist da?«

Von dem Felsblock löste sich ein Schatten und flüsterte heiser: *»Lauft weg, ehe es zu spät ist!«*

Mutig machte Kleiner Bogen einen Schritt auf den Mann zu. »Wer bist du?«

»In diesen Ruinen lauert das Böse, Kleiner Bogen. Haben sie dir das nicht erzählt?« Er tat einen keuchenden Atemzug, als sei er eine weite Strecke gerannt, um sie zu warnen. Der Schatten schien sich umzudrehen, ängstlich einen Blick über die Schulter zu werfen. *»Wenn du den Ort nicht verlässt, wirst du mit dem Wolf-Zauberer kämpfen müssen, dem mächtigsten Zauberer auf der Erde. Geht! Schnell!«*

Kleiner Bogens Mund klaffte auf, aber kein Wort kam ihm über die Lippen.

Der Schatten zischte: *»Frag sie nach der Asche. Frag sie, Kleiner Bogen!«*

»Welche Asche? Wovon sprichst du?«

Der Mann schien sich in Luft aufzulösen. Der Schatten verschwand.

»Warte!«, rief Kleiner Bogen. »Wer bist du? Ich verstehe das nicht!«

Brauner Falke starrte ihren Mann mit angstgeweiteten Augen an. Drei- oder vierhundert Herzschläge lang sprach keiner der beiden ein Wort, dann flüsterte Brauner Falke: »Schnell! Lass uns gehen.«

Kleiner Bogen zögerte. Hätte er sich auf dem Kriegspfad befunden, hätte er den Mann niedergerungen und ihm mit vorgehaltenem Knochenmesser eine Erklärung abgetrotzt, aber er konnte seine schwangere Frau nicht allein in der Dunkelheit zurücklassen.

Kleiner Bogen half Brauner Falke auf die Beine. Sie zitterte am ganzen Körper und starrte wie gebannt auf die Stelle, wo der Mann verschwunden war.

»Bleib dicht an meiner Seite«, flüsterte er ihr zu. »Geh

zügig, aber renne nicht. Ich muss horchen und Ausschau halten. Wenn du mir zu weit vorausläufst, kann ich dich nicht schützen.«

Brauner Falke nickte.

Sie schlugen den Weg ins Hügeldorf ein.

Kleiner Bogen hörte nichts. Keine Schritte. Kein Atmen. Kein Rascheln, wie wenn Beinlinge an Büschen vorbeistreifen. Nur der Schatten der Eule schwebte weiterhin über ihnen.

Kleiner Bogen wagte keinen Blick; sein Herz raste. Wenn dieser Mann nun ein Zauberer war? überlegte er. Zauberer sind schlau. Sie können sich in Wirbelwinde verwandeln und so unbemerkt um Dörfer herumschleichen, oder durch magische Reifen aus geflochtenen Yuccafasern springen und sich in Tiere verwandeln.

Vorzugsweise in Nachtvögel.

Es kostete ihn große Beherrschung, doch er hielt seinen Blick auf die Büsche um ihn herum gerichtet, Ausschau haltend nach einem menschlichen Widersacher. Gewöhnliche Menschen aus Fleisch und Blut konnte man töten. Was Hexen und Zauberer anbelangte, da war er sich nicht sicher.

Als sie sich der Menschenmenge im Hügeldorf auf fünfzig Schritte genähert hatte, drehte sich Kleiner Bogen zu seiner Frau um und rief: *»Lauf!«*

Brauner Falke raffte mit beiden Händen ihren langen Rock hoch und rannte los.

Erst als er sah, dass seine Frau die Menschenmenge erreicht hatte, setzte auch er zum Spurt an. Seine muskulösen Beine ließen ihn wie einen Pfeil davonschießen. Er stürzte in die Menge, bahnte sich mit den Ellbogen seinen Weg durch das Meer von Menschen, um seiner Frau zu folgen.

Brauner Falke sah ihn kommen und blieb stehen. Kleiner Bogen winkte sie fort. »Lauf weiter!«, schrie er. »Berichte Maismutter, was eben geschehen ist.«

Brauner Falke strebte geradewegs auf sie zu.

Maismutter unterbrach ihre Unterhaltung mit Flammenbotin. Ihre weisen alten Augen fixierten Brauner Falke.

Die fiel vor der alten Frau auf die Knie und erklärte atemlos: »Verzeih, ehrwürdige Matrone, aber wir müssen mit dir sprechen.«

»Was ist euer Anliegen, mein Kind?« Maismutter hielt die Kapuze ihres blau-weiß gestreiften Umhangs unter dem Kinn zusammen. Unter dem Kapuzenrand lugten dichte graue Haarsträhnen hervor, und ihr hageres Gesicht mit dem vorstehenden Kinn wirkte unnatürlich blass im Schein des Feuers.

Flammenbotin, die neben ihr saß, blickte finster drein. Sie saß auf einem Hirschfell und war in einen wunderschönen Umhang aus roten Arafedern gehüllt.

Es dauerte eine Weile, bis Kleiner Bogen sich seinen Weg durch die mehr als zweihundert Menschen gebahnt hatte, die den großen Platz bevölkerten. Manche hockten in kleinen Gruppen beieinander, andere standen im Kreis zusammen. Man plauderte und lachte ausgelassen.

»Vergebt uns die Störung, Älteste«, sagte er und verbeugte sich vor den beiden Matronen, »aber wir dürfen keine Zeit verlieren.«

Maismutter forschte in seinem Gesicht, dann in dem seiner Frau und sagte schließlich: »Dann bringt euer Anliegen vor.«

»Unten am Flussbett hielt uns ein Mann auf, ehrwürdige Matrone. Das heißt, ich … ich glaube, dass es ein Mann war«, korrigierte sich Brauner Falke. »Es schien ein Mann zu sein.«

Flammenbotins Gesicht nahm einen ernsten Ausdruck an. Leise fragte sie: »Welcher Mann?«

»Wir konnten ihn nicht genau erkennen, Matrone«, erklärte Brauner Falke. »Er stand im Schatten, als er uns anrief.«

»Ja?«, drängte Maismutter. »Was hat er gesagt?«

»Er sagte, dass in diesen Ruinen das Böse lauere, und warnte uns, dass wir mit dem Wolf-Zauberer kämpfen müssten, dem mächtigsten auf der Erde, wenn wir hier blieben.«

»Und er sagte noch etwas, ehrwürdige Matrone«, fügte Kleiner Bogen an. »Er forderte uns auf, nach der Asche zu fragen.«

»Dann verschwand er in der Nacht.«

Maismutters Lippen formten lautlos die Worte: *Der Wolf-Zauberer.*

Flammenbotin ergriff ihren Arm. »Weißt du, was das zu bedeuten hat?«

Die Leute in unmittelbarer Nähe verstummten, die Blicke auf die beiden Matronen gerichtet. Dann begannen sie leise zu flüstern.

Maismutter antwortete: »Legenden. Ich erinnere mich, als Kind Geschichten über ihn gehört zu haben.«

Nach und nach kam wieder Leben in die Menge, die Leute drängten herbei, formten einen Kreis um die beiden alten Frauen.

Brauner Falke wurde erneut von einem Hustenanfall geschüttelt und presste beide Hände vor den Mund, um die keuchenden Laute zu ersticken. Ihr ganzer Körper zuckte unter den Krämpfen. Kleiner Bogen legte einen Arm um ihre Schultern und zog sie an sich.

Maismutter wartete, bis der Anfall vorüber war, dann hob sie zu sprechen an, langsam, als bereiteten ihr die Worte große Mühe: »Es begann vor etwa hundert Sonnenjahren. Die Menschen wussten um die Gefahr, in der sie sich befanden. Sie machten sich daran, alle äußeren Fenster und Eingänge zu verschließen – tatsächlich mauerten sie sie zu. Ursprünglich war die Stadt Talon nach außen hin offen und erlaubte seinen Bewohnern, zu kommen und zu gehen, wie es ihnen beliebte. Wusstet ihr das?«

»Nein, Älteste«, antwortete Kleiner Bogen.

»Ja, als Erstes errichteten sie diese Zimmerflucht an der Südseite, beließen aber zwei Tore. Dann verschlossen sie das Tor zum östlichen Teil des großen Platzes und verkleinerten das westliche Tor auf die Breite einer gewöhnlichen Tür. Schließlich wurde auch dieser Zugang zugemauert. Sie verschlossen sogar die schmalen Schlitze in den Mauern, die zur Belüftung der Stadt dienten. Jetzt konnten sie diese nur noch über Leitern erreichen oder verlassen.«

»Das muss besonders für die Alten und Kranken sehr beschwerlich gewesen sein«, bemerkte Brauner Falke.

»Das war ihre geringste Sorge. Die Ersten Menschen, die in Talon lebten, wurden einer nach dem anderen umgebracht und ihre Leichen in flache Gräber geworfen. Anschließend ließ man schwere Steinplatten auf ihre Köpfe fallen, um ihre verruchten Seelen für immer in der Erde zu bannen. Als niemand mehr in der Stadt lebte, wurden die Gebeine dieser Menschen zu einem wertvollen Gut. Für Zauberer.« Sie faltete die Hände im Schoß und ließ den Blick über die Gesichter ihrer Zuhörer schweifen. »Vor ... oh, lasst mich nachdenken – ja, es muss jetzt fünfzehn Sonnenjahre zurückliegen –, zog der mächtigste Zauberer des Landes nach Talon. Er wurde Wolf-Zauberer genannt, doch sein richtiger Name lautet Zwei Herzen.«

»Zwei Herzen?«, wiederholte Flammenbotin.

»Ja. Geheiligte Götter, er war schlecht. Gemeine Zauberer sammeln verwestes Menschenfleisch, um ihr Leichenpulver herzustellen, die Legende jedoch weiß, dass Zwei Herzen dieses Pulver aus den Knochen der Geister herstellte, derer er habhaft werden konnte. Indem er die Knochen zerrieb und das Pulver ständig bei sich trug, konnte er einen Geist zu allem zwingen – selbst dazu, die gesamte Bewohnerschaft eines Dorfes zu töten. Er ...«

Aus den hinteren Reihen rief ein Mann: *»Sein Leichenpulver war immer tödlich, weil er es aus den Gebeinen der Ersten Menschen gewann!«*

Die Leute wichen zurück, schubsten und drängelten um auszuweichen. In der schmalen Gasse, die entstand, tauchte Steingeist auf, angetan mit dem gleichen löchrigen Truthahnfederumhang, den er Tage zuvor im Eiswiesendorf getragen hatte.

Kleiner Bogen starrte ihn mit offenem Mund an.

Der alte Mann war von Kopf bis Fuß mit Asche eingestäubt. Schwerfällig humpelte er heran und streckte die aneinander gelegten Handfläche aus, als wollte er die Anwesenden bitten, sich anzusehen, was er mitgebracht hatte. »Selbst ein einziges Körnchen Leichenpulver kann töten. Einige Bewohner der nahe gelegenen Dörfer hatten dieses

Pulver in den Haaren und starben, sich krümmend und winselnd wie geprügelte Hunde.« Mit etwas lauterer Stimme setzte er hinzu: »Und Gerüchten zufolge soll Zwei Herzen ganze Töpfe voll mit diesem Leichenpulver in die Gräber von Menschen gelegt haben, die er aus ganzem Herzen hasste. Um ihre Seelen bis in alle Ewigkeiten in den Wahnsinn zu treiben.«

Gebrüll erhob sich unter den erschrockenen Lauschenden.

Kleiner Bogen erschauderte. Er konnte sich keinen verheerenderen Fluch vorstellen. Selbst im Tod konnten die Feinde des Zauberers seiner Bösartigkeit nicht entfliehen.

Steingeist kam näher, und Kleiner Bogen reckte den Hals, um zu sehen, was er in Händen hielt.

Der alte Mann grinste, als er wiederholt stehen blieb, um den verdutzten Anwesenden Gelegenheit zu geben, den Inhalt seiner Hände genauer in Augenschein zu nehmen. Sein dünnes weißes Haar stand ihm senkrecht vom Kopf ab, so als stünde er während eines Gewitters auf einer Bergkuppe. Die dunklen Flecken auf seinem beinahe kahlen Schädel schimmerten sogar durch die dicke Ascheschicht.

»Wie hat er das angestellt?«, wisperte Kleiner Bogen seiner Frau zu. »Hat er in einem Abfallhaufen geschlafen?«

Im Näherkommen erspähte Steingeist die alte Maismutter, und auf seinem Gesicht machte sich ehrliche Freude breit. »Meine liebe Maismutter!«, rief er aus. »Wie freue ich mich, dich wiederzusehen. Ich hoffe, du hast diesen Fußabdruck begraben, wie ich dich angewiesen habe.« Er drängte sich an Kleiner Bogen und Brauner Falke vorbei und ließ die Steine neben Maismutter auf den Boden fallen. Dann griff er nach ihrer Hand. »Wir wollen doch nicht, dass er weiter herumrennt und den Leuten auf den Seelen herumtrampelt.«

»Ich habe ihn ordentlich begraben.« Maismutter entzog ihm mit einem Ruck ihre Hand. »Was ist denn mit dir passiert? Du siehst ja aus, als hätte dich jemand mit dem Kopf voraus in eine kalte Feuerstelle geschubst!«

»Tja, damit liegst du gar nicht so falsch«, erwiderte er

und ließ sich auf das Fell neben Maismutter fallen. Als er seinen Umhang abklopfte, stoben dichte graue Aschewolken auf.

Maismutter wedelte mit der Hand vor ihrer Nase herum. »Wo hast du nur so viel Asche gefunden?«

»Hmm?«, machte Steingeist und kniff die Augen zusammen, als hätte er keine Ahnung, wovon sie eigentlich sprach. »Was? Oh! Es ist schon erstaunlich, was ein Mann alles tun muss, um die Wahrheit auszugraben. Weißt du, es kam mir sehr sonderbar vor, dass sich neben der rituellen Feuerstelle kein Holzhaufen befand. Dir nicht auch? Die Sonnenwächterin wusste doch, dass die Beisetzung noch eine weitere Hand Zeit dauern würde. Schließlich war es ihre Aufgabe, die Kleider des Jungen zu verbrennen und anschließend die Trauernden durch den Rauch verbrannter *Pinienzweige* zu reinigen. Warum gab es keinen Holzhaufen?«

Maismutter wandte sich zu Flammenbotin. »Wovon spricht er eigentlich?«

Flammenbotins Gesicht rötete sich. »Ich erinnere mich, dass an jenem Tag etwas seltsam war, aber der Holzhaufen ... heilige Götter, das hätte mir auffallen müssen!«

Steingeist schob die Steine vor sich zu einem kleinen Haufen zusammen und sagte, während er sie sortierte: »Nachdem ich über den nicht vorhandenen Holzhaufen nachgegrübelt hatte, kam mir plötzlich ein anderer Gedanke. Du weißt doch, wenn es in einer kalten Nacht schneit, fallen Schneeflocken ins Feuer, schmelzen, löschen die Flammen und gefrieren schließlich über dem Aschebett, nicht wahr?«

»Ja, richtig«, murmelte Maismutter und blinzelte verständnislos. »Und?«

Flammenbotin schob die blau-weiße Kapuze zurück, beugte sich vor und zeigte auf die weißen Steine. »Was ist das?«

»Das«, begann Steingeist und hob bedeutungsvoll den Finger, »ist die Frage, ehrenwerte Matrone.«

Steingeist hob einen Stein auf, drehte ihn herum und versuchte ihn einem anderen Stein anzupassen, als setze er einen zerbrochenen Tontopf zusammen.

Kleiner Bogen deutete auf die Steinbrocken. »Wo hast du die gefunden?«

»In dem Aschebett, unter der Eisschicht. Deshalb hat dieser mysteriöse Bote euch aufgefordert, nach der Asche zu fragen. Es hat mich einen halben Tag gekostet, doch schließlich habe ich sie gefunden.«

Kleiner Bogen stellten sich die Nackenhaare auf. »Woher wusste er, dass du in einem Aschebett herumsuchst?«

»Er hat mich bis weit nach Sonnenuntergang beobachtet. Und er weiß selbstverständlich, was das ist.«

»Was ist es denn?«

»Ich sagte, dass *er* es weiß, Kleiner Bogen. Ich nicht.«

Kleiner Bogen warf seiner Frau einen fragenden Blick zu. Die Gesteinsstücke hatten gezackte Bruchkanten, die entlang der feinen weißen Adern verliefen, die sich durch den Stein zogen. Solche Steinbrocken entstanden, wenn man bestimmte Flusssteine in ein sehr heißes Feuer warf, wo sie zerplatzten.

»Glaubst du, die Brocken hier waren einmal ein Ganzes?«, fragte er. »Ein Hammerkopf zum Beispiel?«

»Ja, davon bin ich überzeugt. Hier«, er schob Kleiner Bogen die Steinbrocken hin, »hilf mir, sie zusammenzusetzen.«

Kleiner Bogen ging in die Hocke. Der weiße Kieselstein stammte wahrscheinlich aus einem Flussbett, doch wozu er verwendet worden war, das wusste er nicht. »Wer ist dieser Mann, der zu uns gesprochen hat, Ältester?«

»Woher soll ich das wissen?«

»Nun, wenn du gesehen hast, dass er uns beobachtete, musst du doch wissen ...«

»Ich habe ihn nie gesehen.«

Kleiner Bogen kniff die Lippen zusammen. Er haderte mit sich, ob er den alten Narren fragen sollte, wie er denn überhaupt wissen könne, dass sie beobachtet worden waren, wenn er den Späher überhaupt nicht gesehen habe, entschied sich dann aber dagegen. Er ahnte, dass Steingeist ihm darauf nur eine ebenso törichte Antwort geben würde.

Die abendliche Ausgelassenheit hatte sich in ängstliche Beklommenheit verwandelt. Nur die Leute, die sich an den entferntesten Rändern des großen Platzes befanden, plauderten und lachten fröhlich weiter. Mindestens hundert Menschen umringten inzwischen die Gruppe um Steingeist und lauschten.

»Sag mir, Kleiner Bogen, war der Mann, der euch aufgehalten hat, sehr groß?«

»Wir konnten ihn kaum erkennen, Ältester. Er hielt sich im Schatten. Aber ich würde sagen, er war sehr schwer.«

Vom Mondlicht beleuchtete Wolken ballten sich über der senkrechten Sandsteinwand hinter Hügeldorf zusammen und verdeckten die Abendmenschen. In den Wolken schlummerten Donnervögel, deren dumpfes Grollen von ihrer Gegenwart kündete.

»Ältester, ist es möglich, dass dieser Mann der Wolf-Zauberer war?«

Steingeist hatte sechs Stücke zusammengefügt, und das Gebilde begann eine Form anzunehmen. Es erinnerte an ein längliches Ei, an einem Ende etwas spitzer zulaufend als am anderen.

»Diese Frage kann ich dir nicht beantworten. Ich weiß nur, dass der Wolf-Zauberer schon mindestens fünfundfünfzig Sonnenjahre hat vergehen sehen.«

»Dieser Mann war viel jünger«, warf Brauner Falke ein. »Er ...«

Maismutter fiel ihr ins Wort. »Zauberer können ihre Lebensspanne verlängern, indem sie das Herz eines ihrer Vorfahren mittels einer Spindel entfernen und es sich in die eigene Brust legen.«

»Ja, das ist wahr«, sagte Steingeist. »Dennoch fällt es mir schwer zu glauben, dass Zwei Herzen noch am Leben ist. Es ist jetzt fünfzehn Sonnenjahre her, dass ich jemanden über ihn habe sprechen hören. Zauberer sind eitel. Und stolz auf ihre abscheulichen Taten. Wenn Zwei Herzen noch lebte und Böses bewirkte, würde er auch dafür sorgen, dass die Menschen davon erfahren.«

Kleiner Bogen nahm einen Steinbrocken und fügte ihn an seinen Platz. »Hmmm«, murmelte er. »Dieses Stück ist geriffelt. Siehst du das?«

Steingeists Lider zuckten angestrengt. Er zog Kleiner Bogens Hand zu sich heran, um die Rillen zu betrachten. »Wo gehört es hin? Weißt du es?«

Kleiner Bogen drehte den Stein hin und her und legte ihn in die Mitte. Er passte zu keinem der anderen Stücke, aber das war sein Platz. Die glatte Außenkante des Steins fügte sich in die geschwungene Form des »Eis«.

»Ältester«, begann Kleiner Bogen, machte dann aber eine Pause, weil seine Gedanken noch immer bei Talon und Zwei Herzen weilten. »Warum haben die Ersten Menschen jedes Fenster und jede Tür verschlossen? Hatten sie Angst vor Hexen und Zauberern? Oder vor den Feuerhunden?«

Steingeist sah hoch, ihre Blicke begegneten sich. »Weder noch, Krieger. Menschen können gegen Hexen kämpfen. Menschen können gegen die Feuerhunde kämpfen. Wogegen sie sich jedoch oft nicht wehren können, sind die Schatten, die ihnen aus ihren eigenen Seelen zuflüstern. Davor hatten sie Angst. Davor sollten wir uns alle fürchten.«

Kleiner Bogen ließ den Kopf sinken und dachte über Steingeists Antwort nach. Flüsternde Schatten aus den eigenen Seelen? Hochtrabend klingender Unsinn. Er legte einen weiteren Steinbrocken an die passende Stelle.

Als er die Hand zurückzog, hielt er kurz inne. »Ältester«, sagte er und studierte die sich abzeichnende Form. »Das hier ist der Kopf einer Kriegskeule.«

Steingeist erstarrte. Fedrige weiße Haarsträhnen wehten ihm ums Gesicht und verfingen sich in seinen borstigen Wimpern. Er machte sich nicht die Mühe, sie aus dem Gesicht zu streichen. Seine dunklen Augen suchten Flammenbotins Blick.

»Matrone, würdest du bitte nach meinem Neffen schicken?«

26

Die Schaufel verfing sich in einer Wurzel, als Dusty sie hochstemmte und den Aushub in Maureens Sieb warf. Es war ein kräftezehrendes Unterfangen, das schwere Sieb so lange zu schütteln, bis die Erde durch das enge Maschengitter gerieselt war.

Alles in allem gesehen war ihr Vorhaben ohne größere Probleme über die Bühne gegangen. Maggie hatte nach anfänglichem Zögern widerwillig ihre Zustimmung erteilt, und Dale hatte die Arme vor der Brust verschränkt und jede weitere Grabung außerhalb des gekennzeichneten Areals strikt verboten – eine Anordnung, die er durch das Vorschieben seines Bulldoggen-Kinns wirkungsvoll unterstrich.

Dusty hatte sich sofort daran gemacht, das Nivelliergerät aufzubauen und justierte, während Maureen die Messlatte hielt, die Richthöhe. Er wollte alles vorbereitet haben, bevor es sich noch jemand anders überlegen konnte. Kaum war der zwei mal zwei Meter große Abschnitt vermessen, hatte er auch schon angefangen zu graben.

Zehn Schritte von ihnen entfernt kniete Sylvia in ihrem Abschnitt, noch immer mit dem langwierigen Prozess beschäftigt, die Knochenfunde zu exhumieren. Maggie und

Hail saßen unter dem Vordach ihres Zelts und tranken leise plaudernd Tee.

Dusty zog die vertikale Eichschnur straff und prüfte mit dem Maßband die Tiefe der Grube, während sich Maureen durch Reste geflochtener Matten und Steinbrocken arbeitete, die in ihrem Sieb zurückgeblieben waren.

»Das ist wirklich eine Knochenarbeit«, seufzte sie, kippte die Rückstände auf den Haufen durchgesiebter Erde und wischte sich mit dem Ärmel ihres weißen T-Shirts die schweißnasse Stirn ab. »Wenn ich nach Ontario zurückkehre, werde ich Oberarmmuskeln wie ein Preisboxer haben.«

»Nicht nur Oberarmmuskeln«, beschied sie Dusty, der gerade Zahlen auf eine Liste kritzelte. »Unter den Archäologinnen findet man keine übergewichtigen Frauen. Außer es handelt sich um *Akademikerinnen*«, setzte er hinzu, was klang wie ein unanständiges Wort.

Maureen lehnte sich an das Sieb. »Hat Ihre Mutter auch gegraben oder nur kulturelle Feldarbeit betrieben?«

Dusty zögerte, sein Kugelschreiber schwebte über dem Clipboard. Ohne aufzublicken erklärte er: »Wenn ich über meine Mutter spreche, möchte ich keine spitzen Bemerkungen von Ihnen hören, klar?«

»Alles klar.«

Dusty holte tief Luft. »Sie hat nie eine Schaufel angefasst. Und nie eine Tonscherbe gesäubert. Ihre Art von Feldarbeit bestand darin, in einem Dorf herumzulaufen und sich Notizen über die Bekleidung und die typischen Speisen der Bewohner zu machen. Falls sie sich tatsächlich einmal schmutzig machte, fuhr sie umgehend in die Stadt und duschte sich gründlich, damit sie am nächsten Tag wieder adrett aussah. Die Zuni machten sich hinter ihrem Rücken oft lustig über sie. Sie nannten sie die Frau-ohne-Augen, weil sie sie nie ansah, sondern immer nur ihre Aufzeichnungen.«

Maureen spielte mit einer Wurzel, die sich in dem Gitternetz des Siebes verfangen hatte. »Sie musste aber ein Ohr für Sprachen haben, wenn sie verstand, was sie sagten.«

»Das hatte sie.« Dabei beließ er es.

Maureen fingerte die Wurzel aus dem Drahtgeflecht und warf sie auf den Erdhaufen. »Wie kam es eigentlich, dass Sie bei Dale landeten?«

Dusty trug noch die letzten Zahlen ein, klappte sein Clipboard zu und legte es beiseite. »Es gab sonst niemanden. Nachdem Dad …«

»Wann ist er gestorben?«

Er suchte ihren Blick. »Das ist der falsche Ausdruck. Er ist nicht nur gestorben. Er hat sich umgebracht.«

Zu Dustys Überraschung wurde ihre Stimme weicher. »Waren Sie derjenige, der ihn gefunden hat?«

Er schüttelte den Kopf. »Nein. Eine Krankenschwester in der Klinik.«

Maureen rieb mit den Fingern über den Holzrahmen des Siebes. »Ich habe John gefunden. Er hatte das Abendessen vorbereitet. Er lag in der Küche. Ich kam spät nach Hause.«

Sie brachte das ganz sachlich vor, aber er hörte den unterdrückten Schmerz.

»Mein Vater hat sich mit einem elektrischen Stromschlag umgebracht. Die Schwester sagte, es habe keinerlei Anzeichen dafür gegeben. Er hat eines Tages einfach seine Slipper ausgezogen, ist aufs Waschbecken gestiegen, und ehe der Hausmeister die Tür öffnen konnte, hatte Dad die Glühbirne aus der Lampe geschraubt und den Finger in die Fassung gesteckt. Sein einer nackter Fuß stand auf dem metallenen Wasserhahn.«

Dusty versenkte seine Schaufel wieder in der Grube, und Maureen hielt ihm das Sieb hin, um die Erde aufzufangen. Sie schüttelte es ein paarmal hin und her und bückte sich dann, als sie etwas entdeckt hatte. »Tonscherbe«, verkündete sie und warf sie ihm hin.

Er lehnte die Schaufel an seine Hüfte, rieb mit dem Daumen die Scherbe sauber und studierte das Muster. »Mesa-Verde-Schwarzweiß-Keramik. Mir scheint, wir sind an der Kulturschicht angelangt. Sie werden wohl oder übel hinüber gehen und einen Artefakt-Beutel für diese Ebene beschriften müssen.«

»Bin schon unterwegs.« Sie legte das Sieb auf den Boden und marschierte zu der Armeekiste, in der Dusty seine Gerätschaften aufbewahrte.

Er untersuchte das Erdreich, forschte nach Farbunterschieden, die das ehemalige Bodenniveau anzeigten. Hohlräume von Wurzeln – wo Buschwerk gestanden hatte, abgestorben und verrottet war und anschließend das Erdreich nachgesickert war – waren überall zu erkennen.

Maureen holte einen wiederverschließbaren Plastikbeutel aus Dustys Kiste und benutzte einen schwarzen Filzstift, um die Koordinaten des Abschnitts und die Bodentiefe darauf zu vermerken.

Dusty sah sie stirnrunzelnd an. Sie war eine äußerst attraktive Frau. Ihr Adlergesicht und diese tiefschwarzen Samtaugen.

Ein säuerliches Lächeln huschte über sein Gesicht. Er hatte schon viele umwerfende Frauen kennen gelernt. Offenbar zog er sie an. Für gewöhnlich blieben sie zwei Wochen in seiner Nähe, so lange brauchten sie meistens, um seine Sonnyboy-Fassade abzureißen und zu entdecken, was sich darunter verbarg.

»Hat er …« Maureen tastete sich langsam vorwärts, als durchquere sie ein Minenfeld. »Hat er an einer unheilbaren Krankheit gelitten? War er deshalb in einem Krankenhaus?«

Dusty häufte losen Sand auf seine Schaufel und warf ihn in das Sieb. »Es war nicht diese Art von Krankenhaus, die Sie meinen.«

Maureen legte den Plastikbeutel beiseite und griff nach dem Sieb. Die Muskeln ihrer schlanken Unterarme spannten sich. »Tut mir Leid, das zu hören.«

»Es ist schon lange her.« Er kniete sich hin, nahm sein Notizbuch zur Hand und blies den Sand von den Seiten. Er machte sich rasch Notizen zur Bodentiefe, der Beschaffenheit des Erdreichs und beschrieb die Tonscherbe. Als er das Notizbuch weglegte und zu ihr aufsah, durchfuhr ihn ein merkwürdiges Prickeln. Der Schleier, der gewöhnlich ihre Augen verdeckte, war verschwunden. Ihr Blick war klar, aber traurig.

»Ich glaube, ich könnte niemals an John denken, wie er da auf dem Küchenboden lag, und im gleichen Atemzug sagen, ›es ist schon lange her‹.«

»Doch, das werden Sie. Der Schmerz vergeht, Doc. Irgendwann. Wenn nicht, zerreißt er einen.«

Er konzentrierte sich auf den Boden der Parzelle, versuchte abzuschätzen, wo er am wahrscheinlichsten auf das Grab treffen würde. Wenn die Erdschichten weiterhin abflachten, müsste es sich auf der linken Seite befinden. Er tat den ersten Spatenstich, dann den zweiten. Sie arbeiteten schweigend, er grub im Rhythmus des *Schh-Schhh* ihres Siebs.

Er hatte sich weitere zehn Zentimeter nach unten gearbeitet, als er plötzlich eine Farbveränderung im Erdreich feststellte. Er hielt inne: »Achtung, der Vorhang geht auf.«

Maureen stellte das Sieb ab und kniete sich an den Rand der Grube. »Was haben Sie gefunden?«

Dusty zeichnete mit dem Finger die Veränderungen der Erdschichten nach. »Das hier«, erklärte er, »die dunklere Schicht, kennzeichnet die ehemalige Erdoberfläche an dieser Stelle. Sie enthält Asche, organische Rückstände und andere Reste aus der Besiedlungszeit dieses Pueblos. Diese hier«, er deutete auf eine hellere, unregelmäßig verlaufende Schicht, »ist intrusiv. Jüngerer Schlick und Sand, die in tiefere Ebenen gespült wurden.«

»Das Grab?« Maureen sah ihn erwartungsvoll an.

»Scheint so.«

Maureen wollte schon in die Grube steigen. »Okay, graben wir sie aus.«

Dusty hob abwehrend die Hand. »Moment, wie wäre es, wenn Sie Platz machten und mich die Stelle erst einmal kartographieren ließen. Sie wissen schon, *wissenschaftliches* Arbeiten.«

Maureen hockte sich neben die Grube und machte ein

enttäuschtes Gesicht. »Gut, aber beeilen Sie sich, Stewart.«

Dusty vermaß die unterschiedlichen Erdschichten, machte sich Notizen, kratzte mit einem Spatel das intrusive Erdreich ab, bis er auf klumpige, dunkle Erde traf, etliche zerbrochene Mauersteine der ehemaligen Pueblomauer und drei Tonscherben.

»Was, ist das alles?«, fragte Maureen.

»Schutt. Sie haben ihn in das Erdloch geschaufelt, um den Leichnam zu bedecken.« Dusty nahm eine Erdprobe und tütete sie ein. »Sehen Sie hier die zerklüftete Kante des Grabes?« Er deutete auf die unregelmäßige Linie. »Normalerweise würden wir lange Riefen finden, die von den Grabstöcken stammen, mit denen sie das Erdreich gelockert hatten. Diese hier sind jedoch schuppenförmig, als wäre das Graben schwierig gewesen, weil der Boden gefroren war.«

»Wenn wir Pollen im nasalen Sinus finden, wissen wir es genau, aber ich wette, Sie haben Recht.«

Dusty arbeitete schnell, aber sorgfältig, entfernte Erdreich mit der Kelle und katalogisierte anschließend die Sandsteinbrocken, Tonscherben und Steinsplitter. Als er sich aufrichtete und seine verspannten Rückenmuskeln dehnte, betrachtete er den Verlauf der unterschiedlich gefärbten Erdschichten und versuchte sich vorzustellen, in welcher Lage sich das Skelett befinden könnte. Folgte diese Grabstätte dem Muster der anderen, müsste der Kopf des Leichnams nach Norden weisen.

Er wusste nicht genau, warum, aber plötzlich sagte Dusty: »Man hatte meinen Vater zu seiner eigenen Sicherheit eingewiesen.«

Zwischen Maureens Brauen entstand eine Falte. Sie starrte zu Boden. »Hat Ihre Mutter das veranlasst?«

»Zu dem Zeitpunkt war sie schon lange fort.«

»Ihre Großeltern?«, erkundigte sie sich sanft.

»Zwischen ihnen und Dad herrschte Funkstille. Er hätte eigentlich Anwalt oder Arzt oder irgendetwas Produktives werden sollen. Die genaue Geschichte kenne ich nicht. Aber irgendwie waren sie sich nicht grün.«

»Wer dann?«

»Dale.« Er drehte den Griff des Spatels zwischen den Händen. »Ich glaube, das war eine der schwierigsten Entscheidungen, die er je gefällt hat. Weiß Gott, deshalb bedeutete ich für Dale wahrscheinlich auch jahrelang eine ungeheure Last.«

»Was ist aus Ihrer Mutter geworden?«

»Sie ist Dozentin in Harvard und betreut eine große Sammlung von Maori- und Aboriginal-Artefakten in Peabody. Dort hat sie sich inzwischen selbst einen Namen gemacht.«

Offensichtlich erstaunt setzte sich Maureen zurück. »Sie meinen, Ruth Ann Sullivan ist *Ihre Mutter*?«

Dusty kniete sich wieder hin und arbeitete weiter. »Sie kennen sie?«

»Jeder kennt sie. Ihre Bücher sind Klassiker. Nach Margaret Meads Tod hat Ruth Ann Sullivan ihren Platz eingenommen und verfasst populärwissenschaftliche Bücher über verschiedene Kulturen.« Sie starrte auf seinen blonden Hinterkopf. »Sie hassen sie wirklich, nicht wahr?«

»Wahrscheinlich, wenn ich einen Gedanken an sie verschwenden würde. Aber das tue ich nicht. Tatsächlich habe ich ...«

Die Kante seiner Kelle traf auf einen Knochen, und Dusty vergaß, was er sagen wollte. Vorsichtig entfernte er das dunklere Erdreich, bis ein Teil eines Hinterkopfes sichtbar wurde.

»Mein Gott«, entfuhr es Maureen. »Da ist sie.«

Dusty richtete sich auf, klopfte sich den Sand von den Händen und den Hosenbeinen und sagte: »Ich brauche die Kamera. Hätten Sie Lust, inzwischen *behutsam* den Schädel freizulegen?«

»Und ob!« Sie sprang in die Grube und riss ihm die Kelle förmlich aus der Hand.

Dusty ging zu den Zelten, wo die Armeekiste stand. Bis er die Kamera vorbereitet, die Maßstabsanzeige und den Nord-Pfeil platziert und ein paar Fotos geschossen hatte, hatte Maureen schon das Erdreich um den Schädel herum abgegraben. Er wollte die Kamera gerade zurücktragen und wieder verstauen, da rief Maureen: »Dusty?«

Es war das erste Mal, dass sie ihn bei seinem Vornamen nannte.

Sie stand aufrecht in der Grube und sah ihn an. Ihr Atem ging schnell, und ihre Stimme klang etwas höher als gewöhnlich. »Sie sollten sich das mal ansehen.«

Dusty eilte zurück und kniete sich vor die Grube. »Was haben Sie gefunden?«

Maureen deutete mit der Spitze der Kelle auf ein Loch im linken Schläfenbereich des weiblichen Schädels, wo der Knochen strahlenförmige Frakturen aufwies. Genau wie sie es vorhergesagt hatte. »Das Sprachzentrum, Stewart. Er hat versucht, die Quelle der Sprache im menschlichen Gehirn zu finden.«

Dusty kletterte zu Maureen in die Grube. »Interessant«, murmelte er beinahe ehrfurchtsvoll.

Neben dem Schädel hatte Maureen einen flachen Stein freigelegt, der wie ein Mahlstein aussah. »Kann ich meine Kelle zurückhaben?«

»Warum?«

»Das könnte tatsächlich ein Mahlstein sein, obwohl er dafür sehr klein ist. Vielleicht ist es auch nur ein Fragment.«

Er entfernte Sand und Erde um das Fundstück und stellte dann fest, dass dieser Stein als Deckel eines Tongefäßes diente und offensichtlich mit Bienenwachs verklebt war.

»Das ist merkwürdig«, sagte Dusty und wischte sich mit dem Handrücken den Schweiß von der Stirn. »Jemand hat offenbar größten Wert darauf gelegt, den Inhalt, was immer das auch sein mag, luftdicht zu versiegeln.«

»Können wir es öffnen?«

Dustys Kelle schwebte unschlüssig über dem Gefäß. »Ich weiß nicht, ob das klug wäre. Dies hier ist ein ungewöhnliches Artefakt. Vielleicht fragen wir vorher lieber …«

Er hörte Hail Walking Hawks Stock über den Boden tappen und Maggies leise Stimme: »Wir können es uns ansehen, sobald sie es geborgen haben, Tante.«

»Ich will es jetzt sehen, Kind«, drängte Hail.

Dusty schirmte die Augen gegen die Sonne ab und sah zu der alten Frau auf. Graue Strähnen fielen ihr in das verwitterte Gesicht.

»Haben Sie die Frau gefunden, Washais?«

»Ich glaube schon, Mrs. Walking Hawk. Außerdem haben wir ein Gefäß gefunden, das mit einem Mahlstein verschlossen und mit Wachs versiegelt ist. Wissen Sie, was das sein könnte?« Maureen deutete auf das Gefäß.

Hail kniff die alten Augen zusammen, versuchte den Topf zu fixieren, aber es schien ihr Schwierigkeiten zu bereiten. »Das Gefäß könnte Wegzehrung für die Reise ins Land der Toten enthalten.«

»Ist es in Ordnung, wenn wir das Gefäß herausholen und öffnen?«, erkundigte sich Dusty.

Es dauerte eine Weile, bis Hail antwortete. »Glauben Sie, es wird uns etwas über den Mörder verraten, Washais?«

»Möglicherweise. Aber dazu müssen wir das Gefäß öffnen.«

Hail nickte. »Dann macht es auf und lasst mich wissen, was ihr gefunden habt.«

Maureen schob sich hinter den schmalen Tisch in Dales Wohnwagen, baute ihr Mikroskop auf und legte das Sezierbesteck parat. Die Gasleuchte in der Mitte des Resopaltischs zischte leise. Während sie in ihrer Tasche nach den Objektträgern kramte, blickte sie sich um. Den Platz links von ihr nahmen ein winziger Gasherd und Einbauregale ein. Gegenüber befand sich ein kleines Fenster, das den silbrigen Schein der Tischleuchte zurückwarf. Die Farbe der Sitzbank war einst Rotbraun gewesen, doch im Lauf der Jahre hatten Staub, verschütteter Kaffee und verschwitzte Archäologen sie in ein stumpfes Grau verwandelt. In dem alten Wohnwagen hing der leicht metallische Geruch nach Mäusen.

Dale öffnete die Tür, und die Scharniere ächzten klagend, als er, gefolgt von Dusty, hereinkletterte. In den ausgestreckten Händen trug er den schwarzweißen Keramiktopf mit dem schweren Sandsteindeckel. Der Wohnwagen schwankte, als die beiden Männer an den Tisch traten.

»Wir haben ihn gerade aus dem Grab geborgen. Alles bereit?«, erkundigte sich Dale.

»Alles bereit.« Maureen knipste die batteriegespeiste Lampe an ihrem Mikroskop an.

Dale stellte das Gefäß mit dem gewölbten Boden auf einem Stoffring ab, der dazu diente, menschliche Schädel oder zerbrechliche Keramikgefäße zu halten.

»Ich habe jede Menge Tüten mitgebracht«, verkündete Stewart und angelte aus seiner Gesäßtasche eine Rolle wiederverschließbarer Plastikbeutel.

»Gut.« Maureen öffnete die Mappe mit dem Sezierbesteck, nahm ein Skalpell heraus und besah sich das dunkelbraune Wachs genauer. »Das Wachs hat ursprünglich wohl den ganzen Deckel eingehüllt. Die Person, die das Gefäß versiegelt hat, hat das Wachs anscheinend geschmolzen und dann über den Mahlstein gegossen.« Die Reste von braunen Wachsklumpen waren erkennbar, die die Vertiefungen in dem Stein ausfüllten. »Mein Gott, da sind ja Dermatoglyphen im Wachs. Ich werde versuchen, das Wachs an den Kanten abzulösen, damit wir es nicht beschädigen.«

»Was war das?«, Stewart hob fragend seine blonden Brauen.

»Fingerabdrücke«, erklärte Dale. »Wenn Maureen mit ihrer Annahme, dass die Frauen ermordet worden sind, Recht hat, dann müssten die Fingerabdrücke theoretisch von dem Mörder stammen.«

»Und in diesem Fall«, sagte Maureen, »war der Mörder eine Frau.«

Im Wohnwagen wurde es still. Der Wind draußen schien auf einmal viel lauter zu heulen. Der Wohnwagen wurde von einer heftigen Böe geschüttelt.

Maureen betrachtete die erschrockenen Gesichter der beiden Männer. »Was ist denn los?«

»Eine Frau?«, flüsterte Dusty sichtlich geschockt.

»Ich kann es noch nicht mit Gewissheit sagen, aber schauen Sie sich doch mal die Handflächenbreite an, die diese Fingerabdrücke beschreiben.« Sie deutete auf die besagte Stelle. »Sehr schmal. Typisch für eine Frau oder ein Kind, würde ich sagen. Gut, sie könnten auch einem zierlichen Mann gehören, aber das bezweifle ich eher.«

Maureen benutzte ihr Skalpell, um vorsichtig die Wachsschicht von dem Deckel zu lösen. Nichts rührte sich. »Das Zeug ist wie Beton.«

»Es hatte achthundert Jahre Zeit zum Aushärten«, bemerkte Dusty. »Lassen Sie es mich mal versuchen.« Er packte den Deckel und löste ihn mit einer kräftigen Drehbewegung ab.

Maureen bekam das Gefäß gerade noch rechtzeitig zu fassen, ehe der Inhalt herausrieselte. »Gütiger Himmel, Stewart! Wer, glauben Sie, sind Sie denn? Indiana Jones in den Katakomben von Venedig? Zu schade, dass Sie kein Dynamit oder einen Presslufthammer zur Hand hatten, wie? Oder ein tausend Jahre altes Stück Stoff, um daraus eine Fackel zu wickeln und das Wachs zu schmelzen?«

Dale bedachte Dusty mit einem tadelnden Blick, dann nahm er den Sandsteindeckel und hielt ihn unters Licht. »Reich mir mal einen Plastikbeutel, William. An der von dem Wachsring geschützten Oberfläche lassen sich wahrscheinlich Pollen, Phytolithe und vielleicht sogar ein paar makrobotanische Spuren nachweisen.«

Dusty hielt Dale einen geöffneten Beutel hin, dieser ließ den Steindeckel hineingleiten, dann verschloss er ihn.

Maureen kippte den Inhalt des Gefäßes in den Lichtstrahl der Lampe, um ihn zu untersuchen. Auf den ersten Blick sah er aus wie in kleine Stücke gezupftes Trockenfleisch. Die dünne Schimmelschicht darauf schimmerte silbern.

Dale warf einen Blick in den Keramiktopf und schüttelte den Kopf. »Ich dachte, es handle sich um Speisen oder wertvolle Geschenke für das Leben im Jenseits. Aber offenbar habe ich mich getäuscht.«

Dusty zog einen Filzstift aus der Brusttasche seines grünen T-Shirts und beschriftete den Beutel mit dem Sandsteindeckel. »Es könnte durchaus etwas Essbares sein. Im Great Basin und den Plains gab es Schoschonenstämme, die trockneten Eichhörnchen und Kaninchen und zerrieben diese auf großen Mahlsteinen zu Trockenfleischflocken. Der prähistorische Vorläufer unserer heutigen Hamburger.«

»Gebt mir eine Minute, dann wissen wir es genau«, sagte Maureen und fischte mit der Pinzette eine dünne braune Faser aus dem Gefäß, von der sie dann mit einer Schere winzige Stückchen abschnitt. Den Rest ließ sie wieder in den Topf fallen und fixierte die Proben auf einem Objektträger. »So, dann schauen wir mal, was wir hier haben.«

Sie begann mit 10facher Vergrößerung und brummte etwas vor sich hin.

»Was sehen Sie?«, erkundigte sich Dale.

»Muskelgewebe«, antwortete sie.

Die Erinnerung an die Schabspuren an den zuvor gefundenen Skeletten ließ sie unwillkürlich die Stirn runzeln.

»Und, was glauben Sie?«, drängte Stewart.

»Einen Moment.« Sie kramte in ihrem Sezierbesteck, fand ein Reagenzglas, eine kleine, mit klarer Flüssigkeit gefüllte Phiole, die mit *Human Juice* beschriftet war, und ein längliches, mit einer Schnur umwickeltes Etwas, das aussah wie diese Metallröhrchen, in denen man Zigarren aufbewahrte.

»Was ist das?«, fragte Stewart.

»Das ist mein portables Wald-und-Wiesen-Labor für anthropologische Untersuchungen. Dale, ich brauche eine *saubere* Porzellanfläche. Haben Sie vielleicht eine Untertasse?«

»Habe ich.« Er ließ den Riegel an einem der Einbauschränke aufschnappen und entnahm ihm eine Plastiktüte mit Porzellantellern. »Ich verpacke sie, gleich nachdem ich sie aus der Spülmaschine genommen habe, in Plastik, weil ich den Geschmack von Mäusekötteln nicht besonders schätze. Ist Ihnen mit diesem Teller gedient?«

»Ja, prima.« Sie drehte den Teller um und stellte ihn vor sich auf den Tisch. Dann holte sie einen Lappen und zwei weitere kleine Plastikfläschchen aus ihrem Laborkoffer.

»Bleiche«, erklärte sie und ließ zwei Tropfen davon in den kleinen Ring auf der Unterseite des Tellers fallen. »Stewart, hinter ihnen unter dem Hängeschrank gibt es eine Rolle Papiertücher. Rollen Sie drei Blatt ab und geben Sie mir das vierte. Fassen Sie es beim Abreißen an den äußersten Kanten an und geben Sie es mir, ohne dass es irgendetwas anderes berührt.«

Stewart befolgte genau ihre Anordnung und sagte, als er ihr das Papiertuch reichte: »Das müssen Sie mir jetzt aber erklären.«

Maureen nahm das Papiertuch an den Kanten und drehte es zu einer Tüte zusammen, so dass der unberührte Teil die Spitze bildete. »Okay, die Mitte des Tellers ist glasiert und überwiegend kratzerfrei. Da sich Fingerabdrücke darauf befinden könnten, werde ich mit dem sauberen Papiertuch Bleiche darauf verteilen. Bleiche denaturiert Protein.« Während sie sprach, trug sie die Bleiche auf der Tellerfläche auf. »So, das lassen wir jetzt einen Moment einwirken. Stewart, reichen Sie mir bitte noch ein Papiertuch. Die gleiche Vorgehensweise.«

Vorsichtig riss Stewart ein weiteres Blatt ab und reichte es ihr mit spitzen Fingern.

Damit rieb Maureen die Tellerfläche sauber. »So, und jetzt« – sie ließ ein paar Tropfen aus der zweiten Plastikflasche auf den Teller fallen – »nehmen wir destilliertes Wasser und benötigen noch ein Papiertuch.«

»Sagen Sie, haben Sie Anteile an einer Papierfabrik?«, scherzte Dusty, als er ihr das Tuch reichte.

»Nein«, erwiderte Maureen ernst. »Ich versuche nur etwaige Verschmutzungen auf ein absolutes Minimum zu beschränken.«

Sie rieb mit dem letzten Tuch abermals die Tellerfläche sauber. »Die Bleiche muss restlos entfernt werden«, murmelte sie und musterte mit schief gelegtem Kopf die glänzende Telleroberfläche. »So, besser geht es hier draußen nicht.« Mit der Pinzette nahm sie das winzige Faserstück vom Objektträger und ließ es in die Mitte des Tellers fallen.

»So, und jetzt kommt der spaßige Teil.« Nachdem sie den Griff des Skalpells sorgfältig gereinigt hatte, zerdrückte sie damit das getrocknete Muskelgewebe, bis es eine pulverartige Konsistenz angenommen hatte. Anschließend entfernte sie den Plastikstöpsel von dem Reagenzglas, schob mit Hilfe einer Nadel winzige Krümel des Gewebes auf die Klinge des Skalpells und beförderte diese dann in das Reagenzglas.

»Das war das«, erklärte sie zufrieden und hob die Glasphiole hoch. »Und jetzt der ›Menschensaft‹. Das sind antihumane Antigene. Sie reagieren mit menschlichem Gewebe. So etwas habe ich immer dabei, denn im Gelände ist das oft sehr nützlich.«

Mit der Pipette maß sie zwei Tropfen davon ab, fügte einige Tropfen destilliertes Wasser hinzu, verschloss das Reagenzglas und ließ es in den zigarrenförmigen Behälter gleiten. »Und jetzt kommt der wissenschaftliche Teil«, sagte sie zu Stewart und drückte ihm den Behälter in die Hand. »Sie sind ein großer, starker Mann. Daher möchte ich Sie bitten, nach draußen zu gehen, die Schnur bis zum Ende abzuwickeln und den Behälter dann fünf Minuten über ihrem Kopf im Kreis zu schleudern. Dale und ich machen uns inzwischen eine Tasse Kaffee.«

Stewart schnitt eine Grimasse, hob den schweren Behälter hoch und fragte Maureen dann: »Und warum machen Sie das nicht?«

»Weil ich es schon oft getan habe. Sie jedoch nicht.«

»Korrekt«, nickte er. Der Wohnwagen ächzte und quietschte, als Dusty ausstieg, und der Wind knallte hinter ihm die Tür zu.

Dale konnte sich ein Grinsen nicht verkneifen, als er ein Streichholz anriss, um den Gasofen anzuzünden.

Maureen lehnte sich zurück und betrachtete lächelnd die blauen Flammen. »He, das macht richtig Spaß, Dale. Ich habe mich seit Jahren nicht mehr so amüsiert.«

»Sie und Dusty haben offenbar eine Art Verständigungsebene gefunden.«

»Eine Art, ja.« Sie neigte den Kopf zur Seite und sah Dale

zu, wie er Wasser in die Kaffeekanne goss. »Er ist schon ein sonderbarer Typ. In der einen Sekunde glaubt man, einen völlig vernünftigen Mann vor sich zu haben, und im nächsten Augenblick zeigt er das emotionale Verhalten eines Zwölfjährigen. Welches Problem hat er eigentlich mit Ruth Ann?«

Dale gab zwei Löffel Kaffeepulver in die alte, rußgeschwärzte Kanne, setzte den Deckel darauf und musterte Maureen aus dem Augenwinkel. »Hat er Ihnen davon erzählt?«

»Nicht viel. Nur dass sein Vater in einer psychiatrischen Klinik Selbstmord begangen hat.«

Dale stellte die Kanne aufs Feuer, dann drehte er sich um. Er verschränkte die Arme und lehnte sich an den Einbauschrank. »Das ist schon viel mehr, als er sonst jemandem in den letzten Jahren anvertraut hat, glaube ich.«

»Warum hat sie die Familie verlassen?« Maureen senkte die Stimme und warf einen Blick zur Tür.

»Ein anderer Mann. Sein Name war Carter Hawsworth. Er untersuchte damals die sozialen Strukturen im Zuni-Pueblo. Ruth erbot sich, ihn herumzuführen. Eine rein professionelle Geste der Höflichkeit. Zu der Zeit arbeitete Sam in Blanding, Utah. Als er eine Woche später zurückkehrte, hatte sie schon ein Ticket nach Cambridge in der Tasche und winkte ihm damit bei der Begrüßung zu.«

»So schnell?«

Dale nickte, kramte seine Pfeife aus der Tasche und begann das langwierige Ritual des Stopfens. Anschließend zündete er sie mit einem Streichholz an, paffte ein paarmal, bis der Tabak richtig glühte, und sah Maureen dann durch eine blaue Rauchwolke an. »Sam hat diese Frau verehrt. Ihr Betrug hat ihn zerstört.«

»Wenn ihre Ehe so leicht zu zerbrechen war, was hat die beiden dann anfangs zusammengeführt?«

»Oh, wer kann das schon sagen? Ich glaube, Sam war für sie neu und aufregend. Sie stammten beide aus denselben Kreisen; altes Geld, Ostküsten-Highsociety. Ruth war jung, zum ersten Mal auf sich allein gestellt, und begegnete diesem gut aussehenden, jungen Archäologen, der ein wildromantisches Leben unter freiem Himmel führte. Sie wurde schwanger, noch ehe sie verheiratet waren, und saß somit aus ihrer Sicht in der Falle, denn Sam dachte nicht daran, an eine Universität im Osten zurückzukehren. Und dann verkrachte er sich auch noch mit seinen Eltern, als er sich weigerte, eine Dozentenstelle in Harvard anzunehmen, und sich in den, wie sie es nannten, ›Wilden Westen‹ absetzte. Sam war ein Mann der Feldforschung, einer der besten seines Fachs. An einer Universität wäre seine Seele verkümmert.«

Maureen verschränkte die Finger auf dem Tisch. »Wie alt war Dusty, als das passierte?«

»Er war damals gerade sechs geworden. Und den größten Teil dieser sechs Jahre hat Ruth mit zusammengebissenen Zähnen in ihrer Mutterrolle ausgeharrt. Sie konnte Dusty nicht die Liebe geben, die ein Kind braucht. Ich erinnere mich an einen Abend im Dezember, als ich zu ihnen kam, um Sam ein merkwürdiges Artefakt zu zeigen, das ich nicht einordnen konnte. Dusty war damals vier. Irgendetwas hatte er angestellt, was, das habe ich nie herausgefunden, aber Ruth hatte ihn zur Strafe in den Keller gesperrt. Es war stockdunkel und eiskalt dort unten. Und dort steckte der kleine Kerl schon seit dem Vormittag. Ich hörte, wie er immer wieder ihren Namen rief, beteuerte, wie Leid es ihm täte, und sie bat, ihn wieder rauszulassen.« Dale blies eine dicke Rauchwolke in die Luft. »Ich habe es nicht ausgehalten, Maureen. Ich musste gehen.«

Ihr Herz krampfte sich zusammen. »Warum hat Sam nichts unternommen?«

»Sam war ein herzensguter Mann, Maureen, aber kein starker. Ich glaube, er wusste schon damals, dass er Ruth eines Tages verlieren würde, und ließ zu, dass sie ihrem Sohn Dinge antat, die kein vernünftiger Mann zugelassen hätte.« Er schwieg für einen Moment und starrte auf seine Pfeife. »Nachdem sie ihn verlassen hatte, zerfiel Sam buchstäblich vor meinen Augen. Dreimal hat er im ersten Monat versucht sich umzubringen. Er war nicht mehr in der Lage, für sich zu sorgen, geschweige denn für einen sechsjährigen Jungen.«

»War Dusty dabei?« Wieder warf sie einen raschen Blick zur Tür und setzte leise hinzu: »Als er versuchte, sich umzubringen?«

»Jedes Mal.«

»Mein Gott.« Maureen senkte den Kopf. »Deshalb haben Sie ihn einweisen lassen und Dusty zu sich genommen?«

Er nickte. »Jemand musste es tun. Zuerst habe ich natürlich seine Eltern angerufen, aber die wollten ihn nicht. Dann habe ich versucht, Ruths Eltern zu finden, aber ohne Erfolg. Damals wusste ich noch nicht, dass die beiden bei einem Autounfall ums Leben gekommen waren, in der gleichen Woche, als Hawsworth im Zuni-Pueblo auftauchte. Ich bin sicher, dass Ruth damals vor Kummer ganz verwirrt ...«

»Das ist keine Entschuldigung ...«

Dusty öffnete die Tür und kam, gefolgt von einer zerzausten Sylvia, herein. Ihr grünes T-Shirt und die Khaki-Shorts waren völlig eingestaubt. Die dunklen Halbmonde unter ihren Achseln waren lehmverkrustet. Sie hatte sich die Haare hochgesteckt, doch um ihr sommersprossiges Gesicht ringelten sich feuchte Strähnen.

Dusty schnaufte ein wenig, als er an den Tisch trat. »Das war ein intensiveres Schultertraining, als ich anfangs dachte.«

»Vorsicht, Dusty«, warnte ihn Maureen. »Schütteln Sie es nicht.«

»Selbstverständlich nicht, Doc. Ich mag ja bis dato noch nicht als lebende Zentrifuge fungiert haben, aber ich besitze genügend Grips, um den Prozess geistig nachvollziehen zu können.«

Maureen hob überrascht die Brauen. »Was ist das denn? Wollten Sie sich mir etwa als Wissenschaftler präsentieren?«

Sein Blick war völlig ausdruckslos, als er erwiderte: »Ja. Richtig. Dachte mir, ich versuch's einfach mal. Und, habe ich Sie überzeugt?«

»Keine Chance«, sagte Sylvia, während sie sich Maureen

gegenüber auf die Bank schob. »Vielleicht versuchst du es das nächste Mal mit einer Frauen-Imitation. Das ist weitaus weniger anstrengend.«

Dusty durchbohrte Sylvia mit einem grimmigen Blick, als er Maureen den Behälter reichte, und zwar absolut senkrecht. »Pass nur auf, bei nächster Gelegenheit mische ich dir Milzbranderreger unter deine Käsefische.«

Maureen warf den beiden einen genervten Blick zu, ehe sie den Verschluss von dem länglichen Behälter schraubte, vorsichtig das Reagenzglas herausnahm und gegen das Licht hielt. »Hmmm.«

»Was ist das?« Stewart betrachtete mit zusammengekniffenen Augen den kleinen roten Klumpen am Boden des Reagenzglases.

»Eine positive Reaktion«, erklärte Maureen trocken. »Die soeben abgeschlossene Fällung sagt uns, dass dieses Gefäß pulverisierte Menschen enthält.«

»Oh«, wisperte Sylvia.

Dusty tauschte mit Dale einen unbehaglichen Blick. »Verdammt. Jetzt gibt's Probleme.«

»Das ist noch untertrieben«, befand Dale.

»Ich verstehe nicht.« Maureen stellte die provisorische Zentrifuge auf dem Tisch ab. »In vielen Kulturen, und zwar weltweit, war es Brauch, den Toten das Fleisch von den Knochen zu schaben und es aufzubewahren. Nur eine Variante unserer Gepflogenheit, die Asche unserer Lieben auf dem Kaminsims aufzustellen. Unter den Chocktaw, Chickasaw, Cherokee ...«

»Wir sind hier im Südwesten, Maureen«, erinnerte sie Dale und warf Dusty einen bedeutungsvollen Blick zu.

Der nickte und atmete geräuschvoll aus. »Na ja, zumindest wissen wir jetzt etwas mehr über Maureens Serienmörder.«

»Wieso?«, fragte Maureen.

Dustys blitzblaue Augen leuchteten, als er sie ansah. »Er war sehr vielseitig. Er hatte sich auf junge Frauen spezialisiert und mit seiner Kriegskeule ein paar grundlegende Experimente auf dem Gebiet der Neurophysiologie durchgeführt. Nachdem er seine Opfer umgebracht hatte, schabte er ihnen das Fleisch von den Knochen und …« Bewusst ließ er den Rest des Satzes in der Luft hängen und wandte sich an Sylvia.

Die beendete ihn für ihn. »Und verarbeitete es zu Leichenpulver.«

»Richtig.«

»Leichenpulver?«, wiederholte Maureen skeptisch. »Glauben Sie, dass es das ist?«

»Daran besteht kaum Zweifel«, bestätigte Dale. »Und wir haben es geöffnet, ohne irgendwelche Vorsichtsmaßnahmen zu treffen. Das Böse ist sozusagen frei.«

»Ich glaube, es ist am Besten, wenn ich Maggie und Mrs. Walking Hawk informiere. Wahrscheinlich werden wir die Grabungen für ein paar Tage unterbrechen müssen, um uns einer Reinigung zu unterziehen, aber …

»Ein paar Tage, wenn wir Glück haben«, gab Dale zu bedenken. »Solche Funde können für ein Projekt auch das absolute Aus bedeuten.«

Keiner schien das Brodeln des Kaffeetopfs zu hören.

27

Schwester Mond warf ihren Schein durch die dicht gebauschten Wolken und tauchte die Sandsteinklippen in ein weiches, taubengraues Licht. Die Eisflächen in den Felsspalten glitzerten wie gläserne Augen.

Tändler saß in der Hocke, die Ellbogen auf die Knie gestützt und warf Kieselsteine in das Rinnsal des Gerader-Pfad-Flusses. Er hatte bewusst den am weitesten vom Dorf entfernten Wachposten übernommen. Falls der Mörder ihn allein antreffen wollte, war seine Überlegung gewesen, hatte er jetzt dazu Gelegenheit.

Er konnte es kaum erwarten, dem Mörder Auge in Auge gegenüberzustehen, mit seiner Kriegskeule in der Hand.

Und er konnte hier draußen besser nachdenken. Das Geplauder, Gelächter, die unentwegt herumrennenden Kinder und kläffenden Hunde hatten ihn ziemlich nervös gemacht.

Die Nacht war kalt, und er zog seinen Hirschlederumhang enger um die Schultern. Sieben Krieger patrouillierten auf den von Fackeln erhellten Rängen von Talon; weitere sechs waren auf dem Dach vom Hügeldorf postiert. Die meisten von ihnen kannte Tändler nicht. Nachdem Flammenbotin seinem Plan zugestimmt hatte, war er zu den gerade eingetroffenen Matronen der anderen Dörfer gegangen und hatte ihnen erklärt, dass er zusätzliche Krieger benötige, um die »Harmonie und Heiligkeit« der Zeremonie zu gewährleisten. Jeder wusste aus Erfahrung, dass es bei so großen Zusammenkünften immer wieder zu tätlichen Auseinandersetzungen kam. Vor zwei Sommern war in der Stadt der Blühenden Wasser dabei ein Mann getötet worden. Die Matronen nahmen daher seine Bitte um Unterstützung frohen Herzens auf. Die Hälfte der Krieger, sechzehn Männer und vier Frauen, hatte er auf strategisch wichtige Posten verteilt: auf den Dächern, den Hügeln vor Talon und oben auf den Klippen. Diese Krieger würden die ganze Nacht Wache halten. Und morgen, wenn sie sich schlafen legten, würde er die anderen sechzehn Krieger zur Wache einteilen.

Windjunge zauste Tändlers Haar mit eisigen Fingern und wisperte in sein Ohr, so als wollte er ihn dazu verführen, aufzustehen und ins Dorf zurückzukehren.

Erneut warf Tändler einen Stein in das schmale Flussbett. Das Mondlicht spiegelte sich auf der glatten Oberfläche, dann hörte er ihn platschend ins Wasser fallen.

Vor der nördlichen Canyonwand flackerten dutzende Lagerfeuer, die sich gleich einer funkelnden Perlenschnur von Kesselstadt zu seiner Rechten bis weit hinter Talon zu seiner Linken zogen.

Bis jetzt waren bereits etwa einhundertzwanzig Gäste eingetroffen, und vor Sonnenuntergang erwartete Flammenbotin noch weitere vierzig. Viele der Besucher waren bei Freunden im Hügeldorf untergekommen. Andere hatten in Kesselstadt Unterschlupf gefunden. Niemand hätte es gewagt, in Talon Quartier zu beziehen, kannten sie alle doch die Legenden über Geister und Zauberer, die nachts in den verlassenen Kammern umherhuschten.

Die meisten der Besucher hatten in der Ebene einfache Lager errichtet, eine Grube für das Feuer ausgehoben, ihre Felldecken ausgebreitet und mit ihren Habseligkeiten die äußere Grenze ihrer Lagerstätte markiert. Die großen, mit

Kaulquappen und Schlangen bemalten Wassergefäße standen nahe beim Feuer. Daneben hatten sie die kleineren Henkelgefäße gestellt, die mit heiligen Abbildungen der Maistänzer verziert waren. Sie enthielten das weiße Maismehl, aus dem die geweihten Brote gebacken wurden, die sie am nächsten Tag miteinander teilen würden.

In jeder der kleinen Lagerstätten stand ein Gebetspfahl. Am oberen Ende ragten rechts und links je zwei aus gelben Maiskörnern und glitzernden Perlen gearbeitete Ohren heraus. Darunter hingen kunstvoll geschnitzte Masken, die mit Halsketten aus Olivella-Schnecken, roten Korallen, Gagat- und Obsidianperlen oder -tieren behängt und mit fächerförmig gebundenen Federn von Enten, Papageien, Adlern, Hähern und Krähen geschmückt waren. Am Fuße des Pfahls stand auf einer Weidenmatte ein Lederkorb. Dieser enthielt die Körner verschiedener Maissorten, Kürbis-, Sonnenblumen- und Kiefernsamen, Tabakblätter und rotweiß gesprenkelte Bohnen. Jede der Gaben repräsentierte ein Versprechen, das vergessen, aber nicht zurückgenommen war. Morgen würde man die Gaben den Göttern darbringen. Die Götter erinnerten sich an sämtliche Versprechen, die ein Mensch seinem Clan oder seiner Familie gegeben hatte, und wenn man sie respektvoll darum bat, riefen sie sie dem reuigen Säumer wieder ins Gedächtnis, so dass seine Lieben nicht bemerkten, dass er sie vergessen hatte.

Tändler griff nach dem nächsten Kieselstein. Er hatte Grasmond versprochen, ihm für diese Feier einen gelben Tanzstock zu schnitzen.

Sein Sohn war zwei Sommer alt gewesen, als er ihm zum ersten Mal die Geschichte von der Reise aus der finsteren Unterwelt erzählt hatte. *»Als die Menschen schließlich in Vater Sonnes blendendes Licht traten, brannte es ihnen in den Augen, mein Sohn. Tränen liefen ihnen über die Wangen, und an den Stellen, wo diese zu Boden fielen, wuchsen bald gelbe Lilien und Sonnenblumen.«*

Von diesem Augenblick an liebte Grasmond die Farbe

Gelb. Aschenmädchen hatte alle Bänder an ihren Kleidern gelb gefärbt, um ihrem Sohn eine Freude zu machen.

Tändler griff wieder nach einem Stein.

Aschenmädchen.

Seine Wut war verflogen, aber er konnte das Gefühl nicht beschreiben, das an ihre Stelle getreten war. Er fühlte sich wie betäubt, jeglicher menschlichen Regung beraubt. Seit dem Anblick ihres verstümmelten Leichnams war er kaum noch eines vernünftigen Gedankens fähig. Ein Teil von ihm liebte Aschenmädchen immer noch, und das Wissen darum verursachte ihm großen Kummer. Und er würde niemals die Bewunderung in den Augen seines Sohnes vergessen, wenn dieser seine Mutter angesehen hatte.

Tändler schloss die Hand um den Stein zur Faust. »Ich habe sie zu sehr gebraucht. Das hat sie von mir fortgetrieben. Und deshalb ist sie jetzt tot.«

Je weiter Grasmonds Krankheit vorangeschritten war, desto mehr Forderungen hatte Tändler gestellt, und desto mehr Zeit hatte Aschenmädchen auf die Suche nach einem Geisthelfer verwendet – verzweifelt darum bemüht, seine und die Schmerzen ihres Sohnes zu lindern.

Warum hatte er das nur nicht verstanden? Er hatte ihre lange Abwesenheit als Vernachlässigung angesehen; als Beweis dafür, dass sie sich eigentlich nicht um sie beide kümmern wollte. Wütend schleuderte er den Stein in das Flussbett.

Steingeist hatte ihm erklärt, dass Aschenmädchens Geisthelfer ein sehr wählerischer Gott sei, der sich nur verzweifelten Frauen näherte, die entweder selbst krank waren oder kranke Angehörige hatten. Er hatte gesagt, dass dieser »Besucher« versprochen habe, die Krankheit zu heilen, wenn die Frau ihm ihre Seelen überantworte, und dass er sie töte, wenn ihr das nicht gelänge.

Und jetzt hatte es den Anschein, als gäbe es zwei Mörder, nicht nur einen.

Ein einzelner Verrückter, das konnte Tändler verstehen. Aber zwei? Welchen Sinn ergab das? Worauf zielten ihre grausamen Taten ab?

Wolkenmenschen segelten vor Schwester Monds Antlitz vorbei, und Tändler sah sich auf einmal in Dunkelheit gehüllt. Dann nahm er eine Bewegung wahr.

Auf der anderen Seite des Flussbetts erkannte er die Umrisse einer großen, dunklen Gestalt. Sie besaß keine Tiefe, war wie aus schwarzem Stoff ausgeschnitten.

Instinktiv riss er die Kriegskeule aus seinem Gürtel. Das Blut, das durch seine Adern pulsierte, wurde siedendheiß. Schweißperlen rannen ihm über die Brust. Wie immer vor einem Kampf fühlte er sich leicht benommen.

Als die Wolkenmenschen weitergezogen waren, ergoss sich wieder das Licht von Schwester Mond über den Canyon.

Sehr leise rief eine Stimme: »Tändler?«

»Heilige Geister, Weidenkätzchen!«, rief er zurück und sprang auf. »Mach dich das nächste Mal früher bemerkbar. Ich war drauf und dran, dir den Schädel zu spalten!«

Sie blieb am gegenüberliegenden Flussufer stehen. »Sollte ich laut brüllen, damit der Mörder mich auch gut hören kann?« Sie verschränkte die Arme vor der Brust.

Tändler atmete zitternd ein. »Ich dachte, du wolltest schlafen.«

»Jetzt nicht mehr.«

Ihr Tonfall alarmierte Tändler. »... Warum nicht?«

»Komm zu mir rüber, dann werde ich es dir erzählen.«

Beklommen schritt er auf den Weg zu, der durch den Wasserlauf führte. Doch als er dann den gewundenen Pfad herunter- und auf der anderen Seite hinauf rannte, verflüchtigte sich ein Teil seiner Anspannung.

Weidenkätzchen stand oben am Uferrand. Eine schwarze Decke hüllte ihre große, schlanke Gestalt vom Hals bis zu den Knien ein, und sie trug schwarze Lederbeinlinge und Sandalen. Als Tändler nahe genug bei ihr war und ihr ovales Gesicht mit der nach oben zeigenden Nase sehen konnte, bemerkte er auch, dass sie schnell und stoßweise atmete.

»Rasch«, drängte er. »Erzähl mir.«

»Dein Großonkel hat etwas Interessantes gefunden. Komm und sieh selbst.«

Damit drehte sie sich um und schlug den Weg zurück ins Hügeldorf ein.

»Sag es mir! Ich will es wissen.«

»Er möchte es dir selbst erzählen.«

Schweigend näherten sie sich der versammelten Menschenmenge, dann streckte Weidenkätzchen die Hand aus. »Steingeist sitzt mit Flammenbotin und Maismutter dort drüben am Feuer. Geh nur. Ich werde inzwischen deine Wache übernehmen.«

Mit eilig gemurmelten Entschuldigungen wie »Verzeihung … es tut mir Leid … Ich muss dringend die Matronen sprechen … Entschuldigung …«, bahnte er sich einen Weg durch die Menge.

Nachdem er sich durch die letzte Gruppe von ungefähr dreißig Gästen gedrängt hatte, die ihm den Weg versperrten, gelangte er in den Lichtschein des Feuers.

Steingeist saß auf einer Decke, vor sich einen Haufen Steine und Felsbrocken. Eine graue Aschenschicht bedeckte sein verwittertes Gesicht, seinen löchrigen Umhang und hatte sich selbst in den Falten seiner Augenlider festgesetzt. Die schwarzen Striche verliehen ihm ein bizarres Aussehen.

Flammenbotin blickte finster vor sich hin. Feuchte graue Haarsträhnen umrahmten ihre kleinen, dicht beieinander stehenden Augen und die dicke Knollennase. Sie schien trotz der Kälte zu schwitzen. Der wunderschöne, rote Federumhang, den Aschenmädchen für sie genäht hatte, schillerte im rötlichen Feuerschein.

Maismutter, die Matrone des Eiswiesendorfes, saß rechts von ihr und unterhielt sich leise mit einem jungen Mann. Die Frau, die neben dem jungen Mann saß, war auffallend blass und litt offensichtlich an der Hustenkrankheit.

»Neffe?«, rief Steingeist. »Komm her und schau dir an, was wir entdeckt haben.«

Tändler ging in weitem Bogen um das Feuer herum und ließ sich vor seinem Onkel auf dem Boden nieder. Wie es schien, hatten die Leute auf Tändler gewartet, denn jetzt drängten sie näher, flüsterten und deuteten mit den Fingern. In ihren weit aufgerissenen Augen stand das blanke Entsetzen.

Tändler betrachtete die Steinbrocken auf der Decke.

Es dauerte eine Weile, bis er begriff.

Zögernd streckte er die Hand aus und berührte einen davon. »Das ist der Kopf von Wurzel- ... von der Kriegskeule eines toten Kriegers, Onkel. Den Bruchstellen nach musst du sie in einer Feuerstelle gefunden haben. Wo?«

»Weidenkätzchen sagte auch, dass sie ihm gehörte«, antwortete Steingeist mit ruhiger Stimme. »Jemand muss sie ins Feuer geworfen haben, und zwar in ein loderndheißes Feuer, von dem er annehmen konnte, dass es diesen harten Stein sprengte. Der Mörder, oder die Mörder, rechneten natürlich nicht damit, dass sich jemand die Mühe machen würde, in der Asche erkalteter Feuerstellen herumzuwühlen, um schließlich die winzigen Steinbrocken aufzuspüren.«

Tändler zog ruckartig die Hand zurück und ballte sie im Schoß zur Faust. »Hast du die ...« Ihm versagte die Stimme, als seine Seelen vor Schmerz erglühten. »In der rituellen Feuerstelle gefunden? Vor der Hainbuche gesessen hat?«

Steingeists ernster Blick war für Tändler wie ein Messerstich ins Herz. Der alte Mann schien zu spüren, dass die Neuigkeiten über Wurzelknolle eine tiefe Wunde in Tändlers Seelen schlagen würden.

Mitfühlend ergriff er Tändlers Hand. »Flammenbotin hat schon einen Topf mit *Kiefernharz* aufgestellt. Sobald es weich ist, müssen wir die Teile zusammenkleben. Willst du mir dabei helfen?«

»Selbstverständlich. Ja, Onkel.«

»Gut«, sagte er, »dann werden wir sehen, ob die Form passt.«

»Die Form? Passt? Du meinst ... das Loch in Hainbuches Schädel?«

Der alte Mann schüttelte bekümmert den Kopf. »Nein, Neffe«, erwiderte er und schob die Steinbrocken zusammen. »Ich denke eher an den seltsamen Abdruck im Sand an der Feuerstelle. Von dem du annahmst, es könnte sich um den Abdruck einer Ferse handeln.«

Offensichtlich verwirrt sagte Tändler: »Ich verstehe nicht.«

»Wirklich nicht?«, meinte Steingeist nachsichtig, und seine Miene hellte sich auf, als er rätselhaft murmelte: »Das ist gut.«

»Warte, ich werde eine Fackel holen, Onkel.« Tändlers Stimme klang hohl, so als ob man ihn seines Inneren beraubt hätte. Er vermochte den Blick nicht von dem zertrümmerten Kopf der Kriegskeule zu wenden. »Wir treffen uns an der südwestlichen Ecke von Talon.«

Als Steingeist sich aus der Hocke erhob, lösten sich zwei weitere Federn aus seinem Umhang und flatterten kreiselnd zu Boden. Durch die Löcher in seinen Mokassins sah man seine braunen Strümpfe. »Wir werden in Kürze dort sein, Neffe.«

Tändler verbeugte sich respektvoll vor den Matronen und drängelte sich durch die tuschelnde Menge. Besorgte Blicke folgten ihm.

Er nahm den Pfad, der sich um die östliche Stadtmauer von Talon schlängelte. Bei jedem Schritt, wenn seine Sandalen den Boden berührten, war ihm, als habe sich wieder ein Stück seiner Seelen losgelöst und zerbräche zu Nichts.

Das konnte nicht wahr sein. Nicht Wurzelknolle. Nicht der Mann, an dessen Seite er gekämpft, auf den er sich verlassen und dem er sein Leben anvertraut hatte.

Als Tändler unter den riesigen Abbildern der Götter vorbeieilte, warf er einen Blick hinauf zu Dachs. Die prächtigen Augen des Katsina leuchteten, und es schien, als beobachte er Tändler, als dieser um die Ecke bog und der Straße zustrebte. Vor Anbruch der Nacht hatte er zwei Wacholderrindenfackeln zu beiden Seiten der Leiter aufgestellt, die hinauf aufs Dach führten. Er rannte auf die erste zu und riss sie aus dem Boden.

Schneehase kauerte oben an der Dachkante. Der rötliche Schein der Fackeln huschte über seine großen braunen Augen und die stumpfe Nase. Sein Hirschlederumhang flatterte im Wind.

»Kriegshäuptling?«, rief er Tändler zu. »Ist alles in Ordnung?«

Schneehase fuhr herum, als er die Leute bemerkte, die in einer langen Reihe um die Ecke bogen und auf Tändler zumarschierten. Flammenbotin und Steingeist führten die Gruppe an.

»Was geht da vor?«, rief der junge Krieger mit rauer Stimme. Er fuhr sich mit der Zungenspitze über die Lippen. Sein Mund war plötzlich staubtrocken.

Tändler rief zu ihm hinauf: »Steingeist hat in der Feuerstelle den Kopf einer Kriegskeule gefunden. Wir ...«

»Wessen Kriegskeule? Und warum lag sie in einer Feuerstelle?«

Die Prozession, die aus mehr als hundert Menschen bestand, kam zum Stehen und sammelte sich hinter Tändler. Die Leute reckten die Köpfe und versuchten zu verstehen, was der Kriegshäuptling sagte. Die schillernden Farben ihrer roten, blauen und gelben Gewänder vereinigten sich in der Bewegung zu einem in sich fließenden Regenbogen.

»Es ist alles in Ordnung, Schneehase. Wir haben nur einen weiteren Hinweis entdeckt, dem wir nachgehen müssen.«

Schneehase starrte hinunter auf die Menschenmenge. Die besorgten Gesichter verrieten ihm deutlich, dass es sich nicht um »nur einen weiteren Hinweis« handelte, aber er erwiderte respektvoll: »Ja, Kriegshäuptling.«

Steingeist humpelte an Tändler vorbei, in der Rechten den mit Harz zusammengeklebten Kopf der Kriegskeule. Der schwarz-weiß gesprenkelte Quarzbrocken erinnerte in seiner Form an ein längliches Ei. Das Harz war in der Kälte schnell ausgehärtet, und Steingeist hatte versucht, die noch vorhandenen Spalten und kleineren Löcher damit auszufüllen, aber ein Quarzstück fehlte. Vermutlich war es in der Hitze der Glut in tausend winzige Teilchen zerplatzt. Tändler glaubte nicht daran, dass man sie noch finden würde.

Flammenbotin blieb neben Tändler stehen und nahm ihm die Fackel ab. »Die trage ich. Und du gehst voraus, Kriegshäuptling.«

»Wie du wünschst, Älteste.«

Er nahm seine Kriegskeule in die rechte Hand und war mit vier großen Schritten bei Steingeist. »Onkel, erlaube mir, als Erster zu gehen. Nur für den Fall, dass da jemand …«

»Es wäre mir lieber, du gingest an meiner Seite. So können wir uns unterhalten.«

»Die Matrone hat mich aufgefordert …«

»Gut, dann geh aber nicht zu weit vorneweg.«

»Ja, Onkel.«

Tändler setzte sich an die Spitze der Gruppe. Das Flüstern und das Geraschel der Kleider machten es unmöglich, in die Finsternis zu lauschen. Im Stillen betete Tändler, die Mörder mögen nicht in der Nähe …

Hinter ihm sagte Steingeist: »Sie sind aber in der Nähe, Neffe. Sei darauf vorbereitet. Sie sind irgendwo da draußen und beobachten uns genau in diesem Augenblick.«

Alarmiert schlossen sich seine Finger fester um den Griff seiner Kriegskeule. »Woher weißt du das? Kannst du sie sehen?«

»Das nicht, aber vor weniger als einer Handbreit Zeit hat einer von ihnen mit Nachzüglern aus dem Eiswiesendorf gesprochen.«

Tändler wurden die Beine schwer wie Blei. Nur mit äußerster Willenskraft konnte er sie vorwärts zwingen. »Und was hat er gesagt?«

»Nichts Wichtiges. Er sprach sie an, um mich wissen zu lassen, dass er mich schon seit Sonnenaufgang beobachtete. Aber das war mir ohnehin bereits klar. Er freilich wusste nicht, dass ich es längst bemerkt hatte.«

Ungeduldig sagte Tändler: »Onkel, bitte, erzähl mir einfach, was er gesagt hat!«

»Also schön, Neffe, kein Grund, mich so finster anzuschauen. Er hat Kleiner Bogen und Brauner Falke erklärt, dass sie unter Umständen gegen den mächtigsten Zauberer der Welt würden kämpfen müssen, und drängte sie, sich nach der Asche zu erkundigen.«

»Welcher Asche?« Tändler sah den alten Mann über die Schulter hinweg an. Das schüttere weiße Haar seines Onkels war mit einer dicken grauen Schicht bedeckt. »Meinte er die Asche in der rituellen Feuerstelle?«

»Selbstverständlich, Neffe. Er wollte mir nur drohen. Aber lass dich dadurch nicht beunruhigen.«

Flammenbotin beschleunigte ihre Schritte, bis sie mit Steingeist auf gleicher Höhe war, und fragte ihn: »Was flüstert ihr beiden?«

»Ich habe meinem Neffen gerade erzählt ...«

»Oh, pssst! Die Leute hier haben schreckliche Angst. Sie gebärden sich wie die Wachteln, die beim Anblick ihres eigenen Schattens aufgeschreckt davonflattern.«

»Du hast Recht, Älteste«, meinte Tändler verständnisvoll und führte die Menge zu der Feuerstelle an der Flanke des Canyons.

Kaum kam die Feuerstelle in Sicht, begannen die Leute nach vorn zu stürmen wie eine riesige Welle. »Bleibt zurück!«, schrie Tändler. »Ihr zerstört sonst die Spuren, nach denen wir suchen.«

Protestgeschrei und Flüche wurden laut, als sich die Menge zu einem wogenden Halbkreis scharte. Sie schubsten und drängelten, hielten aber insgesamt etwa fünf Schritte Abstand.

Steingeist kniete sich neben dem seltsamen Abdruck in der Erde nieder, und Flammenbotin beugte sich neugierig über seinen Rücken.

»Bring die Fackel etwas näher, Flammenbotin«, bat Steingeist sie, während er den Quarzstein über den Abdruck hielt.

Flammenbotin senkte die Fackel.

Tändler versuchte inzwischen, seinen Onkel und die Menge im Auge zu behalten, indem er den Blick beständig hin und her schweifen ließ.

Steingeist drehte den Steinkopf der Kriegskeule zur Seite, verglich ihn mit dem Abdruck und brummte unzufrieden. Dann hielt er ihn senkrecht, mit der kleineren Spitze nach oben, über den Abdruck und versuchte es abermals.

»Aha«, murmelte er. »Neffe, komm her und sieh dir das an.«

Tändler kniete sich neben Steingeist auf die Erde und sah zu, wie sein Onkel das schwerere Ende der Keule in die Vertiefung senkte. »So, jetzt versuch du es«, forderte er ihn auf und drückte ihm den eiförmigen Stein in die Hand.

Tändler nahm ihn und ließ ihn vorsichtig in die Bodenmulde gleiten. Die rechte Seite sank etwas tiefer ein als die linke, aber insgesamt passte es genau. Daraufhin reichte Tändler Flammenbotin den Stein. »Matrone, möchtest du es selbst versuchen?«

»Ich habe genug gesehen, Kriegshäuptling«, wehrte sie ab. »Erzähl mir lieber, was das beweisen soll. Einer unserer Krieger hat hier vor der Beisetzung deines Sohnes seine Kriegskeule fallen lassen. Was aber nicht bedeuten muss, dass er sie benutzt hat, um Hainbuche damit einen Schlag gegen den Kopf zu versetzen. Oder dass er derjenige war, der deine Frau erschlagen hat.«

»Nein, ehrwürdige Matrone. Aber wenn dem nicht so war, weshalb wurde dann die Keule ins Feuer geworfen? Offenbar wollte jemand verhindern, dass wir sie finden.«

»Vielleicht ist sie ihm zerbrochen, Kriegshäuptling. Und auch das würde nicht beweisen, dass unser Krieger damit vorher Menschen verletzt hat.«

Steingeist erhob sich mit zittrigen Beinen aus der Hocke. »Die ehrwürdige Matrone Flammenbotin hat Recht, Neffe. Wir haben damit nichts bewiesen. Alles, was wir sagen können, ist, dass es den Anschein hat, als habe der Kopf der Keule hier an dieser Stelle ein Loch in den Boden geschlagen, und dass irgendjemand sie anschließend zusammen mit dem Holzgriff ins Feuer geworfen hat. So, nachdem wir das festgestellt haben, würde ich vorschlagen, wir begeben uns alle wieder zurück auf den großen Platz und schließen uns den Feierlichkeiten an. Mich dürstet nach einer Schale von Flammenbotins köstlichem *Yucca*blütentee.«

»Aber, Onkel ...«

»Kommt«, befahl die alte Matrone und machte sich auf den Rückweg.

Die Menge drehte sich um und folgte ihr, wobei einige Leute Tändler und Steingeist argwöhnische Blicke über die Schulter zuwarfen.

Steingeist hakte sich bei Tändler unter, und die beiden folgten der Gruppe als Letzte.

»Ich möchte, dass du dir etwas bewusst machst, Neffe.«

»Ja, Onkel?«

»Die Stimme, die Weidenkätzchen heute Nacht oben an den Klippen gehört hat, und die, die sie vergangene Nacht in Talon ...« Steingeist sah zu seinem Neffen auf, als wollte er ihn auffordern, den Satz selbst zu beenden.

»... Könnte die ... des Kriegers ... gewesen sein«, kam Tändler seiner stummen Aufforderung nach.

Der alte Mann nickte. »Ich behaupte nicht, dass das so ist. Ich möchte nur, dass du darüber nachdenkst und auch darüber, welche Gründe dieser Krieger gehabt haben könnte, jemanden umzubringen.«

»Es gab Zeiten, da hatte ich den Eindruck, dass er seine Frau am liebsten umgebracht hätte, Ältester, aber ich habe ihn niemals jemand anders den Tod wünschen hören.«

Steingeist wich einem Felsbrocken aus, der im Weg lag. »Der Krieger hatte Schwierigkeiten mit seiner Ehefrau?«

»Das liegt schon einige Monde zurück, Onkel. Du hast gewiss die hässlichen Narben in seinem Gesicht gesehen. Die zog er sich vergangenen Sommer in einem Gefecht zu. Als er nach Hause zurückkehrte, wollte seine Frau ihn nicht mehr anfassen. Sein Herz zerbrach daran. Drei Monde lang zog er sich in eine der verlassenen Kammern in Talon zurück, dann, im Frühherbst, bat Seidenmoos ihn, wieder nach Hause zu kommen.«

»Ich verstehe.«

Tändler sah zu dem alten, schmächtigen Mann an seiner Seite hinunter. Steingeist hatte die Worte so langsam und bedeutungsvoll ausgesprochen, als ob ihm etwas klar geworden sei, das Tändler übersehen hatte.

»Onkel, dieser Krieger ist erst spät in der Nacht vor der Beisetzung von einem Kriegszug zurückgekehrt. Er hat geholfen, meinen Sohn auf der Leiter zu seinem Grab zu tragen. Er war mein Freund. Mein Herz weigert sich einfach zu glauben, dass er ...«

»Hmm?«, machte Steingeist, als sei ihm gerade erst bewusst geworden, dass Tändler etwas gesagt hatte. Er blinzelte ihn verdutzt an. »Oh, nein, selbstverständlich nicht, Neffe. Ich glaube auch nicht, dass er es getan hat.«

Tändler hielt inne und ließ die anderen weiter vorangehen. Sie standen nahe an der südwestlichen Ecke von Talon, gerade außerhalb des Lichtscheins der Fackeln.

»Warum haben wir den zerbrochenen Kopf seiner Kriegskeule zu der Feuerstelle gebracht, wenn nicht um zu beweisen, dass er ...«

»Nicht er. Seine Kriegskeule. Hat er irgendwann einmal erwähnt, dass ihm seine Kriegskeule abhanden gekommen ist?«

Tändler dachte nach. Hätte er sie vermisst, dann hätte er das gesamte Hügeldorf absuchen und den Dieb hart dafür bestrafen lassen. Kriegskeulen waren keine bloßen Waffen, sondern vielmehr etwas Lebendiges und ein Bestandteil der Seelen eines jeden Kriegers.

»Nein«, erklärte Tändler.

»Dann muss er sie verliehen oder jemandem gegeben haben, nicht wahr? Wem? Und warum? Da sich ein Krieger gewöhnlich nie von seiner Keule trennt, kann ich mir nicht vorstellen, dass er sie einem vorbeiziehenden Fremden überlassen hat.«

»Du glaubst, dass der Mörder ein Freund von ihm war?«

»Oder ein Verwandter. Oder auch jemand, der mächtig genug ist, um die Herausgabe seiner Kriegskeule zu fordern. Einer der Ältesten im Hügeldorf? Wem würdest du deine Keule geben, Neffe? Und aus welchem Grund?«

Steingeist setzte sich wieder in Bewegung.

Als sie die Straße vor sich sahen, sagte Tändler: »Meiner Frau vielleicht, wenn ich der Ansicht wäre, sie befände sich in Gefahr und ich nicht in ihrer Nähe ...«

Ich war nie da. Nie.

Er ließ den Satz unvollendet und verzog das Gesicht zu einer schmerzlichen Miene.

Steingeist fixierte seinen Neffen mit einem intensiven Blick, dem dieser sich nicht entziehen konnte. »Was?«

»Ach nichts, Onkel.«

Tändler hob die Hand und blickte hinauf zu Schneehase, der auf dem Dach stand, und sagte zu seinem Onkel: »Ich muss meinen Kriegern die Neuigkeit erzählen, ehe sie sie von jemandem erfahren, der die Fakten nicht genau kennt.«

»Selbstverständlich, Neffe.«

Steingeist entfernte sich ein paar Schritte, blieb dann stehen und drehte sich noch einmal um. »Weidenkätzchen hat deinen Wachposten übernommen, richtig?«

»Jawohl, Onkel.«

»Wenn du sie ablösen gehst, dann lasst große Vorsicht walten. Ihr beide, zusammen an einem Ort und weit weg von den Dorffeuern ...«

»Ich verstehe, Onkel. Ich werde mich vorsehen. Schlaf gut.«

Steingeist senkte den Kopf, lächelte still vor sich hin und machte sich auf den Weg.

Tändler warf einen Blick hinüber zu den Kriegern, die auf den beiden Hügeln zu seiner Rechten Wache standen, dann stieg er die Leiter hinauf.

Schneehase half ihm aufs Dach. »Ich glaube es einfach nicht! Unser Freund würde niemals ...«

»Du hast Recht. Er hätte so etwas nie getan.«

Schneehase starrte Tändler mit offenem Mund an. »Aber ich hörte die Leute reden, als sie hier vorbeikamen. Sie sagten, dass unser Freund …«

»Seine Kriegskeule, Schneehase, nicht er. Erinnerst du dich, dass er sie je einem anderen geborgt oder geschenkt hat?«

Allein der Gedanke an so etwas Ungeheuerliches ließ Schneehase unbewusst seine eigene Kriegskeule fester umklammern. »Nein, Kriegshäuptling.«

»Nun, er muss es aber getan haben. Erkundige dich unter den Kriegern. Aber *unauffällig.*«

»Jawohl, Kriegshäuptling.«

Tändler spähte über den mondbeschienenen Canyon hinweg zu der Stelle, wo Weidenkätzchen Wache stehen sollte. Dunkle Wolkenschatten zogen lautlos über den Grund des Canyons und ergossen sich über die niedrigen Hügel.

»Ich muss auf meinen Wachposten zurückkehren, Schneehase. Halte die Augen offen. Der-der-fliegt wird dich bei Sonnenaufgang ablösen.«

Er nickte. »Jawohl, Kriegshäuptling.«

28

Weidenkätzchen lag auf dem Rücken, in ihre dicken Büffelfelldecken gehüllt, und sah den großen, duftigen Schneeflocken zu, die durch die Dachöffnung hereinschwebten und in der Glut der Kohlenpfanne verdampften. Hin und wieder zischte es leise. Ein paar Abendmenschen glitzerten zwischen den Wolken und erleuchteten den indigoblauen Nachthimmel.

Weidenkätzchen streckte sich. Die köstlichen Düfte der Festtagsspeisen umschmeichelten ihre Nase. Seit zwei Tagen bereiteten die Frauen Kaninchen, Tauben, Rehwild und verschiedenste Arten von Maisbroten zu. Sie hatten Kürbis-, *Pinien-* und Sonnenblumenkerne geröstet, riesige Töpfe mit Bohnen und eine köstliche Marmelade aus getrockneten Kakteenfrüchten und wilden Kirschen gekocht. All diese herrlichen Düfte brachten ihren Magen zum Knurren.

Weidenkätzchen setzte sich auf und warf ein paar Zweige ins Feuer. Das Holz krachte und knisterte, ehe die Flammen daran emporzüngelten.

Sie erhob sich in den goldgelben Feuerschein und ging quer durch den Raum zu dem großen roten Vorratsgefäß, das an der gegenüberliegenden Wand stand. In dieser längsten Nacht des Sonnenjahrs hatte sie heilige Handlungen zu vollziehen.

Während sie das sandfarbene Schlafhemd auszog, begann sie zu singen:

Meine Atem-Herz-Seele ruft dich an, Vater Sonne,
Hör mein Rufen
Ich komme
Ich komme
Der Himmel im Osten färbt sich in einem dunklen Violett
Ich komme
Erwache, Vater Sonne und erleuchte die Welt
Ich komme, Vater Sonne.

Sie holte ihr blaues Kriegshemd aus dem roten Topf, eine weiße Tanzschärpe, den weißen Federumhang, einen polierten Schieferspiegel und ein kleines Gefäß, das mit wunderschönen Darstellungen der Katsinas in Weiß, Rot und Schwarz bemalt war.

Den Umhang hängte sie auf die Leiter, die in der Dachöffnung lehnte, schlüpfte in das blaue Hemd und band sich die Schärpe um. Als sie sich zwei Paar Baumwollstrümpfe übereinander anzog und dann in ihre Sandalen schlüpfte, schweiften ihre Gedanken zu Graue Wolke. Weidenkätzchen kannte niemanden, der so freundlich und fürsorglich war wie sie. Und verschwiegen. Weidenkätzchen hatte keine Ahnung, was sie heute zu erwarten hatte. Vielleicht stiegen sie nur die Klippen hinauf, vollführten das heilige Ritual des Die-Sonne-Zurückdrehens und kehrten anschließend für die Morgentänze nach Talon zurück. Dennoch beschlich sie das unangenehme Gefühl, dass nach allem, was sich in den letzten Tagen ereignet hatte, Graue Wolke sich verpflichtet fühlte, mit ihr zu sprechen. Und sie wusste nicht, was sie sagen würde.

Sie schnürte ihre roten Lederbeinlinge, dann kämmte sie sich das Haar und flocht es zu einem Zopf.

Als sie anschließend den Deckel des kleinen, bemalten

Gefäßes anhob, umströmte sie der süße Duft von Maismehl und zerriebenen Nachtkerzenblüten. Weidenkätzchen tauchte die Finger in das weiße Puder und verteilte es auf ihrem Gesicht.

»In Erinnerung an Weiße Muschelfrau«, flüsterte sie ehrfürchtig, »Großmutter von Vater Sonne. Wir danken dir für das Licht und die Wärme, die du uns spendest.«

Abschließend betrachtete sie sich in dem polierten Schieferspiegel. Die weißlich schimmernde Puderschicht brachte ihre großen dunklen Augen wirkungsvoll zur Geltung.

Weidenkätzchen verstaute den Spiegel und das kleine Pudergefäß wieder in dem roten Keramiktopf und ging zurück zu ihrem Nachtlager.

Ihre Kriegskeule lag wie immer in Griffweite neben den Decken. Sie hob sie auf und spürte das vertraute Gewicht. Die Waffe fühlte sich gut an in ihrer Hand. Sie befestigte sie an der Tanzschärpe und gähnte herzhaft.

Als sie zur Leiter trat, um sich den weißen Federumhang umzulegen, setzten sich dicke Schneeflocken auf ihr Haar und die Hände. Die steilen, in die Felswand gehauenen Stufen emporzusteigen würde gefährlich sein, überlegte sie, besonders in der Dunkelheit. Sie würden sehr langsam gehen müssen.

Weidenkätzchen stieg über die Leiter hinauf aufs Dach. Aus den anderen Dachöffnungen im Hügeldorf stiegen blaue Rauchwolken auf. Sie hörte die Leute leise reden, die sich ebenfalls für die heiligen Rituale bereit machten.

Ihre Sandalen versanken tief im Schnee, als sie das Dach überquerte. In den Kammern darunter glühten einige Feuer. Dann erblickte sie Tändler auf seinem Wachposten. Er war bestimmt müde und hungrig und hatte wahrscheinlich die ganze Nacht an Wurzelknolles Kriegskeule gedacht und darüber spekuliert, wie diese wohl in der lodernden Feuerstelle gelandet sein könnte.

Genau wie sie es die ganze Nacht über getan hatte.

Am Ende des Daches stieg sie auf die Leiter und nahm vorsichtig eine der vereisten Sprossen nach der anderen. Der

Canyon wurde hier und da vom Licht einzelner Sterne erleuchtet, das der frisch gefallene Schnee reflektierte.

Als Weidenkätzchen den Boden erreichte, drehte sie sich um und sah Graue Wolke, die in der Nähe des Feuers auf dem großen Platz auf sie wartete. Sie rieb sich die Hände über der wärmenden Glut. Der Büffellederumhang, den sie trug, war mit den Abbildern von Wolf, Koyote, Adler und Rabe bemalt, den heiligen Geisthelfern des Volks der Katsina. In die Fransen am unteren Saum des Umhangs waren Federn und Samenperlen geknüpft. Graue Wolke hatte sich die langen grau melierten Zöpfe oben auf dem Kopf zu Schnecken gerollt und diese mit Hirschknochennadeln festgesteckt. Ihr herzförmiges Gesicht mit den schräg stehenden Augen und der spitzen Nase wirkte unter der weißen Puderschicht irgendwie weicher als sonst.

Sie drehte sich um, als Weidenkätzchen sich näherte, und sagte: »Ich wünsche dir eine frohe Lange Nacht, Weidenkätzchen. Bist du bereit?«

»Ja, Älteste.«

Graue Wolke nickte und schickte sich zum Aufbruch an.

Sie liefen an der Vorderseite vom Hügeldorf vorbei und erreichten den dunklen Pfad, der östlich am Fuß der Klippen entlangführte. In der Ferne erhob sich die gewaltige dunkle Kulisse von Kesselstadt, beinahe so groß wie Talon. Hinter einigen Fenstern an der Vorderfront der Stadt flackerte der Schein eines Feuers, und auf den Dächern sah Weidenkätzchen die dunklen Schatten umhergehender Bewohner. Nachdem sie gegessen und ihre Morgengebete gesungen hatten, würden sie ihre Festgewänder anlegen und sich auf den Weg nach Talon machen. Nur den Tänzern war der Zutritt zu der vor kurzem restaurierten Kiva gestattet. Die anderen Teilnehmer der Feierlichkeiten würden auf dem großen Platz und den umliegenden Dächern sitzen und warten, dass die Tänzer das unterirdische Zeremoniengewölbe verließen.

Sie gingen an Kesselstadt vorbei zu der Leiter, die an einem runden Turm neben der Felswand lehnte. Graue Wolke erklomm als Erste die Leiter und wartete auf Weidenkätzchen. Als diese das Dach erreicht hatte, stieg sie auf die nächste Leiter. Die Felswand war an dieser Stelle zu steil für Stufen. Über diese Leiter, die zusätzlich mit Handgriffen versehen war, gelangten sie zu der Stelle der Klippen, wo ihre Vorfahren vor über hundert Sonnenjahren in mühevoller Arbeit Stufen in den Felsen gehauen hatten.

»Vorsicht«, mahnte Graue Wolke, als sie von der Leiter auf die erste Stufe trat. »Es ist sehr eisig.«

»Ich werde mich vorsehen, Älteste.«

Langsam kletterte Weidenkätzchen Stufe für Stufe hinauf; eigentlich war es mehr ein Kriechen. Sie stützte die Hände auf die obere Stufe, suchte sich einen sicheren Halt, zog sich auf die Knie hoch und hielt sich dann an der nächsten Stufe fest.

Vater Sonne hatte gerade im Land der Toten die Augen geöffnet. Über dem östlichen Horizont wölbte sich ein dunkelblauer Lichtschein, der nur die höchsten Felsenklippen erreichte und sie in ein unwirkliches Violett tauchte. Von ihrer Position aus hatte Weidenkätzchen einen fantastischen Fernblick. Hier und dort erhoben sich karstige Felskegel über dem wüstenähnlichen Land. Die frühe Morgensonne warf ihre Schatten wie flehend ausgestreckte Arme über das Hochland. Schwarzen, klaffenden Wunden gleich durchschnitten Wasserläufe die Hügelketten und schlängelten sich in Zickzacklinien hinunter in die tiefer gelegenen Ebenen.

Graue Wolke kroch auf allen vieren auf den oberen Klippenrand und streckte Weidenkätzchen eine Hand entgegen, um sie nach oben zu ziehen. Aus den Felsspalten wuchsen goldene Grasbüschel, die sich sanft im Morgenwind wiegten.

Vor ihnen, im Süden, breitete sich unter bläulichen Dunstschichten das Land der Feuerhunde aus. Die grasbewachsenen Ebenen reichten bis hin zum Rauchenden Spiegelkegel, auf dem einzelne verkrüppelte Kiefern wuchsen. Schwarze Wolkenhaufen segelten über den Canyon hinweg, graue

Schneeschleier im Gefolge. Im Osten erhob sich der schwarze Buckel des Türkismädchenbergs. Im Westen glitzerten die Feuer des Sternhageldorfs.

Weidenkätzchen atmete die Schönheit der morgendlichen Stimmung ein und sprach leise ein Dankgebet.

Graue Wolke folgte dem Klippenrand nach Westen, den Kopf gesenkt und leise singend.

Weidenkätzchen ging hinter ihr drein. An diesem Morgen würde Vater Sonne erschöpft sein, nachdem er ein ganzes Sonnenjahr den beschwerlichen Aufstieg über den Horizont gemeistert hatte, um der Erde sein Licht zu spenden. Falls es ihm nicht gelingen sollte, sich in den Himmel zu erheben, würde er am Horizont verharren und Graue Wolke musste das heilige Ritual des Die-Sonne-Zurückdrehens zelebrieren und dadurch Vater Sonne ihre eigene Kraft spenden.

Vor zwei Sommern, in der Stadt der Fließenden Wasser, hatte Weidenkätzchen die Flöte gespielt, während Hainbuche die rituellen Handlungen vollzog. Zuvor hatte Hainbuche sechzehn Tage lang gefastet, wobei sie nur Tee aus getrockneten Kürbisblüten getrunken hatte. Trotzdem hatte sie über zwei Handbreit Zeit auf der Erde gelegen, sich in dem trockenen Wintergras gewunden und erbrochen. Im Morgengrauen dann war das Erbrechen zu einem trockenen Keuchen verebbt, aber ihre Kraft hatte ausgereicht. Vater Sonne hatte sich erhoben und die Kälte und die Dunkelheit von der Erde verjagt.

Graue Wolke ging um einen schulterhohen, von Wind und Regen geschliffenen Felskegel herum, drehte sich um und spähte über die Sandsteinkuppe hinweg geradewegs nach Osten. Während sie die vier kleinen Beutel abnahm, die sie um den Hals trug, blieb der Schnee auf den Schultern ihres Büffelfellumhangs liegen. Die Flocken, die auf ihrem Haar schmolzen, schillerten wie Tränen.

Weidenkätzchen verschränkte die Arme unter ihrem Federumhang und wartete.

Graue Wolke öffnete den ersten Beutel und gleich darauf

echote ihre tiefe, wunderschöne Stimme über den Canyon. »*In Schönheit erstehen wir. In Schönheit erstehen wir.*«

Weidenkätzchen richtete den Blick gen Osten. Gewöhnlich erschien um diese Zeit das Gesicht von Vater Sonne am Horizont, aber wie es schien, blieb ihnen noch etwas Zeit.

»Verzeih«, sagte Graue Wolke, »ich bin darin nicht so geübt wie Hainbuche. Sie weiß immer genau, zu welchem Zeitpunkt sie den letzten Beutel öffnen muss.«

»Sie hat einfach mehr Übung als du, Graue Wolke. Aber ich glaube nicht, dass es Vater Sonne kümmert, wenn unsere Gebete ein bisschen früher als üblich erklingen.«

Lächelnd kam Graue Wolke an Weidenkätzchens Seite und blickte ebenfalls nach Osten. Ein transparenter lavendelfarbener Lichtbogen bezeichnete die Stelle, wo das Gesicht von Vater Sonne demnächst auftauchen würde. Die Wolkenmenschen schienen ebenfalls auf ihn zu warten. Sie bauschten sich mit glänzenden Bäuchen am violetten Himmel.

Je länger sie so standen, desto unruhiger schien Graue Wolke zu werden. Schließlich entfernte sie sich einige Schritte von Weidenkätzchen.

»Geht es dir gut, Graue Wolke?«, erkundigte sich Weidenkätzchen ein wenig besorgt.

Graue Wolke kniff die Lippen zusammen. Sie kniete nieder und berührte sanft einen Grashalm, der unter der dünnen Schneedecke hervorlugte. »Schönheit ist so etwas Zartes, Weidenkätzchen. Und ich frage mich oft, ob die Menschen überhaupt begreifen, wie kostbar sie ist. Jedesmal wenn wir jemanden lieben oder zärtlich berühren oder fröhlich und aus ganzem Herzen lachen, sollten wir zutiefst dankbar sein. Jedes Lachen sollte gleichzeitig ein Gebet sein. Ich habe mich stets bemüht, auf diese Weise zu leben, aber oft, und in letzter Zeit sehr oft« – sie schenkte Weidenkätzchen ein unsicheres Lächeln – »habe ich versagt.«

»Wir versagen alle einmal, Älteste. Und das ist gelegentlich auch gestattet.«

Graue Wolke erhob sich wieder und schüttelte den Kopf. »Mir nicht.«

Windjunge fegte über die Klippen, wirbelte den Schnee auf und blies ihn in einem schillernden Nebel über den Abgrund.

»Warum nicht, Älteste?«

Graue Wolke warf einen skeptischen Blick zum östlichen Horizont. Vater Sonne zeigte sich noch immer nicht.

»Ich habe zu viele Fehler gemacht, in meinem Leben zu viele schreckliche Dinge getan, um mir noch weitere leisten zu können.«

Graue Wolke machte einen Schritt auf Weidenkätzchen zu, und plötzlich bekam diese es mit der Angst zu tun. Der Schweiß brach ihr in den Achselhöhlen aus und lief ihr an den Seiten herunter.

»Ich habe dich stets nur Gutes tun sehen, Graue Wolke. Vielleicht verlangst du nur einfach zu viel von dir selbst.«

Graue Wolke neigte den Kopf nach rechts und starrte Weidenkätzchen durchdringend an. Die Falten um ihre Augen vertieften sich. »Ich vermag sehr viel Gutes zu tun, wenn ich ... wenn ich in meiner weiblichen Seele lebe. Aber oft übernimmt mein männlicher Körper die Kontrolle, Weidenkätzchen, und du kannst dir nicht vorstellen, wonach es mich dann verlangt. Was ich dann tue.«

Als sie noch einen Schritt näher kam, wich Weidenkätzchen instinktiv zurück. Ein Stück hinter ihr gähnte der Abgrund. Zweihundert Handbreit unter ihr lag die Stadt Talon. Das Feuer auf dem großen Platz loderte hell, und die Leute hatten bereits begonnen, sich entlang der Mauern einen Sitzplatz zu suchen. Die Alten hatten sich eine Decke über den Kopf gezogen, und Eltern hielten ihre Kinder auf dem Schoß. Selbst in dem fahlen bläulichen Licht boten die farbenprächtigen und kunstvollen Muster ihrer Kleider einen herrlichen Anblick.

»Was ist mit dir, Graue Wolke?« Weidenkätzchen klang nun ehrlich besorgt.

Die heilige Kokwimu wandte das Gesicht ab, doch Weidenkätzchen gewahrte den kummervollen Ausdruck auf ihrem Gesicht. »Weißt du, Weidenkätzchen, gerade weil ich die Neigungen der männlichen und der weiblichen Seelen so gut kenne, versuche ich alles, um den Menschen zu helfen.«

»Ja, das kann ich verstehen.«

Graue Wolke wandte sich ihr wieder zu. In ihren Augen schimmerten Tränen. »Nein, Weidenkätzchen, das kannst du nicht. Nicht einmal ich habe bis vor wenigen Monden die ... die Gewalttätigkeit ... der männlichen Seele erkannt.« Sie hielt Weidenkätzchen eine Hand hin. Ihre Stimme wurde leise und zitterte, als sie hinzufügte: »In dieser Zeit habe ich eine schreckliche Wahrheit kennen gelernt.«

»Welche Wahrheit?«

Graue Wolke ballte die Hand zu einer zitternden Faust. »Weidenkätzchen, hattest du je das Gefühl ... ich meine, hast du je darüber nachgedacht, dass in dir mehr als eine Person leben könnte? Dass vielleicht noch jemand in deinem Körper steckt, ohne dass du das willst?«

Weidenkätzchen zuckte mit den Schultern. »Oft. In einer Schlacht zum Beispiel bin ich ein ganz anderer Mensch. Da passiert es mir, dass ich dabei bin, einem Feind die Kehle durchzuschneiden und mich gleichzeitig frage, wer dieser Jemand in mir ist, der so etwas Grausames tun kann. Doch wenn dieses andere ›Ich‹ mich während eines Kampfes um die Erlaubnis bitten würde, meinen Körper zu regieren, würde ich es ohne Zögern zulassen. ›Sie‹ ist diejenige, die mich am Leben hält.«

Graue Wolke schwieg eine ganze Weile, starrte in Weidenkätzchens Augen. Schließlich flüsterte sie: »Darf ich dir eine Geschichte erzählen?«

»Ja, natürlich. Ich liebe deine Geschichten.«

Graue Wolke spähte noch einmal nach Osten und verschränkte dann die Arme vor der Brust. Die roten Abbilder von Wolf, Kojote, Adler und Rabe gerieten in Bewegung. Es schien, als flögen sie.

»Ich kenne eine Frau, deren Vater ein sehr schlechter Mensch war. Er hat ihr als Kind sehr weh getan. Sie erinnert sich nicht an das, was ich dir jetzt erzählen werde, aber ich schwöre, es ist die Wahrheit. Sie hatte gerade zwei Sommer gesehen, da begann er damit, ihr beizuliegen und gewaltsam Dinge in sie einzuführen. Wenn sie schrie, ließ er sie das Spiel, das er ›Käfer‹ nannte, spielen, zwang sie, sich auf den Rücken zu legen und sich dann auf Hände und Füße zu stützen und den Körper so weit wie möglich nach oben zu wölben. In dieser Stellung musste sie mehrere Handbreit Zeit ausharren. Wenn sie nicht mehr konnte, schlug er sie mit einem feuergehärteten Grabstock auf den Kopf. Im Alter von vier Sommern fiel das Mädchen jedesmal in den Tiefschlaf, sobald er ihre Kammer betrat. Sie fiel einfach« – Graue Wolke schüttelte den Kopf – »schlafend zu Boden. Wenn sie dann später blutend erwachte, glaubte sie, irgendwelche Ungeheuer hätten sie während des Schlafs verletzt. Dabei stellte sie sich scheußliche Kreaturen mit tiefen, knurrenden Stimmen und messerscharfen Klauen vor.«

In Weidenkätzchens Seelen regte sich das blanke Entsetzen. Sie sah ein kleines, hilfloses Mädchen, das dem Mann die Arme entgegenstreckt, der sie hätte beschützen und liebevoll behandeln sollen, doch stattdessen hat er …

Graue Wolke erschauderte.

»Älteste«, begann Weidenkätzchen nach einer Weile, »wenn sich das Mädchen nicht an diese Dinge erinnern kann, woher weißt du dann davon?«

»Es gibt da einen … einen Jungen … einen Mann. Er kommt oft hierher, um die Frau zu besuchen. Er macht sich große Sorgen um sie. Und wir sprechen miteinander.«

Der Mann, den ich auf der Klippe mit ihr habe reden hören? Der Mann auf dem großen Platz, in der Nacht, als Wurzelknolle starb?

»Hat er in ihrem Dorf gelebt, als sie klein war?«

Graue Wolke nickte: »Ja.«

»Was hat er dir sonst noch erzählt?«

»Ach, vieles«, antwortete sie zögernd. »Zum Beispiel, dass das kleine Mädchen den alten Frauen im Dorf davon erzählte. Und dass die verstanden haben, was sie sagen wollte, obschon sie es selbst noch nicht begriff. Sie war damals ja erst zwei Sommer alt. Kurz darauf wurden diese vier alten

Frauen umgebracht, Weidenkätzchen. Und aufs Grauenvollste verstümmelt.« Sie zögerte, wartete, ob Weidenkätzchen sich an das Ereignis erinnern konnte. Und vor Weidenkätzchens Seelen tauchten tatsächlich vage Bilder auf, aber sie hatte den Zusammenhang nicht mehr im Gedächtnis. Nachdenklich legte sie die Stirn in Falten, worauf Graue Wolke fortfuhr: »Als das Mädchen fünf Sommer alt war, entdeckte ihre Mutter die schreckliche Wahrheit, und ihr Vater floh aus dem Dorf, ehe man ihn noch für die Blutschande bestrafen konnte.«

»Hat ihr jemand erzählt, was ihr Vater ihr angetan hat?«

»Allmächtiger, nein! Glaubst du, ihre Mutter hätte gewollt, dass man sie als kleines Mädchen aus dem Dorf verstoßen hätte? Du kennst die Strafen für Inzest. Jeder Einzelne, der darin verwickelt ist, ist mit dem Bösen behaftet und muss bestraft werden. Wer die Schuld an diesem Verbrechen trägt, spielt dabei keine Rolle. Das kleine Mädchen wäre gestorben.«

»Hast du jemals eine Heilung an dieser Frau vollzogen, Älteste?«

Graue Wolke kniff die Augen zu. »Dazu hatte ich nie die Gelegenheit. Ich ...«

Am östlichen Horizont zeigte sich ein winziger goldener Bogen. Graue Wolke begab sich hinter den Sonnenpfeiler. Als sie die Hände hob, um das Bild einzufangen, liefen ihr die Tränen in silbrigen Rinnsalen über die Wangen.

»Vater Sonne erhebt sich an einer anderen Stelle«, erklärte sie und ließ einen erleichterten Seufzer hören. »Er benötigt heute nicht unsere Kraft für seinen Weg über den Himmel. Wir können umkehren und an den Feierlichkeiten teilnehmen.«

Aus ihrem Zopf hatten sich grau melierte Strähnen gelöst und flatterten im Wind. Sie bedachte Weidenkätzchen mit einem flehenden Blick. »Bitte, erwähne diese Dinge nicht vor anderen, Weidenkätzchen. Ich liebe diese Frau. Ich fürchte, es könnte sehr schmerzvoll für sie sein, meine Worte wiederholt zu hören.«

»Ich würde niemals etwas weitergeben, was du mir erzählt hast, Älteste.«

Graue Wolke legte die Finger an ihren Mund. »Ich danke dir, Kriegerin. Es war nicht meine Absicht gewesen, dich mit solchen Dingen zu belasten …«

»Es ist keine Last, jemandes Schmerz zu lindern, Älteste. Es ist ein Privileg.«

Graue Wolke berührte sie sanft an der Schulter und sagte: »Wenn wir uns beeilen, kommen wir noch rechtzeitig zu den Morgentänzen.«

29

Lavendelfarbene Gewitterwolken zogen über den abendlichen Himmel; die Regenschauer, die sie mitbrachten, ließen sie aussehen, als liefen sie auf schillernden Beinen. Hail legte den Kopf in den Nacken und atmete tief die Gerüche von feuchter Erde und trockenem Gras ein. In der Ferne grollten die Donnervögel, trieben den Sturm näher.

Hail stöhnte leise, als sie sich vornüberbeugte und einen Ast aufhob, um ihr Feuer aus Kiefernholz in Gang zu halten. Vor einer Stunde hatte sie in Magpies großem Chili-Topf Wacholdernadeln ausgekocht, den Sud anschließend auf fünf Plastikschüsseln verteilt und die Anwesenden angewiesen, ein rituelles Reinigungsbad zu nehmen – was bedeutete, dass jeder von ihnen einen Lappen in das Wasser tauchen und sich damit sorgfältig die Haut am ganzen Körper und die Haare abwaschen musste.

Hinter ihr, im roten Zelt, hörte sie Magpie, Sylvia und Washais flüstern. Dusty und Dr. Robertson hatten sich bereits gereinigt und zogen sich gerade in Dr. Robertsons Wohnwagen um.

Hail konnte den Boden des Feuers nicht genau erkennen, doch die Flammen schienen hoch genug zu schlagen. Sie benutzte den Ast, um das Bündel mit den Kleidungsstücken der beiden Männer hochzuheben und ins Feuer zu werfen. Dicke schwarze Rauchwolken stiegen auf, als die Flammen sich durch die Hosen und Hemden fraßen.

Auf den Ast gestützt ließ sie den Blick über das Grabungsgelände schweifen.

Auf silbernen Schwingen schwebte das Böse über ihnen, spähte aufmerksam umher, beobachtete das Lager und die Menschen, wartete auf seine Gelegenheit, in sie hineinzuschlüpfen und sich in ihren Seelen einzunisten.

Der Nebeljunge verhielt sich so still, als habe er Angst zu atmen.

Hail musste jeden reinigen, der sich in unmittelbarer Nähe aufgehalten hatte, als das Gefäß geöffnet wurde, und anschließend entscheiden, was mit dem Gefäß selbst geschehen sollte.

Als die Flammen die Kleidungsstücke verzehrt hatten, warf sie noch ein Stück Holz ins Feuer und rief: »Magpie, ihr könnt jetzt rauskommen.«

Die Plastikschüsseln in der Hand und die Kleiderbündel unter den Arm geklemmt, kamen die drei jungen Frauen im Gänsemarsch aus dem Zelt. Um ihre nackten Körper hatten sie sich Decken gewickelt. Draußen empfing sie der würzige Duft des Fichtenrauchs. Washais hatte ihren Zopf aufgeflochten, und das lange schwarze Haar fiel ihr in schimmernden Wellen über den Rücken. Sie war in eine hellblaue Decke gehüllt, die beiden anderen in sandfarbene.

»Fangen wir an«, begann Hail. »Niemand darf diese Schüsseln je wieder benutzen. An ihnen haftet das Böse. Werft sie ins Feuer.« Sie tippte mit ihrem Ast an einen der Randsteine der Feuerstelle.

Die weißen Plastikschüsseln landeten in den Flammen, wo sie sofort zu schwarzen Klumpen zusammenschrumpelten, von denen stinkende Rauchwolken aufstiegen.

»Sylvia«, sagte Hail. »Du zuerst. Stell dich dort drüben hin, in Windrichtung der Flammen.«

»Okay«, murmelte Sylvia und stellte sich genau vor Hail auf.

»Jetzt ihr beiden« – Hail deutete auf Washais und Magpie – »stellt euch neben mich.«

Magpie kam an ihre rechte Seite, Washais an ihre linke.

Vor Hail auf dem Boden stand der gefüllte Wasserkessel. Auf den Ast gestützt, bückte sie sich und hob den Kessel an dem schwarzen, verbeulten Henkel hoch. »So, Sylvia, jetzt nimm die Decke ab.«

Sylvia warf die beige Decke zur Seite und breitete die Arme aus. Die normalerweise bedeckten Partien ihres gertenschlanken Körpers waren im Gegensatz zu ihrem braungebrannten Gesicht, den Unterarmen und den Beinen schlohweiß.

»Ich bin bereit, Mrs. Walking Hawk. Bitte, reinigen Sie mich.«

Hail goss ein wenig Wasser auf die Kohlen, bis dicke blaue Rauchwolken aufstiegen. »Du und Washais, ihr helft mir bitte.«

»Ja, Tante. Maureen, machen Sie es so wie ich.« Magpie breitete die Arme unter der Decke aus und wedelte damit den Rauch in Sylvias Richtung.

»Verstehe«, murmelte Maureen und tat es Magpie gleich.

Sylvia kniff die Augen zu, als der reinigende Rauch sie einhüllte. »Ich liebe diesen Geruch. Obwohl der Rauch ziemlich heiß ist.«

Darauf meinte Hail: »Dir würde es noch viel heißer werden, wenn das Leichenpulver in dich eindringen und deinen

Körper von innen heraus auffressen würde. Dreh dich um, Sylvia.«

»Okay.« Sylvia wirbelte wie bei einem Appell mit einer zackigen Bewegung herum.

»Mein Gott«, sagte Magpie. »Das ist der weißeste Hintern, den ich je gesehen habe.«

Sylvia grinste sie über die Schulter hinweg an. »Ja, der blendet einen, nicht wahr?«

Als der Rauch weniger wurde, goss Hail noch einmal Wasser in die Glut, und Magpie und Washais wedelten wieder mit den Decken.

»Sieh zu, Sylvia«, instruierte Hail die junge Frau, »dass der Rauch jede Stelle deines Körpers berührt. Rauch ist ein Cousin der Donnervögel, die uns Regen und Leben bringen. Der Geist des Rauchs wird alles Böse wegwehen, das in dem Leichenpulver steckt.«

»Cool«, bemerkte Sylvia sichtlich beeindruckt und schüttelte das schulterlange Haar, damit der Rauch es durchdringen konnte.

»Gut. Du bist fertig. Jetzt geh und zieh dir saubere Sachen an.«

Sylvia hob ihre Decke auf, warf sie sich über und ging zurück zu ihrem Zelt.

»Bis gleich.«

Hail deutete auf Washais. »Du bist die Nächste.«

Washais nahm Sylvias Platz am Feuer ein, nur dass sie mit ernster Miene und gesenktem Kopf dastand, als spräche sie ein stummes Gebet.

Hail wartete, bis Washais wieder den Kopf hob, dann sagte sie: »Nimm die Decke ab, mein Kind.«

Washais schüttelte die Decke von den Schultern und ließ sie neben ihre Füße fallen. Vater Sonne hatte der großen, schlanken Frau in den wenigen Tagen arg zugesetzt. Am schlimmsten hatte es ihr Dekolleté getroffen, das in einem Halbbogen über dem Brustansatz die rostrote Farbe von Herbstlaub angenommen hatte.

Wieder goss Hail Wasser ins Feuer, und Magpie wedelte den weißen Rauch zu ihr hinüber.

Washais hob das Gesicht und begann zu singen, eine wunderschöne, sanfte Melodie, die Hail offenbar tief berührte. Magpie lächelte versonnen. Keiner von ihnen verstand die seltsamen Worte, aber sie wussten beide, dass es ein lobpreisendes Lied war, in dem sie um Vergebung und Wohlwollen für ihr Volk bat.

»Dreh dich um, Washais«, forderte Hail sie auf.

Washais gehorchte, breitete die Arme aus und spreizte die Beine. Nachdem sie ihr Lied beendet hatte, beugte sie sich vornüber und schüttelte ihr Haar im Rauch. Dann begann sie in einer anderen Sprache zu sprechen:

»En archa? ?n ho logos, kai ha logos ?n pros ton theon...«

Hail sah zu Magpie hinüber und beide zuckten die Achseln. Aber man musste die einzelnen Worte nicht verstehen, um die Ehrfurcht und die Verehrung darin zu erkennen. Haltung und die Sanftheit der Stimme brachten das deutlich zum Ausdruck.

Hail goss mehr Wasser in die Flammen, und Magpie wedelte noch einmal kräftig mit der Decke.

Als Washais verstummte, sagte Hail: »Du bist fertig, Washais. Du kannst jetzt saubere Kleider anziehen.«

»Danke, Mrs. Walking Hawk.« Sie bückte sich nach ihrer Decke und machte sich auf den Weg zu ihrem Zelt.

Bevor sie sich durch den Eingang duckte, fragte Hail: »Dieses letzte Gebet, Washais, welche Sprache war das? Es klang sehr schön, aber ich glaube, ich habe diese Sprache noch nie gehört.«

»Neutestamentarisches Griechisch. Das waren die ersten Worte des Johannesevangeliums.« Washais lächelte und verschwand in ihrem grünen Zelt.

Hail wandte sich Magpie zu und hob die Hand. »Gib mir deine Decke, Magpie. Ich werde dir den Rauch zufächeln.«

»Danke, Tante, aber warum muss ich auch gereinigt werden? Ich war doch bei dir, als sie das Gefäß öffneten.«

Magpie reichte Hail die Decke und stellte sich ans Feuer. Auch ihre Arme waren, obwohl sie an die Sonne gewöhnt war, in den letzten Tagen noch dunkler geworden.

»Ich weiß, Kind«, erwiderte Hail, »aber ich möchte bei dir kein Risiko eingehen. Als du mit Dusty gesprochen hast, könntest du etwas von dem Leichenpulver auf seinen Kleidern eingeatmet haben.«

Magpie warf Hail einen liebevollen Blick zu, lächelte und schloss die Augen. »Okay, Tante, ich bin bereit.«

Hail goss abermals Wasser ins Feuer, legte ihren Ast auf den Boden und fächelte den Rauch über ihre Großnichte.

Magpie fing den Rauch mit den Händen auf und rieb sich damit die Arme, das Gesicht und anschließend den ganzen Körper ab. Dann drehte sie sich um und strich mit gespreizten Fingern durch ihr kurzes Haar.

»In Ordnung, Kind, du bist gereinigt.«

»Ich danke dir, Tante.« Magpie nahm ihr die Decke ab und lief zu ihrem roten Zelt. »Ich bin gleich wieder zurück.«

»Gut. Du und ich, wir müssen uns überlegen, wie wir das Böse einfangen können, das noch frei hier in der Luft schwebt.«

»Ich weiß, Tante. Und ich habe da schon eine Idee.«

Aus dem grünen Zelt hörten sie Washais rufen: »Ich auch!«

Sylvia kam in abgeschnittenen Jeans, einem roten Top und ihren schweren Stiefeln aus dem Zelt gekrochen. »Also, ich fühle mich wie neu geboren. Ich glaube, es hat gewirkt.«

Mit einem Lächeln griff Hail nach ihrem Ast, hob damit Magpies verunreinigte Kleider auf und warf sie ins Feuer.

Sylvia trat neben sie. »Kann ich das tun?«

»Selbstverständlich.« Hail reichte ihr den Ast. »Aber achte darauf, dass du nirgends mit dem Ende des Asts in Berührung kommst, und nachdem du alle Kleider verbrannt hast, wirfst du ihn ebenfalls ins Feuer.«

»*No problemo.*«

Während Sylvia als Nächstes Washais' Kleider ins Feuer warf, humpelte Hail zu einem der Campingstühle und ließ sich ächzend darauf nieder. Oh, es tat gut zu sitzen. Schweißperlen liefen ihr über den Nacken und nässten den Kragen ihres blau geblümten Kleids. Vor etwa zwei Stunden hatte Magpie darauf bestanden, dass sie eine ihrer Schmerztabletten einnahm, doch Hail war nicht sicher, ob sie sich tatsächlich besser fühlte. Die Schmerzen hatten wohl nachgelassen, doch an ihre Stelle war ein merkwürdiges Schwindel- und Schwächegefühl getreten. Vorhin, als sie Dusty gereinigt hatte, verschwamm plötzlich alles vor ihren Augen, und ihr war so schwindlig geworden, dass sie beinahe ins Feuer getaumelt wäre. Hätte Dusty sie nicht noch rechtzeitig am Ärmel gepackt und zurückgezogen, wäre sie vielleicht verbrannt. Sie mochte diesen Zustand nicht.

Sylvia seufzte leise, als sie ihre eigenen Kleider, ein Paar Shorts und ein T-Shirt, den Flammen übergab und dabei vor sich hinmurmelte. »Das war mein liebstes Buffalo-T-Shirt. Irgendwann werde ich nach Wyoming fahren und schauen müssen, ob ich wieder so eines finde.«

»Warum besorgst du dir nicht ein richtiges Stück Hirschleder und nähst dir daraus ein Hemd?«, schlug Hail vor. »Das hält dich im Winter schön warm.«

»Und wo bekomme ich das? Im Walmart habe ich so etwas nie gesehen.«

Hail kicherte. »Dann ruf doch mal bei einer der Büffel-Farmen in New Mexico an. Manche verkaufen auch Hirschleder. Ich hatte einen Cousin, der …«

Die Tür des Wohnwagens quietschte, als Dusty und Dr. Robertson heraustraten. Dusty in einem gelben T-Sirt und rosa Shorts, die früher sicher einmal weiß gewesen waren. Wahrscheinlich hat er sie zusammen mit etwas Rotem gewaschen, vermutete Hail. Seine verspiegelten Sonnenschutzgläser schillerten in allen Regenbogenfarben, als er auf sie zukam. Dr. Robertson sah aus wie eine wandelnde Flagge in seinem rot-weiß gestreiften Hemd und den blauen Jeans. Sie unterhielten sich leise, und beide hatten sie die Stirn in grüblerische Falten gelegt.

»He«, rief Sylvia ihnen zu. »Ich dachte, ihr beiden würdet als Erste wieder auftauchen. Was habt ihr so lange getrieben?«

Ein Windstoß fegte durchs Lager, rüttelte an den Zelten und der Abfalltonne. Dr. Robertson zog sich den Hut ins Gesicht, und Dusty wandte den Kopf ab.

»Wir haben überlegt, was mit dem Gefäß mit den pulverisierten Leichen geschehen soll«, erklärte Dusty. »Vor der Reinigung haben wir den Deckel wieder aufgesetzt und das Gefäß in zwei Plastikbeutel verpackt, wie Mrs. Walking Hawk uns angewiesen hat, aber …«

»Aber!«, wiederholte Washais, die sich gerade aus ihrem Zelt duckte. Sie hatte sich das Haar wieder zu einem Zopf geflochten, der vorn über ihr beigefarbenes T-Shirt bis zum Bund ihrer Jeans herabhing. »Jetzt müssen wir das Gefäß irgendwie loswerden, stimmt's?«

»Richtig«, bestätigte Magpie, die sich ebenfalls der Gruppe anschloss. Sie trug jetzt ein weißes Hemd über braunen Shorts. »Die Frage ist nur, wie?«

»Ich bin mir noch unschlüssig«, sagte Hail mit brüchiger Stimme und verschränkte die arthritisgeplagten Hände in ihrem Schoß. »Vielleicht sollten wir einen geeigneten Platz weit weg von hier suchen und das Gefäß wieder bestatten. So, dass es niemand finden und Unheil damit anrichten kann.«

Während Dusty in der Eisbox herumkramte, klappten Dr. Robertson und Sylvia ihre Stühle auf und setzten sich ans Feuer.

Washais zog ebenfalls einen Stuhl heran und nahm neben Hail Platz. »Mrs. Walking Hawk, ich habe eine Idee, die Ihnen vielleicht komisch vorkommen mag, aber ich würde das Gefäß gern mit zurück nach Kanada nehmen, für weitere Studien …«

»Sie machen wohl Witze, wie?« Als Dusty sich ruckartig zu ihr umdrehte, spiegelte sich das Sonnenlicht in seinen Gläsern. Er hielt eine Flasche Fruchtsaft in der Hand. Langsam schraubte er den Deckel ab und sagte: »Gibt es in Kanada etwa keine Gesetze für die respektvolle Entsorgung menschlicher Überreste?«

»Natürlich gibt es die. Eine ganze Liste, kann ich mir vorstellen, aber das hier ist eine so seltene Gelegenheit. Ich glaube …«

»Das geht nicht, Maureen«, schaltete sich jetzt auch Magpie ein, die sich zwischen Sylvia und Maureen in einen Stuhl fallen ließ. »Hier gibt es strenge Traditionalisten, die dieses Gefäß und seinen Inhalt entweder zerstört – oder wie meine Tante vorgeschlagen hat, zumindest an einem Platz vergraben – sehen wollen, so dass in Zukunft niemand daran Schaden nehmen kann.«

»Tja, vernichten können wir das Gefäß nebst Inhalt nicht«, gab Dusty zu bedenken. »Damit würden wir gegen sämtliche Artikel der NAGPRA verstoßen. Und dem nicht genug, wir würden uns auch der Vernichtung von Staatseigentum schuldig machen. Also, ich glaube, wir müssen uns etwas anderes einfallen lassen.«

»Gebt es mir«, sagte Washais. »Das wäre eine Möglichkeit. Ich bringe das Böse weit fort von hier.«

Der Wind blies Hail dünne Haarsträhnen in die Augen. Sie steckte sie hinter den Ohren fest und sagte dann: »Wir haben die Macht zu respektieren, Washais. Menschen können sterben, wenn sie dieses Gefäß nur berühren.«

Washais senkte den Kopf, schien nach weiteren Argumenten zu suchen. Nach einer Weile sagte sie leise: »Ich weiß um die Problematik, aber der Inhalt dieses Gefäßes könnte uns Aufschluss darüber geben, wie diese Frau gelebt hat, wie sie gestorben und weshalb ihr dieses schreckliche Ende zugestoßen ist. Wäre das nicht wichtig? Wäre es nicht respektvoller, von ihr zu lernen? Älteste Walking Hawk, ich glaube, sie ist eine andere, viel ältere Älteste, die uns etwas Neues lehren kann.«

»Damit bin ich nicht einverstanden«, mischte sich Dusty ein.

»Und warum nicht?« Washais drehte sich um und starrte ihn wütend an.

»Diese Frauen wurden umgebracht und zumindest Teile von dem letzten Opfer hier zu Leichenpulver verarbeitet. Für die Opfer ist es besser, begraben zu sein. Und entsprechend dem traditionellen Glauben …«

»Moment«, unterbrach ihn Washais. »Das verstehe ich nicht. Vor vier Jahren habe ich an der feierlichen Segnung eines Beinhauses teilgenommen. Wir haben das Totenfest abgehalten und unsere Vorfahren im Dorf der Seelen eingeladen, mit uns daran teilzuhaben. Als die Zeremonie vorüber war, nahm jeder von uns ein kleines Behältnis mit Erde aus dem Grab mit, weil wir glauben, dass Teile unserer Vorfahren darin enthalten sind. Das ist *Tradition*, oder nicht?«

»Ihre Tradition vielleicht, aber nicht die von diesen Frauen«, erklärte Dusty mit Nachdruck und trank einen Schluck Saft aus der Flasche.

»Was macht eine Tradition wichtiger als eine andere?«, wollte Washais wissen.

In beschwichtigendem Ton mischte sich Hail ein. »Washais, ich kenne zwar deinen Glauben nicht, aber ich bin froh, dass eure Vorfahren dich hören und deinem Volk helfen. Dieser Ort hingegen ist anders. Unsere Vorfahren lebten hier und starben auch hier. Ihr Blut fließt in unseren Adern. Wir haben andere Traditionen. Dieses *Zeug*, das ihr heute Morgen gefunden habt, ist gefährlich.« Sie blinzelte mit ihren trüben Augen hinauf zu den sich zusammenballenden Wolken. Der Geruch nach Regen wurde immer intensiver. »Es ist schon schlimm genug, dass diese Meteorologen hier eine Wetterstation errichten wollen. Zumal diese bei all den schrecklichen Ereignissen, die sich hier abgespielt haben, niemals richtig funktionieren wird.« Hail richtete den Blick wieder auf Washais. »Ich denke, wir sollten dieses Gefäß von hier fortbringen und gut zudecken. Vielleicht mit einem großen Stein, damit das Böse niemals mehr entweichen kann.«

Dusty nickte. »Da stimme ich zu.«

Dale schob seinen Filzhut zurück. »Wenn unsere indianische Beraterin das für richtig hält, werden wir ihren Rat befolgen. Sagen Sie uns nur, wo wir das Gefäß beisetzen sollen, Maggie.«

Magpie kniff wütend die Brauen zusammen. »Darüber muss ich erst nachdenken.«

»Aber, Dale«, begann Washais erneut. Ungläubigkeit verzerrte ihre Stimme. »Ich *muss* dieses Artefakt noch weiter studieren.«

»Ich weiß, dass Sie sehr daran interessiert sind, Maureen, aber das ist leider nicht möglich. Wir haben unser Budget bereits empfindlich überzogen, außerdem – tut mir Leid, dass ich wieder darauf zurückkommen muss – befindet sich dieser Fund außerhalb unseres abgesteckten Geländes.«

Washais's Blick wanderte von Magpie zu Dale und richtete sich schließlich an Dusty. Sie sah ihn an, als bitte sie ihn um Hilfe, worauf dieser wie in Zeitlupe den Kopf schüttelte.

»Diesmal nicht, Doc«, sagte er. »Bedaure.«

»Ich verstehe euch beide nicht«, erzürnte sich Maureen und sah nacheinander Dusty und Dale an. »Wollt ihr mir damit sagen, dass ihr bereit seid, wissenschaftliche Nachforschungen auf Grund einer religiösen Überzeugung zu unterbinden? Ist euch überhaupt klar, dass ihr mit dieser Entscheidung einen Präzedenzfall schafft? Was ist, wenn nächste Woche eine Gruppe von irokesischen Fundamentalisten auftaucht und behauptet, dass sich in diesem Gefäß die Überreste ihrer Vorfahren befinden, und sie als heilige Reliquie beanspruchen? Werdet ihr sie ihnen aushändigen, obwohl sich ihr Anspruch einzig und allein auf religiöse Mythen gründet? Und wenn nun eine Navajo-Zauberin den Topf beansprucht, weil sie auf die ihm innewohnende Macht erpicht ist? Werdet ihr ihr das Gefäß aushändigen? Wie entscheidet ihr denn, *welche* religiöse Überzeugung wertvoller ist als eine andere?«

Dusty beugte sich in seinem Stuhl vor. »Ich gebe zu, dass das eine schwierige Frage ist, aber ...«

»Schwierig? *Wahnsinn* ist das! Und Sie sind genau so verrückt wie Ihr Vater, wenn Sie das zulassen!«

Dusty schien von einer Sekunde zur nächsten zu Stein zu erstarren. Nur seine Augen funkelten sie wütend an.

Washais erhob sich aus ihrem Stuhl und blieb schweigend davor stehen. Dann sagte sie: »Ich muss eine Weile weg von hier, Stewart. Um nachzudenken. Wäre es möglich ...«

Dusty kramte mit seiner freien Hand in der Hosentasche. Der Schlüsselbund rasselte, als er ihn Maureen zuwarf. »Fahren Sie vorsichtig, halten Sie sich an die Geschwindigkeitsbegrenzungen und machen Sie einen großen Bogen um die Tankstellen entlang der Landstraßen. Tanken Sie nur in Crowpoint.«

Washais nickte. »Danke«, murmelte sie und marschierte steifbeinig zu ihrem Zelt. Sie holte ihre Tasche und ging dann auf den Bronco zu.

Als der Motor aufheulte und sie den Wagen zurücksetzte, stoben dicke Staubwolken auf.

Hail sah dem blauen Jeep hinterher, als dieser holpernd über die staubige Straße Richtung Stadt verschwand. »Ich hoffe, sie kommt wieder in Ordnung«, murmelte sie besorgt. »Ich wollte ihr nicht weh tun.«

»Sie wird sich schon wieder beruhigen, Tante«, sagte Magpie und setzte sich in Washais' leeren Stuhl. Dann nahm sie Hails Hand und streichelte sie. »Mach dir keine Gedanken.«

Dusty beobachtete Hail über den Rand seiner Sonnenbrille hinweg; die alte Frau gewahrte eine Mischung aus Wut und Gekränktheit in seinen Augen. »Sie ist schon in Ordnung, Älteste«, beruhigte er sie mit etwas verhaltener Stimme. »Sie ist es nur nicht gewöhnt, Entscheidungen zu treffen, die auf kulturellen Tabus basieren. Anthropologen arbeiten mit sterilen Fakten, und das Leben hat ihr gerade eine wichtige Lektion erteilt.«

»Wirklich?«, bemerkte Dale mit gespieltem Interesse. »Welche denn?«

»Dass Wissenschaft mitunter nicht das allein Seligmachende ist«, erklärte Dusty mit gestrafften Schultern und vorgestrecktem Kinn.

Die ersten Regentropfen fielen, schlugen kleine Krater in den Sand und verdampften zischend in der Glut.

Dusty trank seinen Saft aus und warf die Flasche in den Abfalleimer, wo sie scheppernd zwischen den anderen versank. Dann zeigte er mit dem Finger auf Dale. »Wenn wir jetzt Probleme kriegen, möchte ich dich daran erinnern, dass du derjenige warst, der sie hier herausgebracht hat. Ich war von Anfang an dagegen. Eine Laborratte in einem Feldlager! Das kann ja nur schief gehen!«

Sylvia betrachtete Dusty etliche Sekunden durch zusammengekniffene Lider, offenbar kurz davor, Washais zu verteidigen, doch dann lächelte sie, als hätte sie es sich anders überlegt und ließ den Blick auf Dustys rosarote Shorts sinken. »Eine Frage, Boss. Haben diese Shorts eingearbeitete Unterhosen?«

30

Das dumpfe Schlagen der Fußtrommeln in der Kiva des Ersten Volkes hallte durch die Dämmerung, ein langsamer, stetiger Rhythmus, wie der Herzschlag eines Schlafenden.

Während Tändler mit Graue Wolke den bevölkerten Platz überquerte, sagte sie zu ihm: »Hainbuche hat ein wenig Angst, Tändler, aber ich glaube, es wird ihr gut tun, den Tänzen zuzusehen. Die Tänze sind ihr von allen Zeremonien zur Langen Nacht das Liebste. Wenn sie heute nicht daran teilnimmt, wird sie es vielleicht in ein paar Monden bedauern.«

Graue Wolke trug ihren bemalten Büffellederumhang, rote Beinlinge und mit Muschelglöckchen verzierte Mokassins, die bei jedem Schritt klimperten. Ihren langen grauen Zopf hatte sie auf dem Kopf zu einer Schnecke eingerollt und festgesteckt. Dadurch wirkte ihr Gesicht noch herzförmiger.

Die Menschen umringten in Dreierreihen den großen Platz. Vorne saßen die Kinder, dahinter die Erwachsenen. Andere lehnten an der Mauer. Die mutigsten unter ihnen hockten auf den flachen Dächern von Talon, eingehüllt in farbenprächtige Decken. Die Dorfältesten saßen zusammen mit Steingeist auf dem Dach der berühmten Kiva. Jede Gruppe der Ältesten trug ihre eigenen Farben, und auch ihre Zeremonienumhänge waren unterschiedlich. Die Hügeldorf-Ältesten trugen rot bemalte Büffellederumhänge; die Ältesten aus dem Sternhageldorf bevorzugten gelbe Umhänge aus weichem Rehleder; die Ältesten des Eiswiesendorfs wiederum trugen Umhänge aus Kaninchenfell, die mit bunten Häherfedern geschmückt waren. Die Umhänge der Dachspfoten-Ältesten aus rauchgeschwärztem Leder zierten Überwürfe aus kompliziert geflochtenen Baumwollfäden. Steingeist freilich trug immer noch seinen zerlöcherten Truthahnfederumhang. Sein spärliches weißes Haar sah aus, als hätte er es eigens für diesen Anlass gekämmt; es umrahmte seinen Kopf wie ein fedriger Heiligenschein.

In der nördlichsten Ecke des Platzes, unter den prachtvollen Abbildungen der Großen Krieger des Ostens und Westens, hatte man eine lange Reihe Decken ausgebreitet. Darauf türmten sich Berge von gebratenem Wild und im Ganzen gekochte Truthähne; über Töpfen mit dampfenden Bohnen hingen an Gestellen gebratete Enten und andere Wildvögel. Daneben standen große Schalen mit Brot und gebackenem Kürbis, Schüsseln mit gerösteten Kürbis- und Sonnenblumenkernen, geflochtene Körbe voll Puffmais und etliche Krüge mit Wasser. Die Gäste sollten sich während der Festlichkeiten nach Herzenslust bedienen.

Erbsenhülse schlenderte durch die Menge und sprach mit verschiedenen Leuten. Auf ihrem hässlichen Gesicht lag ein grimmiger Ausdruck. Ihr weißer Rehlederumhang leuchtete im Schein der Fackeln.

»Hast du mit Hainbuche darüber gesprochen?«, fragte Tändler Graue Wolke.

»Heute Morgen. Sie will es versuchen. Ich weiß allerdings nicht, wie lange sie es aushalten wird, im Freien zu sitzen. Der einzige Ort, an dem sie sich sicher fühlt, ist meine Kammer. Doch es wird ihr schon helfen, wenn sie nur eine Handbreit Zeit hier sitzt, Tändler.«

Die Dämmerung legte sich über den Canyon wie ein grauer Vorhang, dem der am Morgen gefallene Schnee einen opalisierenden Schimmer verlieh. Die lotrecht hinter Talon aufragende Felswand hatte eine blassblaue Färbung angenommen. Über der Klippe blinkten die ersten Abendmenschen.

Das dumpfe Dröhnen der Fußtrommeln wurde lauter, und jetzt erklang dazu eine helle Flöte. Wie ein Falke schwebte der Ton eine Weile in der Luft, ehe er langsam schwächer wurde und sich schließlich zerstreute.

Graue Wolke blieb vor dem Türvorhang stehen und rief: »Hainbuche. Wir sind da. Bist du fertig?«

Eine stammelnde Stimme antwortete: »J-a, b-bin ich.«

Graue Wolke zog den Vorhang beiseite. Dahinter hockte Hainbuche auf dem Boden. Sie starrte Graue Wolke und Tändler an, als fürchte sie sich vor ihnen. Sie zitterte, und ihr langes schwarzes Haar bewegte sich, als wäre es lebendig.

Mit sanfter Stimme sagte Graue Wolke zu ihr: »Hab keine Angst, Hainbuche. Ich werde deine Felle gleich hier vor dem Eingang ausbreiten, für den Fall, dass du dich wieder zurückziehen möchtest. Und Weidenkätzchen wird auf dem Dach über dir Wache stehen.«

»Ja, das wird sie«, sagte Tändler.

Hainbuche befeuchtete sich die Lippen, nickte, griff nach der schwarzen Decke, die gefaltet neben ihr lag und drückte sie an die Brust. Sie trug ihr Festgewand für die Lange Nacht, den dunkelroten Umhang aus Arafedern, der mit Knochenperlen und kleinen Schieferfiguren verziert war, die die Form von Fröschen, Vögeln, Hirschen und Wölfen hatten. Ihr ungewöhnlicher Anhänger aus Gagat, die eingerollte Schlange in einer Eischale, schimmerte mitten auf ihrer Brust. »F-fertig«, brachte sie mühsam heraus und streckte Tändler eine zitternde Hand entgegen.

Er half Hainbuche nach draußen und stützte sie, während Graue Wolke schnell in die Kammer schlüpfte und ein paar Felle holte.

Diese breitete sie sorgfältig vor dem Eingang aus. »Hier wirst du sicher sein, Hainbuche. Das verspreche ich dir. Ich …«

»Hast du meine Tochter gesehen?«, rief Erbsenhülse im Vorbeigehen. Ihr pockennarbiges Gesicht verhieß unterdrückten Ärger. »Sie sollte schon seit einer halben Handbreit Zeit hier sein.«

»Tut mir Leid, ich habe *Yucca*blüte nicht gesehen, Erbsenhülse«, sagte Graue Wolke. »Aber sie ist elf. Einige der älteren Mädchen haben sich in der Nähe der großen Feuerstelle im Hügeldorf versammelt und plaudern miteinander. Wahrscheinlich ist sie auch dort.«

»Aber das sollte sie nicht!«

»Möchtest du, dass ich jemanden hinschicke, um sie zu holen?«

»Nein«, erwiderte Erbsenhülse gereizt. »Wenn sie nicht hier ist, wenn die Tänze beginnen, werde ich sie selbst holen gehen. Und das wird ihr dann Leid tun.«

Damit drehte sich Erbsenhülse um und stapfte davon.

Graue Wolke tauschte mit Tändler einen verwunderten Blick, dann griff sie nach Hainbuches Arm.

Doch Hainbuche drehte sich um und spähte über das Dach – wahrscheinlich suchte sie Weidenkätzchen.

Diese hob eine Hand und kam nach vorn an die Dachkante. »Ich freue mich, dich zu sehen, Sonnenwächterin. Geht es dir gut?«

Hainbuche lächelte, schwankte leicht und sank dann auf die Felle, als vermochten ihre Beine sie nicht länger zu tragen.

Tändler rief zu ihr hinauf: »Die Sonnenwächterin wird während der Tänze hier unten vor ihrer Tür sitzen. Du wachst über sie, ja?«

»Selbstverständlich, Kriegshäuptling. Und wenn Schneehase in einer Hand Zeit meine Wache übernimmt, werde ich ihm sagen, dass er ebenfalls ein Auge auf die Sonnenwächterin haben soll.«

Auf Hainbuches hübschem Gesicht breitete sich ein sichtbarer Ausdruck der Erleichterung aus.

Sanft nahm Graue Wolke ihr die schwarze Decke aus der Hand. »Lass mich dir helfen.« Sie schüttelte die Decke aus, drapierte sie über Hainbuches Kopf und machte unter dem Kinn einen Knoten. »So. Jetzt dürftest du eigentlich nicht mehr frieren. Ich muss mich nun in die Kiva begeben, um die Tänzer zu reinigen, Hainbuche, aber es dauert nicht lange. Tändler bleibt inzwischen in deiner Nähe.«

Hainbuche sah mit großen Augen zu Graue Wolke auf.

Die strich ihr sanft über die Wange. »Tändler? Ich weiß, dass es deine Aufgabe ist, hier auf dem Platz für Harmonie zu sorgen, aber wenn du es ermöglichen …«

»Ich werde in Hainbuches Nähe bleiben, Älteste.«

Graue Wolke schenkte ihm einen dankbaren Blick, wandte sich um und ging Richtung Kiva davon.

Hainbuche klammerte sich mit der Hand an Tändlers ledernem Hosenbein fest, worauf er sich neben sie kniete und ihr zuflüsterte: »Du siehst sie hier nirgends, nicht wahr, Hainbuche?«

Sie musterte die Gesichter in der Menge und oben auf den Dächern eindringlich und blickte sich ein paarmal um, ehe sie den Kopf schüttelte.

»Gut. Ich habe die Matronen der einzelnen Dörfer gebeten, jede Person zu identifizieren, bevor wir ihr oder ihm den Zutritt zu Talon gewähren. Natürlich wird die ganze

Nacht hindurch ein fortwährendes Kommen und Gehen herrschen.« Tändler deutete auf die Leiter, die zehn Schritte neben Hainbuche an der Mauer lehnte. »Falls du *irgendjemanden* diese Leiter heruntersteigen siehst, von dem du glaubst, er könnte ...«

Sie zeigte hinauf aufs Dach. »W-weidenkätzchen.«

»Ja, gut, Hainbuche. Dann rufst du nach Weidenkätzchen oder mir. Diese Person wird mit dem Gesicht voraus im Staub liegen, ehe du noch einmal rufen kannst.«

Tändler tätschelte ihre Hand, die noch immer sein Hosenbein umklammerte. »Es wird ein wenig schwierig werden, Streithähne voneinander zu trennen, wenn ich dich hinter mir herschleifen muss.«

Hainbuche betrachtete ihre Hand und löste langsam einen Finger nach dem anderen.

»Wenn du mich brauchst, ich bin immer in der Nähe. Du musst nur nach mir rufen. Hast du verstanden?«

Die schwarze Decke verbarg ihr Gesicht, wenn sie ihn nicht direkt anblickte, aber er sah sie nicken.

»Gut. Ich stelle mich jetzt dort drüben hin.« Er deutete auf die Tür, die in den Vorraum der Kiva führte. »Das sind nicht mehr als dreißig Schritte von hier, Hainbuche. Und dort werde ich die ganze Zeit über stehen bleiben. Das verspreche ich dir.«

Hainbuche sah ihn mit einem ängstlichen Blick an, nickte aber tapfer.

Tändler lächelte und ging über den Platz, um seine vorgesehene Position neben der Tür einzunehmen. Insgesamt waren zweihundertdreiundvierzig Menschen zu dieser Zeremonie erschienen. Die Gruppe aus dem Sternhageldorf war als letzte kurz nach Sonnenaufgang angekommen. Geplauder und Gelächter erfüllten den großen Platz.

Tändler warf einen Blick zurück zu Hainbuche. Ihre Augen folgten jedem seiner Schritte.

Er winkte.

Ihr Gesichtsausdruck blieb unverändert. Sie starrte ihn an, als hinge ihr Leben von ihm ab.

Weidenkätzchen stand hoch aufgerichtet auf dem Dach oberhalb von Hainbuche, ihre Kriegskeule ruhte auf ihrer rechten Schulter.

Ihre Blicke trafen sich und hielten einander fest.

Die Linien um ihre Augen waren tiefer geworden.

Tändler stellte sich breitbeinig hin und sog die Luft tief in die Lungen.

Die Flöte und die Trommeln im Inneren der Kiva schwiegen.

Die Menge verstummte.

Wie eine aufs Ufer zurollende Welle drehten sich die Menschen alle zugleich um, die Blicke auf die Tür neben Tändler gerichtet.

Dann trat Graue Wolke heraus, einen gefiederten Gebetsstock in der einen, ein rotes Tongefäß mit Maismehl in der anderen Hand. Beim Gehen sang sie mit ihrer tiefen, melodischen Stimme:

»Ich pflanze die nördlichen Gebirge
Ich pflanze das Meer im Westen.
Ich pflanze die südlichen Wüsten
Ich pflanze die Bäume im Osten.«

In der Mitte des großen Platzes kniete sie nieder und stieß den Gebetsstock in den Schnee. Die flaumigen Adlerfedern flatterten und wiegten sich im kalten Abendwind.

Anschließend erhob sie sich, kippte das Tongefäß, streute blaues Maismehl um den Gebetsstock und weiter in einer Linie vor sich her, während sie rückwärts zu der Tür schritt, die in das unterirdische Zeremoniengewölbe führte. Die Tänzer würden dieser Linie folgen, die den Weg der Ersten Menschen aus der Unterwelt bis zu ihrer Ankunft im Canyon des Geraden Pfades symbolisierte. Sie würden von der langen Reise unter dem klaren Licht von Vater Sonne singen.

Als Graue Wolke auf der anderen Seite der Tür stehen blieb, erhob sich in der Kiva ein gespenstischer Chor; leises

Heulen, Tschirpen, die Schreie eines Falken und das leise Knurren der Berglöwen.

Graue Wolke hob ihre mehlbedeckten Hände zu den Abendmenschen empor, und im selben Augenblick tauchten aus dem mit Fackeln beleuchteten Leib der Kiva geisterhafte Gestalten auf.

Mit schwingenden Armen schlurften sie hintereinander her, wirbelten mit ihren Sandalen weiße Schneewolken auf. Ihr Gesang war zart wie das Piepsen eines neugeborenen Vogels. Ihre prachtvollen Masken – halb Tier, halb Gott – waren mit gemalten Regentropfen verziert, blitzenden Sternen und Federschmuck. Um den Hals trugen sie Manschetten aus Büffelfell; auf ihren nackten, weiß bemalten Oberkörpern prangten schwarze, gezackte Blitze. Ihre prächtigen Federumhänge schwangen hin und her, als sie stolz den Weg ihrer Vorväter beschritten, dabei ihre maskierten Köpfe schüttelten und die Menge durch dunkle, leere Augenhöhlen anstarrten. Sie trugen rot und gelb bemalte Tanzstöcke und Kürbisrasseln bei sich.

Als sie den Gebetsstock erreicht hatten, teilten sie sich in vier Gruppen auf, um den Heiligen Himmelsrichtungen zu folgen und die verschiedenen Pfade aufzuzeigen, die die Menschen damals eingeschlagen hatten, nachdem sie in diesem Canyon angekommen waren.

Hainbuche hielt ihre schwarze Decke über der Nase zusammen, um ihr Gesicht möglichst zu verbergen, doch in ihren Augen leuchtete ein ehrfürchtiger Schimmer.

Tändler lächelte.

Die Tänzer schüttelten ihre Rasseln, formierten sich und bildeten zwei konzentrische Kreise.

Jeder ihrer Atemzüge, jedes Stampfen ihrer Füße galt Unserer Mutter Erde und ließ sie wissen, dass Vater Sonne sie nach dieser Langen Nacht länger halten und noch mehr lieben und seine Wärme wieder in ihre Knochen schicken würde.

Die Tänzer hörten auf, im Kreis zu tanzen, und neigten die Köpfe, als lauschten sie.

Jetzt traten vier Frauen aus der Kiva, in weiße Rehledergewänder und Mokassins gekleidet, und gingen hintereinander nahe an der Menge vorbei – aber wie Heilige, unberührbar. Ihr langes schwarzes Haar wurde von Adlerfedern bekränzt, die sich im Wind wiegten. Viermal umrundeten die Hirschmütter den großen Platz, tanzten durch das sanfte Fackellicht, die Arme zum Himmel erhoben – überirdische Wesen, soeben aufgetaucht aus der geheimnisvollen Wolke der Legenden. Ihre rauen, tiefen Stimmen erinnerten an die Hirsche in den Wäldern, die sich gegenseitig Warnungen zuriefen.

Die Maskentänzer heulten und jammerten vor Angst. Manche flüchteten sich Schutz suchend in die Menge. Andere kauerten sich zusammen und warteten, bis die Heiligen Mütter vorbeigezogen waren.

Zuschauer hielten sich die Augen zu und spähten ängstlich zwischen zwei Fingern hindurch. Niemand vermochte diese Macht und diese Schönheit direkt anzusehen.

Tändler warf einen Blick zu Hainbuche.

Sie war weg.

Panik ergriff ihn, dann sah er den Vorhang ihrer Tür hin und her schwingen.

Hatte sie nur die Kraft besessen, den Tänzern für einen Finger Zeit zuzusehen?

Tändler blickte hinauf aufs Dach. Weidenkätzchen kniete mit dem Rücken zu ihm und sprach mit jemandem, der unten stand. Wahrscheinlich mit einem der Krieger, die auf den Schutthügeln Wache hielten.

Auf dem Dach in Weidenkätzchens Nähe hockten etliche Besucher und verfolgten die Tänze mit lächelnden Gesichtern.

Tändler atmete tief durch und senkte abermals den Kopf, als die Hirschmütter an ihm vorbeizogen.

Mein Hemd und meine Hose aus weißen Rehleder verschmelzen mit dem schneebedeckten Boden,
aber Schattens Gewand ist die Dunkelheit.

Sie geht hinter mir, ihre Schritte unhörbar. Ihre schwarzen Augen glitzern.

Sie ist wie ein Abgrund in der Nacht, unsichtbar, gefährlich.

Eine einzelne Flöte ertönt.

Anfangs leise, wie das Pfeifen des Würgers.

Menschen säumen die Pfade der Tänzer. Die Alten grinsen und halten zappelnde Kleinkinder fest in den Armen. Die Mokassins der Tänzer knirschen, wenn sie durch den Schnee stapfen. Das Licht der Schöpfung lebt in ihren Hufen, Klauen, pelzigen Schnauzen und glänzenden Holzschnäbeln.

Ich reibe mir das kalte Gesicht, ergriffen von dieser Schönheit.

Die Tänzer schweben mit rudernden Armen an mir vorbei und beobachten mich mit den Augen längst verstorbener Helden, Vorfahren, den Seelen der Wolken.

Die Flöte wird schriller – wie ein erstickter Schrei.

Und ich weiß, die Zeit ist gekommen.

Schatten kommt immer näher.

Ich spüre ihre Entschlossenheit.

In meinen Seelen spiegelt sich ihr Lächeln.

Tod lebt in dem anmutigen Schwung ihrer Lippen, dem Beben ihrer Nasenflügel. Sie ist großartig.

Ihre Finger graben sich wie Klingen in die Muskeln meiner Arme.

»Warte«, flüstere ich.

Sie zittert, das Verlangen so stark wie ein körperlicher Schmerz.

»Geh zu den Lehmhügeln«, sage ich. »Ich werde sie zu dir bringen.«

Sie weicht zurück.

Ich lasse einige Atemzüge verstreichen, ehe ich mich umdrehe, aber ich sehe nichts als Dunkelheit und Schnee, der im Sternenlicht glitzert. Entfernte Felshügel stehen wie schwarze Blöcke am Horizont.

Der Duft brennenden Kiefernholzes steigt von den heiligen Feuern auf, umweht tröstend mein Gesicht.

Mein Blick schweift über Talon und das Hügeldorf.

Ich frage mich, ob sie mich sieht. Ob sie sich gerade in diesem Augenblick durch die Menge der Zuschauer drängt, in Erwartung, mich zu treffen. Das Gesicht des Todes und die Gesichter der Lieben sind oft nicht zu unterscheiden.

Ich habe das selbst erfahren, wenn Schatten das Töten überkommt und er mich ansteckt. In dem Moment, ehe sie angreift, gibt es einen kurzen Augenblick, in dem ich mich willig in ihre Arme werfen und es zulassen würde, dass sie mich mit dem Feuer ihrer Lust erfüllt. Ich …

Ich sehe sie.

Wie sie von dem Feuer auf dem großen Platz im Hügeldorf wegrennt.

Sie ist so jung. Und so schön.

»Ja«, flüstere ich. »Komm zu mir. Habe ich dir nicht gesagt, dass du in Blut gebadet werden musst, um gerettet zu werden?«

Ich spüre es bereits auf meinen Händen, warm, klebrig, den durchdringenden Geruch.

Ich erschaudere.

Im Aufstehen werfe ich einen Blick auf den toten Wächter. Das klaffende Loch in seiner Brust gleicht einem rotlippigen Mund, aufgerissen zu einem letzten Schrei.

Er stand am Rand wie die anderen, sah sich die Tänze an. Der Feuerschein hat ihn geblendet.

Ich bin nicht stolz auf solches Töten. Es ist, als schlachte man Kojotenjunge in ihrem Bau ab. Zu einfach.

Ich schleiche den Klippenrand entlang.

Die Nacht ist klar. Am Morgen werden wir alle frieren, bereit sein für die Schale des Lebens. Das heilige Mahl. Heiß. Dampfend. Wir werden zittern, während wir essen.

Ich bleibe in der Nähe der obersten Felsenstufe stehen.

Da ist noch eine Frau. Sie folgt der ersten, obgleich das Mädchen es nicht weiß.

Ihre Mutter?

Ich kauere mich zusammen wie eine Katze.

Zwei sind es.

Eine für jeden von uns.
Schatten wird unbarmherzig sein.

Er stand oben auf den Sandsteinklippen, etwa hundert Hand über Yuccablüte, gekleidet in einen weißen Hirschlederumhang und Wildlederhosen. Sie klammerte sich an die in den Fels gehauenen Stufen und keuchte. Graue Federn bekränzten seine Wolfsmaske, erhoben sich wie silberne Strahlen hinter seinen spitzen Ohren. Eine Weile blieb er ganz ruhig stehen. De Muscheln, die seinen Kragen zierten, fingen das flackernde Licht der Fackeln auf und glitzerten wie Spiegel.

Die Welt erstarb um Yuccablüte.

Ihre Ohren vernahmen nicht länger die rituellen Gesänge oder die Klänge der Flöte, die durch den Canyon hallten. Ihre Augen sahen nicht länger die Tänze auf dem großen Platz. Die prachtvollen Gewänder, der Schmuck aus Türkisen und Muschelschalen, die kunstvollen Ornamente auf den Kriegshemden, die vor wenigen Augenblicken noch so gestrahlt hatten, verschwanden, als die Klippe des Canyons zu ihrer Welt wurde.

Zwei Herzen hob seinen rechten Mokassin und deutete mit einer Hand auf die Tänzer unten in der alten Stadt Talon.

Yuccablütes Blick wanderte verwirrt zwischen ihm und den Tänzern hin und her.

Er ahmte die Schritte der Tänzer nach, die sich in einer langen Reihe durch Talon bewegten, mit den Rasseln klapperten und dabei tief und voll tönende Stimmen die alten Gesänge anstimmten. Die tanzende Gruppe glich der Schlange, die die Himmelswelt beschützte, mit ihrem glitzernden Körper und den anmutig fließenden Bewegungen.

Sie suchte erneut Halt und zog sich eine Stufe höher. Das Gestein unter der Eis- und Schneeschicht war gefährlich schlüpfrig. Aber sie trieb sich zur Eile an.

Er stand dort oben, aufrecht wie ein silbern schimmernder Dolch. Sein langer, weißer Umhang loderte wie eine Flamme.

Die Muscheln an ihrem Umhang schabten über den rauen Fels, als sie die Klippen emporhetzte.

Sein Atem kam in lauten, rauen Stößen, sein Verlangen nach ihr schien unerträglich.

Yuccablüte zog sich die letzte Stufe hinauf und rannte zu ihm. Ihre beiden mit roten Stoffstreifen verflochtenen Zöpfe reichten ihr bis an die Hüfte.

Er streckte die Hände nach ihnen aus, beinahe ängstlich, und streichelte sie.

Seine Stimme war so leise, sie konnte ihn kaum verstehen, als er flüsterte: *»Hast du Angst?«*

»Nein, ich will bei dir sein.«

Er nickte, breitete seinen weißen Umhang aus und hüllte Yuccablüte darin ein; beschützte sie vor Dunkelheit und Kälte.

So standen sie eine Weile eng beisammen, und sie nahm einen seltsamen Geruch war, modrig und metallisch, wie der Staub eingestürzter Mauern.

Er flüsterte mit rauer Stimme: *»Weißt du, wo die Schutthügel sind?«*

»Ja, ich bin viele Male dort gewesen.«

»Geh. Warte dort auf mich. Ich komme gleich nach.«

Gehorsam trottete Yuccablüte davon, Richtung Norden. Sie drehte sich nur einmal nach ihm um.

Zuerst sah sie ihn nirgends, doch dann gewahrte sie die Federn seiner Maske, die im Wind leicht zitterten.

Er lag ausgestreckt auf dem Bauch im Schnee, gleich oberhalb der Stufen.

Als wartete er auf jemanden.

31

Weidenkätzchen sah die sieben Krieger aus dem Eiswiesendorf lachend und sich gegenseitig anrempelnd die Straße entlangtrotten. Sie trugen rote Umhänge und hatten die Kapuzen aufgesetzt. Einige von ihnen schwankten beim Gehen. Vor nicht allzu langer Zeit hatte sie die Männer Maisbrote in sich hineinstopfen und dazu beträchtliche Mengen vergorenen Wacholderbeerensaft trinken sehen.

Während sie hintereinander die Leiter hinaufstiegen, ging Weidenkätzchen auf sie zu.

Der erste Mann, mit der Statur eines Grizzlybären, stieg gerade von der letzten Sprosse und lächelte sie an. Weidenkätzchen flüsterte ihm zu: »Die Hirschmütter sind eingetroffen.«

Der bullige Mann drehte sich zu seinen Gefährten um und legte einen Finger an die Lippen.

Die anderen Krieger unterdrückten ihr Gelächter und stiegen grinsend von der Leiter aufs Dach. Dort rotteten sie sich zusammen und warfen einen Blick auf die Tänzer. Der Wind wehte ihnen die roten Umhänge um die Beine. Zwei der Krieger waren Frauen, das erkannte Weidenkätzchen jetzt an dem weißen Gesichtspuder, als sich ihre Kapuzen im Wind bauschten. Sie hatten den Puder dick und reichlich aufgetragen, zu Ehren der Weißen Muschelfrau. Eine der beiden Frauen kam Weidenkätzchen bekannt vor, aber sie konnte sich nicht erinnern, wo sie ihr schon einmal begegnet war.

Der große Krieger stieß seinem Nachbarn den Ellbogen in die Rippen und lachte.

Links unter ihnen, auf dem Dach der Kiva, deutete Maismutter, die Matrone des Eiswiesendorfs, mit dem ausgestreckten Zeigefinger auf die Kriegergruppe und warf ihnen einen bitterbösen Blick zu.

Sofort verstummten die Krieger und kletterten eilig die Leiter hinunter auf den großen Platz. Dort stellten sie sich an der Mauer vor Graue Wolkes Kammer auf.

Weidenkätzchen hatte Hainbuche vor einem Finger Zeit in die Kammer kriechen sehen, doch sie sah noch einmal hinunter, um sich zu vergewissern, dass keiner der angetrunkenen Krieger durch den Türvorhang gestolpert war. Sie standen da und flüsterten miteinander, schienen sich aber beruhigt zu haben.

Weidenkätzchen überprüfte die Positionen der anderen sechs Wachen oben auf den zum Teil eingestürzten Mauern von Talon und kehrte dann wieder auf ihren Wachposten an der südöstlichen Mauerkante zurück.

Sie verschränkte die Arme unter ihrem weißen Federumhang und betrachtete die Keramikscherben unten auf der breiten Straße, die im Schein der Fackeln glitzerten und blinkten wie die Sterne am Himmel.

Die beiden Wachen auf den Hügeln zu ihrer Rechten hatten den Blick nach Süden gerichtet und überwachten den Grund des Canyons. Sie trugen die bemalten gelben Umhänge der Krieger des Sternhageldorfes.

Weidenkätzchen atmete heftig aus, und der Atem gefror vor ihrem Gesicht zu einer weißen Dunstwolke. Ihre Nerven, die sich im letzten Viertelmond immer mehr angespannt hatten, vibrierten in dieser Nacht, als wären sie kurz vorm Zerreißen. Irgendetwas da draußen beobachtete sie mit wilden Augen. Sie spürte diesen durchdringenden Blick auf sich ruhen, starr und unbeweglich wie der einer Katze, wenn sie sich lautlos an ihre Beute heranschleicht.

Als sie Unruhe hinter sich bemerkte, drehte sie sich um und sah die rot gekleideten Krieger aus dem Eiswiesendorf über die Leiter aufs Dach klettern. Die Männer, die mühsam ihr Gelächter unterdrückten, schubsten und stießen sich gegenseitig an. Zwei der Krieger schleppten einen Kameraden zwischen sich, der anscheinend zu viel getrunken hatte. Der Umhang war viel zu lang für ihn und schleifte über den Boden, während seine Freunde ihn grinsend zu der Leiter bugsierten, die hinunter zur Straße führte.

Weidenkätzchen rief ihnen empört zu: »Wenn ihr euch während der heiligen Tänze nicht anständig benehmen könnt, schlage ich vor, ihr trollt euch besser ins Hügeldorf.«

Bereitwillig gehorchend torkelte der »Grizzlybär« auf die Leiter zu, hatte aber größte Schwierigkeiten, die Balance zu halten. Als er zu weit nach rechts abschwenkte, gaben ihm seine Freunde einen Rempler in die Seite und kicherten albern.

Und als er dann um ein Haar über die Dachkante stolperte, blieb Weidenkätzchen vor Schreck beinahe das Herz stehen. Im letzten Moment bekam ihn einer seiner Kumpane noch am Saum seines Umhangs zu fassen und riss ihn zurück in eine Flut von wedelnden Armen und aufgeregten Schreien.

Weidenkätzchen funkelte die Krieger wütend an.

Unbeholfen machte sich der Riese endlich daran, die Leiter hinunterzusteigen. Als Nächste folgten die beiden Krieger, die ihren betrunkenen Kameraden stützten. Sie schüttelten den Mann so lange, bis er wieder zu sich kam, und bugsierten ihn anschließend auf die Leiter. Ungelenk und zitternd machte er sich an den Abstieg. Der Rest folgte, und unten angekommen stolperten sie als schwankender Pulk in Richtung Hügeldorf davon.

Schneehase begegnete der Horde, als diese um die südwestliche Ecke der Stadtmauer getorkelt kam, und machte den Männern hastig Platz. Er hatte einen blau-grün bemalten Büffellederumhang angelegt, und sein schulterlanges schwarzes Haar glänzte wie frisch gewaschen. Er warf einen Blick hinauf zu Weidenkätzchen und rümpfte verächtlich die Nase. »Ich habe sie vorhin schon gesehen und wollte mich nicht niedertrampeln lassen.«

»Eine sehr weise Entscheidung«, rief sie zurück.

Schneehase ging auf die Leiter zu und stieg hinauf. In dem Augenblick, als er das Dach betrat, verstummte die Flöte, und die Trommeln setzten wieder ein, begleiteten den Herzschlag von Unserer Mutter Erde und kündigten die Büffeltänzer an. Ihre schwarzen, gebogenen Hörner glänzten, und sie schüttelten die zotteligen Köpfe, als sie aus der Kiva herausschritten. Die langen braunen Fellbärte bauschten sich über ihren rot bemalten Oberkörpern. Büffel brachten die segensreichen Schneefälle, die die Frühlingsgräser gebaren und damit alle Lebewesen, ob groß oder klein, ernährten. Außerdem besaßen sie magische Kräfte. Sie konnten unter den Seen leben und sich in den Himmelswelten bewegen, indem sie von Wolke zu Wolke sprangen. Büffel waren die Vettern der Donnervögel. Beide stießen sie tiefe, grollende Laute aus, und beide brachten das Wasser aus dem Himmel zur Erde. Daher wurden heilende Tees nach Möglichkeit immer aus Büffelhornschalen getrunken.

Graue Wolke geleitete die Tänzer auf einem geschwungenen Pfad um den großen Platz, wobei sie einen tiefen, kehligen Ruf ausstieß, wie es die Büffel tun, wenn sie ein anderes Tier in der Herde suchen.

Die Zuschauer ahmten den gleichen Laut nach und schickten ihn hinauf zu Großer Büffelkuh. »Hier sind wir, Mutter«, bedeutete er. »Wir sind hier unten. Gib uns deinen Segen.«

Schneehase ging zu Weidenkätzchen hinüber und flüsterte: »Bleibst du hier und siehst dir die Tänze an?«

Sie schüttelte den Kopf. »Nein, ich bin seit dem Morgengrauen auf den Beinen. Ich glaube, ich werde mich in meine Kammer zurückziehen und ein wenig ruhen. Aber den großen Mitternachtstanz werde ich mir nicht entgehen lassen.«

»Dann schlaf gut. Wir sehen uns später.«

Weidenkätzchen ging ein paar Schritte davon, dann drehte sie sich noch einmal um. »Schneehase, die Sonnenwächterin ist im Moment in ihrer Kammer, aber vielleicht kommt sie später noch einmal heraus. Bitte, pass auf sie auf und lass sie wissen, dass du in ihrer Nähe bist.«

Er nickte. »Das werde ich. Fürchtet sie sich immer noch?«

»Ja, sie hat schreckliche Angst. Sie kam aus ihrer Kammer, um sich den ersten Tanz anzusehen und anschließend die Ankunft der Katsinas, aber dann hat sie sich gleich wieder in Graue Wolkes Kammer verkrochen.«

»Ich werde ein Auge auf sie haben, Weidenkätzchen. Mach dir keine Sorgen.«

Sie nickte und ging zur Leiter.

Weidenkätzchen war völlig erschöpft, ihre Glieder fühlten sich an wie Sandsäcke. Auf dem Weg zum großen Platz im Hügeldorf musste sie sich auf jeden Schritt konzentrieren, um nicht zu stolpern. Auf der südlichen Seite des Feuers hatten sich sechs der Eiswiesen-Krieger um die großen Krüge mit vergorenem Wacholderbeerensaft versammelt, schöpften eine Schale nach der anderen und grölten, was das Zeug hielt.

Der große, bärenhafte Krieger dröhnte gerade: *»Das hat er dir erzählt, als er sich deinen zweiten Umhang ausborgte? Mir hat er erzählt, sie sei seine Schwester, und er wollte, dass wir ihm helfen, ihr einen Streich zu spielen. Ha, das war wirklich ein gelungener Streich. Sie konnte kaum noch laufen!«*

Seine Freunde brachen in brüllendes Gelächter aus und taumelten trunken um die Feuerstelle.

Weidenkätzchen ging wortlos an ihnen vorbei. Ihre Wache war vorüber, und im Grunde störten sie hier draußen niemanden.

Sollten sie doch ihren Spaß haben.

Als sie sich der Leiter näherte, die an der Mauer vom

Hügeldorf stand, blieb sie abrupt stehen und musterte verwundert den Boden.

Obwohl hunderte von Sandalen und Lederstiefeln den Schnee an dieser Stelle zertrampelt hatten, stachen ihr diese frischen Spuren deutlich ins Auge. Sie stammten von bloßen Füßen.

Weidenkätzchen kniete sich hin und studierte die Abdrücke der Zehen und Fersen. Wahrscheinlich eine Frau, dachte sie. Eine junge Frau. Sie war stolpernd gelaufen.

Weidenkätzchens Blick verfolgte die Spuren in Richtung Feuerstelle. Eine andere Person in Lederstiefeln war anschließend auf einige dieser Barfußspuren gestiegen.

Sie erhob sich wieder und ging langsam neben den Spuren her, die an der Vorderfront von Hügeldorf vorbeiführten und weiter auf die Straße nach Kesselstadt. Hinter einigen Öffnungen in den teilweise eingestürzten Mauern der Stadt leuchtete ein rötlicher Feuerschein. Vielleicht hatten sich die beiden Krieger entschlossen, sich in ihre Kammern zurückzuziehen?

Eine Bewegung oben an den Klippen lenkte sie von ihren Gedanken ab. Sie spähte hinauf und sah zwei Leute die Felsstufen hinaufklettern. Die rote Kapuze der Person, die vorauskletterte, war zurückgerutscht und enthüllte eine Flut langen schwarzen Haars. Die flackernden Flammen des Feuers und der Fackeln machten es unmöglich, die Personen deutlich zu erkennen; einmal waren sie zu sehen, und im nächsten Moment verschluckte sie die Dunkelheit.

Weidenkätzchen legte nachdenklich den Kopf schräg. Wahrscheinlich hatte es nichts zu bedeuten; vermutlich waren es nur zwei Krieger, die auf die Klippe kletterten, um von dort oben einen besseren Blick auf die Tänzer zu haben – aber barfuß?

Als ihre Stiefelspitze unterm Schnee gegen einen Gegenstand stieß, warf sie rasch einen letzten Blick hinauf zu den Klippen und kniete sich dann hin. Sie wühlte mit den Händen im Schnee, bis sie ein Lederband ertastete, das sie neugierig hervorzog.

Staunend hielt sie ein Halsband mit einem Gagatanhänger in der Hand. Er hatte die Form einer Schlange, die eingeringelt in einer aufgebrochenen Eischale lag und sie mit einem Auge aus roter Koralle anstarrte.

Ihr Blick schoss die Klippen hoch und gleichzeitig blieb ihr vor Entsetzen schier die Luft weg. *Sie konnte kaum laufen ...*

»Heilige Götter. Nein. Ich ... ich kann nicht glauben ...«

Das Bild der betrunkenen Krieger aus dem Eiswiesendorf tauchte blitzartig vor ihrem inneren Auge auf. Der scheinbar Betrunkene in dem viel zu langen Umhang ... Ihr wurde übel. Ihre Knie begannen zu zittern.

Weidenkätzchen streifte sich das Halsband über den Kopf, zog ihre Kriegskeule aus dem Gürtel und rannte zu dem runden Turm am Fuße der Stufen.

32

Gemächlich schritten die Büffeltänzer auf die Kiva zu. Sie keuchten, und auf ihren langen Zottelbärten schillerten Schweißtropfen. Respektvoll senkte Tändler den Kopf, als sie an ihm vorbeizogen.

Graue Wolke schritt hinter ihnen her. Sie schickte sich an, den anderen Tänzern in das Zeremoniengewölbe zu folgen, schien es sich dann aber anders zu überlegen und blieb neben Tändler stehen.

»Wie lange hat Hainbuche zugesehen?«

»Nicht sehr lange, Älteste. Weniger als einen Fingerbreit Zeit.«

Graue Wolke seufzte. »Na, zumindest hat sie die Ankunft der Katsinas mitbekommen. Dafür bin ich schon dankbar.«

»Sie auch, glaube ich, Älteste. Ich werde nach ihr sehen, sobald es mir möglich ist.«

»Ich danke dir, Kriegshäuptling.«

Der nächste Tanz würde erst in etwa einer halben Handbreit Zeit beginnen. Die Zuschauer erhoben sich, streckten die Glieder und begannen sich zu unterhalten.

Tändler hörte die Clanältesten über das Dach der Kiva gehen, und Flammenbotin rief ihm zu: »Kriegshäuptling? Wir kommen herunter.«

»Ja, Älteste.«

Graue Wolke legte ihm kurz die Hand auf die Schulter und duckte sich dann in den Vorraum der Kiva, um ihren zeremonialen Pflichten nachzugehen.

Die Ältesten verließen das Dach der Kiva und strebten über das Dach der nach Süden zeigenden Mauer auf die Leiter zu. Ihre prachtvollen Umhänge glitzerten. Flammenbotin kicherte über eine Bemerkung von Steingeist.

Tändler sah Schneehase oben auf der südöstlichen Ecke der Mauer hocken, vermisste aber Weidenkätzchen. Er hatte angenommen, dass sie nach der Ablösung durch Schneehase dort bleiben und sich die Tänze ansehen würde, obwohl es den Kriegern, die seit dem Morgengrauen Wache gestanden hatten, selbstverständlich frei blieb, sich vor den Mitternachtstänzen ein wenig auszuruhen.

Tändler ging zur Leiter und wartete ab, bis die Ältesten herabgestiegen waren. Denjenigen, die Hilfe benötigten, bot er seine Hand an.

Flammenbotin, Watender Vogel und Springbock kletterten zuerst hinab, als Nächster kam Steingeist. Der alte Mann grinste seinen Neffen an, ging um ihn herum, blieb dann hinter ihm stehen und wartete, bis Tändler den anderen von der Leiter geholfen hatte.

Die meisten der Ältesten steuerten direkt die Decken an, auf denen die Festspeisen angerichtet waren – mit Ausnahme eines Mannes aus der Sternhagelstadt.

In einen gelb bemalten Hirschlederumhang gehüllt, blieb er am Fuße der Leiter stehen, den Blick starr auf Steingeist gerichtet. Er zählte ungefähr vierzig Sommer, und das dichte graue Haar reichte ihm bis auf die Schultern. Er hatte ein blasses, oval geschnittenes Gesicht mit dunklen, wachen Augen.

Tändler wandte sich kurz zu seinem Onkel um. Der alte Mann betrachtete schweigend die Menschenmenge auf dem großen Platz.

Dann richtete er seinen Blick wieder auf den Mann aus dem Sternhageldorf. »Kann ich dir behilflich sein, Ältester?«

Der Mann machte ein paar Schritte auf sie zu, leichtfüßig und vorsichtig, als schritte er an einer Schlangengrube vorüber. Dann umfasste er Steingeists Handgelenk mit einem harten Griff und verlangte mit barscher Stimme zu wissen: »Woher hast du das?«

Steingeist blinzelte verwirrt. »Was denn?«

»Dieses Armband, das du trägst!« Ohne Vorwarnung drehte er Steingeists Arm herum und warf den alten Mann zu Boden. »Antworte mir!«

Tändler stürzte herbei und schob den Ältesten beiseite. »Dafür gibt es eine Erklärung, Ältester«, sagte er bestimmt. »Onkel?«

Steingeist starrte den Mann verdutzt an, streifte dann in plötzlichem Begreifen die Fußspange vom Handgelenk und reichte sie ihm. »Gehörte das jemandem, dem du verbunden bist?«

Der Sternhageldorf-Älteste musterte die kunstvoll geschliffenen Perlen und schluckte dabei ein paarmal, als fiele es ihm schwer, seine Gefühle in Zaum zu halten. Ganz langsam wanderte sein Blick zurück zu Steingeist. »Antworte mir. *Woher* hast du das?«

»Von einer Toten.«

Der Älteste schloss in sichtlichem Schmerz die Augen. »Oh, nein, nein.«

Mit sanfter Stimme erkundigte sich Steingeist: »Wann ist sie verschwunden?«

Der Älteste senkte den Kopf. »Vor sieben Tagen. Unser Sohn war gerade gestorben. Sie wollte allein sein, und sie …«

Ein seltsames Summen erfüllte Tändlers Ohren. Instinktiv tasteten seine Finger nach der Kriegskeule und schlossen sich so fest um den hölzernen Griff, als könnte dieser ihn vor dem Entsetzen, das sein Herz erfüllte, bewahren. Ungläubigkeit rang mit sicherer Gewissheit. Er glaubte zu schweben, losgelöst von Himmel und Erde taumelte er in einer schrecklichen Leere. Hatten seine Seelen seinen Körper verlassen? Wie konnte er nur so ruhig hier stehen? Warum rannte er nicht über den großen Platz, schrie ihren Namen und versuchte sie zu finden?

Der grauhaarige Älteste drückte den Anhänger an seine Brust wie ein geliebtes Kind. »Wo hast du sie gefunden?«

»Hier.« Steingeist deutete in die südöstliche Ecke von Talon. »Sie lag in einer Kammer dort oben. Der Mörder hat sie in ein gelbes Tuch gewickelt.«

»Das hat … das hat sie an jenem Tag getragen. Als sie wegging. Einen gelben Umhang.« Tränen verschleierten seinen Blick. »Bring mich zu ihr. Jetzt! Ich muss sie mit meinen eigenen Augen sehen!«

Tändler war zu keiner Bewegung fähig. Er konnte sich nicht einmal dazu zwingen, seinen Onkel anzusehen. Unbeweglich starrte er auf Graue Wolkes Türvorhang. Er wehte im Wind, so als ob gerade jemand hindurchgeschlüpft war oder …

Steingeist zupfte Tändler am Arm. »Neffe? Hör mir zu. Da gibt es einige Dinge, über die wir sprechen müssen.«

Wortlos schüttelte Tändler die Hand seines Onkels ab und stürzte davon.

Die Leute auf dem großen Platz drehten sich verwundert nach ihm um. Für einen kurzen Moment erstarb jedes Wort, dann erhob sich aufgeregtes Geflüster.

Tändler duckte sich in die Kammer von Graue Wolke.

Der Luftzug fachte das Feuer in der Kohlenpfanne an, und rötliche Schatten tanzten durch den düsteren Raum. Die Masken an den Wänden beobachteten ihn voller Schweigen. Die Felldecken lagen ordentlich gefaltet auf einem Stapel in einer Ecke. Ansonsten war der Raum leer.

»Nein!«, schrie Tändler, fuhr auf dem Absatz herum und rannte hinaus auf die Leiter zu, die aufs Dach führte.

Oben stand Schneehase, das Gesicht vor Angst gerötet. »Was ist geschehen, Kriegshäuptling?«

»Wo ist Hainbuche? Wo ist sie hingegangen?«

Schneehase schüttelte verwirrt den Kopf. »Das weiß ich nicht, Kriegshäuptling. Ich ...«

Außer sich vor Erregung packte Tändler den jungen Krieger an den Schultern und schüttelte ihn.

»Du hast Weidenkätzchen abgelöst und seither hier Wache gestanden! Du musst sie doch gesehen haben!«

»Habe ich nicht! Ich schwöre es! Ich habe die Sonnenwächterin den ganzen Abend nicht gesehen! Und ich weiß auch nicht, wo Erbsenhülses Tochter ist! Die ganze Zeit über herrschte hier ein ständiges Kommen und Gehen, und es ist unmöglich ...«

»Erbsenhülses Tochter?«, unterbrach ihn Tändler. »Was ist mit ihr?«

Schneehase zuckte in einer hilflosen Geste die Achseln. »Vor ungefähr einer Handbreit Zeit hat Erbsenhülse das ganze Dorf in Aufregung versetzt, ohne Erlaubnis sämtliche Kammern durchsucht und dabei geschrien, dass sie ihre Tochter vermisst. Vielleicht ist sie bei Hainbuche?«

Tändler starrte in Schneehases angstgeweitete Augen. »Heilige Götter«, flüsterte er kaum hörbar und trat einen Schritt zurück.

»Kriegshäuptling, was ist denn geschehen?«

Mit einer Stimme, die plötzlich ganz ruhig klang, erwiderte Tändler: »Geh und suche Weidenkätzchen! Sag ihr, ich habe mich auf die Suche nach Hainbuche gemacht – und Yuccablüte. Sie soll so schnell wie möglich einen Suchtrupp zusammenstellen und mir folgen.«

»Jawohl, Kriegshäuptling.« Der junge Krieger verbeugte sich respektvoll und rannte zur Leiter.

Tändler trat an die Dachkante und sah hinunter auf den großen Platz, wo Steingeist stand. Ihre Blicke trafen sich.

»Ich gehe sie suchen«, rief Tändler seinem Onkel zu.

»Nein, Neffe! *Warte!*«

Steingeist versagte die Stimme, als Tändler auf die Leiter zustürzte und im nächsten Augenblick verschwunden war. »Geheiligte Ahnen«, wisperte er. »Gebt ihm die Stärke zu ertragen, was er entdecken wird.«

Ängstliche Stimmen erhoben sich auf dem Platz. Rufe wurden laut, die Leute drängten sich zusammen, flüsterten und schüttelten die Köpfe. Kinder, die Gefahr spürend, klammerten sich an ihre Mütter und lugten mit großen Augen hinter deren farbenprächtigen Röcken hervor. Flammenbotin besah sich die Fußspange, die der Sternhageldorf-Älteste, Rehkitz war sein Name, in der Hand hielt. Die anderen Ältesten standen neugierig um sie herum.

Rehkitz packte abermals Steingeists Handgelenk und drehte es um. »Ich sagte *jetzt*! Ich will meine Frau sehen!«

Graue Wolke trat aus der Vorkammer der Kiva. Sie hatte frischen weißen Puder aufgelegt, und ihr Gesicht schimmerte im Schein der Fackeln beinahe gespenstisch. Sie musterte Rehkitz mit einem strengen Blick. »Ich habe den Tumult hier draußen gehört. Was ist passiert?«

Steingeist antwortete: »Yuccablüte und Hainbuche werden beide vermisst.«

Graue Wolke starrte ihn an wie betäubt; ihr Mund stand offen, als hätte sie nicht verstanden, was er eben gesagt hatte. Im nächsten Augenblick stürzte sie zu ihrer Kammer, riss den Türvorhang auf und duckte sich hindurch. Gleich darauf zerriss ein gellender Schrei die Nacht.

Einer Flutwelle gleich schoben sich die Neugierigen über den Platz und versammelten sich vor Graue Wolkes Eingang.

Steingeist versuchte seine Hand Rehkitz' schraubstockartigem Griff zu entwinden. »Ich schwöre dir, dass ich dich später zu deiner Frau bringen werde, aber im Augenblick muss ich ...«

»Heilerin?«, rief Flammenbotin in Richtung von Graue Wolkes Kammer. »Was geht hier vor? Wo ist der Kriegshäuptling? Warum bist du da drin?«

Graue Wolke duckte sich durch den Eingang und drängelte sich mit Ellbogen und Schultern durch das Menschenmeer. »Lasst mich vorbei!«, rief sie. »Aus dem Weg! *Ich muss mit Steingeist sprechen!*«

Mit tränenüberströmtem Gesicht blieb sie vor ihm stehen. »Ältester, bitte. Du musst mir helfen.«

Er machte sich aus Rehkitz' eisernem Griff frei. »Ich werde dir helfen. Sprich.«

»Oh, Ältester. Niemand weiß davon ... Es tut mir so Leid. Ich ... ich dachte, ich könnte sie heilen. Ich habe sie immer und immer wieder angefleht, sich von mir helfen zu lassen, aber sie ...« Schluchzer schüttelten Graue Wolkes Leib. »Ältester, bitte, glaub mir, ich habe es wirklich versucht.«

»Das weiß ich, Graue Wolke«, sagte er gütig und legte die Hand auf ihren Arm. »Komm, lass uns einen ruhigen Ort suchen, wo wir ungestört reden können.«

»Nicht bevor ich mehr Antworten habe!«, schrie Rehkitz dazwischen und packte wieder Steingeists Arm.

»Wer hat meine Frau umgebracht? Warst du es?«

»Bitte, dafür ist jetzt keine Zeit, ich muss ...«

Wutentbrannt packte Rehkitz den alten Mann am Umhang und schüttelte ihn so grob, dass dessen Kopf hin und her flog wie bei einer Stoffpuppe.

»Wasserschlange? Skunk?«, rief Flammenbotin. »Kommt schnell her und haltet diesen Mann fest!«

Mit ihrer Kriegskeule in der Hand kletterte Weidenkätzchen die vereisten Felsenstufen hinauf. Das Licht des großen Feuers und der Fackeln überflutete die Sandsteinwand. Oben am Klippenrand hätte ein Mann stehen und sie beobachten können – sie hätte ihn nicht gesehen.

Auf Knien zog sie sich Stufe um Stufe höher und suchte

mit den Händen weiter oben Halt. Ein seltsamer Geruch haftete den Steinstufen an. Sie rochen nach Angstschweiß und Urin.

Je näher sie dem Klippenrand kam, desto lauter rauschte das Blut in ihren Ohren. Sie vernahm kaum noch den Lärm der durcheinander rufenden Menschen unten in Talon. Aufmerksam spähten ihre Augen in die Dunkelheit, versuchten eine Gestalt darin auszumachen, einen Arm, einen Kopf, das kurze Aufleuchten eines bunten Umhangs.

Doch sie sah nur Schnee und blitzende Sterne.

Die Kriegskeule mit beiden Händen umfasst, sprang Weidenkätzchen von der letzten Stufe auf den Klippenrand, wirbelte herum, den Körper gestrafft, bereit.

Windjunge hatte die Felsklippen zum Teil sauber gefegt und einen unregelmäßigen Flickenteppich aus hart gefrorenem Schnee und blank poliertem Stein hinterlassen, über dem sich ein unendlicher Nachthimmel spannte.

Weidenkätzchen starrte angestrengt in die Dunkelheit. Rasch gewöhnten sich ihre Augen an die Schwärze um sie herum, aus der sich allmählich bekannte Felsformationen schälten. Zu ihren Füßen ragten ein paar Büschel des zähen Wintergrases aus dem schneebedeckten Gestein.

Der-der-fliegt sollte hier an dieser Stelle Wache stehen. Wo war er?

Mit dem Arm schirmte sie die Augen gegen den flackernden Schein der Feuer ab und suchte den Klippenrand ab. Am Abend hatte sie hier drei Wachen stehen sehen, jetzt konnte sie niemanden entdecken.

Sie beschritt den ausgetretenen Pfad, der am Rand des Canyons entlang Richtung Westen führte. Unten in Talon hatten die Tänze wieder begonnen. Trommeln schlugen den Rhythmus zu den heiligen Gesängen. Um nicht geblendet zu werden, durfte sie keinen Blick nach unten in die Helligkeit werfen, doch sie wusste auch so, dass die zwölf Antilopentänzer, angeführt von Antilopenmutter, gerade die Kiva verlassen hatten. Ihre Gesichter waren mit der markanten, weißen Linie bemalt, die sich vom Kinn aus zu beiden Ohren zog. Auch die Unterarme und Beine waren weiß gefärbt. Jeder der Tänzer würde ein Fell auf dem Rücken tragen, eine weiße Schärpe, Federn im Haar und Perlenbänder um die Fußgelenke. Antilopenmutter würde eine Schale mit geweihtem Wasser in Händen halten und damit den Gebetsstock besprenkeln, wie es die Ersten Menschen getan hatten, um die Bäume zum Leben zu erwecken.

Der Pfad führte hinab in eine flache, schneebedeckte Senke, und plötzlich überfiel Weidenkätzchen ein merkwürdiges Gefühl. Sie blieb stehen und spähte über die Schulter. Obwohl sie keinerlei Bewegung wahrnahm, war ihr, als trottete ein Ungeheuer hinter ihr her, das seine Schritte dabei den ihren anpasste und im gleichen Rhythmus atmend wie sie. Ein Chamäleon zwischen Licht und Dunkel, das seine Farben wechselte, während es sie lautlos verfolgte.

Sie nahm ihre Kriegskeule wieder fest in beide Hände. Um die aufsteigende Panik zu überwinden, prüfte sie jeden einzelnen Busch und Felshügel, jeden Schatten im Schnee ...

Weidenkätzchens Augen verengten sich zu schmalen Schlitzen.

Vom Boden der Senke hob sich dunkel ein länglicher Schatten ab.

Die Keule in Kopfhöhe haltend, machte sie einige vorsichtige Schritte auf die Senke zu.

Der Wind trug das leise Klingeln von Glocken heran.

Ihr Atem ging flach. Sie tat einen weiteren Schritt.

Sie sah Haare flattern und sich sanft über den Schnee ausbreiten.

Weidenkätzchen rannte den flachen Abhang hinunter.

Eine Frau. Sie lag auf dem Bauch, das Gesicht halb unter der Haarflut verborgen. Der Kragen ihres weißen Umhangs war mit Glöckchen aus Muschelschalen verziert.

Als Erstes griff Weidenkätzchen nach dem Handgelenk der Frau, um den Puls zu fühlen. Windjunge rauschte flüsternd durch die Senke und blendete Weidenkätzchen für einen Augenblick mit einer weißen Schneewehe. Sie ließ den Arm der Toten fallen, griff wieder nach ihrer Kriegskeule und lauschte den Geräuschen der Nacht. Aus Talon drangen die Stimmen der Tänzer zu ihr hinauf. Sie konnte jedes einzelne Wort verstehen, das sie sangen.

Aber sie vernahm keine Schritte im Schnee, kein Atmen, nicht das leise Rascheln eines Umhangs im Wind.

Weidenkätzchen packte die Tote an der Schulter und drehte sie um.

»Erbsenhülse.«

An der linken Kopfseite war das Haar feucht verklebt. Weidenkätzchen roch das Blut. Sie zog den Umhang über den Beinen der Toten hoch. Sie war barfuß. Ihre Zehennägel schimmerten wie Perlmut im Sternenlicht.

»Bin ich deinen Spuren gefolgt, Erbsenhülse?«

Weidenkätzchen berührte den Gagatanhänger, den sie im Schnee gefunden hatte, und durchforstete ihre Erinnerung. Sie konnte sich nicht erinnern, dass Hainbuche diesen Anhänger an diesem Abend getragen hatte. Hatte sie ihn Erbsenhülse geschenkt? Oder ihn ihr für die Zeremonie geliehen? Hainbuche würde alles hergeben, was sie besaß, wenn man sie darum bäte.

Weidenkätzchen warf einen Blick über den Pfad. Kleine Schneetornados wirbelten mit kreiselnden Bewegungen über den Klippenrand.

Sie stand wieder auf.

Der Wind trug den Gesang einer Flöte, herbei und sie hörte die Antilopentänzer den Regengott rufen. *»Hututu! Hututu!«* Kürbisrasseln wurden im Rhythmus dazu geschlagen, und Füße stampften auf den Boden.

Weidenkätzchen durchquerte die Senke. Oben an der Steigung rutschte sie auf dem Schnee aus und musste mit den Armen rudern, um nicht das Gleichgewicht zu verlieren.

Leises Gelächter ...

Weidenkätzchen wirbelte herum.

Er schien sich direkt aus dem Schnee auf dem Boden

der Senke zu erheben. Das Wolfsfell auf seiner Maske wehte im Wind. Er starrte sie aus dunklen, leeren Augenhöhlen an.

»Du bist zeitig dran«, wisperte er. Weidenkätzchen erkannte die tiefe, männliche Stimme sofort. Sie hatte sie im vergangenen Sommer hier oben auf den Klippen gehört und vor zwei Nächten in Talon. *»Ich habe dich erst morgen erwartet.«*

Das Herz schlug ihr bis zum Hals. Unwillkürlich wich sie zurück. »Wer bist du?«

Er lachte wieder und reckte kurz das Kinn, als wollte er sie auf etwas hinter ihr hinweisen. *»Schatten«*, flüsterte er. *»Der deine.«*

»Was …«

Der Schlag traf Weidenkätzchen unerwartet von hinten. Ihre Kriegskeule wild durch die Luft schwingend, fuhr sie taumelnd herum.

Der nächste Hieb sauste mit der Wucht eines Gewitterblitzes durch ihren Schädel …

33

Die Tänze gingen zu Ende.

Windjunge fuhr mit seinen eiskalten Fingern durch die Löcher in Steingeists Federumhang und bohrte sie in seine Rippen. Der alte Mann verschränkte die Arme, um Windjunge abzuwehren, und lehnte sich mit dem Rücken an die Mauer. Im hinteren Bereich von Talon hatten sie eine leere Kammer ohne Dach entdeckt. Ein riesiges, drei mal drei Körperlängen messendes Loch klaffte in der südlichen Mauer, durch das man den großen Platz sehen konnte; eine dicke Staubschicht bedeckte den Boden, vermischt mit trockenen Wacholdernadeln und den Trümmern des eingestürzten Dachs.

Links von Steingeist, in der hinteren Ecke, hockte Graue Wolke und wiegte sich, die Hände vors Gesicht gepresst, hin und her. Die roten Katsinas auf ihrem Umhang folgten ihren Bewegungen.

»Es ist meine Schuld«, flüsterte sie mit erstickter Stimme.

»Nein, Heilerin. Du hast alles in deiner Macht Stehende getan, um ihr zu helfen.«

»Gütige Götter, wie konnte das nur geschehen?«

Das Fackellicht huschte über die Wände wie brennende Flügel. »Mörder werden nicht geboren, Graue Wolke. Sie werden als Kinder dazu gemacht. Es benötigt wiederholte grausame, unerträgliche Schmerzen und Qualen, um die Seelen eines Kindes zu verscheuchen und in ihrem Innersten ein Nest zu bauen, wo ein Ungeheuer heranwachsen kann.«

Graue Wolke sah ihn aus verzweifelten Augen an. »Aber sie ist eine gute, fürsorgliche Frau, Ältester. Ich glaubte, sie sei nur verwirrt, verzweifelt.«

»Verwirrt?«

Graue Wolke schüttelte ihre Fäuste. »Ja! Einmal kam sie blutverschmiert zu mir und stammelte, sie habe es getan, während sie schlief. Dann, ein paar Monde später, erklärte sie vehement, es überhaupt nicht getan zu haben. Sie behauptete, ihr Vater sei aus dem Nichts aufgetaucht, habe das Mädchen getötet und sie dazu gezwungen, die Leiche wegzuschaffen – an einen Ort, den sie ›Freistätte‹ nannte. Ich wusste nicht, was ich glauben sollte! Aber ich liebte sie, Ältester. Du musst das verstehen. Ich liebte sie, und ich wollte ihr glauben.«

»Du hast nicht geglaubt, dass ihr Vater wirklich existierte?«

Graue Wolke strich mit der Hand über ihren langen grauen Zopf. »Nein.«

Steingeist stieß sich von der Mauer ab und ging in dem Raum auf und ab. »Sie hat wahrscheinlich wirklich fest daran geglaubt, dass sie niemanden umgebracht hat. Diese Ungeheuerseele ist sehr neugierig. Meiner Erfahrung nach taucht sie zu einer Zeit auf, wenn verängstigte Kinder jede Hoffnung aufgegeben haben, wenn sie wissen, dass sie die Qualen nicht länger allein ertragen können. Es ist, als ob ihre Seelen sich spalten und etwas Stärkeres aus ihnen hervortritt, ein Beschützer, der sie vor dem Schmerz zu bewahren vermag.«

Graue Wolke stieß die Luft aus, und ihr Atem segelte als weiße Wolke durch die Kammer. »Aber, Ältester, wenn das so ist, warum kann sie sich dann nicht erinnern, was mit ihr geschehen ist? Sie weiß es nämlich nicht, das kann ich beschwören! Der Blick ihrer Augen! Sie war wirklich fest davon überzeugt, dass sie mir die Wahrheit gesagt hat.«

Neugierige hatten sich vor der Kammer eingefunden und flüsterten aufgeregt. Der Schnee knirschte unter ihren Sandalen.

Steingeist senkte bewusst die Stimme. »Gequälte Kinder erinnern sich nur selten an das, was mit ihnen geschah, Heilerin. Nur die Ungeheuer erinnern sich. Und sie hassen. Und warten.«

Graue Wolke schüttelte traurig den Kopf. »Aber, Ältester, wenn sie als Kind so viele Qualen hatte ertragen müssen, warum quält sie dann jetzt andere? Ihr müsste doch klar sein ...«

»Möglich. Aber ich bezweifle, dass es *ihm* klar ist.«

Graue Wolke verharrte in Schweigen und lauschte.

Steingeist trat zu ihr. »Ich habe das viele Male erlebt, Heilerin. Wenn diese Kinder erwachsen genug sind, um anderen Schmerzen zufügen zu können, dann wiederholen die Ungeheuerseelen genau das, was demjenigen als Kind widerfahren ist, so als ob sie durch das Quälen von anderen die Erinnerungen an ihre eigenen Qualen und die kindliche Schwäche ausmerzen könnten. Ich habe mich oft gefragt, ob es nicht auch ein Versuch ist, das verzweifelte Kind in ihnen zu töten, das immer noch in ihrem Inneren kauert.«

»Wie meinst du das?«, murmelte Graue Wolke.

»Indem sie die Kinderseele ganz aus dem Körper vertreibt, muss die Ungeheuerseele sie nie mehr weinen und um Hilfe betteln hören. Ungeheuerseelen hegen oft einen Groll gegen die Kinder, die sie beschützen. Schließlich sind die Ungeheuer die Stärkeren. Sie ertragen Schmerzen und Kummer und überleben, während sich die Kinderseele zusammenkauert, dem Geschehen den Rücken zuwendet, unfähig, jenes anzusehen.«

Graue Wolke wiegte sich noch immer vor und zurück. Ihr Gesicht war schmerzverzerrt. Tränen hatten den weißen Puder weggewaschen, und die braune Haut darunter war deutlich zu sehen. »Ich verstehe das alles nicht wirklich, Ältester.«

»Das macht nichts«, erwiderte Steingeist gütig und hob eine Hand. »Die Frage ist jetzt, wo sie hingehen würde. Wo würde sie sich sicher fühlen? Wir müssen sie finden, bevor sie wieder tötet.«

Die alte Heilerin wischte sich mit dem Handrücken die Tränen von den Wangen, wobei sie den Puder restlos verschmierte, und richtete sich auf. »Sie nannte den Ort, wohin sie die Leichen brachte, ›Freistätte‹. Vielleicht ...«

»Hat sie auch gesagt, wo sich diese Freistätte befindet?«

»Nein. Nein, das hat sie nicht, aber früher einmal hat sie mir erzählt, sie liege auf dem Pfad ins Land der Toten.«

»Aha. Im Westen also, dort wo Vater Sonne sich am Abend in die Unterwelten zurückzieht? Sie könnte aber auch die Große Nördliche Straße gemeint haben, die zu dem heiligen See führt, in dem die Augen der Toten glitzern.«

»Vielleicht.« Graue Wolke presste für einen Moment die Finger auf die Lippen, nahm ihren ganzen Mut zusammen. Schließlich sagte sie: »Ältester. Da ist noch etwas, das ich dir erzählen muss.«

Steingeist verlagerte das Gewicht auf den anderen Fuß. Er war müde und machte sich entsetzliche Sorgen um Tändler und Weidenkätzchen. Keiner der beiden war auch nur annähernd auf das vorbereitet, was sie erwartete. Sie würden in das Gesicht eines geliebten Menschen schauen, und Steingeist befürchtete, es könnte sie ablenken, bis es zu spät wäre. »Was denn, Heilerin?«

»Es geht um die Kriegskeule. Um den Krieger, der vor zwei Tagen umgebracht wurde. Er hat Hainbuche seine Waffe kurz bevor er zu seinem letzten Kriegszug aufbrach, ausgehändigt. Sie hatten« – sie schluckte schwer; offenbar fiel es ihr nicht leicht, dieses Geheimnis preiszugeben – »vergangenen Sommer war er in einer Schlacht schwer verwundet worden, und seine Frau erklärte anschließend, dass sie ihn nicht ansehen könne. Deshalb zog er sich für einige Monde in die Stadt Talon zurück. Während dieser Zeit wurden er und Hainbuche ein Paar. Es zerriss ihr schier das Herz, als er zu seiner Frau Seidenmoos zurückkehrte, aber sie mochten sich noch immer sehr. Sie wurden gute Freunde. Und kurz bevor er zu diesem Kriegszug aufbrach, vertraute Hainbuche ihm an, dass sie große Angst habe. Er machte sich Sorgen um sie und gab ihr seine Kriegskeule. Für sich fertigte er eine neue an. Und deshalb …«

»Ja, ich verstehe«, sagte Steingeist und nickte. »Das erklärt vieles. Ich danke dir für deine Offenheit.«

Steingeist trat vor die Maueröffnung und spähte hinaus auf den Platz. Dort hatte sich eine riesige Menschenmenge versammelt und wartete auf sie. Flammenbotin stand ganz vorn, die alten Augen auf Steingeist gerichtet.

»Ältester?«, rief Graue Wolke.

»Ja?« Er drehte sich zu ihr um.

Sie war aufgestanden, hielt die geballten Fäuste an ihre Seiten gedrückt. »Bitte! Ich weiß, dass es nicht leicht werden wird. Zu viele Menschen haben Schaden davongetragen, aber ich bitte dich trotzdem, sie lebend zurückzubringen. Ich kann ihr jetzt helfen. Ich weiß es. *Bitte.* Lass es mich versuchen.«

»Ich wäre dazu bereit, Heilerin«, antwortete er, »aber ich weiß nicht, wie die Familien ihrer Opfer darüber denken.«

Steingeist trat hinaus auf den großen Platz und sah sich alsbald von einer aufgewühlten Menschenmenge umringt.

Als Weidenkätzchen wieder zu sich kam, blieb sie regungslos liegen. Nicht weit entfernt zu ihrer Rechten hörte sie einen Mann flüstern.

Es war seine Stimme.

Sie lag auf dem Rücken, und ihr Herz hämmerte so heftig in ihrer Brust, dass ihr übel wurde. Hände und Füße waren mit Lederriemen gefesselt. Windjunge hatte sich beruhigt. Nicht der leiseste Hauch störte die morgendliche Stille.

Schneeflocken fielen sanft auf ihr glühend heißes Gesicht.

Vater Sonne musste sich schon erhoben haben, aber noch drang nur graues Licht durch die Wolken.

Weidenkätzchen neigte ihren Kopf der männlichen Stimme entgegen und erstarrte förmlich zu Stein.

Keine sechs Hand von ihr entfernt lag ein menschlicher Leichnam, Arme und Beine von sich gestreckt. Jemand hatte das Fleisch von den Knochen geschabt. Nur der Kopf war noch unversehrt.

Hainbuches langes Haar breitete sich um ihr hübsches Gesicht. Die Lippen waren leicht geöffnet und auf ihren leeren Augen schmolz der Schnee. Sie glänzten, als stünden Tränen darin.

Der Mörder kniete neben Hainbuches Beinen und schabte mit einer Klinge aus rotem Flint das Fleisch von ihrem Unterschenkel. Er war groß, und sein weißer Umhang schwang mit jeder seiner Bewegungen mit. Das graue Wolfsfell seiner Maske schimmerte silbrig. Die Maske, die er trug, war von edelster Schnitzkunst. Die langen Ohren aus Leder ragten senkrecht in die Höhe, als lauschten sie aufmerksam. In der weißen Schnauze blitzten perlweiße, messerscharfe Zähne. Eine dunkle Linie verlief längs der Schnauze über den Kopf und weiter – obwohl sie das nicht sehen konnte – den Rücken hinunter bis zum Ende der Wirbelsäule. Während er das Fleisch abschabte, sprach er leise vor sich hin.

Unauffällig zerrte sie an den Knoten der Lederfesseln.

Sofort hörte er auf zu flüstern. Und drehte sich zu ihr um. Hinter den leeren Augenhöhlen leuchtete ein sonderbarer schwarzer Schimmer.

»Ich glaubte, du seist wach.«

Weidenkätzchen öffnete die Augen.

Der Mann unterbrach sein abscheuliches Werk, stand auf und stellte sich vor sie hin. Sein wehender Umhang verbreitete den durchdringenden Geruch frischen Blutes. Mit leiser Stimme murmelte er: »Graue Wolke hat es dir gesagt, nicht wahr? Sie hat dir von mir erzählt?«

Weidenkätzchen schüttelte den Kopf. »Ich ... ich weiß nicht.«

»Gestern Morgen auf der Klippe. Ich habe euch reden

hören. Sie hat dir erzählt, was Aschenmädchens Vater ihr angetan hat, als sie klein war, nicht wahr?«

Das Gespräch über diese Frau?

»Sie ... möglicherweise. Sie hat mir von einer Frau erzählt, die man als Kind sehr verletzt hat.«

»Verletzt?«, schnaubte er verächtlich. »Es hat ihm offenbar Spaß bereitet, sie mit Kriegskeulen zu schänden. Da war sie zwei Sommer alt. Zwei Sommer!« Er kniete sich in den Schnee und beugte sich so tief über Weidenkätzchen, dass die Maske beinahe ihr Gesicht berührte. »Ohne mein Zutun hätte er sie umgebracht«, zischte er.

Verzweifelt kämpfte Weidenkätzchen die Übelkeit nieder, die ihr die Kehle zuschnürte. »Wer bist du?«

Er ließ sich mit weit gespreizten Knien auf den Fersen nieder und straffte selbstbewusst die Schultern. Dabei spielte er mit seinem Messer. »Sie war drei, höchstens vier, als ich kam.«

Weidenkätzchen machte ein Auge zu. Der hämmernde Schmerz in ihrem Kopf ließ ein wenig nach. »Wie ist dein Name?«

»Gelbe Taube. Ich habe mich um sie gekümmert.«

Weidenkätzchen blinzelte misstrauisch. Sie hatte noch nie von ihm gehört. Aus der Umgebung des Hügeldorfes stammte er jedenfalls nicht. Sein Blick ruhte so eindringlich auf ihr, als ob es ihn drängte, mit ihr zu sprechen.

Weidenkätzchen schluckte den Kloß in ihrem Hals hinunter. Ihre Kehle war staubtrocken. »Was hat ihr Vater getan, als du kamst?«

»Er wusste nicht einmal, dass ich da war.« Eine blitzartige Bewegung – das Messer sauste auf sie zu und blieb einen Finger neben ihrem Ellbogen im Schnee stecken. Erschreckt zuckte sie zusammen. Der Mann lachte nur, zog das Messer aus dem Schnee und ließ es in seiner Hand herumwirbeln. Seine Stimme wurde rau. »Er hatte sie in den Wald mitgenommen, weit weg von ihrem Dorf, weil er nicht wollte, dass die Leute ihre Schreie hörten. Als er sich über sie hermachte, fiel sie in tiefen Schlaf. Wie immer. Und da kam ich.« Er beugte sich zu ihr hin, und jetzt konnte Weidenkätzchen den Schimmer schwarzer, menschlicher Augen hinter der Wolfsmaske erkennen.

»Hast du mit ihm gekämpft?«

»Ich habe dafür gesorgt, dass er ihr nie wieder etwas antun konnte. Und dass sie weglief.«

Ihr schwindelte. Die Welt verschwamm vor ihren Augen zu einem weiß-grauen Nebel. Sie schloss die Augen. »Wohin? Weg aus ihrem Dorf? Wohin ist sie gegangen?«

Mühsam rollte Weidenkätzchen sich auf die Seite, hob das Gesicht und sah den Mann an.

Er ließ einen angewiderten Laut hören, stand auf und ging ein paar Schritte von ihr weg. Dann drehte er sich um. »Er ist derjenige, der sie umgebracht hat. Sie trug sein Kind, und er wusste es.«

Wieder stieg gallenbittere Übelkeit in ihrer Kehle auf. Sie schluckte dagegen an und sagte kaum hörbar: »Ihr Vater hat sie umgebracht?«

»Selbstverständlich. Am Ende hat er sie unentwegt gefragt, ob sie Tods Namen kenne. Aber den hat sie nie gekannt. Ich hingegen schon. Ich hätte es ihm sagen können. Als sie klein war, da hat er ihr immer mit Schattenfrau gedroht. Er sagte zu ihr: ›Kein Wort zu deiner Mutter über das, was wir heute miteinander getan haben, oder ich erzähle es Schattenfrau, und die frisst dir dann das Herz aus der Brust.‹ Immer wieder hat er ihren Namen erwähnt, *Schattenfrau, Schattenfrau*, als habe er eine Bedeutung, die Aschenmädchen begreifen sollte.«

»Wer ist Schattenfrau?«, fragte Weidenkätzchen.

»Sie hat ihm geholfen, Aschenmädchen umzubringen. Sie beide haben sie getötet. Und sie wollten auch das ungeborene Kind töten, aber das habe ich nicht zugelassen.« Er legte eine Hand auf seinen Leib, als trage er selbst ein Kind unter dem Herzen.

»Aschenmädchens Kind? Du meinst ... ihren Sohn?«

»Ich weiß nicht, was es war. Aber sie hatte drei Monde lang keine Blutungen. Sie war von ihrem Vater schwanger, glaub mir.«

Weidenkätzchen hatte das Gefühl, am Rande eines tiefen Abgrunds zu taumeln. Ein grauer Schleier legte sich über ihre Augen, und sie verstand nur noch sehr wenig von dem, was er erzählte. Sie musste ihn weiter zum Sprechen ermutigen. Je länger er redete, desto länger blieb sie am Leben. Sie ließ den Kopf zurück in den Schnee sinken. »Wie hat ihr Vater sie umgebracht?«

»Sie glaubte, er sei ein Geisthelfer. Sie flehte ihn an, die Stimmen in ihrem Kopf zu verscheuchen. Der alte Narr machte sie glauben, er könne das. Er sagte, er wüsste genau, wo die Stimmen lebten.« Er zielte mit der Messerspitze auf den schneebedeckten Boden. »Er hat diese Frauen und Mädchen benutzt, um es herauszufinden. Als er ihnen einen Schlag gegen den Schädel versetzt hatte und sie die Fähigkeit zu sprechen verloren, da wusste er es.« Unvermittelt wandte er sich ab und spuckte in den Schnee. »Die Stimmen in ihrem Kopf. Sie meinte *mich*. Sie wollte, dass er mich tötete! Kannst du dir das vorstellen? Nach allem, was ich für sie getan habe? Ich war derjenige, der die Schläge einsteckte. Ich war derjenige, der in seine Augen blicken musste, wenn er auf ihr lag und stöhnte!«

Er drehte sich um und musterte Weidenkätzchen durch die schwarzen Augenlöcher seiner Maske. »Oh, er konnte Stimmen töten. Bei Aschenmädchen hat es gewirkt. Aber nicht auf die Weise, wie er es erwartet hatte. Die letzten sieben Tage hat er mich in einer Höhle gefangen gehalten und versucht herauszufinden, wer ich bin und wie er seine Tochter zurückbekommt.« Seine Stimme nahm einen hohen, schmerzverzerrten Klang an. »Er wollte ihr noch mehr Leid zufügen! Und das konnte ich nicht zulassen. Dazu entsinne ich mich noch viel zu gut, wie das war. Nein, ich durfte es nicht zulassen!«

Ehrwürdige Götter, helft mir. Seine Seelen sind frei. Dieser Mann hat völlig den Verstand verloren.

Einige Herzschläge lang raubten die rasenden Kopfschmerzen Weidenkätzchen die Kraft zu sehen. Als die Welt um sie herum langsam wieder Formen annahm, gewahrte sie neben sich bizarre, schneebedeckte Körper: *Hart gefrorene Finger, die nach dem Himmel griffen. Verzerrte Gesichter.*

Die Frauen und Mädchen …

Weidenkätzchen sog gierig Luft in ihre Lungen.

Der Wolf-Katsina erhob sich und baute sich neben Hainbuche auf. »Sie wusste Bescheid«, erklärte er voller Groll. »Sie wusste alles über mich. Der Kriegshäuptling hat ihr von mir erzählt, wenn sie beieinander lagen. Er glaubte, seine Frau spreche im Schlaf, mit seltsamen Stimmen. Er wusste ja nicht, wer ich bin, aber er …«

»Der Kriegshäuptling?«, flüsterte Weidenkätzchen kaum hörbar. »Du meinst Tändler?«

»Selbstverständlich. O ja, zu dir kam er zum Reden, aber zu ihr ging er, um das zu bekommen, was seine Frau ihm nicht geben wollte. Ach, du warst so ein naives Ding, du hattest ja keine Ahnung.«

Weidenkätzchens Herzschlag beschleunigte sich und schien den Schmerz durch jede Ader ihres Körpers zu pumpen. Tändler und Hainbuche? Ein Liebespaar? Früher einmal, ja, aber …

Der Wolf-Katsina packte Hainbuche an den Füßen und zerrte sie zu einem flachen Loch, das er in die Erde gehackt hatte. Dann hob er sie auf und warf sie mit dem Gesicht voraus hinein. Anschließend wühlte er mit seinen Mokassins im Schnee, bis er fand, wonach er suchte. Er wuchtete die schwere Sandsteinplatte über seinen Kopf und ließ sie auf Hainbuche niederfallen. Ihr Schädel zerbarst mit einem dumpfen Krachen.

»Warum hast du das … das getan?«, wollte Weidenkätzchen wissen. »Sie war eine gute Frau. Sie war keine Zauberin!«

»Ich will nicht, dass ihre Seele mich verfolgt. Sie wird glauben, ich hätte das getan. Aber das stimmt nicht.«

»Warum sollte sie glauben, dass du sie umgebracht hast?«

»Sie konnte den Unterschied zwischen mir und Aschenmädchens Vater nicht erkennen. Er ist sehr schlau. Er verkleidet sich. Selbst Aschenmädchen wusste nicht, dass es ihr Vater war, als er sie zum ersten Mal im Gerader-Pfad-Canyon begattete. Nun, er nannte sie ›Tochter‹ und gab sich so, als liebte er sie, aber sie erkannte erst kurz bevor er sie tötete, wer er war.«

Er kniete sich nieder und begann Erde über Hainbuches Leichnam zu häufen.

Da rief Weidenkätzchen: »Warte. Bitte.«

Er starrte sie eine lange Weile an, ehe er flüsterte: »Warum?«

Mit den gefesselten Händen zog sie sich den Schlangen-Anhänger über den Kopf. »Den hat sie unten an den Felsenstufen verloren. Bitte, gib ihn ihr zurück. Sie würde ihn haben wollen.«

Weidenkätzchen hielt ihm das Lederband hin. Der Anhänger schwang hin und her und glitzerte im trüben Morgenlicht.

Der Mann riss ihr den Anhänger aus der Hand und betrachtete ihn durch die Augenlöcher seiner Maske. »Ist das ein Macht-Amulett?«

»Sie glaubte, ja. Aber ich weiß es nicht.«

Er zog sich das Lederband über den Kopf und strich über den Anhänger. »Sie wird ihn nicht mehr brauchen. Ich hingegen schon. Er wird zurückkommen, musst du wissen.«

»Wer denn?«

»Ihr Vater. Er wird wiederkommen. Das Mädchen ist bestimmt schon tot. Und das bedeutet, dass er jeden Moment hier auftauchen wird.«

Weidenkätzchen packte das bloße Entsetzen. »Mädchen, hast du gesagt? Yuccablüte? Er hat sie umgebracht?«

Der Wolf-Katsina schien dies als Vorwurf aufzufassen. Er wirbelte herum und brüllte: »Natürlich hat er sie umgebracht! Du hast doch wohl nicht gedacht, dass ich es war, oder? Ich habe keine von ihnen getötet! Zugegeben, ich habe ihnen das Fleisch von den Knochen geschabt und die Gefäße versiegelt, aber ich habe noch nie einen Menschen getötet!«

»Ich ... ich habe das nicht als Vorwurf gemeint«, wehrte Weidenkätzchen ab und zerrte an ihren Fesseln. »Verzeih mir.«

Er antwortete nicht. Wortlos schob er Erde über Hainbuches Leichnam, bis das flache Grab aufgefüllt war. Dann wischte er sich die Hände ab. »Er hat es auf dich abgesehen, wusstest du das?«

»Mich?«

»Er glaubt, du hast seinen Türkis-Wolf.«

»Aber ich ... ich habe ihn nicht.«

Er lachte – ein heiserer, Furcht einflößender Laut. »Er hat in seinem Leben so viel Böses getan und weiß, dass er ohne den Wolf den Weg ins Land der Toten niemals finden wird. Stattdessen wird er auf den Pfad des Jammers gelockt werden, und Spinnenfrau wird ihn in ihrem Kiefernholzfeuer rösten.« Er machte eine kurze Pause. »Zehn Sonnenjahre lang hat er in den Ruinen der alten Stadt Talon gegraben, bis er den Wolf fand. Und er *will* ihn.«

»Wie hat er ihn verloren?«

»Er hat ihn nicht verloren. Diese Frau« – er deutete auf Hainbuches Grab – »hat ihm den Anhänger vom Hals gerissen, als er ihr die Kriegskeule entwendete. Und dafür hat sie bezahlt. Er hat sie mit ihrer eigenen Keule niedergeschlagen, diese dann ins Feuer geworfen und Holz darauf geschlichtet. Der Trauerzug kam gerade. Deshalb blieb ihm keine Zeit, den Wolf zu suchen.«

Der Schneefall wurde dichter; Weidenkätzchen wehten dicke Flocken ins Gesicht. Sie hielt den Blick auf die Stelle gerichtet, wo er gestanden hatte, doch er verschwand immer wieder im Schneegestöber.

»Ich werde dafür sorgen, dass er diesen Wolf niemals finden wird«, sagte er leise.

Weidenkätzchen registrierte eine Bewegung, sah die rote Klinge seines Messers aufblitzen, als er auf sie zutrat.

Tändler lag neben dem eingestürzten Haus bäuchlings im Schnee, keine zehn Handbreit von Weidenkätzchen entfernt.

Er hatte das Gespräch eine Weile mit angehört und zitterte am ganzen Körper; er war unfähig, sein Ziel anzuvisieren. Immer wieder rutschte der Pfeil von der Sehne ab. Er kerbte ihn erneut ein, spannte den Bogen und richtete den Pfeil auf die Brust des Mannes.

Wie konnte diese Bestie, diese menschliche Bestie, Dinge über seine Frau wissen, die nicht einmal er gewusst hatte? War es möglich, dass das, was er von Aschenmädchen und ihrem Vater erzählt hatte, wirklich der Wahrheit entsprach?

Warum hatte im Grüne-Wiesen-Dorf niemals jemand über seine Verbrechen gesprochen? Hatte ihre Mutter die grausame Wahrheit so verborgen gehalten, dass niemand Verdacht schöpfte?

Abermals rutschte der Pfeil ab, und Tändler kerbte ihn rasch wieder ein.

Als er Talon verließ, hatte er geglaubt, dass Aschenmädchen vielleicht noch am Leben war und irgendwo gefangen gehalten wurde. Die Hoffnung hatte ihn innerlich beinahe zerrissen. Doch dieser Katsina hatte gerade behauptet, dass sie tot sei, umgebracht von ihrem eigenen Vater.

Ein neuer und verzweifelter Schmerz umklammerte sein Herz. Sein Bogen zitterte. Tändler biss die Zähne aufeinander und spannte die Muskeln, um ihn in der Balance zu halten.

Der Wolf-Katsina kniete neben Weidenkätzchen. »Wenn ich dich töte, werden Tändler und Zwei Herzen den Wolf niemals finden.« Seine Stimme klang wie das bedrohliche Zischen einer Klapperschlange kurz vorm Zustoßen.

»Nein«, erwiderte Weidenkätzchen und straffte die Schultern. »Und du auch nicht.« Sie schien gegen ihre Übelkeit zu kämpfen. Sie schluckte, und ihr Kopf zitterte. An ihrem Hinterkopf war das Blut geronnen und hing als rote Eiszapfen an ihrem Zopf und dem Rücken ihres weißen Federumhangs. »Möchtest du nicht deinen Weg ins Land der Toten finden?«

Er zögerte. »Weißt du denn, wo der Wolf ist?«

»Natürlich. Ich kann dich hinführen. Er liegt an einem

geheimen Ort versteckt. Wir wollten ihn nicht mit uns herumtragen.«

Der Katsina stand regungslos, starrte sie an und haderte mit sich, ob er ihr glauben durfte oder nicht.

Tändler hielt die Luft an. Zielte. Schoss.

Lautlos segelte der Pfeil durch den fallenden Schnee und bohrte sich in die rechte Brusthälfte des Katsina.

Der Mann stöhnte auf, ließ das Messer fallen, sprang auf und brüllte: *»Wer hat das getan?«* Den blutverschmierten Pfeilschaft umklammernd torkelte er im Kreis herum. *»Du kannst mich nicht töten! Wer wird sie beschützen, wenn ich tot bin?«*

Tändler kerbte einen zweiten Pfeil ein und rannte los.

Als der Katsina ihn im dichten Schneetreiben auftauchen sah, fuhr er herum und stürzte mit einem markerschütternden Schrei davon.

Tändlers Pfeil traf den Mann mitten in den Rücken und warf ihn mit dem Gesicht voraus in den Schnee. Seine Knie knickten ein, er versuchte, kriechend zu entkommen.

Tändler kniete sich neben Weidenkätzchen, zog das rote Flintmesser aus dem Schnee und schnitt die Fesseln durch. »Bist du so weit in Ordnung?«

»Ja«, sagte sie mit heiserer Stimme.

Tändler strich ihr flüchtig über die Wange, ehe er zu dem Katsina rannte. Der Mann atmete noch, sein Rücken hob und senkte sich. Doch beide Pfeile hatten seine Lungen durchbohrt, sehr viel länger würde er nicht mehr atmen.

Tändler hängte sich den Bogen um die Schultern, drehte den Mann mit einem Fußtritt auf den Rücken und starrte herab in die dunklen Augenhöhlen. *»Wer bist du?«*, schrie er ihn an.

Als er das Wolfsfell gepackt und die Maske von dem Gesicht des Mannes gerissen hatte, erlosch die Welt um ihn herum.

Er konnte sich weder bewegen noch sprechen. Die Maske baumelte in seinen tauben Fingern.

Aschenmädchen hob die Hände und rieb sich mit den blutverschmierten Fäusten die Augen, wie ein kleines Kind, das soeben aufgewacht war. Als sie Tändler neben sich stehen sah, lächelte sie, dann krümmte sich ihr Körper zusammen. Blut schoss aus ihrem Mund und lief ihr übers Kinn.

»Ehrwürdige Geister…«

Ein heiserer Schrei brach aus seiner Kehle.

Tändler warf sich auf den Boden und zog Aschenmädchen an seine Brust. Seine muskulösen Arme zitterten wie Wintergras. »O nein, was habe ich getan? Aschenmädchen, Aschenmädchen« – er vergrub das Gesicht in ihrem langen Haar – »es tut mir so Leid. Heilige Götter, vergebt mir!«

Aschenmädchens Kopf erbebte. Sie sah zu ihm auf, der Blick getrübt vom nahenden Tod. Ihre Stimme klang wie die eines kleinen Mädchens, hoch und verängstigt. »R-roter Widder …« Sie rief ihn bei seinem Knabennamen. »Geh. B-beeil dich … kommen. Er … er wird …«

Ganz langsam, als brauchten die Muskeln Zeit zu begreifen, dass ihr Leben erloschen war, sank ihr Kopf nach hinten, und sie wurde schlaff in seinen Armen. Tändler konnte beobachten, wie die Seele aus ihren dunklen Augen wich.

»Ich verstehe das nicht«, stieß er hervor. »Was ist passiert? Wessen Stimme war das?«

Sanft legte er Aschenmädchen auf den Boden, ehe er das heiße Blut auf seinen Ärmeln und Händen bemerkte. Ein dumpfes Gefühl des Entsetzens machte sich in seiner Brust breit.

»Was habe ich getan?«, schrie er. »Weidenkätzchen?«

Schwankend stolperte sie zu ihm, die Augen vor Schmerzen zusammengekniffen, blutverkrustete Haarsträhnen im Gesicht.

Als Aschenmädchens linke Hand leicht zuckte, packte Tändler seine Kriegskeule, fürchtend, dass, was immer in ihr lebte, sich erheben und versuchen könnte, sich auf Weidenkätzchen oder ihn zu stürzen. Die blutige Hand reckte sich in die Höhe, als wollte sie nach Tändler greifen, die Finger weit gespreizt und zitternd. Dann fiel der Arm in den Schnee zurück.

Tändlers Augen weiteten sich in stummem Entsetzen. »Was war das – diese Kreatur? *Wer* war sie? Weidenkätzchen? Hast du diese Stimme gehört?«

Weidenkätzchen legte eine Hand auf seine breite Schulter, während sie tapfer gegen die Krämpfe in ihrem Magen ankämpfte.

»Das Einzige, was ich mit Sicherheit weiß, Kriegshäuptling, ist, dass ich am Leben bin, weil du sie getötet hast.«

Ein eisiger Schauer durchfuhr Tändler. Ihn fröstelte. Unwillkürlich machte er sich von ihrer Hand los. Aschenmädchen starrte ihn aus immer noch schimmernden Augen an. Ein heiterer Ausdruck entspannte ihr blutiges Gesicht.

Ich habe meine Frau getötet. Meine eigene Frau!

Seine Beine fühlten sich an wie aus Granit, als er sich von ihr abwandte.

Er schaffte es noch bis an Hainbuches Grab, dann knickten seine Beine ein, und er brach zusammen.

Nach einer Weile erholte er sich und drehte sich auf die Seite. Aschenmädchen hatte es eilig gehabt, als sie Hainbuches Grab zuschaufelte, und ein paar ihrer schwarzen langen Strähnen übersehen. Die hoben sich jetzt von dem zugeschneiten Untergrund ab wie feine Pinselstriche.

Tändlers Schultern bebten. Sein Körper zuckte wie unter Krämpfen. Aber er hatte keine Tränen, die ihm gnädig den Anblick des Grabes verhüllt hätten.

34

Als Weidenkätzchen das Grab verließ, brach purpurnes Licht durch die duftigen Wolken und färbte den Schnee rosa. Hundert Handbreit von ihr entfernt stand Tändler mit dem Rücken zu ihr vor der steil aufragenden Felswand, mit beiden Händen auf eine große Sandsteinplatte gestützt, die dort lehnte. Die Platte war doppelt so hoch wie er, und auf ihrer Fläche hätten bequem fünf Männer sitzend Platz gefunden.

Weidenkätzchen schleppte sich bis zu dem kleinen, verlassenen Haus und ließ sich auf der eingestürzten westlichen Mauer nieder, um Tändler zu beobachten. Wenn sie die Augen ganz öffnete, wurden die Schmerzen in ihrem Kopf unerträglich.

Zu ihrer Rechten segelte ein Adlerpärchen spielerisch im Aufwind der Klippen. Das Weibchen umkreiste das Männchen, stieß dabei hohe Schreie aus und versuchte es mit ihren Flügeln zu streifen. Das Männchen erwiderte ihre Lockrufe. In den Felsspalten schimmerte der Schnee.

Tändler spähte zu den Adlern hinauf, ohne sie wirklich zu sehen. Er stand so bewegungslos da, dass er nicht einmal zu atmen schien.

Auf dem Weg zurück nach Talon war ihnen Steingeists Suchtrupp begegnet. Der alte Mann sandte sofort einen der

Männer zurück ins Hügeldorf, um die Ältesten zu benachrichtigen, und bestand darauf, dass Weidenkätzchen und Tändler ihn zu dem Grab führten und ihm erklärten, was vorgefallen war.

Vier Handbreit Zeit mussten sie auf die Ältesten warten, bis auch diese sich an Aschenmädchens Grab versammelt hatten.

Sie wurden von zwanzig Kriegern begleitet, darunter Schneehase und Skunk, die jetzt neben Weidenkätzchen am westlichen Ende des Grabes standen und leise murmelnd die Ältesten beobachteten.

Springbock, Watender Vogel und Graue Wolke standen an der südlichen Grabseite; Flammenbotin und Steingeist an der nördlichen. Sie alle waren weiß gekleidet, die Farbe der Reinigung und Erneuerung. Das rötliche Morgenlicht, das schräg in den Canyon einfiel, verlieh ihren alten Gesichtern eine frische Farbe. Graue Wolke schluchzte lautlos. Gewissenhaft hatte sie die heiligen Tänze bis zum Morgengrauen angeführt, um dann zu dieser traurigen Pflicht gerufen zu werden. Sie sah sehr erschöpft aus und hatte dunkle Ringe unter den Augen.

Schneehase und Skunk hatten eine ganze Handbreit Zeit gebraucht, um die flache Grube auszuheben, in der Aschenmädchen lag. Niemand hatte sie gewaschen oder in feine Kleider gehüllt. Nachdem sie Weidenkätzchens Geschichte vernommen hatten, wagte es keiner, den Leichnam zu berühren, aus Angst, das Böse könnte in ihn schlüpfen. Schneehase und Skunk hatten starke Wacholderäste zu Hilfe genommen, um die Tote zu ihrem Grab zu zerren und den Körper über die Kante zu rollen. Bäuchlings lag sie in der Grube, Arme und Beine von sich gestreckt.

Tändler hatte dabei nicht zugesehen.

Er wandte seit Beginn der Zeremonie dem Grab den Rücken zu. Sein kurzes schwarzes Haar wehte im Wind. Immer noch trug er seinen Hirschlederumhang, der mit Aschenmädchens Blut getränkt war.

Weidenkätzchen ließ den Kopf auf die Brust sinken und

versuchte einfach nur zu atmen. Tändler tat ihr unendlich Leid. Sie konnte sich nicht vorstellen, wie er sich fühlen mochte. Die verderbte Seele, die er getötet hatte, war nicht Aschenmädchen gewesen, aber sie hatte in ihrem Körper gewohnt. Und jetzt fragte er sich gewiss, warum er diese Seele nie wahrgenommen hatte. Oder ob er sie nicht doch bemerkt hatte. Die irren schwarzen Augen, die Weidenkätzchen hinter der Maske angefunkelt hatten, waren in Albträumen geboren worden. Wenn Tändler sie gesehen hätte, würde er sich daran erinnern.

»Graue Wolke, du hast die Seelenstöcke«, sagte Flammenbotin in die Stille hinein.

»Ja, Matrone.«

Graue Wolke wischte sich über die tränennassen Wangen, ehe sie eine Hand voll befiederter Gebetsstöcke aus ihrem Gürtel zog und sie entsprechend der vier heiligen Himmelsrichtungen in den Boden steckte. Die Stöcke würden eine Art Mauer gegen das Böse bilden und es für immer in diesem Grab belassen. Die gelben Goldfinkenfedern flatterten im Wind. Graue Wolke nahm wieder ihren ursprünglichen Platz ein und senkte den Kopf.

»Schneehase? Skunk? Bringt den Stein.«

Die beiden jungen Krieger hievten die schwere Sandsteinplatte hoch und schleppten sie an die Stirnseite der Grube. Dort hoben sie sie gemeinsam an und ließen sie auf Aschenmädchens Kopf fallen.

Tändler zuckte zusammen; Weidenkätzchen sah, dass er am ganzen Körper zitterte.

Flammenbotin winkte den beiden Kriegern mit ihrer knochigen alten Hand: »Füllt die Grube mit Erde. Damit wir es hinter uns bringen.«

Schneehase und Skunk warfen Erde auf Aschenmädchens Leichnam. Alle anderen gingen schweigend weg.

An diesem Grab würde es keine heiligen Gesänge oder Gebete geben; niemand würde sich das Haar zum Zeichen der Trauer abschneiden oder das Leben der Verstorbenen preisen.

Weidenkätzchen verschränkte die Arme und umfasste ihre Schultern. Die Felsplatte und die Gebetsstöcke würden alle ihre Seelen für immer in ihren Knochen gefangen halten, auch die Seele, die Tändler und Grasmond geliebt hatte. Flammenbotin hatte gesagt, sie dürften es unter keinen Umständen zulassen, dass die verderbte Seele entkommen und sich heimlich in einem anderen Körper einnisten konnte. Alle stimmten ihr zu, einschließlich Weidenkätzchen. Dennoch erschien es ihr irgendwie falsch. Sollte Aschenmädchens Seele nicht die Möglichkeit gegeben werden, ins Land der Toten zu ziehen? Warum mussten sie Aschenmädchen und den ungeborenen Knaben verdammen?

Weidenkätzchen warf einen Blick zurück zu ihrem Grab. Schneehase und Skunk standen an der Längsseite und flüsterten miteinander. Der frisch aufgeworfene Erdhügel hob sich dunkel gegen den frischen Schnee ab. Die Ältesten hatten sich inzwischen um Hainbuches Grab versammelt, um sie mit ihren Gesängen ins Jenseits zu geleiten. Flammenbotins raue Stimme hörte man deutlich aus den anderen heraus. Sie hatte Hainbuche sehr geliebt. Graue Wolke kniete vor dem Grab und sang, während sie den Oberkörper schluchzend vor und zurück wiegte, das Totenlied.

Steingeist löste sich aus der Gruppe und kam auf Weidenkätzchen zugehumpelt. Das abendliche Licht fing sich in seinem zerschlissenen Federumhang. Sein dünnes Haar sah aus, als hätte er es seit Tagen nicht mehr gekämmt, und wehte ihm in das runzlige Gesicht.

Neben Weidenkätzchen blieb er stehen und ließ den Blick über die Klippen schweifen. Die glutroten Farben des Sonnenuntergangs verwandelten den Felsen in eine weiß und golden glitzernde Mauer.

»Glaubst du, er ist hier irgendwo und beobachtet uns?«, fragte Weidenkätzchen beklommen.

Steingeists Augen wurden schmal. »Das weiß ich nicht. Möglich.«

Er setzte sich neben Weidenkätzchen auf die Steinmauer

und stützte die Hände auf die Knie. »Merkwürdig ist, dass Zwei Herzen weniger als ein Sonnenjahr vor Aschenmädchens Geburt spurlos verschwand. Es ist denkbar, dass er ein Dorf gefunden hat, wo niemand ihn kannte, und sich eine Frau genommen hat.«

Weidenkätzchens Herz begann dumpf zu hämmern. »Er muss sehr gerissen sein.«

»O ja, er steht in dem Ruf, überaus schlau zu sein. Zu jener Zeit wurde er gejagt. Ich erinnere mich sehr genau daran. Etliche Dörfer hatten sich damals zusammengeschlossen, um ihn zu suchen. Die Zahl der Frauen, die ihm zum Opfer fielen, stieg beständig an. Anfangs tötete er eine oder zwei Frauen in einem Sonnenjahr, dann waren es zwei oder drei in einem Mond, als ob er nicht genug bekommen könnte von ihrem Blut. Es ist gut möglich, dass er sich für ein paar Sommer im Grüne-Wiesen-Dorf versteckt hat.« Steingeist beugte den Kopf. »Ich will nicht einmal daran denken, aber ich fürchte, teilweise selbst verantwortlich für diese schreckliche Tat zu sein.«

»Was?«, erwiderte Weidenkätzchen erstaunt. »Warum das denn?«

»Vor zwanzig Sommern, als meine Schwester im Grüne-Wiesen-Dorf umgebracht worden war, bin ich schier verrückt geworden vor Zorn und Kummer und habe angefangen, den Mörder zu jagen.« Er blinzelte betreten. »Und jetzt fürchte ich, dass ich vielleicht den falschen Mann angeklagt habe. Wenn ich länger und intensiver gesucht hätte, dann hätte ich Zwei Herzen vielleicht schon vor zwanzig Sommern finden können. Stattdessen ...« Die Falten um seine Mundwinkel vertieften sich.

»Aber die Morde haben damals ein Ende gefunden, nicht wahr?«

»Ja, das schon. Aber dennoch bin ich nicht sicher, dass der von mir beschuldigte Mann den Tod verdient hatte.«

Weidenkätzchen nahm eine Hand voll Schnee von der Mauer und drückte ihn auf die Wunde an ihrem Kopf. Die Kälte nahm vorübergehend den Schmerz, sodass sie einmal tief durchatmen konnte. »Es fällt mir so schwer, das zu glauben, Ältester.«

»Was denn?«

»Dass Zwei Herzen sich inmitten des Grüne-Wiesen-Clans niedergelassen und sich an seinem eigenen Kind vergangen hat.«

Steingeist strich mit der Hand über die Mauersteine und tätschelte sie, als wollte er sie besänftigen. »Seine Seelen sind krank, Weidenkätzchen. Er ist innerlich am Sterben.«

Sie funkelte ihn fassungslos an. »Du empfindest *Mitleid* mit ihm?«

»O ja, großes Mitleid. Menschen, die so schreckliche Verbrechen begehen, sind tief verletzt worden, Weidenkätzchen. Oft haben sie als Kinder unsägliche Schmerzen oder Qualen erleiden müssen und wuchsen heran in dem fruchtlosen Bemühen, ihr Leid vor anderen zu verbergen. Das Kind vermochte dem Leid kein Ende zu bereiten, deshalb versucht es als Erwachsener dieses Leid zu beherrschen. Andere zu verletzen ist in diesem Fall ein Zurschaustellen der Macht des Mörders. Besonders die Macht über sein eigenes Leid.«

Weidenkätzchen legte die Hand auf das Hirschknochenstilett, das sie sich von Schneehase geborgt hatte. »Ich könnte seinem Leid ohne weiteres ein Ende bereiten, wenn ich nur wüsste, wo er steckt.«

Steingeist zog die buschigen Brauen über seiner markanten Adlernase zusammen. »Wenn Zwei Herzen wirklich ihr Vater ist, so ist er ein gepeinigter Mann, Weidenkätzchen. Nachdem er das Grüne-Wiesen-Dorf verlassen hatte, kam er nach Talon und machte sich offenbar auf die verzweifelte Suche nach dem Türkis-Wolf, um sich selbst zu retten, hob Gräber aus und durchsuchte jede einzelne Kammer in der Stadt.«

»Du glaubst diese Geschichte?«

Der alte Mann nickte. »Ich wäre nicht überrascht. Zwei Herzen wird älter. Je mehr Sonnenjahre verstreichen, desto öfter denken die Menschen über den Tod nach. Und Zwei Herzen hat allen Grund, sich zu sorgen. Spinnenfrau kann seine Ankunft sicherlich kaum erwarten.«

»Ich hoffe, sie schürt ein ordentliches Feuer für ihn.«

Steingeist tätschelte väterlich Weidenkätzchens Knie und blickte sie mit seinen leuchtenden Augen an. »Wie fühlst du dich?«

»Ich schwanke, ob ich mich erbrechen soll oder lieber hinlegen und schlafen.«

»Es wird jetzt nicht mehr lange dauern. Ich habe Schneehase und Skunk gebeten, Äste zu schlagen für eine Trage. Sie werden dich nach Hause bringen. So kannst du dich erbrechen und anschließend einschlafen.«

Weidenkätzchen brachte ein Lächeln zustande, das nicht einmal weh tat. »Ich danke dir, Ältester.«

Steingeist warf einen Blick zurück auf Hainbuches Grab. »Flammenbotin sagt, dass ihr bald von hier fortgehen werdet.«

Weidenkätzchen sah ihn verwundert an. »Wirklich? Wohin werden wir gehen?«

»Ich glaube nicht, dass sie es weiß. Der Tunnel zur Unterwelt hat sich nicht aufgetan, wie sie es vorhergesagt hat. Sie vermutet, ihr habt die falsche Kiva wieder aufgebaut. Aber sie wird die Suche nicht aufgeben.«

Weidenkätzchen starrte nachdenklich zu Boden.

»Wirst du mit ihr ziehen?«, erkundigte sich der alte Mann.

Sie hob unentschlossen eine Schulter; ihr Blick suchte Tändler. »Ich weiß nicht, Ältester.«

Ein Ausdruck der Besorgnis legte sich über Steingeists Gesicht. »Wie hat er sich verhalten, als er herausfand, dass sich hinter dieser Maske seine Frau verbarg?«

»Er sank auf die Knie und hielt sie in den Armen, bis sie starb. Und sagte ihr immer wieder, wie Leid es ihm täte.«

Die Falten um Steingeists Augenwinkel vertieften sich. »Er hätte gar nicht anders handeln können, aber es werden noch viele Monde vergehen, bis er das verstanden hat. Du wirst ihm dabei helfen müssen.«

Die Liebe, die Weidenkätzchen für Tändler empfand, wuchs schmerzhaft in ihrer Brust. Ihr Kopf dröhnte. Sie nahm noch eine Hand voll Schnee und aß ihn langsam. »Wenn er es zulässt, Ältester, dann werde ich ihm beistehen, so gut ich es vermag.«

Sie drehte sich um und blinzelte zu den Klippen hinauf. Von Schneehase wusste sie, dass Wasserschlange noch immer mit einem Suchtrupp unterwegs war und den Canyon nach Yuccablüte durchkämmte. Doch seit ihrem Verschwinden hatte es immer wieder heftig geschneit. Sie würden keine Fußspuren finden. Nein, sie würden überhaupt keine einzige Spur finden, vermutete Weidenkätzchen. Der Mörder war sehr gerissen und verübte schon seit vielen Jahren sein grausames Werk. Deshalb bezweifelte sie, dass er gerade jetzt einen Fehler begehen würde, wo ...

Steingeist griff nach ihrer Hand. »Ich muss mit meinem Neffen sprechen.«

Weidenkätzchen nickte. »Ich glaube, er wartet auf dich. In der Hoffnung, dass ihm jemand eine Erklärung geben kann.«

»In Fällen wie diesen haben wir es mit der Logik von Träumen zu tun, Weidenkätzchen. Nichts ergibt gemäß unserer normalen Denkweise einen Sinn.« Er stand auf. »Aber ich werde es versuchen.«

Das orangerote Abendlicht, das schräg durch die Wolken fiel, malte wandernde Tupfen auf die Felswände, während der alte Steingeist mühsam durch den hohen Schnee zu Tändler stapfte.

Tändler hörte den Schnee unter den Mokassins seines Onkels knirschen. Er richtete sich auf, ohne sich jedoch umzudrehen. Vor langer Zeit hatte jemand eine perfekte Spirale in die linke Seite der Steinplatte gehauen. Sie bestand aus vier Ringen, einem für jede der Unterwelten, die die Menschen hatten durchwandern müssen, um an diesen Ort des Lichts zu gelangen. Der Sonnen-Katsina und der Wolf-Katsina standen über der Spirale und bewachten den Pfad durch die Unterwelten. Der gezackte Blitz unterhalb der Spirale warnte vor den Gefahren, die diejenigen zu erwarten hatten, die mutig genug waren, diesen legendären Pfad zu beschreiten.

Tändler griff in seinen Umhang und berührte den Beutel, der in den Saum eingenäht war. Der Türkis-Wolf fühlte sich warm an. Nachdem Steingeist ihm erklärt hatte, dass nur ein Mensch mit dem Verstand einer blutsaugenden Mücke ein so starkes Machtobjekt bei sich tragen würde, war er der Meinung, dass der Saum seines Umhangs der sicherste Aufbewahrungsort dafür sei.

Steingeist blieb neben Tändler stehen und sagte leise: »Geht es dir gut, mein Neffe?«

Tändler sah herab in die leuchtenden Augen des alten Mannes. »Hast du …« Tändlers Stimme klang heiser, erschöpft. »Onkel, weißt du, was das war? In ihrem Inneren. Dieser … dieser Junge?« Seine Schultermuskeln verspannten und wölbten sich unter seinem Umhang. »Diese Stimme. Ihr eigenartiges Verhalten. Ich kann einfach nicht glauben, dass meine …«

Den Rest brachte er nicht über die Lippen. Er konnte nicht einmal an Aschenmädchen denken in Zusammenhang mit dem, was er getan hatte.

Der alte Mann verschränkte die Arme unter seinem schäbigen Umhang und beobachtete einen Moment die Adler, die im Aufwind der Klippen spielten.

»Ungeheuerseelen sind selten, Neffe. In den fünfzig Sonnenjahren, seit denen ich Mordfällen nachgehe, sind mir nur drei begegnet. Und jede von ihnen hatte eine Stimme, die sich gänzlich von der der Hauptseele unterschied. Sie sind nicht leicht zu verstehen. Meistens sind es bizarre, animalische Kreaturen, die in den verborgensten Winkeln der Menschen leben. Ach, ich erinnere mich an eine Ungeheuerseele; fünfzehn Sommer ist das jetzt her. Ihr Name war Silbernes Lied. Sie lebte in dem Körper eines jungen Mannes, war aber eine alte Frau. Die Gelegenheit, in seinen Körper zu schlüpfen, erhielt sie eines Nachmittags, als der Vater den Jungen bewusstlos geschlagen hatte. Der junge Mann besaß ausgezeichnete Augen, doch die alte Frau konnte nicht gut sehen.

Sie sprach mit einer hohen, kreischenden Stimme; die Stimme des Jungen hingegen war tief und wohltönend. Er konnte sich an keinen der grauenhaften Morde erinnern, die diese alte Frau in ihm begangen hatte, sie jedoch ergötzte sich an jeder Einzelheit.«

Tändler betrachtete das getrocknete Blut an seinen Händen. Er hatte sie mit Schnee gewaschen, aber unter seinen Fingernägeln waren immer noch rote Krusten sichtbar. Mit kaum hörbarer Stimme sagte er: »Ist es Zauberei, Onkel?«

Steingeist breitete die Arme aus und hob die Schultern.

»Nicht in der herkömmlichen Art, wie wir Zauberei erklären. Ich glaube nicht, dass Ungeheuerseelen auf Grund eines Fluches entstehen oder eines Macht-Amuletts, auch nicht durch Gifte. Allerdings habe ich mich oft gefragt, ob sie nicht verirrte Geister sein könnten.«

Tändler lief es eiskalt über den Rücken. »Du meinst die im Stich gelassenen Geister, die auf der Erde umherirren?«

»Ja. Es sind verzweifelte Seelen. Ich kann mir vorstellen, dass sie jede Gelegenheit ergreifen, um wieder in einem Körper zu leben, mit anderen Menschen zu sprechen, die Wärme des Blutes zu spüren, das durch ihre Adern fließt. Die meisten gesunden Menschen sind stark genug, sie von sich fern zu halten. Aber verletzte Kinder?« Sorgenvoll schüttelte er den Kopf. »Die sind ihnen schutzlos ausgeliefert.«

Tändler ballte die Hände zu Fäusten. »Onkel, die Frau, die meinen Sohn geliebt hat, hat gewiss nichts von dem bösartigen Jungen in sich gewusst. Sie hätte ihn sofort getötet, wenn sie davon gewusst hätte, selbst wenn sie sich dazu das Herz aus der Brust hätte reißen müssen.«

Ganz ruhig erwiderte Steingeist: »Sie wusste es, Neffe.«

Tändler forschte in dem alten, weisen Gesicht. »Wie kannst du das be...«

»Das entnehme ich den Dingen, die Weidenkätzchen mir erzählt hat. Aschenmädchen hat ihren Vater angefleht, die Stimmen in ihr zu töten. Sie hörte sie. Sehr oft wahrscheinlich.«

Tändler stützte die Hände auf die Felsplatte. »Mir scheint, Onkel, dass ich ihn auch gehört habe.«

Steingeist sah zu ihm auf. »Der Junge sprach immer dann, wenn Aschenmädchen schlief, stimmt's?«

Tändler trat mit der Spitze seines Mokassins nach einem kleinen Stein. »Ja. Mir kam das nur ... komisch vor. Ich habe nichts verstanden.«

»Ich weiß, dass sie den Jungen wenigstens ein Mal hörte, während sie schlief. Sie erwachte von seiner Stimme und glaubte, du hättest im Schlaf gesprochen. In ihrer Angst lief sie zu Graue Wolke. Aber das warst nicht du, Tändler. Ich bin mir ziemlich sicher, dass es Gelbe Taube war, den sie hörte.«

Tändlers Hand sank langsam nach unten. »*Ziemlich* sicher?«

»Was ich damit meine, ist, dass manche Menschen mehr als eine Ungeheuerseele in sich tragen. Aschenmädchen mag die Stimme von Gelbe Taube gehört haben. Aber vielleicht existierte noch eine andere Seele, von der wir nichts wissen.«

Tändler vergegenwärtigte sich die Worte, *eine andere Seele*, schloss die Augen und blendete die Welt um sich herum aus, bis er seine aufflammenden Gefühle unter Kontrolle brachte. Am liebsten hätte er laut geschrien und mit den Fäusten auf irgendetwas eingedroschen.

Sehr leise murmelte er: »Wenigstens ist es vorüber. Den Göttern sei Dank, es ist vorbei.«

Steingeist entgegnete nichts darauf, und nach einer Weile öffnete Tändler die Augen und starrte hinab auf das ernste Gesicht seines Onkels.

Es vergingen noch etliche Herzschläge, bis er sagte: »Ich fürchte, dass niemand aus dem Katsina-Volk versteht, was geschehen ist. Der Tunnel zu den Unterwelten der menschlichen Seele hat sich aufgetan. Und zwar gestern Nacht. Sein bodenloser Schlund steht gähnend vor uns.«

Tändler schluckte heftig. »Du meinst ... es ist noch nicht vorbei?«

Steingeist hielt Tändlers Blick.

»Du hast immer noch den Türkis-Wolf, Neffe. Er wird ihn sich holen. *Das verspreche ich dir.*«

Dusty dachte gerade an seinen Vater, als er den Bronco zurückkommen hörte. Über die Jahre hatte er gelernt, jedes Spucken und Rasseln zu identifizieren, das der alte Wagen von sich gab.

Er seufzte und streckte sich auf der großen Sandsteinplatte aus, die an der Nordseite des Grabungsgeländes lag. Fünf Erwachsene hätten bequem darauf Platz gefunden. Er betrachtete die letzten glutroten Strahlen der untergehenden Sonne. Die Klippen über ihm schimmerten in einem sanften Zimtbraun. Den rechten Teil der Felsplatte zierte eine spiralförmige Petroglyphe, darüber zwei Katsina-Figuren mit kantigen Leibern und darunter eine Zickzacklinie.

Der Abendwind brachte etwas Abkühlung, die Wüste erwachte nach einem langen, brütend heißen Tag allmählich wieder zum Leben. Feldmäuse huschten zwischen den Felsbrocken durch das trockene Gras.

So verrückt wie dein Vater ...

Die Worte stachen wie Messerklingen in sein Herz.

Am Anfang war es Dale gewesen, der das schreckliche Geheimnis unter Verschluss hielt. Seinen Worten nach hatte Samuel einen plötzlichen »Unfall« erlitten. Dann, als die Jahre vergingen, nahmen die Leute einfach an, dass er an einem Herzinfarkt, an Leberzirrhose oder einer der anderen Leiden gestorben war, denen Archäologen auf Grund ihres Lebenswandels eben zum Opfer fielen.

Irgendwann war Samuel Stewart einfach in der Versenkung verschwunden. Anders als viele seiner berühmten Kollegen hatte Samuel Stewart nicht lange genug gelebt, um eine große Anzahl von Veröffentlichungen zu hinterlassen. Hin und wieder tauchte sein Name in den Literaturverzeichnissen diverser Diplomarbeiten und Dissertationen auf oder in einer archäologischen Feldstudie, aber ansonsten war er vergessen.

Es geschah auch ab und an, dass einer der alten Herren auf einer Pecos-Konferenz oder einem Treffen der Society for American Archaeology beiläufig den Namen seines Vaters erwähnte, aber das war auch schon alles.

Er starrte hinauf in den Himmel. Als am westlichen Horizont der letzte Lichtschein verblasste, erwachten tausende glitzernde Sterne und nahmen ihre Plätze am Firmament ein.

Über ihm ertönte das dumpfe *Hu-Huh* einer Eule, und in den Büschen zirpten leise die Grillen. Die Sandsteinplatte hatte noch die Hitze des Tages gespeichert und wärmte seine verspannten Muskeln.

Obgleich sie sie wieder zugedeckt hatten, starrten ihn die leeren Augenhöhlen des letzten Skeletts noch immer an, überbrückten den Strom der Zeit, flüsterten ihm zu. Mrs. Walking Hawk hatte vor jedem Grab gesungen und die Skelette mit Maismehl bestreut, aber in Dusty rumorten immer noch Fragen, die nach einer Antwort verlangten: Sind ihre Seelen befreit worden? Haben sie den Weg zum Pfad der Toten gefunden und zu dieser schicksalhaften Gabelung, wo sie den Mythen zufolge ihren Richter trafen? Welchen Weg waren sie gegangen? Den, der zu ihren lange vermissten Familien und Freunden führte? Oder den anderen, qualvollen Weg, wo die Schlechten gezwungen wurden, für ihre Taten zu büßen?

»Mögen die Katsinas euch beschützen«, sagte er in die Nacht hinein in der Hoffnung, dass ihr Weg leichter würde, gleichgültig, was sie verdienten.

Er hörte das leise Tappen von Stiefeln, blickte aber hinauf zum Großen Bären, der gerade am schieferblauen Himmel erschienen war.

»Störe ich?«

»Ja.«

Sie bahnte sich einen Weg durch die Greasewood-Sträucher, nur ein Schatten in einer Landschaft von dunklen Felsen und Strauchwerk. An ihrem linken Ellbogen hing eine Plastiktüte mit dem Aufdruck eines Supermarkts. Sie trug ein sauberes hellblaues T-Shirt, doch ihre Jeans und Stiefel waren staubig.

»Sylvia sagte mir, dass Sie hier draußen sind.«

»Hat sie? Dafür werde ich sie für den Rest ihres Lebens Tonscherben katalogisieren lassen.«

Maureen blieb am Fuße des Felsbrockens stehen und sah zu Dusty hinauf. Er lag drei Meter vor ihr ausgestreckt auf der leicht abschüssigen Plattform. Falten zogen sich über ihre gebräunte Stirn. Er hörte sie tief durchatmen, dann fragte sie ihn: »Haben Sie was dagegen, wenn ich raufkomme?«

»Ja, aber das wird Sie wahrscheinlich kaum aufhalten.« Dusty lehnte sich vor, stützte sich auf den linken Ellbogen und streckte ihr die rechte Hand entgegen. »Hier. Nehmen Sie meine Hand. In Hüfthöhe finden Sie einen kleinen Vorsprung.«

Ihre Finger fühlten sich warm an, ihr Griff war fest. Dusty zog sie hoch, und Maureen kletterte auf die Felsplatte.

»Willkommen in meinem bescheidenen Palast.« Er streckte sich wieder aus, die Hände unter dem Kopf verschränkt.

Ihre Jeans schabten über den rauen Stein, als sie sich hinsetzte und die Plastiktüte auf den Schoß stellte.

»Ich habe Ihnen eine Friedensgabe mitgebracht.« Sie zog eine Flasche Guinness und einen Öffner aus der Tüte, hebelte den Kronkorken ab und reichte ihm die Flasche.

Er nahm sie mit einem angedeuteten Nicken. »Danke. Ihre Gabe wird mit Freude und Wohlwollen angenommen.«

»Das war eine harte Probe für meine Selbstbeherrschung.«

»Weshalb?«

»Ich habe mich schrecklich mies gefühlt. Wegen meiner Bemerkung kürzlich. Und in solchen Situationen, wenn es mir schlecht geht, verlangt es mich nach Alkohol.«

»Es ist bestimmt nicht leicht, sich in einer Horde Archäologen mit ihren gut geölten Kehlen zu bewegen.«

»Pro Tag ein Kampf. Manche, wie der heutige, sind härter. Aber ich bin stark. Ich halte das aus.«

Das Glas klickte gegen den Stein, als er die Flasche abstellte und sich zu Maureen umdrehte. »Sind Sie okay?«

Maureen griff in die Plastiktüte und brachte eine Flasche Mineralwasser zum Vorschein. Sie drehte die Verschlusskappe ab und stärkte sich mit einem großen Schluck, ehe sie antwortete: »Was ich gesagt habe, tut mir aufrichtig Leid. Ich begreife zwar immer noch nicht, wie man religiösem Fundamentalismus die Macht zugestehen kann, ernsthafte wissenschaftliche Untersuchungen zu stoppen, aber ich wünschte, ich hätte Ihnen meine Meinung dazu in einem privaten Gespräch mitgeteilt.« Sie holte tief Luft, wie um sich Mut zu machen. »Und besonders entschuldigen möchte ich mich für das, was ich über Sie und Ihren Vater gesagt habe. Ich ...«

»Absolution erteilt.« Er strich an dem feuchten Glas der Bierflasche entlang. »Ich möchte nicht weiter darüber reden. Einverstanden?«

»Einverstanden.«

Daraufhin schwiegen sie beide.

»Mein Job ist schon ein sehr seltsamer«, begann Dusty nach einer ganzen Weile. »Ich verbringe meine Zeit mit dem Versuch, drei verschiedenen Meistern mit drei gleichermaßen wichtigen Anliegen zu dienen. Die Archäologie fordert von mir Wissenschaft. Die Indianer bestehen auf ihr Recht, sich um ihre Vorfahren zu kümmern. Der Kunde, in diesem Fall die NOAA, will seinen Auftrag so schnell und kostengünstig wie möglich ausgeführt sehen.«

Maureen zog ein Knie an und stellte ihre Wasserflasche darauf ab. »Und wie halten Sie die alle bei Laune?«

»Leider gar nicht. Ich gebe freilich für alle drei mein Bestes, und doch wird mir einer oder zwei von ihnen unweigerlich Bevorzugung anderer vorwerfen oder schlechte Arbeit oder irgendetwas anderes, um mich wissen zu lassen, dass sie die Entscheidungen, die ich getroffen habe, missbilligen.« Er hob die Guinness-Flasche und nahm einen tiefen Schluck von dem starken, dunklen Gebräu. »Mir liegt jedoch viel daran, dass Sie wissen, dass ich *immer* um die Archäologie bemüht bin.«

Sie nickte. »Das glaube ich Ihnen.«

Dusty verfolgte den eleganten Schwung ihrer Wangen und die feinen Linien um ihren Mund. »Während Sie weg waren, hat Maggie plötzlich beschlossen, die NOAA-Genehmigung abzulehnen. Demzufolge können wir alle die Koffer packen und morgen nach Hause fahren. Sämtliche Grabungsabschnitte sind bereits zugeschüttet ...«

»Du meine Güte, was wird dann aus den Schädeln? Den Knochen!«, rief Maureen aufgeregt und wollte aufstehen.

Dusty hielt sie am Handgelenk fest, bis sie sich wieder gesetzt hatte. »Die liegen noch in Ihrem Zelt. Mrs. Walking Hawk sagte, sie möchte, dass Sie sie untersuchen, und wenn Sie damit fertig sind, wird sie sie der Tradition gemäß beisetzen und dafür Sorge tragen, dass die Seelen ins Land der Toten reisen können.«

Maureen presste die rechte Hand auf ihr Herz und seufzte erleichtert: »Dem Himmel sei Dank für dieses kleine Wunder.«

»Es *ist* ein Wunder«, betonte Dusty. »Und ich möchte, dass Sie es zu schätzen wissen. Sie hätte Ihnen weitere Untersuchungen nicht gestatten müssen.«

Ihre dunklen Augen glitzerten, als sie erwiderte: »Dusty, eines möchte ich von Ihnen wissen: Kann ein Fundamentalist aus Kanada, der streng am Wortsinn der Bibel und der Schöpfungsgeschichte festhält, einfach hier herauskommen und eine Ausgrabungsstätte schließen lassen, weil ihr auf zehntausend Jahre alte Grabstätten gestoßen seid? Sie glauben nämlich, dass die Erde nur sechstausend Jahre alt ist. Eure wissenschaftliche Entdeckung wäre damit ein Affront gegen ihre Religion, oder? Könnten sie die Grabungen einstellen lassen, genau wie es heute auf Grund des indianischen Glaubens geschah?«

Dusty senkte den Blick nachdenklich auf seine Bierflasche. »Wenn wir alle religiösen Glaubensrichtungen gleichermaßen behandeln, dann glaube ich das schon. Zum Glück haben wir uns mit diesen Fundamentalisten noch nicht auseinander setzen müssen.«

»Aber eines Tages wird sich die Frage erheben. Ist Ihnen das denn nicht klar? Wenn ihr einer religiösen Glaubensrichtung die Entscheidung überlasst ...«

Dusty hob abwehrend eine Hand. »Lassen Sie es gut sein, Doc. Bitte. Es ist vorbei. Die Entscheidung ist gefallen.« Er ließ die Hand auf dem Felsen aufklatschen. »Außerdem gibt es da noch etwas anderes, worüber ich mit Ihnen sprechen möchte.«

Maureen hielt den Mund einige Augenblicke geöffnet, als wollte sie mit ihrer Argumentation fortfahren, doch dann seufzte sie und sagte: »Und das wäre?«

Er spielte mit seiner Bierflasche. »Ich möchte, dass Sie wissen, wie sehr ich Ihre Anwesenheit hier geschätzt habe. Sie haben mir Dinge beigebracht, die mich bisher noch niemand gelehrt hat. Diese Grabstätten wären mir ein Rätsel geblieben, wenn Sie nicht nach New Mexico gekommen wären.« Er sah sie an. »Nun, was ich damit eigentlich sagen will, schätze ich, ist ... danke.«

Maureen wich instinktiv zurück. Sie löste den Blick von Dusty und blinzelte verwirrt in die Dunkelheit. Das schimmernde Band der Milchstraße zog sich über den nachtschwarzen Himmel. Fledermäuse flatterten piepsend um die Felsenklippen.

»Auch Sie haben mir eine Menge beigebracht, Dusty«, sagte Maureen nach einer Weile. »Danke, dass Sie sich die Zeit dafür genommen haben.«

Er zuckte abwehrend die Achseln. »Ich habe lediglich meinen Job gemacht. Und ich habe es genossen, Ihnen etwas davon zu zeigen. Dale meint, ich strebe nur deshalb nach Perfektionismus in meiner Arbeit, weil ich als normales menschliches Wesen ein Versager bin. Eine soziale Missgeburt, sozusagen.«

»Nun«, meinte Maureen und legte den Kopf schief. »Mein Leben ist die Anthropologie. Und wenn ich nicht arbeite, sitze ich allein zu Hause. Im Sommer sitze ich auf meiner Veranda und schaue auf den See hinaus. Im Winter sitze ich am Fenster und schaue auf den See hinaus.«

Dusty legte ebenfalls den Kopf schief und musterte sie erstaunt. »Tatsächlich? Stehen die Männer denn nicht Schlange vor Ihrer Tür? Sie sind doch eine intelligente und attraktive Frau. Ich dachte, die Männer würden Purzelbäume schlagen, um Sie zu Tim Horton's auf einen Doughnut einzuladen zu dürfen.«

Maureen lachte. Ein helles, fröhliches Lachen. »Tut mir Leid, wenn ich Sie enttäusche, aber ich muss mir jeden Morgen selbst mein Frühstück kaufen, ehe ich über die Schlaglöcher der QEW holpere.«

»QEW?«

»Die Schnellstraße nach Hamilton. Dort steht meine Universität.«

Aus dem Lager drangen leise Gesprächsfetzen zu ihnen hinauf. Sylvia hatte gerade das abendliche Feuer angezündet, und der orangerote Schein der Flammen huschte über die Zeltwände. Sie kauerte vor Hails und Maggies Stühlen, und den von tanzenden Funken erfüllten Rauchschwaden nach zu schließen, die sich über der Feuerstelle erhoben, blies sie offenbar gerade die Glut an.

Dusty rieb mit den Fingerspitzen über die raue Oberfläche des Felsens. »Vermissen Sie ihn immer noch?«

»Wen?«

»John.«

Als hätte er eine fest verschlossene Tür aufgestoßen, schlich sich augenblicklich eine gewisse Vorsicht in ihre Stimme. »Warum fragen Sie mich das?«

»Starren Sie nicht deshalb hinaus auf den See? Weil Sie mit John in Ihrem Kopf leben? Mit dem, was war. Was hätte sein können.« Er unterbrach sich. »Ich habe nach dem Tod meines Vaters das Gleiche getan. Nur mit dem Unterschied, dass ich auf die Wüste hinausgestarrt habe.«

Maureen trank noch einen Schluck Wasser und wischte sich dann mit dem Handrücken über die Lippen. »Eine Zeit lang habe ich ihn dafür gehasst, dass er mich allein gelassen hat. Ich fühlte mich durch seinen Tod betrogen.«

»Ich glaube nicht, dass er absichtlich an diesem Abend einen Herzinfarkt erlitten hat, Maureen.«

»Oh, das weiß ich. Sein Tod kam völlig unerwartet. John war kerngesund, eine absolute Rossnatur. Dann kocht er das

Abendessen und fällt dabei tot um. Der Arzt erklärte mir, es handelte sich um einen genetischen Defekt. Eine seltene Form von Herzrhythmusstörung.« Sie senkte den Kopf. »Ich vermisse ihn jede Sekunde.«

Dusty sah den Schmerz, der über ihr Gesicht huschte, und dachte über John nach – wie schrecklich es für ihn gewesen sein musste, von einer Frau wie dieser weggerissen zu werden. Kein Wunder, dass er ihr über den halben Kontinent gefolgt war.

Wenn mich jemand so lieben würde, wie sie ihn liebte, würde ich wahrscheinlich auch tot umfallen.

Dales Wohnwagen quietschte, als er heraustrat und ans hell lodernde Feuer schlenderte. Sein graues Haar schimmerte bernsteinfarben.

Maureen fuhr fort: »Johns Tod hinterließ in mir ein großes schwarzes Loch, Stewart. Ich bin nur noch ein halber Mensch. Und ich spreche mit meinen Leuten sehr oft über den Tod.«

»Ihren Leuten? Den Irokesen?«

Sie stützte die Ellbogen auf die Knie. »Nein. Mit den Toten, mit denen ich meine Tage im Labor verbringe. Ich fürchte mich nicht vor ihnen. Sie sind meine Freunde. Wir reden viel über John und das Sterben. Darüber, wie einfach es wäre, einfach zu gehen, dann könnte ich John wiedersehen und wäre wieder ganz.«

Dusty setzte sich auf und sah ihr tief in die leuchtenden ebenholzfarbenen Augen. »Falls Sie je an den Punkt kommen, wo Sie ernsthaft überlegen zu ›gehen‹, dann erinnern Sie sich bitte, dass ich nur ein paar Flugstunden entfernt bin. Ich schicke Ihnen sofort ein Ticket. Sie kommen runter und können sich dann ein paar Tage lang ansehen, was Selbstmord mit Menschen anrichtet, die so etwas durchgemacht haben.« Dabei tippte er sich mit dem Daumen auf die Brust.

Sie legte erneut den Kopf schief und bedachte ihn mit diesem prüfenden Blick, der ihm inzwischen so angenehm vertraut war. »Vorsicht, Stewart. Das sind Dinge, die ein Freund zu einem sagen würde. Ist Ihnen schwindlig? Oder ist es Ihnen nur so herausgerutscht?«

»Mir ist schwindlig, seit ich Sie zum ersten Mal gesehen habe, Maureen. Aber anfangs glaubte ich, das käme von der Hitze.«

Sie lachte.

Dusty fuhr wieder mit den Fingern über den Felsen. »Haben Sie sich schon mal überlegt, dass es Ihnen vielleicht gut täte, für einige Zeit wegzugehen? Es ist bestimmt nicht leicht, an dem Ort zu arbeiten und zu leben, wo Sie sich Ihr Leben mit John aufgebaut haben. Sehen Sie ihn denn nicht überall?«

»Doch, das tue ich.« Die Linien um ihre Augenwinkel vertieften sich. »Ich habe schon daran gedacht, mich für eine Weile beurlauben zu lassen. Die Universität ist mir ohnehin ein paar Monate schuldig. Seit Jahren vertrete ich Kollegen, die sich eine Auszeit nehmen, um Forschungen zu betreiben, aber bisher hatte ich nie einen Grund ...«

»Nun, jetzt haben Sie einen.« Er deutete mit der Hand zu ihrem Lagerplatz. Hail Walking Hawk stand gerade von ihrem Stuhl auf und ging hinüber zu den zugeschütteten Gräbern. »Da unten gibt es eine Menge Frauen, die Ihnen gern erzählen würden, wer sie waren und warum sie starben. Mein Angebot mögen Sie ja ablehnen, aber können Sie auch ›nein‹ zu ihnen sagen?«

Maureen drehte ihre Wasserflasche auf dem Felsen hin und her, bis sich kleine Ringe in das poröse Gestein gegraben hatten. Das schabende Geräusch war lange Zeit der einzige Laut in der Stille der Nacht. »Ich werde darüber nachdenken. Mehr kann ich nicht versprechen.«

Dusty stützte sich auf einen Ellbogen und atmete tief den würzigen Duft des Kiefernfeuers ein. Der Wind war jetzt angenehm kühl und wehte Maureen dunkle Haarsträhnen ins Gesicht.

»Das genügt mir, Maureen.«

Nach drei Schritten musste Hail stehen bleiben, um Atem zu holen. In der Ferne erkannte sie den Schutthaufen, der den alten Pueblo östlich der Gräber markierte. Die Greasewood-Sträucher, die in den Ruinen wuchsen, schimmerten im abendlichen Licht in einem blassen Blauton. Sie umklammerte den Hirschgeweihgriff ihres Gehstocks und kämpfte gegen die Übelkeit an, die sie zurück auf ihr Lager zu werfen drohte. Sie hatte einen schlechten Tag hinter sich. Unaufhörlich hatte sie Schmerztabletten gelutscht wie andere Leute Bonbons, doch die hatten gegen die bohrenden Schmerzen kaum etwas ausrichten können.

Über dem westlichen Horizont hing eine einzelne Wolke, deren schwarze Mitte von einem leuchtend rosa Hof umrahmt wurde. Die Nacht duftete nach Rauch und frisch umgegrabener Erde. Hail zwang ihre müden Beine weiter vorwärts.

Als sie den Pueblo erreicht hatte, stützte sie sich auf ihren Stock und ließ sich auf der äußeren Mauer nieder. Das alte Gestein fühlte sich angenehm warm an unter ihrem geblümten Kleid.

Oben auf dem großen Felsen zu ihrer Rechten saßen Dusty und Washais und unterhielten sich. Ihre Stimmen hoben und senkten sich mit dem Wind. Sie hörten sich heiter an.

Magpie hockte noch immer vor ihrem gemeinsamen Zelt und packte ihre Sachen ein, doch ihre Augen ruhten unverwandt auf Hail. Sie hob ihre knochige Hand, um ihrer Nichte zu bedeuten, dass alles in Ordnung sei, und Magpie winkte zurück, aber es war eine verkrampfte Geste. Das verschwitzte Haar klebte ihr an den Wangen und ließ ihre dunklen Augen groß wie die eines verwundeten Hundes erscheinen.

Hail lächelte traurig. Sie wusste, wie es war, einen geliebten Menschen dahinsiechen zu sehen. Man fühlte sich hilflos und verzweifelt. Aber so hatte Utsiti das Universum erschaffen. Die Menschen kamen und gingen. Das war der Lauf der Dinge.

Genau wie bei diesen armen Frauen.

Die frisch zugeschütteten Gräber hoben sich als dunkle Flecken von der Landschaft ab. Sie hatte das Nebelkind mit Maispollen besprenkelt und seinen Geist in das Land der Toten gesungen. Als er aus dem Grab geklettert und davongeflogen war, hatte seine Freude Hail beinahe das Herz zerrissen.

Aber …

Sie runzelte die Stirn.

Das Böse wuchs immer weiter, so als ob die Seele des Zauberers, sobald freigelassen, ihre Kraft aus den glitzernden Sternen und den Winden zöge. Sie spürte, wie er lautlos und ungesehen umherhuschte, sie beobachtete und in einer Sprache flüsterte, die sie nicht verstand. Er war sehr mächtig. Sehr viel mächtiger als Hail, besonders jetzt bei ihrem angeschlagenen Gesundheitszustand. Seine Anwesenheit hatte die Luft beschmutzt, die sie einatmete, jedes einzelne Sandkorn und selbst den glitzernden Himmel. Was mochte das für ein Wesen sein, das solche Macht besaß? Nur die Shiwanna, bei anderen Völkern als Katsinas bekannt, vermochten der Welt ihre Seelen einzuhauchen, die dort tausend Jahre überlebten. Vielleicht war er am Ende doch kein menschliches Wesen gewesen. Vielleicht …

»Tante?«

Hail blinzelte Magpie mit ihren trüben Augen entgegen. Ihre Nichte kam mit vor der Brust verschränkten Armen auf sie zugeschritten. Ihr weißes T-Shirt leuchtete vor dem Hintergrund der dunklen Klippen.

»Du konntest einfach nicht wegbleiben, wie?«

Magpie senkte beschämt den Kopf. »Ich komme nur, um dir zu sagen, dass ich fertig bin mit Packen. Wir können jederzeit aufbrechen.« Sie setzte sich neben Hail auf die eingefallene Mauer und musterte sie besorgt. »Bist du so weit?«

Hail deutete mit ihrem dürren Finger in Richtung Lager. »Unser rotes Zelt steht noch da.«

»Sylvia wird es morgen abbauen und es für mich aufbewahren. Ich möchte dich nach Hause bringen, Tante. Bitte.«

Sie hatte Hail beobachtet, wie sie den ganzen Tag über Tabletten eingenommen hatte; sie hatte sie ihr sogar ein paarmal selbst aus dem Glas geschüttelt, als ihre Hände zu sehr gezittert hatten. Mit jeder Pille hatte ihr Gesicht mehr an Farbe verloren, und ihre Augen hatten sich immer mehr geweitet.

»Ja, ich denke, wir können gehen. Hier gibt es für mich nichts mehr zu tun. Das Böse ist zu mächtig für mich.«

»Zu mächtig für jeden Menschen, glaube ich. Deshalb ist es noch hier.« Magpie nahm Hails Hand und hielt sie fest umfasst. Ihre Haut fühlte sich kalt an. »Lass uns gehen, Tante Hail.«

Hail sog noch einmal die würzige Abendluft tief in die Lungen und ließ sie ganz langsam entweichen und spürte dabei bewusst der Bewegung ihrer Lungen und dem Schlagen ihres Herzens nach.

»Ich bin bereit, Kind.«

Magpie half Hail beim Aufstehen. Ohne Eile spazierten sie unter dem silbernen Sternenschleier zurück und hielten sich dabei an den Händen, als wäre es das letzte Mal.

Kurz bevor sie das Lagerfeuer erreichten, vernahm Hail eine tiefe männliche Stimme. Wie angewurzelt blieb sie stehen und starrte hinauf zum Klippenrand. Geisterhaftes Gelächter hallten von der Felswand wider, bösartig, Furcht einflößend. Hail spürte, wie sich ihr die Nackenhaare aufstellten.

»Tante?« Magpie klang erschrocken. »Was ist denn?«

Hails Augen wurden schmal. Oben auf der Felsklippe rauschten die Wacholderbüsche im Wind. »Nichts, mein Kind«, wisperte sie mit zittriger Stimme. »Er weiß nur, dass er gewonnen hat … wieder einmal.«

Epilog

Die Nacht breitet sich über das Land. Die Schneeflocken, die aus den Wolken fallen, verwandeln sich in einen grauen, sternenhellen Schleier. Ich beobachte, wie er über den Canyon weht. Mit fließenden, graziösen Bewegungen.

Die Schneeflocken kühlen meine heiße Haut. Es war ein harter, anstrengender Tag. Meine Hände zittern. Während die Flocken auf meinem Gesicht schmelzen und sich mit dem Blut vermengen, rollen rote Tränen über meine Wangen und fallen lautlos auf meinen weißen Hirschlederumhang.

»Bitte!«, *ruft das Mädchen hinter mir.* »Tu mir nicht noch einmal weh!«

Sie fängt an zu schluchzen.

Ich atme tief den Geruch des Schnees und des feuchten Gesteins ein.

Aus meinem Wesen und meinem Licht habe ich sechs Götter erschaffen. Dieses Mädchen gehörte nicht dazu, aber sie wird ihren Zweck erfüllen, bis ich die anderen gefunden habe. Ich weiß, wo drei Götter schlafen … einschließlich jenem, der dort unter dem frischen Erdhügel begraben liegt. Sie haben ihr eine Steinplatte auf den Kopf geworfen. Ich habe ihnen dabei zugesehen. Ihre Seelen sind jetzt für immer in der Erde eingeschlossen. Ihre durchdringenden Klein-

mädchenschreie sind verhallt, von meinen Seelen abgewaschen. Sie wird mir nie wieder weh tun können.

Ich bin frei. Mir wurde vergeben.

Einstweilen.

»Zwei Herzen? Es tut mir Leid, was ich getan habe! Bitte, ich flehe dich an! Lass mich gehen!«

Schnell und ungeduldig tappen Schattens Mokassins über den blanken Felsen. Zischend saugt sie die Luft in die Nase und stößt sie wieder aus. In Augenblicken wie diesen, kurz vor dem Ende, verströmt sie einen scharfen, wilden Geruch, wie ein brünftiges Tier. Ein Geruch, der das Feuer in meinen Adern schürt.

Durch das sanfte Rieseln der Schneeflocken höre ich ihre Stimme oben auf der Felsklippe wispern: »Jetzt, jetzt, jetzt.«

Meine Hände zittern immer heftiger.

Ich drehe mich um, *und mein Blick macht sich an dem Körper des jungen Mädchens fest, das nackt im fallenden Schnee angepflockt ist. Blut fließt aus hundert kleinen, sorgfältig platzierten Schnitten. Schatten hat jeden der Schnitte mit einem glühenden Holzstift verödet, doch die Blasen nässen. Sie ist so schön. Langes, schwarzes Haar umrahmt ihr Gesicht.*

»Zwei Herzen!«

»Ja meine Tochter, ich komme.«

Meine Schritte sind die eines Wolfes, geschmeidig, lautlos …